GULLIVER

1243

W0174345

Kenneth Oppel

DIE SCHATTEN-SAGA

Silberflügel · Sonnenflügel
Sammelband

Aus dem Englischen von
Klaus Weimann

EIN **GULLIVER** VON **BELTZ & GELBERG**

www.gulliver-welten.de
Gulliver 1243
Sammelband / Sonderausgabe
© 2011 Beltz & Gelberg
in der Verlagsgruppe Beltz · Weinheim Basel
Alle Rechte für diese Ausgabe vorbehalten
Erstmals in deutscher Sprache erschienen u. d. T
Silberflügel (© 2000 Beltz & Gelberg) und
Sonnenflügel (© 2001 Beltz & Gelberg)
Die englischen Originalausgaben erschienen u. d. T.
Silverwing (© 1997 by Kenneth Oppel) und
Sunwing (© 1999 by Kenneth Oppel) bei Harper Collins, Toronto
Published by arrangement with Harper Collins, Canada
Aus dem kanadischen Englisch von Klaus Weimann
Neue Rechtschreibung
Markenkonzept: Groothuis, Lohfert, Consorten, Hamburg
Einbandgestaltung: Max Bartholl
Einbandbild: Dieter Wiesmüller
Gesamtherstellung: Beltz Druckpartner, Hemsbach
Printed in Germany
ISBN 978-3-407-74243-8
1 2 3 4 5   15 14 13 12 11

Inhalt

SILBERFLÜGEL

SONNENFLÜGEL

SILBERFLÜGEL

1. Teil

– 1 –

Schatten

Schatten, der Fledermausjunge, schwebte über die Böschung des Baches, als er hörte, wie der Käfer seine Flügel ausprobierte. Daraufhin holte er kräftiger mit den Schwingen aus und wurde so immer schneller, je näher er dem summenden Geräusch kam. Er selbst war vor dem Nachthimmel kaum zu erkennen, nur die Silberstreifen in seinem dichten schwarzen Fell schimmerten im Mondlicht.

Der Käfer hatte sich jetzt in die Luft erhoben, seine Flügel und die Deckschalen surrten. Noch immer konnte Schatten ihn nicht mit den Augen erkennen, aber er „sah" ihn mit den Ohren. Das Insekt wurde von seinem „Klang-Sehen" erfasst, summte und glühte in seiner Wahrnehmung wie ein Schattenriss auf Quecksilber. Die Luft pfiff in seinen weit ausgestellten Ohren, als er sich auf die Beute hinabstürzte. Er bremste scharf, schaufelte den Käfer mit der Schwanzhaut nach vorn, schleuderte ihn in seinen linken Flügel und von dort geradewegs ins offene Maul. Er drehte nach oben ab, knackte die harte Schale mit den Zähnen, genoss das köstliche Fleisch des Käfers, das ihm in die Kehle spritzte. Er machte ein paar kräftige Kaubewegungen und schluckte ihn ganz hinunter. Vorzüglich! Käfer waren bei weitem die beste Speise im Wald. Auch Mehlwürmer und Zuckmücken waren nicht schlecht. Moskitos schmeckten dagegen wirklich nicht besonders – wie dünne Gaze, manchmal ein wenig stachelig –, aber dafür waren sie auch leichter zu fangen als alles andere. Schon über sechshundert hatte er an diesem Abend gefressen, ungefähr jedenfalls, er hatte zu zählen aufgehört. Sie waren so langsam und unbeholfen, dass man nur das Maul aufsperren und ab und an schlucken musste.

Er warf ein Netz von Tönen aus, um Insekten zu orten. Eigentlich war er schon fast satt, aber er wusste, er sollte noch mehr essen. Seine Mutter hatte ihm in den vergangenen zehn Nächten immer wieder gesagt, er müsse Fett ansetzen, es werde bald Winter. Schatten zog eine Grimasse, während er einen Mehlwurm von einem Blatt schnappte und hinunterschluckte. Als ob er jemals fett werden könnte! Aber er wusste, dass ihm eine lange Reise in den Süden zu ihrem Überwinterungsplatz Hibernaculum bevorstand, wo die ganze Kolonie die kalte Jahreszeit verbringen würde.

Überall um ihn herum konnte Schatten in der frischen Herbstnacht andere Silberflügel sehen und hören, die jagend durch den Wald schossen. Genüsslich dehnte er seine Flügel. Wären sie doch nur länger und kräftiger! Für einen Augenblick schloss er die Augen, segelte nur nach dem Gehör, fühlte, wie die Luft das Fell auf Gesicht und Bauch streichelte.

Plötzlich spitzte er die Ohren. Er hörte das charakteristische Trommeln eines Bärenspinners in vollem Flug. Er stellte den rechten Flügel auf und wendete in Richtung auf die Beute. Wenn er nur einen erwischen könnte – jeder wusste, wie schwer das war –, dann hätte er eine Geschichte, die er bei Sonnenaufgang daheim im Baumhort erzählen könnte, dem Unterschlupf der Kolonie von Jungen und ihren Müttern.

Da war das Insekt, ruderte mit den zerbrechlichen Flügeln und schaukelte plump hin und her, wirkte eigentlich eher komisch. Schatten hatte den Bärenspinner fast erreicht. Vielleicht würde es ihm dieser nicht so schwer machen. Er warf noch einmal sein Klangnetz über ihn aus und legte die Flügel zum Sturzflug an. Da zerfetzte ein Hagelsturm von Geräuschen sein Echobild, und mit dem inneren Auge sah er auf einmal nicht mehr einen einzigen silbrigen Bärenspinner, sondern gleich ein ganzes Dutzend, und alle flogen in unterschiedliche Richtungen.

Verwirrt blinzelte er. Die Motte war noch vor ihm, er konnte sie mit den Augen sehen. Irgendwie brachte sie seine Echos mit ihren eigenen durcheinander. Benütze die Augen, sagte er sich, jetzt nur noch die Augen. Er ruderte stärker, kam dem Insekt schnell näher und streckte schon die Krallen aus. Mit geblähten

13

Schwingen bremste er, schaufelte mit dem Schwanz nach vorn, um die Beute zu fangen, als …

Der Bärenspinner faltete einfach die Flügel zusammen und fiel direkt nach unten aus Schattens Flugbahn heraus.

Dieser flog zu schnell und konnte nicht anhalten. Sein Schwanz schnellte unter ihm nach vorn durch, und er machte einen Salto. Er suchte wieder Luft in die Flügel zu bekommen, stürzte für einen Sekundenbruchteil, bevor er sich aufrichten konnte. Verwirrt schaute er sich nach dem Bärenspinner um.

Der schwirrte friedlich über ihm dahin.

„Oh nein, so nicht!"

Er schlug mit den Flügeln, gewann an Höhe, kam dem Insekt wieder näher. Doch plötzlich flitzte eine andere Fledermaus vor ihm vorbei und schnappte den Bärenspinner mit der Schnauze.

„He!", schrie Schatten. „Das war meiner!"

„Hättest ihn ja fangen können", erwiderte die andere Fledermaus, und sofort erkannte Schatten die Stimme: Chinook. Einer von den anderen Jungen in der Kolonie.

„Ich hatte ihn ja schon", hakte Schatten nach.

„Glaub ich nicht." Chinook kaute angestrengt und ließ die Insektenflügel zwischen den Zähnen herausfallen. „Dieser schmeckt übrigens fantastisch." Er machte übertriebene Schmatzgeräusche. „Vielleicht hast du ja eines Nachts auch mal Glück, Knirps."

Schatten hörte Gelächter und sah, dass er ein Publikum hatte, andere Jungtiere, die zu einem Ruheplatz auf einem Ast in der Nähe flatterten. Das ist ja prima, dachte er, alle werden die nächsten beiden Nächte darüber reden.

Chinook breitete seine eindrucksvollen Flügel aus und machte eine elegante Landung. Mit den beiden Fußkrallen hielt er sich an dem Ast fest und baumelte mit dem Kopf nach unten. Schatten beobachtete ihn mit einer Mischung aus Neid und Wut, während die anderen zur Seite rückten, um Platz zu machen. Jarod war da, der sich nie mehr als eine Flügelspanne von Chinook entfernte. Er würde sogar während eines Gewitters über den Bäumen fliegen, wenn dieser ihn dazu aufforderte. Und da waren auch Yara und Osric und Penumbra. Sie waren immer zusammen. Schatten hatte keine Lust, sich zu ihnen zu gesellen, aber jetzt wegzufliegen hätte noch mehr wie eine Niederlage gewirkt. Er ließ sich also auf dem Ast nieder, ein kleines Stückchen von den anderen entfernt. Sein rechter Unterarm schmerzte von dem Salto mitten in der Luft.

Knirps. Er hasste diese Bezeichnung, obwohl er wusste, dass sie zutraf. Im Vergleich zu Chinook und einigen anderen Jungtieren war er klein, sehr klein sogar. Er war früh zur Welt gekommen. Mami war sich nicht einmal sicher gewesen, dass er überleben würde, hatte sie ihm später erzählt. Als Neugeborenes war er winzig gewesen und hatte kein Fell gehabt, seine Haut war schlaff und er selbst so schwach gewesen, dass er sich kaum im Pelz der Mutter festklammern konnte. Sie hatte ihn überallhin getragen, sogar wenn sie auf die Jagd ging. Immer wenn Schattens schwache Krallen nachzugeben drohten, hatte sie ihn vorsichtig mit den eigenen festgehalten.

Durch ihre Milch war er allmählich kräftiger geworden. Nach ein paar Wochen konnte er sogar etwas von den vorgekauten Käfern essen, die sie fing. Sein Fell begann zu wachsen, wurde glänzend und schwarz. Er nahm zu, nicht viel, aber genug. Und alle in der Kinderkolonie waren überrascht, als er zum ersten Mal in die Höhe sprang und sich mit wirbelnden Flügeln tatsächlich ein paar Sekunden lang in der Luft hielt, bevor er unbeholfen und unrühmlich auf dem Kinn landete. Er würde also doch am Leben bleiben.

Aber alle anderen in der Kinderkolonie, sogar die Mädchen, entwickelten sich schneller als er, bekamen einen breiteren Brustkorb, längere Flügel und kräftigere Arme, um sie zu bewegen. Chinook galt als das viel versprechendste Junge, als geschickter Flieger und Jäger. Schatten hätte alles dafür gegeben, einen Körper wie Chinook zu haben. Mit Sicherheit wollte er aber nicht sein Gehirn, denn das war so springlebendig und so tauglich wie ein Kieselstein.

„Chinook, das war ja unglaublich", sagte Jarod begeistert. „Wie du einfach auf die Motte herabgestürzt bist – fantastisch!"

„Das war schon die zweite heute Nacht.“

„Die zweite?“, sagte Jarod. „Nicht möglich! Du hast zwei geschnappt heute Nacht? Das ist ja …“ Seine Bewunderung schien grenzenlos. „Unglaublich!“

Schatten knirschte mit den Zähnen, während die anderen zustimmend murmelten.

Chinook schniefte verächtlich. „Ich hätte noch mehr gefangen, wenn es hier mehr zu jagen gäbe. So wie im Süden. Ich kann's kaum erwarten, dorthin zu kommen.“

„Ja, klar“, stimmte Jarod zu und nickte heftig. „Natürlich ist's im Süden besser. Erstaunlich, dass man hier oben überhaupt noch etwas zu essen bekommt. Ich kann's auch kaum erwarten, dorthin zu fliegen.“

„Meine Mutter sagt, wir brechen in drei Nächten auf“, fuhr Chinook fort. „Und kommen wir erst nach Hiba-, Hiber- …“

„Hibernaculum“, murmelte Schatten.

„Genau“, sagte Chinook ohne ihn anzublicken. Es war, als ob Schatten überhaupt nicht da wäre. Daran war er gewöhnt, dass man ihn ignorierte. Er fragte sich, warum er sich überhaupt die Mühe machte etwas zu sagen. Es ärgerte ihn, wenn Chinook sich wie der King aufspielte und schwadronierte.

„Wenn wir also an diesen Ort kommen“, redete Chinook weiter, „schlafen wir in diesen ganz tiefen Höhlen mit diesen riesigen Eiszapfen, die von der Decke hängen.“

„Stalaktiten", sagte Schatten. Er hatte seine Mutter danach gefragt. „Es sind keine Eiszapfen, sie bestehen aus Mineralien, die von der Decke herabtropfen. Es ist kein gefrorenes Wasser."

Chinook beachtete ihn nicht, sondern redete weiter von den Eiszapfen in den Höhlen. Schatten zog eine Grimasse. Der Kerl war noch nicht einmal daran interessiert, die Dinge richtig zu stellen. Er kannte keinerlei Neugier. Dass Chinook überhaupt schon einmal Eis gesehen hatte, bezweifelte Schatten. Er selber hatte letzte Nacht zum ersten Mal welches erblickt. Kurz vor der Morgendämmerung war ihm in dem Bach, wo sie tranken, auf dem Wasser eine vom Ufer ausgehende durchsichtige Haut aufgefallen. Er konnte der Versuchung nicht widerstehen, diese Haut zu testen, war niedrig darüber hingeflogen und hatte mit seinen hinteren Krallen draufgeschlagen. Beim zweiten Versuch hatte er gefühlt, wie das Eis mit einem angenehmen Knistern nachgab. Auch die anderen Anzeichen des nahenden Winters hatte er während der vergangenen Wochen bemerkt: das wechselvolle Leuchten der fallenden Blätter, die beißende Frische der Luft. Aber das Eis hatte ihm klargemacht, dass der Winter wirklich nahe war, und das flößte ihm Angst ein.

Er dachte ungern an die bevorstehende Wanderung. Hibernaculum war Millionen von Flügelschlägen entfernt, und er fürchtete, er wäre vielleicht nicht stark genug, um das zu schaffen. Auch seine Mutter musste sich Sorgen machen, sonst würde sie ihm nicht andauernd vorhalten, er müsse mehr essen. Und selbst wenn er dorthin gelangte – die Vorstellung, dass er dann vier Monate lang schlafen sollte, füllte ihn mit Entsetzen. Sie würden den ganzen Winter lang nichts essen, sondern nur schlafen, und ihre Körper würden vor Frost glitzern. Und was wäre, wenn er nicht einschlafen konnte? Was wäre, wenn er in der Höhle bloß da hing und alle anderen ringsum fest schliefen? Es war sowieso eine blöde Idee, so lange zu pennen. So eine Verschwendung! Vielleicht wären andere Fledermäuse dazu in der Lage, aber er wusste, dass er das nicht könnte. Es war einfach unmöglich. Manchmal war es schon schwer genug für ihn, nur einen ganzen Tag lang durchzuschlafen. Es gab doch so viel, was er tun musste: fliegen üben, besser zu landen lernen, besser zu jagen, einen Bärenspinner zu fangen. Er musste größer und stärker werden, und er konnte sich nicht vorstellen, wie er das alles tun sollte, während er den Winter verschlief.

„Ich kann's kaum erwarten, meinen Vater zu treffen", sagte Chinook gerade.

„Ich auch nicht", stimmte Rasha zu.

Und sofort sprachen alle über ihre Väter, wiederholten Geschichten, die sie von ihren Müttern und Schwestern über sie gehört hatten. Im Augenblick waren die Silberflügel in zwei Gruppen geteilt. Der Baumhort war die Kinderkolonie, wo die Weibchen ihre Jungen aufzogen. Weiter südöstlich verbrachten die Männchen den Sommer im Felsenlager. Wenn einmal die Wanderung einsetzte, würden sich die beiden Gruppen treffen und gemeinsam die lange Reise in den Süden nach Hibernaculum machen.

Schweigend hörte Schatten zu. Er fühlte, wie sich sein Gesichtsausdruck verhärtete, und wünschte, dass sie alle den Mund hielten.

„Mein Vater ist riesig“, übertönte Chinook die anderen. Er wartete nie, bis man ausgeredet hatte. Er platzte einfach hinein und jedes Mal verstummten alle anderen, um ihm zuzuhören. Schatten konnte nicht verstehen, warum sie das taten. Das Einzige, worüber Chinook jemals sprach, war, wie viel er gegessen hatte oder welcher seiner Muskeln nach seiner letzten Heldentat am meisten schmerzte.

„Die Flügel meines Vaters reichen von hier bis zu dem Baum da drüben, und er kann in einer Nacht zehntausend Käfer vertilgen und er ist schneller als sonst jemand in der Kolonie. Und einmal hat er mit einer Eule gekämpft und sie getötet.“

„Keine Fledermaus kann eine Eule töten“, schnauzte Schatten. Es war das Erste, was er nach längerer Zeit sagte, und die Wut in seiner Stimme überraschte ihn.

„Mein Vater schon.“

„Sie sind zu groß.“ Er wusste, dass Chinook nur angeben wollte, aber er konnte es nicht einfach so durchgehen lassen.

„Eine starke Fledermaus kann das mit Leichtigkeit."

„Unmöglich."

„Du weißt auch nicht alles, Knirps. Willst du behaupten, dass ich ein Lügner bin?"

Schatten spürte, wie sich vor Empörung sein Fell sträubte. Er wusste, dass er herausgefordert wurde, und er wollte am liebsten sagen: Ja, ja, du bist ein Lügner. Aber die Worte blieben ihm in der Kehle stecken wie die trockenen Schalen eines Käfers.

Da erklangen im Wald die ersten durchdringenden Töne von singenden Vögeln, und alle erstarrten.

„Da ist der Chor zur Morgendämmerung", sagte Penumbra überflüssigerweise. „Ich denke, wir sollten uns auf den Heimweg machen."

Chinook und die anderen Jungtiere raschelten zustimmend mit den Flügeln und wollten los.

„Ja, fliegt schon vor", sagte Schatten mit einem gelangweilten Gähnen. „Ich will nur einen kurzen Blick auf die Sonne werfen."

Ihre Reaktion war ihm so angenehm, dass er die Nase kräuseln musste, um sein Grinsen zu verbergen. Wortlos starrten sie ihn an und runzelten ärgerlich das Fell zwischen den Augen.

„Was redest du da?", fragte Chinook spöttisch.

„Du kannst die Sonne nicht anschauen", sagte Yara und schüttelte den Kopf.

„Nun, ich denke, ich werde es einfach mal versuchen."

Es war das Erste und Wichtigste, was allen Jungtieren beigebracht wurde. Es gab auch andere Regeln – viel zu viele nach Schattens Meinung –, aber diese wurde ihnen mit größtem Nachdruck eingehämmert. Man darf *niemals* die Sonne anschauen. So einfach und endgültig war das.

„Sie wird dich blind machen", sagte Jarod. „Wird dir die Augen im Kopf verbrennen."

„Wird dich anschließend zu Staub verkohlen", ergänzte Osric nicht ohne Schadenfreude.

In königlicher Unbekümmertheit zuckte Schatten die Achseln.

„Und da sind auch noch die Eulen", sagte Penumbra gereizt. Sie schaute sich um. „Wir sollten verschwinden."

In der Ferne konnte Schatten die Mütter hören, die ihre Kinder zurück zum Baumhort riefen. Und dann auch die unverkennbare Stimme seiner eigenen Mutter Ariel: „Schatten … Schatten …" Im Herzen spürte er ein plötzliches Zerren. Sie würde sich Sorgen machen. Und er hatte schon genug Ärger wegen seines Verhaltens vor ein paar Nächten, als er auf der Erde gelandet war (und so gegen eine andere Regel verstoßen hatte), um ein funkelndes Spinnennetz aus der Nähe zu betrachten. Nur ein paar Sekunden lang, aber man hatte ihn erwischt und vor allen anderen Kleinen heftig ausgeschimpft.

„Nur einen kurzen Blick", sagte er zu den anderen

und schaute zum Himmel empor, der langsam heller wurde. „Dauert nicht lange."

„Du bist komisch", sagte Osric und schaute ihn voll unfreiwilliger Bewunderung an – mit genau dem Blick, auf den Schatten gehofft hatte.

„Er wird die Sonne nicht anschauen", sagte Chinook gereizt. „Er sagt das nur so."

„Ich werde dir davon berichten, wenn ich zum Baumhort zurückkomme", sagte Schatten bestimmt. „Es sei denn, du kommst mit, Chinook."

Es war ein köstlicher Augenblick des Schweigens, als Jarod, Penumbra, Yara und Osric ihren Helden erwartungsvoll anblickten. Chinook war herausgefordert worden und er wusste es. Er bohrte eine seiner Krallen in die Rinde.

„Na gut, ist egal", sagte Schatten fröhlich und machte Anstalten loszufliegen.

„Warte! Ich komme mit", sagte Chinook und dann noch heftiger: „Ich komme mit dir."

„Ich weiß, das ist nur ein verrücktes Spiel", sagte Chinook, während sie durch den Wald flogen und sich weiter vom Baumhort entfernten. „Wir werden ja sehen, wer als Erster einen Rückzieher macht."

Schatten konnte nur unter Anstrengung mithalten, und das ärgerte ihn. Immer musste er stärker mit den Flügeln schlagen, sich mehr anstrengen, um nicht zurückzufallen. Er hasste es, Chinooks mühelose Flügelschläge mit anzusehen, aber er schaute genau hin und versuchte es ihm nachzumachen.

„Wir fliegen zur Hügelkuppe", sagte er und hoffte, dass man nicht hören konnte, wie atemlos er war. „Dort können wir die Sonne früher sehen. Was meinst du?"

Chinook knurrte nur geistesabwesend. Dann fragte er: „Was ist mit den Eulen?"

Klang da ein bisschen Angst mit in seiner Stimme? Schatten fühlte sich ermutigt.

„Halt dich nur nahe bei den Bäumen, dann werden sie uns gar nicht sehen."

Noch ein Knurren.

Schatten konnte Vögel erkennen, die sich gerade in ihren Nestern und auf ihren Ästen zu rühren begannen, in den Morgengesang einstimmten und das Gefieder aufplusterten. Schlafende Vögel gehörten zu seiner nächtlichen Welt, aber er hatte noch nie so viele von ihnen im wachen Zustand gesehen, und jetzt meldeten sich einige überrascht, als er und Chinook vorbeiflitzten.

Sie erreichten die Hügelkuppe und ließen sich auf dem höchsten Baum nieder, eng an den Stamm gepresst, um nicht aufzufallen. Vor ihnen erstreckte sich in einer Biegung das ausgedehnte Tal, ein Baldachin von Baumwipfeln, unterbrochen nur von der einzigen staubigen Straße, die die Menschen durch den Wald geschlagen hatten. Noch nie hatte er da etwas gesehen, keinen Menschen, keines ihrer lauten Fahrzeuge. Die Silberflügel waren von fast allem sehr weit entfernt, sagte seine Mutter immer.

Überall schwoll jetzt der morgendliche Chorgesang an.

„Warum willst du überhaupt die Sonne sehen?"

„Ich will sie einfach sehen."

„Wozu?"

„Ich bin neugierig. Du etwa nicht?"

Eine kleine Pause. „Nein." Noch eine Pause. „Und wenn sie uns nun in Staub verwandelt?"

„Sie verwandelt auch sonst nichts in Staub."

Er genoss die Situation: Zur Abwechslung hörte ihm Chinook tatsächlich einmal zu. Es war fast so, als hätte Chinook es nötig, beruhigt zu werden.

„Meine Mutter hat mir eine Geschichte von einer Fledermaus erzählt. Ihre Flügel und Knochen und Zähne, alles nur noch ein Haufen Staub."

„Nur eine Geschichte."

Aber in der Magengegend spürte er doch ein wenig Angst.

„Lass uns zurückfliegen", sagte Chinook nach einer Weile. „Wir können den anderen erzählen, dass wir sie gesehen haben. Wir behalten es für uns, okay?"

Schatten überlegte. Chinook wollte etwas von ihm. Er genoss dieses Gefühl von Macht.

„Flieg nur", sagte Schatten. Er selbst würde nicht abhauen. Er wollte keine Abstriche von seinem Sieg über Chinook.

25

Der Himmel war im Osten jetzt sehr hell, heller als er ihn je gesehen hatte. Er spürte einen brennenden Schmerz in den Augen und kniff sie zu. Wenn die Geschichten nun doch stimmten? Wenn ihn die Sonne nun doch blind machen würde?

„Nicht mehr lange", murmelte er.

Chinook rückte an dem Ast hängend hin und her, seine Flügel raschelten gegen die Borke.

„Schhhhh", zischte Schatten ihm zu. „Da drüben." Er deutete mit dem Kinn.

In einem nahen Baum saß stocksteif eine Eule, fast verborgen hinter einem Vorhang von Blättern.

„Hast du etwa Angst?", flüsterte er Chinook zu. „Eine starke Fledermaus braucht sich vor nichts zu fürchten."

Schatten selbst hatte Angst, aber er glaubte, dass die Eule sie nicht gesehen hatte. Selbst wenn sie sie entdeckt hatte, durfte sie sie nicht angreifen, bevor die Sonne aufgegangen war. Das war das Gesetz. Er glaubte aber nicht, dass Chinook das wusste. Es gehörte nicht zu den Dingen, die Mütter ihren Kleinen erzählten. Er selbst wusste es nur, weil er mitbekommen hatte, wie sich seine Mutter mit einer der Ältesten der Kolonie unterhalten hatte, als sie glaubte, er schliefe. Das war wohl der einzige Vorteil, wenn man ein Knirps war. Als er noch jünger gewesen war, hatte sie ihn überallhin mitgenommen, sogar zu besonderen Treffen der Erwachsenen. Auf diese Weise hatte er eine ganze Menge aufgeschnappt.

Die Eule schrie Furcht erregend und Schatten sträubte sich das Fell. Dann erhob sich der Vogel aufgeregt von seinem Ast und flog mit geräuschlosen Flügelschlägen davon.

Schatten stieß den angehaltenen Atem aus.

„Ich – ich kann nicht", sagte Chinook, ließ sich vom Ast fallen und machte sich mit kräftigen Flügelschlägen schnell zum Baumhort davon. Schatten sah ihm nach, wie er hinter dem Laub verschwand. Er war auf merkwürdige Weise enttäuscht und wusste nicht, warum.

Nun konnte er auch verschwinden.

Er hatte gewonnen.

Aber das war ihm nicht genug. Zu seiner eigenen Überraschung wollte er mehr. Er wollte wirklich die Sonne sehen. Er wollte das, was ihnen absolut verboten war.

Oberhalb der Bäume breitete sich über das Tal ein Streifen weißes Licht aus. Er war überrascht, wie lange das alles dauerte. Der Himmel war schon zur Hälfte hellgrau, und immer noch war keine Sonne zu sehen. Wo blieb sie nur?

Er blinzelte, drehte sich um und stellte fest, dass er direkt auf eine Wand aus dichten Federn starrte. Er schaute hoch – in riesige Augen mit schweren Lidern, die Augen einer Eule, die am Ende seines Astes hockte. Ohne ein Geräusch zu machen, presste sich Schatten fest an die Rinde des Baumes, aber er wusste, dass sie

27

ihn entdeckt hatte. Eulen konnten so geräuschlos fliegen. Sie konnten sich einem ganz unbemerkt nähern. Die Eulenaugen blieben auf ihn geheftet, dann drehte sich der massige Kopf mit den unheimlich hornförmigen Ohren zum hellen Horizont, um Ausschau nach der Sonne zu halten. Schatten tastete die Eule mit seinem Klang-Sehen ab und machte sich ein gründliches Bild: das dichte Gefieder mit der wilden Kraft darunter, der bösartig gekrümmte Schnabel, der Fleisch in Sekundenschnelle zerreißen konnte. Und er wusste, dass sie nicht einmal ihre Augen brauchte, um ihn zu sehen. Wie er selbst verfügten auch alle Eulen über Klang-Sehen.

Er starrte den Vogel an und hasste ihn. Keine Fledermaus könnte eine Eule töten. Sie waren Riesen, fünfmal so groß, vielleicht noch größer. Er hätte eigentlich mehr Angst haben müssen. Er war kleiner, aber er konnte deshalb auch an Orte gelangen, wo die Eule nicht hinkam, durch enge Zwischenräume im Astwerk. Er konnte sich in den Spalt eines Stammes hineinzwängen. Er konnte sich vor der Rinde fast unsichtbar machen.

Ein plötzlicher Luftstoß hinter ihm, und da flatterte seine Mutter.

„Flieg los!", zischte sie. „Sofort!"

Ihre Stimme klang so dringlich und so wütend, dass er ihr augenblicklich folgte. Sie stürzten sich den Hügel hinab und folgten den Baumwipfeln. Er blickte über den Flügel zurück und sah, wie die Eule ihnen in einiger Entfernung mit gemächlichen Schlägen ihrer gewaltigen Flügel folgte. Die Sonne war noch nicht über den Horizont gestiegen.

Sie flogen über den Bach, und die Eule war immer noch da. Schatten fühlte eine plötzliche Wärme auf den Flügeln und schaute hin. Sie glänzten hell. Die Sonne!

„Zwischen die Bäume!", rief Ariel ihm über ihren Flügel zu. „Schau nicht nach hinten!"

Aber er schaute.

Ein kleines Scheibchen Sonne war über den Horizont gestiegen und überschüttete das Tal mit blendendem Licht. Es war so hell, so intensiv, dass es ihm den Atem verschlug und er die Augen fest schließen musste.

Mit dem Klang-Sehen klammerte er sich an seine Mutter und folgte ihr, als sie unter die Wipfel der Bäume hinabtauchte. Der widerwärtige Geruch der Eule schlug über ihm zusammen, als ihre Krallen an seinem Schwanz vorbeischossen und ihm beinahe die Flügel durchbohrten.

Er war jetzt unten zwischen den Bäumen, und überall um ihn herum erhoben sich die Vögel und veranstalteten ein fürchterliches Geschrei. Wie verrückt wedelten die beiden Fledermäuse durch das Laub. Er strengte sich an, seiner Mutter zu folgen. Endlich stürzten sie auf die Lichtung hinaus. Mit ihnen die Eule, die ihnen oberhalb der Bäume gefolgt war und nun wie ein Hagelsturm auf sie herabfiel. Schatten und seine Mutter wirbelten in verschiedene Richtungen, um den Krallen der Eule auszuweichen, kamen dann wieder zusammen, flitzten auf die mächtigen knorrigen Äste des Baumhorts zu, hinein durch das Astloch und in die sichere Dunkelheit im Inneren.

– 2 –

Der Baumhort

Der Baumhort war eine gewaltige, uralte Eiche mit
tief gefurchter Borke und dicken, knorrigen Wurzeln,
die sich aus der Erde herauskrümmten. Vor hunderten von Jahren hatte ein Blitz sie getroffen, der Baum
war abgestorben und die Außenseite versteinert. Die
Silberflügel hatten den großen Stamm und viele Äste
ausgehöhlt und seitdem als Kinderkolonie benutzt. Jedes Frühjahr kamen die Weibchen hierher zurück, um
ihre Jungen zur Welt zu bringen und aufzuziehen. Es
gab nur eine Hand voll Öffnungen, gut verborgene
Astlöcher, durch die die Fledermäuse in der Morgen-
und Abenddämmerung herein- und hinausflogen. Vögel oder andere Tiere konnten da nicht eindringen. Die
Fledermäuse hatten ihr Lager an den bemoosten In-
nenwänden, in Spalten, auf Simsen und in Höhlungen
und in den zahlreichen Ästen, die vom Hauptstamm
abzweigten.

Als Schatten mit seiner Mutter durch das Astloch he-
reingestürzt kam, blickten die Fledermäuse, die in der

31

Nähe des Eingangs hingen, ängstlich zu ihnen hin. Draußen schrie noch einmal wütend die Eule. Ein- oder zweimal schlug sie mit ihren Krallen gegen den Baum, bevor sie unheilvoll kreischend wegflog. Als Schatten mit rasendem Herzschlag neben seiner Mutter landete, hörte er die sich überstürzenden Fragen.

„Was ist passiert?", und „Warum seid ihr so lange draußen geblieben?", und „Habt ihr den Chorgesang zur Dämmerung nicht gehört?", und „Wie seid ihr der Eule entwischt?"

Ariel beachtete die anderen nicht, sondern wandte sich an Schatten und fragte eindringlich:

„Bist du verletzt?"

„Ich glaube nicht ..."

Vorsorglich untersuchte sie seine Flügel und den Schwanz, tastete grob mit der Nase seine Rippen und den Bauch ab, um sicher zu gehen, dass nichts gebrochen, nichts verletzt war. Dann faltete sie ihre Flügel um ihn herum und hielt ihn eine lange Zeit fest umschlungen. Er merkte, dass sie zitterte. Als sie schließlich von ihm abrückte, funkelten ihre Augen vor Wut.

„Warum hast du das getan?"

Schatten wandte den Blick ab. Er spürte die Nähe der anderen Fledermäuse. Das Fell brannte ihm im Gesicht. Er sprach ruhig: „Chinook war ... er hat Dinge über Eulen gesagt und wie sein Vater mit einer gekämpft hat, und ich wollte nur irgendetwas tun, was ..." Er wollte sagen „was mutig ist", aber sie unterbrach ihn.

32

„Kindisch war das und gefährlich." Sie gab sich keine Mühe leiser zu sprechen. „Du hättest getötet werden können, einfach so." Mit der Flügelspitze machte sie ein scharfes schnappendes Geräusch. „Und Chinook genauso."

„Woher weißt du von Chinook?"

„Ich habe ihn getroffen, als ich dich gesucht habe."

„Er hat also gepetzt", sagte Schatten verächtlich.

„Zu deinem Glück." Sie starrte ihn an. „Wegen so einer Torheit ist dein Vater ums Leben gekommen."

Schatten konnte eine Weile nicht sprechen. „Er wollte die Sonne sehen?", fragte er eindringlich.

Sie hatte ihm das nie erzählt. Das Einzige, was er über den Tod seines Vaters wusste, war, dass er im vergangenen Frühjahr eines Nachts draußen gewesen war, zu weit weg vom Rastplatz und zu spät, und dass ihn eine Eule in der Morgendämmerung gejagt und getötet hatte. Sein Vater hatte Cassiel geheißen.

Ariel nickte. Plötzlich war sie müde. „Ja. Er hat immer davon geredet. Weil er neugierig war – nein, weil er dickköpfig war, weil er nicht vernünftig sein wollte." Ihr ganzer Ärger flammte wieder auf. „Das wird dir nicht passieren. Ich will nicht in einem Jahr meinen Mann und meinen Sohn verlieren. Ich lasse das nicht zu."

„Warum hast du mir das nie erzählt?" Er nahm ihr das plötzlich übel.

„Ich wollte dich nicht auf dumme Gedanken bringen.

Du hast so schon genug davon." Sie seufzte und ihre Augen verloren ihre Wildheit. „Geht es dir wirklich gut?"

„Warum wollte er die Sonne sehen?"

„Versprich, dass du das nie wieder tust."

„Hast du meinen Vater das versprechen lassen?"

„Versprichst du's mir?"

„Es ist nicht richtig", sagte Schatten stirnrunzelnd. „Ich meine, dass die Eulen uns nicht die Sonne sehen lassen. Findest du das fair, Mami?"

Sie seufzte verzweifelt und schloss für einen Augenblick die Augen. „Es hat nichts mit fair oder richtig oder falsch zu tun. So sind die Dinge nun mal ..." Ärgerlich brach sie ab. „Ich will nicht mit dir darüber diskutieren. Du tust, was ich dir sage, so einfach ist das. Du hast keine Ahnung, in was für Schwierigkeiten du uns alle gebracht hast."

„Aber wieso denn, wir sind doch entkommen, wir haben ..."

Er brachte den Satz nicht zu Ende. Merkur, der Bote der Ältesten in der Kolonie, kam in einer langsamen Spirale im Stamm zu ihnen herunter.

„Geht's euch beiden gut?", fragte er, als er sich anmutig neben ihnen niedergelassen hatte.

„Ja."

„Die Ältesten möchten euch gerne sprechen. Seid ihr kräftig genug, nach oben zu kommen, oder soll ich sie bitten, zu euch herunterzukommen?"

„Nein, ich kann kommen. Bleib hier", sagte Ariel zu Schatten.

„Sie möchten, dass du deinen Sohn mitbringst."

Schatten und seine Mutter tauschten einen schnellen Blick. Er hatte schon früher Ärger bekommen, oft sogar. Aber dies war das erste Mal, dass er vor die Ältesten zitiert wurde. Merkur schwang sich wieder in die Luft, und Schatten flog hinter Ariel her im Baumstamm hoch. Während er höher stieg, fühlte er die Blicke von hunderten von Fledermäusen. Er war befangen, aber auf angenehme Weise erregt. Normalerweise gönnte ihm niemand auch nur einen zweiten Blick. Nun war er wichtig genug, um vor die Ältesten gerufen zu werden. Stolz ließ er seine Augen über die neugierigen Gesichter der ruhenden Zuschauer schweifen. Da war auch Chinook neben seiner Mutter, aber er schaute weg, bevor Schatten ihn triumphierend angrinsen konnte.

„Du hast keinerlei Anlass zu grinsen", wies Ariel ihn zurecht. „Beeil dich."

Sie waren an zahllosen Gängen vorbeigeflogen und näherten sich jetzt den oberen Regionen des Baums. Schatten hatte ein mulmiges Gefühl, als sich sein Magen zusammenkrampfte. Er war noch nie so hoch oben gewesen. Der Hauptstamm hatte ein stumpfes Ende, aber Merkur führte sie in einen Ast, der sich steil nach oben drehte und mit Knicken und Windungen in den Himmel ragte.

In der Spitze des Astes hingen die vier Ältesten der Kolonie und unterhielten sich leise, als Schatten und seine Mutter unter ihnen landeten. Merkur flatterte zu Frieda und flüsterte ihr etwas ins Ohr, bevor er sich in einen schmalen Spalt im Schatten der Kammer zurückzog und darauf wartete wieder gerufen zu werden.

Aurora, Bathsheba, Lukretia und Frieda: Schatten kannte die Namen der Ältesten, aber er hatte nie mit ihnen gesprochen. Er betrachtete sie aus einer gewissen Entfernung und fühlte so etwas wie Ehrfurcht. Sie waren alle vier alte Fledermäuse und über die Zeit des Kinderkriegens weit hinaus. Für Schatten war es ungewohnt, Weibchen in ihrem Schlafbaum ohne Junge in der Nähe zu sehen. Frieda war von den Vieren die Betagteste und für Schatten die Geheimnisvollste. Ihr genaues Alter wusste man nicht, aber niemand in der Kolonie der Silberflügel konnte sich an eine Zeit erinnern, als sie noch nicht die Erste unter den Ältesten gewesen war. Ihre Flügel waren zerknittert, aber noch geschmeidig und stark, und ihre Krallen waren knotig wie die Wurzeln eines alten Baumes, aber gefährlich scharf. Nach den Aussagen von Schattens Mutter war sie noch eine erbarmungslose Jägerin. Das Fell in ihrem Gesicht enthielt jetzt mehr Grau als Silber oder Schwarz, und an ihrem Körper gab es ein paar abgeschabte Stellen, die wahrscheinlich nur Zeichen des Alters waren, von denen aber Schatten gerne geglaubt hätte, wenigstens einige von ihnen wären alte Narben von Kriegsverletzungen.

Das Geheimnisvollste an Frieda war der schmale Metallring um ihren linken Unterarm. Keine andere Fledermaus in der Kolonie hatte so etwas. Auf Schattens mehrmalige Fragen danach hatte seine Mutter nur den Kopf geschüttelt und ihm erklärt, dass sie nicht wusste, wo der Ring herkam und wie Frieda ihn bekommen hatte. Die anderen Jungen waren genauso unergiebig. Es gab ein paar halbherzige Vermutungen, aber – und das machte Schatten immer wütend – niemand schien besonders neugierig oder interessiert: Frieda hatte einen Ring und, soweit es sie betraf, war's das.

„Ihr seid ja gerade noch mal davongekommen, wie man hört", sprach Frieda sie nun an. „Aber warum wart ihr so spät noch draußen, Ariel? Was ist passiert?"

„Ich habe Schatten gesucht."

„Hatte er sich verirrt?" Die Frage kam von Bathsheba, und ihre raue Stimme machte Schatten kribbelig.

„Nein", sagte Ariel. „Er hat törichterweise Chinook herausgefordert. Sie haben auf den Sonnenaufgang gewartet."

„Wo ist Chinook?", fragte Frieda.

„Er ist in Sicherheit. Er war vernünftig genug, vor dem Sonnenaufgang in den Baumhort zurückzukommen." Schatten runzelte die Stirn. Er musste sich zwingen den Mund zu halten. *Vernünftig* genug? Chinook hatte Schiss gehabt, er war davongeflogen wie eine ängstliche Motte!

„Dein Sohn aber ist geblieben", sagte Frieda und starrte Schatten so durchdringend an, dass er auf seine Füße blicken musste.

„Ja, und ich habe ihn gerade noch rechtzeitig gefunden. In dem Baum wartete schon eine Eule darauf, ihn sich zu schnappen."

„Aber die Sonne ist aufgegangen, bevor ihr den Baumhort erreicht habt", sagte Bathsheba bissig.

„Ja", antwortete Ariel niedergeschlagen.

In der Behausung der Ältesten herrschte ein kurzes, schreckliches Schweigen. Und als Bathsheba als Nächste sprach, traute Schatten seinen Ohren nicht.

„Dann hättest du deinen Sohn der Eule überlassen müssen."

„Ich weiß", sagte Ariel.

Entsetzt schaute Schatten sie an.

„So ist das Gesetz", fuhr Bathsheba fort.

„Ich kenne das Gesetz."

„Warum hast du es dann gebrochen?"

Schatten sah, wie in den Augen der Mutter wieder der Zorn aufloderte. „Ich habe getan, was jede Mutter getan hätte."

Das Gefühl, verraten worden zu sein, das Schatten noch vor wenigen Sekunden gehabt hatte, wurde von einer Woge des Stolzes und der Liebe zu seiner Mutter weggespült. Bathsheba wollte gerade eine ärgerliche Antwort auf Ariels Worte geben, aber mit einem sanften *Wusch* breitete Frieda ihre Flügel aus, und die andere Fledermaus schwieg.

„Wir wissen, was dir im Frühjahr widerfahren ist, Ariel. Wie tapfer du den Verlust von Cassiel getragen hast. Und du hast Recht. Was du getan hast, ist nur zu natürlich. Aber das Gesetz ist nicht natürlich, es ist grausam."

Bathsheba zwitscherte ungeduldig. „Alle waren traurig über Cassiels Tod. Aber Ariel ist nicht die Einzige, die einen Gefährten verloren hat. Vielen von uns ist es so ergangen. Du sagst, das Gesetz ist grausam, Frieda, aber es kann uns auch helfen. Das Gesetz verschafft uns Sicherheit während der Nacht, nicht am Tage. Wenn wir uns daran halten, können wir wenigstens einige dieser unnötigen Todesfälle vermeiden." Sie wandte ihre harten Augen wieder Ariel zu. „Dein Verhalten war eigennützig, und du hast die ganze Kolonie in Gefahr gebracht."

Frieda seufzte. „Das könnte, fürchte ich, durchaus stimmen."

„So schrecklich es auch ist", fuhr Bathsheba eiskalt fort, „hättest du deinen Sohn allein gelassen, dann hätten ihn die Eulen erwischt, und die Angelegenheit wäre erledigt. Nun werden die Eulen das Gefühl haben, betrogen worden zu sein. Sie werden Genugtuung verlangen."

Ariel nickte. „Ja, ich weiß, es ist meine Schuld."

„Nein", platzte Schatten heraus, bevor er sich bremsen konnte. Er hasste die Resignation in der Stimme seiner Mutter, hasste die grimmige Art und Weise, wie Bathsheba auf sie herabschaute. Wie konnte sie es wagen, so mit seiner Mutter zu sprechen! Alle Augen waren jetzt auf ihn gerichtet, und er merkte, dass in seinem Kopf alle Gedanken hilflos durcheinander gingen. „Ich will sagen: Es ist meine Schuld", redete er schnell weiter. „Ich bin der … Ich wollte die Sonne sehen, ich habe Chinook dazu überredet, aber in Wirklichkeit ist die Sonne kaum aufgegangen, deshalb verstehe ich nicht, warum sich die Eulen so aufregen. Es tut mir Leid, dass ich so viel Ärger gemacht habe, und ich weiß nicht viel über das Gesetz, aber ich denke, es ist grausam und unfair, genau wie Frieda es gesagt hat."

In dem anschließenden Schweigen wünschte Schatten zum ersten Mal in seinem Leben, er wäre noch kleiner, als er sowieso schon war, so klein, dass er ganz einfach verschwinden könnte.

„Offenbar hast du deinen Jungen verhätschelt", sagte Bathsheba eisig zu Ariel, „sodass er dickköpfig und frech geworden ist. Hast du ihm nicht gesagt, wie gefährlich die Sonne ist?"

„Sie hat mich nicht in Staub verwandelt", murmelte Schatten. Er konnte selbst kaum glauben, dass er es schon wieder getan hatte, die Worte waren ihm einfach so herausgerutscht.

„Was?", fragte Bathsheba.

„Oder mich blind gemacht", murmelte Schatten. „Die Sonne, meine ich. Das waren nur so Geschichten."

„Es reicht, Schatten", sagte seine Mutter scharf. „Ich habe vor, ihn zu bestrafen", erklärte sie Bathsheba.

Bathsheba schnaubte unbeeindruckt. „Das wird nicht viel nützen, wenn die Eulen Entschädigung verlangen."

„Darüber werden wir uns später Sorgen machen", sagte Frieda streng. „Der Junge hat nur gemacht, was viele von euch gerne getan hätten – oder habt ihr das etwa vergessen? Er ist jung und unvernünftig, richtig, aber seid nicht so schnell mit einer Verurteilung bei der Hand. Ich danke dir, Ariel. Schatten. Angenehme Ruhe."

Noch einmal richtete Frieda ihren durchdringenden Blick auf Schatten, und er hatte das merkwürdige Gefühl, dass sie Verständnis für ihn hatte. Für einen Augenblick schaute er der alten Fledermaus in die schwarzen Augen, länger ertrug er es nicht, dann neigte er ergeben den Kopf und verabschiedete sich murmelnd.

Als Schatten und seine Mutter das Quartier der Ältesten verließen, waren die meisten Bewohner der Kolonie, die in ihren Ruheplätzen hingen, bereits eingeschlafen, die Jungen eng an ihre Mütter gedrückt und von deren Flügeln eingehüllt.

„Wasch dich", sagte seine Mutter, als sie sich an ihrem Schlafplatz niedergelassen hatten.

Schatten begann sich Staub und Sand von den Flügeln zu lecken. Die Eule lag schon so weit in der Vergangenheit, aber er rief sich das geräuschlose Schlagen ihrer Flügel ins Gedächtnis, das plötzliche Pfeifen ihrer blitzenden Klauen.

„Richtig toll, wie wir entwischt sind, nicht wahr?", sagte er.

„Richtig aufregend", entgegnete seine Mutter knapp.

„Ich habe die Sonne wirklich gesehen."

Sie nickte kurz angebunden.

„Interessiert es dich nicht?"

„Nein."

„Bist du mir noch böse?"

„Nein. Aber ich will nicht, dass du wie dein Vater wirst."

„Das ist nicht sehr wahrscheinlich", grinste Schatten.

„Er war doch eine große Fledermaus, nicht?"

„Ja. Er war eine große Fledermaus. Aber du bist ja eines Tages vielleicht auch eine."

Vielleicht. Das klang nicht sehr viel versprechend. Er schaute von seiner Wäsche hoch. „Mami, eine Fledermaus kann doch keine Eule töten, oder?"

„Nein", sagte sie. „Keine Fledermaus kann das."

„Genau", sagte Schatten traurig. „Sie sind zu groß. Keine Chance, dass eine Fledermaus das könnte."

„Denk nicht daran, was Chinook gesagt hat."

„Ja", sagte Schatten.

„Hier, da hast du einen großen Fleck." Sie rückte nä-

her und begann ihre Krallen sanft durch sein Rückenfell zu ziehen.

„Ich kann das selber", sagte Schatten, allerdings ohne
viel Überzeugungskraft. Er entspannte seine schmerzenden Schultern, als ihm seine Mutter immer wieder
durch das Fell kämmte. Ein wunderbar schwebendes
Gefühl ließ ihn schläfrig werden, er fühlte sich sicher,
warm und glücklich und wünschte, es könnte immer
so sein. Aber als er die Augen schloss, brannte noch
immer auf der Innenseite der Lider das Bild der aufgehenden Sonne, dieser blendenden Lichtscheibe.

Schatten gab sich Mühe, sein Verhalten zu bedauern,
aber das war nicht leicht, besonders als er merkte, dass
er berühmt war, wenigstens bei den Jungen. Gleich
am nächsten Abend verlangten Osric, Yara, Penumbra und einige andere einen vollständigen Bericht über
sein Abenteuer mit der Eule, und er war dazu nur allzu gern bereit. Überwiegend hielt er sich dabei an die
Wahrheit, nur gelegentlich schmückte er sie mit ein
paar erfundenen Einzelheiten aus. Chinook blieb fern,
Jarod ebenso. Aber Schatten wusste, dass sie alles erfahren würden.

Es blieb ihm jedoch nicht viel Zeit, seinen neuen
Ruhm zu genießen, denn bald leerte sich die Behausung, als alle Fledermäuse zur nächtlichen Jagd aufbrachen und Schatten zurückbleiben musste. Das war
Teil seiner Strafe: Er hatte Flugverbot. Er musste die

ganze Nacht im Baumhort bei den alten, langweiligen Fledermäusen bleiben, die zum Jagen zu schwach waren und sich sowieso lieber drinnen aufhielten. Nur für eine Stunde durfte er um Mitternacht zur Nahrungsaufnahme hinaus. Aber selbst dann war seine Mutter ganz nahe bei ihm und er konnte sich nicht außer Sichtweite vom Unterschlupf entfernen. Das Ganze machte ihm nicht allzu viel aus, denn er wusste, dass sie den Baumhort sowieso in zwei Nächten verlassen würden, um ihre Wanderung anzutreten, und damit wäre seine Strafe abgelaufen.

Trotzdem wollte er die Zeit nicht ungenutzt verstreichen lassen. Im Inneren des Baumstamms übte er Starts und Landungen. Er zielte mit seinem Klangecho auf Zweige oder Moosstückchen, als ob es Bärenspinner wären, und stürzte sich zum Fang auf sie hinab. Und immer dachte er nach. Über die Sonne, über die Eulen. Und an seinen Vater dachte er, der wie er selbst die Sonne hatte sehen wollen.

Monatelang hatte er seine Mutter mit Fragen nach Cassiel gelöchert, wie er aussah, wie er war. Aber so sehr er sich auch bemühte, es war ihm nie gelungen, sich mit ihm verbunden zu fühlen. Jetzt jedoch, nachdem er wusste, wie er gestorben war, hatte er das Gefühl, dass sich ein schwacher Spinnenfaden zwischen ihnen spannte. Er war nur ein Knirps, aber er hatte die Sonne sehen wollen, genauso wie sein Vater.

Nach einem spektakulären Sturzflug schnappte er

nach Luft, als er einen Hauch fühlte, sich umschaute und sah, wie sich Frieda neben ihm niederließ.

„Erzähl mir von der Sonne", sagte sie.

Seine Zunge fühlte sich schwer an. Die Erste unter den Ältesten der Kolonie blickte ihn durchdringend an. Ihre Flügel raschelten, als sie sie am Körper zusammenfaltete, und er bemerkte, dass sie einen etwas muffigen Geruch verströmte. Den Geruch des Alters, dachte er. Aber sie lächelte ihn an, um die Augen bekam ihr Gesicht Falten, und Schattens Angst ließ nach.

„Nun, ich habe sie gesehen", begann er zögernd, dann fuhr er stolpernd fort und erzählte ihr alles, woran er sich erinnern konnte. Es war nicht viel, aber er wollte es unbedingt mitteilen, genoss es richtig. Seine Mutter interessierte sich offenbar nicht dafür. Frieda aber hörte aufmerksam zu und nickte dann und wann.

„Du hast sie auch gesehen, nicht wahr?", fragte er ohne zu überlegen.

„Du hast Recht, ich habe sie gesehen. Vor langer Zeit."

„Sie ist rund, nicht wahr, wie der Mond?"

„Ja. Nur größer."

Erstaunt schüttelte er den Kopf. Dieses Leuchten konnte er sich nicht vorstellen.

„Dann wolltest du sie also nur sehen? Wie ich?", fragte er Frieda.

Sie nickte. „Als ich jünger war, wollten das viele von

uns. Einige waren sogar bereit dafür zu sterben. Heutzutage sind sie anders. Ihnen ist es egal. Vielleicht denken sie, das Gesetz ist unfair, aber dagegen zu kämpfen sind sie nicht bereit. Wie Bathsheba. Und in mancher Hinsicht ist das klug. Denk an deinen Vater, denk an das, was dir und Ariel beinahe passiert wäre."

„Wie kommt es, dass uns nicht erlaubt ist, die Sonne zu sehen? Ich meine, ich weiß, das ist das Gesetz, aber warum?"

„Wir sind verbannt worden, Schatten, vor Millionen von Jahren."

„Verbannt?"

„Bestraft, vertrieben."

„Wofür? Was haben wir getan?"

„Es ist einfacher, wenn du das selber hörst. Komm mit."

– 3 –

Der Echoraum

Während der letzten Morgendämmerung hatte sich Schatten zur Spitze des Baumhorts begeben, nun führte ihn Frieda in seine untersten Tiefen. In Spiralen flogen sie die ganze Länge des Stammes hinab und Schatten staunte über die gewaltige Größe des Baumes. Immer tiefer ging es hinab, bis sie auf dem bemoosten Boden landeten. Er spürte, wie viel kühler es hier war, und bemerkte den starken Geruch von Erde und Holz. Er dachte, er hätte zentimeterweise jeden Winkel des Baumhorts erforscht, jeden Gang, jede Höhlung, aber nie war ihm diese kleine Pforte aus knorrigem Holz aufgefallen, zu der Frieda auf allen vieren hinkroch.

Er folgte ihr durch die Öffnung und weiter nach unten, und sofort wusste er, dass er sich unter der Erde befand. Seine Echostrahlen prallten scharf gegen die Wände des engen Ganges.

„Wir sind da", sagte Frieda vor ihm.

Der Boden des Ganges neigte sich nach unten und Schatten breitete sofort die Flügel aus und glitt in eine große Höhle hinab. Er fühlte die Kälte, die durch die Steinwände sickerte, und dachte: Winter. Und dann hörte er den Wind – jedenfalls dachte er zunächst, es sei der Wind. Aber als er die Ohren spitzte und genauer hinhörte, wurde ihm klar, dass es Stimmen waren, Fledermausstimmen, ganz viele. Sie murmelten und murmelten und überlagerten sich wie ein geisterhafter Lufthauch, der durch Blätter strich. Unter dem Fell bekam er eine Gänsehaut.

„Wer ist da unten?", fragte er mit versagender Stimme.

„Niemand", sagte Frieda. „Ich zeige es dir."

„Ich höre Stimmen …"

„Du wirst schon sehen. Hier entlang."

Frieda führte ihn noch weiter nach unten zum Grund der Höhle und landete auf einem schmalen Sims. In einer kleinen Nische im rauen Stein sah Schatten einen Vorhang aus Erde und verrotteten Blättern. Die Stimmen kamen von der anderen Seite dahinter.

„Schnell jetzt", sagte Frieda und schob sich mit der Nase durch das weiche Zentrum der Tür.

Er hatte keine Ahnung, was er zu erwarten hatte. Vielleicht einen Trauerchor von Gespenstern, vielleicht nur ein einziges Gespenst mit tausend jammernden Mündern. Er fand sich in einer überraschend kleinen, völlig runden und vollkommen verlassenen Höhle. Sie war jedoch nicht wirklich verlassen. Überall um ihn herum, wie warme Luftströme, waren Stimmen, die in seinen Ohren klagten und sich in seinem Fell, seinen Flügeln verfingen.

„Leg die Flügel fest an", sagte Frieda und schloss sorgfältig hinter Schatten den erdigen Vorhang, „und sei still."

Er wagte kaum zu atmen. Dennoch waren die Stimmen schwach und schienen von weit her zu kommen, aber er konnte sie jetzt besser verstehen, wie sie herumwirbelten:

„... im Winter dieses Jahres ..."

„... nahmen die Eulen Rache ..."

„... fünfzehn Junge starben in der Kinderkrippe ..."

„... Revolte nach der Schlacht niedergeschlagen ..."

Ihm wurde klar, dass es sich um Echos handelte, die immer wieder und immer wieder von den Wänden der Höhle zurückgeworfen wurden.

„Siehst du, wie glatt die Wände sind?", flüsterte Frieda. „Es hat Jahre gedauert, sie auszuhöhlen und zu polieren. Generationen. Aber sie mussten ganz glatt sein, sonst würden sich die Echos verwirren und verstummen. Hier können sie Jahrhunderte lang zurückgeworfen werden. Das Ganze ist nicht vollkommen. Töne entweichen sogar durch die Tür, die sie so sorgfältig angefertigt haben und die ich jedes Frühjahr ausbessere. Auch Töne altern, verlieren ihre Kraft."

„Wozu dient das?"

„Es ist die Geschichte der Kolonie der Silberflügel", erklärte Frieda. „Genau das hier. Jedes Jahr wird eine von den Ältesten ernannt, die Geschichten des Jahres in die Wände zu singen, und da bleiben sie dann."

„Wie kann man sie auseinander halten?", wollte Schatten wissen, als seine Ohren von einem Klangrinnsal zum nächsten sprangen. Sein Kopf war ganz verstopft und verwirrt.

„Man braucht eine gewisse Begabung", sagte Frieda. „Konzentration. Geduld. Wenigen gelingt es, aber ich habe so ein Gefühl, dass du … hier, lass mich dir helfen." Schatten beobachtete die alte Fledermaus, wie sich ihre Ohren hin- und herdrehten, die Augen umhersprangen, als suchten sie nach einem Insekt. „Ja, hier ist sie, die älteste Geschichte von allen … Fang sie jetzt ein … konzentriere dich …"

Schatten legte den Kopf an Friedas, seine Augen waren geschlossen, die Ohren hoch aufgestellt, und plötzlich war eine Stimme in seinem Kopf, so deutlich, so sehr ein Teil seiner selbst, dass er zurückzuckte und die Ohren flach anlegte, um der Stimme zu entkommen.

„Es ist ein komisches Gefühl, nicht wahr?", sagte Frieda.

„Es dringt direkt in einen hinein", sagte er hilflos.

„Das ist in Ordnung. Versuch es noch einmal."

Er verkrampfte sich, als der Klang in ihn hineinfloss, aber dieses Mal hielt er durch.

„Vor langer Zeit", sagte die Stimme, „vor Abermillionen von Jahren war die Welt ein leerer Ort." Es war eine weibliche Stimme, fest und klangvoll, und er hatte ein ganz komisches Gefühl bei dem Gedanken, dass sie diese Worte vor so langer Zeit gesprochen hatte und er sie jetzt hören konnte wie beim ersten Mal. Mit fest geschlossenen Augen hörte er angestrengt zu.

„Es gab nur Nocturna, den Geflügelten Geist, deren Schwingen den ganzen Nachthimmel umspannten und die der Nachthimmel waren mit den Sternen und dem Mond und dem Wind. Nocturna formte Geschöpfe, eines nach dem anderen ..."

Die Worte verklangen und ohne vorherige Ankündigung füllte sich sein Inneres mit Bildern. Eine strahlend silberne Welt leuchtete vor ihm auf, so klar wie sein eigenes Klangecho während der Nacht.

Überrascht schlug er die Augen auf.

„Was ist passiert?"

„Echobilder", erklärte ihm die Älteste geduldig. „Wir können Echos sehen und mit etwas Übung kann man auch anderen Fledermäusen Echobilder in die Köpfe singen."

„Es ist so wirklich!"

„Hör zu. Du wirst es verlieren, wenn du nicht aufpasst."

Er schloss wieder die Augen, atmete langsam aus und ließ wieder die silberne Welt sein Inneres ausfüllen.

Der Anfang der Welt – und er war dort, um alles zu sehen.

Er flog hoch an tausend verschiedenen Vögeln vorbei, er schwebte niedrig über tausend verschiedene Tiere am Boden hinweg. Die Erde dampfte. Fast konnte er fühlen, wie heiß, wie neu alles war.

Er sah Fledermäuse sich von Bäumen emporschwingen und flügelschlagend durch die Luft fliegen.

Und alles war in volles Tageslicht getaucht.

Die Sonne brannte hoch am Himmel.

„Damals durften wir das", murmelte er ungläubig. „Wir durften die Sonne sehen!"

Plötzlich wechselte die Szene: Er befand sich auf dem Wipfel eines riesigen Baumes und überall um ihn herum wütete eine Schlacht. Vögel stürzten sich auf Bären hinab, kämpften mit Klauen und Schnäbeln, trugen ihre kleineren Opfer hoch und stürzten sie zu Tode. Aber die Vierfüßler wehrten sich, sprangen hoch und schnappten mit ihren Kiefern nach den Vögeln, zerschmetterten sie mit Krallen und Klauen. Sie kletterten auf die Bäume, zerstörten Nester und stürzten sich auf Vögel, die auf den Zweigen saßen.

Schatten blickte entsetzt nach unten und sah, wie eine Wildkatze seinen eigenen Baum hoch auf ihn zukroch, und er schrie erschrocken auf.

Aber im gleichen Augenblick war er plötzlich höher in der Luft und überblickte das Geschehen aus großer, sicherer Entfernung.

„Ein Krieg!", rief Schatten Frieda aufgeregt zu und beobachtete weiter mit geschlossenen Augen.

„Die große Schlacht zwischen Vögeln und Vierfüßlern", hörte er Frieda sagen.

„Aber warum?"

„Niemand weiß, wie es anfing."

Etwas fiel ihm auf. „Wo sind die Fledermäuse?"

„Wir haben uns geweigert mitzukämpfen. Beide Seiten haben uns aufgefordert ihnen zu helfen, aber wir
haben Nein gesagt."

Die silbrigen Bilder in seinem Kopf verschoben sich
wieder und er flog über einen zerstörten Wald. Die
Bäume waren nackt und zerborsten, die Erde von Löchern und Gräben der Tiere entstellt. Er wusste, die
Schlacht musste eine lange Zeit angedauert haben, viele Jahre lang.

Er schwebte über ein großes Feld hinab und sah, dass
sich dort Vierfüßler und Vögel versammelt hatten und
irgendein wichtiges Treffen abhielten.

„Der Friedensvertrag", hörte er Frieda sagen. Sie
lauschte mit ihm zusammen.

Die Fledermäuse waren auch dabei, und alle anderen
Geschöpfe schienen wütend auf sie zu sein, schrien
und zeigten auf sie. Eine große Eule breitete als Rich-
ter die Flügel aus, und ein gewaltiger Wolf warf den
Kopf zurück und heulte. Die Fledermäuse flogen auf,
schraubten sich in die Luft, zerstreuten sich über den
Himmel.

Und plötzlich war es Nacht.

„Was ist passiert?", rief Schatten.

„Die Vierfüßler gaben uns die Schuld dafür, dass sie die Schlacht verloren hatten. Die Vögel warfen uns vor Feiglinge zu sein, weil wir uns geweigert hatten mitzukämpfen. Hör zu."

Die Stimme, die Schatten am Anfang gehört hatte, kehrte jetzt in seinen Kopf zurück.

„Für Millionen von Jahren haben wir im Dunkeln gelebt. Die Sonne ist nun schmerzhaft für unsere Augen. Nocturna, der Geflügelte Geist, war ärgerlich auf die anderen Geschöpfe, weil sie uns verbannt hatten. Zwar konnte sie das Geschehene nicht ungeschehen machen, aber sie gab uns neue Gaben, um uns beim Überleben zu helfen. Sie machte unser Fell dunkel, damit wir an die Nacht angepasst sind. Sie gab uns das Klang-Sehen, damit wir im Dunkeln jagen können. Aber das größte Geschenk, das sie uns gab, ist das Große Versprechen."

Nach einer kurzen Pause ging es weiter:

„Vor langer Zeit, vor Abermillionen von Jahren war die Welt ein leerer Ort …"

Die Botschaft war wieder an ihrem Anfang angelangt und Schatten bewegte den Kopf aus dem Echostrom hinaus.

Er hatte das Gefühl, für lange Zeit weg gewesen zu sein.

Er drehte sich zu Frieda hin. Von Nocturna hatte er schon früher gehört, jedes Junge hatte das. Sie war der Geflügelte Geist, der alles geschaffen hatte. Aber er hatte so viel Neues gehört und war so von Gefühlen überwältigt, dass er kaum wusste, womit er beginnen sollte.

„Wir haben doch nichts getan!", rief er. Er hatte irgendetwas Fürchterliches erwartet, irgendein Verbrechen, das ihn schaudern lassen würde, weswegen er sich seiner Vorfahren schämen müsste. „Sie haben uns verbannt, nur weil wir in dem Krieg keine Partei ergriffen haben!"

„Für die Vögel und für die Vierfüßler waren wir Feiglinge und Verräter."

„Aber davor konnten wir tatsächlich am Tage fliegen? Ist das wahr? Wir waren frei?"

„Ich glaube, ja."

„Was ist das Große Versprechen?"

„Das ist auch hier", sagte Frieda und reckte ihren Kopf hierhin und dorthin im Echoraum. „Wir wollen sehen, ob wir es finden können. Es ist eine der ältesten Geschichten hier …"

Schatten wusste, dass Frieda es in Sekundenschnelle finden konnte und dass sie nur versuchte, ihm den Gebrauch des Echoraums beizubringen. Gemeinsam siebten sie die Klangströmungen durch, und bald merkte Schatten, dass sie alle unterschiedlich waren. Die jüngeren Botschaften waren klarer und ein bisschen lauter, die älteren waren von einem schwachen Pfeifen begleitet, Wörter und Bilder waren gelegentlich verschwommen oder völlig unverständlich.

„Du kommst der Sache näher", sagte Frieda.

Er fand eine Geschichte, die ganz schwach über den Boden der Höhle wehte. Er horchte, schnappte ein paar Wörter auf. „Ist sie das?"

Frieda spitzte die Ohren, kniff die Augen zusammen und nickte. „Gut gemacht."

Schatten klinkte sich in das Echo ein und ließ die Geschichte seinen Kopf ausfüllen. Diesmal war es eine andere Stimme, brüchig und alt, aber durchdrungen von einer Art strahlender Hoffnung.

„Dies ist die Geschichte von Nocturnas Großem Versprechen. Sie ist über eine Million Jahre lang von einer Fledermaus zur anderen überliefert worden, und ich singe sie an diese Wände, damit künftige Generationen von Silberflügeln wissen, was sich ereignet hat und was sich noch ereignen wird. Das Große Versprechen wurde eines Tages vor langer Zeit gegeben ..."

Schatten befand sich in einem uralten Wald und blickte von dort über die Felder. Keine Fledermaus war zu sehen. Er war ganz allein mitten am Tag, die Sonne stand hoch am Himmel. Plötzlich legte sich Dunkelheit über die Erde, als ob eine gigantische Fledermaus langsam ihre Flügel entfaltete und das Licht verdeckte. Die Vierfüßler schreckten entsetzt zusammen. Die Vögel kreischten und flohen in den Schutz der Bäume.

Die Sonne verschwand.

Genau genommen verschwand sie nicht, aber Schatten hatte den Eindruck, dass sich vor ihr ein gewaltiges schwarzes Auge geöffnet hatte, Nocturnas Auge. Das war der erste Gedanke, der ihm in den Sinn kam. Nur der Rand der Sonne blieb sichtbar. Und Schatten starrte ihn an.

Dieser glühende Ring silbrigen Lichts.

So hell, dass ihm sogar noch von seinem Bild im Kopf die Augen schmerzten.

Auf einmal strömten Fledermäuse von ihren Rastplätzen herbei und er mittendrin, Flügel über Flügel taumelten durcheinander.

Sie sammelten sich wie ein Knoten am Himmel, flogen wieder auseinander, kreisten unter diesem silbernen Ring.

Zum ersten Mal in tausend Jahren waren sie während des Tages draußen.

Der dunkle Himmel begann zu sprechen, und Schatten fühlte, wie jeder Zentimeter seines Körpers bebte. Er wusste ohne jeden Zweifel, dass dies Nocturnas Stimme war, die vor langer Zeit zu den Fledermäusen gesprochen hatte.

„Eines Tages wird eure Verbannung ein Ende finden und das grausame Gesetz wird zerbrochen. Ihr werdet nicht länger die Klauen der Eulen und die Kiefer der Vierfüßler fürchten müssen. Und ihr werdet frei sein ans Tageslicht zurückzukehren."

Langsam verblasste am Himmel der silberne Ring und dann füllte schwarzes Schweigen Schattens Kopf.

Das Echo begann sich zu wiederholen, Schatten schüttelte es ab und wandte sich eifrig an Frieda.

„Wird es einen zweiten Krieg geben? Soll es das heißen?"

„Vielleicht. Ich weiß es nicht."

„Wann? Wann wird das sein?"

Die Fledermausälteste schüttelte den Kopf. „Vielleicht nicht mehr zu meinen Lebzeiten oder selbst zu deinen." Sie machte eine Pause. „Aber ich glaube, es wird früher sein."

„Warum?", fragte Schatten erstaunt.

„Darum!", antwortete Frieda, entfaltete ihren Flügel und zeigte ihm den silbernen Ring an ihrem Unterarm. Schatten schnappte nach Luft, als sähe er ihn zum ersten Mal.

Er erinnerte sich an das Bild aus der Echogeschichte, an die Sonne, die von Nocturnas schwarzem Auge verdeckt wurde, sodass sie nur noch ein flammender Ring von Licht war. Ein Ring aus Silber. Ganz wie der Ring an Friedas Unterarm.

„Du siehst ihn, nicht wahr?", fragte Frieda.

Er nickte. „Wie hast du ihn bekommen?"

„Die Menschen haben ihn mir gegeben, als ich jung war. Nicht viel älter als du, genau genommen. Ein paar von uns sind einmal nachts im Wald gewesen. Die Menschen haben uns gefangen, die Ringe an den Armen befestigt und uns dann wieder freigelassen. Ich glaube, es ist ein Zeichen, Schatten. Ein Zeichen, dass das Große Versprechen kommt. Ich weiß nicht, welche Rolle die Menschen dabei spielen werden, aber ich glaube, sie sind gekommen, um uns irgendwie zu helfen."

Schatten ließ einen zarten Klangschwall über den Ring streichen und bemerkte die menschlichen Markierungen an seinem Rand. Er konnte sich nur wundern über deren merkwürdige runde und scharfkantige Formen. Er hatte einmal die Kritzeleien von Eulen, ein anderes Mal die Hieroglyphen von Waschbären gesehen, aber diese Zeichen waren bei weitem die kompliziertesten von allen.

„Darf ich?", fragte er.

„Ja, natürlich", antwortete Frieda und streckte ihren Unterarm aus.

Schatten berührte den Ring mit der Spitze seiner Kralle.

„Haben die Menschen sonst noch jemandem Ringe gegeben?"

„Lange Zeit nicht – so lange, dass ich schon daran zu zweifeln begann, ob sie überhaupt etwas bedeuten. Aber vor zwei Wintern, ja, da sind sie wieder gekommen und haben ein paar Männchen beringt."

„Meinen Vater", sagte Schatten instinktiv.

„Ariel hat es dir erzählt, oder?"

„Nein. Sie redet nicht viel über ihn."

Frieda nickte. „Früher haben wir den Jungen immer diese Geschichten erzählt, die du gerade gehört hast. Das war vor Jahren. Aber die meisten Ältesten meinten, wir sollten damit aufhören. Es hätte keinen Sinn, über das Große Versprechen nachzudenken, meinten sie, über etwas, was vielleicht niemals eintreten würde. So denkt auch Bathsheba. Sie wollten kein weiteres Blutvergießen. Etwa fünfzehn Jahre vor deiner Geburt gab es einen Aufstand, aber die Fledermäuse hatten gegen die Eulen keine Chance. Trotzdem haben sie gekämpft. Haben wir gekämpft, sollte ich sagen."

„Du hast gekämpft?", fragte Schatten und betrachtete wieder die Narben an Friedas Körper.

„Ich hatte Glück, dass ich mit dem Leben davongekommen bin. Danach wollten die Ältesten sich nur noch in der Nacht aufhalten und vergessen, dass sie jemals die Freiheit gehabt hatten, auch am Tage zu fliegen. Die meisten Fledermäuse glauben, dass sie damit Recht haben, und ich kann ihnen nicht widersprechen. Es klingt vernünftig. Aber es gibt einige Fledermäuse, die können sich einfach nicht von dieser Idee der Sonne und der Freiheit trennen. Ich gehöre auch zu ihnen. Und auch dein Vater hat dazugehört."

„Mami hat gesagt, er ist von Eulen getötet worden."

„Er ist irgendwo hingeflogen, nur ein paar Nächte, bevor wir unsere Reise zurück in den Norden angetreten haben. Er hat keinem erzählt, wo er hin wollte, jedenfalls habe ich nie davon gehört. Vielleicht hat er einem von den anderen etwas gesagt. Ich weiß nur, es gab da etwas, das er herausfinden wollte, vielleicht etwas über die Ringe, über die Menschen. Und er ist nie zurückgekommen. Es gab ein paar andere vor ihm, die auch verschwunden sind."

„Mami hat nur gesagt, er war unvernünftig, weil er die Sonne sehen wollte."

„Ich weiß, dass sie nie mit seinen Ideen einverstanden war. Und sie will dich beschützen, Schatten. Vielleicht hat sie dir nicht die ganze Wahrheit erzählt, aber ich habe den Verdacht, es gibt auch viel, was Cassiel ihr nicht erzählt hat. Du solltest es ihr nicht übel nehmen."

„Wir sollten mit ihnen kämpfen", sagte Schatten mit einer kalten, plötzlichen Wut. Wie konnten die anderen Silberflügel nur so schwach sein? Millionen Jahre lang zulassen, dass die Eulen und die anderen Vögel und die vierfüßigen Tiere ihnen vorschrieben, was sie tun sollten? Was für ein Recht hatten sie eigentlich dazu? „Wenn alle Fledermäuse kämpfen würden, dann könnten wir …"

Aber Frieda schüttelte den Kopf. „Nein, nicht einmal dein Vater hat das geglaubt, Schatten. Er hat gewusst, dass wir in einem Kampf nicht gewinnen könnten, das war offensichtlich. Er hat geglaubt, etwas anderes würde kommen, etwas, das wir bräuchten."

Schatten schaute weg und schämte sich wegen seines Ausbruchs. Er war unendlich müde, als hätte er all die Geschichten im Echoraum selber erlebt.

„Warum hast du mir das alles gezeigt?", fragte er. Was hatte das für einen Sinn, fragte er sich. Er konnte die

Vergangenheit nicht ändern oder seinen Vater zurückholen oder auch nur die Zukunft ändern. Er war ein junger Knirps in einer Kolonie von Silberflügeln mitten im Nichts.

Frieda lächelte ihn an, und er fand ihre tiefen Gesichtsfalten nicht mehr so Furcht einflößend. „Du bist nicht wie die anderen. Ich erkenne etwas an dir, eine Art Leuchten, das nicht verdunkelt werden sollte. Du bist neugierig. Du möchtest Dinge wissen. Ich habe dich beobachtet. Du bist auch ein guter Zuhörer. Du wirst Sachen hören, die kein anderer hören kann. Und das ist viel wichtiger als deine Körpergröße, Schatten."

Er wurde rot bei dem Kompliment und wünschte nur, er könnte es glauben. Es gab noch so viele Fragen, die er stellen wollte, aber außerhalb des Echoraums hörte er ein Flügelschlagen und dann Merkurs Stimme.

„Frieda", sagte der Bote nachdrücklich. „Die Eulen kommen. Und sie haben Feuer dabei."

− 4 −

Die Feuersbrunst

Schatten kreiste mit Frieda und Merkur über dem Baumhort und beobachtete, wie sich die Eulen näherten. Sie flogen hoch am Himmel in Pfeilformation, fünfunddreißig, vielleicht vierzig, und die unheimliche Stille ihrer mächtigen Flügelschläge verursachte Schatten Übelkeit. In den Klauen hielten sie lange Stöcke, deren Enden wie gefährliche Sterne glitzerten. Feuer. Schatten starrte entsetzt auf diesen Anblick. Nur die Eulen besaßen Feuer. Vor hunderten von Jahren hatten sie es von den Menschen gestohlen und in geheimen Nestern tief im Wald am Leben gehalten.

„Merkur", sagte Frieda mit erstaunlicher Ruhe, „geh und verbreite die Nachricht im Wald und sage allen, sie sollen dort Schutz suchen. Sag ihnen, es wird keinen Kampf geben. Schatten, begib dich in unseren Unterschlupf und sorge dafür, dass alle ihn verlassen."

Er musste schlucken.

„Hast du verstanden?", fragte ihn Frieda.

„Ja."

„Du weißt, was passieren kann?"

Er nickte heftig und flog los, dankbar, dass er etwas zu tun hatte. Er stürzte hinab und in den Baumhort hinein mit dem Warnruf:

„Alle die Unterkunft verlassen! Alle die Unterkunft verlassen!"

Er steckte seine ganze Kraft in diese Aufgabe und versuchte nicht an das Feuer in den Klauen der Eulen zu denken. Er fing unten an und arbeitete sich nach oben durch, hetzte durch jede Windung und Krümmung der Äste, um sicher zu sein, dass er niemanden übersehen hatte. „Alle die Unterkunft verlassen! Alle nach draußen!" Und das alles nur seinetwegen – es war seine Schuld. Ein Glück, dass fast alle draußen bei der Jagd waren.

Die Fledermäuse, die sich noch drinnen aufhielten, waren alt und schwach, und er musste einige anstoßen und aufwecken und ihnen zum Ausgang helfen und eilig erklären, was los war.

Sein Fell war schweißnass, als er wieder zu Frieda hinausflog.

„Alle sind draußen", japste er.

„Gut", sagte Frieda und starrte hoch zu den Eulen. Sie flogen noch sehr hoch, aber jetzt kreisten sie direkt über ihnen. Eine von ihnen löste sich von der Gruppe und kam langsam herabgeschwebt. Es war, wie Schatten bemerkte, die einzige Eule, die kein Feuer in den Klauen hielt.

„Fort mit dir", befahl ihm Frieda. „Suche Schutz im Wald bei den anderen."

„Was willst du tun?"

„Mit der Eule reden."

Schatten zögerte. Er wollte bleiben. Er wollte helfen. Eine alte Fledermaus allein gegen diese fliegenden Riesen ...

„Vielleicht sollte ich ..."

„Fort!", befahl Frieda scharf, schwenkte die Flügel und entblößte erstaunlich scharfe Zähne.

Schatten entfernte sich, aber nicht weit, nur bis zum nächsten Baum. Er krallte sich in der Rinde fest und hing kopfüber, schaute zu Frieda und der riesigen Eule zurück, die sich nun neben ihr auf der Spitze des Baumhorts niederließ.

„Brutus", sagte Frieda mit einem höflichen Nicken.

„Frieda Silberflügel", kam die Antwort der Eule so tief wie Donnergrollen.

„Du hast Krieger mitgebracht und Feuer, Brutus. Warum?"

„Du weißt, warum. Wir sind gekommen, um die Fledermaus zu holen, die die Sonne gesehen hat."

Schatten fühlte, wie bei den Worten der Eule seine Knochen schlotterten. Er hielt den Atem an, während er auf Friedas Antwort wartete. Sie sah so klein aus neben der Eule.

„Du kannst nachts nicht gegen uns Krieg führen, Brutus. Das ist das Gesetz."

Schatten merkte, dass in den nahen Bäumen um ihn herum andere Silberflügel hinter Blättern hingen, auf Ästen kauerten, sich an die Rinde pressten. Hunderte von dunklen Augen beobachteten Frieda und Brutus ängstlich und aufmerksam.

„Das Gesetz ist schon gebrochen worden", sagte Brutus. „Wir verlangen Gerechtigkeit. Ich fordere dich noch einmal auf, und das ist das letzte Mal: Gib uns den Jungen."

Schatten fühlte, wie sein Inneres flüssig wurde.

„Der Junge ist noch ein Kind, und er wusste es nicht besser", sagte Frieda. „Dieses eine Mal könnt ihr doch sicher über seine Dummheit hinwegsehen."

„Das Gesetz kennt keine Ausnahmen."

„Überlass ihn den Eulen!" Das war Bathsheba, die aus dem Wald herausflog und neben Frieda landete. „Brutus hat Recht. Das Gesetz ist gebrochen worden und der Junge muss dafür bezahlen."

Schatten konnte fühlen, wie die Augen der anderen Fledermäuse nun auf ihn gerichtet waren. Unter ihren Blicken wurde ihm heiß, als wäre er der Glut der Sonne ausgesetzt. Wollten sie, dass er sich stellte, fragte er sich und fühlte im Bauch ein schreckliches Nagen. War es das?

„Du weißt, dass ich Recht habe, Frieda", fuhr Bathsheba fort. „Ein Leben als Preis für das Gesetz – zum Schutz für uns alle. Wo ist der Junge?"

Hoffnungsvoll warf Schatten ein Klangnetz aus und

erfasste den charakteristischen Umriss seiner Mutter, ihr kopfüber hängendes Gesicht und die Schultern. Sie wandte sich zu ihm und ihre Blicke trafen sich durch ein Gewirr belaubter Zweige.

Er schaute wieder zur Eule hoch. Er wusste, was sie tun würden, wenn er sich nicht stellte. All die anderen Fledermäuse hielten ihn für einen Knirps, einen Unruhestifter, und nun würden sie ihn auch noch für einen Feigling halten. Es war seine Schuld. Welche Wahl hatte er schon? Er schloss die Augen, holte tief Luft, spannte die Muskeln und wollte losfliegen. Starke Kiefer packten seine Hinterbeine, rissen ihn zurück und er taumelte gegen Ariels warmes Fell.

„Wage es bloß nicht", zischte sie scharf.

Er hatte sie nicht einmal landen hören.

„Sie haben Feuer", sagte er. „Wenn ich es nicht tue, dann werden sie …"

„Sie können mich an deiner Stelle haben."

In stummem Entsetzen schüttelte Schatten den Kopf, und endlich wurde ihm klar, in welcher Gefahr sie sich befanden. Die Eulen verlangten ein Opfer, und der Gedanke, dass das seine Mutter sein könnte … Der Gedanke, sie zu verlieren, war zu entsetzlich. Für immer, so wie seinen Vater. Er warf sich auf sie und krallte sich an ihr fest.

„Tu's nicht!", flüsterte er heftig.

„Nein!"

Es war Friedas Stimme, sie kam von der Spitze des

Baumhorts, und Schatten und seine Mutter wandten ihre Blicke dorthin. Die Älteste hatte voller Zorn ihre Flügel weit ausgebreitet und richtete sich auf den hinteren Krallen auf, bleckte die Zähne, nicht gegen Brutus, sondern gegen Bathsheba.

„Du vergisst, wer du bist", wies sie die andere Fledermaus zurecht. „Bis zu meinem Tode bin ich die Erste unter den Ältesten, nicht du. Ich spreche für die Kolonie, also höre mir jetzt zu. Niemand wird den Jungen mitnehmen oder sonst jemanden." Sie wandte sich an Brutus. „Das ist mein letztes Wort an dich."

Die riesigen Augen der Eule schlossen sich. „Das ist eine unkluge Entscheidung." Brutus schlug mit den Flügeln, erhob sich vom Baumhort, drehte den Hals und kreischte in einer Sprache, die Schatten nicht verstand, hinauf zu seinen Begleitern. Dann, während er höher flog, rief er zu Frieda zurück: „Du hast deine Antwort gegeben, nun erfolgt die unsrige."

Mit einem fürchterlichen Schrei stürzten sich vierzig Eulen mit Feuerbränden in den Klauen auf den Baumhort. Schatten sah, wie Frieda und Bathsheba auswichen, als die Eulen ihre Stöcke auf den Baum warfen. Wo sie die Rinde trafen, züngelten Flammen. Er kann nicht brennen, dachte Schatten verzweifelt. Er ist vom Blitz getroffen worden und kann nicht noch einmal brennen. Aber er brannte. Funken erfassten die schwarze Rüstung des Baumes an den Ästen, am Stamm.

Er musste die Ausbreitung des Feuers verhindern. Bevor ihn seine Mutter zurückhalten konnte, schwang er sich in die Luft und stürzte sich auf einen sich ausbreitenden Flammenherd. Mit ausgestreckten Flügeln schlug er darauf, immer wieder, bis er zischend verglomm. Es ging also, er konnte die Feuer auslöschen und den Baumhort retten. Er blickte wild um sich, stürzte sich auf einen anderen Brandherd. Aus den Augenwinkeln sah er, wie seine Mutter und dutzende von anderen Fledermäusen aus ihren Verstecken im Wald aufflogen und zu ihrer geliebten Behausung schwirrten. Sein Herz tat einen Sprung.

„Erstickt die Flammen!", ertönte ein Ruf. „Löscht das Feuer!"

Aber die Eulen hatten auf sie gewartet und schlugen sie mit ihren Flügeln so mühelos zurück, als wären sie Regentropfen. Sie griffen sie nicht mit ihren Klauen an, ihr Ziel war nur, die Fledermäuse vom Baum fern zu halten. Nur wenige kamen durch, um die Flammen zu bekämpfen. Schatten hatte wieder ein kleines Feuer erstickt, flog in Querlage um den dicken Stamm herum und stieß beinahe mit einer Eule zusammen. Gerade noch rechtzeitig konnte er abdrehen. Die Eule hatte ihn noch nicht einmal bemerkt. Der riesige Vogel verharrte auf der Stelle, bewegte die Flügel auf und ab und suchte nach etwas.

Suchte nach einem Eingang.

In den Klauen hielt die Eule einen Feuerbrand. Sie

fand das Astloch, zu klein für sie, um eindringen zu können, aber … Plötzlich verstand Schatten. Die Eule flog zu dem Astloch hin und versuchte die Brandfackel hineinzuschieben.

Eine fürchterliche Wut packte Schatten, sein Verstand setzte aus.

Er warf sich auf den brennenden Stock, packte ihn mit Klauen und Zähnen und versuchte ihn der Eule zu entwinden. Aber es hatte keinen Zweck. Mit dem Ruck eines Flügels schleuderte ihn die Eule gegen den Stamm. Er fiel ins Dunkel, spürte einen erstaunlich sanften Aufschlag, und nur intensive Hitze brachte ihn wieder zu sich.

Er öffnete die Augen und schnellte zurück von dem brennenden Moos am Fuße des Baumes. Mit angesengten Flügeln schlug er auf das Feuer ein, aber es ließ sich nicht ersticken. Die Flammen wurden größer, hungriger, sprühten Funken, die sich in seinem Fell verfingen und ihm auf der Haut brannten.

„Schatten, hör auf!" Seine Mutter riss ihn zurück.

„Ich muss aber!"

„Du kannst es nicht löschen."

Er machte weiter, während sie ihn wegzerrte, durch die Rauchwolke und in die Luft. Er wusste, sie hatte Recht. Der Baumhort war eine Feuersäule. Und aus den Astlöchern, den Eingängen, die er immer für so geheim und sicher gehalten hatte, schossen scharfe Flammenzungen. Der Baumhort brannte innen und außen. Die Borke krachte, altes Holz ächzte. Das Feuer würde sich nicht mehr eindämmen lassen.

Die Eulen waren weggeflogen.

Mit schmerzendem Körper gesellte sich Schatten zu den anderen Fledermäusen, die sich teilnahmslos in den Baumwipfeln zusammendrängten. Er wünschte, er wäre blind und müsste nicht ihre Gesichter sehen, den schockierten und wütenden Gesichtsausdruck, oder wie die Mütter ihre Flügel fester um die Jungen legten, als ob er sie allein durch seine Blicke irgendwie verletzen könnte.

Er war erschöpft und wie gelähmt, konnte kaum glauben, was geschehen war, und starrte in die Flammen und den dichten Rauch, der von ihrer zerstörten Bleibe aufstieg. Sein ganzer brennender Ärger verflog, stattdessen fühlte er kalte Wut: Das haben die Eulen getan. Sie haben meinen Vater getötet. Und nun haben sie mein Heim zerstört, unser Heim.

„Du hast Glück gehabt, dass du keinen Flügel verloren hast", sagte Ariel, die neben ihm hing.

Er knurrte nur, es war ihm alles egal.

Er merkte, dass die anderen Fledermäuse sich von ihnen entfernten, auf andere Äste rutschten, lautlos auf andere Bäume flatterten. Hatten sie nicht gesehen, wie er gegen das Feuer angegangen war? Er hatte doch sein Bestes gegeben um es zu löschen!

„Silberflügel!" Es war Frieda, die über ihnen kreiste. „Wir müssen uns zum Felslager aufmachen. Wenn wir sofort aufbrechen, können wir bis zur Morgendämmerung die halbe Strecke schaffen und unterwegs eine zeitweilige Unterkunft finden."

„Du hast uns verraten, Frieda!", schrie Bathsheba, erhob sich in die Luft und zog wütend ihre Kreise. „Schau dir die Überreste unseres Heims an! Silberflügel, wollt ihr immer noch Frieda als Führerin? Die große Führerin, die zugelassen hat, dass euer Heim abgebrannt ist? Sprecht!"

Bruchstückhaft konnte man aus der Menge einzelne gemurmelte Bekundungen von Unzufriedenheit hören, wenn sich auch keine Stimme laut genug erhob, um einzeln wahrgenommen zu werden.

„Meine Macht dauert nur so lange, wie ihr sie mir gebt", sprach Frieda. „Aber lasst mich Folgendes sagen: Wir haben heute Nacht einen schrecklichen Verlust erlitten. Wir haben den Baumhort verloren, unsere Kinderheimstatt für hunderte von Jahren. Aber niemand ist getötet worden, wir haben kein einziges Mitglied unserer Kolonie verloren. Deshalb sage ich euch: Unsere Heimstatt können wir ersetzen, aber ihren Sohn hätte Ariel nicht ersetzen können. Ihr Mütter, wer von euch hätte denn sein Kind im Tausch gegen den Baumhort angeboten? Wer?"

Schweigen hing über der unglücklichen Fledermausversammlung.

„Wenn ich die falsche Entscheidung getroffen habe, dann sagt es mir jetzt. Aber solange ich die Erste unter den Ältesten bin, werde ich nie ein Leben preisgeben, so schrecklich die Folgen auch sein mögen. Ein einziges Leben ist wichtiger als jeder Unterschlupf. Ihr habt gute Gründe wütend zu sein. Richtet eure Wut gegen die Eulen, die dies getan haben, nicht gegen einen von euch. Jeder, der anders denkt, soll es sagen."

Schatten wartete, als sich das Schweigen qualvoll dehnte.

„Wir haben eine lange Reise vor uns", sagte Frieda. „Zum Felsenlager, um uns mit den Männchen zu treffen, und dann weiter nach Hibernaculum."

Langsam, aber mit grimmiger Entschlossenheit erhoben sich alle Fledermäuse der Silberflügelkolonie in die Luft, alle Jungen und ihre Mütter, die Alten und die Jungen. Frieda setzte sich mit den anderen Ältesten an die Spitze. Sie sang während des Fluges, einen hohen durchdringenden Ton, um ihre Flugbahn zu markieren.

Schatten flog neben seiner Mutter. Niemals zuvor hatte er die Kolonie so bedrückt und still erlebt. Wie lange hatte er auf den Augenblick ihres Abflugs nach Hibernaculum gewartet! Der Gedanke hatte ihm Angst eingeflößt, aber auch freudige Erregung. Doch nun fühlte er sich abgestumpft und konzentrierte sich nur darauf, die Flügel auf und ab zu bewegen. Das Fliegen war jetzt eine freudlose Angelegenheit für ihn.

Er konnte nicht umhin zurückzublicken, bis er nur noch das flackernde Rot der Flammen und die Rauch-

fahne sehen konnte, deren Dunkelheit die der Nacht
übertraf.

Als der Morgen dämmerte, lange nachdem die Silberflügel weggeflogen waren, brannte der Baumhort immer noch. Die großen Äste brachen und zerbarsten,
bis schließlich der Baum umstürzte und seine Wurzeln
aus Erdreich und Steinen herausriss und die Höhle
darunter offen legte. Und hätte sich eine Fledermaus
im Umkreis von tausend Flügelschlägen aufgehalten,
dann hätte sie eine Million schwacher Stimmen gehört, die aus dem Echoraum aufstiegen, die Geschichten, die endlich freigelassen und nun für immer im
Himmel verloren waren.

Vor Sonnenaufgang fanden sie eine verlassene Scheune. Die Dachbalken hingen durch, Dach und Wände
ließen Streifen von Sonnenlicht herein, in denen Staub-
körnchen tanzten, und der Geruch von Tieren und ihrer Losung war noch unangenehm streng. Aber die
Scheune schien frei von Vogelnestern und sicher zu
sein. Die Fledermäuse hängten sich erschöpft an die
hohen, verrottenden Balken und die meisten fielen sofort in einen tiefen Schlaf.
Schatten drückte sich eng an seine Mutter. Sein Brust-
bein schmerzte noch von dem langen Flug. Immer,
wenn er die Augen schloss, sah er den Baumhort brennen. Ariel rückte ein wenig zur Seite und schaute ihn
an.

„Es ist nicht deine Schuld", sagte sie leise.

„Niemand wird bis ans Ende meines Lebens mit mir reden."

„Sie werden drüber wegkommen. Sie haben gesehen, wie mutig du warst. Du hast versucht, die Heimstatt zu retten, das ist mehr, als die meisten anderen getan haben. Ich bin sehr stolz auf dich."

Er entgegnete nichts, aber von dem Lob wurde ihm ganz warm.

„Frieda hat mich in den Echoraum mitgenommen", sagte er schließlich. Es schien schon so lange her zu sein.

Nach einer kleinen Weile fragte seine Mutter: „Und was hast du gehört?"

„Die alten Geschichten. Von der großen Schlacht zwischen Vögeln und Vierfüßlern. Auch vom Großen Versprechen habe ich gehört."

„Nicht viele Fledermäuse kümmern sich heutzutage um diese Geschichten."

„Aber mein Vater schon, nicht wahr?"

„Ich nehme an, Frieda hat dir davon berichtet." In ihrer Stimme schwang Ärger mit. Dann seufzte sie leicht und resigniert. „Sie hat ihre Gründe, nehme ich an. Aber ich weiß nur, dass der Wunsch, die Sonne zu sehen, Fledermäusen den Tod bringt. Vielleicht sind die Geschichten wahr, wer weiß. Vielleicht sind wir ja einstmals bei Tageslicht geflogen und brauchten kein Geschöpf zu fürchten. Aber nun leben wir in der

Nacht, haben seit Millionen von Jahren in der Nacht gelebt. Ist das wirklich so schlimm? Jedenfalls lohnt es sich nicht, dafür zu sterben."

„Aber es ist nicht recht", sagte er hartnäckig. „Wir sollten nicht verbannt sein. Wir haben nichts getan. Und was die Eulen machen …"

„Schatten, so sind nun mal die Dinge."

„Aber was ist mit dem Großen Versprechen? Mein Vater glaubte, es hat etwas mit den Ringen zu tun."

„Nun, Cassiel hatte immer ungewöhnliche Ideen gehabt. Und nachdem er beringt war, war er noch mehr davon überzeugt, dass das Große Versprechen kurz vor seiner Erfüllung stand. Der Ring sei ein Zeichen, hat er geglaubt."

„Wonach hat er gesucht, als er getötet wurde?"

„Wollte er mir nicht sagen. Er war sehr aufgeregt und sagte, er müsse gehen und etwas überprüfen. Aber er versprach, dass er in zwei Nächten wieder zurück wäre. Vielleicht wollte er sich mit anderen Fledermäusen treffen. Vielleicht wollte er die Menschen suchen, die ihn beringt hatten, ich weiß es nicht. Nach zwei Nächten verließ die ganze Kolonie Hibernaculum zur Sommerwanderung. Ich bin noch eine Nacht geblieben, und dann noch eine, für alle Fälle. Dann wusste ich, die Eulen mussten ihn erwischt haben. Daher bin ich aufgebrochen und habe die anderen eingeholt."

Schatten sagte nichts. Zum ersten Mal konnte er sehen, wie furchtbar es für sie gewesen sein musste, allein auf ihren Mann zu warten, dann aufgeben zu müssen und sich wieder der Kolonie anzuschließen und zu wissen, dass sie ihn nie wieder sehen würde.

„Frieda hat gesagt, es gäbe andere, die beringt worden sind."

Ariel nickte. „Und die meisten sind auch verschwunden, vor Cassiel. Es sind nicht mehr viele übrig, ein paar Männchen."

„Vielleicht wissen die, wohin er in jener Nacht geflogen ist."

Sie blickte ihn wild an. „Es spielt keine Rolle, Schatten. Hör zu. Ich möchte, dass du am Leben bleibst. Als alle sagten, du würdest sterben, und du so klein warst, da habe ich die Hoffnung nicht aufgegeben. Es ist ein Wunder, dass du überlebt hast, wirklich."

Sie sah plötzlich so müde aus, dass Schatten sein Gesicht vorsichtig gegen ihr Fell drückte. Er wollte nicht, dass sie sich Sorgen machte. „Tut mir Leid", sagte er.

„Hast du Angst vor der Reise nach Süden?"

Er konnte sich nicht daran erinnern, dass er es ihr jemals gesagt hatte. Sie wusste es anscheinend auch so.

„Ein bisschen, denke ich."

„Du wirst kein Problem haben. Ich werde die ganze Zeit bei dir sein. Und Frieda sorgt dafür, dass keiner zu weit zurückbleibt."

„Aber was, wenn ich trotzdem zurückbleibe?"

„Möchtest du, dass ich dir etwas über die Route sage, die wir nehmen?"

77

Schatten nickte. Es schien eine gute Idee. Nur für alle Fälle.

„Ich kann dir nicht alles sagen, das würde zu lange dauern. Aber ich kann dir einige von den Orientierungspunkten beschreiben. Mach die Augen zu und konzentriere dich."

Ariel drückte ihre Stirn an seine und begann zu singen. Eine helle silbrige Landschaft leuchtete aus der Finsternis auf, ein Wald, eine Lichtung und eine hoch aufragende Eiche mit ausladenden Ästen. Es war der Baumhort.

„Du kannst es auch!", rief Schatten und rückte ein wenig von der Mutter ab. „Es ist genauso wie im Echoraum!"

„Ich werde es dir eines Tages beibringen. Hör zu."

Sie begann wieder zu singen, und mit fest geschlossenen Augen sah Schatten zu, wie sein geliebter Baumhort, so wie er ausgesehen hatte, bevor die Eulen ihn niederbrannten, immer kleiner wurde und in der Ferne verschwand, als ob er davon wegflöge.

Nun veränderte sich die magische Landschaft, löste sich auf wie in tausend Lichtpunkte, die sich plötzlich neu formierten. Er schwebte hoch über Baumwipfeln dahin, dann erkannte er die Scheune unter sich, die Scheune, in der sie eben jetzt rasteten.

Er jagte an ihr vorbei, als flöge er mit einer Million Flügelschlägen pro Sekunde, bis er direkt vor sich einen Turm sah, von Menschenhand errichtet und höher als jeder Baum. Was war das? Als er näher raste, blitzte auf der Spitze dieses hohen Turmes ein Licht auf und genauso schnell verschwand es wieder.

Er wollte seine Mutter gerade fragen, was dies sei, aber er wirbelte bereits an dem Turm vorbei und konnte erkennen, dass dieser sich auf einer felsigen Lichtung am Rande des Wassers erhob. Aber das war nicht wie der Bach, aus dem sie tranken. Dieses schwarze Wasser dehnte sich immer weiter vom Land weg aus, bis es den Nachthimmel in einer flachen, schrecklichen Linie berührte.

„Mami, was ist das für ein Ort?"

„Schatten, hör einfach zu."

Er drehte ab, folgte dem felsigen Landrücken, an dem sich Erde und Wasser trafen, flog so schnell, dass er außer Atem geriet, als ruderte er tatsächlich mit den Flügeln, um mitzukommen.

Dann vor ihm eine auf dem Kopf stehende Ansammlung von Sternen, größer und dichter als die wirklichen Sterne, die sich in alle Richtungen ausdehnten.

Dann ein Kreuz aus Metall, und die Sterne wirbelten drum herum, und ein hohles Dröhnen *bong, bong, bong*, dass ihm die Ohren juckten.

Und jetzt ein einzelner Stern am Himmel, der heller leuchtete als alle anderen.

Nun die Ohren eines riesigen weißen Wolfs und überall Eis. Und ein breiter Wasserfall, der donnernd und brüllend Gischt nach oben schleuderte.

Dann wurde es in seinem Kopf dunkel und still. Seine Augen sprangen auf und er blickte seine Mutter erstaunt an.

„Hast du alles gesehen?", fragte sie.

„Ich glaube, schon, aber da waren Dinge, die ich nicht verstanden habe. Was war dieser hohe Turm und …"

„Ich werde es dir morgen Abend erklären", sagte sie. „Das Beste ist, wenn du einfach die Bilder und Geräusche im Gedächtnis behältst, die ich dir gesungen habe. Das sind die wichtigsten Orientierungspunkte auf der Reise. Wir sollten jetzt etwas schlafen. Wir werden morgen zum Felsenlager kommen. Du wirst deine Brüder treffen."

Schatten grunzte. Sie würden wahrscheinlich meinen, er sei ein Knirps.

Er presste sich fest an seine Mutter, wickelte die Flügel eng um den Körper und faltete die großen Ohren nach unten, um zusätzliche Wärme zu gewinnen. Hier war es kälter als im Baumhort und er zitterte ein wenig, bis ihm wieder warm wurde. Er hörte, wie der Atem seiner Mutter leise und langsamer wurde. In seinem eigenen Kopf aber arbeitete es noch fieberhaft.

Es nützte einem nichts, nur einfach zu bedauern, was geschehen war. Das würde seinen Vater nicht zurückbringen oder den Baumhort oder die Eulen daran hindern, ihn zu jagen. Er würde etwas unternehmen müssen.

Und in den ruhig dahintreibenden Augenblicken,

bevor der Schlaf ihn endlich übermannte, wusste er plötzlich, was er zu tun hatte. Im Felsenlager würde er die anderen beringten Fledermäuse treffen, die seinen Vater gekannt hatten. Er würde sich mit ihnen unterhalten und sie dazu bringen, ihm zu erzählen, was sie wussten, was wirklich mit Cassiel passiert war. Er würde herausbekommen, was die Ringe bedeuteten. Vielleicht würde das heißen, sich dahin zu begeben, wo die anderen Fledermäuse verschwunden waren. Aber er würde das Geheimnis des Großen Versprechens aufdecken. Und dann würde er seiner Kolonie das allergrößte Geschenk überbringen.

Er würde ihnen die Sonne bringen.

Der Sturm

Als sie in der nächsten Nacht aufbrachen, herrschte
Nebel, der die Täler zudeckte und durch die Baum-
kronen sickerte. Ein scharfer Wind pfiff an Schattens
Ohren vorbei und er zitterte. Sein Fell war mit Dunst-
tröpfchen bedeckt.
Aber er fühlte sich auf merkwürdige Weise gestärkt.
Zur Morgendämmerung würde er mit den übrigen Silberflügeln im Felsenlager sein – zusammen mit den
beringten Männchen, die seinen Vater gekannt hatten.
Und er hatte einen Plan, der war fertig, als er aufwachte, und er war froh darüber wie über einen schön ge-
füllten Magen. Er würde seiner Mutter nichts davon
sagen, es würde ihr nur Sorgen bereiten, von denen
sie seinetwegen ohnehin schon genügend gehabt hatte. Frieda würde er es vielleicht erzählen, insgeheim.
Er wusste, sie würde ihm helfen.
Am Morgen, als sie sich in der Scheune niederließen,
war sie gekommen, um mit ihm und seiner Mutter zu
reden, und zwar so, dass jeder es sehen konnte. Schat-

ten war verlegen gewesen, aber auch stolz. Schließlich war er der Fledermausknirps, für den Frieda den Baumhort geopfert hatte. Er war wichtig, aber auf eine Art, die ihm nicht ganz geheuer war. Alle wahrten anscheinend immer noch Distanz zu ihm. Aber ein paar von den Jungen sagten zaghaft Hallo, bevor ihre Mütter sie wegholten. Von denen bekam er ein paar Mal ein kurzes Kopfnicken, jedenfalls besser als nichts. Vielleicht würden sie ihn doch nicht ewig hassen. Nur Bathsheba fixierte ihn mit hartem, starrem Blick, als sie die Scheune verließen, einem Blick, der ihn wütend machte, sich aber auch schuldig fühlen ließ.

Jetzt schaute er auf eine fremde, geisterhafte Landschaft hinab. Sie flogen oberhalb der Bäume, und durch die Risse im Dunst sah er neue Wälder, Wiesen und Bäche. Von Menschen gemachte Straßen schnitten durch die Hügel, und eines ihrer lauten Fahrzeuge raste darauf entlang und schoss Lichtstreifen in die Gegend. Ein scharfer, beißender Geruch stieg hinter ihm auf, und Schatten musste niesen. Auch einige ihrer Gebäude hatte er vorher gesehen, in Lichtungen ballten sie sich zusammen und von ihren Dächern stieg Rauch auf.

„Kalt?", fragte ihn seine Mutter.

„Mir geht's gut." Er wünschte, sie würde damit aufhören immer nach seinem Befinden zu fragen. Er war entschlossen sich zu bewähren. Auch wenn er ein Knirps war, er würde der ganzen Kolonie zeigen, dass er kein Schwächling war. Niemals würde er zurückbleiben und alle anderen aufhalten. Im Gegenteil, er würde es noch besser machen, er würde während der ganzen Reise in den vorderen Reihen bleiben, direkt bei Frieda und den anderen Ältesten. Er konnte jetzt Chinook vor sich sehen, wie er mit den starken Flügeln schlug.

Ein frischer, scharfer Geruch traf Schattens Nase, unähnlich allem, was er kannte. Fast im gleichen Augenblick hörte er ein neues Geräusch. Es hatte einen tiefen, pochenden Rhythmus wie ein mächtiges Tier, das langsam ausatmete, einatmete, wieder ausatmete. Er blickte zu Ariel hinüber.

„Ich zeig's dir", sagte sie.

Sie kantete die Flügel und stieg höher. Schatten folgte ihr, dann verschlug es ihm den Atem vor Staunen. Durch den Dunst konnte er sehen, dass der Wald in einer gezackten Linie endete und in eine gefleckte Dunkelheit überging, die sich grenzenlos ausdehnte. Es war der Rand der Welt.

Sofort erinnerte er sich an die Klangkarte seiner Mutter.

„Das ist alles Wasser?", flüsterte er.

„Der Ozean."

„Anscheinend ganz schön viel davon."

„Es ist nicht wie das Wasser im Bach. Ich habe mal davon getrunken. Es schmeckt salzig."

Näher am Land reckte sich das Wasser mit gewaltigen

schwarzen und weißen Pfoten, krachte gegen die Felsen.

„Da fliegen wir nicht drüber, oder?"

„Nein."

Schatten war erleichtert. Schon der Anblick des Ozeans gab ihm das Gefühl, sehr klein und merkwürdig allein zu sein. Da gab es keine Bäume, keine Äste, keine Felsen oder Erde. Nichts Festes. Was war, wenn man plötzlich landen musste? Er konnte noch nicht sehr gut schwimmen und er wollte es mit Sicherheit nicht dort unten versuchen. Er hatte Geschichten davon gehört, dass Menschen auf dem Wasser in so genannten Schiffen fahren konnten. Aber warum sollten Menschen das tun wollen? Was gab es da draußen auf dem Meer, das für sie von irgendeinem Interesse sein könnte?

Als sie an Höhe verloren, um sich wieder dem Rest der Kolonie anzuschließen, gab es vor ihnen einen plötzlichen Lichtschein, und Schatten dachte sofort: ein Blitz. Aber seine Mutter deutete mit dem Kopf auf einen undeutlich aufragenden Schatten am Horizont, verborgen hinter einer Nebelschwade.

„Erkennst du's?", fragte sie.

Der Nebel verzog sich und Schatten nickte aufgeregt. Es war der merkwürdige hohe Turm aus dem Gesang der Mutter, und er war überrascht, wie gut sie ihn beschrieben hatte. Als ob er schon einmal hier gewesen wäre.

„Was ist das für ein Licht?"

„Schau nicht zur Spitze", sagte sie. „Da blitzt es alle paar Sekunden auf, sehr hell."

„Ich erinnere mich daran aus deinem Gesang. Aber wozu dient das?"

„Frieda denkt, die Menschen haben es vor langer Zeit gebaut, um ihren Schiffen die Navigation zu erleichtern. Und dafür nutzen wir es auch."

Schatten schloss die Augen und rief sich Ariels Karte in Erinnerung.

Der Turm und dann … eine Richtungsänderung den knochigen Felsrücken entlang.

Er hatte verstanden. „Wir fliegen am Meer entlang nach Süden, nicht wahr?", sagte er. „Das bedeutet doch die Karte, oder?"

„Gut", sagte Ariel. „Wir bleiben immer über Land. Über Wasser ist es zu gefährlich. Die Winde sind dort anders."

Frieda führte sie näher an den Turm heran, sodass Schatten seine steinernen Mauern erkennen konnte, die sich nach oben verjüngten. Dann drehte die Fledermausälteste scharf nach Süden ab und die ganze Kolonie folgte ihr und segelte auf dem Wind über der Felsenküste.

Der Regen brach ganz plötzlich los. Nicht die sanften Tropfen, die Schatten von den Sommerschauern kannte, sondern eisig herantreibende Nadeln. Sie brachten sein Klang-Sehen durcheinander, blitzten wie Sternschnuppen vor seinem inneren Auge auf. Er schüttelte den Kopf, um klarer zu sehen.

„Lass dich davon nicht irritieren", sagte Ariel. „Halte dich dicht an mich. Sieht so aus, als ob es einen Sturm gibt."

Wie auf ein Stichwort zerrte der Wind an seinem Körper. Er spannte die kleinen Muskelstränge an den Flügeln an und versuchte diese straff zu halten, um nicht vom Kurs abgetrieben zu werden. Trotzdem warf der Wind ihn von einer Seite auf die andere, schleuderte ihn hoch, drückte ihn wieder nach unten.

„Runter zu den Bäumen! Runter zu den Bäumen!", ertönte Friedas Ruf und wurde von den anderen Fledermäusen wiederholt. „Wir werden den Sturm aussitzen! Runter zu den Bäumen!" Um sie herum kreischte der Wind und Schatten taumelte.

„Halt dich fest an mir, Schatten", rief seine Mutter. „Es wird zu wild."

„Nein!", gab er zurück. Vorne konnte er noch Chinook sehen, der über den Flügel zu ihm zurückschaute. Schatten würde nicht, konnte nicht seine Krallen in das Fell der Mutter schlagen und sich an ihr festklammern, während sie für beide flog. Als wäre er wieder nichts als ein nackter Säugling. Er war etwas Besonderes, Frieda hatte das gesagt. Er würde aus eigener Kraft landen, wie Chinook, wie die anderen Jungen.

„Schatten!", rief ihn seine Mutter wieder. „Komm her!"

Aber er drehte mit Absicht von ihr ab, schaukelte ganz verrückt durch den Regen. Er stellte die Flügel auf um Höhe zu verlieren.

„Mir geht's gut!", schrie er. Ein wilder Windstoß warf ihn auf den Rücken und seine Flügel verzogen sich.

„Schatten!"

„Mami, hilf mir!" Der Wind peitschte ihm die Worte vom Mund. Er kämpfte, um sich aufzurichten. Seine durchnässten Flügel klebten nutzlos am Körper. Er kam ins Trudeln, geriet in eine Nebelbank, konnte nichts mehr sehen. Er hatte keine Ahnung, wo er war, wie hoch über dem Boden er war. Für einen Sekundenbruchteil riss der Nebel auf und er konnte kurz seine Mutter und die anderen Fledermäuse sehen – so weit entfernt, wie hatten sie sich nur so weit entfernt? – und dann zog sich der Nebel zu und er kam wieder ins Trudeln.

Endlich ließ der Wind etwas nach und Schatten breitete die Flügel aus. Er schwebte aus einer Nebelbank heraus und schrie entsetzt auf.

Er befand sich über dem Ozean.

Er wendete und versuchte Land auszumachen.

Aber das war in Regen und Nebel verborgen. In welcher Richtung? Die Sterne oben waren verdeckt. Ein weiterer heimtückischer Windstoß packte ihn von der Seite, drückte ihn nach unten. Er wölbte die Flügel, versuchte zu steigen, aber er war so erschöpft, dass er kaum mit den Flügeln schlagen konnte.

Unter sich sah er die gewaltige Ausdehnung des Wassers, weiß und schwarz aufgewühlt wie die Zungen einer Million hungriger Tiere. Wenn er aufschlug … Noch einmal reckte er die Schultern, versuchte Höhe zu gewinnen. Aber der Wind ließ es nicht zu.

Sein Auge erfasste einen Lichtschimmer. Er verschwand, kam dann wieder. Nur Regen? Nein, er kam von etwas auf dem Wasser, das auf den rauen Wellen tanzte – einem Schiff, es musste ein Schiff der Menschen sein. Riesige Segel blähten sich an hohen Masten.

Er trimmte die Flügel und richtete sich nach dem Schiff aus. Wild schleuderte ihn der Wind nach einer Seite und er schoss weit am Ziel vorbei. Er riss die letzten Kräfte zusammen, ruderte mit den Flügeln und machte taumelnd eine Wende zurück zum Schiff. Sollte er es wieder nicht treffen, wäre er für einen erneuten Versuch zu niedrig.

Das Schiff war nun direkt vor ihm und pendelte wild vor dem Horizont, immer dichter vor ihm. Mit angespannten Flügeln näherte er sich dem höchsten Mast in halsbrecherischer Geschwindigkeit und mit Rückenwind. Er richtete die Flügel auf, bremste scharf mit ausgestreckten Krallen.

Das Segel war dicker als erwartet und fast verlor er den Halt. Er presste die Krallen tiefer in das Tuch. Das Segel flatterte im Wind und hätte ihn fast abgeworfen.

Zentimeterweise kroch Schatten auf den Mast zu und

in eine stramme Falte des Segels hinein. Als er vor Wind und Regen geschützt war, legte er die Flügel um seinen zitternden Körper und versuchte die Übelkeit in seinem Magen zu besänftigen. Und die innere Stimme zum Schweigen zu bringen, die immer wieder fragte: Wie willst du nur wieder zurückkommen? Wie willst du sie jetzt jemals wieder finden?

Schatten schreckte aus dem Schlaf.
Das wilde Schwanken des Schiffes war einem sanften Rollen gewichen. Sein ganzer Körper tat ihm weh. Vorsichtig streckte er den Kopf aus dem Segel. Der Himmel war noch dunkel, die Sterne strahlten und er war sehr erleichtert Land zu sehen – eine kleine Bucht mit ein paar hölzernen Gebäuden auf den felsigen Abhängen.
Das Schiff hatte ihn zum Land zurückgebracht!
Vielleicht waren seine Mutter und der Rest der Kolonie nicht allzu weit weg. Er hob vom Mast ab und versuchte kreisend sich zu orientieren. Er wusste nicht, ob er an diesem Ort schon vorher vorbeigekommen war – sie waren über viele kleine Buchten geflogen, aber sie waren alle vom Nebel eingehüllt gewesen, und er konnte sich nicht erinnern, wie sie ausgesehen hatten.
„Mami?", rief er hoffnungsvoll. „Mami?"
Seine Stimme wurde von den steilen Abhängen zu ihm zurückgeworfen.
Er flog ins Landesinnere in der Absicht, sich vom

Wasser zu entfernen und von dem starken Salzgeruch, der wohl von den Fischen stammte. Er schwebte über dem Hügel oberhalb der Baumwipfel und suchte nach Orientierungspunkten. Der von Menschen errichtete Turm, vielleicht würde er den entdecken. Aber nichts als unbekannter Wald erstreckte sich um ihn herum. „Hallo?", rief er noch einmal in wachsender Panik.

Es war gespenstisch ruhig. Vielleicht, wenn er niedriger flog. Er stürzte sich hinab und benutzte das Klang-Sehen, um zwischen silbrigen Ästen hindurchzukommen. Ein Eichhörnchen, das Nüsse in einer Astgabel stapelte. Schweigende Nester und Vögel, die sich im Schlaf mit den Krallen an ihre Sitzplätze klammerten. Das Pfeifen des Windes in den toten Blättern. In der Ferne ein grunzender Chor von Kröten. Aber keine Spur von Fledermäusen.

Außer Atem landete er auf einem Ast. Denke nach, sagte er sich. Denke gründlich nach. Das Schiff hatte ihn zurück zum Land gebracht. Aber wohin? Angesichts des hellen Himmels nahm er an, dass es kurz vor der Morgendämmerung war. Und der Sturm hatte sie ungefähr um Mitternacht erwischt. Das bedeutete, dass er etwa sechs Stunden auf dem Schiff gewesen war. Wie schnell fuhr ein Schiff? Er wusste es nicht. In welche Richtung war es gefahren? Als ob er Zeit gehabt hätte darauf zu achten! Vielleicht nach Norden, vielleicht nach Süden.

Er wusste nicht viel darüber, wie man sich an den Sternen orientierte. Genug, um Norden und Süden zu unterschieden. Er konnte nach Süden fliegen und versuchen die Kolonie einzuholen. Aber was war, wenn sie den Kurs geändert hatten, ins Landesinnere, und er sie erst richtig verpassen würde? Oder was wäre, wenn das Schiff ihn bereits weiter nach Süden gebracht hatte als die Kolonie? Gut, wie wäre es dann mit Norden? Das gleiche Problem.

Das brachte alles nichts.

Sollte er einfach hier warten und darauf hoffen, dass seine Mutter kommen und nach ihm suchen würde? Aber vielleicht hatten sie schon nach ihm gesucht und waren zu dem Schluss gekommen, dass er tot war. Sie hatten gesehen, wie er auf den Ozean hinausgetrieben wurde. Nun, er konnte versuchen den Weg zurück zum Baumhort zu finden und – aber die Erinnerung an die brennenden Ruinen, die er dort zurückgelassen hatte, überfiel ihn mit einem Gefühl der Übelkeit. Auf jeden Fall hatte ihm seine Mutter gesagt, dass es zu kalt wäre, um dort den Winter zu verbringen. Er würde erfrieren. *Du kannst nicht einfach hier sitzen. Finde einen Ausweg.* Er verschwendete nur seine Zeit.

Flügelschlagen.

Seine Ohren stellten sich auf. Am Rhythmus erkannte er, dass es nicht der Flügelschlag eines Vogels war, auf keinen Fall der einer Eule. Es musste eine Fledermaus sein.

„He! Halt!", schrie er und schwirrte los in die Richtung, aus der die Flattergeräusche kamen. Er warf seine Klänge aus, glaubte einen hellen Bewegungsblitz zu erfassen, dann verschwand dieser im Laub. Er flog hinterher, die Sinne hellwach.

„Komm zurück!", rief er ärgerlich.

Es war weg. Er kreiste noch eine Minute lang, dann hing er erschöpft von einem Zweig zwischen den hellen Herbstblättern herab. Es war eine zu große Enttäuschung. Tränen brannten ihm in den Augen.

„Was tust du hier?"

Schatten sprang beinahe aus seinem Fell. Die Stimme kam von dem hellen eingerollten Blatt neben ihm. Er kroch weg den Ast entlang und blickte vorsichtig hin, jederzeit bereit loszufliegen. Er konnte sehen, dass dieses sprechende Blatt mit Sicherheit viel fetter war als die anderen Blätter, und genau genommen schien es an einigen Stellen mit Fell bedeckt zu sein. Er schaute nach dem Stiel und erkannte, dass es in Wirklichkeit zwei Stiele waren, jeder mit fünf scharfen Krallen.

„Du bist eine Fledermaus!", rief er.

„Du bist ein Genie – natürlich bin ich eine Fledermaus", kam die Antwort. Die Fledermaus schimmerte und wickelte sich langsam aus. Lange Flügel entfalteten sich und schüttelten sich schnell und kräftig. Dann falteten sich die Flügel wieder zusammen vor einem hellen, prächtigen Fell. Jetzt konnte Schatten den umgekehrt hängenden Kopf erkennen. Sie hatte eine kleine spitze Nase und elegante muschelförmige, eng angelegte Ohren. Sie war auch noch jung, wenn auch nicht ganz so jung wie er selber. Mit dunklen Augen blickte sie ihn an.

„Ein Silberflügel", sagte sie. „Das habe ich mir gedacht."

Schatten starrte sie an. Er hatte noch nie eine Fledermaus gesehen, deren Fell eine andere Farbe hatte als sein eigenes.

„Ich bin ein Glanzflügel", sagte sie schnippisch. „Fledermäuse sind nicht alle gleich, weißt du. Du bist vermutlich zu klein, um das zu wissen."

Schatten ärgerte sich, sagte aber nichts.

„Ich bin Marina."

„Schatten."

„Also, was tust du hier?", wiederholte sie ihre Frage.

„Wir sind nach Süden die Küste lang geflogen …"

„Du und deine Kolonie."

„Richtig, und wir sind in diesen großen Sturm geraten, und ich bin aufs Meer hinausgetrieben worden."

„Du bist die ganze Strecke hierher in dem Sturm geflogen?"

„Nein, ich bin auf einem Schiff gelandet."

„Da hast du Glück gehabt."

„Ja, es hat mich zum Land zurückgebracht." Er runzelte die Stirn und schaute sie an. „Was meinst du mit ‚die ganze Strecke hierher'? Wo bin ich denn?"

„Nun, du bist tatsächlich an Land, aber nicht, wo du glaubst. Du bist auf einer Insel."

„Einer was?"

„Einer Insel. Also auf einem Stück Land mit Wasser drum herum."

„Ich bin nicht, wo ich losgeflogen bin?"

„Nein."

Schatten schluckte. Er musste es selber sehen. Er erhob sich von seinem Ast und flog direkt nach oben.

In Spiralen schraubte er sich höher und höher in die Nacht, dann kreiste er auf gleich bleibender Höhe. Er sah die Bucht, wo er angekommen war, und folgte der Küste, die sich in einer großen Kurve immer weiter erstreckte, bis der Kreis sich schloss, während sich bis zum Horizont Furcht erregendes Wasser dehnte. Dieser ganze Ozean zwischen ihm und dem Rest der Kolonie. Und kein Festland in Sicht.

„Ich werde es nie zurückschaffen", wisperte er.

„Es ist ungefähr eine Million Flügelschläge", sagte Marina munter, als sie zu ihm heransegelte und auf einen Punkt am Horizont wies. „Keine ganz einfache Reise, aber mit Sicherheit nicht unmöglich."

„Du hast es geschafft?"

„Einmal."

„Also bist du auch von der anderen Seite gekommen." Sie nickte.

Er schaute sie neugierig an. „Warum?"

„Ich bin hierher gekommen, um hier zu leben. Ich weiß, es ist nichts Besonderes, aber es ist mein Zuhause."

Er erinnerte sich an das geisterhafte Schweigen im

Wald. In der Umgebung des Baumhorts waren nachts immer hunderte von Fledermäusen auf der Jagd gewesen.

„Du bist ganz allein hier."

„Bis du aufgetaucht bist."

„Und … wo ist der Rest deiner Kolonie?"

„Oh, sie sind irgendwo da drüben", sagte sie und nickte vage zum Horizont hinüber.

Mehr sagte sie nicht, und Schatten wusste nicht recht, was er weiter fragen sollte. Hatte sie sich verirrt, wie er? Nein, das ergab keinen Sinn. Sie wirkte nicht betrübt. Aber warum sollte man den Wunsch haben, fern von der eigenen Kolonie zu leben? Unvorstellbar, solch eine Abgeschiedenheit. Wie könnte man getrennt von seinen Eltern und Geschwistern und allen anderen Fledermäusen leben, mit denen man aufgewachsen war? Es sei denn, sie war von ihrer Kolonie ausgestoßen worden. Neugierig betrachtete er sie. Was hatte sie getan?

„Ich kann dir die genaue Richtung zeigen, aber erst in der kommenden Nacht", sagte Marina.

Er wandte sich nach Osten und sah, dass der Himmel sich aufzuhellen begann. „Ja", sagte er. „Danke."

„Du kannst den Tag an meinem Schlafplatz verbringen. Wenn du willst", fügte sie hinzu. „Aber wir sollten uns auf den Weg machen. Es gibt keine Fledermäuse auf dieser Insel, aber jede Menge Eulen. Folge mir."

– 6 –

Marina

Sie führte ihn in den niedrigen Raum unter der Dach-schräge eines Holzschuppens nahe der Bucht. Das Nest, das sie sich dort gemacht hatte, befand sich tief in einem Haufen von Fischnetzen, alten Segeln, veröl-ten Decken und dreckigen Blättern, die sie, wie Schat-ten vermutete, hereingeholt hatte, um sich vor Zug-luft zu schützen. Es war dort wunderbar warm und er hatte ein herrliches Gefühl von Geborgenheit, weil er wusste, dass er von dicken weichen Wänden umgeben war. Der Geruch war das einzig Störende – dieser sal-zige Fischgeruch.

„Man gewöhnt sich daran", sagte Marina. „Inzwischen mag ich ihn sogar ein wenig."

„Wie lange lebst du hier schon?"

„Seit dem späten Frühjahr."

„Und wo willst du überwintern?"

„Ich dachte, ich bleibe hier. Versuch's wenigstens."

Anscheinend machte sie sich deswegen keine Gedan-ken. Schatten nickte und fragte sich, ob es warm genug sein würde. Er hatte keine Anhnung, wie kalt es wer-den könnte. Im Augenblick war es jedenfalls warm.

Aber die Vorstellung, dass sie allein und kalt hier den ganzen Winter verbringen würde, machte ihn traurig, und er dachte an seine Mutter, die Kolonie, die jetzt ohne ihn nach Süden flog. Ungeduldig raschelte er mit den Flügeln.

„Wohin warst du unterwegs?", fragte Marina.

„Zum Felsenlager, um die Männchen zu treffen."

„Oh, also bist du ein Jungtier", sagte sie. „Deine erste Wanderung, eh?"

„Ja." Es passte ihm nicht, an sein Alter erinnert zu werden. Dadurch fühlte er sich klein. „Wie viel Wanderungen hast du mitgemacht?"

„Nur zwei", antwortete sie. „Anderthalb, genau genommen." Sie rückte etwas zur Seite, und an ihrem Unterarm blitzte Metall auf.

Erstaunt starrte Schatten hin. Wie konnte ihm das nur entgangen sein? Gleich darauf verstand er, warum: Sie bewegte sich schnell und er sah, sie hatte die Angewohnheit, ihren Unterarm unter den Flügel zu stecken, sodass der Ring nicht zu sehen war.

„Du hast also auch einen!"

Sie blickte ihn scharf an. „Was meinst du?"

„Den Ring! Wie bist du da daran gekommen?"

„Du kennst noch jemanden, der einen hat?"

„Frieda, die Erste unserer Ältesten."

Marina riss die Augen weit auf. „Eure Älteste hat einen Ring, so wie meinen? Bist du dir sicher? So wie dieser hier?"

Sie streckte ihm den Unterarm hin.

„Also, ich weiß nicht, ob es der gleiche ist, aber ..."

„Wie hat sie ihn bekommen?"

„Menschen haben ihn ihr gegeben ..."

„Wie lange ist das her?"

„Nun, hm, sie ist ziemlich alt, und sie hat gesagt, sie hat ihn bekommen, als sie jung war, also ..."

„Vor zehn, zwanzig Jahren?"

„Mindestens."

„Und sie ist noch am Leben?" Sie klang erstaunt.

Schatten runzelte die Stirn. „Was meinst du damit?"

„Sie haben gesagt, der Ring bringt dich um", sagte sie, aber sie lächelte dabei.

„Wer hat das gesagt?"

„Die Ältesten der Glanzflügel."

Schatten schüttelte den Kopf. „Aber Frieda hat nie gesagt ..."

„Gibt es noch andere Silberflügel, die Ringe tragen?"

„Eine Gruppe von Männchen, sie wurden letztes Jahr beringt. Warum?"

„Und sie sind auch noch am Leben?"

„Einige von ihnen", sagte er mit gepresster Stimme. „Andere sind getötet worden."

„Wie?"

„Von Eulen."

„Also haben sich meine Ältesten vielleicht geirrt", murmelte Marina. „Vielleicht bringt er einen nicht immer um ..."

99

Schatten konnte es nicht länger aushalten. „Wovon redest du?"

„Das hier!", rief Marina und wedelte mit dem beringten Unterarm. „Deswegen bin ich hier! Allein." Sie holte tief Luft. „Hör zu. Im letzten Frühjahr bin ich mit meiner Kolonie unten im Süden gewesen. Meine erste Überwinterung ist gerade zu Ende gegangen und wir sind zurück zu unserem Sommerlager gezogen. Ich, meine Eltern, alle."

Sie schwieg, um zu Atem zu kommen, und Schatten wusste, dass sie lange darauf gewartet hatte, diese Geschichte irgendjemandem zu erzählen.

„Eines Nachts bin ich an einem Fluss auf der Jagd hinter einem Bärenspinner her. Ich bin weit entfernt von den anderen. Und plötzlich, klatsch, haben sich meine Flügel in einer Art riesigem Netz verfangen. Ich hatte es nicht einmal mit meinem Klang-Sehen wahrgenommen. Ich strample, kann mich aber nicht befreien. Dann tauchen zwei Menschen am Flussufer auf und ziehen das Netz zu sich heran. Ihre Gesichter sind … sie strahlen von gelbem Licht, wie der Mond oder die Sonne."

Schatten fühlte das wilde Schlagen seines Herzens. War das seinem Vater passiert? Hatte er auf diese Weise seinen Ring bekommen? Vielleicht waren diese Menschen genau die gleichen, die Cassiel beringt hatten!

„Und was dann?", hauchte er.

„Einer von ihnen holt mich aus dem Netz und hält mir die Flügel fest an die Seite gepresst. Unvorstellbar, seine Kraft. Ich meine, ich habe nie im Leben solche Angst gehabt. Ich weiß nicht, was ich denke. Dass ich aufgefressen werde, wahrscheinlich, ich weiß es nicht. Also strample ich und winde mich und versuche ihm in die Hand zu beißen, aber meine Zähne kommen nicht durch. Er trägt irgendetwas darüber, zäh wie Tierhaut. Die Menschen halten mich fest, aber sie sind vorsichtig. Sie streicheln mein Fell, als ob sie mich beruhigen wollen."

„Hast du gesprochen mit ihnen?"

„Ich habe es versucht, aber es hat nichts genützt. Sie haben mich nicht verstanden. Sie sprechen miteinander mit diesen großen langsamen Stimmen wie Donnergrollen, und das kann ich wiederum nicht verstehen.

Also gebe ich nach einer Weile einfach auf. Einer von ihnen streckt meinen rechten Flügel aus und der andere nimmt diesen Metallring und macht ihn an meinem Unterarm fest.

Sie berühren mich noch einmal am Kopf", sagte Marina, „und dann lassen sie mich los. Ich fühle mich … ich kann es nicht erklären. Als ob mir etwas Besonderes passiert ist. Also fliege ich zurück zu den anderen, ganz aufgeregt. Aber als meine Mutter mich sieht, starrt sie nur auf den Ring und fängt an zu weinen, mein Vater bekommt diesen harten Gesichtsausdruck, und andere Fledermäuse werfen nur einen Blick auf mich und fliegen voller Angst weg."

Verwirrt schüttelte Schatten den Kopf. „Aber warum?"

Marina nickte und kratzte sich an der Nase. „Sie glaubten, ich wäre befleckt. Ich meine, ich hatte keine Ahnung, ich hatte nie etwas von diesen Ringen gehört. Mami und Papi brachten mich zu den Ältesten, und ich habe alles gehört. Vor Jahren sind anscheinend ein paar andere Glanzflügel beringt worden, und alle sind gestorben oder verschwunden. Die Geschichten, die ich zu hören bekam! Einer Fledermaus verfaulte der Flügel und fiel ab, eine andere fing einfach Feuer und verbrannte bei lebendigem Leibe."

Schatten wurde es übel, als er an seinen Vater dachte. War ihm das passiert? Und auch den anderen beringten Fledermäusen, die verschwunden waren? Vielleicht waren es die Ringe, die sie getötet hatten, und gar nicht die Eulen.

„Aber es ergibt keinen Sinn", sagte er laut, um sich selbst zu beruhigen. „Frieda hat darüber nichts gesagt und ihr ist nichts passiert. Dir geht's auch gut, und du trägst den Ring seit Monaten."

„Vielleicht sind das nur so Geschichten, ich weiß es nicht", sagte Marina. „Aber die Ältesten haben mir erzählt, dass die Ringe einen Fluch tragen und dass ich nichts dagegen tun könne. Sie haben mir gesagt, dass ich … wie war das Wort … unrein sei, das ist es. Ich sei von den Menschen gezeichnet und ich brächte der Kolonie nur Unglück. So haben sie mich vertrieben."

„Nein!" Schatten schnappte nach Luft. „Deine Mutter und dein Vater ..."

„Sie konnten nicht ... es gab nichts, was sie tun konnten." Marina seufzte. „Sie hatten auch Angst. Ich musste mich verabschieden. Zuerst versuchte ich ihnen in einiger Entfernung zu folgen, aber die Ältesten schickten ein paar große Männchen mich zu vertreiben, und schließlich habe ich mich verirrt."

Schatten konnte nur entsetzt den Kopf schütteln. Die Vorstellung, dass seine eigene Mutter zuließ, wie er vertrieben wurde ... Es war zu schmerzlich, um es zu ertragen.

„Es war wie ein schlimmer Traum", sagte Marina. „In den ersten Tagen habe ich es im Schlaf vergessen. Dann bin ich aufgewacht, habe um mich geschaut und war ganz allein. Ein paar Mal traf ich auf andere Fledermäuse, aber sie warfen nur einen Blick auf diesen Ring und fort waren sie. Zu der Zeit war ich auf die Küste gestoßen und dachte, ich würde sowieso nicht mehr lange zu leben haben.

Ich glaube, ich muss verzweifelt gewesen sein, denn ich habe mir gedacht, ich sollte einfach auf den Ozean hinausfliegen und allem ein Ende bereiten. So bin ich losgeflogen und habe mir immer wieder gesagt, stürze dich ins Wasser, aber es hat so schrecklich ungemütlich ausgesehen. Daher habe ich gedacht, ich fliege noch ein bisschen weiter und tu's dann, aber irgendwie konnte ich nie den Mut dazu fassen – so viel Wasser, ich habe doch gewusst, dass es eiskalt ist – und schließlich war ich so weit draußen, dass es keinen Weg mehr zurück gab. Dann hatte ich fürchterliche Angst. Zum Glück habe ich die Insel gesehen und es bis dahin geschafft, bevor meine Flügel nicht mehr konnten. So bin ich jetzt hier. Ich meine, es ist nicht schlimm hier. Es gibt genug zu essen und nicht viel Konkurrenz."

Schatten ließ sein Klang-Sehen über ihren Ring streichen, insbesondere über die merkwürdigen Markierungen der Menschen. Dieser dünne Silberring, der sich so vollkommen um ihren Unterarm schloss. Er erinnerte sich an den schönen strahlenden Ring des Sonnenlichts und fühlte sich beruhigt. Es war ein Teil des Großen Versprechens, ein Zeichen. Es war ausgeschlossen, dass der Ring etwas Schlechtes war.

„Du hast so viel Glück", murmelte er, und dann zuckte er zusammen und bedauerte seine Worte. Sie klangen so grausam nach allem, was sie ihm gerade erzählt hatte.

Marina schnaubte. „Aber ja, er hat mir unheimlich viel Glück gebracht."

„Nein, du verstehst nicht. Ich wollte sagen …" Er wusste nicht, wie er anfangen sollte. „Mein Vater hatte einen, einen Ring." Und nun stürzten ihm die Worte aus dem Mund. Er erzählte ihr von Cassiel, wie er im Süden verschwunden war. Er erzählte ihr, wie er die Sonne gesehen hatte und wie die Eulen den Baumhort niedergebrannt hatte. Er erzählte ihr vom Echoraum, von der großen Schlacht der Vögel und Vierfüßler, der Verbannung und Nocturnas Großem Versprechen. Und er wiederholte alles, was Frieda ihm über die Ringe erzählt hatte.

Nachdem er geendet hatte, schwieg Marina lange. „Einmal habe ich versucht, ihn abzureißen", sagte sie gedankenverloren, „nach dem, was die Ältesten gesagt hatten. Aber er liegt so eng an, als wäre er schon immer ein Teil von mir gewesen. Wenn ich mir nicht die Kralle abhacke, wird der Ring immer an mir bleiben. Und weißt du was? Sogar wenn es am allerschlimmsten war, gab es immer noch diesen kleinen Teil von mir, der froh war. Ich denke, ich konnte einfach nicht glauben, dass der Ring so schlimm ist, wie sie es mir sagten. Es war irgendwie … wichtig, ihn zu haben. Irgendwie gut. Das war jedenfalls mein Gefühl."

Schatten nickte. Er beneidete sie. Suchten sich die Menschen bestimmte Fledermäuse aus, die sie beringten, oder war es einfach Zufall?

„Von Nocturna habe ich gewusst", sagte Marina, „und ich hatte sogar von der gewaltigen Schlacht gehört – aber sie haben uns nie etwas von diesem Großen Versprechen erzählt. Glaubst du wirklich, dass wir ins Sonnenlicht zurückkehren können?"

„Ich weiß zwar nicht, wie, aber ich werde es herausfinden."

Marina schaute ihn an und grinste. „Ein richtiger kleiner Unruhestifter bist du, oder? Gehst die Sonne anschauen, erschreckst deine Mutter halb zu Tode, lässt euren Schlafplatz von den Eulen niederbrennen. Ich möchte wetten, du bist zurzeit nicht gerade die beliebteste Fledermaus in deiner Kolonie."

„Das glaube ich auch nicht", sagte Schatten, und trotz allem musste auch er grinsen.

„Ich möchte Frieda und diese anderen Fledermäuse treffen", sagte Marina. Jetzt lächelte sie nicht. „Ich möchte mit dir kommen."

In die Stadt

„Es kann ein bewegter Flug werden", sagte Marina am nächsten Abend. Sie schwebten über die Bucht hinaus. Am klaren Himmel hing eine Mondsichel und es wehte nur eine leichte Brise. „Aber es sollte nicht allzu schwer für dich werden – trotz deiner Stummelflügel."

Verärgert stellten sich Schattens Ohren auf.

„Ich habe keine Stummelflügel!"

„Nun, jedenfalls sind sie nicht so lang wie meine", sagte Marina und dehnte sie kurz. Er musste zugeben, sie waren länger und schmaler – aber nicht sehr viel länger und schmaler. „Es ist eine einfache Tatsache: Je länger die Flügel, desto schneller fliegt man."

„Meine sind ein bisschen kürzer", sagte Schatten, „aber sie sind auch breiter, und das bedeutet, ich bin wendiger beim Flug." Er erinnerte sich daran, dass seine Mutter ihm das erklärt hatte, als er anfing fliegen zu lernen.

„Hm", sagte Marina zweifelnd.

„Ich kann sogar auf der Stelle schweben. Und ich kann durch schmalere Zwischenräume im Wald fliegen."

„Interessant. Aber hier auf hoher See ist Geschwindigkeit angesagt, mein kleiner Freund. Und in der Beziehung habe ich den Vorteil."

Kleiner Freund? Sie war so schlimm wie Chinook. Er hoffte nur, er würde es nicht bereuen, mit ihr zusammen zu reisen.

„Ich weiß nur, dass ich es letzte Nacht durch den Sturm geschafft habe", murmelte Schatten, „und das waren ziemlich schlimme Winde. Ich komme schon zurecht."

Auf der Insel hatten sie noch eine Stunde mit dem Essen verbracht. Schatten hatte seine Nahrung ohne Begeisterung verschlungen. Er musste immer daran denken, wie sich mit jeder Sekunde seine Mutter und der Rest der Kolonie weiter von ihm entfernten. Er konnte es kaum erwarten aufzubrechen, aber er wusste, dass er essen musste. Er würde seine ganze Kraft brauchen über dem Wasser.

Als sie höher flogen, nahm der Wind zu, und Schatten bekam Angst. Marina flog voran, und mit jedem Schlag blähten sich ihre Flügel eindrucksvoll. Schatten zog eine Grimasse und musste an Chinook denken.

„Wie viel höher müssen wir denn noch?", fragte er.

„Eine Fledermaus mit Höhenangst? Das ist ja das Allerneueste."

„Ich frage mich nur, warum wir so hoch fliegen müssen."

„Um die richtige Luftströmung zu finden", erklärte sie. „Ich habe mit diesen Strömungen herumgespielt. Manchmal erwischt man eine zum Land hin, das macht den Flug erheblich einfacher. Und schneller."

„In Ordnung." Es behagte ihm nicht, dass sie mehr wusste als er.

Sie stellte die Flügel auf, kreiste einen Augenblick und schnupperte.

„Ich glaube, wir sind nahe dran. Kannst du es riechen?"

Schatten schnüffelte, konnte aber nichts erkennen außer dem scharfen Geruch der See. In der starken Brise brauchte er seine ganze Aufmerksamkeit allein, um die Höhe zu halten. In den Ohren brauste der Wind. Er hoffte nur, Marina wusste, was sie tat.

„Noch ein bisschen mehr ... da!"

Schatten fühlte es ebenfalls: Der Wind legte sich, und er fühlte, wie er vorwärts gesaugt wurde. Jeder Flügelschlag war so gut wie zwei. Er schaute nach unten und bereute es sofort. Von hier oben war der Ozean nicht mehr als eine bewegte Schwärze. Es gefiel ihm nicht, so weit entfernt von Bäumen zu sein.

„Das Festland ist unmittelbar geradeaus. Siehst du's?" Marina zeigte mit dem Kinn nach vorne.

In der Ferne sah Schatten die dünne schwarze Linie der Küste und dann einen winzigen, aber intensiven

Lichtblitz. Dann wieder Finsternis, dann wieder einen Blitz.

„Das ist der Turm", sagte Schatten aufgeregt. „Dort hat uns der Sturm erwischt."

„Der alte Leuchtturm. Ich erinnere mich. Die Menschen benutzen ihn für ihre Schiffe. Er sagt ihnen, dass da Felsen sind und sie sich besser fern halten."

Sie weiß alles, dachte Schatten. Sie ist größer, obwohl sie ein Mädchen ist, fliegt besser, ist in allem besser. Und dann hatte sie noch ihren Ring.

„Eure Kolonie wollte also nach Süden ziehen, richtig?"

„Ein paar Nächte lang, denke ich."

„Denkst du?"

„Ich bin ziemlich sicher."

„Wir holen sie entlang der Küste ein, wenn wir Glück haben. Hängt davon ab, wie schnell sie fliegen. Vielleicht ein paar Nächte. Solange du uns nur auf der Route hältst, werden wir letztendlich hinkommen. Du kennst doch die Route, oder?"

Schattens Magen fühlte sich an, als ob er gerade an die hundert Meter abgesackt wäre.

„Nun", sagte er, „meine Mutter hat mir eine Karte gesungen."

„Du hast sie vergessen?"

„Nein", blaffte er zurück. „Ich erinnere mich an alles." Das war nicht gerade gelogen. Er wusste, dass er alle Geräusche und Bilder ins Gedächtnis zurückrufen konnte – er wusste nur nicht, was sie bedeuteten. Er wünschte, er hätte seine Mutter vor dem Sturm alles erklären lassen.

„Nun, das ist eine Erleichterung", murmelte Marina.

„Jedenfalls erwischen wir sie entlang der Küste, oder?"

Marina grunzte nur.

Schatten fand, das Beste wäre, seine Augen auf den blitzenden Leuchtturm auszurichten und ihn näher heranzuzwingen. Sie unterhielten sich anfangs ein bisschen, dann immer weniger, um nicht außer Atem zu kommen.

Die Winde blieben konstant, und Schatten war sich klar, wie viel Glück sie hatten. Der östliche Himmel begann heller zu werden, als sie das Festland erreichten und um den Leuchtturm eine Wende machten. Schatten war erschöpft, aber auch froh. Er hatte es zurück geschafft.

Unter einer umgestürzten Birke fanden sie eine verborgene Höhle und krochen hinein, gerade als sich in den Bäumen der Morgenchor der Vögel erhob. Sie schliefen sofort ein.

„Wach auf."

Schatten öffnete ein Auge und blickte Marina trübe an. Noch einmal stupste sie ihn mit der Nase an.

„Was ist los?"

„Vor einer halben Stunde ist die Sonne untergegangen."

Also schon Nacht. Er hatte das Gefühl, dass kaum Zeit verstrichen war. Er raschelte mit den Flügeln, und ein brennender Schmerz durchzog die Muskeln an Brust und Rücken.

„Hättest mich wecken sollen", stöhnte er.

„Sah so aus, als ob du dringend Schlaf brauchtest nach der letzten Nacht."

„Lass uns losfliegen."

„Hast du keinen Hunger?"

Natürlich hatte er Hunger. Aber es war eine Quälerei, angesichts der langen Reise, die vor ihnen lag, so viel Zeit mit der Jagd auf Käfer und Moskitos zu verschwenden. Jede Sekunde bedeutete ein Dutzend verlorener Flügelschläge.

„Die anderen müssen auch essen, weißt du", sagte Marina.

Er nickte und fühlte sich gleich besser. Daran hatte er nicht gedacht.

„Und es sieht so aus, als könntest du es brauchen. Seid ihr Silberflügel alle so klein?"

„Nein, sind wir nicht", sagte Schatten zornig. „Ich bin nun einmal ein Knirps." Er musste fast lachen. Knirps. Das Wort war so ein großer und verhasster Teil seines Lebens, er hätte nie gedacht, dass er es je benützen würde, um sich zu verteidigen. „Im Übrigen denke ich, dass wir bessere Jäger sind als ihr Glanzflügel."

„Glaubst du?" Sie klang amüsiert.

„Ja. Denk nur mal darüber nach. In engen Räumen

sind wir schneller, wie um Bäume herum, wo die Moskitos sind. Und unser Fell ist dunkler, also ist unsere Tarnung besser. Jedes Insekt, das nicht gerade blind ist, kann euch meilenweit kommen sehen!"

„Nun, es gibt nur einen Weg, um das herauszufinden, nicht wahr?"

„Ich wette, ich fange mehr Moskitos als du. Wer als Erster tausend hat."

„Abgemacht", sagte sie. „Los!"

Eilig verließen sie ihr Versteck unter der umgestürzten Birke und schossen in die Luft.

Während Marina sich zu den Baumwipfeln aufmachte, wedelte Schatten zwischen den Bäumen selbst hindurch, futterte dichte Moskitoschwärme, ließ sich hinab über kleine Wasserpfützen, um frisch ausgebrütete Eier zu sammeln. Während des Fluges vergingen seine Muskelschmerzen. Nie hatte er so viel in so kurzer Zeit gegessen.

Er raste an Marina vorbei und sie schrien sich ihre Zahlen zu.

„Sechshundertfünfundzwanzig!", rief er.

„Sechshundertzweiundachtzig!"

Angeberin! Er beschleunigte, wirbelte und flitzte durch die Luft, schnappte jeden Moskito, der seinen Pfad kreuzte.

„Eintausend!", brüllte er eine Minute später. „Ich hab's geschafft! Wo bist du?"

„Was hast du so lange gebraucht?", fragte Marina. Sie

hing in der Nähe von einem Ast und pflegte genüsslich ihre Flügel.

„Hast du tausend?"

„Hmhmhm."

„Hast du nicht!"

„Doch, vor ein paar Sekunden."

„Du hast aber nichts gesagt", brummte Schatten und landete neben ihr.

„Du hast mich nicht gehört." Sie rülpste laut.

„Weißt du, ich fühle mich nicht so toll", sagte er.

„Geschieht dir recht."

„Mir? Was ist mit dir? Es war deine Idee!"

„Hör zu, mir ist auch nicht so gut", gab Marina zu. „Im Leben ess ich keinen einzigen Moskito mehr."

„Sind sie dir ungewöhnlich würzig vorgekommen?", fragte sie.

„Bitte, rede nicht darüber."

Es dauerte eine Weile, bis sich ihre Mägen wieder beruhigt hatten und sie losfliegen konnte. Schatten hatte ein Gefühl, als hätte er einen großen Stein verschluckt.

„Sagen wir, es war ein Unentschieden", schlug Marina nach einiger Zeit vor.

Schatten grinste und rülpste ohrenbetäubend. „Scheint mir fair."

Die Nacht hindurch hielten sie ein gutes Tempo bei. Von allen war sie bislang die kälteste. Auf dem Gras glitzerte der Reif. Sie hielten sich rechts der Küste. Auch eine von Menschen gemachte Straße schlängelte sich dort entlang, und inzwischen hatte sich Schatten daran gewöhnt, die Fahrzeuge der Menschen auf ihr dahinrasen zu sehen.

„Glaubst du, die Menschen werden uns irgendwie helfen?", fragte Marina.

„Mein Vater hat das geglaubt."

„Ich habe über das Große Versprechen nachgedacht. Darüber, dass wir ans Licht zurückkommen sollen. Würden wir nicht erblinden?"

„Nur wenn du für längere Zeit direkt in die Sonne starrst", sagte Schatten.

In der kalten Nacht erinnerte er sich an ihre Wärme, ihre blanke Kraft.

„Aber du hast nur ein bisschen von ihr gesehen, oder?"

„Ja, richtig, aber Frieda hat sie ganz gesehen. Sie wollen nur nicht, dass wir sie haben, die anderen Tiere. Weißt du, was ich glaube? Wenn wir die Sonne wieder bekämen, würden wir wachsen, und dann müssten wir keine Angst mehr haben, dass die Eulen uns jagen. Wir können die anderen Silberflügel fragen, die Männchen mit den Ringen." Er starrte zum Horizont.

„Wenn wir sie jemals einholen."

„Du hast gesagt, dass sie eine Weile der Küste folgen. Was ist danach? Woher wissen wir, wann wir den Kurs ändern müssen?"

„Vielleicht könnte ich versuchen, dir das nächste Stück zu singen."

Nicht, dass man es ihm beigebracht hatte. Aber er meinte, ein Versuch könnte sich lohnen. Er konnte gut Echos empfangen …

„Es wird nicht funktionieren."

„Nein?"

„Weißt du denn überhaupt nichts? Du bist ein Silberflügel, ich ein Glanzflügel. Unsere Echos sind nicht gleich. Es wäre nur ein großes Durcheinander."

„Also kann nur ich die Karte lesen", sagte er und konnte sich ein Grinsen nicht verkneifen. Das gefiel ihm. Etwas, was er wusste und sie nicht.

„Du brauchst deswegen nicht so frech in die Gegend zu blicken. Du musst es mir, so gut du kannst, erklären."

Er rief sich die Klangkarte seiner Mutter ins Gedächtnis. Er sah den Ozean, den Leuchtturm, den Küstensaum, und dann …

„Lichter", sagte er zu Marina. „Wie Sterne, nur dass sie nicht wirklich sind. Und sie sind unten am Boden statt am Himmel. Es sieht aus, als wäre alles aus Licht. Riesige Formen …"

„Eine Stadt", sagte Marina einfach.

Schatten zwinkerte. Das war nicht schwer. „Bist du dort gewesen?"

„Einmal. Müssen wir wirklich da hinein?"

Es gab etwas Wichtiges in dieser Stadt, inmitten dieses ganzen Lichts. Einen Turm, höher als den Leucht-turm …

„Ja. Es gibt da einen Orientierungspunkt. Wir benut-zen ihn, um unseren Kurs daran auszurichten, es hat etwas mit den Sternen zu tun und einem Metallkreuz und …"

„Horch nur!", sagte Marina plötzlich und unterbrach ihn.

Schattens Ohren zuckten, er lauschte angestrengt und konnte das unverkennbare flattrige Rascheln von Flü-gelschlägen hören. Nicht nur von einem Paar, sondern von vielen.

„Komm mit!" Mit einer plötzlichen Beschleunigung jagte er über den Himmel, bis er die Fledermäuse in der Ferne mit seinem Klang-Sehen ausmachen konnte, hunderte, die über den Baumwipfeln schimmerten.

„Ich glaube, sie sind's!", sagte er. „Sie müssen es sein!"

„Ich hoffe, sie mögen mich", sagte Marina. „Wie sollte ich mich vorstellen? Hallo, ich bin ein Freund der Fle-dermaus, wegen der euer Rastplatz abgebrannt ist?"

Schatten lachte laut auf vor Entzücken. „He! Hallo!", rief er der Kolonie zu. „Ich bin's, Schatten!"

Drei Fledermäuse am Ende des Zuges drehten ab und schauten sich um. Neugierig tastete Schatten sie mit dem Klangecho ab. Ja, die Flügel hatten die richtige Form, die Schwänze, die Körper vielleicht ein biss-chen groß, aber …"

117

„Nein", hauchte er enttäuscht, als er näher kam. Es waren Grauflügel mit üppigem Fell und schönen Backenbärten im Gesicht. Sogar ihre Ohren waren von grauem Fell eingerahmt und auch die Unterseite der Arme.

„Wohin fliegt ihr beiden?", fragte einer von ihnen.

„Wir suchen die Kolonie der Silberflügel", sagte Schatten. „Habt ihr sie gesehen?"

„Wir kommen aus Nordwesten. Wir haben ein paar andere Kolonien gesehen, aber keine Silberflügel. In welche Richtung sind sie geflogen?"

„Die Küste lang nach Süden zu einer Stadt."

„Dann sind sie wahrscheinlich nicht weit vor uns. Habt ihr euch verirrt?"

„Vor zwei Nächten, in einem Sturm."

„Pech. Nun, ich beneide euch nicht darum, in eine Stadt zu fliegen. Das ist kein guter Ort für Fledermäuse. Hört zu, wir fliegen um die Stadt herum, aber danach fliegen wir nach Süden weiter. Ihr könnt gerne eine Weile mit uns kommen, wenn ihr wollt."

Er sah sie alle weiter vorn, Mütter und Väter, die zusammen mit ihren Kindern flogen und immer wieder rasch ausscherten, um im Flug Nahrung zu fangen. Er schaute zu Marina. Es war ein verführerisches Angebot, mit einer großen Gruppe zu fliegen. Vielleicht war es gar nicht so wichtig, in die Stadt hineinzukommen. Vielleicht konnten sie ihren Kurs auch halten, ohne den Turm zu finden.

Auf einmal schwenkte der Grauflügel weg von ihnen und starrte auf Marinas Unterarm.

„Sie ist beringt", zischte er Schatten zu.

„Ich weiß", sagte er.

„Bist du von allen guten Geistern verlassen?", sagte der Grauflügel und umkreiste sie mit Abstand. „Es bringt Unglück, großes Unglück. Sie ist von Menschen berührt worden. Hat dir denn deine Mutter überhaupt nichts beigebracht? Sie wird uns alle ins Verderben stürzen."

„Nein", sagte Schatten, „es ist nicht …"

„Du kannst gerne mit uns reisen, Silberflügel – aber sie nicht."

Schatten starrte die Grauflügel an und auf die Kolonie in der Ferne."

„Wenn sie nicht mitkommen darf, komme ich auch nicht."

„Wie du willst. Aber ich würde mich vor ihr in Acht nehmen, wenn ich an deiner Stelle wäre."

Die Grauflügel schossen zu ihrer Kolonie zurück. Dann drehten sie nach einem Befehl ihres Ältesten ins Landesinnere ab vom Wasser weg und weg von ihnen. Schatten war tief enttäuscht.

Seine Gedanken waren vorausgeeilt, hin zu seiner Mutter.

„Tut mir Leid", sagte Marina. „Ich habe vergessen, den Ring zuzudecken. Ich hatte gedacht, es wären deine Leute."

„Das macht nichts", sagte er. „Ich verstehe es nur nicht. Warum glauben sie, die Ringe bringen Unglück?" Er blickte auf den Silberreif um ihren Unterarm, und zum ersten Mal fühlte er sich unbehaglich. „Irgendetwas muss passiert sein, mehr als nur Geschichten."

„Vielleicht hättest du mit ihnen ziehen sollen", sagte sie knapp.

„Das meine ich nicht."

„Niemand hält dich auf."

„Ich will nicht …"

„Du glaubst wohl, ich brauche deine Gesellschaft? Ich bin daran gewöhnt allein zu leben. Ich brauche dich nicht oder deine Kolonie, Schatten." Mit harten Augen starrte sie ihn an, dann wandte sie den Blick ab. „Ich bin … ach, vergiss es."

„Vielleicht gibt es verschiedene Arten von Ringen", sagte Schatten. „Gute und schlechte." Er hatte Kopfschmerzen und ein flaues Gefühl im Magen. „Ich weiß es nicht."

„Und was für einen habe ich? Wahrscheinlich werde ich's erst wissen, wenn ich plötzlich in Flammen stehe."

Besorgt starrte Schatten sie an. Dann mussten sie beide lachen, lang und laut, bis er spürte, wie ihm Tränen in die Augen traten. Trotzdem konnte er sein Unbehagen nicht abschütteln. Wenn sie doch nur seine Kolonie erreichen und ein paar Antworten auf seine Fragen bekommen könnten.

„Tut mir Leid, dass es nicht deine Kolonie war", sagte Marina.

„Ja."

„Wir holen auf. Mit dieser Karte von dir schaffen wir das schon."

Schatten lächelte dankbar. Vor ihnen am Horizont konnte er eine gespenstische Aufhellung erkennen, als ob die Sonne bald aufgehen würde. Nur dass er wusste, dass es nicht die Sonne war.

„Da drunten ist die Stadt", sagte Marina.

2. Teil

– 8 –

Goth

Heute Abend würde er frei sein.

Goth hing von einem elastischen Ast in dem künstlichen Dschungel herab. Es war heiß hier, aber die Hitze kam nicht von der brennenden Tropensonne. Sie kam von einem verborgenen Ofen im Boden. Der Nieselregen und der Dunst kamen nicht vom Himmel, sondern aus kleinen Düsen in der flachen schwarzen Decke. Goth konnte erkennen, dass sogar einige von den Pflanzen künstlich waren, die Farnwedel steif und geruchlos. Glaubten die Menschen wirklich, er wäre so dumm?

Dieser Ort war überhaupt nicht wie sein Zuhause, der wirkliche Dschungel, wo sie ihn vor einem Monat gefangen hatten. Dieser Ort war ein Gefängnis – mit ein paar Hundert Schlägen seiner mächtigen Flügel konnte er darin die Runde machen. Anfangs, als sie ihn da hineingesetzt hatten, war er gegen die unsichtbaren Wände geprallt, törichterweise hatte er sich auf seine Augen verlassen statt auf sein Klang-Sehen. Diese Wände waren hart wie Stein, aber durch irgendeine Zauberei, die Goth nicht verstand, konnten seine Augen hindurchsehen auf die andere Seite, dorthin, wo die Menschen kamen und gingen und ihn beobachteten.

War ihnen nicht klar, wer er war? Ein Fürst aus der königlichen Familie, Vampyrum Spectrum, und ein Abkömmling von Cama Zotz, dem Gott der Fledermäuse und Beherrscher der Unterwelt. Alle Männer und Frauen wurden dorthin geschickt, wenn ihre Körper starben. Sie traten vor Zotz von Angesicht zu Angesicht, er würde über ihr Schicksal entscheiden und denen den Kopf abreißen, die während ihres Erdenlebens sein Missfallen erregt hatten.

In Goths Heimat wurde Zotz von den Menschen verehrt. Frauen pilgerten während der Schwangerschaft zur königlichen Höhle und beteten, dass ihre Kinder stark und gesund würden und ein langes Leben hätten. Sie brachten Opfergaben, Speisen und Blumen und glänzende Metallscheiben.

Aber die Menschen hier … Er funkelte den Ring an, den sie um seinen Unterarm befestigt hatten. Zeichen eines Gefangenen. Eine Unverschämtheit. Wenn er entkam, würde er zur königlichen Höhle zurückkehren und Cama Zotz anrufen, dass er sie bestrafe.

Besonders den Mann.

Er trug weiße Gewänder, war groß und hatte dürre Arme und Beine. Er hatte grobes schwarzes Haar und einen ungepflegten Bart. Eins seiner Augen war immer halb geschlossen. Das gab seinem Gesicht auf den ersten Blick einen schläfrigen Eindruck. Aber die Augen selbst waren alles andere als schläfrig, sondern hell und hart. Manchmal leuchtete der Mann ihm mit blendendem Licht ins Gesicht. Manchmal kam er in den künstlichen Dschungel und stieß ihm einen Pfeil in die Seite, der ihn in einen tiefen Schlaf versetzte. Meistens saß er nur auf der anderen Seite der unsichtbaren Wand und beobachtete ihn.

Unruhig spannte Goth die mächtigen Muskeln seiner massigen Brust und entfaltete die Flügel zu ihrer ganzen Spannweite von einem Meter. Er hatte einen großen eckigen Kopf mit einer borstigen Haarkrone. Er hatte große spitze Ohren und eine merkwürdig flache Nase, die sich dornförmig hochbog. Seine Augen waren groß, furchtlos und pechschwarz. Die lange Schnauze erinnerte eher an die eines Hundes als an die einer Fledermaus und war mit glänzenden Zähnen ausgestattet.

Sein ganzer Körper war angespannt, als wäre er auf dem Sprung, jeden Augenblick hinabzustürzen und anzugreifen.

Die Menschen fütterten ihn mit Mäusen, winzigen Dingern, die am Boden kauerten. Er hatte den Geschmack über: schlaff und wässrig, als kämen sie alle aus dem gleichen Wurf. Er sehnte sich nach Abwechslung.

Vor allem sehnte er sich nach Fledermaus, nach lebendigem, scharfem Fledermausfleisch.

Er sehnte sich danach wieder zu jagen.

Es gab einen anderen Gefangenen hier, eine Fledermaus namens Throbb. Sie waren zusammen gefangen worden, als sie im gleichen Teil des Dschungels jagten. Goth hatte Throbb nie gemocht, er war nicht aus königlichem Geblüt – ein schwaches, verlogenes Geschöpf, das sich vom Aas ernährte, das andere Tiere zurückließen. Er hatte sich wahrscheinlich nicht einmal gewehrt, als die Menschen ihn gefangen nahmen. Goth hatte schnell sein eigenes Territorium markiert und Throbb in eine kleine Ecke des Dschungels verwiesen. Gelegentlich kämpfte er mit ihm um seine Mäuse, nicht weil er hungrig war, sondern weil es ihm etwas zu tun gab. Und es machte ihm Spaß, wie Throbb nachgab und wimmerte. Von Zeit zu Zeit hatte er sogar daran gedacht, Throbb zu fressen – so ausgehungert war er nach Fledermausfleisch. Aber obwohl er die andere Fledermaus verachtete, brauchte er sie doch. Sie musste ihm bei der Flucht helfen.

Und heute Abend würde er frei sein.

Von seinem Rastplatz aus sah er, wie der Mann sich der unsichtbaren Wand näherte und eine verborgene Tür öffnete. Nacht für Nacht hatte Goth ihn dabei beobachtet. Zuerst hatte er gedacht, vielleicht wäre das sein Weg hinaus. Als er sicher war, dass er allein war, hatte er die Umrisse dieser Tür, dünn wie ein

Schnurrhaar, entdeckt und sich viele Male bemüht, sie selbst zu öffnen, hatte mit dem Kopf dagegengeschlagen und versucht mit seinen scharfen Krallen in die harte, glatte Oberfläche einzudringen. Aber es war aussichtslos.

Dann hatte er eines Nachts einen kühlen Luftstrom bemerkt, der durch den Dschungel wehte. Kreisend hatte er dessen Herkunft gefunden. In der schwarzen Decke befand sich ein Metallgitter, durch das er den Luftzug hereinströmen fühlte. Verzweifelt hatte er versucht, sich durch einen der Schlitze zu quetschen, aber er war zu groß, sogar wenn er die Flügel eng an den Körper presste. Er würde das ganze Gitter bewegen müssen. Und das ginge viel schneller, wenn er Hilfe hätte.

„Willst du hier raus?", hatte er die andere Fledermaus gefragt.

„Natürlich", hatte Throbb müde geantwortet. „Aber wie?"

„Arbeite mit mir zusammen, und du wirst bald wieder in Freiheit und im Dschungel sein."

So flogen die zwei Fledermäuse Nacht für Nacht, wenn die Menschen gegangen waren, zu dem Gitter und brachen mit Klauen und Zähnen kleine Stückchen Zement und Gips an den Rändern heraus. Jede Nacht wurde das Gitter ein wenig loser.

Jetzt schaute er zu, wie der Mann ein Dutzend weiße Mäuse auf den Boden kippte. Er schloss die Tür, setzte sich hinter der unsichtbaren Wand hin und beobachtete. Goth starrte zurück und hasste ihn. Warum ging er nicht weg? Musste er alles beobachten? Throbb hatte sich schon auf die Mäuse gestürzt und versuchte verzweifelt so viele, wie er konnte, zu fressen, bevor Goth auftauchte. Der hatte keinen Appetit, wusste aber, er würde diese Nacht seine ganze Kraft brauchen. Er fraß schnell, manchmal brach er den Mäusen mit einem heftigen Hieb seiner Kiefer das Genick, manchmal verschluckte er sie so, dass er spürte, wie sie ihm die Kehle hinunterkrabbelten.

„Kehr zu deinem Schlafplatz zurück und tu so, als ob du schläfst", zischte er Throbb zu.

Er selbst hing mit dem Kopf nach unten und hatte nur ein Auge einen schmalen Schlitz weit offen. Das Warten war eine Qual. Er bemühte sich, an die bevorstehende Freiheit zu denken. Er würde in den Dschungel zurückfliegen und sich wieder seiner Familie anschließen. Er würde ein großer Held sein, einer der aus dem Gefängnis der Menschen entkommen war!

Endlich stand der Mann auf und ging weg. Hinter der unsichtbaren Wand wurde es dunkel. Goth hob ab von seinem Ruheplatz.

„Jetzt!"

Beide flogen zur Decke und packten das Gitter mit den Klauen. Alle Kraft spannten sie an, um es wegzuziehen, aber noch hielt es fest.

„Benutz deine Flügel!", knurrte Goth.

Sie entfalteten die Flügel, schlugen heftig und zerrten von der Decke weg. Staub rieselte auf Goths Fell herunter.

„Fester!", brüllte er Throbb an. „Fester, wenn dir deine Freiheit lieb ist!"

Wieder zerrten sie und Goth fühlte, wie das Gitter mit einem Schauer von Schutt nachgab. Es war schwerer, als er erwartet hatte, und seine Flügel knickten ein. Er und Throbb warfen sich zurück, das Gitter auf ihnen. Throbb wand sich darunter heraus und glitt zur Seite, aber Goths Krallen waren noch in den metallenen Schlitzen gefangen.

„Zotz!", brüllte er. Und plötzlich rissen sich seine Krallen los und er schnellte zur Seite weg. Das Gitter prallte auf die feuchte Erde.

Goth klammerte sich an eine Kletterpflanze und wartete, dass sich sein Herzschlag beruhigte. Zotz hatte ihn gerettet.

„Geht's?", hörte er Throbb rufen.

„Du warst keine große Hilfe."

Aber er hatte es viel zu eilig, um Zeit mit dem Verprügeln von Throbb zu verschwenden. Er flog zu dem Loch, klammerte sich an die Kante und steckte den Kopf hinauf. Eine kühle Brise wehte über sein glattes Fell. Er ließ sein Klang-Sehen ertönen, und das zurückgeworfene Echo malte ihm im Kopf ein Bild.

Es war ein Schacht aus Metall, der senkrecht nach oben führte. Er war zu schmal, um darin auch nur die

Flügel ausbreiten zu können. Und die Wände zu glatt für ihre Krallen.

„Wir müssen senkrecht nach oben fliegen."

Throbb winselte voller Zweifel.

„Bleib hier, wenn du willst", sagte Goth und knickte die Flügelspitzen ein. Die Belastung seiner Knochen war gewaltig, als er wild die Luft peitschte, dass die Flügel nur noch verwischt zu sehen waren, fünfzehn, zwanzig, fünfundzwanzig Schläge pro Sekunde, sein Herzschlag genauso schnell.

Und er stieg auf in den Schacht, wie ein finsterer Engel aus der Unterwelt, höher und höher, mit angestrengt knirschenden Zähnen und Speichelbläschen in den Mundwinkeln. Er hörte nur noch das vulkanische Getöse seines Herzens. Er glaubte, seine Flügel würden brechen, da öffnete sich der Schacht in einen horizontalen Tunnel. Nach Luft ringend fiel er auf die metallene Oberfläche.

Keine Zeit auszuruhen. Er drehte das Gesicht in den Wind und kroch schnell weiter, ohne darauf zu warten, dass Throbb nachkam. Der Lufzug war hier stärker und er bemühte sich, die vertrauten Düfte des Dschungels wahrzunehmen, aber es gelang ihm nicht. Macht nichts, er hatte es fast geschafft.

Da war ein Geräusch, ein schnelles, entschiedenes Schlagen, das immer lauter wurde.

Tschomp, tschomp, tschomp, TSCHOMP, TSCHOMP.

Er kam um eine Ecke und ein heftiger Luftstrom blies

ihm entgegen, sodass er die Augen zukneifen musste. Am Ende des Tunnels befand sich hinter einem Maschendraht ein großes, sich drehendes Flügelblatt.

„Was ist das?", fragte Throbb, der eilig hinter ihm herkam.

„Denkst du, ich weiß alles über die Menschen? Es ist irgendeine Falle, um uns drinnenzuhalten."

„Es wird uns in Stücke schneiden."

Goth achtete nicht auf ihn. Hinter dem Blatt war die Nacht. Er konnte sie riechen. Zotz würde nicht zulassen, dass er eine Niederlage einstecken musste. Er richtete seine ganze Aufmerksamkeit auf das sich drehende Blatt und hörte genau zu. Der Maschendraht war nicht sehr fein, mit angelegten Flügeln konnten sie da durch. Aber das Flügelblatt …

Es drehte sich im Kreise am Ende des quadratischen Tunnels und ließ dabei in den vier Ecken einen kleinen mondförmigen Freiraum. Rasch maß Goth im Geiste die Entfernungen ab.

„Zwäng dich da durch", sagte er zu Throbb.

„Was?"

„In einer der unteren Ecken kannst du dich durchzwängen. Das Blatt kann dich da nicht treffen."

Er war sich dessen nicht ganz sicher. Das war einer der Gründe, weswegen er wollte, dass Throbb es als Erster versuchte.

„Vielleicht gibt es einen anderen Weg nach draußen", sagte Throbb. „Der andere Tunnel …"

Goth bleckte Throbb die blanken Zähne ins Gesicht.

„Du tust, was ich dir sage", zischte er.

Langsam kroch Throbb den Tunnel entlang. Mit fest an den Körper gepressten Flügeln näherte er sich dem Maschendraht. Er drückte sich zur Hälfte durch, dann hielt er plötzlich an und starrte wie hypnotisiert auf das rotierende Flügelblatt.

Tschomp, tschomp, tschomp …

„Es ist zu schnell", rief er über die Schulter zurück. „Es wird mich ansaugen."

Tschomp, tschomp, tschomp …

„Mach schon!"

„Ich kann nicht."

Goth sprang vor und biss Throbb in den Schwanz. Aufjaulend warf sich der nach vorn. Goth hörte, wie das gewaltige Flügelblatt schnell die Luft durchschnitt. Throbb schrie entsetzt auf, als die Spitze an ihm vorbeirauschte und ein Stückchen Fell von seiner Schulter abrasierte. Aber er war durch.

Goths Herz tat einen Sprung. Er eilte vorwärts, zwängte sich durch den Maschendraht und presste alle Luft aus den Lungen. Das Flügelblatt war so schnell, dass es Luftwirbel erzeugte. Er stemmte sich gegen den Sog, beobachtete den Flügel mit dem Klang-Sehen.

Tschomp …

Die Bewegung des Rotors war wie ein Donnerschlag und blendete ihn auf einem Ohr.

Aber er hatte es unversehrt geschafft durchzukommen.

Plötzlich war er draußen.

Er gab die Flügel frei und erhob sich in die Nachtluft.

„Frei!", brüllte er triumphierend, aber der Schrei blieb ihm in der Kehle stecken.

Wo war der Dschungel?

Eine Milchstraße heller Lichter breitete sich blendend vor ihm aus, steile Schluchten und tiefe leuchtende Flüsse von Tönen. Gewaltige Haufen aus Stein und Licht türmten sich überall um ihn herum. Goth kurvte in engen Kreisen und wusste nicht, wo er war. Er hatte erwartet, dass ihn der Dschungel begrüßen würde, die vertrauten Bilder und Gerüche des Regenwaldes, der Schrei seiner Fledermausgeschwister.

Aber diese Landschaft war ihm völlig fremd. Der Lärm von unten war fast überwältigend und bewirkte, dass sich sein Klang-Sehen verwischte und flackerte. Alles, was er ausmachen konnte, war ein Nebel von Bewegungen.

Er zitterte heftig und erst jetzt merkte er, wie bitterkalt es war. Der Dschungel war nie so kalt. Sein Hass auf die Menschen verdoppelte sich. Wo hatten sie ihn hingebracht? Voller Panik blickte er hoch zu den Sternen.

Er erkannte keinen einzigen.

Sie waren alle anders.

Und wo war der Mond? In Spiralen kletterte er höher, in der Hoffnung, er könne den Dschungel am Horizont erkennen. Aber die Lichter erstreckten sich endlos weit. Er konnte noch nicht einmal den Dämmerschein der Sonne sehen. Der hätte ihm wenigstens eine grobe Orientierung ermöglicht.

Vielleicht, dachte er in Panik, gab es hier keine Sonne, kein West oder Ost, kein Nord oder Süd.

„Wo sind wir?", jammerte Throbb, der neben ihm flatterte.

Ganz unerwartet tauchte der Mond hinter einer Wolkenbank auf und Goth war erleichtert. Der Mond war etwas, das er erkannte, mit all seinen Erhebungen und Falten.

„Die Menschen müssen uns aus dem Dschungel fortgebracht haben", erklärte er Throbb. „Sie haben uns nach Norden geschafft." Er hatte Geschichten gehört, fürchterliche Geschichten.

„Es ist so kalt. Lass uns wieder reingehen", sagte Throbb.

„Was?", zischte Goth verächtlich. „In unser Gefängnis?"

„Es ist wenigstens warm."

„Nein, ich kehre in den Dschungel zurück."

„Aber wer weiß, wie weit das ist?"

Goth schaute Throbb voller Verachtung an. Ursprünglich hatte er geplant, ihn nach der Flucht aufzufressen. Eine kleine Siegesfeier. Nun aber, in dieser fremden Umgebung, hielt er es nicht für klug, Throbb gleich umzubringen. Er war in einem fremden Land und er war sich seiner nicht ganz sicher. Vielleicht würde er noch einmal Hilfe brauchen.

„Wir finden einen Weg zurück", sagte er mit zusammengebissenen Zähnen. „Und wir werden hinkommen, einen Flügelschlag nach dem anderen."

„Wir werden erfrieren."

„Halt den Mund!", kläffte Goth.

Er fror und er brauchte mehr Nahrung. Nahrung, um sich warm zu halten.

Er warf sein kräftiges Klangauge über die Erhebungen der Stadt. Das Echo brachte ihm ein Bild von Vögeln, die an einem viereckigen Turm auf einem Sims rasteten.

Tauben. An denen war genug Fleisch.

Er ließ die Krallen spielen und stürzte sich hinab.

Die Tauben

Schatten und Marina flogen über der Stadt und waren verwirrt. Ein endloses Gitterwerk aus Licht erstreckte sich in alle Richtungen bis zum Horizont und schlug sie in seinen Bann. Geräusche von Maschinen drangen von unten herauf – metallisches Kreischen und Knirschen und ein durchdringendes Pochen, das schon Teil der Luft zu sein schien. Für einen Schwindel erregenden Augenblick konnte Schatten sich beinahe vorstellen, die Lichter der Menschen wären wirklich Sterne und er flöge auf dem Rücken.

Er war erschöpft. Sie hatten nicht viel gegessen, seit sie in die Stadt gekommen waren. Es gab hier weniger Insekten und die, die er gefangen hatte, schmeckten scheußlich, fremdartig und nach Ruß. Er wollte nur den Orientierungspunkt finden, seinen Kurs ausrichten und dann verschwinden.

Sie überquerten gerade ein schwarzes Hafenbecken. Vor ihnen, auf dem gegenüberliegenden Ufer, stand ein viereckiger Turm aus Stein und ragte hoch in den

Himmel. Er war nicht wie der Leuchtturm. Dieser Turm hatte viel mehr Zierrat, Simse und Ornamente, und zahlreiche Fenster, einige hell, andere dunkel. Auf einer Seite befand sich nahe an der Spitze ein gewaltiger weißer Kreis, größer als der Mond und auch heller. Am inneren Rand des Kreises waren schwarze Zeichen angebracht, und Schatten konnte ein regelmäßiges Ticken hören, das hinter dem flachen runden Gesicht hervorkam. Die Spitze bildete ein steiler Turmhelm mit Reihen von Giebelfenstern an den Seiten.

„Ist er das?", fragte Marina ungeduldig.

Schatten rief sich die Karte seiner Mutter ins Gedächtnis und versuchte Übereinstimmungen zu finden. Ein Turm, ein Turmhelm mit hoher Spitze – es schien zu passen …

Aus dem Turminneren ertönte ein gewaltiger, nachhallender, dröhnender Schlag und ließ Schatten und Marina zusammenzucken. BONG! Dann noch einmal: BONG! Und noch einmal: BONG! Dann Stille.

„Das Geräusch von der Karte", sagte Schatten aufgeregt. „Dies muss der richtige Ort sein!"

Sie segelten auf den Turm zu und landeten auf ein paar Holzlatten, die kreuz und quer vor ein Giebelfenster genagelt waren. Da hing Schatten erst einmal kopfüber und betrachtete stirnrunzelnd die scharfe Silhouette des Turmhelms gegen den Nachthimmel.

„Nein", sagte er, „da fehlt etwas." Und dann fiel es

ihm ein: „Das Metallkreuz. Es gibt kein Kreuz auf diesem Turm. Das ist der falsche."

„Schatten", sagte Marina leise. „Riechst du das?"

Jetzt erst bemerkte er den starken, unangenehmen Geruch, der aus dem Fenster kam. Gefieder blitzte auf, ein gewaltiger Kopf stieß zwischen den zerbrochenen Latten hervor und ein Schnabel schloss sich um seinen Unterarm. Entsetzt starrte er auf das blitzende Auge, zu schockiert um Schmerz zu empfinden. Als Nächstes nahm er wahr, wie er von seinem Ruheplatz gerissen und durch das Fenster in den Turm gezerrt wurde.

Von Flügelschlägen getroffen wurde er grob durch die Luft gezogen. Nur undeutlich konnte er sehen und hören: Fenster, die Körper weiterer Vögel, eine Art, die er noch nie gesehen hatte – um ihn drehte sich alles, als er immer tiefer hinabgerissen wurde, sein Unterarm eingeklemmt im Schnabel des Vogels.

„Wir haben zwei von ihnen erwischt!", schrie ein Vogel. „Aufwachen! Aufwachen!"

Schließlich wurde er auf den Boden geschleudert und losgelassen, und dann kam neben ihm Marina herabgeplumpst und stöhnte auf. Sie waren in einer Art Grube, die mit klebrigem Vogelkot bedeckt war. Es stank so fürchterlich, dass er sich fast übergeben musste. Die beiden Vögel, die sie gefangen hatten, zogen nun ein Stück Dachpappe vor die Öffnung: Sie waren gefangen.

„Weckt den Hauptmann auf!", ertönte eine andere Stimme von oben.

„Tauben", hauchte Marina.

„Du hast sie schon mal gesehen?"

Sie nickte. „Sie beherrschen den Himmel über den Städten. Sie sind überall."

„Aber ... warum haben sie nicht geschlafen?"

Sie schüttelte ratlos den Kopf. „Es ist, als ob sie auf uns gewartet hätten ..."

„Sie können das nicht machen. Wir haben nichts getan. Die Nacht gehört uns."

„Irgendwie, glaube ich, kümmern sie sich darum nicht. Wir sind auf einen Kontrollposten gestoßen. Pech für uns."

Die Grube war nicht sehr groß. Zwischen den Holzplanken des Bodens kam in schmalen Streifen Licht, und Schatten konnte ein rhythmisches Ticken hören, das ebenfalls von unten kam. Er wusste, dass das Licht von dem merkwürdigen hellen Kreis an dem Turm stammte.

Er flatterte zur Dachpappe hoch und drückte leicht dagegen. Sie bewegte sich nicht. Die Tauben standen direkt darauf und er konnte die Spitzen ihrer Krallen sehen, die sich durchdrückten. Hier würden sie nie rauskommen.

„Was wollen sie von uns?", flüsterte er, als er zu Marina zurückgekehrt war.

Plötzlich wurde die Dachpappe weggezogen und die

Köpfe zweier Taubenwächter stießen herab und packten sie. Sie wurden aus der Grube gehoben und auf den Boden fallen gelassen. Er duckte sich nahe bei Marina und nahm eilig die Umgebung auf.

Sie befanden sich im unteren Teil des Turmhelms. Über ihnen liefen Holzbalken kreuz und quer wie ein gigantisches Spinnennetz. Darauf saßen dutzende von Vögeln, grummelten ärgerlich und lärmten zornig mit den Flügeln.

„Mehr Licht!", brüllte einer der Wächter.

Schatten sah, wie zwei Tauben auf der anderen Seite des Bodens an einer weiteren Dachpappe zerrten, und plötzlich ergoss sich ein blendender Lichtkegel in den Turmhelm hinauf. Er verengte die Augen zu schmalen Schlitzen, horchte auf das beängstigende Gewühl, suchte nach Auswegen.

Selbst wenn sie schnell genug auffliegen könnten, müssten sie zwischen all den Balken hindurchwedeln. Und an den vielen Vögeln vorbeikommen. Schatten konnte hören, wie Tauben mit flatternden Flügeln und schnappenden Schnäbeln die Fenster versperrten. Sie waren nicht so groß wie Eulen, aber sie waren immer noch um ein Mehrfaches größer als er, hatten breite Brustkörbe und muskulöse Flügel – und diese Augen, diese gespenstisch funkelnden Augen.

Oben war jetzt jeder Balken von Vögeln besetzt, die böse auf sie herabblickten. Der ganze Turmhelm vibrierte von ihrem tiefen, bedrohlichen Grummeln –

koorrr, koorrr, koorrr –, von dem Schattens Ohren zuckten.

Dann teilte sich auf einem niedrigen Balken respektvoll die Reihe der Vögel, als eine große Taube mit vorgereckter Brust und hoch erhobenem Kopf erschien. Eine bedrohlich vortretende Narbe zog sich von ihrem Gesicht die Kehle entlang.

„Dein Bericht, Feldwebel!"

„Jawohl, Herr Hauptmann!", sagte die Taube in Schattens Nähe mit einem schneidigen Ruck des Kopfes. „Wir haben diese beiden Fledermäuse gleich außerhalb des Turms gefangen genommen."

„Gut gemacht, Feldwebel." Der Hauptmann blickte grimmig auf Schatten und Marina herab. „Sind das die Zwei, die du gesehen hast, Soldat?"

Ein anderer magerer Taubensoldat flatterte auf den Balken herab und beäugte sie. In seiner rechten Schulter klaffte eine Wunde, die noch blutete, und er schien extrem nervös. Sein Kopf ruckte hin und her. Die Augen brannten.

„Nein", sagte er sofort und fing dann an hemmungslos zu lachen. „Die Zwei? Nein. Nein, nein, nein. Die sind zu klein. Die beiden, die ich gesehen habe, waren …" Er zuckte heftig und hörte auf zu lachen. Aus den verstörten Augen sprach die Angst. „Riesig, Herr Hauptmann. Sie waren riesig, ihre Flügelspanne betrug mindestens einen Meter …"

„Genug", schnauzte der Hauptmann ärgerlich. Nach

ein paar erschrockenen Knurrlauten verstummte die andere Taube. Ihr Kopf ruckte hin und her.

Schatten wurde ganz übel. Hilflos sah er Marina an. Worüber redeten die? Fledermäuse mit einem Meter Flügelspannweite ...

„Wo sind die anderen Fledermäuse?", schrie der Hauptmann sie von oben an.

Schatten wusste nicht, was er antworten sollte. Welche Fledermäuse? Redete er von Silberflügeln?

„Ich weiß nicht, was Sie meinen ..."

Die Wächtertaube pickte ihn scharf mit dem Schnabel, und Schatten schrie auf.

„Was macht ihr hier bei unserem Rastplatz?"

„Wir sind auf Wanderung", sagte Marina. „Wir suchen nach einem Orientierungspunkt, der uns auf unserem Weg nach Süden hilft. Wir dachten, dies ist der richtige Turm, aber ..."

„Wer hat vorhin meine beiden Wachtposten getötet?"

Fledermäuse, die Tauben töteten? Schatten schluckte. Sie konnten nicht ... aber Flügelspannen von einem Meter? Es war ein Missverständnis. Keine Fledermaus war so groß.

„Wissen wir nicht."

„Wo haben sie ihr Lager?"

„Wissen wir nicht."

„Wie viel sind es?"

Schatten blickte zu Marina. Er wusste, dass es keinen Sinn hatte, jetzt zu reden. Sie hörten gar nicht zu, und er hatte Angst. Angst vor ihren glänzenden Schnäbeln und der Wut, die sich im Turminneren wie eine Gewitterwolke auftürmte.

Eine Wächtertaube kam zum Hauptmann heruntergeflattert.

„Herr, der Botschafter ist eingetroffen."

„Ausgezeichnet." Er wandte sich wieder an Schatten und Marina. „Ich denke, der Botschafter wird nicht so viel Geduld mit euch haben wie ich."

Hoch oben im Turm zeigte sich in einem der Fenster drohend eine dunkle Gestalt, und Schatten erkannte die Umrisse eines Eulenweibchens. Dahinter kreisten draußen zwei weitere Eulenwächter.

„Alles ist nur noch viel schlimmer geworden", murmelte er Marina zu.

Er beobachtete, wie die Botschafterin der Eulen mit trägen, fast verächtlichen Bewegungen in die Unterkunft der Tauben kam. Ihr Kopf drehte sich langsam hin und her. Ihre Nase zuckte. Stille senkte sich auf die Anwesenden und der Hauptmann flog hoch, um die Botschafterin zu begrüßen.

„Willkommen, Exzellenz. Danke, dass Ihr so kurzfristig gekommen seid …"

„Ihr habt die Mörder?", ertönte die tiefe, furchtbare Stimme.

„Nein, Exzellenz, sie sind zu klein, aber …"

„Wo sind sie?"

Die Eule ließ sich auf einen Sitz nahe am Boden herab.

Mit den flachen Augen erfasste sie Schatten und Marina. Schatten zitterte.

„Es sind Spione", knurrte die Eule.

„Nein!", protestierte Schatten.

„Sie leugnen!", rief der Hauptmann wütend, und die anderen Vögel schlugen empört mit den Flügeln und grollten mit tiefen Stimmen.

„Warum hat man euch dann unmittelbar vor der Unterkunft der Tauben gefangen?", fragte die Botschafterin.

„Wir hatten uns verirrt."

„Ihr wisst nichts von den Fledermäusen, die die zwei Tauben getötet haben?"

„Nein", wiederholte Schatten.

„Sie wollten wahrscheinlich Informationen sammeln für einen zweiten Angriff", sagte die Eule zum Hauptmann. „Ich schlage vor, ihr setzt eure Soldaten in Alarmbereitschaft."

„Jawohl, Exzellenz."

„Haben sie euch verraten, wo sich die anderen aufhalten?"

„Nein."

„Verstehe."

Die Eule wandte ihren Blick wieder zu Schatten.

„Silberflügel", sagte sie nachdenklich, „woher kommst du?"

Schatten sagte nichts.

„Antworte!", schrie der Hauptmann.

„Aus den Wäldern im Norden."

„Ja, das dachte ich mir. Eine von deren Fledermäusen hat das Gesetz gebrochen und die Sonne angeschaut."

Empörtes Gemurmel breitete sich im Turm aus.

„Wir haben ihre Unterkunft vor einigen Nächten niedergebrannt. Ich habe den Verdacht, die gleichen Fledermäuse sind für diese letzte Gräueltat verantwortlich, Hauptmann. Ein armseliger Racheakt vielleicht."

„Wir werden sie vernichten!", sagte der Hauptmann.

„Nicht, wenn es mehr von der Sorte gibt, die ich gesehen habe", murmelte der Taubensoldat mit der Verwundung an der Schulter. Und er lachte, ein heftiges, ersticktes Lachen.

„Das reicht, Soldat!", schnauzte ihn der Hauptmann an.

„Ich werde nicht wieder da draußen hingehen, um mit ihnen zu kämpfen, Herr Hauptmann ... ich werde nicht ... sie haben Klauen, Hauptmann, und Zähne wie ..."

„Ruhe!"

„Es sind die Wasserspeier, die sind's, diese Wasserspeier an der Kathedrale sind zum Leben erwacht ... ich weiß es ..."

„Wachen, bringt ihn weg!" Der Hauptmann wandte sich entschuldigend an die Eule. „Soldat Saunders neigt zu Übertreibungen."

„Keine Fledermaus kann es mit Vögeln aufnehmen",

sagte die Eule ruhig. „Ich überbringe einen Befehl vom König der Nördlichen Reiche", verkündete die Eule. „Hört durch mich den König. Der Himmel wird jetzt gesperrt. Diese Ermordung von Vögeln durch Fledermäuse ist eine Kriegshandlung, und wir werden mit gleicher Münze zurückzahlen. Das Gesetz ist gebrochen worden."

Die Eule wandte Schatten ihre mörderischen Augen zu.

„Ihr Fledermäuse genießt keinen Schutz mehr während der Nacht. Jede Fledermaus, die am Himmel entdeckt wird, in der Nacht oder am Tage, ist des Todes. Wir werden solches Verhalten nicht dulden. Unsere Boten sind bereits zu allen Nestern in der Stadt unterwegs und werden darüber hinaus ausschwärmen, so schnell ihre Flügel sie tragen."

„Das könnt ihr nicht machen!", schrie Schatten zornerfüllt.

Die Nächte gesperrt. Das bedeutete, keiner von ihnen war von nun an mehr sicher. Er dachte an seine Mutter und den Rest der Kolonie. Waren sie schon weit genug entfernt, oder würde sie die Anordnung der Eulen noch erreichen? Mehr als vorher wusste er nun, dass er sie einholen musste.

„Es ist bereits geschehen, kleine Fledermaus", sagte die Eule. „Und wenn dir dein Leben lieb ist, dann sagst du uns, wo wir die Mörder finden."

„Wir wissen nichts."

Die Eule wandte sich an den Hauptmann. „Ich muss gehen und der königlichen Versammlung Bericht erstatten. Foltert die beiden, bis sie reden, dann schickt nach mir."

„Jawohl, Exzellenz."

Die Eule breitete die Flügel aus, und die Tauben machten ihr Platz, als sie majestätisch durch den Turm aufstieg und in den Nachthimmel verschwand.

„Macht die Fledermäuse bereit zur Amputation", befahl der Hauptmann den Wachen.

Schatten hatte das Gefühl, dass alle Gelenke lose und wässrig wurden.

„Was bedeutet Amputation?", fragte er Marina.

„Ich weiß nicht", stammelte sie, „ich weiß nicht …"

„Pick!", kam ein tiefer unheilvoller Singsang von den Vögeln. „Pick, pick, pick, pick."

„*Krrrreieieieieischschsch!*"

Schattens Ohren zuckten entsetzt. Eine Gruppe Tauben wetzte die Schnäbel an einem Stein.

„*Krrrreieieieieischschsch! Krrrreieieieieischschsch!*"

Plötzlich verstand er. Sie schärften ihre Schnäbel.

„Eure Strafe ist der Verlust eurer Flügel!", ordnete der Hauptmann an. „Ihr könnt zu euren Fledermausfreunden zurückkriechen und ihnen sagen, dass die Tauben dieser Stadt diese Gräueltat nicht vergessen werden. Packt sie!"

„Greift ihre Flügel!", rief der Wächter am Boden. „Haltet sie am Boden fest!"

Tauben kamen von ihren Plätzen herab und drängelten herbei. Sie würden ihm die Flügel nehmen, sie abpicken, sodass er nie mehr fliegen könnte, nie mehr sein Zuhause erreichen würde. Er fühlte sich machtlos und nackt in der hellen Beleuchtung. Das Licht!

„Mir nach!", zischte er Marina zu.

Er machte einen Sprung nach vorn und über den Kreis der Tauben, landete hinter ihnen auf dem Boden ganz in der Nähe des blendenden Lichtkegels. Er schloss die Augen. Er breitete die Flügel aus, verdreifachte urplötzlich seine Größe und entblößte mit einem grauenhaften Schrei die Zähne. Überrascht sprangen drei Tauben zur Seite. Marina landete neben ihm. Schatten suchte nach der rauen Oberfläche der Dachpappe.

„Schieb!", drängte er sie. „Deck das Licht ab!"

Mit vereinten Kräften packten sie die Dachpappe mit den Krallen und schoben. Sie rutschte schnell über den Boden.

„Greift sie euch!", brüllte der Hauptmann. „Fasst sie an den Flügeln!"

Aber im Turm herrschte plötzlich totale Finsternis. Schatten wusste, das war jetzt ihre letzte Chance. Die Tauben waren für den Augenblick völlig blind.

„Los!", zischte er Marina zu.

Langsam hob er vom Boden ab, wirbelte heftig mit den Flügeln. Mit dem Klang-Sehen tastete er den Turm ab. Ein silbernes Gewebe von Balken, Tauben, die in blinder Panik herumflatterten, ihre Flügel, die geisterhaf-

150

te Echos in sein inneres Bild eingruben. Er lokalisierte das nächste Fenster, ein einladendes schwarzes Rechteck. Er nahm Kurs darauf.

Die Tauben flatterten verwirrt durcheinander und rammten sich gegenseitig. Schatten kurvte um einen Balken herum, dann um einen zweiten. Seine Flügel ruckten heftig von einer Seite zur anderen. Von hinten traf ihn eine Taube an der Seite des Kopfes, ein betäubender Schlag, er stürzte auf einen Holzbalken.

„Ich habe eine erwischt!", rief die Taube.

„Schatten!", hörte er Marina neben sich rufen.

„Hau ab!", rief er. „Ich bin okay."

Aber er fühlte, wie der schwere Flügel des Vogels gewichtig auf ihm lastete und ihn niederzuhalten versuchte. Instinktiv biss er in die Federn und traf auf Fleisch. Die Taube schrie auf und der Flügel klappte hoch.

Schatten sprang von dem Balken herunter und fiel fast einen Meter, bevor ihn seine Flügel wieder emportrugen. Wo war Marina? In Panik warf er einen Klangblick um sich herum und erkannte ihren schlanken Umriss, der sich auf das Fenster direkt über ihm zubewegte. Sie flitzte hindurch und war draußen. Eine Taube warf sich vor, um seinen Flug abzublocken, aber gerade noch rechzeitig wich Schatten seitlich aus und glitt durch das Fenster zurück in die Nacht.

– 10 –

Der Hüter des Turms

Sechs Tauben stürzten aus den Fenstern hinter ihnen her.

Schatten warf einen Blick über die Schulter zurück und sah, wie sich die Vögel am Himmel auffächerten, um sie zu umzingeln.

„Können wir sie abhängen?", japste er.

„Glaub ich nicht", keuchte Marina.

„Sie müssen halb blind sein hier draußen!"

„Hell genug."

Sie hatte Recht. Es war keine Nacht wie im Wald. Von der Stadt drang Licht herauf. Sie stoben über ihr dahin, wedelten wild um Türme herum, fegten über Dächer, stürzten sich tief in Schluchten hinab. Seine Angst war mit Freude gepaart: Er war zurück in der Nacht, seinem ureigenen Element. Kein Vogel konnte ihn fangen. Er war klein, schwarz wie der Himmel, schnell wie eine Sternschnuppe. Trotzdem folgten ihnen die Tauben verbissen.

„Mir nach!", rief Marina.

Er hetzte hinter ihr her hinab in die Stadt, vorbei an Mauern aus Licht, wimmernden Maschinen und Fahrzeugen der Menschen auf glitzernden Straßen.

„Wohin fliegen wir?"

„Irgendwohin ins Dunkle."

Sie tauchte in eine schmale Gasse zwischen zwei niedrigen Gebäuden hinab und er stürzte hinter ihr her. Dabei drang er mit seinem Klang-Sehen in die tiefen Schatten ein.

„Hier!", rief sie ihm zu.

Sie flogen um eine Ecke, warfen sich gegen eine rußige Backsteinmauer und krallten sich daran fest. Zusätzlich breitete Schatten seine schwarzen Flügel über Marina aus, sodass beide in der Dunkelheit praktisch unsichtbar waren. Sie hielten den Atem an, als die Tauben oberhalb der Gasse vorbeihetzten, dann kreisten.

„Wo sind sie hin?", fragte einer der Soldaten.

„Dorthin, glaub ich."

„Schau dort nach. Wir suchen hier."

Zwei Soldaten blieben zurück, ließen sich am Rande des Daches nieder und horchten mit hin und her gewandten Köpfen. Schatten beobachtete sie mit seinem Echoblick.

„Es ist zu dunkel", sagte der erste Soldat. „Ich kann nichts erkennen."

„Wir haben sie verloren", sagte der zweite.

„Lass uns zurückfliegen."

„Der Hauptmann wird nicht erfreut sein."

„Aber was wird, wenn diese großen Fledermäuse zurückkommen …"

„Mach dir nichts aus dem, was Saunders gesagt hat. Er lügt. Solche Fledermäuse gibt es gar nicht."

„Wie haben sie dann zwei von uns umgebracht? Du hast die Verwundung an Saunders' Schulter gesehen."

„Vielleicht haben sie Waffen gehabt. Woher soll ich das wissen?"

„Er hat gesagt, sie haben die Leichen in ihren Klauen weggetragen."

Darauf wusste die andere Taube keine Antwort.

„Lass gut sein. Wir kehren um. Ruf die anderen. In ein paar Stunden ist es hell. Wenn es dämmert, können wir einen anderen Trupp losschicken."

Sie erhoben sich vom Dach und verschwanden. Als Schatten sie nicht mehr hören konnte, schnappte er gierig nach Luft. Er hatte das Gefühl, dass er stundenlang nicht mehr geatmet hatte.

Marina schob seine Flügel weg. „Hast mich fast erstickt darunter", sagte sie ärgerlich.

„Ja, aber es hat funktioniert", erwiderte er grinsend. Er war so froh, dass er heil aus dem Turm gekommen war, froh, dass er noch beide Flügel am Körper hatte.

„Dafür kannst du mir dankbar sein", sagte sie. „Im offenen Gelände hätten sie uns geschnappt."

„He, ich war derjenige, der das Licht ausgemacht und uns aus diesem stinkenden Turm gebracht hat."

„Das war geistesgegenwärtig", musste sie zugeben.

„Ganz sicher."

„Und viel Glück", fügte sie hinzu. „Wir können von Glück sagen, dass wir noch am Leben sind."

Schatten zuckte die Achseln. Er bebte am ganzen Körper. „So gefährlich waren die gar nicht. Sie sind keine tollen Flieger, oder? Ich meine, sie sind nicht so schnell wie wir und sie machen auch viel Lärm und können nicht besonders gut manövrieren. Was für eine Flucht!"

„Sie werden zurückkommen und nach uns suchen."

Er seufzte. Marina war so vernünftig. Es fing an zu nieseln und er fühlte sich plötzlich sehr müde.

„Wir müssen den richtigen Turm finden", sagte er. Aber wie sollten sie das nur in dieser Stadt voller Türme? Er wollte nur aus dem Häusermeer heraus und wieder zurück auf ihren Weg.

„Lass uns erst einen sicheren Unterschlupf für den Tag suchen. Ich möchte nicht, dass wir von der Morgendämmerung im Freien überrascht werden und alle Vögel in der Stadt Jagd auf uns machen."

Der Luftraum geschlossen. In Schattens Kopf klangen die Worte der Eule nach. Sie würden jetzt nie mehr sicher sein. Sein ganzes Leben lang hatte die Nacht ihm gehört, nun war sie ihm streitig gemacht worden. Und das alles nur, weil die Tauben behaupteten, zwei von ihnen seien von Fledermäusen getötet worden. Von Riesenfledermäusen.

„Was sind Wasserspeier?", fragte er Marina.

155

„Weiß ich nicht. Denkst du daran, was die eine Taube gesagt hat?"

„Vielleicht haben sie es auch nur erfunden." Aber er wusste, dass er wünschte, es wäre wahr. Er wünschte sich, es gäbe tatsächlich Fledermäuse, die sie groß wären, dass die Tauben Angst vor ihnen hätten. Vielleicht wären sie groß genug, um sogar mit Eulen zu kämpfen.

Zusammen mit Marina ließ er sich von der Mauer herabfallen und strich niedrig über die Gebäude hinweg.

„Vielleicht könnten wir uns auf einem Dach niederlassen?", schlug er vor.

„Nein. Zu viele Tauben in der Nähe. Irgendwo muss es doch einen Baum geben."

Sie schraubten sich höher hinauf, um einen besseren Überblick zu bekommen, und überflogen einen großen Platz, der von Bäumen umgeben war. In der Mitte befand sich ein hohes Gebäude aus Stein. Es sah anders aus als die übrigen Bauten. Eher wie das Skelett eines gewaltigen uralten Tieres, auf die Erde gekauert mit dem Kopf nach unten. Vorne erhoben sich zwei steinerne Türme mit unregelmäßiger Oberfläche wie spitz herausragende Schulterblätter. Nach hinten erstreckte sich ein steil aufragendes Dach, das von steinernen Bögen wie Rippen gestützt wurde. Am Ende des Gebäudes erhob sich dann der allerhöchste Turm und verjüngte sich wie der knochige Schwanz eines Tieres.

Und da war es.

Die Turmspitze krönte ein Metallkreuz, das im Licht der Stadt silbern glänzte.

„Marina", sagte er.

Erleichtert flatterte er am Turm empor und suchte nach einem geeigneten Landeplatz – dann riss er entsetzt die Flügel zurück und bremste verzweifelt.

„Vorsicht!", schrie er.

Eine Art riesiger Dämon duckte sich am unteren Ende des Turmhelms. Auf seinem Rücken breiteten sich stachlige Flügel aus und plötzlich funkelte er sie mit gewaltigen Augen an. Er duckte sich wie zum Sprung, aus dem weit geöffneten Höllenmaul tropfte Speichel.

„Da ist noch einer!", rief Marina und drehte ab. Schatten machte eine ähnliche Kehre und jagte mit angespannten Muskeln hinter Marina her. Er erwartete, dass die Kiefer ihn jeden Augenblick packen würden. Noch ein Flügelschlag und sie hätten seinen Schwanz erreicht, jede Sekunde jetzt, jede Sekunde ... Er hielt es nicht länger aus. Er blickte zurück.

„Warte!", rief er Marina nach. „Warum rühren sie sich nicht?"

Vorsichtig kreiste sie. „Vielleicht haben sie uns nicht gesehen."

„In einen bin ich fast hineingeflogen!" Wenn sie gefährlich wären, hätten sie inzwischen mit Sicherheit zugeschlagen. Mit dem Klang-Sehen blickte er noch

157

einmal zurück. Da waren sie und hockten bewegungslos an den Ecken des Turmhelms.

„Es sind Riesenfledermäuse", flüsterte er erstaunt.

Er flog eine weite Runde und sah, dass es insgesamt vier Geschöpfe waren, eins an jeder Ecke, die in die Nacht hinausstarrten. Regungslos wie Stein.

„Sie leben nicht", rief er Marina zu. Er musste über sich selber lachen. Nur durch die Lichter der Stadt hatten ihre Augen gefunkelt. Der Speichel, der ihnen aus den offenen Mäulern troff, war nichts weiter als Regenwasser.

Marina kam zu ihm hergeflogen.

„Aber was sind sie?", murmelte sie erstaunt.

„Es sind Wasserspeier", sagte eines der Geschöpfe mit einer tiefen, nachhallenden Stimme. „Die Menschen haben sie gemacht."

Schatten zuckte zurück. Die Stimme war eindeutig aus einem Paar klaffender Kiefer gekommen.

„Kommt herein", fuhr die Stimme fort und Schatten erkannte, dass sie offenbar von einer Fledermaus stammte.

Der Schlund des steinernen Geschöpfes erstreckte sich, wie Schatten jetzt sah, als eine Art Tunnel weit in den Turmhelm hinein. Er blickte zu Marina.

„Erwartest du etwa, dass ich da hineingehe?", fragte sie.

„Es ist der richtige Turm. Das Kreuz und alles andere. Und da drinnen ist jedenfalls eine Fledermaus."

„Ihr braucht keine Angst zu haben", sagte die Fledermausstimme tief aus dem Inneren des Turms.

„Nun, dann bin ich ja beruhigt", sage Marina sarkastisch.

„Hör zu", sagte Schatten. „Der Turm muss ungefährlich sein. Sonst würde meine Kolonie ihn nicht als Orientierungspunkt benutzen, oder?"

„Nach dir."

Er wusste, dass er als Erster hineinmüsste. Er holte tief Luft. Es war nicht einfach, direkt zwischen die von Feuchtigkeit tropfenden Kiefer des steinernen Ungeheuers hineinzufliegen. Er landete inmitten zackiger Zähne und rechnete fast damit, dass sie zuschnappen würden. Aber sie verharrten wie festgefroren in ihrer schrecklichen Grimasse.

„Scheint in Ordnung", rief er zu Marina zurück.

Zögernd landete sie neben ihm und zusammen krochen sie über den feuchten Boden immer weiter in den steinernen Schlund hinein.

„So ist's richtig, nur weiter", ertönte die Stimme aus der Dunkelheit.

Schatten schickte einen schnellen Klangblick aus und erkannte die Umrisse einer Fledermaus, die am Ende des Tunnels davonflatterte.

Von oben ergoss sich Regenwasser aus einem Rohr auf sie herab und sie eilten an der Stelle vorbei zu dem trockeneren Stein dahinter. Der Tunnel weitete sich. Aufmerksam horchte Schatten auf die Echos, die zu ihm zurückgeworfen wurden, und er erkannte, dass sie sich im Inneren des Turmhelms befanden. In dem gewaltigen Raum gab es mehrere Metallungetüme wie riesige Birnen oder Zwiebeln, aber innen hohl. Sie hingen an einem ausgeklügelten System von Seilen, Balken und metallenen Zahnrädern.

„Ich heiße Zephir."

Von einem hölzernen Strebebalken hing die merkwürdigste Fledermaus, die Schatten je gesehen hatte. Ihre Größe war normal, aber das Fell war strahlend weiß. Ihre Flügel waren hell und vollkommen durchscheinend, sodass man die dunklen Umrisse des Unterarms und der langen spindeldürren Finger sehen konnte. Sogar das Geflecht der Adern war erkennbar.

„Es hat nichts mit meinem Alter zu tun", erklärte die Fledermaus, als ob sie das Erstaunen von Schatten und Marina bemerkt hätte. „Ich bin ein Albino – mein Fell und meine Haut haben keine Pigmente. Auch meine Augen nicht, als ich sie noch benutzen konnte."

Schatten blickte daraufhin Zephir in die Augen und sah, dass sie vom grauen Star mit gespenstischem Weiß überzogen waren.

„Kommt und lasst euch bei mir nieder."

Schatten und Marina flatterten hinauf und krallten sich neben Zephir ins Holz.

„Diese steinernen Geschöpfe", fragte Marina, „was ist das?"

„Es sind Wasserspeier."

„Also davon haben die Tauben geredet!", sagte Schatten. „Wozu dienen sie?"

„Dies ist eine Kathedrale", fuhr Zephir fort, „für die Menschen ein heiliger Ort, vor langer Zeit erbaut. Ich denke, sie haben diese Wasserspeier errichtet, um Geister und Dämonen abzuschrecken, die nur die Menschen verstehen. Uns haben sie hier in der Stadt letztendlich gute Dienste geleistet. Kein Vogel oder Vierfüßler wagt sich in die Nähe des Turms. Für hunderte von Jahren haben wir diesen Ort als sichere Zuflucht beansprucht und immer ist hier eine Fledermaus als Wächter postiert gewesen, um Reisenden in Not zu helfen. Und für die letzten zwanzig Jahre bin ich der *Hüter des Turms* gewesen."

„Du lebst hier?", fragte Schatten.

„Oh ja, während des ganzen Jahres."

„Dann musst du meine Mutter gesehen haben", sagte Schatten. „Mit Frieda und der ganzen Kolonie!"

„Silberflügel, jawohl", antwortete die weiße Fledermaus. „Vor zwei Nächten. Sie sind nicht lange geblieben, gerade lange genug, um sich zu orientieren."

„Ich habe dir ja gesagt, dass der hier der richtige Turm ist", sagte Schatten zu Marina. „Ging es ihnen gut?", fragte er Zephir.

„Bist du die Fledermaus, die im Sturm verloren gegangen ist?"

Schatten nickte überrascht. „Haben sie dir davon erzählt?"

161

„Sie glauben, du bist tot."

Schatten musste schlucken. Seine arme Mutter. „Nun", sagte er, „ich versuche sie einzuholen. Weißt du, in welche Richtung sie geflogen sind?"

„Hast du keine Echokarte?"

„Doch, aber – ich bin mir nicht sicher, ob ich sie richtig lesen kann." Es wäre so viel leichter, wenn jemand sie ihm einfach erklären könnte und er sie nicht mühsam entziffern müsste. Vor zwei Nächten waren sie hier gewesen. Der Abstand wurde größer. Sie mussten sich beeilen. Hoffnungsvoll schaute er Zephir an. „Wenn du mir sagen könntest …"

„Ich fürchte, ich weiß nichts. Die Echokarten einer Kolonie sind ein großes Geheimnis. Das müsstest du wissen."

„Ja, natürlich." Er wusste es nicht.

Die weiße Fledermaus runzelte die Stirn und wandte die blinden Augen zu Marina.

„Du bist kein Silberflügel, nicht wahr? Ich kann die andere Form deiner Flügel hören. Sogar dein Fell hat eine andere Zusammensetzung, es ist länger, dichter … Ein Glanzflügel, habe ich Recht?"

„Ja", sagte sie und blickte Schatten erstaunt an. „Aber ich gehöre keiner Kolonie mehr an wegen …"

„… wegen deines Rings", fuhr Zephir an ihrer Stelle fort. Er neigt den Kopf ein wenig. „Ja, ich kann es jetzt hören … merkwürdige Zeichen … Ich habe noch nie so einen gehört."

„Du hast andere gesehen?"

„Natürlich. Darf ich mal?" Er streckte eine verkrümmte Kralle aus und berührte Marinas Ring. „Du hast ihn erst vor kurzem bekommen, nicht wahr?"

„Im letzten Frühjahr."

„Er ist jünger als alle, die ich bisher gesehen habe." Schatten blickte neiderfüllt von Marina zu Zephir. Die weiße Fledermaus war anscheinend mehr daran interessiert, mit ihr zu sprechen als mit ihm.

„Weißt du, wozu er dient?", fragte Marina.

„Das", sagte Zephir ernst, „ist ein großes Geheimnis. Es ist eine Verbindung zwischen dir und den Menschen und …"

„Frieda hat gesagt, es ist ein Zeichen für das Große Versprechen", unterbrach Schatten ungeduldig. Aber die weiße Fledermaus wandte ihm ruhig die verhangenen Augen zu, und Schatten fühlte sich beschämt.

„Frieda weiß sehr viel. Aber ich denke eher, es ist mehr als ein Zeichen. Die Menschen müssen in Nocturnas Plänen für uns eine Rolle spielen. Ich glaube, sie werden wieder zu den Fledermäusen kommen, die sie beringt haben. Sie sind aus einem bestimmten Grund markiert worden. Es gibt irgendetwas, was die Menschen ihnen geben wollen, das ist sicher, aber ich denke, es gibt auch etwas, was die Menschen von euch wollen."

Schatten betrachtete seine eigenen dünnen Unterarme. Nackt. Kein Ring. Warum war er nicht ausgewählt

163

worden? Und was wäre, wenn er Marina zu seiner Kolonie brächte und sie wäre plötzlich die Besondere? Und all das, was Frieda ihm gesagt hatte – dass er ein besonderes Leuchten hätte –, wäre vergessen? Er wollte nicht wieder nur irgendein Knirps sein.

„Warum haben so viele Fledermäuse Angst vor den Ringen?", wollte Marina wissen, und sie erzählte Zephir von den Glanzflügeln und dann von den Grauflügeln, die sie auf dem Flug in die Stadt getroffen hatten.

„Es ist richtig, gegenüber den Menschen vorsichtig zu sein", sagte Zephir. „Ihre Gewohnheiten sind geheimnisvoll, und man weiß, dass sie Fledermäuse angegriffen haben, weil sie annahmen, dass wir Schädlinge sind oder, schlimmer noch, böse Geister, etwas, was man vernichten muss. Und ich weiß mit Sicherheit, dass es Ringe gegeben hat, die ihre Träger getötet haben. Und ob das an dem Ring selbst lag oder an der Natur der Fledermaus, die ihn trug, kann keiner sagen."

„Mein Vater hatte einen Ring", sagte Schatten, „und hat etwas Wichtiges darüber entdeckt, aber …"

„Er ist letztes Frühjahr im Süden verschwunden, ich weiß", sagte Zephir.

„Man sagt, Eulen haben ihn getötet. Wir müssen die anderen einholen. Es gibt bei ihnen Freunde von ihm, die vielleicht etwas wissen, sie können uns sagen, wohin er geflogen ist …"

164

„Weißt du, dass du eine Verletzung hast?", fragte ihn Zephir ruhig.

Wie auf ein Stichwort bemerkte Schatten plötzlich einen Schmerz in seinem linken Flügel. Als er hinschaute, konnte er ein kleines Loch in der Flügelhaut sehen, aus dem langsam dunkles Blut quoll. Es wurde ihm ein wenig übel.

„Eine von den Tauben muss nach dir gepickt haben."

„Ja", sagte Schatten gleichgültig und dann: „Woher weißt du, dass es die Tauben waren?"

„Scharfe Ohren", sagte Zephir mit einem leichten Lächeln. „Ich höre eine ganze Menge von dem, was am Himmel über der Stadt vor sich geht. Und es hat diese Nacht einen ziemlichen Aufstand gegeben, das kann ich dir versichern. Ein Besuch vom Botschafter der Eulen ist kein alltäglicher Vorgang."

Ehe Schatten eine Flut von Fragen loslassen konnte, kam ihm die weiße Fledermaus zuvor und beendete plötzlich das Gespräch.

„Nun, wir wollen sehen, was wir für deine Verletzung tun können. Sie ist nicht ernst, aber wir müssen uns doch um sie kümmern. Hier entlang."

Er führte sie zu einem langen steinernen Sims unter einem Fenster und ließ sich auf allen vieren in einem Haufen getrockneter Blätter nieder. Zuerst dachte Schatten, dass diese einfach irgendwie in den Turm hereingeweht worden waren, aber dann bemerkte er, dass sich in der Nähe viele ordentliche Häufchen unterschiedlicher Arten von Blättern befanden. Einige waren so frisch, dass sie noch feucht und von kleinen Tröpfchen bedeckt waren, andere so alt und welk, dass sie knisterten, als Zephir unter ihnen herumsuchte. Und noch andere Dinge lagen auf dem voll bedeckten Sims: helle Beeren, Stückchen von Zweigen, große zwiebelförmige Wurzeln, an denen noch die Erde klebte, Insekten, die längst vertrocknet waren, Käfer, die Schatten mit Sicherheit noch nie gesehen hatte und bei denen er mehr als einmal überlegen würde, ob er sie essen sollte, mit Schuppenpanzern und hornigen Stacheln am Kopf. Da lagen auch Stückchen von verwesten Regenwürmern, Maden und Motten.

„Wofür hat er nur das ganze Zeug?", flüsterte Schatten Marina misstrauisch zu.

„Ich sammle diese Sachen", sagte Zephir, der ihn offenbar gehört hatte. „Es besteht kein Grund, misstrauisch zu sein. Die Sachen sind sehr nützlich, glaube mir. Versuche keine Vorurteile zu haben, ich bin etwas länger als du auf dieser Welt."

Schatten murrte verlegen. Er hätte wissen müssen, dass Zephir ihn hören würde. Mit seinem Klangauge hatte er den Taubenschlag über die halbe Stadt hinweg gesehen.

Er konnte praktisch Gedanken lesen.

Nach einer kleinen Weile kam die weiße Fledermaus mit einer Beere in einer Kralle und einem Blatt in der anderen zurück.

„Falte deinen Flügel auf", sagte er zu Schatten. Dann zerkaute er die Beere gründlich.

„Was machst du da?", fragte Schatten.

Ohne zu antworten beugte sich Zephir über Schattens Wunde und träufelte den Saft der klein gekauten Beere darauf. Es brannte und Schatten zuckte zurück.

„He!"

„Es wird verhindern, dass sich eine Entzündung auf deinem Flügel ausbreitet. Und er wird schneller heilen." Vorsichtig verstrich er mit der Zunge die ölige Flüssigkeit.

„Das alles schafft eine Beere?", fragte Marina.

„Es ist ein ganz gewöhnliches Heilmittel", sagte Zephir. „Nun, Schlaf ist sicher das Beste für dich."

„Nein", sagte Schatten, „wir können nicht länger hier bleiben. Ich wollte sagen, wir müssen aufbrechen, wir haben schon so viel Zeit verloren." Aber er war erschöpft, und nun fing auch der Riss im Flügel an mit scharfen Stichen bis in die Schulter zu schmerzen.

„Glaub mir, Silberflügel, du brauchst Schlaf", sagte Zephir. „Und du könntest den richtigen Weg jetzt sowieso nicht finden, auch wenn du wolltest."

Schatten konnte das nicht verstehen. Er wollte Zephir gerade um eine Erklärung bitten, aber dieser hatte schon ein kleines Stückchen von dem Blatt abgebissen, das er mitgebracht hatte. Es hatte eine auffällige Form und dunkle Adern, und Schatten konnte sich nicht erinnern schon jemals so eins gesehen zu haben.

Aber er hatte auch nie besonders auf die Form von Blättern geachtet. Man konnte sie nicht essen, jedenfalls hatte er das bislang geglaubt.

„Mach den Mund auf", forderte Zephir ihn auf.

Er zögerte.

Mit einem Anflug von Ungeduld sagte Zephir: „Es wird dir helfen einzuschlafen."

Widerwillig öffnete Schatten den Mund und zuckte zurück, als die weiße Fledermaus ihm den Saft des Blattes hineinträufelte. Wenigstens schmeckte es nicht so fürchterlich, genau genommen, schmeckte es nach gar nichts.

„Du solltest heute auf allen vieren schlafen und mit einem flach ausgestreckten Flügel."

„Sie wollten uns die Flügel abpicken", erzählte er Zephir nicht ohne Genugtuung. „Sie haben gesagt, Riesenfledermäuse hätten früher in der Nacht zwei ihrer Soldaten getötet."

„Ja, ich habe mitgehört, wie einer von den Wachtposten der Eulen das gesagt hat."

„Und sie wollen den Luftraum sperren!", sagte Schatten, als ihn die Erinnerung überfiel. Wie dumm! Er hätte Zephir das früher mitteilen sollen. Es war wichtig. Aber mit all den anderen Neuigkeiten, den Wasserspeiern, dem Zusammentreffen mit einer weißen Fledermaus, dem Finden des richtigen Turms …

„Ich weiß auch über die Sperrung des Luftraums Bescheid", sagte Zephir behutsam zu ihm.

„Ach, gut", meinte Schatten. Er musste gähnen, dann raffte er sich wieder hoch. „Es gibt doch in Wirklichkeit keine so großen Fledermäuse, oder?"

„Schlaf ein wenig", sagte Zephir. „Wir sprechen morgen Nacht weiter."

Schatten fühlte schon, wie eine schwere, köstliche Wärme seinen Körper durchströmte. Ein wunderbares Gefühl der Geborgenheit übermannte ihn. Dieses Gefühl zu Hause zu sein, an einem Ort wie dem Baumhort, bei seiner Mutter. Wie betäubt blickte er zu Marina.

„Ich denke, wahrscheinlich mache ich ein kurzes Nickerchen …"

Das Innere des Turmes schien sehr dunkel zu werden, sogar sein Klang-Sehen ließ nach und die silbernen Linien verschwammen, dann verschlang ihn reine, schweigende Finsternis.

Goth landete neben Throbb auf einem Sims in der metallenen Röhre. Übel riechende Dämpfe stiegen aus dem Dunkel empor, aber sie waren wenigstens warm. Es war der beste Schlafplatz, den er auf den Dächern dieser verfluchten Stadt hatte finden können. Er wusste nicht viel über die Gebäude der Menschen und er hatte bis zur Morgendämmerung nicht viel Zeit gehabt.

Die Sonne. So hatte er wenigstens gesehen, wo Osten war, und dadurch konnte er Süden bestimmen. Aber er wusste, er würde mehr als das brauchen, um eine Nacht lang den Kurs zu halten.

Es würde nötig sein, diesen nördlichen Sternenhimmel verstehen zu lernen.

„Wir brauchen einen Führer", sagte er zu Throbb. „Jemanden, der uns zeigt, wie man sich an den Sternen orientiert – das ist der einzige Weg, um wieder nach Hause zu kommen. Wir müssen eine Fledermaus finden."

Die Sternenkarte

Schatten öffnete die Augen, als hätte er gerade nur ge-
blinzelt, und erblickte Zephir, der auf ihn herabschaute.

„Oh", sagte er, „ich dachte, ich wäre eingeschlafen."
Die weiße Fledermaus lachte. „Das bist du auch. Du
hast den ganzen Tag durchgeschlafen. Die Sonne ist
gerade untergegangen."

Schatten runzelte die Stirn. Es kam ihm so vor, als
hätte er gerade erst die Augen geschlossen, aber mit
Sicherheit fühlte er sich erfrischt und hellwach. Er erinnerte sich an den Riss im Flügel und schaute danach.

Das Beerenöl hatte eine helle durchsichtige Haut darüber gebildet, und der Schmerz war nur noch ein
schwaches Unbehagen.

„Ich habe den Eindruck, dieses Pflanzenzeug nützt
wirklich etwas", sagte er und bewegte vorsichtig den
Flügel. „Wo ist Marina?"

„Unten in der Kathedrale. Sie wollte sich die Menschen
ansehen." Zephir zeigte auf einen weiten Schacht in
der Mitte des Fußbodens.

„Was machen sie da unten?", fragte Schatten etwas unsicher. Er hatte noch nie einen Menschen gesehen.

„Sie treffen sich hier manchmal am Abend. Sie reden und singen. Ich glaube, sie beten auch. Geh und schau nach, wenn du Lust hast."

Schatten ließ sich von dem Sims fallen, auf dem er geschlafen hatte, und kreiste mehrmals im Turminneren, um seinen Flügel auszuprobieren. Ein wenig steif und schmerzhaft bei der Abwärtsbewegung, aber sonst nicht schlecht. Vorsichtig flog er in Spiralen den Schacht hinunter. Es war, als ob er in den Bauch eines riesigen Tieres käme.

Niemals zuvor war er in einem so gigantischen Innenraum gewesen. Mächtige Pfeiler reichten vom Boden bis zur gewölbten Decke. Dunkel glühten hohe Fenster in den Wänden. Kälte strich ihm über die Flügel. An langen Ketten hingen Lichter in runden metallenen Haltern und erleuchteten den unteren Teil der Kathedrale. Er musste an das Große Versprechen denken, diesen Ring aus Licht, und wurde ungeduldig. Es gab so viel, was er gerne wüsste.

Unterhalb der Lichter hielten sich Menschen auf. Sie saßen in regelmäßigen Reihen und blickten auf eine erhöhte Plattform, auf der ein einzelner Mann in weiten Gewändern stand. Schatten hielt Distanz und blieb in der Nähe des Dachstuhls. Er sandte schnelle Klangimpulse aus.

So sahen sie also aus.

Natürlich hatte seine Mutter sie ihm beschrieben, und man erzählte sich immer Geschichten über sie. Aber sie waren riesig, viel größer, als er sie sich vorgestellt hatte. Ihre Glieder waren dick und kräftig. Wie ist das nur, fragte er sich, wenn man niemanden zu fürchten hat. Wenn man nicht ständig den Horizont absuchen muss, selbst beim Essen, um sicher zu sein, dass sich nichts heranschleicht.

Sie hatten natürlich keine Flügel. Eine ganze Weile starrte er ihre Rücken und Schultern an, nur um sicherzugehen. Er hatte einen Anflug von Mitleid. Wie furchtbar, das ganze Leben lang am Boden festzukleben, wenn sich andere Geschöpfe über einem nach oben schwingen konnten. Nicht fliegen zu können, das war unvorstellbar! Trotzdem sollte er wohl kein Mitleid für sie empfinden. Vielleicht machte es ihnen ja gar nichts aus. Jedenfalls erinnerte er sich, wie Frieda einmal davon gesprochen hatte, dass sie metallene Maschinen besaßen, mit denen sie fliegen konnten. Anscheinend hatten sie für praktisch alles irgendwelche Maschinen. Sie waren Genies.

Er fand Marina, die aufmerksam die Menschen beobachtete. Sie blickte sich nicht nach ihm um, als er sich bei ihr niederließ.

„Ich habe noch nie so viele auf einmal gesehen", hauchte sie mit erwartungsvollem Gesicht, als würde gleich etwas Wunderbares geschehen.

Plötzlich standen alle Menschen auf und sprachen im

Chor. Ihre tiefen, langsamen Stimmen füllten die Kathedrale. Was sagten sie? Eine fremdartige Musik wirbelte von einer Anordnung von Pfeifen auf einer Empore nach oben.

Schatten wünschte sich, er könnte verstehen, was das alles zu bedeuten hatte. Die Luft war aufgeladen von der angestrengten Konzentration der Menschen, und Schatten sträubte sich das Fell.

„Ich möchte zu ihnen", sagte Marina, und Schatten war bewegt von dem sehnsüchtigen Ausdruck auf ihrem Gesicht. Verlegen rümpfte er die Nase. Er empfand nicht die gleiche Leidenschaft wie sie, und das irritierte ihn.

Der Ring – es musste mit dem Ring zu tun haben, und er besaß ja keinen.

„Nachdem mich meine Kolonie verlassen hatte", sagte sie, „habe ich immer nach den zwei Menschen gesucht, die mich beringt haben. Einmal dachte ich, ich hätte sie gefunden. Es war dumm, ich will sagen, es war ja nicht so, als ob ich sie gut zu sehen bekommen hätte. Trotzdem bin ich zu ihnen hingeflogen, und es war genauso wie mit den Fledermäusen. Sie hatten Angst. Sie wedelten mit den Armen, schrien und bedeckten ihre Gesichter." Sie lachte kurz. „Sie waren nicht gerade begeistert mich zu sehen."

„Nicht alle Menschen sind gleich", sagte Zephir und kam zu ihnen heruntergeflattert. „Diejenigen, die die Ringe ausgeben, werden keine Angst vor dir haben."

174

„Wenn wir sie jemals finden", sagte Marina.

Die Menschen hörten auf zu sprechen und standen schweigend da.

„Beten sie nun?", fragte Schatten Zephir.

„Ich denke, ja."

Es war verwirrend. Was gab es denn noch, wofür sie beten mussten? Hatten sie nicht schon alles, was sie brauchten?

„Sie führen einen eigenen Krieg, wisst ihr", sagte Zephir.

Schatten blickte ihn erstaunt an. „Mit den vierfüßigen Tieren? So muss es sein, die Vögel sind zu klein dafür. Affen? Die werden's sein, oder vielleicht die Wölfe? Ich habe Geschichten gehört, wie stark …"

„Sie führen Krieg untereinander, soweit ich das verstehe."

Menschen kämpfen gegen Menschen – es ging über seinen Verstand! „Warum denn?"

„Das weiß ich nicht. Der Krieg findet weit weg von hier statt. Darum brauchst du dich jetzt nicht zu kümmern. Worum du dich kümmern musst, das sind die Tauben. Sie suchen nach dir."

„Hier?"

„Keine Angst. Sie wagen es nicht auf der Kathedrale zu landen. Sie haben anscheinend größere Angst vor den Wasserspeiern als je."

„Die werden lebendig, das glauben jedenfalls einige von den Tauben."

„Es waren aber richtige Fledermäuse, die diese zwei Soldaten letzte Nacht getötet haben."

„Wer sind sie?"

„Ich kenne sie nicht." Die weiße Fledermaus schien besorgt. „Ich habe sie nur gehört, als sie über die Stadt geflogen sind. Es sind Fremdlinge, und ich glaube nicht, dass sie schon lange hier sind. Aber sie haben etwas Beängstigendes in Bewegung gesetzt."

Schatten wusste, er meinte die Eulen, die den Luftraum gesperrt hatten. Und Zephir hatte Recht: Das bedeutete Gefahr für jede einzelne Fledermaus.

„Aber warum haben die Fledermäuse die Tauben angegriffen?", fragte Marina.

„Warum sollten sie nicht?", sagte Schatten mit einem verächtlichen Schnauben. „Denk nur daran, was die Tauben beinahe mit uns getan haben. Und die Eulen, die unsere Zuflucht niedergebrannt haben. Und meinen Vater getötet haben. Sie haben es verdient."

„Vielleicht hast du Recht", sagte Zephir. „Aber daraus könnte sich ein Krieg entwickeln, und ein Krieg ist nichts, worauf man hoffen sollte."

Schatten knurrte. Aber was, wenn Krieg sich als die einzige Lösung herausstellte? Auch Zephir konnte nicht alles wissen. Frieda hatte gesagt, dass sie gegen die Vögel nicht gewinnen könnten, aber was war mit diesen zwei Riesenfledermäusen? Wenn es genügend viele von denen gab ...

„Nun, es wird mir bedeutend leichter ums Herz sein,

wenn wir die Stadt erst einmal hinter uns gelassen haben", sagte Marina. „Also, sobald unser Wunderknabe hier ausgeknobelt hat, wo wir langfliegen müssen …" Erwartungsvoll blickte sie Schatten an.

Er seufzte. Er wusste, er hatte den richtigen Turm gefunden und das Kreuz passte genau. Aber irgendwie wusste er auch, dass das nicht reichte. Es gab noch ein weiteres Stück in dem Puzzle, und ohne das hatte er nichts in der Hand.

Hinter den Steinmauern der Kathedrale ertönte ein gedämpftes metallenes Geräusch, und Schatten spitzte die Ohren.

Bong …

Dann noch einmal:

Bong …

Es war das gleiche Geräusch, das sie letzte Nacht im Turm der Tauben gehört hatten. Der falsche Turm, aber Schatten war sich doch sicher, dass es das Geräusch von der Karte seiner Mutter war.

„Wozu dient das?", fragte er Zephir ungeduldig.

„Das ist die Art, wie die Menschen die Zeit messen. Ein Schlag für jede Stunde."

Bong … bong …

Er rief sich die Klangkarte seiner Mutter ins Gedächtnis zurück … wie oft hatte es in seiner Erinnerung geschlagen? Siebenmal? Ja, genau, siebenmal! Und letzte Nacht hatte er nur drei Schläge gehört.

Bong …bong – das waren bislang sechs.

Atemlos wartete Schatten. Und dann kam der Letzte:

Bong.

Siebenmal Bong. Das war die richtige Zeit. Und dieser Turm war der richtige Ort.

Er hatte den Eindruck, dass Turmhelm und Kreuz ihn eindringlich aufforderten, ihnen erneut seine Aufmerksamkeit zu widmen.

„Komm mit!", rief er Marina zu.

Ohne Erklärung arbeitete er sich durch den Schacht zurück in den Turmhelm und dann durch den Schlund eines Wasserspeiers ins Freie. Er flog durch das klaffende Maul und wirbelte zur höchsten Spitze des Turmes empor. Marina und Zephir folgten unmittelbar hinter ihm.

„Ich glaube, ich verstehe jetzt!", sagte er zu Marina. „Meine Mutter hat mir die Zeit angegeben und den Ort, an dem ich sein soll, damit ich mithilfe der Sterne unseren neuen Kurs festlegen kann."

Schatten hing mit dem Kopf nach unten von der Querstange des Kreuzes herab. Glücklicherweise war es eine klare Nacht. Über den ganzen Himmel waren Sterne verstreut. Die Klangkarte seiner Mutter war sehr genau. Offenbar musste er sich genau im Mittelpunkt des Kreuzes befinden. Er rückte dorthin. Um den Schnittpunkt der Kreuzbalken lag ein metallener Ring. Ein Kreuz in einem Kreis. Nun erkannte er das Bild!

Innerhalb des Kreises war der Himmel durch das Kreuz in vier Sektoren eingeteilt.

„Also, wonach suchen wir?", hörte er Marina fragen.

Eine Kette von Sternen zog sich durch drei der vier Sektoren. Welchen davon suchte er? Er rief sich noch einmal die Klangkarte in Erinnerung.

Sterne.

Der Himmel in vier Teile geteilt.

Ein Stern, der heller strahlte als alle anderen und auf ihn zuzufliegen schien.

Der obere rechte Sektor.

Da sollte er nachschauen.

Und da war er, genau dort, wo seine Mutter ihn hingesungen hatte – ein heller Stern. Ihr Stern.

„Ich hab ihn!", rief er und deutete mit der Flügelspitze auf ihren Stern. „Alles, was wir tun müssen, ist direkt auf ihn zuzufliegen! Einfach, nicht?"

„Sternen zu folgen ist eine kitzlige Angelegenheit", sagte Zephir. „Sie bewegen sich, wisst ihr."

„Tun sie das?" Natürlich taten sie das. Wie blöd! Er wusste das natürlich, aber in seiner Aufregung hatte er es glatt vergessen. Die Sterne waren nicht einfach am Himmel festgemacht. Seine Mutter hatte ihm erklärt, wie sie jede Nacht in einem Kreis herumwanderten, dorthin zurückkehrten, von wo sie aufgebrochen waren. Aber das war auch alles, was er wusste. Das Navigieren nach Sternen hatte er noch nicht gelernt.

„Ich denke, ich kann damit umgehen", sagte Marina.

Schatten zog eine Grimasse. Er hatte das Rätsel gelöst, und nun musste Marina den Rest erledigen.

„Wir müssen unsere Richtung jede Nacht zur gleichen Zeit festlegen", sagte sie, während sie auf das Leuchten am westlichen Horizont schaute. „Kurz nach Sonnenuntergang. Wir werden, wenn wir einmal die Stadt verlassen haben, nicht mehr dieses Bong-Geräusch haben, das uns die Zeit angibt."

„Ihr werdet lernen müssen, die Zeit im Kopf zu messen", sagte Zephir. „Euer Körper weiß sehr gut, wie viel Zeit mit jedem Flügelschlag vergangen ist. Die Sterne wandern mit einer gleich bleibenden Geschwindigkeit. Wenn ihr die einmal kennt, könnt ihr euren Kurs während der ganzen Nacht überprüfen, indem ihr den gleichen Stern als Führer nehmt."

„Oh, sicher, jetzt verstehe ich" sagte Schatten forsch und blickte durch das Kreuz. Es schien aber furchtbar schwierig.

„Ihr werdet es schaffen", sagte der Hüter des Turms, „ihr beide zusammen."

Schatten blickte über die Stadt hinweg. In der frischen Luft fröstelte ihn. Sie war nicht mehr ungefährlich, die Nacht. Die Tauben würden nach ihm und Marina suchen. Die Vorstellung, wieder aufzubrechen, machte ihn müde. Wer wusste schon, wie lange es dauern würde, bis sie die anderen eingeholt hätten. Für einen Augenblick wünschte er, er könnte mit Zephir hier beim Turm bleiben. Es wäre gar nicht so schlecht. Man war hier in Sicherheit und offenbar war es auch im Winter warm genug. Und man konnte damit rechnen, dass es eine Menge zu lernen gab. Zephir wusste anscheinend fast so viel wie Frieda …

„Am besten brichst du jetzt auf, Silberflügel", sagte Zephir liebevoll.

„Ja", sagte Schatten dankbar. Natürlich musste er weiter.

„Folge deinem Stern", sagte Zephir und reckte sein Kinn hoch. Es sah so aus, als ob er den Stern direkt anblickte.

„Du kannst ihn sehen?", fragte Schatten.

„Mit den Ohren", entgegnete die alte Fledermaus einfach.

Schatten pfiff ungläubig. Wie konnte man die Sterne hören? Unmöglich! Sie waren viel zu weit weg.

„Wenn du einen deiner Sinne verlierst, entwickelst du deine anderen Sinne um ein Vielfaches", sagte Zephir.

„Und wie willst du wissen, dass du die Sterne nicht hören kannst, wenn du ihnen nur genug Aufmerksamkeit widmest? Es ist lediglich eine Frage der Übung und der Ausdauer."

„Das glaube ich gern", sagte Schatten. Er nahm sich vor zu versuchen, genauer auf die Dinge zu horchen.

„Ich sehe die Dinge auch hier drinnen", sagte die weiße Fledermaus und deutete mit einer weißen Kralle auf ihren Kopf.

„Was zum Beispiel?", fragte Marina.

„Die Vergangenheit, die Zukunft. Es ist alles nur eine Frage von Echos. Wenn du hinhörst, kannst du noch die Schwingungen von Dingen hören, die gerade passiert sind, vor einer Sekunde, vor einer Stunde. Wenn du wirklich genau hinhörst, kannst du noch Dinge wahrnehmen, die im letzten Winter passiert sind oder vor zehn Wintern, als ob sie sich direkt vor deinen Augen abspielten. Mit der Zukunft ist es genauso. Alles macht ein Geräusch, und es ist nur eine Frage der Zeit, bevor es dich erreicht. Aber wenn du ein sehr gutes Gehör hast, kannst du es von sehr weit her kommen hören."

„Kannst du sehen, ob wir die Kolonie einholen?", fragte Schatten, ohne zu überlegen. Wie hätte er auch auf diese Frage verzichten können?

Die weiße Fledermaus duckte sich ein wenig und erstarrte in angespannter Konzentration. Die großen spitzen Ohren waren nach oben gerichtet und weit geöffnet.

Dann breitete er mit einem Seufzer die hellen Flügel aus, als ob sie ihm irgendwie helfen könnten das Geräusch aufzufangen.

Während Schatten schweigend zuschaute, hatte er den Eindruck, dass die Unterseite von Zephirs Flügeln dunkler wurde. Schatten blinzelte, weil er glaubte, seine Augen spielten ihm einen Streich, vielleicht spiegelte Zephirs bleiche Haut nur auf etwas gespenstische Weise den dunklen Himmel wieder. Aber die Flügel wurden tatsächlich schwarz und funkelten dann, als …

Zephir faltete die Flügel plötzlich über dem Kopf zusammen und hüllte sich so ein. „Eure Reise wird wie jede Reise sein, schwierig und anders als erwartet." Seine Stimme klang entrückt und unsicher. „Ihr werdet einen unerwarteten Bundesgenossen finden, aber hütet euch vor Metall an Flügeln … und … ihr werdet Hibernaculum finden …"

Schattens Herz hüpfte, aber Zephirs Stimme klang alles andere als erfreut, während er fortfuhr.

„… aber andere suchen auch danach, mächtige Kräfte, und ich kann nicht erkennen, wer es als Erster erreicht oder ob das, was sie bringen, gut oder böse ist … Und dein Vater Cassiel …"

„Was?", rief Schatten. „Was ist mit ihm?"

Die weiße Fledermaus zögerte einen Augenblick, bevor sie sagte: „Er lebt."

Zephir verstummte und sein Kopf tauchte wieder auf. Rasch legte er die Flügel an. „Ich kann sonst nichts hören. Die Echos sind so schwach und verworren."

„Aber könntest du nicht schauen, wo …"

Bedauernd schüttelte die weiße Fledermaus den Kopf. „Nur, dass er weit weg ist."

„Er lebt", murmelte Schatten erstaunt. Tief im Herzen hatte er das immer gehofft. Seine Mutter und Frieda irrten sich. Cassiel war nur verschwunden, aber wohin? Ungeduldig blickte er zum Himmel hoch.

„Dann auf Wiedersehen", sagte Zephir. „Und viel Glück."

„Danke", sagte Schatten. Er hob vom Turmhelm ab und umkreiste ihn mit Marina. „Und vielen Dank auch, dass du meinen Flügel in Ordnung gebracht hast. Und für alles andere."

„Auf Wiedersehen", rief Marina über ihren Flügel hinweg.

Sie flogen höher, um sich von den Dächern zu entfernen und von den Tauben, die dort hausten. Marina schlug vor, den Himmel zur Beobachtung unter sich aufzuteilen, um sicher zu sein, dass ihnen nichts entging. Schatten versuchte sich zu beruhigen. Sein Vater am Leben …

Er wusste, dass er sich jetzt auf den Flug konzentrieren musste, so schwer ihm das auch fiel. Er nahm alle seine Sinne zusammen. Er schnüffelte, er lauschte, er durchforstete die Nacht nach Anzeichen von Vögeln. Als sie hoch über dem höchsten Turm waren und sich die ganze herrliche, funkelnde Stadt unter ihnen ausbreitete, beendeten sie ihren Steigflug. Schatten fand seinen Leitstern und richtete die Nase nach ihm aus.

„Hast du die Unterseite von Zephirs Flügeln gesehen?", fragte er zögernd.

„Ich habe mich gefragt, ob es nur an der Beleuchtung lag", antwortete Marina ohne zu zögern.

„Ich auch."

„Aber …"

„Ich glaube nicht, dass es daran gelegen hat, oder?", sagte er.

Nach einer Pause: „Du hast es auch gesehen, nicht wahr?", fragte Marina.

Schatten nickte. „Seine Flügel wurden unten dunkel."

„Ja", sagte sie. „Sie waren schwarz wie die Nacht – und sie waren voller Sterne."

Goth blickte auf die glitzernden Lichter hinab. Mehr als eine Stunde lang hatte er nun mit Throbb gekreist und war dabei auf der Suche nach Fledermäusen in Spiralen allmählich an die Ränder der Stadt gelangt. Sie hatten keine entdeckt. Gab es so weit nördlich überhaupt Fledermäuse? Das war ein niederschmetternder Gedanke. Was wäre, wenn nicht? Wie sollte er dann einen Führer finden? Wie sollte er nach Hause kommen?

Unmittelbar vor Sonnenuntergang hatte er einen Traum gehabt. Er war zurück im Dschungel, genoss die Hitze, und plötzlich flogen um ihn herum hunderte von Fledermäusen, nicht von seiner eigenen Art, sondern kleine Fledermäuse, die kleinsten, die er je gesehen hatte, und sie umkreisten ihn fröhlich und sangen seinen Namen. Was tun die hier, fragte er sich, aber er war von einem Gefühl des Triumphes überwältigt. Bis die riesigen Bäume und Schlingpflanzen und Farne des Dschungels plötzlich umstürzten und er von Mauern umgeben war, von Mauern der Menschen, und hinter einer stand der Mann und lächelte ihn an.

Goth schüttelte den Kopf. Er träumte selten und hatte die Erfahrung gemacht, dass das immer wichtig war, ein Weg, auf dem Zotz zu ihm sprach. Was sollte der Traum bedeuten?

„Schau!", zischte Throbb. „Da unten."

Goth äugte hinab und grinste erleichtert.

Fledermäuse.

– 12 –

Der gesperrte Himmel

„Hast du das gehört?"

„Was?", fragte Marina.

„Flügelschlagen." Schatten blickte über den Flügel nach hinten und suchte den Himmel mit den Augen und dem Klang-Sehen ab. Nichts.

Sie hatten schließlich die Ausläufer der Stadt erreicht und Schatten war erschöpft. Er konnte kaum fassen, wie viel Glück sie gehabt hatten. Zweimal hatten sie in der Ferne eine Schar Tauben gesehen, die über den Dächern patrouillierte, und einmal hatte er vor dem aufgehenden Mond die Silhouette einer Wächtereule entdeckt. Aber sie waren unbemerkt geblieben. Trotzdem wurde er das Gefühl nicht los, dass man ihnen folgte.

Das Mondlicht machte ihn nervös. Es brachte das Silber in seinem Fell zum Leuchten, und manchmal glänzte Marina geradezu.

Wenigstens waren sie jetzt weit vom Ozean entfernt. Und er konnte vor ihnen Bäume und Felder riechen und deren vertraute Umrisse hören. Er wusste, wovon er sich hier fern halten musste, wo er essen, wo er sich verstecken konnte.

„Ich kann es immer noch nicht glauben, dass mein Vater lebt", sagte er. „Aber wo nur?"

„Er ist in der Nähe von Hibernaculum verschwunden, ja? Dort wirst du deine Suche aufnehmen."

„Was ist, wenn die Eulen ihn haben?" Schatten hatte furchtbare Geschichten darüber gehört, wie Eulen Fledermäuse als Sklaven hielten, um Nester zu bauen, Bäume auszuhöhlen – und sie dann auffraßen.

Marina schüttelte den Kopf. Schatten wusste, auch wenn sie ihn rechtzeitig fänden, wäre es fast unmöglich, ihn aus einem Eulennest zu befreien.

„Vielleicht ist er bei den Menschen", meinte Marina hoffnungsvoll.

Schatten lächelte. Es war eine tröstliche Vorstellung. Aber warum war sein Vater dann nicht gekommen, um es Ariel und den anderen zu erzählen – um es *ihm* zu erzählen? Er würde sie doch nicht alle verlassen und die Geheimnisse für sich behalten?

Lautlos stürzte sich mit ausgebreiteten Flügeln die Eule von hinten auf Schatten, und nur wegen des stechenden Geruchs wirbelte er gerade noch rechtzeitig weg. Er schrie und warf sich auf die Seite, schnell genug, um den Klauen zu entkommen, nicht aber den Flügeln. Der Schlag ließ ihn wie betäubt zu den Bäumen hinabtrudeln. Er traf auf einen Ast, der Aufprall wurde von trockenen Blättern gemildert, und er krallte sich in dem Holz fest, um nicht abzurutschen.

Riesige Augen blickten auf ihn herab. Verzweifelt versuchte er wegzukommen, als die Eule mit ihren Flügeln auf den Ast eindrosch. Er sah, wie Marina sich auf den Rücken des Vogels warf und mit Klauen und Zähnen in das dichte Gefieder eindrang.

Die Eule kreischte vor Wut, warf den gewaltigen Kopf herum und schnappte mit dem krummen Schnabel nach Marina. Diese riss sich los und die Eule fegte sie mit dem Flügel beiseite.

Und wandte sich wieder zu Schatten. Alles, was er sehen konnte, waren diese flachen mondförmigen Augen – und dann traf den Vogel von der Seite etwas Großes und Dunkles und hielt fest. Es war, als ob sich ein Stück des Nachthimmels losgerissen hätte und herabgestürzt wäre. Die Eule brüllte vor Schmerz. Schatten sah mächtige schwarze Flügel, dann Krallen und Kiefer, die sich öffneten und den Hals der Eule packten. Es gab ein schreckliches knackendes Geräusch.

Es war eine Fledermaus.

Die Fledermaus öffnete das Maul, und die Eule sackte leblos zusammen, ihre Flügel hatten sich in den Ästen verfangen. Die Fledermaus schaute Schatten an.

„Bist du unverletzt?"

Schatten nickte. „Danke", flüsterte er mit trockener Kehle. Er kam sich außergewöhnlich klein vor. Diese Fledermaus war mindestens viermal so groß wie er.

Als ob die steinernen Wasserspeier tatsächlich lebendig geworden wären. Die Ähnlichkeit war beunruhigend. Das Gesicht war eher das eines Vierfüßlers als das einer Fledermaus.

Es hatte eine lange Schnauze, die jetzt von Blut bespritzt war, große Augen und eine merkwürdig flache Nase, die nach oben stand.

Eine zweite ebenso riesige Fledermaus mit einer Flügelspanne von mindestens einem Meter kreiste über ihnen.

„Ich heiße Goth", sagte die erste Fledermaus. „Und das", sagte er mit einer verächtlichen Bewegung des Kopfes, „ist mein Begleiter Throbb."

„Ich bin Schatten und …" Er brach ab und schaute besorgt um sich. „Marina!"

„Hier", sagte sie, kam herangeflattert und blickte misstrauisch auf Goth und Throbb. „Alles okay, Schatten?"

„Sie haben mir das Leben gerettet", sagte er aufgeregt und wandte sich an Goth. „Ihr kommt aus der Stadt, nicht wahr? Ihr seid die beiden, die die Tauben getötet haben."

„Woher wisst ihr das?"

„Weil sie uns gefangen haben", sagte Marina, „und wissen wollten, wer ihr seid."

„Haben sie euch angegriffen?", fragte Schatten.

Die Riesenfledermaus lachte. „Tauben? Nein. Wir hatten Hunger." Er beugte sich über den Körper der Eule und riss einen Fetzen Fleisch von ihrer Brust ab.

Schatten zuckte überrascht zusammen.

„Ihr seid keine Fleischfresser?", sagte Goth interessiert, als er das Stück Eule als Ganzes heruntergeschlungen hatte.

„Nein."

„Ihr dürft gerne mal versuchen."

„Nein, danke." Es roch abstoßend nach Blut und Schatten sah, wie Marina ein paar Schritte von der toten Eule abrückte.

„Wo wir herkommen, sind viele Fleischfresser", erklärte Goth. „Es tut mir Leid, wenn es euch beunruhigt."

„Woher kommt ihr denn?", fragte Marina.

„Aus dem Dschungel. Wenn die Menschen nicht wären, dann würden wir uns jetzt dort aufhalten. Wir sind erst letzte Nacht entkommen. Schaut." Er reckte den Flügel zurück und das Mondlicht fiel auf den dicken schwarzen Metallring um seinen Unterarm. Schatten holte tief Luft und schaute zu Throbb hoch, der immer noch über ihnen kreiste. Auch an seinem Unterarm glänzte dunkel ein Ring.

„Entkommen?", fragte Marina stirnrunzelnd. „Ich verstehe nicht."

„Du bist auch ihr Gefangener gewesen, wie ich sehe", bemerkte Goth und deutete nickend auf ihren Ring.

„Nein. Sie haben mich nicht gefangen gehalten. Sie haben mir den Ring gegeben und mich freigelassen, aber ..."

„Sie haben dich nicht in den künstlichen Dschungel gebracht?"

Schatten blickte zu Marina, die sprachlos nur den Kopf schüttelte.

Während Goth fraß, erzählte er ihnen, wie er von den Menschen gefangen wurde, und von dem Monat, den er in ihrem Dschungelgefängnis verbracht hatte. Schatten hörte aufmerksam zu, als die Riesenfledermaus beschrieb, wie die Menschen ihm ins Gesicht geleuchtet und Nadeln in ihn hineingestochen hatten.

„Aber warum sollten die Menschen das tun?", fragte Marina.

„Ich denke, sie haben uns studiert. Sie wollen unsere Flugfähigkeit und unser Sehen bei Nacht haben. Sie beringen uns, um uns als ihre Gefangenen zu kennzeichnen."

„Nein", sagte Marina so leise, dass Schatten es kaum hören konnte.

Er wusste nicht, was er denken sollte. Alles, was Goth sagte, widersprach vollkommen dem, was man ihm erzählt hatte: Dass der Ring ein Zeichen des Großen Versprechens sei, ein Bindeglied zwischen den Fledermäusen und den Menschen, dass die Menschen ihnen irgendwie helfen würden. Konnten Frieda und Zephir … und sein Vater … konnten sie alle irren? Ihm wurde übel.

„Sie haben mich nicht gefangen genommen", wiederholte Marina hartnäckig.

192

Goth zuckte die Achseln. „Sie sind nicht unsere Freunde, die Menschen. Und sie werden bestraft werden", fügte er finster hinzu.

Drei klagende Rufe tönten durch die Nachtluft.

„Was war das?", fragte Goth und sein Haarschopf stellte sich auf.

„Andere Eulen", sagte Schatten. „Sie rufen nach ihrem Wachposten. Wenn er sich nicht meldet, werden sie kommen. Wir sollten abhauen. Wo fliegt ihr lang?"

„Das wissen wir nicht. Wir wollen nach Süden zum Dschungel, aber wir sind mit euren Sternen hier nicht vertraut."

„Ihr kommt von einem Ort mit anderen Sternen?", fragte Schatten.

„Ganz richtig. Heller und zahlreicher als die hier."

Schatten wandte sich ungläubig zu Marina. Niemand hatte ihm je von einer Dschungelwelt erzählt, wo die Fledermäuse Fleisch fressen und der Himmel andere Sternbilder hat. Ob Frieda oder Zephir überhaupt von solch einem Ort wussten?

„Ist es hier immer so kalt?", fragte Throbb schaudernd.

„Nur im Winter."

„Winter", sagte Throbb, als ob er ein unbekanntes Wort zum ersten Mal ausspräche.

Schatten staunte. Vielleicht gab es keinen Winter, wo die beiden herkamen. Er hatte das Gefühl nützlich zu sein.

„Wir wandern", erklärte er. „Jeden Winter ziehen wir nach Süden, um einen wärmeren Ort zu suchen, wo wir überwintern können."

„Überwintern?", fragte Goth.

„Ein langer Schlaf."

„Wie lang?"

„Monate." Es freute ihn, dass jemand von der Idee des Überwinterns genauso überrascht war wie er selbst. „Das ist alles, was wir tun, schlafen und schlafen, bis es wärmer wird."

„Wie ungewöhnlich", sagte Goth lachend. „Fledermäuse, die endlose Monate lang schlafen. Was für merkwürdige Bräuche ihr im Norden habt!" Er schaute zum Himmel hoch. „Aber du kannst dich an diesen Sternen orientieren, oder?"

„Wir fliegen auch nach Süden", sagte Schatten. Dann fügte er, ohne lange zu überlegen, hinzu: „Kommt mit uns. Wir versuchen, meine Kolonie einzuholen. Ich bin sicher, Frieda könnte euch sagen, wie ihr in den Dschungel zurückkommt."

Goth wandte sich zu ihm und lächelte dankbar.

„Das ist sehr freundlich von euch."

„Ich mag sie nicht", sagte Marina.

Sie und Schatten waren allein und jagten Insekten am Flussufer.

Schatten fing einen Rüsselkäfer und knackte seine Schale.

„Nun, ich fühle mich viel sicherer, seit wir mit ihnen ziehen."

Ein ersticktes Quieken ertönte vom Boden des Waldes, und sie sahen, wie Goth mit einer zappelnden Ratte im Maul aus den Bäumen herausflog.

„Sie fressen den halben Wald auf", sagte Marina. „Stört es dich nicht, dass sie Fleischfresser sind?"

„Sie stammen aus dem Dschungel", sagte er ungeduldig. „Alles ist dort anders. Wahrscheinlich sind sie deshalb so groß", murmelte er. Das wäre eine Erklärung, all dies feste Fleisch. Er überlegte, ob er … Er zog eine Grimasse, als er an den scharfen Geruch der Eule dachte. „Was spielt es für eine Rolle, was sie fressen? Wir essen Insekten, sie essen andere Tiere. Erwartest du, dass ich dieser Eule nachtrauere? Das war schon die zweite, die mich fressen wollte, und beide waren ganz glücklich dabei. Und ich habe Geschichten gehört, wie Eulen dich fressen und deine Eingeweide herausreißen, während du noch lebst."

„Nun, denke nur daran, dass deine beiden Freunde dafür verantwortlich sind, dass das Flugverbot ausgerufen wurde. Und jedes Mal, wenn sie etwas töten, eine Taube oder eine Eule oder eine Ratte, werden die Vögel oder die Vierfüßler auf Rache sinnen. Und das sind schlechte Nachrichten für uns und jede andere Fledermaus hier draußen."

Er wusste, dass sie Recht hatte, und er ärgerte sich darüber. Er dachte an die Ratte, die Goth gerade getötet hatte. Er hoffte nur, dass Goth vorsichtig gewesen war und ein Einzeltier geschnappt hatte.

„Schau her, es waren die Eulen, die alles angefangen haben, nicht wir. Sie können nicht einfach ein Flugverbot für den Nachthimmel erlassen."

„Ich mag die beiden einfach nicht", sagte Marina noch einmal. „Ich trau ihnen nicht."

„Erinnerst du dich daran, was Zephir über ein Treffen mit einem unerwarteten Bundesgenossen gesagt hat?"

„Du meinst, das ist Goth?" Sie rüttelte mit den Flügeln. „Er hat auch etwas darüber gesagt, dass wir uns vor Metall unter Flügeln hüten sollten. Vielleicht bezieht sich das auf Goth."

„Du hast auch Metall unter den Flügeln."

„Daran habe ich schon gedacht, glaub mir."

„Es gefällt dir nicht, was sie über die Ringe gesagt haben, nicht wahr?"

„Dir etwa?", wollte sie wissen.

„Nein. Aber …"

„Was?"

„Das bedeutet nicht, dass es nicht wahr ist."

„Mich haben sie nicht gefangen genommen. Sie haben mich nicht eingesperrt und mit Nadeln gestochen und studiert. Ich kann einfach nicht glauben, dass die Menschen so böse sind, wie die beiden sagen."

„Zephir hat aber gesagt, die Menschen wollen etwas von uns …"

„Aber auch, dass da etwas ist, was sie uns geben wollen", insistierte Marina.

„Ich weiß nicht." Der Kopf fing an ihm wehzutun.

„Was ist mit deiner Ältesten, Frieda? Was ist mit Zephir? Und deinem eigenen Vater? Glaubst du, dass die sich alle geirrt haben?"

„Ich weiß nicht, ich weiß es einfach nicht!"

„Du sagst also, meine Kolonie hatte von Anfang an Recht. Die Menschen sind unsere Feinde ..."

„Das habe ich nicht gesagt, Marina ..."

„Und ich dachte die ganze Zeit, vielleicht bedeutet der Ring etwas." Sie klopfte ihm damit fest auf den Kopf.

„Aber alles, was er bedeutet, ist, dass ich eine Gefangene bin. Das ist es. Kein Geheimnis mehr. Ich denke, ich brauche nicht weiter mitzukommen, oder?"

Ein beklemmendes Schweigen senkte sich auf sie herab.

„Ich möchte zurück", sagte sie ruhig.

„Was?"

„Ich möchte zurück."

„Auf die Insel?"

„In die Stadt. Ich möchte diesen künstlichen Dschungel finden."

„Bist du verrückt? Was ist mit den Tauben? Den Eulen? Es ist zu gefährlich. Und selbst wenn du diesen Ort findest, woher weißt du ..." Er seufzte. „Woher weißt du, dass sie dir nicht wehtun werden?"

„Woher weißt du, dass dein Vater nicht dort ist?"

Schatten hatte das Gefühl, dass ihm die Luft wegblieb. Er starrte Marina an. Das war ihm überhaupt nicht eingefallen. Aber nein. Erleichtert schüttelte er den Kopf. „Zephir hat gesagt, er wäre weit weg. Erinnerst du dich?"

Marina seufzte. „Wir sollten uns von Goth und Throbb trennen …"

„Wir brauchen sie", sagte er knapp. „Wir waren keine zwei Stunden aus der Stadt heraus, als wir von dieser Eule erwischt wurden. Glaubst du, wir könnten es alleine schaffen?"

Marina schwieg.

„Ich möchte auch wissen, was es alles bedeutet." Er ignorierte ihr ungläubiges Schnauben. „Wirklich! Aber lass uns doch erst meine Kolonie einholen, und dann können wir mit Frieda reden und den anderen beringten Fledermäusen und vielleicht bekommen wir weitere Antworten."

„Du bist ziemlich beeindruckt von diesen beiden, oder?"

Sie hatte ihn ertappt. „Nun …"

„So groß, wie du immer sein wolltest?" Ihre Stimme hatte einen spöttischen Unterton.

„Vielleicht", sagte er mit brennendem Gesicht. „Na und?"

„Ich wünschte, du hättest ihnen nicht angeboten sich uns anzuschließen."

„Hör zu", sagte er. „Mit ihnen sind wir sicher. Und

was ist, wenn es einen Krieg gibt? Wenn es das ist, was Nocturna gemeint hat? Sogar mein Vater hat gesagt, wir müssten auf etwas warten, bevor wir frei wären. Vielleicht ist es das."

„Wie meinst du das?"

„Goth und Throbb. Es gibt mehr wie sie im Dschungel, nicht wahr? Vielleicht können wir sie überzeugen, sich uns anzuschließen. Eine große Armee bilden." Sein Herz klopfte wild vor Aufregung. „Du hast gesehen, auf welche Weise Goth die Eule getötet hat. Es war ein Kinderspiel für ihn. Ich meine, schau sie dir doch an, sie sind die geborenen Krieger. Wenn wir ihre Hilfe hätten, dann könnten wir ein für alle Mal gegen die anderen kämpfen, gegen all die Tauben und Eulen und alles andere. Gegen jeden, der uns in der Verbannung halten will. Und ich weiß – wir könnten sie schlagen."

– 13 –

Finstere Bundesgenossen

Goth riss noch ein Stück aus seinem Eichhörnchen und kaute es gedankenverloren. Er schaute zum Himmel hoch. Dies war die zweite Nacht, die er mit Schatten und Marina zusammen war, und allmählich erkannte er ein paar von diesen Sternen wieder. Es würde nicht mehr lange dauern, bis er in der Lage war, allein den Kurs zu bestimmen, und dann könnte er aus den beiden kleinen Fledermäusen eine schnelle Mahlzeit machen.

Sie waren allerdings auch auf andere Weise nützlich. Er war nicht vertraut mit den Bäumen hier. Einige hatten dünne blattlose Äste, andere hatten scharfe stechende Nadeln. Letzte Nacht hatte Marina in der verlassenen Höhle eines Spechts einen Ruheplatz für sie gefunden. Und Schatten hatte ihm gezeigt, wie man aus dem Bach trinkt, indem man das gefrorene Wasser durchbrach. Er nannte es Eis. Eis. Niemals hatte er so etwas Grauen erregendes gesehen. Es tat weh, als er es berührte, und es war ein Schock, als die Kälte in seinen Körper einsickerte. Er schüttelte die Flügel und legte sie dichter um sich herum. Aber der Wind drang trotzdem durch. Je eher er sich aus dieser nördlichen Wüstenei befreien konnte, desto besser.

Throbb landete neben ihm mit einem Sperling im Maul.

„Ich möchte Fledermausfleisch", jammerte er.

„Noch nicht", knurrte Goth. „Warte noch. Du wirst noch früh genug Fledermausfleisch bekommen. Ein bisschen Selbstdisziplin! Und denke daran", fügte er drohend hinzu und blickte Throbb dabei direkt in die Augen, „auch ich mag Fledermausfleisch."

Throbb rückte ein paar Zentimeter weg und verzehrte lustlos seinen Sperling. „Wer ist diese Nocturna, von der sie dauernd reden?"

Goth benutzte eine Klaue, um einen Fleischrest zwischen den Zähnen herauszupicken. „Irgendeine armselige kleine Religion, nehme ich an." Schatten hatte ihm alles erzählt, von der Schlacht zwischen Vögeln und Vierfüßlern, der Verbannung und diesem wunderbaren Großen Versprechen. Es war alles einfach lächerlich, aber er hatte nichts gesagt und über Zotz, den einzigen wahren Fledermausgott, erst einmal geschwiegen.

„Selbst wenn Nocturna wirklich existiert", sagte er verächtlich, „kann sie nicht sehr mächtig sein – schau dir nur die mickrigen Kreaturen an, über die sie herrscht."

Throbb lachte stoßweise und spuckte gleichzeitig einige Knorpel und Knochen aus.

Es waren wirklich bemitleidenswerte Geschöpfe, dachte Goth. Sie konnten sich nicht einmal gegen Tauben zur Wehr setzen. Die Eulen, musste er zugeben, waren ein etwas mächtigerer Gegner – mit mehr als zweien gleichzeitig zu kämpfen wäre eine Herausforderung. Trotzdem, diese Fledermäuse lebten in ständiger Angst vor ihnen, trauten sich nicht, tagsüber ihre Gesichter zu zeigen, und jetzt nach Schattens Aussage noch nicht einmal während der Nacht.

Goth grinste zufrieden. Es sah so aus, als ob er einen Krieg ausgelöst hatte.

Und sie brauchten ihn, diese beiden Fledermäuse. Schatten wollte, dass er mit den Führern der Silberflügelkolonie zusammentraf. Natürlich hatte Goth bereitwillig zugestimmt, er wusste ja, dass er dann längst weit weg wäre. Wenn er erst einmal allein nach Süden fliegen konnte, würde er mit Sicherheit nicht die Hilfe einer lausigen Ältesten der Silberflügel brauchen.

Außer wenn …

Die Idee kam ihm in den Kopf geschlichen wie die Zunge einer Schlange. Außer wenn Zotz es so vorgesehen hatte, dass er mit der Kolonie der Silberflügel zusammentraf. Außer wenn ein Plan dahinter steckte, dass die Menschen ihn im Dschungel gefangen genommen hatten. Das würde Sinn ergeben. Warum hätte Zotz sonst zulassen sollen, dass die Menschen ihn nach Norden brachten, wenn er damit nicht einen Zweck verfolgte?

Der Traum. Hunderte und aberhunderte von Silberflügeln, die im Dschungel um ihn herumflogen. Und wie sind sie dort hingekommen? Sie sind dort hingekommen, sagte ihm eine innere Stimme, weil du sie dort hingebracht hast.

„Im Dschungel", sagte Goth, „ist es niemals kalt. Die Hitze hängt in der Luft wie Regen. Die Landschaft ist üppig grün, nicht wie dieser felsige Wald unter uns, sondern es flimmert nur so vor Blüten, Pflanzen und Früchten, wie du sie noch nie gesehen hast. Und die Insekten dort sind so saftig – drei oder vier würden dich für eine ganze Nacht satt machen."

Schatten hörte hingerissen zu, während sie durch die kalte Luft flogen. Es waren nicht die Käfer, die Goth beschrieb, sondern es war die Wärme, die ihm das Wasser im Munde zusammenlaufen ließ. An diesem Abend war er aufgewacht und erschrocken darüber gewesen, dass ein feiner frostiger Überzug die äußersten Spitzen seiner Flügel bedeckte, und er hatte ihn ängstlich abgeklopft.

Dies war die dritte Nacht, in der sie mit Goth und Throbb zusammen flogen, und sie richteten ihren Kurs immer noch nach dem Stern von der Kathedrale aus. Schatten fragte sich, wie lange es noch dauern würde, bis sie die anderen Silberflügel einholten. Die ganze

Welt war mit Reif überzogen, die nackten Äste der Bäume glitzerten wie Silber. Die Geräusche von Insekten waren während der vergangenen Nächte leiser geworden und die Jagd wurde immer schwieriger. Außerdem zeigten sich jetzt in der Nacht zunehmend weniger Lebewesen. Von Zeit zu Zeit hatte er gewaltige Vogelschwärme in der Ferne entdeckt, die auf ihrer eigenen Wanderung nach Süden waren. Bislang hatte es aber noch kein Anzeichen von einer anderen Kolonie Fledermäuse gegeben, und das beunruhigte ihn.

„Dort drüben ist ein geschützter Sims", sagte Marina und zeigte auf einen felsigen Abhang. „Wir werden da wahrscheinlich einen Schlafplatz finden, und dann haben wir noch etwa eine Stunde zum Essen."

Schatten schauderte und blickte nach Osten. Er wollte ungern anhalten, hatte dauernd das Gefühl Zeit zu verlieren. Aber wenigstens bedeutete das Nahen der Sonne, dass es bald ein wenig wärmer würde. Die Ohren taten ihm weh und seine Füße waren wie abgestorben.

„Wie viele Fledermäuse sind in deiner Kolonie?", fragte er Goth, als sie über dem Sims kreisten und nach einem Rastplatz Ausschau hielten.

„Millionen."

Millionen. Es war schwer genug sich zwei Riesenfledermäuse vorzustellen, ganz zu schweigen Millionen.

„Wahrscheinlich fliegt nicht viel am Himmel, wovor ihr euch fürchten müsst", sagte Schatten neiderfüllt.

„Nichts", sagte Goth. „Geier und Habicht sind die einzigen wirklich starken Vögel, aber auch die wagen es nicht uns anzugreifen."

Schatten fragte sich, wie das wohl wäre, keine Angst zu haben. Er würde es nie wissen. Er war ein Knirps. Fast alles am Himmel war größer als er. Aber wenn er Goth und Throbb überzeugen konnte, sich mit ihnen zu verbünden … vielleicht wäre das was.

Er hatte sich den Kopf zermartert, wie er sie fragen sollte, und die ganze Idee schon mehr als einmal aufgegeben. Was wusste er schon? Wer war er denn, um diese Riesenfledermäuse aufzufordern, sich an ihrem Kampf zu beteiligen.

Vielleicht sollte er alles Frieda und den anderen Ältesten überlassen.

Marina fand einen Tunnel in der Felswand, groß genug, dass Goth und Throbb hineinpassten. Drinnen war es trocken und windgeschützt und eng genug, dass sie mit ihrer Körpertemperatur die Höhle bald aufwärmen würden. Schatten untersuchte sorgfältig den Boden.

„Was machst du da?", fragte Goth.

„Ich schaue nach Eulenlosung. Um sicher zu sein, dass hier keine genistet haben." Marina hatte ihm das beigebracht. Eulen würgten ihre Beute ganz hinunter, sie kauten nicht, und ihre Losung enthielt all die Knochen und Zähne von dem, was sie gefressen hatten. Er hatte Angst, dass er eines Nachts einen Teil eines Flügels oder eines Kiefers einer Fledermaus finden würde. Aber dieser Ort war sauber.

„Du lebst in ständiger Furcht vor ihnen, nicht wahr?", sagte Goth.

„Wir sind zu klein, um uns gegen sie verteidigen zu können."

„Aber wenn fünf von euch eine Eule angriffen …"
Schatten hatte daran nie gedacht. „Vielleicht", sagte er.

„Wir können es nicht zulassen, dass unsere Brüder und Schwestern unter den Fledermäusen so behandelt werden", sagte Goth heftig und blickte Schatten an. Zunächst dachte dieser, Goth hielt ihn für einen Feigling und wäre deshalb wütend auf ihn. Er schlug die Augen nieder.

„Kommt mit uns in den Dschungel", sagte Goth, „ihr und deine ganze Kolonie, und ich werde meine Familie zu Hilfe rufen."

„Das willst du tun?" Das war mehr, als Schatten zu hoffen gewagt hatte.

„Wir können eine Armee aufstellen und nach Norden zurückkehren, um gegen die Eulen zu kämpfen."

„Das würdet ihr wirklich tun, an unserer Seite kämpfen?"

„Es wäre eine große Ehre, euch dabei zu helfen, ans Tageslicht zurückzukehren, so wie Nocturna es versprochen hat."

„Alles ohne die Hilfe der Menschen?", fragte Marina.

Schatten blickte sie überrascht an. Sie hatte fast die ganze Nacht kein Wort gesagt. Er wusste, sie war wütend auf Goth und auf ihn. Sie starrte Goth herausfordernd an.

„Ich würde mich nicht auf irgendwelche Hilfe von den Menschen verlassen", schnaubte Goth. „Sie sind mehr daran interessiert, uns einzusperren als uns freizulassen."

Schatten spürte, wie Marina ihn grimmig anstarrte, aber er konnte ihr nicht ins Gesicht sehen. Die Menschen … Er wusste einfach nicht, was er jetzt von ihnen halten sollte. Sie waren anscheinend unzuverlässig. Marina glaubte, sie seien gut. Goth und Throbb glaubten, sie seien böse. Und was die Ringe anbetraf, so gab es solche wie Friedas und es gab andere, die Fledermäuse bei lebendigem Leibe verbrannten. Wie konnten sie da auf die Menschen zählen?

„Vielleicht hat Goth Recht", sagte er und wich immer noch Marinas Blick aus. „Vielleicht werden die Menschen uns tatsächlich nicht helfen."

„Was weißt denn du?", sagte sie kurz angebunden und verbittert. „Du bist noch nicht einmal beringt."

Schatten blickte sie verletzt an.

„Vielleicht bin ich das nicht, aber …"

„Nein. Du weißt nicht, wie es gewesen ist. Wie es sich angefühlt hat. Es war etwas Besonderes, egal was einer von euch sagt. Es bedeutet etwas." Sie schwieg.

„Und dein Vater hat das auch geglaubt, Schatten."

Er war sich bewusst, dass Goth ihn genau beobachte-te.

„Ich weiß, was mein Vater geglaubt hat", entgegnete er kühl. „Aber vielleicht hat er sich geirrt."

„Also willst du ihn einfach aufgeben? Ab in den Dschungel, ohne nach ihm zu suchen?"

„Natürlich werde ich nach ihm suchen …"

„Also willst du nur mich aufgeben."

Bevor er auch nur nach Worten suchen konnte, flog sie aus der steinernen Höhle in die Nacht hinaus.

„Marina!", rief er und wollte ihr nach, aber Goth brei-tete einen seiner gewaltigen Flügel aus.

„Mach dir keine Sorgen. Sie wird zurückkommen. Lass sie sich nur erst beruhigen."

„Ich wollte ihre Gefühle nicht verletzen."

„Das hast du auch nicht. Sie hat zu große Hoffnun-gen auf diese Ringe gesetzt. Nun ärgert sie sich und kommt sich dumm vor. Sie kommt darüber hinweg."

„Ja doch", sagte Schatten und blickte ihr nach. Ei-gentlich hätte er nun überschwänglich glücklich sein müssen, wo er wusste, dass Goth und Throbb ihm helfen würden eine Armee aufzustellen. Aber statt-dessen fühlte er die ganze Last der Enttäuschung im Bauch.

„Wir kennen die Sterne jetzt gut genug", sagte Throbb. „Was für einen Nutzen haben diese Fledermäuse noch? Wollen wir sie nicht fressen?"

„Sprich leise", zischte Goth, während er über die Baumwipfel schaute, wo Schatten allein nach Insekten jagte. Er wandte sich wieder Throbb zu. „Du tust, was ich sage und wenn ich es sage. Ohne mich wärst du immer noch in diesem Gefängnis und würdest diese wässrigen Mäuse fressen. Denk daran."

Er hatte Throbb nichts von seinem Plan gesagt und würde das auch nicht tun.

Alles war ihm so deutlich geworden, nachdem es ihm einmal gelungen war, die Bedeutung des Traums zu entschlüsseln.

Er würde mit Schatten und Marina ziehen, bis sie zu den Silberflügeln kamen. Dann würde er sie überreden, mit in den Dschungel zu kommen. Sie sollten glauben, dass sie eine Armee aufstellen wollten.

Wenn sie aber erst seine Heimat erreichten, würden alle Silberflügel zu Sklaven seiner Familie werden. Jahr für Jahr sollten sie sich vermehren und einen endlosen Vorrat an lebendigem Fledermausfleisch zum Verzehr schaffen.

Sie würden ewige Opfergaben für Zotz werden, der seinen Diener Goth nach Norden gesandt hatte, damit er sich dort bewähre und die Silberflügel in den Dschungel brächte.

Schatten hatte seine Absicht nicht erraten, es war so einfach gewesen. Dieser Junge war forsch, jawohl, auch intelligent, aber er war auch auf Ruhm und Ehre scharf – als ob er die je erlangen könnte, der jämmerliche Wicht.

Aber Marina ... bei der hatte er mehr Bedenken. Sie misstraute ihnen, das merkte er. Es sah so aus, dass Schatten jetzt ganz auf seiner Seite war, aber er fragte sich, wie treu er zu seiner Gefährtin von den Glanzflügeln halten würde. Er konnte es sich nicht leisten, Schatten zu verlieren, und wenn sie ihn umstimmen sollte ...

Er wandte sich an Throbb.

„Du gierst doch nach Fledermausfleisch? Such das Glanzflügelmädchen und töte sie."

„Marina!"

Schatten fing an sich Sorgen zu machen. Er hatte eine halbe Stunde lang allein gejagt, und sie war immer noch nicht zurückgekommen. Sie sollte nicht ohne Begleitung unterwegs sein, nicht ausgerechnet jetzt. In der Nähe könnten Wachposten der Eulen lauern, eine Horde Krähen ...

Er flog an ihrem Rastplatz am steinernen Sims vorbei. Er hatte auch Goth oder Throbb nicht gesehen. Panik flatterte durch seinen Körper. Hatte etwa eine Staffel Eulen zugeschlagen, ohne dass er es bemerkt hatte? Und sie alle erwischt?

Er wollte laut rufen, wusste jedoch, dass ihn das nur verraten würde, wenn Eulen in der Nähe wären. Er setzte zu einem weiten Kreis um den Rastplatz an, dabei blieb er hoch genug über den Bäumen, äugte aber mit dem Klang-Sehen in den Wald hinab. Er führte die erste Runde zu Ende und begann eine zweite größere.

In den Ästen einer Eiche entdeckte er Throbb in gekrümmter Haltung mit dem Rücken zu ihm. Erleichtert flog er tiefer und näher und hörte die rohen, klebrigen Fressgeräusche, als etwas zerrissen und gekaut wurde. Auf einer Seite von Throbbs Schultern und Kopf konnte er den Umriss eines leblos ausgebreiteten Flügels erkennen.

Der normale Abscheu machte plötzlichem Entsetzen Platz. Sein Klang-Sehen flackerte an den Rändern, er wurde von einer schrecklichen Schwäche erfasst und fürchtete, er würde das Bewusstsein verlieren.

Der Flügel hatte keine Federn.

Er hatte glänzendes Fell an den Rändern, war lederartig, hatte die Erhebungen langer Finger unter der Oberfläche.

Throbb fraß gerade eine Fledermaus, einen Glanzflügel.

Die Flucht

Schatten wirbelte herum und tauchte zwischen die Bäume ab, aber es war zu spät.

„Schatten? Bist du das, Schatten?"

In sein Versteck geduckt konnte er Throbb sehen, der sich langsam umdrehte und mit seinen Klangstrahlen nach ihm suchte. Der Kopf des Glanzflügels fiel ihm aus dem Maul und kippte auf eine Seite, sodass Schatten das Gesicht sehen konnte. Er schrie fast auf vor Erleichterung. Nicht Marina. Er musste sie finden. Er löste seinen Griff, breitete die Flügel aus und flog los.

„Schatten!"

Er würde sich unterhalb der Baumwipfel halten. Throbbs Flügel waren zu breit, um ihm dorthin folgen zu können. Er flitzte durch das dichte Laub hindurch, kippte von der einen Seite auf die andere, manchmal fast auf den Rücken, um zu verhindern, dass er von einem spitzen Zweig aufgespießt wurde oder mit dem Kopf gegen einen Stamm prallte.

Er konnte hören, wie weiter oben Throbb fluchte

und dann Klang aussandte, der durch die Blätter und Äste drang, um ihn zu lokalisieren. Mit angespannten Flügeln jagte er geradeaus und versuchte dabei, Throbbs Position nicht zu verlieren. Lautlos und ohne auch nur ein einziges Blatt zu berühren flog er eine scharfe Kurve und sauste die Strecke zurück, die er gekommen war. Danach wechselte er noch zweimal schnell die Richtung, bis er Throbbs raschelnde Flügelschläge nicht mehr über sich hören konnte.

Er blickte durch die Blätter nach oben und sah kleine Stücke des Himmels. Wo mochte sie sein? Der Morgen dämmerte fast, sie konnte nicht viel länger draußen bleiben. Sie würde zum Rastplatz zurückkehren.

Er schnappte keuchend nach Luft, als er aus der Deckung der Bäume brach und auf die Felshöhle zujagte. Er warf ein schnelles Klangnetz aus. Von Goth kein Anzeichen – er musste noch unterwegs auf Jagd sein. Trotzdem wandte er sich im letzten Moment vom Eingang zurück und kreiste. Was wäre, wenn Throbb vor ihm zurückgekehrt war? Was wäre, wenn er drinnen wartete?

„Marina?", fragte er leise.

„Hier drinnen", kam ihre Stimme vom Schlafplatz.

Er hatte Glück. Er schoss durch den Tunnel und in die steinerne Höhlung. Da war sie und putzte die Flügel. Er war dankbar sie zu sehen, obwohl sie ihn kalt und immer noch wütend anblickte.

„Marina, wir müssen …" Er bekam eine Gänsehaut.

Im Hintergrund der Höhle hing schweigend Goth und nagte noch an einem Knochen. Schatten konnte kaum glauben, dass er sich noch vor Stunden bei dieser Fledermaus in Sicherheit gefühlt hatte. Nun wurde ihm schlecht, als er ihn kauen sah. Fleischfresser. Fledermausfresser.

„Ihr müsst was?", fragte Goth.

Schatten zwang sich dazu, zu landen und ein paar Mal tief Luft zu holen. Er war mit Schweiß und Staub bedeckt. „Oh, ich wollte Marina sagen, sie sollte mitkommen und sich diesen großen Eiszapfen am Bach anschauen."

„Ich bin müde", sagte Marina und gähnte. „Und ich habe schon früher Eiszapfen gesehen, Schatten."

„Keinen so großen." Er starrte sie an und sie blickte mit einem merkwürdigen Gesichtsausdruck zurück, bevor sie schnell nickte.

„In Ordnung, in Ordnung, zeig mir diesen Eiszapfen. Dann wollen wir schlafen."

„Okay. Wir bleiben nicht lang", sagte er zu Goth.

„Ich komme mit."

Schatten bemühte sich darum, dass sich seine Miene nicht verkrampfte. „Prima." Er hatte versucht, etwas zu wählen, wofür Goth sich nicht interessierte, und Schatten wusste, dass er für Eis nur Verachtung übrig hatte und es für eine Art persönlicher Beleidigung hielt. Goth musste also Bescheid wissen.

Wie gelähmt vor Angst führte er sie aus dem Tunnel.

„Da drüben ist es", sagte Schatten, als sie draußen waren. Wenn er sie vom Rastplatz wegführte, hätte er wenigstens mehr Zeit, bevor Throbb sie fand. Zeit, um vielleicht eine Flucht zu bewerkstelligen und Goth im Unterholz abzuhängen. Bis zum Sonnenaufgang waren es höchstens noch zwanzig Minuten.

„Hört ihr das?", fragte Goth.

„Ja doch", sagte Marina. „Klingt wie ein Schwarm Insekten."

Das Geräusch wurde lauter, aber es hatte eine mechanische Regelmäßigkeit, sodass Schatten glaubte, dass es keineswegs Insekten waren, sondern irgendeine Maschine der Menschen. Was es auch war, es näherte sich ihnen.

„Da ist Throbb", sagte Goth.

Schatten schaute hin. Throbb kam angeprescht, sehr schnell sogar. In weniger als einer Minute würde er hier sein.

„Was ist das?", keuchte Marina.

Was sich da auf Throbb stürzte, war eine Art menschlicher Flugmaschine mit verschwimmenden Flügeln und strahlenden Lichtern. Throbb begann zu brüllen, aber die Maschine flog über ihm und übertönte seine Stimme. Schatten starrte entsetzt hin, als die Maschine direkt auf ihn zuflog und sich über ihm in die Höhe schraubte.

Wind explodierte um ihn herum.

Ein Pfeil pfiff durch die Luft, streifte seinen Schwanz und schlug in einen Ast ein. Ein zweiter Pfeil bohrte sich in Goths Brust. Vor Wut brüllend taumelte die Riesenfledermaus in Spiralen hinab und warf sich hin und her, um sich von dem Geschoss zu befreien.

„Lass uns verschwinden!", rief Schatten Marina zu.

Sie schwenkten weg von der Flugmaschine und schossen wieder nach unten in den Wald. Schatten flog knapp über dem Boden, obwohl er wusste, dass das gefährlich war. Waschbären, Wildhunde, sogar Schlangen konnten hochspringen und nach ihnen schnappen. Eulen, die auf den Ästen lauerten, konnten wie ein gezackter Blitz auf sie herabstürzen. Über den Bäumen wären sie jedoch eine leichte Beute für die Menschen und ihre tödlichen Pfeile.

Vögel begannen sich bereits aus ihren Nestern zu erheben und ein Dämmerungschor durchschnitt die eisige Morgenluft.

„Wohin?", fragte er dringlich. Marina war die Expertin.

Zu seinem Schrecken landete sie auf dem Boden.

„Was tust du da?"

Am Fuß einer Ulme befand sich ein dichtes Bett vom Regen verfilzter Blätter. Marina wühlte hastig darin herum, dann begann sie sich mit Krallen und Kopf hineinzugraben, schob sich immer tiefer in den Mulch. Schatten verstand und folgte ihr unverzüglich. Rasch arbeitend hatten sie sich bald ein tiefes Nest ausgehöhlt. Marina eilte zum Eingang zurück, zerrte einige Blätter darüber und verwischte so ihre Spuren.

Drinnen war es feucht und kühl und sie schmiegten sich eng aneinander. Schatten war so erschöpft, dass er am ganzen Leibe zitterte.

„Was ist passiert?", fragte sie ihn.

„Ich habe gesehen, wie Throbb eine Fledermaus gefressen hat."

„Bist du sicher?"

Er nickte mit klappernden Zähnen. „Ich denke, die Menschen haben Goth getötet. Diese Pfeile." Er dachte an den, der ihn knapp verfehlt hatte, und schauderte.

„Was ist mit Throbb?"

Er schüttelte den Kopf. „Als diese Maschine gekommen ist, habe ich ihn aus den Augen verloren." Der Anblick des schlaffen Glanzflügels in Throbbs Maul leuchtete wieder in ihm auf und er zuckte zusammen.

„Hoffentlich haben sie ihn erwischt", sagte er rachsüchtig.

„Ich hatte ja gleich ein ungutes Gefühl ihretwegen", betonte sie.

Schatten schwieg.

„Vor ein paar Nächten bin ich an unserem Schlafplatz aufgewacht, und Throbb hat mich angestarrt, und er hatte etwas in seinem Blick wie Hunger. Als wäre ich Fressen für ihn."

„Warum hast du mir nichts davon erzählt?"

„Was hättest du denn getan?"

Er seufzte beschämt. „Gelacht. Gesagt, dass du dir was vormachst. Ich bin dumm."

Fledermäuse, die sich von ihrer eigenen Art ernährten. Sie waren Monster. Kein Tier, von dem er je gehört hatte, tat das, nicht einmal die Eulen.

Plötzlich überkam ihn ein Gefühl von Selbstekel. Er hatte Goth vertraut und ihm alles geglaubt. In den Dschungel ziehen, eine Armee aufstellen, die Vögel und Vierfüßler ein für alle Mal besiegen. Er hatte geglaubt, sie würden Verbündete. Er hatte geglaubt, es wäre alles ein Teil des Großen Versprechens.

„Du wolltest so sein wie sie", sagte Marina.

Er nickte jämmerlich. Schau mich an!, rief es in seinem Inneren. Schau, wie klein ich bin! Wer würde nicht solche Macht haben wollen, die Macht, eine Eule zu töten? Die Macht, sie daran zu hindern, deinen Zufluchtsort niederzubrennen, die Macht, deiner Kolonie zu helfen und deinen Vater zu finden …

„Aber warum haben sie uns nicht gleich gefressen?", fragte er.

„Zunächst brauchten sie uns, um ihnen die Flugrichtung zu geben. Nachdem wir ihnen gezeigt haben, wie man sich an den Sternen orientiert, brauchen sie uns nicht mehr."

„Ich habe gedacht, du wärst es, Marina. Zuerst, als ich gesehen habe, wie er diese Fledermaus gefressen hat, da habe ich gedacht, das wärst du."

„Er muss wohl eine versprengte Fledermaus gefangen haben", sagte sie gleichmütig.

Er schauderte wieder und sie rückten näher zusammen und umhüllten sich gegenseitig mit den Flügeln.

„Sie wollten uns alle töten, die Menschen, nicht wahr?", murmelte Marina finster. „Meine Kolonie hat die ganze Zeit Recht gehabt. Die Menschen sind böse."

Schatten biss die Zähne zusammen. Er wusste nicht, was er sagen sollte.

„Diese Maschine kam direkt auf uns zu", fuhr Marina fort. „Sie haben gewusst, wo wir waren."

„Wie denn?"

„Die Ringe", hauchte sie. „Das muss es sein. Sie verraten ihnen, wo wir sind."

Schattens Fell sträubte sich. Der Gedanke, dass diese Maschine zurückkommen würde, dass diese Pfeile sie treffen würden …

„Die Ringe bedeuten nichts, oder?", sagte Marina wild. „Das Einzige, was der Ring tut, er macht mich kenntlich, sodass sie kommen und uns töten können. Kein Wunder, dass meine Kolonie mich verscheucht hat. Sie haben Recht gehabt. Ich bin verflucht."

„Hör auf damit", sagte Schatten heiser.

„Und du hast auch Recht gehabt. Die Menschen werden uns nicht helfen. Und solange ich bei dir bin, bist du auch in Gefahr."

Er kniff die Augen zu und wünschte, er könnte alle Gedanken aus dem Kopf verscheuchen. Alles war zusammengestürzt. Er wusste nicht, was ihm noch übrig geblieben war, woran er noch glauben konnte. Er hatte sich so sicher gefühlt, als er den Echoraum im Baumhort verlassen hatte. Und nun, was wusste er denn noch? Die Ringe hatten keine Bedeutung. Wofür hatte dann sein Vater sein Leben riskiert? Was wusste Frieda?

Vielleicht gab es auch das Große Versprechen gar nicht. Es war eine Geschichte, eine Lüge, und Bathsheba hatte von Anfang an Recht gehabt. Es gab nur Nacht und Tag und das Gesetz, und das ist alles, was es je geben wird.

„Wir werden meine Kolonie finden", sagte Schatten entschlossen. „Und wir werden die Wahrheit über die Ringe herausbekommen. Über alles."

Goth fiel. Der Pfeil steckte tief in seiner Seite, kraftlose Flügel schlugen gegen gefrorene Blätter. Wie ein lebloser Haufen schlug er auf den Boden auf. Vor den Augen verschwamm ihm alles, es war schon anstrengend, nur den Kopf zu heben. Ein letzter Versuch. Wie betrunken bog er den Hals, packte das Ende des Pfeils mit den Zähnen und zerrte daran. Das Geschoss riss sich los und Blut floss aus der Wunde. Seine Lungen japsten nach Luft. Irgendein Gift in dem Pfeil, wie in den Nadeln, die sie in ihn hineingestochen hatten. Geh dagegen an, geh dagegen an. Er war so müde, so schwer.

Dann Schwärze …

Trockene Blätter raschelten, der Boden bebte und ein Paar Hände in Handschuhen hoben ihn hoch. Er hielt die Augen geschlossen, aber er war plötzlich wieder vollkommen wach. Er konzentrierte sich auf die Hände, versuchte die Kraft der Finger abzuschätzen, zu erkennen, wo der Griff am schwächsten war. Ein Auge öffnete er einen Schlitz weit und sah, dass der Mann aus dem künstlichen Dschungel auf ihn herabschaute, das Gesicht hinter einem Plastikschirm geschützt.

Goth schloss sein Auge, holte langsam tief Luft, dann schlug er zu.

Er breitete die Flügel aus, schlug dem Mann ins Gesicht und erreichte, dass dieser zurückstolperte, dabei gab er überrascht einen lang gezogenen Klageton von sich. Der Griff des Mannes lockerte sich, Goth rang sich los und erhob sich in die Luft. Dann stürzte er sich auf den Gesichtsschutz, krallte sich in das Gewebe, zerriss es und zog es vom Kopf des Mannes.

Dieser griff nach etwas an seiner Seite, hob es hoch, versuchte zu zielen. Goth stürzte sich mit den Krallen voran auf den Mann herab und kratzte ihm über das Gesicht. Der ließ den Gegenstand fallen und bedeckte mit den Händen die klaffende Wunde in seiner Wange.

„Zotz verfluche dich!", schrie Goth, als er sich durch eine Lücke in den Bäumen hoch in die Luft erhob. In einem nahe gelegenen Feld sah er die Flugmaschine am Boden und zwei weitere Menschen, die in den Wald zu dem Mann liefen.

„Schatten!", rief er. „Marina! Throbb!"

„Hier! Ich bin hier!"

Throbb kam angeflattert, und Goth war beinahe froh ihn zu sehen.

„Ich dachte, sie hätten dich umgebracht!", rief Throbb.

„Es war wieder ein Schlafmittel. Flieg weiter, hier lang, wir werden ihnen entkommen. Wo sind die anderen beiden?"

Throbbs Augen blinzelten schuldbewusst.

„Throbb?"

„Ich weiß nicht."

„Warum hast du Marina nicht getötet, wie ich es dir gesagt habe?"

„Ich dachte, ich hätte …" Throbb brach ab. „Es war ein Glanzflügel, ganz allein, und ich habe sie getötet, und dann wurde mir klar, dass es nicht Marina war. Und …" Er verstummte jämmerlich.

„Was, und, Throbb?"

„Und der Knirps hat's gesehen."

„Du Idiot", sagte Goth mit stillem Abscheu. „Kein Wunder, dass er sich so merkwürdig benommen hat. Ich hatte gleich den Verdacht, dass sie abhauen wollten."

„Überall waren Pfeile, ich konnte nicht sehen …"

„Halt's Maul."

222

„Aber wir brauchen sie nicht", sagte Throbb. „Wir können jetzt allein den Weg nach Süden finden. Wir werden schneller zum Dschungel kommen, wenn uns die kleinen Fledermäuse nicht behindern."

„Wir bräuchten den Knirps. Für meine Pläne."

Goth verstummte. Er war wütend. Er hätte es selber tun sollen. Marina töten und es so aussehen lassen, als hätte eine Eule sie erwischt. Dann hätte er Schatten sicher ganz für sich allein gehabt.

Jetzt war alles vermasselt. Schatten wusste nun, dass sie Fledermausfresser waren. Wie könnte er nur sein Vertrauen zurückgewinnen? Trotzdem würde er jetzt nicht aufgeben. Er würde sich nicht von diesen kleinen Fledermäusen kleinkriegen lassen. Er hatte Zotz sein Versprechen gegeben. Und, so wahr ihm Zotz helfe, er würde nicht scheitern.

„Wir werden sie verfolgen", sagte er zu Throbb. „Wir werden sie finden."

3. Teil

– 15 –

Der Winter

Es schneite.

Zunächst fielen die Flocken weich und langsam, und Schatten wedelte um sie herum, fasziniert von ihren raffinierten Mustern. Er erinnerte sich daran, wie er zum ersten Mal in einen Regen geraten war und versucht hatte, zwischen den Tropfen hindurchzufliegen, bis ihm schwindlig wurde und er erschöpft war und klatschnass sowieso. Nun schaute er zum Himmel hoch und war hingerissen von dem Anblick – als ob ganz langsam die Sterne herunterfielen.

„Du kannst sie trinken", sagte Marina. „Pass auf."

Er begann ebenfalls damit, Schneeflocken mit dem Mund aufzufangen, auf der Zunge schmelzen zu lassen und so mitten im Flug seinen Durst zu stillen. Er lachte entzückt und das Geräusch erschreckte ihn.

Es war die zweite Nacht, seit sie Goth und Throbb verlassen hatten. Sie waren stetig weitergeflogen, hatten den Kurs beibehalten und kaum geredet. Diese Nacht war wärmer als die vorherige und Nebel stieg auf. Etwa eine Stunde lang spielten er und Marina mit dem fallenden Schnee, lachten und rollten durch den silbernen Himmel. Und versuchten zu vergessen.

Dann aber erhob sich ein peitschender Wind und trieb den Schnee schräg von vorn auf sie zu, sodass er ihnen scheußlich in Ohren und Flügel stach. Die Sterne waren längst vollständig verdeckt, und sie hatten keine Möglichkeit ihren Kurs zu halten.

„Wir sollten lieber landen", sagte Marina. „Wir können nicht sehen, wo wir hinfliegen."

Sie verbrachten den Tag in einer hohen Birke. Als Schatten in der nächsten Nacht seinen Kopf aus ihrem Schlafplatz herausstreckte, war die Welt wie verwandelt. Er war überrascht, wie hell es war. Der Schnee leuchtete im Mondlicht, bedeckte die Erde in sanften Wellen, formte Hügel um die Füße der Bäume und umschloss die Äste, sodass sie weich und dick aussahen.

Die Landschaft war ein einziges Glitzern. Schon eine Sekunde, nachdem er ihren Rastplatz verlassen hatte, fühlte er, wie ihm durch das Fell hindurch die Wärme ausgesaugt wurde.

„Hast du schon mal so gefroren wie jetzt?", fragte er mit klappernden Zähnen.

„Fliegen ist die einzige Methode, um warm zu werden."

Es gab keine Gerüche. Es war, als ob die auch erfroren wären. Aber vielleicht war es auch nur seine Nase, die eingefroren war. Wenn er sie rümpfte, dauerte es ein paar Sekunden, bis die Nasenflügel wieder in die alte Form zurückkehrten. Und es war so still. Kein Summen von Insekten. Kein Quaken eines Frosches oder Zirpen einer Grille. Panik ergriff ihn. Natürlich würde die Kälte die Insekten umbringen oder vertreiben. Wohin gingen die überhaupt? Begaben sie sich ebenfalls auf Wanderschaft?

„Was sollen wir essen?"

„Keine Angst, es gibt noch Nahrung."

Sie zeigte es ihm. Sie flog niedrig um den Fuß einer Ulme und sagte: „Siehst du das?"

Er dachte, es wären nur Dreckspritzer im weichen Schnee, bis er bemerkte, dass sich einige von ihnen bewegten, eher hüpften.

„Schneeflöhe", erklärte Marina. Es gab Mengen von ihnen und die beiden flogen von Baum zu Baum und schnappten sie sich.

„Schmecken nicht schlecht", sagte Schatten. „Besser als Mücken."

Auf einem offenen Feld führte sie ihn zu den Eiern einer Gottesanbeterin. Sie hingen an einem Zweig, der aus dem Schnee ragte. Und in den dürren Ästen eines Ahorns fanden sie den Kokon einer Motte, eingehüllt von silbrigem Reif. Auf einem toten Baum zeigte sie ihm, wo die Rinde von Borkenkäfern und Holzameisen weggefressen war, die Insekten waren noch da und man musste nur kratzen und ein bisschen graben.

Es dauerte nicht lange und er hatte einen warmen, vollen Bauch und fühlte sich schon viel besser.

„Du bist toll", sagte er bewundernd.

Sie lachte. „Für dich ist es einfach der erste Winter. Deshalb weißt du noch nicht, wie's geht."

„Wie hast du das denn alles gelernt?"

Sie schaute weg. „Meine Eltern haben es mir gezeigt."

Es tat ihm Leid, dass er sie daran erinnert hatte.

„Deine Mutter hätte es dir auch beigebracht", fügte sie hinzu. „Es ist nichts Besonderes."

„Nun, danke, dass du es mir gezeigt hast", sagte er.

„Na klar."

Er schaute zum Himmel hoch und suchte ihren Leitstern. Er leuchtete heller als sonst, wie auch die anderen – kalte, harte Leuchtfeuer in der Schwärze des Himmels. Sie flogen weiter durch die silberne Nacht.

Er dachte jetzt häufiger an seinen Vater und manchmal, wenn er glaubte, er könnte nicht eine Minute länger fliegen, zwang er sich zu einem hypnotischen Rhythmus, in dem ihn jeder Flügelschlag ein Stückchen näher zu ihm brachte: so und so und so. Früher hatte ihn der Gedanke getröstet, sein Vater könnte bei den Menschen sein. Nun war diese Vorstellung fast so schrecklich wie die, er wäre unter Eulen.

„Was ist das?", fragte Marina plötzlich. In der Ferne sah er dunkle Formen, die über helle Baumwipfel ausgebreitet waren. Er flog näher heran und es schnürte ihm die Kehle zu.

Fledermausflügel. Flügel, nicht mehr an Körpern angewachsen. Sie waren an stachligen Ästen hängen geblieben und über den weißen Schnee verstreut. Er begann sie zu zählen, gab auf, als er bis sechzig gekommen war. An den Fellrändern konnte er erkennen, dass es Grauflügel gewesen waren.

„Eulen", sagte Marina. „Es waren viele."

Sie deutete auf ihre Losung im Schnee. Schatten konnte sich nicht überwinden näher hinzuschauen. Er wusste, was er dort sehen würde. Er kreiste und starrte wie hypnotisiert auf die Flügel. Sie mussten auf ihrer Wanderung gewesen sein, und die Eulen waren gekommen und hatten sie angegriffen und, wer weiß, wie viele, getötet. Und dann hatten sie sie an Ort und Stelle gefressen und als Erstes die Flügel abgerissen, weil an denen nicht genügend Fleisch war. Er hatte gesehen, wie Goth und Throbb das Gleiche mit Vögeln gemacht hatten.

„Sie waren wahrscheinlich völlig ahnungslos", sagte er und erstickte fast an den Worten. „Wegen des gesperrten Luftraums. Und die Eulen sind einfach gekommen und … haben sie abgeschlachtet."

„Ich hasse Goth und Throbb", sagte Marina wild. „Das ist auch ihre Schuld. Wenn sie nicht diese zwei erbärmlichen Tauben umgebracht hätten, dann wäre dies hier nicht passiert."

Er hatte die ganze Zeit so etwas befürchtet, aber sich selbst etwas vorgemacht und gesagt, alle Fledermäuse würden schon vor dem Befehl der Eulen, den Luftraum zu schließen, herfliegen. Sie würden entkommen, wenigstens für den Winter, und sicher an ihren Ruheplätzen schlafen. Aber nicht diese Grauflügel. Und wer konnte wissen, wie weit die Sendboten der Eulen jetzt schon gekommen waren.

Vielleicht sogar bis zu seiner eigenen Kolonie.

Er knirschte mit den Zähnen. „Ich wünschte, ich wäre wie Goth. Ich würde sie alle töten, wirklich. Ich würde sie nur töten …"

Marina flog zu ihm und kuschelte sich sanft an ihn.

„Wir sollten hier verschwinden. Sie könnten zurückkommen."

„Ich will, dass sie zurückkommen", wütete er. „Ich will eine kriegen, nur eine von ihnen …" Und plötzlich schluchzte er und seine Worte flossen ineinander. Er hielt die Luft an und spannte den ganzen Körper, bis er aufhörte zu zittern. Stoßweise holte er Luft. Er wünschte, sie hätte ihn nicht weinen gesehen.

„Es tut mir Leid."

Sie schüttelte den Kopf. „Was denn?" Und er sah, dass auch ihre Augen vor Tränen glänzten. „Aber wir sollten wirklich los."

Nach einer Stunde Flug sagte sie: „Glaubst du, dass sie leben, Goth und Throbb?"

„Du hast gesehen, wie der Pfeil ihn getroffen hat."

„Es ist nur, weil … sie wissen, in welche Richtung wir fliegen."

Der Gedanke war die ganze Zeit auch in seinem Hinterkopf gewesen, dass sie noch am Leben sein und seinem Stern folgen könnten.

„Selbst wenn sie noch am Leben sind, haben sie möglicherweise aufgegeben und fliegen direkt nach Süden." Marina nickte bereitwillig. „Sie sind nicht für die Kälte gemacht. Erinnerst du dich, wie sie die ganze Zeit gezittert haben? Ich glaube, ihr Fell ist nicht so dicht wie unseres. Im Dschungel brauchen sie das nicht." Sie machte eine Pause. „Meinst du, wir sollten unseren Kurs ändern, nur für den Fall?"

„Täte ich gerne", sagte er. „Aber wir würden uns bloß verirren."

„Was ist der nächste Orientierungspunkt?", fragte sie.

„Den hast du ihnen doch nicht auch noch gesagt, oder?" In ihrer Stimme war der Anflug eines Vorwurfs zu hören.

„Nein", sagte er beleidigt. „Klangkarten sind das Geheimnis der Kolonien."

„Ja doch, ja doch. Also was ist es?"

Schatten schloss müde die Augen und versuchte sich zu beruhigen. Er horchte: Die nächtliche Welt, die sich bis zum Horizont entrollte.

Das langsam ansteigende Land, die Bäume eisbedeckt. Fels, der sich zum Himmel erhob, weiße Gipfel.

„Wir steigen höher", sagte er. „Die Erde reicht weit nach oben."

„Berge", sagte sie grimmig.

„Da ist mehr …"

Das Heulen eines Wolfes.

Dann, aus dem Nichts, türmte sich etwas Gewaltiges in der Dunkelheit auf, und alles, was Schatten sehen konnte, waren die beiden spitzen Ohren des Tieres, die auf ihn zuströmten.

„Wölfe", sagte er mit einem Ruck.

„Was meinst du?", fragte sie ungeduldig.

„Man hört Wölfe." Es ergab keinen Sinn. Warum sollte ihm seine Mutter singen, er solle Wölfe aufsuchen? Sie waren die gefürchtetsten Tiere im Norden.

„Wir sollen anscheinend dahin, wo die Wölfe sind." Er schüttelte den Kopf. „Und offenbar sollen wir ganz nahe heran, denn ich sehe einen Wolf, ganz weiß, der auf mich zuspringt, und das Letzte, was ich sehen kann, sind seine spitzen Ohren."

„Das ist also der Orientierungspunkt, ja?", fragte Marina.

„Es tut mir Leid …"

„Das ist so gut wie unbrauchbar", unterbrach sie ihn. „Es bedeutet gar nichts, es sei denn deine Mutter wollte, dass du gefressen wirst."

„Es ist das, was sie mir gesungen hat", sagte er bestimmt.

Sie seufzte. „Ist ja gut. Immerhin wissen wir, dass wir in die Richtung von Bergen fliegen. Wir müssen einfach weitermachen und hoffen, dass du den richtigen Ort erkennst. Wenigstens werden Goth und Throbb, falls sie noch am Leben sind, dort oben nicht lange durchhalten." Sie schaute ihn an. „Wir allerdings auch nicht."

„Mit meinem Flügel ist etwas nicht in Ordnung", sagte Throbb. Er legte ihn an, breitete ihn wieder aus. „Er ist an der Spitze ganz hart geworden."
Goth gähnte. „Das liegt daran, dass du ein elender Schwächling bist", sagte er. Er würde Throbb nicht von der Steifheit in seinen eigenen Flügeln erzählen und nicht davon, dass er sich jede Nacht erst geschmeidig machen musste, ehe er losflog. Diese verdammte Kälte. Es gab kein Entrinnen vor ihr. Sie kroch durch die Haut und setzte sich tief in den Knochen fest.
„Er sieht nicht gut aus", jammerte Throbb. Er starrte immer noch auf seinen Flügel.
Goth schaute hin und sah, dass die Membrane teilweise fleckig und von Blasen bedeckt war. Im Dschungel hatte er Flügel gesehen, die verfaulten und abfielen, aber nie solche dicken Geschwüre.
„Ich sehe nichts", knurrte er. Aber er untersuchte sofort seine eigenen Flügelspitzen. Sie waren in Ordnung. Throbb war schwächlich, deshalb bildeten sich Blasen auf seinen Flügeln.
Wie lange dauerte der Winter? Vier Monate, hatte das Schatten nicht gesagt? Er wusste, sie würden im Freien nicht mehr lange überleben. Sie mussten einen warmen Ort finden. Sie mussten Hibernaculum erreichen.

Nahrung war auch schwieriger zu bekommen. Die Erde war gefroren. Alles, was Goth in den vergangenen beiden Nächten gefunden hatte, war ein Eichhörnchen, das er aus seiner Höhle in einem Baum ausgegraben hatte. Sein Blick wanderte zu Throbb. Er hatte an Gewicht verloren, seit sie den künstlichen Dschungel verlassen hatten, aber es war noch eine Menge Fleisch an ihm dran. Ihm lief das Wasser im Munde zusammen.

„Was?", fragte Throbb nervös.

„Nichts", sagte Goth. Throbb könnte noch nützlich für ihn sein.

Zotz würde ihn selber nicht erfrieren lassen. Er wurde geprüft, und nur Feigheit würde bestraft werden.

Jede Nacht richteten sie ihren Kurs an dem Stern aus, den Schatten ihm gezeigt hatte. Es war nur eine Frage der Zeit, bis sie ihn einholten. Kommende Nacht wäre es so weit, da war er sicher.

Dann würde er von Schatten den Rest der Klangkarte bekommen.

Und ihn anschließend fressen.

In Hibernaculum würde er mit der traurigen Nachricht von Schattens Tod eintreffen und sich mit den Silberflügeln anfreunden.

Dann hätte er einen warmen Platz, an dem er den Rest des Winters verbringen konnte.

Und alle Nahrung, die er brauchte.

– 16 –

Die Verwandlung

Schatten fror jetzt fast ununterbrochen. Er versuchte sich an den Baumhort in einer heißen Sommernacht zu erinnern, aber es gelang ihm nicht.

Das Gelände war während der letzten drei Stunden stetig angestiegen. In der Ferne erhoben sich kahle Berge mit öden eisbedeckten Gipfeln.

„Mir gefällt das nicht", sagte Marina. „Warum sollte deine Kolonie hier lang fliegen? Es ist so kalt."

Schatten starrte deprimiert auf die Landschaft. Es gab jetzt weniger Bäume und Sträucher und der Boden war felsiger. Ein Rastplatz würde schwer zu finden sein. Mit Sicherheit waren auch Wölfe in der Gegend. Er konnte sie jetzt hören, wie sie ihr Furcht erregendes Klagegeheul zum Himmel sandten.

Ohne Vorwarnung kreischte ein Sturm vom Berg herab, und plötzlich war die ganze Welt ein einziger weißer Wirbel.

„Marina!", schrie er über das Getöse. „Wo bist du?"

„Hier, hier!", meldete sie sich, und er konnte sie schemenhaft sehen, als sie sich mühte an seine Seite zu kommen.

Schneewirbel trieben ihm in die Augen. Sein Klang-Sehen lieferte nur noch einen schmerzenden silbrigen Dunst. Mühsam schüttelte er die Flügel, die schwer von Schnee waren, aber es nützte nichts.

„Ich kann mich nicht in der Luft halten!"

„Lass uns landen."

Aber wo?, fragte er sich besorgt, während sie unbeholfen auf den Boden zusteuerten. Alles war Schnee und Eis – und Wölfe. Als er verzweifelt nach einem geeigneten Baum ausschaute, erblickte er einen verschneiten Kamm, der aus dem Abhang herausragte.

„Dort, dort drüben!", schrie er und winkelte die Flügel an. Es war keine Zeit für einen Überflug, um nach Vögeln Ausschau zu halten. Er streckte die Krallen aus und landete bis zum Kinn im Schnee. Zitternd machte er den Kopf frei und rückte näher an Marina heran.

„Ich dachte, vielleicht gibt es hier eine Höhle", sagte er.

„Es ist kein Fels", sagte Marina und klopfte mit den Krallen. „Es ist Holz. Es ist ein Dach."

Überrascht lugte er über die Kante und konnte jetzt hölzerne Wände erkennen, die mit Schnee überzogen waren.

„Von den Fenstern kommt kein Licht", sagte er. „Glaubst du, da drin ist jemand?"

Irgendwo am Berghang erhob sich das lang gezogene Heulen eines Wolfs.

„Wir müssen es riskieren", sagte Marina. „Es ist zu spät, um irgendwo sonst etwas zu suchen. Grab."

Zusammen schaufelten sie sich durch den Schnee nach unten, bis sie auf eine verzogene Holzplanke mit einem Spalt stießen, der breit genug war, dass sie sich hindurchquetschen konnten. Als Schatten drinnen war, schüttelte er sich erleichtert den Schnee aus dem Fell.

Sie waren in einem großen dunklen Raum unterhalb der Dachbalken, überraschend warm und angefüllt mit Schachteln, mit Haufen alter Decken und anderer menschlicher Gegenstände, die er nicht kannte. Ein winziges Fenster in einer der Wände ließ ein bleiches bewegtes Licht herein.

Er fragte sich, ob seine Mutter und der Rest der Kolonie vom gleichen Sturm eingeschlossen oder ob sie schon genügend weit entfernt waren und ihn nun immer weiter hinter sich ließen. Er seufzte. Er konnte nichts dagegen machen.

Sein Fell sträubte sich plötzlich und er blickte zu Marina hinüber. Sie hielt sich stocksteif, ihre Brust bewegte sich kaum.

Sie waren nicht allein. Mit den Augen suchte er den Ausgang, den Spalt im Dach. Er war bereit, jeden Augenblick loszufliegen. Es gab ein ledernes Rascheln von Flügeln, das Kratzen von Krallen, die sich an Holz festklammerten.

239

„Eine von uns", kam ein leises Flüstern, „eine von uns."

Schatten bekam eine Gänsehaut. Er spannte sich an, war auf dem Sprung zum Ausgang. Er wollte lieber sein Glück in dem heulenden Sturm versuchen, als einem flüsternden Gespenst gegenüberzutreten.

„Warte", zischte ihm Marina zu.

Überall um sie herum raschelten nun Flügel, und dann ertönte eine andere Stimme von der Decke her:

„Ja, sie ist eine von uns."

Und eine andere aus der entfernten Ecke des Speichers:

„Du hast Recht, sie ist eine von uns!"

„Wer ist da?", fragte Schatten.

Auf einmal waren hundert Fledermäuse in der Luft, flatterten aus ihren Verstecken unter den Dachbalken und an den Wänden hervor. Er hatte noch nie so viele verschiedene Arten gesehen. Er entdeckte Grauflügel, ein paar Silberflügel, aber die meisten waren ihm völlig unbekannt. Fledermäuse mit schwarzen Gesichtern und kleinen Nasen wie Mäuse, helle Fledermäuse mit gewaltigen Ohren, die wirkten, als würden sie gleich umkippen, Fledermäuse mit einem aufwändigen Fellschopf, Fledermäuse mit riesigen Schnauzen, geflecktem Fell und kleinen, traurigen Augen.

Sie mussten von einem Dutzend verschiedener Kolonien stammen. Aber alle hatten eines gemeinsam.

Sie waren alle beringt.

Ein Weibchen mit hellem Fell ließ sich bei Marina nieder.

„Noch ein Glanzflügel", sagte die Fledermaus glücklich. „Ich heiße Penelope."

„Penelope", murmelte Marina und starrte sie erstaunt an. „Ich habe von dir gehört. Aber man hat gesagt, du seist beringt worden und es hätte dich umgebracht. Vor drei Jahren."

Penelope schüttelte lächelnd den Kopf. „Nein. Sie haben das erfunden. Sie haben mich nur aus der Kolonie ausgestoßen, weil sie abergläubisch waren. Hier sind dutzende von uns, und die Ringe haben keinem von uns geschadet."

Marina nickte, und Schatten konnte sehen, wie sich ihre Augen mit Tränen füllten. Sie räusperte sich. „Du bist das erste Glanzflügelweibchen, das ich für lange Zeit gesehen habe."

„Wir sind so froh, dass du gekommen bist. Es ist erstaunlich, dass du uns in diesem Sturm gefunden hast."

„Reiner Zufall."

„Nein", sagte Penelope, „der Ring hat dich zu uns geführt. Auf diese Weise haben wir alle unseren Weg hierher gefunden. Wir sind verbunden. Das ist einer der Gründe, warum die Menschen uns die Ringe gegeben haben. Damit wir alle zusammenkommen können …"

Mein Vater. Der Gedanke schoss Schatten in den Sinn.

War dies der Ort, zu dem sein Vater gekommen war? Um mit all den anderen beringten Fledermäusen zusammen zu sein?

„Ist hier ein Cassiel?", fragte er begierig. „Ein Silberflügel?"

Schon an Penelopes Gesichtsausdruck konnte Schatten die Antwort ablesen und er fühlte, wie er vor Enttäuschung zusammensackte.

„Hier ist niemand, der so heißt", kam eine andere Stimme. Ein älteres Männchen kam zu ihnen herübergeflogen. Er hatte die längsten Ohren, die Schatten je gesehen hatte. Sie standen hoch in die Luft und ließen sein Gesicht vergleichsweise klein erscheinen. Sein Klang-Sehen muss unglaublich sein, dachte Schatten. Er fragte sich, ob diese Fledermaus wie Zephir in die Vergangenheit und Zukunft sehen konnte.

„Ich bin Schirokko", sagte er und ließ sich neben ihnen nieder. „Willkommen."

Schatten entging nicht, dass diese Begrüßung hauptsächlich an Marina gerichtet war, ihm schenkte Schirokko nur das flüchtigste Nicken. Dafür starrte er angestrengt auf Marinas Ring.

„Ja, nach der Form und den Markierungen nehme ich an, dass kein ganzes Jahr vergangen ist, seit du den Ring bekommen hast. Habe ich Recht?"

Sie nickte. „Letztes Frühjahr war das."

„Und kennst du seine Bedeutung? Weißt du, dass er Teil von Nocturnas Großem Versprechen ist?"

Schatten schaute Marina an, und ihre Augen wandten sich traurig ab. Sie sagte nichts.

„Was ist los?", fragte Penelope.

„Ich habe das lange auch geglaubt", sagte sie leise. „Dass er etwas bedeutet. Aber es stimmt nicht."

„Wie kommst du darauf?"

„Wir haben andere beringte Fledermäuse getroffen, nicht welche von hier, sondern aus dem Dschungel. Sie sind groß, viel größer als wir. Sie konnten Vögel töten, sogar Eulen. Und sie haben Fledermäuse gefressen."

Penelope blickte sie schockiert an, und ein entsetztes Gemurmel ging durch den Dachboden.

„Sprich weiter", drängte Schirokko sie sanft.

Marina berichtete alles, was passiert war, seit sie Goth und Throbb getroffen hatten. Die langohrige Fledermaus hörte aufmerksam zu, solange Marina sprach, unterbrach sie nur gelegentlich mit einer Frage. Nachdem sie ihm von der Flugmaschine erzählt hatte, die plötzlich gekommen war, und von den Menschen, die versucht hatten, sie mit Pfeilen zu töten, nickte er.

„Die Menschen haben diese Fledermäuse aus einem bestimmten Grund eingesperrt."

„Goth hat gesagt, sie hätten sie studiert", bot Schatten an. Er hatte langsam das Gefühl, dass man ihn ignorierte. Auch er war ein Teil dieser Geschichte, und es gefiel ihm nicht, dass Marina alles erzählen sollte. Aber Schirokko schaute ihn nur kurz an, ehe er sich wieder ihr zuwandte.

„Das haben sie euch gesagt, aber ihr wisst, dass sie Lügner sind. Die Menschen wussten, welche Gefahr die Riesenfledermäuse für uns darstellen würden. Sie wollten diese Fledermäuse aus dem Himmel ausschließen. Es war nicht vorgesehen, dass sie entkommen sind."

„Nein", sagte Marina. „Aber warum sind sie dann beringt worden?"

Die gleiche Frage hatte Schatten auf der Zunge gelegen, aber sie war ihm zuvorgekommen.

„Du hast gesagt, ihre Ringe waren schwarz. Dieses Detail ist mir aufgefallen. Keine einzige Fledermaus hier ist schwarz beringt worden. Unsere Ringe sind hell silbern wie die Sonne, weil wir zur Sonne zurückkehren sollen. Keine Fledermaus, die einen schwarzen Ring trägt, kann jemals die Nacht verlassen. Diese Fledermäuse sind sicherlich gekennzeichnet worden, aber nicht als Teil von Nocturnas Plan."

Marina blickte kurz zu Schatten und er konnte den Hoffnungsschimmer in ihren Augen sehen. Was Schirokko gesagt hatte, klang vernünftig. Aber da waren noch ein paar Dinge, die keinen Sinn ergaben. Er räusperte sich.

„Warum haben die Menschen dann versucht uns zu töten?", fragte er ruhig. „Einer von ihren Pfeilen hat mich beinahe getroffen."

Wieder gönnte ihm Schirokko nur einen ganz knappen Blick. Es war ganz so, als wäre er wieder im Baumhort und Chinook ignorierte ihn und keiner hörte ihm zu. Er fühlte sich unangenehm klein. Er hatte keinen Ring. Er war hier ein Außenseiter und das ärgerte ihn. Er hatte schließlich den Echoraum gesehen, ihm war von Frieda gesagt worden, er hätte ein gewisses Leuchten an sich. Auch er suchte nach Antworten.

„Ich glaube, die Menschen hatten nicht die Absicht, dir etwas zu tun", antwortete Schirokko. „Sie haben Goth erschossen, sicher, und wir können nur hoffen, dass sie auch Throbb getroffen haben. Sie haben nicht Jagd auf euch gemacht. Sie wollten euch vielmehr beschützen."

Schatten atmete langsam aus. Könnte das wahr sein?

Marina nickte zögernd. „Es war dumm von uns wegzufliegen. Sie hätten uns möglicherweise geholfen."

„Mach dir keine Sorgen", sagte Schirokko. „Nocturnas Großes Versprechen wird bald Wirklichkeit. Wir werden ans Licht des Tages zurückkehren. Und wir werden zu Menschen werden."

Zu Menschen.

Schatten hörte zu und es verschlug ihm die Sprache. Nie im Leben hätte er das geahnt. Jedes Mal, wenn er an Nocturnas Großes Versprechen gedacht hatte, war er immer davon ausgegangen, dass sie als Fledermäuse ans Licht des Tages zurückkehren würden. Schirokko aber sagte, es gäbe vorher eine Verwandlung und alle, die beringt waren, würden zu Menschen werden. Auf

245

diese Weise würden sie schließlich die Sonne zurückgewinnen. Sie würden nie mehr wieder in Angst vor
den Vögeln und den Vierfüßlern leben müssen.

Er beobachtete Marina, während sie dieser Erklärung
zuhörte. Seit sie Goth und Throbb verlassen hatten,
war sie niedergeschlagen und in ihre eigenen Gedanken versunken gewesen, aber nun leuchtete ihr Gesicht vor Aufregung, und als sie seinen Blick auffing,
schenkte sie ihm ein strahlendes Lächeln.

Er musste wegschauen. Warum war er nicht glückli-
cher? Er war schließlich gekommen, um das Geheimnis der Ringe zu entschleiern, und nun war ihm das
gelungen. Was Schirokko sagte, klang wie die Wahrheit. Was störte ihn also daran? Vielleicht war es nur
die Überraschung, diese neue Vorstellung, einen Körper zu verlassen für einen anderen. Ein Mensch. Wie
hatte er sie in der Kathedrale beneidet. Er hatte sich
ihre Kraft gewünscht, ihre Größe, aber wollte er sich
in einen von ihnen verwandeln? Sie wirkten langsam,
schwer. Sie konnten nachts nicht sehen.

Und sie konnten nicht fliegen.

Schatten nahm seinen ganzen Mut zusammen. Er
fühlte sich so, als wäre er wieder vor den Ältesten auf
dem höchsten Ruheplatz im Baumhort.

„Woher weißt du das so sicher – über die Verwandlung, meine ich?"

„Weil sie bereits begonnen hat", antwortete Schirokko.

„Mensch … Mensch …“, tönte ein aufgeregtes Flüstern von den Dachbalken.

„Schaut her“, sagte Schirokko.

Er begab sich zu einem freien Platz in der Mitte des hölzernen Bodens. „Es kommt bald. Ich fühle es in den Knochen“, sagte er, schloss die Augen und runzelte vor Konzentration die Stirn. „Meine Fledermausknochen werden bald zu Menschenknochen. Meine Beine werden sich dehnen und wachsen und sich in menschliche Beine verwandeln …“

Mit einem schnellen Stoß der Handgelenke richtete sich die langohrige Fledermaus auf den Hinterbeinen auf. Nur für einen Moment schwankte er, bevor er sein Gleichgewicht gefunden hatte. Sein Schwanz lag auf dem Boden.

„Verwandle dich!“, sprachen die Fledermäuse oben im Chor. „Verwandle dich!“

Gravitätisch machte Schirokko auf den Hinterbeinen ein paar Schritte vorwärts, die Flügel hatte er seitlich fest angelegt, den Kopf nach vorne gestreckt. Er ging wie ein Mensch.

Eine geheimnisvolle Energie füllte den Dachboden, und Schatten blickte beunruhigt zu Marina.

Sie starrte überwältigt auf Schirokko, ihre Augen blitzten.

„Meine Krallen werden stumpf, meine Finger schrumpfen“, sagte Schirokko. „Mein Fell wird dünn, mein Gesicht wird glatt und flach. Meine Flügel verdorren und fallen von den Schultern wie die nutzlose Haut einer Schlange."

„Verwandle dich! Verwandle dich!"

Schatten musste schlucken, sein Herz raste. Schirokkos Schritte waren jetzt selbstbewusster, seine Flügel hatte er so fest zusammengefaltet, dass sie verschwunden schienen … und sein Gesicht wirkte heller, weniger haarig …

Schattens Echo-Sehen flackerte. Die Luft selbst auf dem Dachboden schien mit Licht und Tönen aufgeladen. Er schüttelte den Kopf und blickte neugierig auf Schirokko. Was ging da mit ihm vor?

„Ich sage euch allen jetzt", rief Schirokko, „dass ich wachsen werde, bis ich groß und stark und mächtig bin, und dass ich als Mensch ans Licht treten werde."

„Verwandle dich!"

Schirokkos Körper zuckte und platzte plötzlich aus seiner Haut, türmte sich in die Höhe.

„Verwandle dich!", stöhnten die Fledermäuse wie im Fieberwahn, und als Schatten zu Marina schaute, sah er, dass sie auch mitsang. Er war von dem Gefühl durchdrungen, dass er allein war, und er hatte Angst. Er drehte sich um zu Schirokko und schrie alarmiert auf.

Was da in der Mitte des Dachbodens stand, war ein Mensch. Aber er hatte noch die Augen einer Fledermaus und von seinem Kopf standen spitze Ohren ab. Und wenn er grinste, war das Gebiss noch das einer

248

Fledermaus mit scharfen Reißzähnen, die aus dem Oberkiefer herabragten.

„Ein Mensch! Ein Mensch!"

Schatten war überwältigt und kniff die Augen zu. Das Ganze hatte etwas Unrechtes an sich, etwas Unnatürliches. Als er wieder hinschaute, war der Mensch verschwunden. Auf dem Boden befand sich wieder Schirokko, eine Fledermaus auf vier Beinen mit großen Ohren und hellem Fell.

Die anderen auf dem Dachboden waren in ein erschöpftes Schweigen gefallen. Das Einzige, was er hören konnte, war ihr Keuchen.

„Seht ihr", sagte Schirokko triumphierend. „Wir sind sehr nahe dran. Es wird nicht mehr lange dauern, bis die Menschen zu uns kommen und Nocturna macht, dass wir für immer vollständig verwandelt werden!"

Schirokko schaute Marina gütig an.

„Schließ dich uns an", sagte er. „Warte mit uns auf die Ankunft des Lichts. Es wird nicht mehr lange dauern."

„Bleib hier", sagte Penelope, der andere Glanzflügel. „Bitte, bleib!"

Und auch von den anderen Fledermäusen erhob sich ein Chor: „Bleib, bleib!"

Marina blickte Schatten an. „Warum bleiben wir nicht?"

„Nein", sagte Schirokko streng. „Der Silberflügel kann nicht hier bleiben."

„Warum nicht?", fragte Marina.

Schatten dagegen hatte genau das erwartet.

„Er gehört nicht zu den Auserwählten", sagte Schirokko. „Nocturna wäre zornig, ließen wir die Unwürdigen bleiben. Sie könnte sich entscheiden uns alle von der Verwandlung auszuschließen. Ohne Ring gibt es kein Versprechen."

„Mein Vater war beringt", sagte Schatten unwillig, „und die Älteste von …"

„Das interessiert uns nicht", sagte die langohrige Fledermaus. „Wer nicht beringt ist, wird nie ein Mensch. Er wird im Finstern sterben zusammen mit all den anderen, die nicht auserwählt sind." Schirokko wandte sich zu Schatten und sah ihm zum ersten Mal voll in die Augen. „Es tut mir Leid, aber das ist die Wahrheit."

Schatten drehte sich um, gedemütigt und zornig. Er war die ganze Strecke gekommen auf der Suche nach einer Antwort und nun hatte er sie gefunden. Aber er war kein Teil von ihr. Auserwählt. Wie wurde man auserwählt? Was hatte er falsch gemacht? Wenn Marina beringt werden konnte, warum nicht er? So etwas Besonderes war sie gar nicht. Wenn sie einen Ring hatte, dann sollte er auch einen haben. Sein ganzes Leben lang hatte er am Rande gestanden, war der Knirps gewesen. Und nun das. Er spürte, wie sich sein Gesicht verhärtete. Aus den Augenwinkeln konnte er sehen, wie Marina ihn besorgt beobachtete.

„Du bleibst hier", sagte er mit gepresster Stimme.

Sie schüttelte den Kopf. Der Schmerz in ihren Augen rührte ihn. Er wandte sich zu ihr. Sie hatte so lange gewartet, die meiste Zeit allein, und hatte gehofft, dass es mit ihrem Ring etwas Besonderes auf sich hätte. Und nun hatte sie die Antwort gefunden und auch gleich eine Gruppe von Fledermäusen, die sie endlich nicht vertreiben, sondern sie für immer bei sich behalten wollten.

„Du musst", sagte er, „du musst bleiben."

„Aber …"

„Ich werde meine Kolonie schon finden. Und meinen Vater."

Ihre Augen flackerten und mit den Krallen kratzte sie unglücklich am Holz. „Es ist nicht mehr so weit, oder? Du bist wahrscheinlich schon fast am Ziel angelangt." Verzweifelt schaute sie ihn an. „Es wird gehen, nicht wahr?"

Sie wollte, dass er Ja sagte, so viel konnte er erkennen. Er nickte heftig.

„Oh ja, den Rest des Weges kenne ich. Ich habe die Karte. Du hast mir sehr geholfen."

Er schaute zu dem kleinen Fenster hoch oben in der Wand, und in dem Licht draußen konnte er erkennen, dass der Schneesturm aufgehört hatte. Er konnte nicht einmal mehr den Wind hören. Die Nacht würde noch drei Stunden dauern.

„Ich sollte aufbrechen."

Sie näherte sich ihm und schlug ihre Flügel eng um ihn herum. Sie war so warm.

„Es tut mir Leid", flüsterte sie ihm ins Ohr. „Du verstehst das doch, nicht wahr?"

Er nickte und hüstelte ungeduldig, um seine Tränen zu unterdrücken.

„Viel Glück, Schatten."

„Dir auch", sagte er. Er eilte zu dem Spalt im Dach und schwang sich in die Nacht ohne zurückzublicken.

Goth winkelte einen fast erfrorenen Flügel an und kreiste über dem wüsten Gelände. Eis bedeckte seine Schnauze. Aber seine Augen funkelten. Angestrengt beobachtete er den Erdboden.

„Was ist los?", fragte Throbb.

Goth schnüffelte, dann hob er eine Kralle, um das Eis von seinen geblähten Nüstern zu klopfen. Er schnüffelte erneut angestrengt nach einem ganz schwachen Duft in der frostigen Luft.

Er grinste. Zotz hatte wieder einmal für ihn gesorgt. Ruckartig wandte er den Kopf hinab zu einer menschlichen Hütte, die halb vom Schnee bedeckt und vor dem Berg fast unsichtbar war.

„Nahrung", sagte er. „Und zwar in Mengen."

– 17 –

Wolfsohren

Nie hatte sich Schatten so einsam gefühlt. So sehr hatte er sich an Marinas Gesellschaft gewöhnt. Es war einfach unvorstellbar, dass sie nicht neben seiner Flügelspitze flog oder unmittelbar vor ihm und ihn zur Eile antrieb.

Die ganze Welt war ein riesiges, schmerzhaftes Echo – die schäbigen Bäume, die Felsen, alles hohl, alles freudlos.

In ihm klangen noch Schirokkos Worte nach: Du wirst im Finstern sterben mit allen anderen, die nicht auserwählt sind. Für Schatten gab es demnach keinen Platz in der Zukunft. Nocturnas Großes Versprechen galt nicht für ihn. Er würde es nie erleben, als Mensch in das Licht des Tages zu treten.

Aber Marina könnte das. Und Frieda. Auch sein Vater. Für sie war es gut. Wut überschwemmte ihn. Warum hatte ihm Frieda das nicht erzählt? Wusste sie es wirklich selber nicht oder hielt sie es nur vor ihm verborgen, weil er keinen von diesen kostbaren Ringen hatte? Und was war mit seinem Vater? Warum war er nicht hier, um ihm zu helfen, um ihm alles zu erklären? Wahrscheinlich versteckte er sich nur irgendwo mit seinem Ring und wartete auf seine Menschwerdung. Schatten schüttelte den Kopf. Und was würde mit ihm passieren? Und mit seiner Mutter und all den anderen unberingten Fledermäusen?

Er konnte es einfach nicht glauben.

Er starrte zu den Sternen hoch und sah, wie sie flackerten, als ob sie tatsächlich an der schimmernden Unterseite von Nocturnas gewaltigen Flügeln befestigt wären. Alles, was die Fledermausgöttin tun musste, war, ihre Flügel zusammenzufalten, und die ganze Nacht würde verschwinden und dem Tag weichen. Sie wieder auszubreiten, und die Sterne würden zurückkehren.

Was machte sie da oben, fragte sich Schatten, falls sie überhaupt da oben war? Was hatte sie im Sinn mit ihm, einem Fledermausknirps auf der Suche nach seiner Kolonie?

Die Sterne gaben nichts preis.

Sie waren immer stumm. Sie hatten keinen Gesang, jedenfalls keinen, den er wahrnehmen konnte. Vielleicht konnte Zephir sie hören, aber Schatten wusste, sein Gehör würde nie so gut sein.

Vor ihm erhoben sich die Berggipfel. Wie konnte er nur so hoch hinauffliegen, um sie zu überwinden? Er schnüffelte und schaute nach Osten und Westen, um abzuschätzen, wie weit die Nacht schon fortgeschritten war. Eine Stunde noch, vielleicht ein wenig mehr. Es war unmöglich, heute Nacht noch hinüberzukommen. Er wollte sich im Pfeifen des Windes an seinen Ohren verlieren.

Zum ersten Mal hatte er Angst während der Nacht. Er sah Echo-Schatten, silbrige Bewegungsflecken am Rande seines Klang-Sehens. Ein Haufen toter Blätter wirbelte durch die Luft und wurde zu Goth, der die Flügel in seine Richtung ausbreitete. Der ferne Ruf einer Eule verwandelte sich in eine gespenstische Wiederholung seines Namens: „Schatten! Schatten!"

Plötzlich überwältigte ihn die riesige Ausdehnung der Nacht, der ganze leere Raum, der um ihn herum gähnte. Vielleicht hatte die Dunkelheit ja tatsächlich etwas Schreckliches an sich und er hatte es nur vorher nie bemerkt.

Irgendetwas war hinter ihm.

Seine Nackenhaare sträubten sich. Er blickte zurück, als gerade etwas über ihn hinwegflog, so niedrig, dass es seine Flügel streifte.

Da war sie, direkt vor ihm. Ihr glänzendes Fell leuchtete im Sternenlicht wie ein Bild aus einem Traum.

„Was machst du hier?", fragte er.

„He, du klingst ja nicht allzu erfreut mich zu sehen!"

„Du ... du hast mich erschreckt!"

„Ich komme mit dir."

„Aber ... warum hast du deine Meinung geändert?"

Sie flog in einem Bogen zurück und an seine Seite. „Es schien mir einfach nicht richtig, ohne dich dort zu bleiben."

„Ich wäre auch allein schon zurechtgekommen", sagte er und versuchte verärgert auszusehen – nicht sehr überzeugend allerdings.

„Oh, das weiß ich", sagte sie schnell. „Aber ich habe gesagt, ich würde deine Kolonie zusammen mit dir suchen, und wenn ich jetzt aufgebe, habe ich das Gefühl dich im Stich gelassen zu haben."

Schatten wusste nicht, was er sagen sollte. Er war so dankbar, dass sie wieder da war.

Aber die Vorstellung, dass sie dafür auf diese Gelegenheit verzichtet hatte, glücklich zu werden, machte ihn traurig.

„Bist du sicher?", fragte er vorsichtig.

Sie zögerte nur für eine Sekunde, dann nickte sie. „Der einzige Grund, warum sie nett zu mir waren, ist dieser Ring an meinem Unterarm. Mit mir hat das gar nichts zu tun. Sie waren genauso wie diese Grauflügel, die wir getroffen haben, erinnerst du dich? Sie mochten dich und mich lehnten sie ab, weil ich den Ring habe. Und diese anderen Fledermäuse waren kein bisschen besser. Sie mochten mich und lehnten dich ab, weil du keinen Ring hast. Aber schließlich ist es nur ein Stück Metall."

Er schaute sie erstaunt an. „Du glaubst ihnen also nicht?"

Sie seufzte. „Ein Teil von mir möchte das glauben – mehr als alles andere. Es hört sich so wunderbar an. Und wie Schirokko dann anfing sich so zu verwandeln … Denkst du, es war ein Trick?"

„Ich habe mir das auch schon überlegt. Es war wie ein Klangbild, das er uns allen in die Köpfe gesungen hat. Oder vielleicht waren es auch alle anderen auf dem Dachboden, die es gesungen haben, weil sie es sich so sehr gewünscht haben … Was weiß denn ich?"

„Ich musste immer an etwas denken, was Zephir uns gesagt hat. Erinnere dich, er hat gesagt, hütet euch vor Metall an Flügeln. Vielleicht meinte er das – all diese Fledermäuse mit Ringen. Denn in meinem Herzen weiß ich, es kann nicht wahr sein. Und … die Vorstellung sich in einen Menschen zu verwandeln, ich weiß nicht, ob mir die wirklich gefällt."

„Mir auch nicht", sagte Schatten begeistert. „Denk nur an all die Dinge, die wir dann nicht tun könnten. Ich bin ganz glücklich damit, eine Fledermaus zu sein."

„Ich weiß. Jedenfalls ist das Ganze nicht fair. Ich habe nichts gemacht, um mir diesen Ring zu verdienen. Ich meine, warum habe ich einen Ring bekommen und nicht irgendjemand sonst? Nicht du?"

„Genau", sagte er. „Ich sollte auch eins von diesen Dingern haben."

„Nun, das weiß ich nicht", sagte sie und grinste schelmisch. „Ich meine, du bist nicht ganz so fantastisch wie ich, oder?"

Er lachte. „Nein, ganz sicher nicht", sagte er erleichtert.

Marina wirkte wieder nachdenklich. „Jedenfalls, wenn das stimmt, was sie sagen, kann ich jederzeit zu ihnen zurückkehren. Wenn wir deine Kolonie gefunden haben und deinen Vater. Aber was mich betrifft, so bist du die einzige Fledermaus, die mich um meiner selbst willen mag. Dir war der Ring völlig egal. Daher bist du der beste Freund, den ich je hatte."

An diesem Tag schliefen sie eng aneinander gepresst unter den gefrorenen Wurzeln einer allein stehenden Fichte am Abhang der Berge.

Die Luft war vom Heulen der Wölfe erfüllt.

Sie hatten fast den Gipfel erreicht und es war schwer voranzukommen. Der Wind wehte ihnen ins Gesicht und machte jeden Flügelschlag zu einer Anstrengung. Schatten schaute nach unten und erblickte eine Wölfin mit ihrem Gefährten, die über den Schnee und höher hinauf in die Berge liefen.

„Da oben muss es irgendwo eine Wolfshöhle geben", sagte er grimmig. Seine Mutter würde ihn doch nicht in eine Wolfshöhle führen, oder? Immer wieder holte er die Klangkarte aus der Erinnerung hoch, studierte die Bilder, die seine Mutter ihm gesungen hatte. Er wurde dadurch aber nicht klüger. „Wir müssen einfach weiterfliegen."

Ein schwaches Pfeifen veranlasste ihn, über den Flü-

gel zurückzublicken und sich einen schnellen Klang-
überblick zu verschaffen. Der Ton löste sich in der
Luft auf und er konnte nichts erkennen. Es war nicht
das erste Mal in dieser Nacht, dass er das gespenstische metallische Pfeifen gehört hatte. Nur der Wind,
dachte er, der durch peitschende Äste kreischt.
Alle Knochen taten ihm weh, die Lederhaut der Flügel
knisterte vor Kälte. Verbissen schlug er auf die eisige
Luft, auf, ab, auf, ab. Der Wind brannte ihm in den
Ohren, und daher war sein Klang-Sehen stumpf, alle
seine Echobilder waren verschwommen und matt. Er
wusste, sie würden erfrieren, wenn sie es heute Nacht
nicht über den Gipfel schafften. Sie hatten nichts im
Magen, nicht einmal einen einzigen Schneefloh. Wie
köstlich es doch wäre, sich einfach in die Flügel ein-
zuwickeln und immer weiter zu schweben, hinunter,
hinunter, hinunter …
„Wach auf!", schrie ihm Marina ins Ohr und mit einem schrecklichen Ruck kam er wieder zu Bewusstsein. Er wäre beinahe eingeschlafen und war schon dabei gewesen, sich auf eine Seite zu legen.
„Danke", murmelte er und richtete sich wieder auf.
„Tu mir das nicht an", sagte Marina, die offenbar erschrocken war. „Bleib wach. Rede mit mir, singe, es ist
mir egal, dämmere nur nicht ein."
Schatten schüttelte den Kopf und zwang sich dazu,
tief von der eisigen Luft einzuatmen. Sie brannte in
der Lunge, aber wenigstens machte ihn das hellwach.

Sie flogen niedrig über einen gezackten Bergkamm hinweg und der Wind entfesselte seine ganze Wut.

Sie waren auf dem Gipfel der Welt.

Nach beiden Seiten erstreckte sich eine Kette eisbedeckter Berge. Seine Augen tränten wie verrückt und er verengte sie zu bloßen Schlitzen. Für einen Augenblick übertönte das Geheul von Wölfen den Sturm und er sah nicht nur zwei von ihnen, sondern dutzende, die sich vor dem Eingang einer Höhle in einem der steilen Abhänge versammelt hatten. Er schaute zu Marina.

„Da hinunter will ich nicht!", rief sie.

„Was können wir sonst tun?"

„Das wäre Selbstmord!"

„Meine Mutter hat mir Wölfe gesungen!"

„Wolfsohren!", sagte Marina und plötzlich musste sie lachen.

Sie ist verrückt geworden, dachte Schatten. Bei all der Kälte und Erschöpfung ist sie schließlich durchgedreht. Sie plapperte und lachte gleichzeitig, vielleicht, weil sie mitten in der Luft einen riesigen weißen Wolf sah, der auf sie zugesprungen kam. Vielleicht hatte sie Recht, er würde jetzt fast alles glauben.

„Wolfohren!", schrie sie noch einmal eindringlicher in seine Richtung.

Und er schaute.

In einiger Entfernung ragten seitwärts von ihnen zwei Bergspitzen in den Himmel. Dazwischen war ein tiefes Tal eingegraben. Es sah genauso aus wie das Bild auf der Klangkarte seiner Mutter, gar kein Tier, sondern ein schneebedeckter Gebirgspass, der den Ohren eines riesigen weißen Wolfes täuschend ähnlich sah.

„Da sind sie."
Goth zog die Schultern hoch und ließ sich von den sturmstarken Winden tragen, die über die Berggipfel fegten. Vor ihnen konnte er Schatten und Marina sehen, die auf ein Tal zwischen zwei eisbedeckten Gipfeln zuflogen. Er war ihnen die letzten beiden Stunden gefolgt und dabei ständig näher gekommen.
Er hielt Abstand, er wollte noch nicht entdeckt werden. Wenn er zuschlug, würde es keinen Fehler geben. Trotz der Kälte, die ihm das Blut in den Adern gefrieren ließ, fühlte er sich stark. Letzte Nacht hatte es ein Festmahl gegeben wie er es, seit er den Dschungel verlassen hatte, nicht mehr gehabt hatte. Mit Befriedigung blickte er auf die Ringe aus glitzerndem Metall, die wie Girlanden seine Unterarme schmückten. Sie waren kleiner als sein eigener Ring, leichter zu biegen, und er hatte sie von seiner Beute abgerissen, dabei manchmal Handgelenke geknackt, um an die Ringe heranzukommen. Seine neuen Jagdtrophäen.
Neben ihm flog schwer arbeitend Throbb. Die Blasen auf seiner Flügelspitze hatten sich ausgedehnt und sahen jetzt richtig bösartig aus. Throbb sagte, sie brannten in der Kälte. Ein Schwächling. Goth war angewi-

dert von ihm. Aber im Augenblick war sein Magen voll und Throbb wirkte nicht sonderlich appetitlich. Später vielleicht. Er richtete seine Augen und Ohren auf Schatten und Marina.

Ein Windstoß brauste hoch zu ihm, fegte durch die Metallringe und sandte ein kurzes, aber durchdringendes Pfeifen über die Berge.

– 18 –

Die Ratten

Schatten hörte das gespenstische Pfeifen, als der tosende Wind einen Moment nachließ.

Er drehte sich um und sah sie. Sie hingen am Himmel wie Bilder, die aus einem Albtraum herausgerissen waren. Aus irgendeinem Grund war er kaum überrascht. Er hatte so oft an diesen Augenblick gedacht, ihn in Gedanken durchgespielt, dass er einfach unvermeidlich schien. Aber dieses Geräusch ... Was war das für ein schreckliches Pfeifgeräusch?

„Marina", krächzte er, „sie sind da."

„Was?" Sie warf den Kopf herum und starrte hinter sich. „Ach nein, sie sollten doch tot sein ..."

Eine heftige Querbö schleuderte sie beide zur Seite und sie richteten ihre Aufmerksamkeit wieder auf die Wolfsohren.

„Vielleicht können wir die beiden auf der anderen Seite der Berge loswerden", sagte er.

„Ich würde meine Flügel trimmen, wenn ich du wäre. Jetzt wird's gefährlich."

Schatten schluckte. Die Zwillingsspitzen erhoben sich am Horizont. Blitzartig kam ihm die Klangkarte seiner Mutter ins Gedächtnis – er konnte verstehen, warum er zunächst gedacht hatte, der Berg wäre ein Wolf, der auf ihn zusprang. Genauso sah es jetzt aus, als er sich vorwärts stürzte.

Seine Flügel waren steif vor Frost. Er wurde wieder auf die Seite geworfen, dann korrigierte er seinen Kurs und zielte auf den schmalen Pass. Aber er kam zu nahe an den linken Gipfel heran und der Wind machte es ihm unmöglich abzudrehen.

„Schatten!", hörte er Marina auf seiner Rechten wie aus großer Entfernung rufen.

Er sah vereiste Felsen auf sich zurasen. Er würde abstürzen.

Er versuchte hochzuziehen und bremste so scharf mit den Flügeln, dass er schon fürchtete, sie würden wie gefrorene Zweige brechen. Alles schien sich sehr langsam zu bewegen, die Felsen, die auf ihn zukamen, der Wind in den Ohren. Er dachte daran, den Bauch einzuziehen, Beine und Krallen anzulegen. Er empfand nur eine vage Enttäuschung, dass sein Leben so bald zu Ende sein sollte.

Er berührte eine harte Schneefläche, fühlte ihre beißende Kälte und war nach einem ganz leichten Aufprall mit wild schlagenden Flügeln wieder in der Luft. Er kam vom Boden hoch und schwenkte schräg zurück in den Himmel auf Marina zu.

„Da hast du aber noch mal Glück gehabt!", hörte er sie über dem Wind rufen.

Sie jagten zwischen den Wolfsohren hindurch, und dahinter fiel das Gelände Schwindel erregend ab, kippte in völlige Dunkelheit hinunter. Schatten fühlte, wie sein Magen absackte. Was war da unten? Die Erdoberfläche war zu weit entfernt, als dass sein Klang-Sehen hinunterdringen konnte. So weit er wusste, hätte die Welt hier auch zu Ende sein können.

Schatten warf einen Blick zurück über die Schulter und sah Goth und Throbb, die sich vom Wind zwischen den Wolfsohren hindurchtragen ließen und näher kamen. Mit ihren mächtigen Flügeln würden sie sie in ein paar Minuten eingeholt haben.

„Jetzt!", sagte Schatten entschlossen.

Er hörte auf mit den Flügeln zu schlagen und legte sie eng an. Marina folgte seinem Beispiel. Er wartete ab, dass er langsamer wurde, der Wind ihn noch ein paar Augenblicke weitertrug, bis er anfing zu sinken. Er ließ sich vornüber kippen und stürzte mit der Nase voran wie ein Hagelkorn hinab in den sternlosen Abgrund. Der Magen sprang ihm in die Kehle. Immer hatte er das Fliegen geliebt, die Aufregung eines steilen Sturzfluges, aber dies war etwas vollkommen anderes. Dies war schneller, als er jemals geflogen war, vielleicht schneller, als irgendeine Fledermaus jemals geflogen war.

Er konnte kaum atmen. Die Luft prallte gegen die Nüstern. Der Wind stach ihm wie Eiskörner in den Augen und er schloss sie fest. Sogar sein inneres Auge sah nichts als vollkommene Schwärze, die nur manchmal in hellen Sternen aufblitzte durch den Wind, der ihm in den Ohren heulte. Er war noch zu weit vom Boden entfernt, um irgendetwas erkennen zu können. Zum ersten Mal im Leben fühlte er sich völlig blind und schrecklich verwundbar. Er hatte keine Vorstellung, wo sich Marina befand, keine Idee, ob die Welt überhaupt noch existierte. Er hatte das Gefühl, dass sein ganzer rüttelnder Körper jeden Augenblick auseinander fallen könnte. Im Moment hoffte er nur, dass Goth und Throbb sie aus den Augen verloren hatten und noch um die Berggipfel kreisten.

Er fühlte, wie mit jeder Sekunde die Luft wärmer wurde, wie das Eis auf seinen Flügeln taute, in Tröpfchen perlte und hinter ihm wegströmte. Und dann, ein Schimmer.

Die obersten Äste eines Baumes.

Dann dutzende von Wipfeln, die sich zu einem Wald ausdehnten …

Ein Hügel. Auf allen Seiten Felder.

Er weinte beinahe vor Erleichterung. Die ganze Welt kehrte zurück und malte sich silbern in seinem Kopf. Vorsichtig entfaltete er erst nur die Spitzen der Flügel, stellte sie in den Wind, begann abzubremsen. Dann breitete er sie allmählich immer weiter aus und brachte sich elegant aus dem freien Fall heraus. Er öffnete die Augen und blickte über die wellige Landschaft.

Voraus gab es Lichter von Menschen, aber lange nicht so viele wie in der Stadt.

„Marina!", rief er.

„Hier!" Ihr glänzendes Fell hob sich ab von der dunklen Nacht.

„Haben wir sie abgehängt?" Er blickte zurück in den Himmel, wo der Berg als ein riesiger Schatten die Sterne verdeckte.

Von hoch oben kam ein schwaches pfeifendes Geräusch, das sich schnell zu einem ohrenzerreißenden Kreischen verstärkte.

„Nein …", murmelte er ungläubig.

Die Riesenfledermäuse fielen aus dem Himmel – mit ausgebreiteten Flügeln, um den Fall zu bremsen. Und dieses Geräusch, dieses schreckliche kreischende Geräusch!

„Komm weiter!", rief Marina ihm zu.

Er hatte das Gefühl, mit langsamen und schweren Flügeln wie durch Wasser zu rudern. Marina deutete mit dem Kopf auf die Lichter vor ihnen.

„Wenn wir's bis dahin schaffen, können wir dort ein Versteck finden."

Es gab hier keine hohen Türme, nur Reihen niedriger Gebäude der Menschen, zwischen denen ein paar Maschinen laut hin und her rollten. Hinter Schatten und Marina kam das dämonische Pfeifgeräusch. Er bildete sich ein, er könne sie riechen, ihren heißen, faulen Atem.

Über einer breiten Straße, die von Drähten und Lichtern und erleuchteten Gebäuden flankiert wurde, schwenkten sie plötzlich ein. Schatten blickte zurück und konnte Goths Augen in der Helligkeit funkeln sehen. Throbb scherte seitwärts weg – er würde in einem Bogen zurückkommen, um ihnen den Weg abzuschneiden.

„Runter!", schrie Schatten Marina zu.

Er stürzte sich hinab auf die Straße zu.

„Wohin sollen wir?", fragte Marina.

Er war so außer Atem, dass er nicht antworten konnte. Aber Marina folgte ihm, als er hinunterjagte. Er hatte keine Idee, was er tun sollte. Er kurvte um ein Bündel Drähte herum, schwenkte um einen schmalen Metallkasten mit runden leuchtenden Lichtern. Eine Maschine rollte vorbei und spuckte Lärm und Rauch nach oben.

Der Boden raste auf ihn zu und er machte sich bereit, schnell hochzuziehen, vielleicht in die Lücke zwischen zwei Gebäuden abzubiegen …

Dann sah er den metallenen Rost am Rande der Straße. Durch einen der schmalen Schlitze lief ein Regenrinnsal. Sekundenschnell maß er ihn mit dem Klang-Sehen ab. Vielleicht, nur vielleicht …

„Flügel anlegen!", rief er.

Ohne langsamer zu werden fiel er kopfüber auf das Gitter zu und im letzten Augenblick zog er die Flügel an und tauchte unter die Erde hinab.

Tief drinnen in dem tropfenden Schacht blickte Schatten hoch zu Goth, der den Metallrost mit den Zähnen gepackt hatte und hochzuheben versuchte. Throbb steckte seine Klauen durch einen der Schlitze und zerrte mit aller Kraft. Besorgt blickte Schatten Marina an.

„Glaubst du, sie können es bewegen?", flüsterte er.

Marina schüttelte den Kopf. „Ich weiß nicht."

Ein metallisches *Klunk* beantwortete die Frage. Schatten zuckte alarmiert zusammen. Goth und Throbb war es gelungen, den Metallrost hochzuheben, nur ein paar Millimeter, nur für eine Sekunde, bevor er wieder herunterschepperte.

„Wir sollten besser einen anderen Ausgang suchen", zischte Marina.

Schatten wollte nicht tiefer hinunter. Er war nie gern unter der Erde gewesen, wo das ganze Gewicht des Bodens über ihm hing. Aber welche Wahl hatten sie denn schon? Mit Marina flatterte er zögernd zum Grund des Schachtes. In zwei Richtungen erstreckte sich dort ein langer Tunnel.

„Ich denke, es spielt wirklich keine Rolle", sagte Marina und blickte nach beiden Seiten. „Es muss einen anderen Schacht geben, der wieder nach oben führt. Stimmt's?"

„Ja doch, stimmt", sagte Schatten und versuchte zuversichtlich zu klingen.

Der Tunnel war weit genug, sodass sie vorsichtig fliegen und dem öligen Schlamm ausweichen konnten, der am Boden entlangsickerte. Es stank hier unten nach brackigem Wasser, nach verbrauchter Luft, nach menschlichem Abfall.

„Der Pfeil hat ihn doch getroffen", murmelte Schatten. „Ich habe es gesehen."

„Vielleicht hat er ihn rechtzeitig herausgerissen."

„Sie haben kein Recht noch am Leben zu sein."

Vor ihnen gab es einen hellen Lichtschein an der Decke des Tunnels.

„Ich glaube, da ist es", sagte Marina hoffnungsvoll. „Da ist ein zweiter Schacht."

Schatten flog zum Licht hin, wollte gerade nach oben abbiegen und …

Zähne. Das sah er als Erstes. Nur gebleckte Zähne, die sich zu ihm hinabreckten und zuschnappten. Er schrie auf und zuckte zurück, ruderte rückwärts und stieß beinahe mit Marina zusammen.

Zwei sehnige Ratten baumelten an ihren Krallen von der Decke herab. Ihre Augen waren zu bösartigen Schlitzen verengt. Jetzt waren noch mehr von ihnen da. Sie wimmelten über die Wände des Schachts und blockierten den Fluchtweg der Fledermäuse.

„Hier lang!", rief Marina und flog weiter in den Tunnel hinein.

„Eindringlinge!", riefen ihnen die Ratten hinterher. „Wir kriegen euch. Ihr kommt hier nicht raus!"

Die Ratten begannen mit ihren Krallen laut an die

steinernen Wände zu klopfen, *tap taptap tap taptaptap*.
Das Geräusch pflanzte sich hinter Schatten und Marina und über sie hinaus weiter fort. Dadurch wurden die anderen gewarnt, erkannte Schatten erschrocken.

„Da sind noch mehr", sagte Marina plötzlich. „Da vorn. Ich kann sie hören."

Schatten warf einen Klangblick den langen Tunnel entlang, und das silberne Bild von einem Dutzend Ratten kam zu ihm zurück. Es waren Tiere mit glattem Rücken, die durch den Schlamm rannten, über die Wände, an der Decke entlang. Seine Flügelschläge wurden zögernder. Sie würden abgeschnitten werden, wenn sie weiterflogen. Aber nicht weit von der Stelle, wo sie waren, zweigte ein enges Rohr schräg nach unten ab.

„Hier lang", sagte er heftig.

Das Rohr war zu eng, um darin fliegen zu können. Sie konnten sich gerade hintereinander auf allen vieren hineinzwängen. Wasser sprudelte an ihren Krallen vorbei. Und die ganze Zeit kam durch die Wände das *tap taptaptap tap tap*. Wie viele Ratten gab es hier unten? Alles in ihm sträubte sich instinktiv dagegen, weiter unter die Erde zu gehen. Er konnte jeden Zentimeter fühlen, den sie tiefer hinabkamen, immer weiter weg von der Oberfläche, vom Himmel.

Das Tappen vieler krallenbewehrter Füße folgte ihnen.

„Schnell, schnell", forderte er Marina über die Schulter auf.

Das Rohr öffnete sich und er drängte so ungestüm hindurch, dass er an seinem Ende hinaustaumelte und in schmutziges Wasser plumpste.

Er kam wieder hoch, schnappte erschrocken nach Luft und peitschte die Flüssigkeit mit den Flügeln. Neben ihm bemühte sich Marina ihren Kopf über Wasser zu halten. Sie waren nicht weit vom Ufer und es gelang ihnen, unbeholfen zu hartem Fels hinüberzupaddeln. Sie waren durchgeweicht und zitterten.

Sie befanden sich in einem weiten runden Tunnelraum, der zur Hälfte mit tiefem Wasser gefüllt war, nicht dem trägen Rinnsal des oberen Tunnels, sondern mit schnell fließendem. Schatten betrachtete es, wie es dunkel glänzend an ihm vorbeiströmte.

„Was nun?", fragte Marina und blickte ängstlich in das Rohr zurück. „Sie werden bald kommen."

Für einen kurzen Augenblick wünschte Schatten, er wäre Goth. Er wünschte, er hätte gewaltige Zähne, die er blecken könnte, riesige Flügel, die er ausbreiten und mit denen er auf seine Feinde einschlagen könnte.

„Komm mit", sagte er verbissen und eilte am Rand des Tunnels eng an der gewölbten Steinwand weiter. Es muss einen Gang geben, der nach oben führt, es muss einen Ausweg geben, irgendwo …

Aber irgendetwas kam ihnen entgegen, kein Tier, sondern ein Gegenstand, der auf dem Wasser schwamm. Um eine Biegung im Tunnel kam ein Floß, ein großes, gezacktes, viereckiges Stück Holz. Auf beiden

Seiten konnte Schatten Ratten erkenen, die nebenher schwammen und es steuerten. Und oben auf dem Gefährt waren weitere Ratten, die das Wasser absuchten.

„Dort!", rief eine von ihnen. „Schneller!"

Schatten drehte sich zu dem Floß hin. Es kam so schnell heran und er war zu müde, um wegzukriechen oder wegzuschwimmen. Mit Marina neben sich sah er zu, wie das Floß rasch auf sie zukam.

Hoch über der Stadt kreiste Goth und hielt Ausschau nach Schatten und Marina.

„Sie können nicht ewig da unten bleiben", sagte Throbb.

„Wenn sie an die Oberfläche kommen, sehen wir sie."

Goth ärgerte sich, dass die beiden ihm entkommen waren. Er schaute zu Throbb und überlegte, ob er ihn beißen sollte, um in bessere Stimmung zu kommen. Er hoffte, dass Schatten und Marina wieder an der Oberfläche auftauchen würden und er zur richtigen Zeit am richtigen Ort wäre, um sie zu entdecken.

Am Rande der Stadt sah er riesige Haufen menschlichen Abfalls. Sogar in der frostigen Luft konnte seine empfindliche Nase den beißenden Geruch verwesender Nahrung ausmachen. Abfall bedeutete Ratten. Jede Menge davon.

„Wir werden da drüben fressen", sagte er zu Throbb. „Und auf sie warten."

273

– 19 –

Romulus und Remus

Das Floß glitt durch das Wasserlabyrinth der unterirdischen Tunnel. An Deck lag Schatten geduckt auf allen vieren und zitterte, neben ihm Marina. Bei beiden stand eine Ratte als Wächter. Mit scharfen Zähnen hielten sie leicht ihre Flügel fest für den Fall, dass sie versuchen sollten sich loszureißen und wegzufliegen.

„Was starrst du so?", knurrte einer der Wächter Schatten an.

Dieser blickte weg. Er hatte die Ratten betrachtet und war beeindruckt davon, wie ähnlich sie ihm in körperlicher Hinsicht waren. Ihm war das noch nie aufgefallen. Allerdings war er Ratten auch noch nie so nahe gekommen. Natürlich waren sie größer. Aber wenn man sie sich mit Flügeln vorstellte …

„Fledermausspione", sagte der oberste Wächter mit Abscheu in der Stimme.

„Wir sind keine Spione", sagte Schatten müde noch einmal.

„Erzähl das dem Fürsten." Und der Wächter lachte unangenehm und amüsierte sich über irgendeinen geheimen Witz.

Während sie die Wasserwege entlangglitten, kamen sie an mehr und mehr Ratten am Ufer vorbei, deren Augen in der Dunkelheit blitzten. Menschlicher Abfall trieb im Wasser. Schatten sehnte sich danach wegzufliegen. Am Ende des Tunnels konnte er eine bewegte Menge erkennen: Ratten, hunderte von ihnen. Weiter hinten war eine Art großes Gebäude. Das Wasser war jetzt seichter, und Schatten bemerkte, dass die Ratten neben dem Floß nicht mehr schwammen, sondern auf allen vieren auf dem Boden entlangkrabbelten.

Der Tunnel weitete sich zu einem viel größeren Raum. Hohe Steinwände troffen von Schlamm, der aus dutzenden von Rosten herabsickerte. Ratten standen gebückt an jeder Öffnung und blickten auf sie herab. Jeder Fleck schien von Ratten besetzt. Selbst am Boden suhlten sie sich im Schlamm.

Das Floß gelangte mit einem mahlenden Geräusch zum Ufer.

„Bewegt euch!", bellten die Wächter Schatten und Marina an. Ihre Zähne schlossen sich fester um die Flügel.

Mit Mühe ging Schatten durch den Matsch. Ein Schwarm von Ratten teilte sich, um sie durchzulassen. Vor ihrem Geruch zuckte Schatten zurück, sein Magen krampfte sich vor Abscheu zusammen. Er stolperte. Fledermäuse waren nicht dazu gemacht, auf allen vieren zu laufen. Die Menge johlte. Hungrig knirschten sie mit den Zähnen, ein furchtbares Geräusch wie beim Knochenschaben, von dem sich Schatten das Fell sträubte. Er schaute zu Marina hin, die dreckbespritzt ihre Krallen aus dem saugenden Matsch zog.

Sie näherten sich einer Art Rattenpalast. Er war aus Abfall erbaut, aus zusammengedrückten Kartons, verbogenem Plastik und zerknittertem glänzendem Papier. Auf einer breiten Plattform hoch über dem Matsch fletzte sich die größte Ratte von allen. Fettröllchen quollen auf beiden Seiten des umfangreichen Bauches hervor. Und wenn er seine Zähne zeigte, sah man, dass sie lang waren, Rillen hatten und von alter Nahrung fleckig waren.

„Sie knien nicht", sagte er zu den Wächtern.

„Auf die Knie vor dem Fürst!", rief der Anführer und schlug ihre Köpfe nach unten.

„Wisst ihr, wer ich bin?", fragte die fette Ratte.

„Der Fürst?", versuchte es Marina nach einer Pause.

„Wächter!", befahl der Fürst, und die Ratte an Marinas Seite biss ihr in die Flügelkante. Sie schrie auf.

„Unverschämtheiten werde ich an meinem Hof nicht dulden", sagte der Fürst. Er wandte sich an den Anführer der Wächter. „Wie sind sie hereingekommen?"

„Am entfernten Nordtor, Fürst Remus."

„Und warum wurde das nicht bewacht? Wer hatte Dienst?"

„Croll, Eure Hoheit."

„Er soll sofort entlassen werden."

„Er ist verschwunden, Eure Hoheit."

„Ich werde das nicht dulden. Wächter müssen zu jeder Zeit auf ihrem Posten ausharren. Habt ihr gehört? Wir müssen jederzeit auf der Hut sein!"

Er wandte seine nervös blickenden Augen wieder Schatten und Marina zu.

„Ihr seid Spione, nicht wahr?"

„Nein", sagte Schatten.

„Ausgesandt, um Informationen für einen Überraschungsangriff zu sammeln."

Schatten schüttelte erneut den Kopf.

„Wie kannst du es wagen!", bellte der Fürst. „Wie kannst du es wagen, dich über mich lustig zu machen!"

Der Wächter neben Schatten knirschte drohend mit den Zähnen.

„Ihr denkt wohl, weil mein Königreich hinter einem Berg liegt, wäre ich von allem abgeschnitten?" Seine Brust bebte vor Zorn. „Ihr glaubt wohl, ich weiß nicht, was auf der Erde vor sich geht? Ich weiß, ihr habt euch mit den Vögeln verbündet!"

Schatten blickte Marina beunruhigt an. Wovon redete er nur?

„Ja, es stimmt", sagte der Fürst, als er ihre Blicke bemerkte. „Ihr seid überrascht, wie viel ich weiß. Ich bekomme Berichte. Ich bin über das Neueste informiert."

Er schaute in die Runde auf die versammelten Ratten, als wollte er sie herausfordern ihm zu widersprechen. „Der König höchstpersönlich schickt mir Boten!" Seine Augen wandten sich mit einem Ruck wieder Schatten und Marina zu. „Und ich weiß Bescheid über die bösartigen Angriffe, die ihr und eure Vogelverbündeten nachts unternommen habt. Ihr habt Ratten getötet und ebenfalls einige von unseren Vettern, den Eichhörnchen und Mäusen."

Schatten wurde ganz schlecht, als er plötzlich verstand. Er erinnerte sich an die Ratten, die Goth getötet hatte. Wie viele, konnte er nicht sagen. Und wer wusste schon, wie viele mehr, seit sie sich getrennt hatten. Der Fürst dachte, Goth und Throbb wären Vögel ...

„Schwarze Eulen, nicht wahr?", sagte Fürst Remus und Speichel flog ihm aus dem Mund. Er schaute nach oben, als erwartete er, dass eine von ihnen herabgestürzt käme. „Die schwarzen Eulen sind eure Bundesgenossen. Sprecht!"

Schatten wusste nicht, was er sagen sollte. Die Vorstellung, Fledermäuse könnten sich mit Eulen verbünden, war absurd. Das war unmöglich. Aber die Wahrheit zu sagen, hatte keinen Sinn. Der Fürst würde ihm niemals glauben und er wollte nicht riskieren, ihn noch wütender zu machen, als er sowieso schon war.

„Ja, Eure Hoheit", sagte Schatten. „Die schwarzen Eulen haben sich mit einer Gruppe von Dschungelfledermäusen zusammengetan."

Aus dem Augenwinkel sah er, wie Marina ihn schnell anblickte, aber er wollte sich nicht umwenden, um ihr in die Augen zu sehen.

„Dschungelfledermäuse?" Mit einem Ruck beugte sich Remus vor. Er schaute auf die Rattenversammlung um ihn herum, dann zu seinem ersten Wachoffizier. „Warum habe ich nichts gehört von diesen Dschungelfledermäusen? Wie soll ich denn mein Reich regieren, wenn mich niemand informiert?"

„Das ist der Grund, weshalb wir zu euch gekommen sind, Eure Hoheit", erklärte ihm Schatten. Er fantasierte angestrengt und betete, dass ihm weiterhin die passenden Worte einfielen. „Wir wollten euch genau darüber informieren, was vor sich geht. Diese Fledermäuse kommen aus dem Dschungel und haben uns andere verraten, indem sie sich auf die Seite der Eulen geschlagen haben und gleichermaßen gegen Fledermäuse und Ratten vorgehen."

„Dschungelfledermäuse …", murmelte Fürst Remus vor sich hin, als ob er immer noch nicht fassen könnte, dass er davon noch nie gehört hatte. Er blickte Schatten misstrauisch an.

„Wer hat euch geschickt?"

Bevor er eine Antwort formulieren konnte, sprach Marina: „Die großen Ältesten der Fledermäuse in den Bergkolonien", sagte sie. „Ihr seid in unseren Reichen wohl bekannt. Jederman kennt den Namen von Fürst Remus."

„Selbstverständlich tun sie das", sagte der Rattenfürst hochmütig. „Selbstverständlich kennen sie mich. Und fürchten mich, jawohl, fürchten mich und die Macht meines Königreiches ..."

Er machte eine Pause und fixierte Schatten. In seinen Augen blitzte eine Schlauheit auf, die Schatten vorher nicht wahrgenommen hatte.

„Es ist sehr freundlich von euch Fledermäusen, mich zu warnen."

Schatten nickte und wartete ab.

„Sehr großzügig von euch", sagte der Fürst leise.

„Wir wollten nicht, dass es ein Missverständnis gibt." Schatten spürte, wie kalter Schweiß durch sein Fell rann. „Diese Dschungelfledermäuse sind Verräter. Unsere Kolonien wollen den Frieden mit euch bewahren."

Der Fürst blickte ihn immer noch starr an, als ob er versuchte, sich in seinen Kopf hineinzubohren. Schatten wagte nicht wegzugucken.

„Ihr lügt."

„Nein, Eure Hoheit ..."

„Dies ist eine Falle, nicht wahr? Ihr plant einen Überraschungsangriff. Schau dich um! Siehst du die Anzahl Soldaten, die ich hier habe? Glaubst du, ihr seid die Einzigen mit mächtigen Freunden? Ich bin dem König bekannt! Ich kann ihn um Hilfe bitten! Ich kann unsere Bundesgenossen unter den Vierfüßlern herbeirufen. Wildhunde, Waschbären. Sogar die Wölfe werden Fürst Remus zu Hilfe kommen. Wir können euch vernichten!"

„Eure Hoheit, bitte …" Alles brach auseinander.

„Ich will die Position eurer Truppen wissen."

„Ich weiß nicht …"

Schattens Kopf wurde in den Matsch gedrückt, brauner Schleim drang ihm in die Nase. Er strampelte heftig, aber der Wächter hielt ihn mit festem Griff, bis Schatten dachte, seine Lungen würden bersten. Nach Luft ringend kam er hoch.

„Wer hat euch geschickt?", fragte der Fürst.

„Ich habe euch gesagt, die großen Ältesten der …"

Der Fürst schüttelte den Kopf. „Bringt sie zum Abfluss", befahl er den Wächtern, „und ertränkt sie."

„Flieh", schrie Schatten Marina zu und breitete die Flügel aus. Aber die Wächterratte hielt seinen Unterarm mit den Zähnen fest, und er wusste, wenn er versuchte aufzufliegen, würde ihm der Arm aus den Gelenken gerissen werden. Ein anderer Wächter hatte Marinas Flügelspitze im Maul und war bereit, sie daran zurückzureißen. Schatten sank wieder in den Schlamm.

„Bringt sie weg!", rief der Fürst.

„Bringt sie vorher zu mir!"

Die furchtbare kreischende Stimme kam von einem der vielen Roste hoch in der Mauer. Ein furchtsames Schweigen senkte sich auf die Menge im Hof des Palastes und Schatten erkannte, dass sie alle vor dieser

Stimme Angst hatten. Das flößte auch ihm Angst ein. Er blickte auf den Fürst, und sogar er schien bestürzt.

„Ich möchte sie sehen, Remus!", ertönte die Stimme wieder.

Schatten versuchte sie zu lokalisieren und hoch oben in der Mauer fing er ein unscharfes silbriges Bild davon auf, dass sich etwas hinter einer Reihe von Metallstäben bewegte. Was war da oben? Was für eine Sorte Tier machte solch ein Geräusch?

Er konnte sich nicht entscheiden, was schlimmer war – ertränkt zu werden oder zu dem Besitzer dieser unwirklichen Stimme gebracht zu werden.

„Bringt sie hin", befahl Fürst Remus den Wachen knapp. Dann grinste er boshaft. „Er soll mit ihnen machen, was er will. Und dann bringt sie zurück zu mir. Falls sie dann noch leben."

Die Wachen führten sie eine Reihe von steil ansteigenden Tunneln hinauf. Sie waren von Ratten und nicht von Menschen ausgehöhlt worden und daher schlammig und holprig. Von der Decke fielen Dreckklumpen herab. Schatten lugte in die zahlreichen Seitengänge hinein, verzweifelt um einen Fluchtplan bemüht. Er war schon erschöpft von dem langen Aufstieg, sein Atem ging stoßweise, seine Glieder schmerzten. Es war unmöglich, den Ratten davonzulaufen, nicht in diesem Schlamm.

„Hier!", sagte der Wachoffizier und ließ sie neben einem großen Stein anhalten.

Mehrere Ratten lehnten sich mit den Schultern gegen den Stein und schoben. Langsam glitt dieser über den Dreck und enthüllte eine niedrige Öffnung in der triefenden Wand. Schatten hatte keine Lust hineinzuschauen.

Sogar die Wachen fühlten sich anscheinend unbehaglich, ihre Barthaare zuckten und sie warfen besorgte Blicke auf ihren Anführer.

„Bringt sie hinein", befahl dieser zwei der Ratten.

„Ich möchte sie alleine sehen!", rief die schrille unwirkliche Stimme aus dem Dunkel.

Der Anführer der Wachen nickte erleichtert und die Ratten schoben Schatten und Marina zum Eingang hin. Schatten versuchte sich in der Wand festzukrallen, aber der Dreck gab keinen Halt und er rutschte nur auf dem Bauch durch die Öffnung, Marina folgte dicht hinter ihm.

„Rollt den Stein zurück!", befahl die Stimme.

Als der Stein schnell in seine ursprüngliche Position zurückgeschoben wurde, warf Schatten ängstlich seinen Klangblick durch den Raum. An einem Ende konnte er den Rost sehen, der sich über dem Rattenpalast befand. Und daneben lag ausgestreckt der Besitzer der Stimme. Es war eine Ratte, groß und bucklig, nicht so fett wie Fürst Remus, aber trotzdem sehr eindrucksvoll. Schatten war beinahe erleichtert. Er wusste nicht, was genau er sich vorgestellt hatte, aber es war mit Sicherheit schlimmer als dies hier.

„Ich habe lange auf eine Gelegenheit wie diese gewartet", sagte die Ratte hungrig, erhob sich, stellte sich auf die Füße und schnüffelte ein wenig nach vorn.

Schatten wurde steif, rückte näher an Marina heran. Er spürte, wie sein Herz hämmerte und seine Muskeln sich anspannten, und er wusste, dass noch etwas Kampfgeist in ihm steckte.

„Sehr clever, was ihr da unten gemacht habt", sagte die Ratte. „Ich dachte, ihr kommt durch damit. Auf den Verfolgungswahn des Fürsten setzen und ihm gleichzeitig schmeicheln. Sehr schön gemacht. Ich bin wirklich erstaunt, dass er dahinter gekommen ist."

Schatten schwieg und betrachtete die Ratte. Sollte die sich plötzlich auf ihn stürzen, war er bereit zu kämpfen. Diese Ratte klang allerdings nicht wie die anderen, sie klang … das war's … fast wie eine Fledermaus.

„Sein Königreich liegt in Scherben", fuhr die Ratte fort. „Er hat kaum eine Vorstellung, was auf der Erde los ist, weil seine Boten unzuverlässig sind und seine Wachen dauernd desertieren, um sich besseren Reichen anzuschließen. Der König verachtet ihn und sagt ihm fast nichts. Er lebt in ständiger Furcht davor, angegriffen zu werden. Von Vögeln, von Fledermäusen. Er hat sogar Angst vor mir. Und ich bin sein Bruder. Ich heiße Romulus."

Wenn er der Bruder des Fürsten war, dachte Schatten, wie kam es dann, dass er hinter einem Stein abgeschottet war wie eine Art Ungeheuer?

„Ich sehe, ihr seid verwirrt", sagte Romulus. „Wisst ihr, man munkelt, ich sei wahnsinnig." Er kicherte herzhaft. „Ich bin nicht fähig zu regieren. Ich bin eine Missgeburt. Jedem erzählt Remus das. So hält man mich hier verborgen, aus dem Weg geräumt. Ich bin der Ältere, und von Rechts wegen müsste ich Fürst sein. Und die einzige Art und Weise, wie Remus an die Macht kommen konnte, war, dass er mich eingesperrt und Geschichten über mich verbreitet hat."

Die Ratte machte ein paar Schritte auf die beiden Fledermäuse zu, und instinktiv senkte Schatten den Kopf, bleckte die Zähne und fauchte.

Erschrocken zuckte Romulus zurück. „Ich habe nicht die Absicht euch zu fressen!", flüsterte er indigniert. „Habt ihr das etwa angenommen?"

„Der Gedanke ist uns in der Tat gekommen", murmelte Marina.

„Warum hast du uns hierher bringen lassen?", fragte Schatten. Er wusste nicht, was er von dieser merkwürdigen Ratte halten sollte. Er blickte zum Türstein. Er wusste, dass auf der anderen Seite die Wachen warteten, um sie zum Abfluss zu bringen – falls sie lebend wieder herauskämen.

„Mach dir um die keine Sorgen", sagte Romulus. „Sie können kein Wort hören. Und sie wagen es nicht mich zu stören." Er machte eine Pause. „Ich weiß, dass ihr keine Spione seid."

„Tatsächlich?"

„Ich weiß, warum ihr hierher nach unten gekommen seid. Man hat euch gejagt."

„Woher weißt du das?", fragte Marina.

„Ich habe es gesehen! Ich habe die beiden Riesenfledermäuse gesehen, die euch gejagt haben. Ich war oben in der Stadt der Menschen, als ihr in den Rost hinabgeflogen seid. Ich kenne die Welt, wisst ihr – kaum zu glauben, aber wahr." Er gestikulierte in dem feuchten Raum herum. „Ich habe nicht mein ganzes Leben hier verbracht. Aber es ist lange her, seit etwas so Aufregendes passiert ist, das kann ich euch sagen. Und ich hätte nie gedacht, dass ich mal eine Gelegenheit erhalten würde, euch so aus der Nähe zu sehen."

„Wie meinst du das?", fragte Schatten.

„Fledermäuse. Ich habe eine ganze Menge aus der Entfernung gesehen, aber nie von nah genug." Seine Barthaare zuckten aufgeregt. „Ich habe ein besonderes Interesse an Fledermäusen, und … darf ich deine Flügel sehen?"

Schatten begann sich zu fragen, ob Romulus vielleicht doch verrückt war.

„Ich bleibe hier hinten, ich versprech's."

Unsicher blickt Schatten zu Marina, aber aus irgendeinem Grund hatte er keine Angst mehr vor Romulus. Er verstand zwar nicht, warum die Ratte seine Flügel sehen wollte, aber aus seinen Augen leuchtete eine unschuldige Aufregung, eine brennende Neugier, die Schatten veranlassten ihm zu trauen.

„In Ordnung", sagte er. Er breitete die Flügel aus.

Romulus blieb, wo er war, und betrachtete aufmerksam die ausgespannte Lederhaut. „Könntest du sie nur ein wenig hochheben … ja, danke … und sie nun aufrichten … ah … jawohl …", sagte er. Er knurrte vor sich hin und murmelte Worte, die Schatten nicht verstand. Nach ein paar Minuten nickte er. „Danke", sagte er. „Du ahnst nicht, wie wichtig das für mich ist. Vielleicht, wenn ich dir etwas zeige. Schau!"

Er legte sich jetzt in den Schmutz und streckte die Arme und Beine so weit aus, wie es ging. Schatten schnappte nach Luft. Denn obwohl dieses Tier zweifellos eine Ratte war, spannten sich doch lange Hautfalten zwischen seinen Armen und Hinterbeinen – fast das gleiche lederartige Material, aus dem Fledermausflügel bestehen. Weitere Hautfalten erstreckten sich zwischen seinen Füßen und dem untersetzten Schwanz. Und wenn man genau hinschaute, gab es sogar Stücke einer Membrane zwischen seinem Hals und den Armen.

„Flügel", hauchte Schatten überwältigt.

„Du siehst, warum mein Bruder mich für eine Missgeburt hält", sagte Romulus. „In seinen Augen bin ich kaum noch eine Ratte."

Schatten wandte sich zu Marina. „Ich hatte schon so

ein Gefühl … Auf dem Floß habe ich mir die Wächter angeschaut und gedacht, wirklich, mit Flügeln würden sie fast genauso aussehen wie wir." Und vielleicht erklärte das auch die Stimme von Romulus, dieses merkwürdige fledermausähnliche Kreischen.

„Wir sind verwandt, denke ich", sagte Romulus. „Ich nehme an, vor Millionen von Jahren waren wir die gleiche Art."

Er schüttelte die gespannten Hautfalten zwischen Armen und Beinen. „Und ich denke, es gibt Erinnerungen daran, verlorene Geheimnisse, die nun zufällig in mir wieder zutage getreten sind. Ich habe viel Zeit an der Oberfläche verbracht und dies jahrelang studiert." Er stellte sich auf. „Natürlich könnte ich mich irren. Es ist nur eine Theorie. Und keine, die am Hof meines Bruders sehr popular wäre, wie ihr euch denken könnt. Wenn er nicht glaubte, ich wäre verrückt, hätte er mich schon vor Jahren ertränkt. Eine Missgeburt zu sein hat seine Vorteile, versichere ich euch."

Schatten schwieg einen Augenblick und versuchte diese Neuigkeiten zu verdauen. Der Gedanke, sie könnten mit den Ratten verwandt sein.

„Merkwürdig, dass wir heute verfeindet sein sollten, nicht wahr?", sagte Romulus.

Schatten nickte. „Diese großen Fledermäuse, die du gesehen hast. Die, die uns gejagt haben. Sie kommen wirklich aus dem Dschungel. Es sind die, die Ratten getötet haben. Wir können sie nicht daran hindern."

„Jemand muss das aber tun", sagte Romulus, „bevor sie einen Krieg zwischen allen Geschöpfen entfesseln."

„Es könnte dafür schon zu spät sein", sagte Marina. „Jedenfalls haben wir genug eigene Sorgen. Wie sollen wir hier herauskommen?"

„Das Problem", sagte Romulus grinsend, „lässt sich leicht lösen."

Er rutschte zu einer Wand seiner Kammer und begann mit den Krallen der Vorderpfoten durch den Dreck zu graben und ihn in einem Haufen hinter sich zu werfen. Nach ein paar Minuten hatte er einen engen Tunnel freigelegt.

„Wie sonst, denkt ihr, komme ich so häufig nach oben?", sagte er. „Folgt diesem Gang. Er wird euch zu den Außenbezirken der Menschenstadt führen. Ihr müsst allerdings kriechen, fürchte ich. Vielleicht ein wenig würdelos für Fledermäuse, aber für euer Leben doch ein geringer Preis. Mein Bruder ist nicht gerade für seine Barmherzigkeit bekannt."

„Was wirst du ihm erzählen?", fragte Schatten.

„Ich werde ihm erzählen, dass ich euch beide aufgefressen habe, bis auf das letzte Knöchelchen."

„Danke", sagte Schatten.

„Vielleicht", sagte Romulus, „treffen wir drei uns ja eines Tages unter angenehmeren Umständen wieder."

– 20 –

Die Gefangenschaft

Er kroch hinter Marina durch den stickigen Tunnel immer weiter nach oben. Bei jedem Schritt versanken die Krallen tief im Matsch. Planlos erweiterte und verengte sich der Gang oder wand sich in steilen Spiralen. Sie mussten sich flach machen und auf dem Bauch zentimeterweise vorwärts schieben. An zwei Stellen mussten sie sich durch Einbrüche wühlen. Schatten fürchtete die ganze Zeit, sie würden lebendig begraben. Sein Klang-Sehen war praktisch unbrauchbar in so beengten Räumen. Er bewegte sich wie ein Blinder, tastete sich nur nach dem Gefühl weiter. Immer wieder schien ihr Tunnel in der Nähe von anderen zu verlaufen, und er konnte das Geräusch von Rattenkrallen auf Stein oder auf Rohren hören, manchmal sogar gedämpfte Stimmen. Er und Marina erstarrten dann jedes Mal, wagten nicht zu atmen und warteten, bis sich die Geräusche wieder entfernten. Er hatte Angst, jeden Augenblick könnten Rattenschnauzen durch die Erdwände stoßen und nach ihnen schnappen.

Schließlich begann die Finsternis sich aufzuhellen und Schatten konnte etwas riechen außer dem erstickenden Gestank des Schlamms. Frische Luft, nur eine Ahnung davon, und dann wurde das schnell von etwas anderem überlagert, das nicht so angenehm war.

„Was ist das?", fragte Marina voller Abscheu.

In dem Verlangen, endlich an die Oberfläche zu kommen, eilten sie trotzdem weiter und gelangten in einen gewaltigen Berg menschlichen Abfalls. Schatten musste würgen und versuchte nichts zu berühren. Er machte sich so klein wie möglich, während er einen Weg ins Freie suchte. Er entdeckte einen Gang, den Romulus durch den Müll gegraben hatte, und kroch darin eilig weiter.

Über ihnen öffnete sich der Nachthimmel. Freudig breitete Schatten die Flügel aus und erhob sich in die Luft. Mit Marina neben sich schraubte er sich in die Höhe und beobachtete mit Entzücken, wie der menschliche Abfall und der Dreck und die Ratten immer weiter unter ihnen zurückfielen. Er stieg höher und weg von all dem – wie wundervoll es doch war, endlich wieder in der Nacht zu sein, seinem wahren Element.

„Ich habe gedacht, wir wären am Ende da unten", sagte Marina. „Ich habe wirklich keinen Ausweg mehr gesehen."

„Romulus", sagte Schatten und wandte sich zu Marina, „er war ein unerwarteter Bundesgenosse, nicht wahr? Genau so, wie Zephir es gesagt hat."

Marina schaute ihn erstaunt an, dann nickte sie. „Ja doch, ich denke, vielleicht hast du Recht. Wer hätte das gedacht, dass uns eine Ratte das Leben retten würde?"

Schatten konnte jetzt den Müllabladeplatz sehen und die Stadt der Menschen auf der einen Seite und dann die Wälder, die sich einladend vor ihnen ausdehnten. Seine Sinne tasteten automatisch den Himmel nach Anzeichen von Goth und Throbb ab.

„Glaubst du, dass sie immer noch nach uns suchen?", fragte er Marina.

„Sie geben so leicht nicht auf, das ist mal sicher."

Vielleicht hatten sie sich aber auch entschlossen, schließlich doch allein nach Süden zu fliegen. Oder sie waren von einer dieser Menschen-Maschinen auf der Straße überfahren worden. Im Augenblick gab es jedenfalls keinerlei Anzeichen von ihnen.

Der Boden war silbern vom Schnee und es war immer noch bitter kalt, aber nicht zu vergleichen mit der Eiseskälte auf den Berggipfeln. Schatten erkannte, wie weit nach Süden sie inzwischen gekommen sein mussten. Wie viele Flügelschläge schon, fragte er sich, und wie viele, die sie noch vor sich hatten?

„In welche Richtung?", fragte ihn Marina.

Schatten schloss die Augen und rief sich die Karte seiner Mutter ins Gedächtnis. Er fing ganz vorne an, um sicher zu sein, dass er nichts verpasste. Mit einem Kloß im Hals sah er, wie der Baumhort in der Ferne verschwand. Der Leuchtturm mit seinem Licht. Und dann die Felsenküste und der schreckliche Ozean, der sich weit in die Finsternis hinein erstreckte. Dann kamen die blendend hellen Lichter der Stadt, der Turm der Kathedrale, das Metallkreuz und ihr Leitstern. Eis und die steinernen Wolfsohren in der Bergkette. Und dann dies hier …

Wälder, die unter ihm vorbeiglitten. Zwischen den Bäumen schlängelte sich ein ruhig fließender, glasklarer Fluss. Er folgte ihm jetzt flussabwärts, machte jede seiner Windungen mit. Und dann ein Geräusch, ein tiefes Grollen, das immer stärker anschwoll.

Der Fluss wurde schneller, das Wasser schäumte, hüpfte – und die ganze Zeit verstärkte sich dieses unheimliche Getöse. Er dachte an das Meer und daran, wie die Wellen an die Küste krachten.

Und …

Sein letztes Bild zeigte diesen breiten reißenden Strom, der zwischen felsigen Ufern hinabtoste und einen Wasserschleier nach oben sandte. Dann stürzte er sich auf das Wasser zu mit dem Kopf voran, sein Magen schlingerte.

Er versuchte es Marina zu erklären.

„Ich verstehe den Teil mit dem Fluss", sagte sie. „Aber ich bin mir nicht sicher, was das letzte Stück angeht. Sollen wir in das Wasser hineinfliegen? Deine Kolonie liebt offenbar Rätsel, Schatten, das ist alles, was ich dazu sagen kann."

„Wenigstens wissen wir, in welche Richtung wir müssen. Hibernaculum muss irgendwo in der Nähe sein. Wir sind beinahe da, Marina. Vielleicht nicht weiter entfernt als einen Flug von ein paar Nächten."

Er fühlte, wie seine Kräfte wieder erwachten. Sie waren schon so weit gekommen. Sie würden schließlich auch noch den Rest schaffen. Er richtete seine Flügel aus und schoss auf den Wald zu, um nach dem Fluss zu suchen.

Und dann brach plötzlich der ganze Himmel zusammen, stürzte auf ihn herab und raubte ihm das Bewusstsein.

Er erwachte im Dunkeln, wusste nicht, wo er sich befand oder was passiert war. Als Letztes erinnerte er sich daran, dass er vom erstickenden Gewicht der Nacht eingehüllt wurde. Er blinzelte. Wo war er? Es gab keine Sterne, keinen Mond. Er spitzte die Ohren und hoffte, dass er in seinem Inneren ein silbernes Abbild der Welt erhalten würde. Aber von allen Seiten prallten die Echos hart zu ihm zurück.

Er war in irgendeinem winzigen Raum gefangen, so eng, dass er nicht einmal die Flügel ausbreiten konnte.

Plötzlich nahm er einen strengen, unangenehmen Geruch wahr und ein schnelles, regelmäßiges Pochen. Zuerst dachte er, es wäre sein eigener rasender Herzschlag. Dann wurde ihm zu seinem Entsetzen klar, dass es das Herz von irgendjemand anderem und sehr, sehr nahe war.

Auf allen Seiten schienen die Wände im Rhythmus der Herzschläge zu vibrieren. Es war, als ob …

Er befand sich im Inneren eines Lebewesens.

Mit einer furchbaren Ruhe kam ihm die Antwort:

Du bist gefressen worden.

Du bist im Magen eines riesigen Tieres.

Panisches Entsetzen packte ihn und er begann gegen die lederartigen Wände anzurennen. Lass mich raus, lass mich raus! Die Wände zogen sich noch enger zusammen, drohten die letzte Luft aus ihm herauszuquetschen. Er hörte auf, keuchte und schwitzte.

Die Wände bebten und gaben ein bisschen nach. Ein wenig frische Luft drang herein und Schatten atmete gierig. In dem bleichen Licht konnte er jetzt sehen, dass die Wände aus einer Art lederartigem Material bestanden … einem Fledermausflügel.

Er schrie auf, als der Flügel plötzlich weggenommen wurde und Goths gewaltiger Kopf drohend über ihm schwebte.

„Nichts gebrochen, hoffe ich."

„Wo ist Marina?", schluckte Schatten.

„Oh, die haben wir auch."

Sie befanden sich am Ende einer flachen Höhle. Throbb, der in der Nähe kauerte, entfaltete langsam seinen rechten Flügel, und darunter tauchte Marina auf und schnappte nach Luft. Ihr Blicke trafen sich.

Mühsam kroch er unter Goths Flügel hervor. Was er sah, bereitete ihm Übelkeit.

Früher hatte die Kannibalen-Fledermaus nur einen einzigen schwarzen Ring gehabt. Nun aber waren seine Unterarme und sogar seine Beine mit schimmernden Silberringen wie mit Girlanden bedeckt. Auch Throbb war so geschmückt, wenn auch lange nicht so überschwänglich wie sein Gefährte. Jetzt verstand Schatten das furchtbare metallische Pfeifen, das ihnen durch den Nachthimmel gefolgt war.

„Ihr habt sie umgebracht, nicht wahr?", krächzte Schatten.

„Du hast uns direkt hingeführt, wenn man's genau nimmt."

Schatten wandte sich zu Marina und betrachtete ihr Gesicht. Es sah aus, als ob sie sich gleich übergeben würde. All diese Fledermäuse, alles, worauf sie gehofft hatten – jetzt war es für immer verloren.

„Keine Sorge, wir haben sie nicht alle gefressen", sagte Goth. „Selbst ich kann nur eine begrenzte Menge Fledermaus verkraften."

„Du bist ein Monstrum", zischte Marina.

„Das haben sie auch gedacht", sagte Goth. „Riefen dauernd nach den Menschen um Hilfe. Dachten anscheinend sogar, sie würden sich selbst in Menschen verwandeln. Ganz rührend. Du wartest doch nicht etwa immer noch auf die Menschen, oder?", fragte er sie, um sie zu ärgern. „Ich hätte gedacht, dein letztes

Zusammentreffen mit ihnen wäre Beweis genug gewesen, dass sie sich nichts aus dir machen."

„Ich wollte, sie hätten dich getötet", sagte Marina.

„Hätten sie beinahe. Ich habe den Pfeil gerade noch rechtzeitig herausgerissen." Er blickte Schatten an. „Ich brauche den Rest deiner Klangkarte."

Schatten wurde die Kehle eng. „Wozu?"

„Ich will nach Hibernaculum und Frieda treffen und all die anderen Silberflügel."

„Ich habe den Rest vergessen."

„Du lügst."

„Nein. Wir haben uns verflogen."

Goth sah Throbb an und nickte. Throbb öffnete das Maul und schloss es vorsichtig um Marinas Kopf.

„Sag mir, wie ich dort hinkomme, Schatten."

Er schaute zu Marina und sah, wie von Throbb ein Speichelfaden auf Marinas Gesicht hinunterlief. Sie zuckte voller Abscheu zurück, atmete schnell und flach. Throbbs Zähne schlossen sich ein bisschen weiter und drückten auf sie.

„Es ist ein Fluss!", rief Schatten. „Durch den Wald. Ein Fluss, und wir müssen ihm folgen."

„Wohin?"

„Ich weiß es nicht, ich weiß es wirklich nicht. Wir kommen nicht dahinter. Das Bild ergibt keinen Sinn."

Goth starrte ihn hart an. „Du wirst dahinter kommen müssen, nicht wahr?"

Er nickte.

Goth gab Throbb mit dem Kopf ein Zeichen. „Lass sie los fürs Erste. Schatten muss nachdenken."

„Sie werden gegen euch kämpfen", sagte er wild. „Es sind tausende von uns dort."

„Zeig mir diesen Fluss. Wir haben genug Zeit vertan."

Goth und Throbb flogen eng an ihrer Seite, Flügelspitze an Flügelspitze. Schatten wusste, es gab kein Entkommen. Wenn sie versuchten auszureißen, könnten die großen Fledermäuse sie in Sekundenschnelle einholen.

Es dauerte nicht lange, bis er das sanfte Geräusch von fließendem Wasser hörte, und ihm wurde schlecht. Er richtete sein Klang-Sehen darauf, während er über die Baumwipfel hinstrich, und brachte sie über den Fluss.

„Wie weit ist es?", fragte Throbb zitternd.

„Vielleicht zwei Nächte, vielleicht mehr. Wenn wir auf den Orientierungspunkt treffen, weiß ich es."

„Ich hoffe, du weißt, was du tust", zischte ihm Goth zu. „Falls du versuchen solltest uns reinzulegen, denk an deine Freundin Marina."

Schweigend flogen sie eine Stunde lang, indem sie den Windungen des Flusses folgten. Seine Kolonie. Er wusste, dass sie nahe waren, und das Herz wurde ihm schwer. Er wollte schlafen. Er wollte warm sein. Er wollte all seine Probleme loswerden. Nach einer Stunde begann der Horizont zu leuchten.

„Ich habe Hunger", sagte Marina. „Wir haben lange nichts gegessen."

Es stimmte, wurde Schatten klar. Er hatte das gähnende Loch in seinem Magen noch nicht einmal bemerkt.

Goth blickte sie an. „Ja, esst ein paar von euren kleinen Insekten, aber bleibt in Sichtweite am Fluss. Wir beobachten euch."

Während die beiden riesigen Fledermäuse über ihnen kreisten, suchten Schatten und Marina ohne Begeisterung nach Insekteneiern und Schneeflöhen. Sie wagten nicht, normal zu sprechen.

„Sie werden uns umbringen, weißt du", flüsterte sie.

Er nickte und dachte an Zephirs Worte. Mächtige Kräfte waren auf der Suche nach Hibernaculum. Aber wer würde als Erster dorthin gelangen?

„Sobald sie wissen, wie sie dorthin gelangen", sagte Marina, „werden sie uns nicht mehr brauchen. Sie werden uns auffressen."

Und was würden sie mit seiner Kolonie anstellen? Konnten die Silberflügel gegen Goth und Throbb kämpfen? Die Männchen würden dort sein. Gewiss könnten sie alle zusammen die Kannibalenfledermäuse schlagen, egal wie mächtig die waren. Aber …

Was wäre, wenn Goth und Throbb nicht als Feinde dort ankämen? Kälte sickerte durch seinen Körper. Was wäre, wenn sie sich der Kolonie genauso näherten, wie sie sich ihm genähert hatten? Friedlich? Hilfsbereit? Was wäre, wenn die Silberflügel ihnen vertrauten und sie bei ihnen überwintern ließen? Sie würden im Schlaf gefressen werden. Einer nach dem anderen, den ganzen Winter lang. Und keiner würde aufwachen und es bemerken, bis es zu spät war.

„Was ist das für eine Narbe auf Throbbs Flügel?", fragte er Marina.

„Erfrierungen. Ich habe so etwas schon früher mal gesehen. Eine Fledermaus hatte sich für ein paar Nächte in einem Eissturm verflogen. Sie hat den ganzen Flügel verloren."

Schatten dachte nach. „Wird das Throbb auch so gehen?"

„Vielleicht. Die Spitze sieht schlimm aus. Und es wird sich ausbreiten."

„Goth wird es auch bekommen."

„Er ist ein bisschen größer, aber er verträgt die Kälte auch nicht. Wer weiß das schon, Schatten. Es könnte Wochen dauern."

„Wenn wir sie vielleicht vom Kurs abbringen, sie in der Kälte halten …"

Aber wie lange konnte er das riskieren, bevor Goth die Geduld verlor und sie beide umbrachte? Goth war schon argwöhnisch. Er traute ihm nicht. Und wie lange konnten er und Marina die Kälte aushalten?

Goth stürzte zu ihnen herab.

„Das reicht", sagte er. „Wir müssen einen Schlafplatz finden."

Schatten schaute weg, als die zwei Kannibalen den Finken zerrissen, den sie von ihrer Jagd mitgebracht hatten.

In der schmalen Aushöhlung eines toten Baumes hatten sie einen Schlafplatz gefunden. Es war beengt da drinnen und Goth und Throbb kauerten vor dem Eingang und blockierten ihn. Schatten bemerkte, dass Throbb heftig zitterte, während er fraß, und seinen verschorften Flügel an der rauen Innenseite des Baumes rieb. Die Eingeweide des Finks dampften.

„Meine Essgewohnheiten erregen immer noch euren Abscheu, wie ich sehe", sagte Goth.

„Ihr fresst Fledermäuse. Das ist wider die Natur."

„Mehr wider die Natur als den Wunsch zu haben ein Mensch zu werden?"

Throbb lachte gefühllos, während er kaute.

Goth schnaubte verächtlich. „Diese beringten Fledermäuse in den Bergen, sie haben eine Religion daraus gemacht, die Menschen zu verehren statt Zotz."

Zotz. Aus irgendeinem Grund ließ der Name Schatten schaudern.

„Du hast noch nie von ihm gehört, nicht wahr?"

„Nein." Und er wollte auch nicht von ihm hören.

„Cama Zotz ist der Gott der Fledermäuse. Er hat uns erschaffen und alles um uns, sogar diese gefrorene Wüste, die du Heimat nennst."

„Nein." Schatten schüttelte den Kopf. „Nocturna hat uns alle erschaffen und …"

„Warum machst du dir überhaupt die Mühe ihm zuzu-hören?", fragte Marina ärgerlich. „Er ist ein Lügner."

„Bin ich das? Dann sage mir mal: Warum sollte ein Gott der Fledermäuse wollen, dass seine Geschöpfe etwas anderes werden? Zotz will, dass wir mächtig werden, wie wir sind. Er will nicht, dass wir Menschen werden."

„Ich weiß noch nicht einmal, ob ich das überhaupt glaube", sagte Schatten. „Vielleicht ist das gar nicht das, was Nocturna mit uns vorhat."

Goth lächelte, und es war das Lächeln, das eine Mutter einem sehr kleinen Kind schenkt.

„Nocturna existiert nicht."

Schatten hatte ein Gefühl, als wäre ihm in den Magen geschlagen worden.

„Oder wenn sie existiert, dann ist sie so gut wie macht-los. Schau dir ihre Geschöpfe an. Sie ducken sich vor allem am Himmel und auf der Erde. Zotz ist allmäch-tig. Schau mich an!" Er breitete seine mächtigen Flü-gel aus, bleckte die Zähne und zog die kräftigen Schul-tern hoch. „Das ist wahre Macht. Ich fürchte kein Geschöpf. Ich fresse sie. Ratten, Eulen, Fledermäuse. Nicht einmal die Menschen können mir etwas anha-ben."

Schatten fühlte sich schwach, aber er konnte den Blick nicht von Goth abwenden.

„Ihr fresst Insekten. Das sind auch Lebewesen, sie sind nur zufällig kleiner als ihr. Und schwächer. Aber das hält euch nicht davon ab sie zu vertilgen, oder? Der wirkliche Grund, warum ihr euch nicht ernährt wie wir, ist einfach. Ihr könnt es nicht. Ihr seid zu klein. Fleisch gibt es da, wo die Macht ist. Wenn ich eine andere Fledermaus fresse, nehme ich die Kraft dieser Fledermaus in mich auf, ich nehme mir die Macht dieser Fledermaus und mache sie zu meiner eigenen. Und ich wachse. Ihr seid hier im Norden mit den Insekten fast verhungert. Du bist es, der wider die Natur lebt. Nicht ich."

Schatten war ganz wirr im Kopf vor lauter Zweifeln. Er hatte inzwischen so viele Geschichten gehört, von Frieda, von Zephir, von Schirokko und nun von Goth. Wie sollte er denn wissen, was richtig und was falsch war? Er war ein Knirps, winzig und machtlos. Aber alle Fledermäuse waren winzig im Vergleich zu diesen Riesen. Wie konnten sie jemals hoffen, die Eulen und die Ratten zu schlagen und die Sonne zurückzugewinnen? Er war sogar zu machtlos, um seiner eigenen Kolonie zu helfen und die Silberflügel vor Goth und Throbb zu bewahren.

„Vielleicht hast du Recht", sagte er müde zu Goth. Marina schaute ihn entsetzt an. „Schatten …"

„Nein, wirklich, Marina, was ist, wenn sie Recht haben und es sich so verhält? Es gibt Fledermäuse und Eulen und Ratten und Menschen und der Stärkste gewinnt, so einfach ist das. Das Einzige, worauf es ankommt, ist Macht."

„Für dich vielleicht", sagte Marina verächtlich. „Ich hätte es wissen müssen. Dein ganzer Wunsch, etwas über unsere Ringe zu erfahren und die Eulen zu schlagen und zurück an die Sonne zu kommen – das Einzige, worauf du aus bist, ist, groß und wichtig zu sein."

„Du bist nicht anders", schoss er zurück.

„Was?"

„Du wolltest das alles genauso wie ich. Du hast deinen Ring und du wolltest glauben, dass du auch etwas Besonderes bist. Dass der Ring etwas bedeutet und du besser bist als alle anderen Glanzflügel. Es ist dasselbe."

„Wenigstens habe ich nicht den Wunsch so zu sein wie diese beiden", sagte sie eisig. „Ich hatte das ganz vergessen, aber das ist es doch, was du mehr als alles andere willst, oder?"

Schatten schwieg. Er blickte Goth an und sah, wie über dessen Gesicht ein Grinsen huschte.

„Du könntest wachsen, Schatten", sagte Goth. Er riss einen Fetzen Vogelfleisch vom Knochen und hielt ihn ihm mit den Zähnen hin. Schatten war überrascht, dass ihm das Wasser im Munde zusammenlief. Sie hatten ihn nicht genügend Insekten vertilgen lassen und es hatte nur wenig Nahrung gegeben während der vergangenen Nächte in den Bergen. Er war so hungrig. Wie würde das Fleisch schmecken? Er fragte sich, ob er danach tatsächlich wachsen würde, sodass er seinen Knirps-Körper ein für alle Mal ablegen konnte.

„Was kann ein Versuch schon schaden?", fragte Goth.

„Die Vögel sind nicht deine Freunde. Versuch's, Schatten."

„Nein", sagte er mit einem Blick auf Marina.

Goth lachte. „Du hast Angst, nicht wahr? Angst davor, dass es dir schmecken könnte."

„Nein."

Goth verschlang das Fleisch selber und lachte höhnisch.

Als er den Vogel abgenagt hatte, breitete Goth einen seiner Flügel aus. „Da drunter wirst du schlafen", sagte er zu Schatten. „Um sicher zu sein, dass du nicht irgendwohin verschwindest. Throbb, nimm du Marina."

Schatten rümpfte vor Abscheu die Nase, als er unter Goths Flügel kroch und der sich über ihn legte und ihn in einem Dunst von Schweiß und Fleischgeruch einhüllte. Er hörte Goths mächtiges Herz in seiner Brust schlagen und schlief mit finsteren Gedanken ein, die sich in seinem Kopf wie Gewitterwolken zusammenbrauten.

– 21 –

Verrat

„Ich möchte mit euch in den Dschungel."

Goth schaute interessiert zu Schatten hinüber. Sie flogen nebeneinander über dem sich windenden Fluss. Das Wasser strömte nun schneller und schäumte über Felsen hinweg.

Vor ihnen flog Throbb und bewachte Marina. Sie hatte sich geweigert neben Schatten zu fliegen, hatte ihm nicht einmal ein Wort gegönnt, als sie an diesem Abend aufbrachen. Throbb, fiel ihm auf, hatte eine merkwürdige, hinkende Art zu fliegen entwickelt. Er hielt seinen verletzten Flügel zusammengefaltet, sodass er halbherzig durch die Luft schlappte.

Er sah nicht gesund aus. Sein Fell war fettig und verfilzt, die Augen tränten und er zitterte jetzt ununterbrochen, sogar während des Fluges.

„Warum", fragte ihn Goth, „willst du in den Dschungel?"

„Ich möchte so sein wie du. Ich möchte unter Fledermäusen leben, die mächtig sind und Zotz verehren."

Goth lachte. „Und was ist mit deiner geliebten Nocturna?"

„Sie ist machtlos, du hast Recht. Ich habe den ganzen Tag darüber nachgedacht. Das Große Versprechen ist eine Lüge. Wir werden unser ganzes Leben in Angst vor allen anderen verbringen."

„Und du bist bereit, deine eigene Kolonie zu verlassen?"

„Sie werden nicht viel länger existieren, nicht wahr? Ich weiß, was du vorhast. Du wirst versuchen sie zu überlisten, dass sie dir trauen. Vielleicht gelingt dir das, vielleicht nicht. Wenn es dir gelingt, wirst du sie einen nach dem anderen auffressen, den ganzen Winter lang, während sie schlafen." Er sagte das ganz ruhig und gefühllos. „Und ich weiß, du hast vor mich zu töten, bevor wir dort hinkommen."

„Stimmt."

„Mir ist egal, was du mit den anderen machst. Nur mich nimm mit in den Dschungel."

„Dir ist es wirklich egal, wenn ich deine Kolonie auffresse?"

Er schien interessiert.

„Sie hassen mich. Sie geben mir die Schuld dafür, dass die Eulen den Baumhort niedergebrannt haben. Und sie haben mich auch vorher schon sowieso nicht gemocht. Eine Zeit lang habe ich geglaubt, ich könnte es wieder gutmachen, indem ich ihnen beim Kampf gegen die Eulen helfe. Aber sie wollen nichts mit mir zu tun haben. Warum sollte ich mir Gedanken um sie machen?"

„Nicht einmal um deine Mutter?"

Er zuckte die Achseln, sein Gesicht war hart. „Sie ist nie gekommen, um nach mir zu suchen, als ich mich verflogen hatte – sie ist einfach weitergezogen und hat mich für tot abgeschrieben. Sie dachte sich wahrscheinlich, ich mache mehr Ärger, als ich wert bin."

Goth blickte zu Marina.

„Und sie?"

Schatten schnaubte bitter. „Sie denkt immer noch, die Menschen werden kommen, um uns zu retten. Du hast Recht, es ist lächerlich, etwas sein zu wollen, was man nicht ist. Sie glaubt nur, ich sei schwach und scharf auf Macht."

„Bist du das nicht?"

„Doch." Er schaute Goth direkt in die Augen. „Ich bin scharf darauf. Mein ganzes Leben lang bin ich ein Knirps gewesen und ich möchte größer und stärker werden. Ich möchte, dass du mir zeigst, wie man jagt und kämpft."

Nachdenklich blickte Goth zum Horizont.

„Ich trau dir nicht, Schatten."

„Du musst."

Goth zuckte zusammen. In seinen Augen spiegelte sich Überraschung. „Das glaube ich nicht. Ich könnte dich sofort umbringen."

„Dann würdest du erfrieren. Du brauchst mich, um

nach Hibernaculum zu kommen. Meinst du etwa, der Winter könnte nicht noch schlimmer werden? Das ist doch erst der Anfang. Schau dir Throbb an. Er hat Erfrierungen. In ein paar Nächten wird er wahrscheinlich nicht mehr fliegen können. Dann wird er seinen Flügel verlieren. Dir wird's genauso gehen, wenn du dich nicht beeilst. Du hast nicht genug Fell, das dich schützt. Du brauchst einen warmen Platz für den Winter. Und zwar bald. Und du brauchst meine Hilfe, um die Silberflügel zu überzeugen, dass du ihr Freund bist."

Man konnte sehen, dass Goth das Ganze nicht länger auf die leichte Schulter nahm.

„Das ist also unsere Abmachung", sagte Schatten. „Ich bringe dich nach Hibernaculum und du bringst mich in den Dschungel."

Für einen Augenblick schwieg der Kannibale. Dann nickte er.

„Abgemacht, kleine Fledermaus."

Vielleicht hatte er Schatten unterschätzt.

Aus den Augenwinkeln beobachtete Goth die kleine Fledermaus während des Fluges. Mit Sicherheit war jetzt nicht viel an ihm dran, aber das konnte sich ändern … mit Fleisch würde er wachsen.

Schatten hatte Recht. Er brauchte ihn wirklich. Wenn sie nicht bald nach Hibernaculum kamen, würde Throbb sicher sterben. Nicht dass Goth diesem Schwächling, diesem fliegenden Leichnam nachtrauerte. Aber auch er fühlte den Ansatz einer unangenehmen Taubheit in den Flügelspitzen. Er brauchte Wärme.

Und Schatten könnte ihm unter Umständen lebendig nützlicher sein, als wenn er tot war. Vielleicht konnte er ihm helfen, die Silberflügel dazu zu überreden mit in den Dschungel zu kommen. Für Schatten sollte sich das auszahlen. Er konnte ihm besondere Vorrechte einräumen. Und er wäre sicher ein nützlicherer Begleiter als Throbb. Er war scharfsinnig, dieser Knirps. Er war vielleicht kein großer Kämpfer, noch nicht, aber in seinen Augen spiegelten sich Intelligenz und Ehrgeiz. Er wollte wirklich Macht haben, und Goth musste das respektieren.

War er wirklich entschlossen, seine eigene Verwandtschaft zu opfern? Und auch Marina? Zunächst hatte er daran seine Zweifel, aber nach einer Weile begann er zu glauben, dass Schatten die Wahrheit sagte. Der kleine Knirps war schließlich schlau.

Er war zur Einsicht gekommen.

„Da ist er", sagte Schatten plötzlich zu Goth. „Der letzte Orientierungspunkt." Er deutete mit der Flügelspitze auf einen hohen Berg am westlichen Horizont. Goth schaute hin. „Du hast nie etwas von einem Berg gesagt."

„Aber ich wusste, ich würde mich erinnern, wenn ich ihn sehe. Ich hatte einfach diesen Teil in der Karte meiner Mutter vergessen. Wir verlassen den Fluss und fliegen über den großen Berg, und dann sollte es nicht mehr weit sein. Glaube ich jedenfalls."

Er schätzte für sich die Entfernung ab. Ihm wurde übel. Ein Flug von nur noch einer Nacht, höchstens zwei, und sie würden diesen Berg erreichen.

„Gut", sagte Goth. „Hier lang!", rief er Throbb und Marina zu. „Schatten hat sich schließlich doch entschlossen, mit uns zusammenzuarbeiten."

Marina schaute sich über den Flügel nach ihm um. Ihre Blicke trafen sich nur für einen Moment, lange genug, dass er den Abscheu in ihren Augen erkennen konnte.

Dann musste er wegsehen.

„Es wird langsam hell", sagte Goth. „Wir essen hier und suchen ein Lager für den Tag. Bleibt auf der Lichtung, wo wir euch beobachten können."

Vorsichtig flatterte Schatten zu den Baumwipfeln hinab. Sie hatten in letzter Zeit keine Eulen oder anderen Vögel getroffen, aber er hielt dennoch ein wachsames Auge und Ohr offen.

„Was tust du?", zischte Marina, während sie vor ihm herjagte.

„Was spielt das für eine Rolle?", antwortete er kalt.

Er konnte sehen, wie Goth niedrig über ihnen kreiste und sie beobachtete, und er wusste, wie scharf sein Gehör war.

„Du führst sie nicht wirklich nach Hibernaculum."

Er schwieg.

„Sag mir's, wenn du das tust, denn dann versuche ich allein zu entkommen."

„Würde ich nicht machen."

„Nein?"

„Sie schnappen dich."

„Wie kannst du uns das nur antun? Deiner eigenen Kolonie? Und mir?"

Er schaute sie angestrengt an, wollte mehr als alles andere sprechen. Aber er konnte nicht. Sie flog weg von ihm, um allein zu jagen.

Sein Herz war schwer wie ein Stein. Er aß, ohne es zu merken, suchte dort, wo Marina es ihm beigebracht hatte. Er flatterte an einem Busch vorbei und suchte nach Insektenpuppen, da sah er die Blätter. Er starrte sie lange an. Sie hatten etwas Vertrautes. Ja, er erkannte ihre Form wieder, die Oberfläche mit den dunklen Adern. Aber wo …?

Im Turm der Kathedrale!

Zephir hatte dieses Blatt zerkaut und den Saft in Schattens Maul geträufelt. Das Blatt, das ihn eingeschläfert hatte.

Schatten wimmerte beinahe vor Dankbarkeit.

Vorsichtig blickte er hoch zu Goth und Throbb. Sie hatten sich auf einer Baumspitze niedergelassen, um ihn und Marina zu überwachen. Schatten landete auf dem Busch, immer noch gut sichtbar. Er fand einen Beutel Grilleneier und verschlang ihn hungrig. Während er kaute, griff er vorsichtig mit einer Kralle nach einem dunkelgeäderten Blatt und riss es vom Zweig ab. Langsam krumpelte er es eng am Körper zusammen und versteckte es tief unter dem Flügel in einer Hautfalte.

Er blickte zu den beiden Kannibalen hoch. Sie hatten anscheinend nichts bemerkt. Goth putzte sich und machte sich fertig für die Jagd.

Schatten verließ den Busch und fuhr mit der Nahrungssuche fort.

Goth brachte eine Fledermaus mit in die Höhle und zerriss sie hungrig. Schatten sah, dass es ein Glanzflügel war, und der Magen drehte sich ihm um. Marina starrte die beiden Kannibalen mit funkelnden Augen an.

„Sei dankbar, dass ich diesen Einzelgänger gefunden habe", sagte Goth zu ihr, „sonst hätte ich jetzt vielleicht dich gefressen."

Schatten holte langsam tief Luft. „Ich möchte auch was."

Goth und Throbb schauten zu ihm hin.

„Oho!", krähte Goth. „Der Kleine hat tatsächlich Appetit auf Fleisch bekommen."

„Heute Nacht ist nicht genug für ihn da", sagte Throbb. „Soll er doch sein eigenes Fleisch fangen."

„Sei nicht so geizig, Throbb", sagte Goth. „Wir haben einen Konvertiten zu Zotz unter uns."

Aus den Augenwinkeln sah Schatten, wie Marina ihn ungläubig anstarrte.

„Bitte sehr, bediene dich", sagte Goth.

Langsam kroch Schatten zu dem Kadaver hin und zwang sich dazu, nicht im letzten Augenblick den Mut zu verlieren. Als er sich über die halb verzehrte Fledermaus beugte, wandte er Goth und Throbb den Rücken zu. Sie sollten nicht sein Gesicht sehen.

Die letzten Minuten hatte er das Blatt gekaut, so langsam, dass keiner es bemerkt hatte. Er war äußerst vorsichtig gewesen. Nicht einen einzigen Tropfen hatte er hinuntergeschluckt. Er hielt alles in einer Backentasche, zermalen und mit Speichel zu einer klaren Flüssigkeit vermischt.

Als er sich nun über den Körper der Fledermaus beugte, tat er so, als ob er äße und senkte die Zähne hinein. Aber er aß nicht, er ließ nur geräuschlos den Saft des Blattes auf den Leichnam tropfen. Hier ein bisschen, dort ein bisschen. Er hatte Glück, dass die Flüssigkeit geruchlos war und auch fast geschmacklos – nichts, was die beiden Kannibalen alarmieren konnte.

„Er isst kaum etwas!", jammerte Throbb und torkelte näher heran, um zu sehen, was Schatten machte.

Schnell schloss Schatten den Mund.

„Iss!", knurrte Goth und schlug mit einem ausgestreckten Flügel nach ihm. „Du hast gesagt, du willst essen. Also iss!"

Schatten hatte noch ein wenig von dem Trank im Mund. Er kam jetzt nicht drum herum. Er musste etwas von der Fledermaus essen. Sein Magen drehte sich um, als er sich hinabbeugte und einen zaghaften Bissen nahm und dabei gleichzeitg den Rest der Flüssigkeit aus dem Mund fließen ließ.

Vom Geschmack des Fleisches traten ihm Tränen in die Augen. Er versuchte es nicht mit der Zunge zu berühren oder zu lange im Mund zu behalten. Er schluckte, verschluckte sich beinahe, war entsetzt und schämte sich furchtbar. Er hatte das Gefühl, etwas unaussprechlich Böses getan zu haben. Er konnte nicht verhindern, dass ihm jetzt die Tränen über die Nase und das Fell liefen.

„Du wirst dich daran gewöhnen", sagte Goth. „Bald wirst du so weit sein, dass du es kaum erwarten kannst wieder zu töten."

Throbb schubste Schatten grob zur Seite und begann wieder von dem toten Tier zu fressen. Schatten kroch langsam zu Marina zurück, aber sie rückte von ihm ab und starrte ihn nur mit blankem Hass im Blick an.

„Verräter", sagte sie und drehte ihm den Rücken zu. „Ich wünschte, ich hätte dich nie getroffen."

Außerhalb der Höhle brannte die Sonne.

Versuchsweise bewegte sich Schatten gerade so viel, um zu sehen, ob Goth es bemerkte. Der schwere Atem des Kannibalen ging ungestört weiter. Langsam streckte Schatten die Schultern unter Goths Flügel hervor. Dann die Brust, die eigenen Flügel, die er so eng wie möglich an den Körper presste. Er war halbwegs draußen, als Goth zuckte. Sein breiter Flügel zog sich zusammen und drückte Schatten näher an seinen übel riechenden, feuchten Körper.

Schatten machte sich ganz schlaff und wartete ängstlich ein paar Augenblicke. Aber Goth wachte nicht auf. Er knirschte im Schlaf mit den Zähnen, aus dem offenen Maul tropfte ein Speichelfaden. Voller Abscheu schaute Schatten weg und fing wieder damit an, sich langsam vorwärts zu schieben. Fast war er so weit, beinahe schon, nur noch der Schwanz und die Beine mussten freikommen.

Einer seiner Flügel schlug gegen Goths Unterarm, sodass zwei von den Metallringen aneinander schepperten. Das führte zu einem hellen Klingeln.

„Schatten", sagte Goth.

Entsetzt erstarrte Schatten, dann drehte er langsam den Kopf. Goth hatte eins seiner Augen weit geöffnet und starrte ihn direkt an. Aber er rührte sich nicht. Sein Auge war tot, nicht fixiert.

Er schläft immer noch, dachte Schatten.

Sie starrten sich weiter gegenseitig an. Schatten bewegte sich nicht, er wartete, was als Nächstes passieren würde.

„Schlaf ein", sagte Schatten leise.

Wie auf ein Stichwort fiel Goths Auge zu und er atmete wieder gleichmäßig.

Schatten zog langsam die Schultern nach vorn und machte sich von Goths Flügel frei. Er kroch zu Throbb, der den hässlichen Kopf unnatürlich zur Seite gedreht hatte und so seinen Betäubungsschlaf schlief. Vorsichtig hob er eine Falte des rechten Flügels hoch und stupste Marinas Kopf zärtlich mit der Nase an.

„Schhhhhh", flüsterte er, als sie sich rührte und die Augen öffnete. „Kein Geräusch."

Sie starrte ihn mit dem gleichen kalten Abscheu an wie letzte Nacht und er fürchtete plötzlich, sie könnte etwas sagen und ein unbedachtes Geräusch machen, das alles verdarb, worum er sich bemüht hatte.

„Vertrau mir", war alles, was er flüsternd sagen konnte.

Er half ihr dabei, sich von Throbbs Flügel frei zu machen, und beide krochen geräuschlos zum Eingang der Höhle. Sie blinzelten hinaus in die Helligkeit des Tages.

„Mach die Augen zu", sagte er.

Sie schlossen die Augen, breiteten die Flügel aus und flogen los.

Das Gewitter

Sogar in Schattens zusammengekniffene Augen drang
an den Rändern schmerzhaft ein aggressives Glühen
herein und behinderte sein Klang-Sehen. Mit Marina
an der Seite kreiste er schnell, um sich an den Baumwipfeln zu orientieren. Dann flog er geradeaus den
Weg zurück, den sie letzte Nacht gekommen waren.
Er wollte sich so weit wie möglich von Goth und
Throbb entfernen, bevor diese aus ihrem Betäubungsschlaf aufwachten.

Er war in die Sonne gegangen, ins Licht des Tages.
Keine Fledermaus hatte das für Millionen von Jahren
getan.

Er konnte die Wärme auf den Flügeln spüren, auf
dem Rückenfell, und sogar an diesem kalten Winter-
tag fühlte sich das fantastisch an. Es fühlte sich an wie
ein Sieg.

„Warum sind sie nicht aufgewacht?", fragte Marina.

„Ich habe sie betäubt."

Rasch erzählte er ihr von dem Blatt und wie er so tun

musste, als ob er von der Fledermaus aß. Und dann ging er weiter zurück und erzählte ihr von seinem Plan. Wie er Goth dazu bringen wollte, ihm zu vertrauen, und ihn dann nach Westen führen wollte, weg von Hibernaculum, in der Hoffnung, die Kannibalen würden erfrieren oder so schwach werden, dass er und Marina ihnen fliegend entkommen könnten.

„Oh, Schatten", sagte sie leise. „Es tut mir Leid. Ich habe das nicht gewusst."

„Ich weiß. Ich wollte, dass es überzeugend wirkt, das ist alles." Er zögerte. „Du hasst mich doch nicht, oder?" Die Blicke, die sie ihm zugeworfen hatte, waren schwer zu vergessen.

„Natürlich hasse ich dich nicht! Du hast uns gerettet!"

„Noch nicht."

Es gab keine Sterne, die ihn leiten konnten. Er hoffte, er könnte sich an ihre Route letzte Nacht erinnern. Als er da vom Fluss abgebogen war, hatte er nach Orientierungspunkten Ausschau gehalten, die er im Gedächtnis verankern konnte.

„Wird sie uns wehtun?", fragte sie. „Die Sonne?"

„Hat uns jedenfalls noch nicht zu Staub verwandelt."

„Aber wird sie uns blind machen?"

„Glaube ich nicht. Das sind nur Geschichten, die sie den Kleinkindern erzählen. Aber sie könnte am Anfang zu viel werden. Lass dir Zeit. Und schau nie direkt in die Sonne."

Während des Fluges hatte er allmählich die Augenlider gelockert, sodass sie sich Stück für Stück öffneten. Das Verlangen, die Augen aufzumachen, war größer, als er sich vorgestellt hatte. Er wünschte so sehnlichst, das Licht des Tages in seiner ganzen Pracht zu sehen. Er öffnete die Augen nur einen kleinen Spalt weiter und …

Er hörte Marinas erstauntes Atemholen.

„Siehst du's?", flüsterte er.

„Ja."

Es war die gleiche Welt, die er sein ganzes Leben lang bei Nacht wahrgenommen hatte, aber nun war sie im Schein der Sonne wie verwandelt. Merkwürdigerweise war sie nicht so scharf und klar, wie er es sich vorgestellt hatte. Das Sonnenlicht schien einen Dunst über die Dinge zu legen, wo das Echosehen ihm immer die klarsten Bilder geliefert hatte. Aber diese neue Welt besaß eine blendende Schönheit. Alles schien von allen Seiten beleuchtet zu sein, die Bäume, die Büsche, die toten Blätter, der Schnee, sogar die Luft. Alles hatte zugleich eine Tiefe und eine Oberfläche, wie er es sich nie vorgestellt hatte. Niemals zuvor hatte er die Luft bemerkt und wie sie das Licht aufsaugte. Er konnte sie beinahe mit den Augen fühlen. Alles leuchtete.

Die Welt war schön, aber schmerzhaft. Seine Augen waren noch nicht bereit für mehr. Er ließ sie nur einen Spalt breit offen.

„Lass uns höher fliegen", sagte er. Er wollte weg von

diesen Bäumen, hoch in den Himmel, wo es weniger Vögel geben würde. Es war durchaus möglich, dass eine scharfäugige Krähe sie von unten beobachtete. Sie hätten so niedrig keine große Vorwarnzeit, sollte eine zuschlagen.

Nachts waren seine schwarzen Flügel und der schwarze Körper an die Dunkelheit gut angepasst, nun machten sie ihn zu einem leicht wahrzunehmenden Ziel. Marina hatte es ein wenig besser mit ihrem hell glänzenden Fell.

Es wurde dunkler, dicke Wolken schoben sich vor die Sonne. Und es gab auch Wind, der den unverkennbaren Geruch von Blitzen mit sich brachte.

„Ein Gewitter ist im Anzug", sagte Marina.

In der Höhle legte Goth im Schlaf die Flügel an den Körper. Die Nase zuckte. Irgendetwas stimmte nicht. Er breitete den Flügel aus und tastete über den Boden. Er knurrte und mit einer großen Anstrengung hob er langsam die schweren Augenlider. Schatten war weg.

„Throbb", jammerte er, die Kehle noch vom Schlaf verschlossen. Er hustete und raffte sich auf. „Throbb!"

Throbb schlief selbstvergessen weiter.

Wütend taumelte Goth hoch, stürzte durch die Höhle, stieß Throbb mit der Schnauze an und hob seine Flügel, um darunter nachzusehen.

„Was?", schrie Throbb alarmiert.

„Sie sind weg!"

„Es ist noch Tag", sagte Throbb, als er aus dem Höhleneingang hinausblinzelte. „Sie können nicht …"

„Sie sind weg!", brüllte Goth noch einmal. Er schnüffelte den Boden nach ihrem Geruch ab. „Aber noch nicht lange. Hoch mit dir."

„Ins Licht?"

„Ja."

„Aber das ist gefährlich."

Mit einer kurzen Kopfbewegung packte Goth Throbbs Flügel mit der Schnauze und fuhr mit den scharfen Zähnen über den Blasen hin und her. Throbb jaulte auf.

„Der Winter ist gefährlich", zischte Goth. „Und wenn wir nicht diese Höhle der Silberflügel finden, werden wir erfrieren! Und du als Erster."

„Ja, ja", wimmerte Throbb.

Sie stürzten zum Höhleneingang und flogen los in den Tag hinaus.

Der Wind kam hinter ihnen herangebraust wie eine Furie, aber Schatten war froh darüber. Es bedeutete, dass weniger Vögel unterwegs sein würden. Und was besonders wichtig war, sie würden immer weiter von den Kannibalenfledermäusen weggetrieben werden. Er konnte an den Veränderungen der Temperatur und des Lichts erkennen, dass der Himmel von Wolken bedeckt war. Schon wurde es schwierig zu steuern und Schatten fragte sich, wie lange sie noch weiterfliegen

konnten, ehe sie sich einen Unterschlupf suchen muss-
ten. Unter ihnen glitt der Boden mit beängstigender
Geschwindigkeit vorbei und er hatte kaum noch die
Kontrolle über seine Flügel.

„Wie kommst du klar?", übertönte Marina den Wind.

„Ich habe Angst", gab er zu.

„Ich auch."

„Wir müssten eigentlich bald wieder am Fluss sein."
Wenn ich keinen Fehler gemacht habe, dachte er besorgt. Er glaubte, einige Orientierungspunkte wieder
erkannt zu haben, aber es gab auch Strecken, die ihm
vollkommen neu vorkamen. Aber ein paar Tausend
Flügelschläge später wurde das baumbestandene Gelände von der gewundenen Linie des Flusses unterbrochen.

„Da ist er!", schrie Schatten aufgeregt.

Und da war eine Eule, die sich von den Bäumen direkt
vor ihnen erhob.

„Gesetzesbrecher!", kreischte sie.

Er wurde direkt auf die Eule zugeweht, sie beide, und
Schatten wusste, sie würden ihren Klauen nicht entkommen. Keine Zeit abzubiegen, keine Zeit höher zu
steigen. Und in dem endlos scheinenden Sekundenbruchteil erinnerte er sich an den Bärenspinner, den
er vor so langer Zeit beim Baumhort gejagt hatte, wie
langsam und hilflos er schien, aber …

Er wusste nicht einmal, ob es funktionieren würde.
Aber es war seine einzige Chance.

Er schloss die Augen und sang der Eule ein Klangbild zu. Er malte ein Dutzend verschiedene Fledermäuse in die Luft um sie herum, einige, die höher aufflogen, einige, die eine Rolle seitwärts machten, einige, die auf den Boden hinabstürzten.

Er sah, wie die Eule zögerte. Wo waren die wirklichen Fledermäuse? Es funktionierte! Er hatte sie abgelenkt! Aber die Eule schüttelte den Kopf und ihre entsetzlichen Augen blickten sie direkt an, die Klauen waren bereit zuzupacken und sie zu zerrreißen.

Schatten versuchte es noch einmal. Aufschreiend schoss er ein Klangbild von Goth ab – mit einem Meter Flügelspanne, ausgestreckten Krallen, kreischend aufgerissenem Maul …

Die Eule empfing das Bild, bellte erschrocken auf, fiel zurück zu den Bäumen und wagte nicht einmal zurückzublicken.

„Was hast du gemacht?", rief Marina.

„Ein kleiner Trick, den ich einem Bärenspinner abgeschaut habe", sagte er frech. „Ich werde ihn dir gelegentlich zeigen."

Ein schwaches metallenes Klimpern drang an seine Ohren und verschwand dann wieder. Sein ganzer Körper spannte sich. Er hielt die Luft an, hoffte, dass er sich das nur eingebildet hatte, hoffte auf Stille.

„Hast du das gehört?", fragte Marina.

Sein Herz hämmerte wild. Er drehte den Hals um, strengte die Augen an, sah aber nur einen schwarzen

Punkt in der Ferne, dann nichts, dann zwei Punkte, wieder weg. Aber er hörte, jetzt schon deutlicher, das vertraute metallische Pfeifen im Wind.

„Wie weit sind sie?", fragte Marina.

„Kann ich nicht sagen. Aber woher wussten sie, in welche Richtung wir fliegen?"

„Sie sind nicht blöd. Bei einem derartigen Wind gibt es nur eine Richtung, in die wir fliegen können."

„Ich hätte mehr Blätter kauen sollen!", ärgerte er sich.

„Warum hab ich das nicht? Es wäre so einfach gewesen. Da war ein ganzer Busch voll, ich hätte ..."

„Schatten", sagte Marina. „Da oben."

Am Horizont braute sich eine gewaltige Gewitterwolke zusammen.

„Da drinnen werden wir sie abhängen", sagte sie.

Er stieß durch den Unterleib der Wolke und wurde wie ein Blatt herumgewirbelt. Hier drinnen wurde er fast von den eigenen Echos betäubt, die von allen Seiten zu ihm zurückprallten. Es war, als wäre man in einer winzigen Höhle. Sein Klang-Sehen war nutzlos. Es war nicht viel besser als Blindflug. Er stürzte weiter durch die Wolkenwände, unfähig, mehr als einen Meter weit vor der Nase zu sehen.

„Marina!", rief er und die eigene Stimme wurde dumpf zurückgeworfen.

Aus dem Nebel kam sie an seine Seite geglitten.

„Ich kann nichts sehen", sagte sie.

„Die beiden auch nicht", sagte Schatten. „Wir wollen versuchen oben an der Spitze durchzubrechen. Dann können wir in einem Bogen zurückfliegen, unter die Wolke gehen und den Fluss wieder finden."

Gemeinsam schraubten sie sich mühsam in Spiralen durch das Innere der Gewitterwolke nach oben. Immer wieder verloren sie sich in den Hügeln und Tälern finsteren Nebels aus den Augen. Hier drinnen wurde es immer dunkler, die Luft war beinahe zu dick zum Atmen.

„Fühlt sich dein Fell auch so komisch an?", flüsterte Marina.

Schatten betrachtete seine Brust. Die Haare kribbelten und standen aufrecht.

„Was bedeutet das?", fragte er.

Die Luft roch plötzlich anders, nach Metall. Das Innere der Wolke wurde plötzlich von einem Blitzstrahl erleuchtet, der sie für einen Augenblick blendete. Ein Donnerschlag verschlug Schatten den Atem.

„Wir sollten besser bald durch die Spitze stoßen", ächzte er, „sonst werden wir noch getroffen!"

Sie stellten die Flügel an, ruderten heftiger und ein Paar gewaltiger Kiefer stieß durch die Nebelwand vor ihnen. Schatten rollte zur Seite, als Goth vorwärts schoss und zuschnappte, an beiden vorbei. Goth wendete scharf und drehte sich herum für einen zweiten Angriff.

Schatten jagte blindlings durch die Gewitterwolke,

ohne zu wissen, wohin er flog oder wo Marina jetzt war. Durch einen Wolkenschleier sah er einen dunklen Schatten, der größer wurde und direkt auf ihn zukam. Er tauchte weg, aber nicht schnell genug. Throbb stürzte sich auf ihn, riss mit den Klauen durch seinen Schwanz und schleuderte ihn rückwärts durch die Luft.

Schatten hörte, wie Throbbs Maul aufschnappte um zuzubeißen, und er warf seine Flügel direkt nach oben, bremste und schnellte nach hinten über die Kannibalenfledermaus. Dabei schlug er nach Throbbs verwundetem Flügel und zog die Krallen tief hindurch.

Throbb heulte auf, legte die Flügel eng an und taumelte außer Sichtweite.

Schatten verharrte einen Moment und versuchte die Orientierung wieder zu finden. Flieg nach oben, sagte ihm sein Instinkt. Da wollten wir hin. Dahin würde auch Marina fliegen.

Ganz plötzlich stach ihm die Luft in die Nase, sein Fell sträubte sich und er schloss gerade noch rechtzeitig die Augen. Der Blitzstrahl schoss an ihm vorbei, so nahe, dass er die gewaltige Hitze spüren konnte, dann folgte ihm der Donner auf den Füßen und blendete seine beiden Ohren.

Er konnte kaum sehen, kaum hören und er flog so schnell, wie er konnte. Das Einzige, was er wusste, war der Unterschied zwischen oben und unten. Für einen Moment glaubte er, er wäre aus der Wolke heraus, aber es war nur eine gespenstische Blase in der Gewitterwolke, wie eine magische Höhle am Himmel.

Ein furchtbarer Schrei drang durch die Wolke.

„Marina!", rief er in panischer Angst. Er war sicher, dass sie es war. „Marina! Wo bist du?"

Goth stürzte sich auf ihn herab, packte ihn mit einer seiner Klauen, durchlöcherte seinen Flügel an zwei Stellen. Aber der Schmerzensschrei erstarb ihm in der Kehle, als er den glänzenden, blutbedeckten Gegenstand zwischen Goths Zähnen sah.

Marinas Ring.

Wütend versuchte er Goths Augen mit seinen Krallen zu erreichen, aber die Kannibalenfledermaus hielt ihn von seinem Körper weg: Er war ein harmloser Knirps.

„Throbb", schrie Goth, „wir haben unseren Führer wieder." Er schaute Schatten an. „Eine neue Abmachung zwischen uns: Du bringst uns sofort nach Hibernaculum oder ich reiße dir die Eingeweide raus."

Goth rollte plötzlich auf den Rücken, als Marinas glänzender Körper ihn rammte.

„Los!", schrie sie Schatten zu.

Er wand sich aus Goths Griff heraus und raste zu ihr. Ihr Unterarm blutete heftig. Aber bevor sie in das Wolkenmeer eintauchen konnten, kam Throbb von der Seite heran und versperrte ihnen den Fluchtweg. Schatten bog mit Marina ab und zurück. Sie flatterten wild auf der Stelle, als Goth und Throbb sich von beiden Seiten mit ausgebreiteten Flügeln näherten, um sie zu fangen.

Wieder kribbelte die Luft und Schattens Fellhaare standen ihm weit vom Körper ab. Der metallische Geruch war diesmal fast überwältigend und er schien von Goth und Throbb zu kommen. Seine Augen fielen auf die Metallringe, die sie wie Girlanden am Körper trugen. Aus der schwarzen Wolke über ihnen kam ein haardünnes Lichtfädchen herab und berührte leicht einen der Ringe um Throbbs Unterarm. Das Licht sprang spielerisch von einer Seite zur anderen.

„Weg hier!", schrie Schatten Marina zu und schloss fest die Augen.

Der Blitz schlug in Form einer Gabel zu. Schatten beobachtete mit dem Klang-Sehen, wie Throbb sich im Bruchteil einer Sekunde in Asche verwandelte. Goth schien auf das Doppelte seiner normalen Größe anzuschwellen, als ihn der Blitzstrahl traf, sein ganzes Fell sprang ihm vom Körper, die Flügel dehnten und dehnten sich starr zur Seite. Und der Geruch! Der fürchterlichste Geruch von verbranntem Fell und Fleisch.

Dann fiel Goth, taumelte leblos hinab mit brennenden Flügeln. Er wurde auf eine Seite geweht und von der stürmischen Dunkelheit der Gewitterwolke verschlungen.

„Der Blitz … es müssen die Metallringe gewesen sein! Er hat erst die Ringe getroffen!"

„Ich hab's gesehen", keuchte Marina. „Ein Glück, dass Goth meinen hatte."

Besorgt betrachtete er ihren blutigen Unterarm.

„Er ist in Ordnung, er ist nicht gebrochen", sagte sie.

Zusammen segelten sie langsam durch die Wolken nach unten. Schatten zuckte, als die Luft schmerzhaft durch die Risse pfiff, die Goth in seinem Flügel hinterlassen hatte. Sie waren frei! Sie stießen durch die Unterseite der Gewitterwolke und wieder ins Freie.

Am Boden sammelte Schatten ein paar trockene Blätter, um sie auf Marinas Wunde zu pressen.

„Ich denke, die Blutung ist gestillt", sagte er nach ein paar Minuten. „Ich könnte losfliegen und nach dieser Beere suchen, die Zephir benutzt hat."

„Aber was ist mit dir?", fragte sie und starrte auf seine Flügel. An zwei Stellen hing die Haut schlaff herab.

„Ist schon in Ordnung, ich kann noch fliegen."

„Dann kann ich's auch", sagte sie entschlossen und schüttelte die Blätter ab. „Lass uns zu Ende bringen, was wir angefangen haben."

Goths Körper lag über die Äste ausgebreitet, angekohlt und zerfetzt. Von seinem verbrannten Fell wehte Rauch herüber.

Eine neugierige Elster kam trotz des furchtbaren Gestanks näher gehüpft. Der Vogel war sich nicht einmal sicher, was für eine Art Tier das war, so versengt waren Flügel und Körper. Was immer es war, es war

330

offenbar tot. Die Elster überlegte, was passiert war. Vielleicht ein Zusammenstoß mit einem dieser Kabel, die die Menschen durch die Landschaft gezogen hatten. Es war heute windig genug, dass man leicht dagegen geweht werden konnte. Es hatte aber auch Blitze gegeben.

Die Elster fing ein Leuchten von etwas Metallischem am Körper des Tieres auf. Eine Art rußiger Ring am Unterarm. Und siehe da, es gab noch mehr davon. Sie hüpfte näher heran. Sie hatte noch nie einen solchen Kopf bei einem Vogel gesehen. Welches Maul! Aber ihre Aufmerksamkeit wandte sich wieder den Ringen zu. Das war es, was sie wollte. Wenn sie sie einfach abreißen könnte.

Der Gestank des Tieres war wahrlich überwältigend. Die Elster senkte den Schnabel und zog an dem glänzendsten Ring. Er war stramm befestigt. Von seinem Funkeln fasziniert stürzte sie noch einmal herab und zerrte heftig.

Goths Augen und Kiefer öffneten sich gleichzeitig. Das Letzte, was die Elster sah, war eine doppelte Reihe scharfer Zähne, die auf sie zuschossen.

Nachdem Goth ein wenig von der Elster gefressen hatte, spürte er, dass seine Kräfte zurückkehrten. Jeder Augenblick verursachte Schmerzen, aber er war noch am Leben.

Am Leben.

Er war ehrlich überrascht: Zotz musste ihn vor jenem

Blitzstrahl beschützt haben. Er fragte sich, ob er noch fliegen konnte. Langsam breitete er die Flügel aus. Sie waren stellenweise versengt und vernarbt, durch die Hitze des Blitzes geschmolzen. Trotzdem hatte er wahrscheinlich noch ausreichend Flügelfläche, um fliegen zu können.

Er ruhte sich aus, fraß, ruhte noch etwas. Um Mitternacht konnte er nicht länger warten. Er musste herausfinden, ob es mit dem Fliegen ging.

Er kreischte auf vor Schmerz, als er die Flügel ausbreitete, die gepeinigten Muskeln anspannte und mit den Flügeln schlug. Einige Meter lang stürzte er immer wieder ab, bis er endlich Luft unter die Flügel bekam und sich in die Höhe schraubte.

Er würde in seine Heimat zurückkehren. Er würde zu Zotz beten. Er würde wieder Kräfte sammeln. Und dann würde er eines Tages zurückkehren in diese nördliche Wüste und sich an Schatten und seiner ganzen Kolonie rächen – so wahr ihm Zotz helfe!

– 23 –

Hibernaculum

Der Fluss strömte wogend und kochend über Felsbrocken hin.

Stundenlang war Schatten ihm jetzt mit Marina gefolgt in der Hoffnung, dass irgendetwas in seinem Kopf klicken und ihm endlich sagen würde, wie er nach Hibernaculum käme. Es herrschte Dämmerlicht. Das lebhafte Glucksen des Wassers wurde lauter und in der Ferne hörte Schatten ein tiefes Grollen, das ihn auf unangenehme Weise an die Wellen des Ozeans erinnerte. Immer lauter wurde es, das Wasser floss schneller zwischen den Uferböschungen dahin, bis …

Der Fluss hörte einfach auf.

Schatten schnappte nach Luft, als der Fluss in einer glatten Wasserwand direkt nach unten fiel und an die hundert Meter hinabstürzte, um an den Ufern eines Sees aufzuschlagen. Er kreiste darüber und starrte hinab.

„Ein Wasserfall", erklärte Marina. „Ich habe schon mal einen gesehen. Was machen wir nun?"

Schatten hatte so etwas noch nie erlebt. Brüllendes Wasser, das senkrecht durch die Luft nach unten fiel. Es gab keinen Fluss mehr, nichts, dem man folgen konnte … aber nach einem Augenblick verstand er endlich.

Dies war der letzte Orientierungspunkt seiner Mutter: ein breiter Wasserstrudel, der zwischen felsigen Ufern hinabstürzte und Nebel und Getöse nach oben warf. Er hatte nur in der falschen Richtung daran gedacht, seitwärts statt von oben nach unten.

„Wir sind da", hauchte er. Dann sagte er lauter: „Das ist es!"

„Ja?"

„Das ist Hibernaculum."

„Wo?"

„Folge mir."

Er begann einen langsamen Sinkflug direkt auf den Wasserfall zu.

„Bist du verrückt geworden, Schatten?"

„Komm mit!"

Widerstrebend stellte Marina ihre Flügel auf und folgte ihm.

Er konnte den Nebel schon auf dem Gesicht spüren. Als er näher kam, sah er, dass der Wasserfall gar keine feste Wand war. Das Wasser fiel auf seiner ganzen Breite auf ganz unterschiedliche Art, in dünnen Flächen hier, in Form gewundener Schnüre dort, in nebligen Streifen, schweren Sturzbächen.

„Schatten? Was machst du?"

Und da, da war genau das, wonach er suchte. Wie ein Astloch im Baumhort: ein kleines rundes Loch inmitten eines wogenden Vorhangs von Wasser. Er richtete sein Klangauge auf die Öffnung, um sicher zu sein, dass sie sich nicht schloss.

„Bleib direkt hinter mir!", rief er Marina zu.

Er glitt direkt auf den Wasserfall zu, legte die Flügel eng an und schoss in das Loch hinein. Wasser donnerte ihm betäubend in den Ohren – oder war es sein eigener Herzschlag? –, und schon bevor er hindurch war, wusste er, was er auf der anderen Seite sehen würde.

Er platzte in eine riesige Höhle hinein. Hunderte von Silberflügeln schwirrten umher und weitere hunderte hingen an den Wänden und von gewaltigen Stalaktiten, die sich von der Decke herabsenkten.

Hibernaculum.

Die Kolonie war auf die doppelte Größe angewachsen durch all die Männchen, die sich vom Felsenlager aus den Weibchen angeschlossen hatten. Er konnte die Wärme spüren, die ihre Körper verströmten.

„He!", schrie er glücklich. „Hallo!"

Überwältigt flog er mit Marina in engen Kreisen. Seine Augen schweiften durch die Wolke von Fledermäusen hin und her und suchten nach seiner Mutter, Frieda und anderen vertrauten Gesichtern. All diese neuen Fledermäuse starrten ihn überrascht an und er wurde sofort mit Fragen überschüttet. „Wo kommst du her?", und „Bist du bei Tag geflogen?", und „Bist du verrückt?", und dann „Warte mal, das ist doch das Junge, das im Sturm verloren gegangen ist!", und „Das gibt's doch nicht!"

„Ja, er ist es!", rief er zurück. „Ich bin's! Schatten! Ich habe mich verirrt. Aber ich habe euch wieder gefunden!"

„Schatten?" Die Stimme seiner Mutter drang durch den Lärm. „Schatten!"

Sein Herz hüpfte und er richtete sein Klang-Sehen auf sie aus. Er wollte unverzüglich zu ihr hinfliegen, aber er konnte Marina nicht allein lassen.

„Komm mit", sagte er zu ihr. „Komm und lerne meine Mutter kennen."

Mit Marina an der Seite flog er zu Ariel. In freudiger Überraschung flatterten sie umeinander, bevor sie sich auf einem Felsensims niederließen. Schatten schob das Gesicht in ihr warmes, duftendes Fell. Ihre Flügel umarmten ihn.

„Wir dachten, du bist tot!"

„Nein", sagte er glücklich. „Ich lebe. Mami, dies ist Marina. Ich habe sie getroffen, als ich mich in dem Sturm verirrt habe. Ohne sie wäre ich wahrscheinlich umgekommen."

Marina hatte sich ein wenig abseits niedergelassen und schaute verlegen zu. Ariel streckte einen Flügel zu ihr aus. „Komm näher", sagte sie freundlich. „Ich danke dir." Sie liebkoste das Glanzflügelmädchen voller Dankbarkeit.

„Nun, einer hat vom anderen profitiert", sagte Marina. „Wir haben uns gegenseitig geholfen."

Ariel wandte sich wieder an Schatten und schüttelte den Kopf. „Erzähl mir, was ..." Sie brach ab, als sie die Löcher in seinen Flügeln sah. „Du hast dich verletzt!"

„Es ist nicht schlimm, wirklich."

„Und du bist auch verletzt", sagte sie zu Marina mit einem Blick auf deren blutigen Unterarm. „Wir müssen uns darum kümmern ..."

„Das ist jetzt nicht wichtig", sagte Schatten ungeduldig. Er platzte vor Neuigkeiten. „Mami, Cassiel lebt!"

Ungläubig kniff sie die Augen zusammen. „Aber ... woher weißt du das?"

„Zephir hat es uns gesagt, eine weiße Fledermaus, weißt du, der Hüter des Turms in der Stadt. Er kann weit in die Vergangenheit sehen und in die Zukunft und ..." Er holte tief Luft, stieß sie dann schnell wieder aus.

„Fang mit dem Anfang an."

Es war Frieda, die herangeflattert kam, um sich bei ihnen niederzulassen. „Willkommen daheim, Schatten."

„Ich hab's geschafft!", sagte er ihr stolz.

„Das sehe ich." Um die Augen der Fledermausältesten bildeten sich Lachfältchen, als sie mit einem Flügel Schattens Kopf berührte. „Und ich bin sicher, du hast eine Menge zu erzählen."

Am Anfang zu beginnen war qualvoll für Schatten. Er wollte immer vorausspringen, er wollte alles auf einmal sagen. Aber er zwang sich dazu langsam vorzugehen. Seine Flügel waren flach ausgebreitet, seine Wunden mit wohltuendem Beerensaft bedeckt. Zephir war schließlich nicht der Einzige, der über Heilmittel Bescheid wusste. Frieda hatte darauf bestanden, erst ihre Wunden zu versorgen, bevor sie sie mit ihrem Bericht beginnen ließ. Nun erzählten Schatten und Marina zusammen ihre Geschichte. Jeder fügte die Ereignisse oder Details ein, die der andere ausließ. Die ganze Kolonie hörte hingerissen zu. Obwohl die Abenddämmerung schon längst vorbei war und sie draußen auf Jagd hätten sein können, um sich auf den großen Winterschlaf vorzubereiten, zogen es die Silberflügel vor zu bleiben und zu hören, was dieser junge Silberflügel und sein Glanzflügel zu sagen hatten. Während er sprach, entdeckte Schatten Aurora, Lucretia und Bathsheba, die sich oberhalb von ihm aufhielten, sowie die vier männlichen Ältesten der Silberflügel, deren Namen er noch nicht kannte. Sie waren uralt, ihr Fell war mit Silber, Grau und Weiß durchsetzt und sie blickten aufmerksam auf ihn herab. Er hatte einen Erinnerungsblitz daran, wie er selbst im oberen Lager des Baumhorts gewesen war und ängstlich gestottert hatte, aber diesmal steckte er zu tief in seiner Geschichte drin, um Angst zu empfinden.

Schließlich waren er und Marina am Ende. Er hatte keine Vorstellung, wie lange sie gesprochen hatten, aber er fühlte sich erschöpft, seine Kehle war ausgetrocknet. Merkur, der Bote der Ältesten, brachte ihnen ein Blatt, das mit Wasser vom Wasserfall bedeckt war. Dankbar trank Schatten.

„Wir haben Glück gehabt", sagte Frieda. „Wir sind immer gerade vor dem Befehl der Eulen, den Luftraum zu sperren, hergeflogen. Wenn der Befehl uns eingeholt hätte …"

Schatten dachte an die niedergemetzelten Grauflügel und es schauderte ihn.

„Nun wird es tatsächlich einen Krieg geben", sagte Bathsheba bitter. „Wegen dieser Dschungelfledermäuse." Ihre stählernen Blicke waren jedoch auf Schatten gerichtet und er wusste, dass sie auch ihm irgendwie die Schuld daran gab.

„Die Eulen haben jahrhundertelang auf einen Vorwand gewartet, um Krieg zu führen", sagte einer der männlichen Ältesten. „Wenn Goth und Throbb nicht aufgetaucht wären, dann hätten sie einen anderen Vorwand gefunden, um den Himmel zu sperren."

Schattens Stimmung fiel in sich zusammen. Nur Stunden vorher war er voller Begeisterung gewesen, als er durch den Wasserfall und ins Hibernaculum geschossen kam. Nun erkannte er, wie ernst ihre Situation war.

„Wenigstens wird der Winter jede Kriegshandlung erst einmal verhindern", sagte Aurora. „Auch die Eulen werden bald ihren Winterschlaf antreten."

„Richtig, aber wenn der Frühling kommt", sagte Bathsheba grimmig, „werden uns die Eulen vom Angesicht der Erde vertilgen."

„Wenn der Frühling kommt", sagte Frieda praktisch, „müssen wir zu allen Fledermauskolonien und erklären, was passiert ist. Und wir müssen Gesandte zu den Königreichen der Vögel und der Vierfüßler schicken in der Hoffnung, diesen Wahnsinn zu stoppen."

„Wenn sie zuhören", sagte Bathsheba.

„Wenn nicht, müssen wir kämpfen", sagte ein anderer von den männlichen Ältesten.

Ein rauer Jubelruf kam von einigen der Silberflügel. Aber Schatten sah, wie das Gesicht seiner Mutter hart wurde.

Frieda seufzte müde. Sie schien plötzlich sehr alt. „Wenn die Vögel und Vierfüßler nicht zuhören und auf Krieg aus sind, ja, dann müssen wir kämpfen."

„Und was wird aus Nocturnas Großem Versprechen?", kam eine Stimme. Ein Fledermausmännchen erhob sich von seinem Platz und wirbelte durch die Luft. Schatten bemerkte ein metallisches Blitzen an seinem Unterarm. „Haben wir jede Hoffnung aufgegeben, dass uns Nocturna oder die Menschen helfen werden?"

„Wer ist das?", wisperte Schatten zu Frieda.

„Er heißt Ikarus. Er war ein Freund deines Vaters."

Schattens Puls schlug schneller.

„Sprecht nicht von Nocturnas Großem Versprechen", schrie Bathsheba. „Es hat den Fledermausreichen nichts als Elend gebracht. Habt ihr die Rebellion von vor fünfzehn Jahren vergessen?"

„Aber vielleicht hatte dieser Schirokko Recht", sagte Ikarus. „Vielleicht sollen wir uns in Menschen verwandeln."

„Nur einige von uns", sagte Schatten ruhig, aber seine Stimme trug durch die ganze Höhle. „Wenn Schirokko Recht hat, werden nur die beringten Fledermäuse verwandelt. Das bedeutet, fast alle von uns bleiben übrig."

Marina wandte sich an Frieda: „Hast du etwas von einer Verwandlung zu Menschen gehört?"

„Ja, vor langer Zeit. Aber ich habe nie glauben können, dass es stimmt."

Aber was war, wenn es gestimmt hat, dachte Schatten und ihm wurde übel. Er sah, wie Marina ihren verwundeten Unterarm betrachtete. Was war, wenn sie bei Tagesanbruch noch ihre Chance gehabt und sie dann für immer verloren hatte? Ihr Ring war nun weg. Aber zählte das? Sie hatte ihn von Menschen bekommen und er war ihr von Fledermäusen weggenommen worden, aber vielleicht …

Ihre Augen trafen sich, er blickte ängstlich, sie lächelte. „Mach dir keine Sorgen", sagte sie. „Wäre ich bei

Schirokko geblieben, wäre ich jetzt wahrscheinlich tot wie die anderen." Lauter, sodass ganz Hibernaculum sie hören konnnte, sagte sie: „Das mit der Menschwerdung glaube ich auch nicht."

„Dann sieht es so aus, als ob keiner weiß, was die Ringe bedeuten", sagte Bathsheba ätzend.

„Aber wir müssen es herausbekommen", sagte Schatten. „Mein Vater könnte es wissen." Er wandte sich an Ikarus. „Weißt du, wo er hin ist, als er im letzten Frühjahr verschwunden ist?"

Ikarus sagte nichts.

„Ich bin sein Sohn", sagte Schatten. „Und ich will ihn finden. Ich will wissen, was die Ringe bedeuten und ob die Menschen uns helfen oder nicht. Wir alle müssen das wissen."

„Der Junge hat Recht", sagte Frieda. „Ikarus, du hast Cassiel gut gekannt. Wenn du weißt, wohin er geflogen ist, dann sag es uns."

„Es gab da ein Gebäude der Menschen", sagte Ikarus widerstrebend. „Hanael hat es im letzten Frühjahr aus der Ferne gesehen. Er hat gesagt, es hätte merkwürdige metallene Masten auf dem Dach. Aber als er noch einmal dorthin geflogen ist, um einen zweiten Blick darauf zu werfen, ist er nicht wiedergekommen. Cassiel ist als Nächster los. Ich musste ihm versprechen, dass ich niemandem davon erzähle, es war zu gefährlich."

„Er ist dort", hauchte Schatten mit absoluter Gewissheit. „Ich muss da hin!" Er schaute seine Mutter an. „Du verstehst das doch, nicht wahr?"

Sie nickte. „Ich komme mit", sagte sie.

„Wirklich?"

„Ich auch", sagte Frieda. „Ich bin alt, aber dies ist eine Reise, die ich noch machen will, bevor ich sterbe."

„Das ist absurd!", schrie Bathsheba.

„Rechne mich auch dazu!", sagte Ikarus.

„Mich auch", sagte ein zweites beringtes Männchen.

„Mich auch", rief eine andere Fledermaus und Schatten erkannte Chinooks Stimme.

Aber er hatte keine Zeit, ihm einen Gruß zuzurufen, denn eine kleine Lawine von Stimmen hatte sich gelöst und seine Augen wanderten entzückt durch die Höhle, als alle Fledermäuse riefen, männlich und weiblich, jung und alt.

„Bathsheba", sagte Frieda, „ich nehme an, du wirst dich uns nicht anschließen."

„Sicherlich nicht", sagte die Älteste. „Ich habe nicht den Wunsch, meinem Leben schon jetzt ein Ende zu setzen."

Schatten wurde plötzlich etwas bewusst: Marina hatte kein Wort gesagt. Besorgt wandte er sich zu ihr. In ihrem Lächeln lag eine Wehmut, die ihm die Kehle zuschnürte.

„Du hast es geschafft, Schatten", sagte sie. „Du bist nach Hause gekommen."

„Du willst uns doch nicht verlassen, oder?"

„Ich frage mich, ob meine Kolonie mich zurücknehmen würde. Nun, wo mein Ring weg ist."

„Aber ... willst du wirklich zurück?"

Sie klang ein wenig ärgerlich. „Nun, ich denke, irgendwohin muss ich ja wohl, oder?"

„Nein, musst du nicht", rief Schatten aus. „Du kannst doch hier bei mir bleiben! Bei uns! Nicht wahr, Frieda?"

„Natürlich kann sie das", sagte die Älteste.

„Wirklich?", sagte Marina. „Es macht euch nichts aus eine von den Glanzflügeln bei euch zu haben?"

„Silberflügel!", rief Frieda. „Haben wir eine Bleibe für eine von den Glanzflügeln, die sich durch solche Kühnheit, Treue und Tapferkeit ausgezeichnet hat?"

„Ja", sagte Ariel eifrig, „bleibe doch!" Und ihre Einladung wurde von einem Dutzend, dann von hunderten der Silberflügel aufgegriffen, bis die Höhle widerhallte vom Geräusch der Flügel, die in der Luft Beifall klatschten.

„Dies ist deine neue Kolonie", sagte ihr Schatten, „so lange du das willst, heißt das."

„Dann komme ich auch mit euch", sagte Marina. „Ich komme mit, um deinen Vater zu suchen. Und um das Geheimnis der Ringe zu lüften."

In dieser Nacht jagten die Silberflügel in der Nähe des Wasserfalls. Dabei hielten sie sorgfältig Ausschau nach Eulen. Schatten aber fiel es schwer, sich inmitten

344

hunderter von Fledermausgefährten nicht in Sicherheit zu wiegen.

Er hatte Frieda und die anderen überredet gleich aufzubrechen. Einige hatten bis zum Frühjahr warten wollen, aber was wäre, wenn sein Vater in Gefahr war? Was wäre, wenn er im Sterben lag? Und nun, wo der Winter eingesetzt hatte, würden die Eulen ihren eigenen Winterschlaf antreten. Es war also die sicherste Zeit für die Reise. Schließlich war es nur ein Flug von zwei Nächten. Schatten fiel es schon schwer genug, nicht sofort loszufliegen. Aber selbst er hatte einsehen müssen, dass er ein paar Tage Ruhe brauchte, um seinen Flügel auszukurieren und wieder zu Kräften zu kommen.

Seine Mutter hatte ihm gesagt, dass er gewachsen sei. Er war ehrlich erstaunt darüber. Er hatte seine ausgebreiteten Flügel angestarrt, seine Brust und die Arme. Er wirkte wahrhaftig größer. Wenn Marina in der Nähe war, sah er, dass er jetzt tatsächlich genauso groß war wie sie, vielleicht sogar ein wenig größer. Er war bei weitem noch nicht so groß wie Chinook, aber das war ihm auch nicht mehr so wichtig.

Als er wieder mit vollem Magen in Hibernaculum war, lagerte er zwischen Ariel und Marina. Ihre Flügel hatten sie zur zusätzlichen Erwärmung übereinander gebreitet. Er lauschte dem Geräusch des Wasserfalls, der am Höhleneingang vorbeiströmte und sie alle hier drinnen verbarg und schützte. Er lauschte auf das leisere Geräusch der Stalaktiten, von denen es auf den Boden der Höhle tröpfelte. Er lauschte auf den Atem seiner Mutter, das Rascheln von Marinas Flügeln.

Er versuchte zu schlafen.

Aber die Gedanken, die ihm durch den Kopf gingen, hinderten ihn daran. Er musste an all das denken, was ihm passiert war. Er war aufs Meer hinausgetrieben worden und hatte sich mit einem beringten Glanzflügel angefreundet. Er war über eine große Menschenstadt geflogen und hatte gelernt sich an den Sternen zu orientieren. Er hatte die höchsten Schneegipfel der Welt überquert und war tief unter die Erdoberfläche gekrochen. Er hatte in den Flügeln einer Fledermaus die Vergangenheit und die Zukunft gehört, das Licht des Tages gesehen und war durch Donner und Blitz geflogen. Und nach zwei Sonnenuntergängen würde er zu einer weiteren Reise aufbrechen, vielleicht der größten von allen.

„Schlaf ein, Schatten", flüsterte ihm Marina ins Ohr.

Ja, dachte er, und schloss endlich die Augen. Schlaf.

Hinweis des Autors

Einer meiner Freunde ist ein richtiger Fledermaus-Fan. Er weiß eine ganze Menge über diese Tiere und er baut sogar Fledermauskästen für sie, kleine hölzerne Häuschen, die man hoch oben an Bäumen anbringt. Ich nehme an, ein wenig von seiner Begeisterung hat auf mich abgefärbt, denn ich begann einiges über Fledermäuse zu lesen. Von Anfang an war ich fasziniert von den verschiedenen Überlieferungen der Völker auf der ganzen Welt, die die Entstehung der Fledermäuse beschreiben und erklären, warum sie nur bei Nacht fliegen und in welcher Beziehung sie zu anderen Tieren stehen. Sind es Vögel? Oder sind es Vierfüßler? Ich war bald von diesen Geschöpfen gefesselt, die zumindest in Europa traditionell Angst verbreitet haben. Sicherlich, einige Arten sind schrecklich anzuschauen (grausiger als jeder Wasserspeier, den ich je gesehen habe), aber andere – wie diejenigen, die im größten Teil Nordamerikas vorkommen und die Helden von Silberflügel sind – sehen eher wie hübsche Mäuse mit Flügeln aus.

Ich war beeindruckt davon, was für bemerkenswerte

Eigenschaften Fledermäuse haben: Sie sehen nur in Schwarz und Weiß (können aber ganz gut sehen – trotz der verbreiteten Ansicht, sie seien blind) und benutzen Töne genauso wie das Sehen, um sich in der Welt zurechtzufinden. Sie wandern wie Zugvögel und niemand weiß wirklich, wie sie auf Strecken von tausend Meilen ihren Weg finden können. Von einigen Fledermäusen weiß man, dass sie Ozeane überqueren.

All dies schien mir überaus reichhaltiges Material zu sein, um daraus eine neue Fantasiewelt zu schaffen mit einer eigenen Mythologie, Technologie und Magie. Mich reizte die Herausforderung, eine Schwarz-Weiß-Welt zu erschaffen (in dem ganzen Buch wird keine einzige Farbe erwähnt), das Klang-Sehen einer Fledermaus zu beschreiben und die Gesangskarten, die sie bei ihren Wanderungen benutzen. Mir gefiel auch die Herausforderung, aus Tieren, die manche vielleicht hässlich oder abschreckend finden, interessante und ansprechende Charaktere zu machen. Über viele Tiere ist schon geschrieben worden und die meisten von ihnen sind mehr oder weniger schnuckelig: Pferde, Mäuse, Kaninchen, Schweine und sogar Spinnen. Aber würden junge Leser in der Lage sein, sich mit Fledermäusen zu identifizieren?

SONNENFLÜGEL

1. Teil

– 1 –

Tiefer Winter

Mit hart in den Wind gestellten Flügeln segelte Schatten, der Fledermausjunge, durch den Wald. Die blattlosen Ulmen, Ahornbäume und Eichen schimmerten im Schein des Mondes, ihre Äste voller spitzer Eiszapfen. Unter ihm lagen umgestürzte Baumstämme wie Skelette riesiger Tiere. Die Luft war vom Stöhnen gefrorenen Holzes erfüllt und in der Ferne hörte Schatten ein mächtiges Krachen, als wieder ein Ast brach und zu Boden stürzte.

Er zitterte. Auch nach stundenlangem Flug war ihm immer noch kalt. Der Wind nagte ihm durch das glatte schwarze Fell an den Knochen. Sehnsüchtig dachte er an die anderen, die im Hibernaculum, ihrem Winterquartier, zurückgeblieben waren und es dort gemütlich hatten.

Trotz eines Überzugs aus glänzendem Reif war ihnen doch warm in ihrem tiefen Schlaf, der sie durch den Winter ins Frühjahr bringen würde. Sie hatten keine Lust gehabt, mit ihm zu kommen. Es schien ihnen zu kalt, zu gefährlich. Diese Reise anzutreten war ihnen einfach nicht wichtig genug.

Lass sie schlafen, dachte Schatten, und kniff wegen eines plötzlichen Windstoßes die Augen zusammen. Sie hatten keinerlei Neugier, kannten keine Abenteuerlust. Er aber würde seinen Vater suchen.

Und es war auch nicht so, als ob er dabei allein wäre. Neben ihm wedelte mehr als ein Dutzend Silberflügel durch den Wald. Er konnte Chinook sehen, der gerade niedrig über einen schweren Fichtenast flog und dabei Schnee abstreifte. Vor ihm war Schattens Mutter Ariel. Sie unterhielt sich leise mit Frieda, der Ersten Ältesten ihrer Kolonie. Noch eine andere Fledermaus flog in der Vorhut mit, ein Männchen namens Ikarus. Er war ihr Führer. Schatten hoffte, er wüsste, wo es hinging. Aber nach allem, was er vor Kurzem durchgemacht hatte, war er froh, zur Abwechslung mal jemand anderen die Führung übernehmen zu lassen.

„Kalt?", hörte er Marina neben sich fragen.

„Mir?" Schatten schüttelte den Kopf und versuchte das Zähneklappern zu unterdrücken. „Dir etwa?"

Sie rümpfte die hübsche spitze Nase, als ob der Gedanke zum Lachen wäre. „Nein. Aber ich bin ziemlich sicher, dass ich dich habe zittern sehen."

„Ich doch nicht", sagte er und erwiderte ihren misstrauischen Blick. „Auf jeden Fall hast du mehr Fell. Schau dir nur diesen Pelz an!"

„Nun, ich bin älter als du", stellte sie klar.

Schatten knurrte. Als ob sie ihn das je vergessen ließ!

„Und Glanzflügel haben ein besseres Fell", fügte sie sachlich hinzu. „So ist das nun mal, Schatten."

„Ein besseres Fell!", sprudelte es heftig aus seinem Mund. „Ich habe das alles schon oft genug gehört! Dass es dichter ist, bedeutet noch lange nicht, dass es besser ist."

„Jedenfalls ist es schön warm", sagte Marina mit einem Grinsen.

Schatten musste zurückgrinsen. Von allen Fledermäusen, die mit ihm zogen, war Marina die einzige, die kein Silberflügel war. Ihr Fell war viel dichter und heller als sein eigenes und im Mondlicht leuchtete es geradezu. Auch ihre Flügel waren schmaler. Und sie besaß elegante muschelförmige Ohren.

Er hatte sie im letzten Herbst getroffen, als er auf seiner ersten Wanderung verloren gegangen war. Sie hatte ihm dabei geholfen, seine Kolonie im Hibernaculum wieder zu finden. Sie war ein unausstehlicher Besserwisser, aber er musste zugeben, sie hatte ihm mehrmals das Leben gerettet.

Ein Klumpen Schnee traf ihn auf dem Rücken. Er blickte sofort nach oben und sah, wie Chinook mit einem triumphierenden Grinsen herabgeglitten kam.

„Oh, tut mir Leid, Schatten, habe ich dich erwischt?"

„Irrsinnig komisch, Chinook. Wirklich." Er schüttelte den Schnee ab, bevor er schmelzen konnte.

Als sie Kleinkinder gewesen waren im Baumhort, und das war noch gar nicht so lange her, da hatte Chinook ihn mit so viel Respekt behandelt wie ein verrottetes Blatt. Schließlich war Chinook der viel versprechendste Jäger und Flieger gewesen und Schatten nur der Knirps der Kolonie. Aber nun, nach all den Abenteuern, die Schatten erlebt hatte, war Chinook zu dem Schluss gekommen, dass es sich doch lohnte, mit ihm zu reden.

„Chinook, so behandelt man keinen Helden", sagte Marina und ihre Augen blitzten spöttisch.

Schatten rümpfte die Nase. Ein Held? Mit Sicherheit fühlte er sich nicht als Held. Vielleicht während der ersten oder zweiten Nacht, als er ins Hibernaculum gekommen war und alle seinen Geschichten lauschten. Aber danach war alles irgendwie wieder wie sonst geworden. Er aß, trank und schlief wie jeder andere auch und fühlte sich so, wie er sich immer gefühlt hatte. Ehrlich gesagt, hatte er schon mehr erwartet. Was musste er noch tun, um ein bisschen zu Ansehen zu kommen? Er war Tauben und Ratten entkommen, Eulen und Fledermauskannibalen. Er war durch Tunnel unter der Erde gekrochen und hatte sich durch ein Gewitter emporgeschwungen. Er war sogar bei hellem Tageslicht geflogen!

Und nun wurde ihm Schnee auf den Kopf geschmissen. Helden wurde kein Schnee auf den Kopf geschmissen.

Er zog eine Grimasse, als er beobachtete, wie Chinook an Marinas Seite hinabglitt. Chinook mochte ihre Gesellschaft, so viel war klar. Während der vergangenen Nächte hatte er sich besonders darum bemüht, neben ihr zu fliegen und tagsüber in ihrer Nähe zu schlafen. Das Erstaunlichste war, Marina schien das nichts auszumachen. Das mit dem Schneeklumpen war wahrscheinlich seine Methode, bei ihr Eindruck zu schinden, und es schien zu funktionieren. Schatten kochte vor Wut. Schau sie dir nur an, wie sie sich immer noch darüber amüsiert! Manchmal, wenn Schatten die beiden aus der Ferne beobachtete, konnte er tatsächlich aufschnappen, wie sie über etwas lachte, was Chinook gesagt hatte – eine Art klingelndes Lachen, das Schatten vorher nie von ihr gehört hatte. Mit Sicherheit lachte sie so nicht mit ihm. Es machte ihn wahnsinnig. Was konnte Chinook schon produzieren, was so komisch war? Er war gar nicht clever genug, um komisch zu sein. Lachten sie etwa über ihn?

„Ich habe über diese beiden Fledermauskannibalen nachgedacht", sagte Chinook. „Goth und Throbb."

„Aha", sagte Schatten.

„Und ich schätze, ich hätte mit ihnen kämpfen können."

Schattens Ohren zuckten verärgert. „Nein, Chinook. Sie hätten dich aufgefressen." Wie oft musste er das noch wiederholen? Chinook wollte einfach nicht glauben, dass selbst er die beiden im Kampf nicht besiegt hätte. „Sie waren riesig", sagte Schatten.

Chinook blähte sorglos die Nüstern. „Wie riesig?"

„Etwa so riesig", sagte Schatten boshaft und sang Töne direkt in Chinooks Ohren und malte in seinen Kopf ein Echobild von Goth, der sich mit aufgerissener Schnauze auf ihn stürzte, eine Kette triefender Zähne entblößte, schweißglänzende, einen Meter breite Flügel blähte ...

Das Klangbild blitzte nur einen Sekundenbruchteil in Chinooks Innerem auf, aber es erschien so plötzlich und war so entsetzlich, dass er aufschrie, gegen einen Fichtenast prallte und ganz mit Schnee bestäubt wurde.

„War das wirklich nötig?", fragte Marina Schatten.

„Oh, ich denke schon."

„Hübscher Trick", knurrte Chinook und schüttelte den Schnee von den Schultern.

„Glaubst du immer noch, du könntest mit ihnen kämpfen?", fragte Schatten.

„Nun, im Hibernaculum hätten wir gegen sie kämpfen können. Da gibt es tausende von uns."

„Nein", sagte Marina. „Sie hätten gewartet, bis ihr alle eingeschlafen seid, und hätten euch den ganzen Winter lang gefressen, einen nach dem anderen. Das war jedenfalls ihr Plan. Und sie hätten sich bestimmt gleich über dich hergemacht, Chinook. Eine Menge Fleisch an deinen Knochen."

„Ja, das sind alles Muskeln", sagte Chinook stolz, „kein Fett." Dann runzelte er die Stirn bei der Vorstellung, eine Mahlzeit abzugeben. „Trotzdem denke ich, ich hätte …"

„Nun, sie sind tot", sagte Schatten ungeduldig, „also wirst du's nie erfahren."

„Jedenfalls Throbb", sagte Marina. „Wir haben gesehen, wie er zu Asche wurde. Aber bei Goth haben wir nur gesehen, wie er vom Blitz getroffen wurde."

„Unmöglich, dass er das überlebt hat", sagte Schatten. Er war selbst überrascht von dem Nachdruck in seiner Stimme. Er wünschte so sehr, dass es wahr wäre. Ganz deutlich sah er noch vor sich, wie Goths Körper angekohlt durch die Gewitterwolke nach unten trudelte. Er glaubte nicht, dass er die beiden Kannibalen je vergessen würde. Sie verfolgten ihn noch immer in seinen Träumen. Goth presste ihn dann auf den Boden und Schatten konnte spüren, wie das Gewicht der Riesenfledermaus auf seiner Brust lastete, konnte ihren faulen Atem riechen. Dann würde Goth den Kopf zu Schatten hinabbeugen und ihm Sachen ins Ohr flüstern, fürchterliche Sachen, an die er sich nicht mehr erinnern konnte, wenn er in der Abenddämmerung aufwachte. Und dafür war er dankbar.

„Er muss einfach tot sein", murmelte er.

„Ich hoffe, du hast Recht, das ist alles, was ich dazu sagen kann", meinte Marina. Sie betrachtete die Narbe, die Goths Zähne auf ihrem Handgelenk hinterlassen hatten. Auch Schatten war verwundet, ein Flügel war an zwei Stellen durchlöchert worden. Obwohl die Risse zugeheilt waren, fühlte er während des Fluges an der Stelle noch ein kaltes Brennen. Und oft überraschte er sich selbst dabei, wie er über den Flügel nach hinten schaute und beinahe damit rechnete, Goths riesige Silhouette zu entdecken.

„Jetzt ist es nicht mehr weit."

Das war Ikarus vor ihnen.

„Wir sollten jetzt bald über Grasland kommen. Und dann ist es nur noch eine Stunde Flug. Das hat Cassiel jedenfalls gesagt."

Schatten spitzte die Ohren beim Namen seines Vaters. Im letzten Frühjahr, noch bevor Schatten geboren worden war, hatte sich Cassiel auf die Suche nach einem merkwürdigen Gebäude der Menschen aufgemacht, nicht weit vom Hibernaculum entfernt, und er war nie zurückgekehrt. Von Eulen getötet, das hatten alle angenommen. Aber im vergangenen Herbst, als Schatten mit Marina südwärts flog, hatte er eine weiße Fledermaus getroffen. Sie hieß Zephir und konnte Vergangenheit, Gegenwart und Zukunft hören.

Und er hatte gesagt, dass Cassiel noch lebte.

Schatten wusste nicht viel von seinem Vater. Nur dass er von den Menschen beringt worden war – und dass er sehnlichst erfahren wollte, was das alles zu bedeuten hatte. Er musste geglaubt haben, dass er bei dem Gebäude die Antwort erhalten würde. Und Schatten war sicher, dass er ihn dort schließlich finden würde, den Vater, den er nie gekannt hatte.

Plötzlich sah er, wie vor ihnen Frieda ihren linken Flügel in stiller Warnung ausstreckte, und sofort bog er mit Marina zum nächsten Baum ab. Er grub seine Krallen in die vereiste Rinde, ließ sich mit dem Kopf nach unten hängen, legte eng die Flügel an und versuchte wie ein Eiszapfen auszusehen. Er hörte noch, wie unterhalb von ihm die anderen rasch ihre Ruheplätze fanden, dann herrschte Stille.

„Siehst du was?", flüsterte er zu Marina.

Sie schüttelte den Kopf. Vorsichtig strich er mit Tönen über die Bäume, beobachtete, wie die zurückgeworfenen Echos vor seinem inneren Auge Bilder malten. Da!

Mit ihrem weißen Gefieder war die Eule vor den verschneiten Ästen so gut getarnt, dass Schatten sie mit den Augen leicht hätte übersehen können. Aber von seinem Klang-Sehen erfasst glänzte die Eule wie Quecksilber. Es war ein geflügelter Riese, mit Leichtigkeit viermal so groß wie er selber. Ein Tod bringendes Bündel von Federn, Muskeln und Klauen, die riesigen mondförmigen Augen weit aufgerissen. Noch fünfzig Flügelschläge und er wäre direkt in sie hineingeflogen. Er hätte besser aufpassen sollen.

Der bloße Anblick erfüllte ihn mit Abscheu. Seit Millionen von Jahren patrouillierten die Eulen in der Abend- und der Morgendämmerung am Himmel, um sicherzustellen, dass die Fledermäuse nie die Sonne zu sehen bekamen. Nach dem Gesetz konnte jede Fledermaus, die während des Tages entdeckt wurde, gejagt und getötet werden.

So wie sie beinahe auch Schatten im letzten Herbst getötet hatten. Er konnte sich an jene Morgendämmerung so deutlich erinnern, wie er im Verborgenen gewartet hatte, um nur einen kurzen Blick auf die aufgehende Sonne zu werfen. Er musste sie einfach sehen. Und er hatte sie auch gesehen, ein strahlendes Scheibchen von ihr, das immer noch glorreich in seinem Gedächtnis brannte. Aber was danach passiert war, das war alles andere als glorreich gewesen. Zur Vergeltung hatten die Eulen den Baumhort niedergebrannt, die uralte Behausung seiner Kolonie für die Mütter und ihre Jungen. Er zuckte zusammen bei der Erinnerung an die rauchenden, zusammengesackten Ruinen seiner Heimstatt. Das war der Preis, den alle für seinen Blick auf die Sonne hatten zahlen müssen.

Er starrte auf die Eule. Nun war nicht einmal mehr der nächtliche Himmel sicher. Erst vor Monaten hatten die Eulen ihnen den Krieg erklärt, weil sie überzeugt waren, dass die Fledermäuse Vögel umbrächten. Die einzigen Fledermäuse, die Schatten kannte und die Vögel töteten, waren Goth und Throbb, aber die Eulen wollten das nicht glauben.

„Was macht sie hier draußen?", flüsterte er Marina zu.

Schließlich war es mitten im Winter und die Eule sollte ihren Winterschlaf halten. Wie wir, dachte Schatten mit einem plötzlichen Anflug schlechten Gewissens. Es war seine Idee gewesen, mitten im tiefsten Winter zu seinem Vater aufzubrechen. Aber er hatte sich nicht vorgestellt, was für eine Qual es sein würde, gegen den Schlaf anzukämpfen, und wie kalt es sein würde. Aber sogar Frieda hatte dem Argument zugestimmt, dass wenigstens der Himmel frei von Eulen sein würde.

Und nun trafen sie auf diese da, die ihnen den Weg durch den Wald versperrte.

Flieg weg, dachte Schatten zornig. Hau ab!

Aber die Eule rührte sich nicht. Sie war auch nicht allein. Tief im Wald ertönte ein Klageschrei und Schattens Herz machte einen Satz. Die erste Eule erwiderte den Ruf und begann langsam ihren riesigen Kopf zu drehen.

Eine Eule war möglicherweise Pech; zwei davon waren entschieden verdächtig.

„Wachtposten?", flüsterte Schatten.

„Mitten im Winter?", fragte Marina.

„Vielleicht sind wir in der Nähe einer Garnison oder eines Überwinterungsortes."

„Normalerweise stellen sie im Winter keine Wachen auf. Könnte sein, dass sie nur nach uns Ausschau halten", fügte sie grimmig hinzu. „Man unterbricht den Winterschlaf nicht ohne Grund."

Sie schauderte. Wenn diese beiden Eulen wach waren, wie viele waren da sonst noch und was hatten sie vor?

„Oberhalb der Baumwipfel", schlug Schatten vor. „Wir könnten über sie hinwegfliegen."

„Nein. Schau nur." Schatten folgte ihrem Blick. Durch die nackten Zweige entdeckte er die Silhouette einer Eule, die vor dem Mond ihre engen Kreise zog.

„Wir werden sie umgehen", sagte Schatten. „Sie können nicht im ganzen Wald Posten aufgestellt haben."

Seine Füße, die in die eisige Rinde des Astes eingegraben waren, begannen abzusterben. Er bewegte die Krallen ein wenig und beobachtete dann entsetzt, wie sich ein unregelmäßiges Netz von Rissen über den Ast ausbreitete. Ein langes Stück löste sich plötzlich aus der Eishülle und riss ein Dutzend Eiszapfen mit sich. Alles krachte durch die Äste zu Boden. Schatten beeilte sich seinen Griff zu festigen, sein Blick schoss wieder zur Eule.

Deren Kopf drehte sich ruckartig herum.

„Wage nicht zu blinzeln", zischte Marina ihm zu.

Schatten konnte hören, wie ihn die Echostrahlen der Eule trafen und von ihm abprallten. Er versuchte sich so steif wie ein Eiszapfen zu machen. Es war ein fürchterliches Gefühl von diesem Raubvogel gesucht zu werden. Er konnte die heftigen Klangstrahlen fast auf dem Fell spüren.

Schatten wartete ab und hoffte inständig, die Eule würde sich abwenden und das Geräusch als fallendes Eis abtun. Du Idiot, wütete er gegen sich selbst. Warum konntest du nicht einfach still halten? Aber nein, du musstest dich bewegen und eine kleine Lawine lostreten!

Mit zwei Schlägen ihrer kraftvollen Flügel erhob sich die Eule von ihrem Sitzplatz und war über ihrem Baum. Sie landete auf seinem Ast. Ihr mächtiger Fuß mit den vier Klauen bohrte sich nur Zentimeter von Schattens Schwanz entfernt in das Holz. Alles in ihm drängte dazu abzuhauen, aber er wusste, wenn er das täte, würde ihn die Eule in Sekundenschnelle mit ihrem gebogenen Schnabel packen.

Er blickte Marina an und sie hielten sich gegenseitig mit den Augen fest an ihrem Platz. Die anderen Silberflügel waren über die unteren Äste verteilt und er hoffte, dass sie vernünftig genug waren still zu halten.

Plötzlich hüpfte die Eule hinab auf den nächsten Ast. Sie landete hart und schüttelte einen tödlichen Regen von Eiszapfen los.

Sie weiß, dass wir hier sind, dachte Schatten entsetzt. Er wusste, was die Eule vorhatte. Sie versuchte sie aufzuscheuchen oder sie mit den Eiszapfen aufzuspießen. Die Eule hielt inne, legte den Kopf auf die Seite. Sie sprang auf einen anderen Zweig hinunter. Weiteres Eis fiel hinab. Dann senkte die Eule den Kopf, um unter den Ast zu schauen. Es war nur eine Frage der Zeit, bis sie die anderen entdeckte.

Da bemerkte Schatten den Eiszapfen. Er hing von seinem Ast herab, näher am Stamm, und er war viel größer als die meisten anderen, da er von einer Reihe von Zweigen gespeist wurde. Er hing direkt über dem Kopf der Eule. Rasch stellte er ein paar Berechnungen an.

Er fing Marinas Blick auf und nickte zu dem Eiszapfen hin.

„Lass ihn fallen", signalisierte er mit stummen Mundbewegungen.

Sie runzelte die Stirn. „Wie?", fragte sie mit den Augen.

Er hatte keine Zeit das zu erklären. Er wählte eine Frequenz, die die Eule nicht hören würde, und konzentrierte seine ganze Aufmerksamkeit auf den Fuß des Eiszapfens. Während der vergangenen Nächte war ihm klar geworden, dass er nicht nur mit Tönen sehen und anderen Fledermäusen Bilder in den Kopf singen konnte – er konnte vielmehr auch Gegenstände mit Klängen bewegen. Am Tage übte er das mit Blättern. Er war noch nicht sehr gut darin.

Er konnte leichte Dinge bewegen, nur ein wenig. Aber ein Eiszapfen …

Er beschoss ihn mit einem Klanghagel, sein ganzer Körper war angespannt, die Augen zugekniffen. Schweiß kribbelte ihm im Fell. Mit dem inneren Auge sah er, wie der Fuß des Eiszapfens wackelte. Stoßweise holte er Luft, überprüfte, wo die Eule war.

Sie war noch weiter nach unten gehüpft. Schatten wusste, dass unter dem nächsten Ast seine Mutter mit Frieda und Chinook hing. Es blieb nicht mehr viel Zeit. Mit aller Kraft peitschte er auf den Fuß des Eiszapfens ein. Dieser schwankte. Schatten hörte ein schwaches Knacken, aber noch hielt der Eiszapfen fest.

Er versuchte zu Atem zu kommen. Vielleicht noch einmal. Aber bevor er Marina bremsen konnte, eilte sie mit voller Geschwindigkeit den Ast entlang und auf den Eiszapfen zu. Unter ihren Krallen bröckelte die Rinde. Schatten sah, wie die Eule hochschaute, wie ihre Blicke sie wütend aufspießten. Sie breitete die Flügel aus und kreischte im gleichen Augenblick, als Marina sich gegen den Eiszapfen warf.

Dieser fiel, legte sich auf die Seite und schmetterte voll gegen den Kopf der Eule. Der Riesenvogel schwankte einen Augenblick und stürzte dann bewusstlos auf den Boden des Waldes, verfangen in den eigenen Flügeln.

„Losfliegen", ertönte Friedas Ruf von unten und sofort waren sie alle in der Luft. Mit Marina neben sich flog Schatten hinter den anderen her, mit rudernden Flügeln jagten sie durch den Wald, streiften zurückfedernde Zweige und ließen eine Spur von Schneestaub und Dunst hinter sich. Er wusste, es würde nicht lange dauern, bevor die anderen Eulen kamen, um nachzusehen.

Plötzlich brach er aus der Deckung der Bäume und schwebte über offenem Grasland. Er hatte Angst – sie waren hier draußen so ungeschützt, das Gewicht des ganzen freien Himmels lastete auf ihnen. Instinktiv ließ er sich niedriger gleiten. Fast streiften die Flügel die hohen Grashalme. Er riskierte einen Blick zurück. Am Himmel kreiste ein halbes Dutzend Eulen, aber ihre Schreie klangen weit weg. Vielleicht hatten sie sie doch noch nicht entdeckt.

Eintausend weitere Flügelschläge lang flogen sie alle ohne zu sprechen, waren nur darauf aus, sich noch mehr von den Eulen zu entfernen.

Er blickte Marina an. „Danke für deine Hilfe."

„Gern geschehen."

Nach einem Weilchen fügte er hinzu: „Weißt du, ich hätte es auch allein geschafft."

Sie betrachtete ihn mit dem freundlich amüsierten Ausdruck, den sie nur annahm, um ihn zu ärgern. „Natürlich", sagte sie.

„Ich war fast so weit!"

„Wir hatten nicht viel Zeit, Schatten."

Er wusste, dass sie Recht hatte, aber er war noch wütend auf sich selber, dass er versagt hatte. „Nun, versuch du mal, einen Eiszapfen nur mit Klang zum Fallen zu bringen!"

Er wusste, sie konnte das nicht, deshalb sagte er es.

Zuerst hatte er gedacht, alle Fledermäuse könnten Gegenstände mit Tönen bewegen. Aber das stimmte nicht, wie ihm Frieda erklärt hatte. Es war eine besondere Gabe, eine seltene Fähigkeit. Sie selbst konnte gerade mal einen Grashalm zum Flattern bringen und auch das nicht aus größerer Entfernung. Trotzdem, sein letzter Versuch war nicht gerade eindrucksvoll gewesen. Er war fast in Ohnmacht gefallen, als er sich bemühte den blöden Eiszapfen abzubrechen.

„Schau her", sagte Marina und drehte ihre Ohren, als ob sie das Thema beenden wollte. „Du hast all die fantastischen Tricks mit Klängen. Ich mache nur die langweiligen Dinge. Wie zum Beispiel sicherstellen, dass der Eiszapfen fällt und die Eule am Kopf trifft."

„Und wer hat als Erster den Eiszapfen bemerkt?"

„Wer hat sich bewegt und uns erst in die Bredouille gebracht?"

Schatten hielt die Luft an und suchte nach einer Antwort, da sah er, wie Frieda in einem Bogen zu ihnen zurückkam.

„Das war geistesgegenwärtig", sagte die Älteste der Silberflügel. „Gut gemacht, ihr zwei."

„Ohne sie hätte ich es nicht geschafft", sagte Schatten großzügig.

„Oh, es war seine Idee", gurrte Marina. „Ich habe nur geholfen."

Frieda lächelte schwach. „So bescheiden alle beide. Es ist rührend."

Und sie schwang sich wieder an die Spitze zurück.

Schatten spürte, wie ihn jemand am Flügel anrempelte, wandte sich zur Seite und sah Chinook, der sich genau zwischen ihn und Marina drängte. Innerlich seufzte er, wich etwas aus und machte Platz für die größere Fledermaus.

„Das war ganz schön aufregend", sagte Chinook. „Aber weißt du, ich hätte mit dieser Eule kämpfen können."

„Leck doch einen Eiszapfen, Chinook", sagte Schatten und flog voraus. Nicht nur, weil er genug hatte von Chinook und Marinas hellem Lachen, er wollte wirklich hören, worüber sich Frieda, Ikarus und seine Mutter unterhielten.

Er konnte akzeptieren, dass jemand anderes zur Abwechslung mal den Anführer machte, aber die Vorstellung, dass er von etwas Wichtigem ausgeschlossen war, konnte er nicht ertragen.

Als er an Plato und Isis vorbeiflog, nickte er ihnen zu. Er beneidete Chinook darum, außer seiner Mutter auch den Vater dabeizuhaben. Manchmal ertappte er sich dabei, dass er die drei beobachtete, wie sie sich während des Tages eng aneinander schmiegten und unterhielten. Andererseits war er dankbar, dass seine eigene Mutter nicht dauernd zurückgeflogen kam, um ihn zu fragen, ob ihm kalt war, ob er Hunger hatte oder ob sein Flügel wehtat – aber insgeheim musste er doch zugeben, dass er froh war, sie immer vor sich sehen zu können, nur ein paar Flügelschläge entfernt.

Er hielt sich hinter den drei an der Spitze fliegenden Fledermäusen, spitzte die Ohren und horchte konzentriert.

„… dass die Eulen ihren Winterschlaf unterbrochen haben, das macht mir Sorgen", hörte er Frieda sagen.

„Sie sind furchtbar nahe am Hibernaculum", sagte Ariel leise. „Glaubst du …" Sie sprach nicht weiter, als brächte sie es nicht fertig, den Gedanken zu Ende zu denken. Was denn?, fragte sich Schatten ängstlich. Glaubte sie etwa, die Eulen würden das Hibernaculum angreifen? Aber es war doch ein geheimer Ort, oder? Und nicht einmal die Eulen würden eine Kolonie Fledermäuse im Winterschlaf angreifen. Das wäre einfach zu feige.

„Ich fürchte, sie sammeln sich für einen Krieg", sagte Frieda ernst. „Und wenn sie sich entschließen, im Winter anzugreifen, sind wir alle in fürchterlicher Gefahr."

„Diese blutrünstigen Ungeheuer!" Die Stimme von Ikarus bebte vor Zorn. „Die Menschen werden uns helfen, gegen sie zu kämpfen. Das bedeutet das Versprechen der Ringe. Nocturnas Großes Versprechen."

Schatten hörte aufmerksam zu. Sein Herz hämmerte gegen die Rippen. Zu Hause im Baumhort hatte ihm Frieda von Nocturna erzählt, dem geflügelten Geist der Nacht. Im Echoraum tief unter der Erde hatte Schatten die Geschichten der Großen Schlacht zwischen den Vögeln und Vierfüßlern gesehen und wie die Fledermäuse in den Nachthimmel verbannt worden waren, weil sie sich geweigert hatten zu kämpfen. Nocturna aber hatte versprochen, dass sie eines Tages wieder zum Tageslicht zugelassen würden und die Eulen dann nicht mehr fürchten müssten. Und die Ringe der Menschen waren ein Zeichen dieses Großen Versprechens: vollkommen, strahlend, rund wie die Sonne selbst. Das glaubten jedenfalls Frieda und Cassiel. Und Schatten auch.

„Wenn die Eulen Krieg führen", sagte Ikarus, „sind die Menschen unsere einzige Hoffnung. Cassiel hat das gewusst. Deshalb wollte er dieses Gebäude finden."

„Wenn wir da hinkommen", hörte Schatten seine Mutter vorsichtig fragen, „was werden wir dort vorfinden?"

„Was meinst du, Schatten?"

Überrascht zuckte er zusammen, als Frieda über ihren Flügel zu ihm zurückschaute. Sie hatte die ganze Zeit gewusst, dass er da war.

„Ich habe mich schon gefragt, wann du zu uns kommen würdest", sagte seine Mutter mit einem schiefen Lächeln.

„Komm nach vorn", sagte Frieda. „Cassiel ist dein Vater, und wir wären wahrscheinlich nicht auf dieser Reise, wenn du nicht wärst. Oder du, Marina."

Schatten blickte sich nach Marina um, die unmittelbar hinter ihnen Anschluss hielt. Also hatte sie auch zugehört! Typisch! Sie wollte nicht, dass er etwas wusste, was sie nicht auch wusste. Zunächst fühlte er einen Anflug von Verärgerung, dann schämte er sich sofort. Nach allem, was sie schon für ihn getan hatte, wollte sie ihm nun auch noch helfen, seinen Vater zu finden. Und ihr Wunsch, das Geheimnis der Ringe zu lüften, war ebenso groß wie seiner. Schließlich, dachte er voller Neid, hatte sie einmal selbst einen getragen, bis Goth ihn ihr vom Unterarm gerissen hatte.

„Was ist, wenn Cassiel nicht da ist?", fragte Ariel.

Schatten blickte seine Mutter entsetzt an. Natürlich glomm dieser finstere Gedanke auch manchmal in ihm selbst auf, aber er erstickte ihn jedes Mal. Als er nun hörte, wie seine Mutter ihn aussprach, durchströmte ihn ein Gefühl der Panik.

„Aber er muss einfach da sein", sagte er in der Hoffnung, in dieser Überzeugung bestärkt zu werden. „Er muss ..." Er sah Marinas liebevolles Lächeln und verstummte. Er kam sich kindisch vor. Er wusste nur, dass sein Vater noch am Leben war. Irgendwo. Es war nur ein Gefühl aus dem Bauch, das ihm sagte, er wäre in dem Gebäude der Menschen.

„Wir sollten darauf vorbereitet sein, eine Enttäuschung zu erleben", sagte Frieda. „Aber wir wollen das Beste hoffen."

Ein wisperndes Geräusch streifte Schattens Gesicht.

Er spitzte die Ohren und horchte aufmerksam. „Hast du das gehört?", fragte er.

„Nur der Wind", sagte Marina.

„Nein, es klang wie …"

„Ich höre es auch", hauchte Frieda. „Jawohl. Stimmen."

Schatten zuckte mit den großen Ohren, schwenkte scharf nach rechts und versuchte, das Geräusch einzufangen. Es waren eindeutig Fledermausstimmen, aber so schwach, dass er keine Worte erkennen konnte. Es war, als ob er wieder im Echoraum wäre, die uralten Klangströme hörte und sich in sie einzuklinken versuchte, bevor sie wegrutschten.

„Jetzt hab ich's auch", sagte Marina.

„Ich auch!" Das war seine Mutter.

„Folgt mir, Silberflügel", hörte er Frieda rufen.

Schatten blendete den Rest der Welt aus und folgte allein den Stimmen. Sie waren jetzt ein wenig lauter und flossen alle zusammen wie ein Strom in der Luft.

„Schaut nur!", hörte er Ikarus sagen.

Vor ihnen senkte sich das Grasland in einer sanften Neigung. Auf dem Talboden breitete sich ein blendender Teich von Lichtern und Geräuschen aus. Mit einem Mal schienen die Fledermausstimmen von diesem Ort aufzusteigen und durch die Luft auf sie zuzuschweben – ein geheimnisvoller Chor, verwirrend, aber melodisch und unwiderstehlich anziehend.

„Was sagen sie?", fragte Marina überwältigt.

Schatten schüttelte den Kopf. Man konnte es unmöglich verstehen. Aber was machte das schon? „Sie wollen, dass wir zu ihnen kommen", sagte er aufgeregt. „Das muss dieses Gebäude der Menschen sein da unten! Kommt mit!"

Er stürzte sich in das Tal hinab, und nun konnte er Mauern erkennen, ein Dach mit hohen glänzenden Metalltürmen.

Die Musik der Fledermausstimmen war nun so überwältigend, dass das Ganze weniger wie ein Gebäude wirkte, sondern eher wie etwas, das ganz aus betörenden Tönen gewoben war. Es war das Schönste, was er je gesehen oder gehört hatte.

Das ist es, wonach mein Vater gesucht hat! Hier gab es Antworten auf seine Fragen, da war sich Schatten jetzt sicher. Da drinnen! Da kamen die Stimmen her! Und da war sein Vater! Wie sollte er da hineinkommen? Die Stimmen würden ihm den Weg zeigen. Er klinkte sich ein, ließ sich von ihnen näher heranziehen.

Mit Marina an seiner Flügelspitze streifte er niedrig über das gewaltige Dach hin. Wegen seines glatten, dunklen Glanzes nahm er an, dass es aus Glas war. Trotzdem konnte er nicht hindurchsehen, nicht einmal eine verschwommene Bewegung oder einen Lichtschimmer erkennen.

Dennoch zogen ihn die Stimmen zum entfernten Ende des Daches und dort war das Geräusch so laut, dass es vor seinem inneren Auge eine Aura von blendendem Licht erzeugte.

„Hier ist es!", rief er den anderen zu.

Unmittelbar unterhalb der Dachkante befand sich hoch oben in der Mauer eine runde Öffnung, und da kamen die Fledermausstimmen her. Ohne zu zögern flog er dorthin, bremste und landete in dem Eingang. Es war eine Art Tunnel und er eilte ihn bereits auf allen vieren entlang.

„Schatten, vielleicht sollten wir lieber warten …"

Es war Marina, die neben ihm landete.

„Komm mit, sie sind alle hier drin!" Sie wollten, dass er zu ihnen kam, das war völlig klar. Sie erwarteten, dass er hereinkam!

Er kroch den Tunnel entlang, dann spürte er, wie der Boden unter ihm nachgab. Der Chor schöner, melodischer Stimmen verstummte ganz plötzlich. In den Ohren fühlte er einen kräftigen warmen Luftstrom und er rutschte direkt nach unten. Bevor er noch seine Flügel ausbreiten oder sich mit den Krallen festhalten konnte, wurde er durch eine weitere Öffnung geschleudert. Sekundenschnell waren die Flügel entfaltet und er kreiste und starrte staunend auf das, was ihn da begrüßte.

– 2 –

Eine Stimme in der Höhle

Goth lahmte durch den Himmel.

Zwei Nächte lang war er nach Süden geflogen. Bei jedem Schlag kreischten seine vom Blitz versengten Flügel. Aber wenigstens war der Boden nicht mehr mit dem elenden Schnee bedeckt und jede Nacht war die Luft ein wenig wärmer. Auch die Landschaft veränderte sich, war jetzt flach und sumpfig. Und nun sah er zum ersten Mal ein paar vertraute Sterne am entfernten Horizont, Teile von Sternbildern, mit denen er im Dschungel aufgewachsen war. Sein Herz hüpfte. Es würde jetzt nicht mehr lange dauern, bis er wieder zu Hause war bei den anderen Vampyrum Spectrum. Im heiligen Tempel würde er zu Cama Zotz beten und geheilt werden.

Vorläufig war er mit seinen verletzten Flügeln noch langsam und ungeschickt, und vieles von seiner Beute entwischte ihm. Trotzdem gelang es ihm, genug zum Überleben zu fangen: eine dämliche, aber wohlgenährte Maus, einen Sperling, der in seinem Nest hinter einem Schirm von Zweigen verborgen war. Eines Nachts war er so hungrig gewesen, dass er sogar ein paar Insekten gefressen und sich dabei vor Ekel fast übergeben hatte. Wie immer spürte er einen Heißhunger auf Fledermäuse, aber er hatte sehr wenige gesehen und wusste nicht, ob er in seinem geschwächten Zustand überhaupt schnell genug war, um sie zu fangen.

Am nächtlichen Himmel musste er jetzt vorsichtig sein, und das passte ihm nicht. Bevor ihn der Blitz getroffen hatte, war er frei von Angst gewesen, ein Herrscher der Nacht. Aber nun war er ein Krüppel. Der Gedanke, jetzt mit einer Eule kämpfen zu müssen, behagte ihm gar nicht.

Noch größere Sorgen machte er sich wegen der Menschen.

Sie hatten nach ihm gesucht und ihn schon einmal mit ihrer Flugmaschine aufgespürt und mit Betäubungspfeilen beschossen. Und erst vor ein paar Nächten hatte er geglaubt, er hätte das rhythmische Geräusch dieser Flugmaschine wieder gehört. Atemlos hatte er tief in einem Baum gewartet, bis das Geräusch vorüber war.

Schatten und Marina, diese beiden jämmerlichen Fledermäuse aus dem Norden, hatten ihm dieses Unglück eingebrockt. Sie glaubten wahrscheinlich, er wäre tot, genauso wie Throbb. Wenigstens musste sich Goth nun nicht mehr dessen Gejammer anhören.

Der östliche Himmel begann sich aufzuhellen und

Goth strich mit dem Klang-Sehen über die Landschaft auf der Suche nach einem Rastplatz. In einem felsigen Hügel fand er eine Spalte, in die er dankbar hineinflog. Mit dem Echosehen erkannte er, dass er sich in einem riesigen Labyrinth von Höhlen befand. Erfreut drang er fliegend noch tiefer ein. Statt kälter zu werden, wurde die Luft wärmer, bis ihn köstliche tropische Hitze umgab. Er erkannte, dass sie aus Löchern im Steinboden aufstieg wie aus dem Erdinneren. Wie lange war es doch her, dass er sich so warm gefühlt hatte!

Er untersuchte die Decke der Höhlen mit Klängen – merkwürdig, dass hier keine Fledermäuse nisteten. Es schien doch ein natürlicher Ort für sie zu sein. Er hatte auf eine gute Mahlzeit gehofft. Aber er fühlte sich in der Wärme zu wohl, um sehr enttäuscht zu sein.

Er wollte weiter in die Höhlen vordringen, weiter und tiefer, angezogen von der Wärme – und da war noch etwas anderes, das ihn ganz am Rande seines Bewusstseins lockte. Die Augenlider wurden ihm schwer, er wollte schlafen und dennoch flog er weiter. Würde er tatsächlich in die Unterwelt gelangen?

Es war hier so dunkel und er flog nur nach dem Klang. Die Augen fielen ihm zu. Endlich kam er in eine große runde Höhle, von der keine weiteren Gänge wegführten. Erschöpft hing er an der Wand. Sofort hüllte ihn der Schlaf in seine seidenweichen Flügel.

„Goth."

Das Flüstern wand sich um seinen Kopf herum.

„Goth."

„Hier bin ich", antwortete er schlaftrunken. Schlief er oder war er wach? Dann erstarrte er. Wer war da? Nur die Stimme des Schlafes vielleicht. Aber eine kalte Spannung floss durch seinen Körper und sein Fell sträubte sich. Seine Augen waren offen, aber er konnte nichts sehen. In der undurchdringlichen Schwärze der Höhle war alles Klang: die gefurchten Felswände und die Decke glänzten silbern in seinem Kopf. Aber da war noch etwas, was er jetzt mit seinem inneren Auge sehen konnte, eine Art Strömung, die sich langsam, hypnotisch durch die Höhle ringelte. Ein Strom reinen Klangs.

Erstaunt schaute er zu, wie die Strömung die Höhle anfüllte, strudelte, niemals stillstand. Sein Herz hämmerte.

„Wo fliegst du hin?", flüsterte die Stimme.

„Nach Hause", sagte er. „In den Dschungel."

Klangbilder malten sich wie bewegliche Hieroglyphen auf die Wände und die Decke: ein Jaguar, eine gefiederte Schlange, ein starres Augenpaar ohne Pupillen.

„Wer bin ich?", streifte die Stimme fragend seine Ohren.

Goth fühlte Eiseskälte. Er wusste die Antwort, aber er wollte sicher sein. Er wollte Beweise. „Zeige dich", sagte er kühn.

Ein Lachen rollte durch den Raum. „Nicht, bevor die

Sonne tot ist, Goth. Dann wirst du mich in meiner ganzen Herrlichkeit sehen."

„Die Sonne tot?", fragte er verwirrt.

„Wer bin ich, Goth?"

„Ich kenne dich", sagte er und zögerte, hatte plötzlich Angst, den Namen auszusprechen, nun wo er unmittelbar in seiner Gegenwart war.

„Sag mir's."

Er schluckte. „Cama Zotz."

„Jaaaa." Die Antwort kam wie ein nasses Schmatzen.

„Die Menschen jagen dich."

„Ich weiß. Aber sie werden mich nicht fangen."

„Lass dich fangen."

„Aber sie sind unsere Feinde, Zotz, mein Herr. Sie haben mich wie einen Sklaven behandelt. Sie verhöhnen dich."

„Sie denken, sie benutzen dich, aber du wirst sie benutzen."

„Ich verstehe nicht."

„Du wirst es verstehen."

Für einen Augenblick sagte Goth gar nichts.

„Bist du mein Diener, Goth?" Die Stimme war nicht mehr sanft, sondern schnitt ihm in die Ohren, fetzte ihm Licht durch den Kopf.

„Ja, Zotz, mein Herr."

„Dann führe meinen Befehl aus, und du wirst König." Und dann war es, als ob plötzlich jedes Geräusch aus der Höhle herausgesaugt, all die silbernen Echos aufgelöst wären, und Zotz war verschwunden. Goth war allein. Seine Atmung beruhigte sich. Es herrschte vollkommene Stille, er fragte sich, ob er das Gespräch nicht nur geträumt hatte.

Sich selbst von den Menschen fangen lassen – das ergab keinen Sinn! Das waren doch die gleichen Menschen, die ihn in seiner Heimat geschnappt und nach Norden in ihren künstlichen Dschungel gebracht und eingesperrt hatten. Der Mann, der ihn immer beobachtet und mit Nadeln gestochen hatte. Sollte er dahin zurückkehren? Was könnte das denn bringen?

Er schüttelte den Kopf und warf Echostrahlen durch die leere Höhle. Er hatte schon früher Träume gehabt, auch Erscheinungen. Aber nie eine so lebendige, keine, in der er den Atem von Zotz auf dem Gesicht gespürt und die Wirbel seiner Gegenwart gesehen hatte. Konnte Zotz ihn wirklich so weit im Norden finden? Vielleicht war es doch nicht mehr als ein wirrer Traum. Schon kam er ihm ganz unwirklich vor.

Er konnte nicht länger gegen den Schlaf ankämpfen. Er versank in lodernden Träumen vom Dschungel, so wirklich, dass er die Erde riechen konnte, den feuchten Stein der Königspyramide. Überall um ihn herum schwebten die Vampyrum-Fledermäuse, aber irgendwie wirkten sie kleiner, magerer. Auch mit dem Dschungel war etwas nicht in Ordnung: Bäume, Schlingpflanzen und Farnwedel waren allesamt verkohlt und qualmten.

Er fiel in Schlaf und dämmerte wieder wach, eingehüllt in seine Träume. Er verlor jedes Zeitgefühl. Er hörte sich selber vor Schmerz aufschreien und bemerkte, dass er wütend an den Ringen der Menschen zerrte, die seine Unterarme schmückten. Oder träumte er das nur? Alle Ringe bis auf einen ließen sich abreißen, und das war der, den der Mann ihm angelegt hatte damals in dem künstlichen Dschungel. Diesen einen konnte er nicht losreißen.

Wiederum träumte er. Diesmal war Schatten in seinen Klauen gefangen und an den Boden genagelt. „Ich werde dein schlagendes Herz fressen", sagte Goth zu ihm. Er sperrte das Maul weit auf und schnappte zu.

Er erwachte. Diesmal wusste er, dass er ganz und gar wach war. Wie lange hatte er geschlafen? Eine Sekunde? Einen Tag? Er hatte überhaupt keine Vorstellung. Er verschob die Flügel und bemerkte sofort, wie anders sie sich anfühlten. Er warf ein Klangnetz darüber und schaute nach.

Alle Ringe der Menschen außer einem waren weg. Und die Wunden an den Flügeln waren verheilt.

Goth flog aus der Höhle, schnitt enge Kreise in die Luft und suchte den Horizont ab. Süden. Der Dschungel, seine Heimat. Alles zog ihn dahin.

In seinem Kopf aber hallten die Worte von Zotz nach.

Er musste gehorchen. Er war ein Fürst der königlichen Familie, der Vampyrum Spectrum, und musste den Befehlen des Fledermausgottes Folge leisten. Und was war mit diesem Versprechen, König zu werden?

Er breitete die Flügel aus, testete sie. Unglaublich! Vorher waren sie vernarbt und versengt gewesen, an manchen Stellen war die Haut von den Knochen geschmolzen. Er hatte geglaubt, nie mehr völlig wiederhergestellt zu sein.

Und nun war er geheilt.

Nur Zotz konnte solch ein Wunder bewirkt haben.

Zotz gab ihm seine Kraft zurück, sodass er seinen Befehl ausführen konnte. Zotz hatte ihn immer beschützt, in dem künstlichen Dschungel, in der Gewitterwolke, als der Blitz zuschlug.

Er kippte die Flügel und flog nach Norden.

Er wusste, es würde nicht lange dauern, bis ihn die Menschen fingen.

– 3 –

Das Paradies

Es war Sommer.

Wald erstreckte sich, so weit Schattens Augen und Ohren sehen konnten. Nicht der eisbedeckte Wald, den er gerade hinter sich gelassen hatte, sondern Wald in vollem Laub: Ahorn, Ulme, Buche, Eiche, Hemlockfichte – ihre Blätter bildeten ein frisches, grünes Dach. Wildblumen rankten sich durch die Äste und Schatten konnte reifende Früchte riechen. Ganz unten hörte er das Plätschern eines Baches. Die Luft war seidig und warm, duftete nach Rinde und Erde und strotzte vor Insekten. Allein sie zu hören ließ ihm schon das Wasser im Munde zusammenlaufen. Wie aber konnte es mitten im Winter so warm sein? Wo war er? Verwirrt blickte er nach oben. Die vertrauten Sterne funkelten an einem Himmel, der sich langsam aufhellte.

Aber du bist nicht draußen, sagte er sich. Du bist drinnen. Es wurde ihm klar, dass er den Nachthimmel durch ein Glasdach sah – das gleiche Dach, das draußen seine Echoblicke wie harter Stein zurückgeworfen hatte.

Er schwirrte in der Luft, als Marina durch den gleichen Eingang angeschossen kam, durch den er selbst gekommen war. Dann platzten die anderen Silberflügel zu zweit und zu dritt in den Wald herein. Schatten entdeckte, dass es eine metallene Klappe gab, die sich automatisch öffnete und sich dann hinter ihnen wieder schloss. Bald war die ganze Gruppe da und kreiste verwundert über dem Dach des Waldes.

„Ist er wirklich?", hauchte Marina, während sie neben ihm flog.

„Riecht wirklich", sagte Schatten und tauchte vorsichtig zu einem Baumwipfel hinab, schlug mit der Flügelspitze auf ein Blatt und ließ sich dann unter einem Ast nieder. Seine Krallen drangen in das Holz. „Fühlt sich auch wirklich an."

Es war unglaublich: ein lebendiger Wald in einem Gebäude! Nach der bitteren Kälte des Winters hatte er das Gefühl, dass seine Knochen auftauten. Er fühlte sich leichter.

Plötzlich schoss ein Bärenspinner an seiner Nase vorbei. Er spitzte die Ohren, konnte nicht widerstehen.

„Schatten!", hörte er den Ruf seiner Mutter hinter sich, aber er war schon weg und jagte in die Bäume hinab hinter seiner Beute her. Jubelnd kam er auf ihn zu und ignorierte die Wolke von Echos, die der Bärenspinner ausstieß, um ihn zu verwirren. Näher, näher, er bremste ab, schaufelte die Motte mit dem Schwanz nach vorn und schleuderte sie in seinen offenen Mund. Nach Wochen mit Schneeflöhen und Raupenkokons schmeckte sie so köstlich, dass er fast ohnmächtig wurde.

Niedrig schoss er über einen schnell fließenden, gluckernden Bach und freute sich, Wasser zu sehen, das nicht hart gefroren war. Draußen hatte er sich daran gewöhnt zu trinken, indem er den Mund mit Schnee füllte und vor Schmerz winselte, wenn er an den Zähnen schmolz. Nun streifte er über den Bach, wischte mit dem Mund über die Wasseroberfläche und ließ es in die Kehle spritzen.

Und dann, als er hochzog, bemerkte er die hunderte von Fledermäusen, die neugierig um ihn herumschwirrten. Grauflügel, Glanzflügel und Silberflügel, alle starrten ihn aufmerksam an. Da waren auch Kleinfüße, Fransenfledermäuse, Langohren und andere Arten, die er vorher noch nie gesehen hatte.

„Willkommen!", riefen sie. „Neuling, willkommen!"

„War es eine weite Reise?"

„So spät im Winter!"

„Haben bis zum Frühjahr keine weiteren Neuankömmlinge mehr erwartet!"

Und dann hatte er ein Gefühl, als ob er von ihren Flügeln emporgehoben und nach oben getragen würde, zurück durch das dichte Walddach zu Marina und Ariel und den anderen. Da waren jetzt noch viel mehr

Fledermäuse, sicherlich tausende, die um sie herumwirbelten und sie mit Fragen bestürmten. Einige, bemerkte er sofort, waren beringt, die meisten aber
nicht.

Alle schienen ehrlich erfreut sie zu sehen.

„Was ist dies für ein Ort?", rief Frieda.

„Das Paradies."

Die Stimme kam von einer Langhaarfledermaus, die
herbeigeflogen kam, um sie zu begrüßen. Es war ein
älteres Weibchen, konnte Schatten sehen, wenn auch
lange nicht so alt wie Frieda. Ihr Fell war grau ge-
fleckt mit silbernen Streifen über Brust und Rücken.
Sie hatte einen kurzen hellen Bart mit einer scharfen
Spitze und in ihren schwarzen Augen waren weiße
Flecken, wodurch ihr Blick sehr durchdringend wirkte. An ihrem linken Unterarm funkelte ein Ring der
Menschen.

„Ich heiße Arkadia."

„Ich bin Frieda Silberflügel. Wir kommen aus dem
Hibernaculum, zwei Nachtreisen aus Osten."

„Wir sind so froh, dass ihr angekommen seid", sagte
Arkadia. „Kommt jetzt und lasst euch bei mir nieder
und ich will euch alles erklären." Sie brachte die
Silberflügel zu einem Ahorn mit einer Fülle verschlun-
gener Äste, und sie versammelten sich um Arkadia.
Schatten landete neben Marina. Er unterdrückte ein
Stöhnen, als Chinook einen Platz auf ihrer anderen
Seite fand.

„Ich hoffe, das dauert nicht lange", hörte er Chinook flüstern. „Ich habe Hunger."

Schattens Augen waren auf Arkadia geheftet, als sie mit den Flügeln raschelte und sie ordentlich zusammenlegte. Sie drehte den Kopf herum, um ihnen allen einzeln in die Augen zu schauen. Schatten konnte ein leises Zittern nicht unterdrücken, als ihr Blick auf ihm ruhte. Sie hatte kluge, sogar schöne Augen, aber sie waren irgendwie auch hart. Vielleicht lag das an den weißen Flecken, wie Glimmerfunken in einem Stein.

„Es besteht kein Grund, Angst zu haben", sagte Arkadia lächelnd. „Alle von uns erinnern sich daran, wie verwirrend es am Anfang war. Diese Plötzlichkeit, diese Überraschung. Aber ihr könnt all eure Sorgen ablegen. Eure Reise ist zu Ende. Wie ihr sehen könnt, haben die Menschen uns das vollkommene Zuhause geschaffen. Die Bäume werfen niemals ihre Blätter ab, der Bach friert niemals zu. Es ist immer warm wie in einer Sommernacht mit so vielen Insekten, wie man sich je zu essen wünschen kann."

„Wie viele Fledermäuse sind hier?", fragte Frieda.

„Mehrere tausend mindestens, aus verschiedenen Kolonien."

Schatten fing den Blick seiner Mutter auf und wusste, woran sie dachte. Tausende von Fledermäusen, und eine davon musste Cassiel sein. Er wollte sofort von dem Baum losfliegen und durch den Wald gleiten, um ihn zu suchen. Unruhig krallte er sich an der Rinde fest. Es war qualvoll zu wissen, dass sein Vater hier war, und sich nicht sofort zu ihm aufmachen zu dürfen.

„Wir sind aus Lagern gekommen, die Millionen von Flügelschlägen voneinander entfernt liegen, von Ost nach West", erklärte Arkadia. „Aber wir hatten zwei Dinge gemeinsam. Wir haben an das Geheimnis der Ringe geglaubt. Und wir haben den Ruf gehört."

„Den Ruf?", sagte Frieda. „Du meinst die Stimmen außerhalb des Gebäudes?"

„Ja. Die uns rufen sollen. Meine Gruppe war die erste, die angekommen ist, etwa vor zwei Monaten." In ihrer Stimme schwang so etwas wie Stolz mit. „Der Wald hier war leer und wartete auf uns, als ob Nocturna ihn gerade erst erschaffen hätte."

Schatten runzelte die Stirn. „Aber wo sind dann die Stimmen hergekommen?", platzte er heraus. Aus der Art, wie Arkadia ihm ihren Blick zuwandte, konnte er erkennen, dass sie es missbilligte, wenn eine so junge Fledermaus Fragen stellte. Verlegen blickte er auf seine Füße. Er hatte nie gut den Mund halten können. „Ich meine, wenn der Wald leer war, wie konntet ihr dann Fledermäuse hören?"

„Das", sagte Arkadia, „ist ein Geheimnis." Und sie sagte es so, dass man darüber nicht mehr diskutieren konnte.

„Und es gab hier keine anderen Vögel oder Vierfüßler?", wollte Frieda wissen.

Schatten wurde sich plötzlich bewusst, dass der Himmel über ihnen heller wurde. In jedem anderen Wald bedeutete die Morgendämmerung, dass bald Eulen durch die Luft patrouillieren würden, dass Vögel in ihren Nestern aufwachen und Vierfüßler nach Nahrung schnüffeln würden. Arkadia aber schien sich deswegen überhaupt keine Sorgen zu machen. Sie lächelte wieder.

„Natürlich nicht", antwortete sie. „Die Menschen haben eine vollkommene Zuflucht für uns gemacht. Es gibt hier keine Eulen oder sonst irgendwelche Vögel. Auch Vierfüßler gibt es nicht. Nur Fledermäuse."

Die Worte waren aus Schattens Mund heraus, bevor er sich bremsen konnte. „Aber warum?", fragte er. „Warum haben sie diesen Ort für uns gebaut?"

„Um Nocturnas Großes Versprechen zu erfüllen", sagte Arkadia einfach. „Kommt mit und schaut."

Arkadia führte sie zu den obersten Ästen des Baumes. Da konnte Schatten sehen, wie der Himmel heller wurde und wie sich ein stärkeres Lichtband über den östlichen Horizont ausdehnte. Wie davon angezogen segelten die anderen Fledermäuse durch das Laubwerk und sammelten sich in der Nähe des Daches. Einige ließen sich auf hohen Bäumen nieder, andere kreisten aufgeregt und beobachteten den Himmel.

„Schaut!", flüsterten sie in fieberhafter Erwartung. „Seht hin!"

Die Morgendämmerung. Schatten schaute hingerissen zu, wie sich die Sonne in einem hellen Streifen am fernen Horizont krümmte. Seine Gedanken flogen Monate zurück in die Wälder des Nordens, als er noch ganz jung gewesen war und sein Leben für solch einen Anblick aufs Spiel gesetzt hatte. Die Erinnerung an die Eule, die versucht hatte, ihn zu schnappen, ihr Geruch und das Geräusch, alles war wieder so lebendig in seinem Kopf, dass er unwillkürlich über die Schulter zurückblickte, um sich zu vergewissern, dass er in Sicherheit war. Er konnte die gleiche Mischung aus Angst und Bewunderung auf den Gesichtern der anderen Fledermäuse seiner Kolonie sehen, sogar auf dem von Frieda.

Nach Millionen von Jahren ohne die Sonne sahen sie sie nun mit königlicher Anmut aufgehen und Dunstschleier am Horizont hinter sich lassen. Schatten war einmal im vollen Tageslicht geflogen, aber er hatte nie gesehen, wie sich die Sonne vom Horizont löste. Die Fledermäuse waren in eine stumme Verträumtheit verfallen, als die Sonne ihren vollen Glanz annahm, eine strahlende Lichtscheibe am Himmel.

Schatten blickte sich um zu all den ekstatisch hochgereckten Gesichtern, dem im Sonnenlicht gebadeten Fell, den glänzenden Augen. Und er spürte, dass dies für sie ein Ritual war, sich zu versammeln, um den Sonnenaufgang zu beobachten.

Er schaute zu Marina, und es war, als ob er sie zum

ersten Mal sähe, so leuchtete ihr Fell. So weich schien es. Jedes glatte Haar funkelte. Sie sah aus wie eine neue Art von Geschöpf, ganz aus Licht gewebt. Sie wandte ihm ihre hellen Augen zu, in jedem eine kleine Sonne, und lächelte, und er lächelte verhalten zurück und schaute dann weg, überrascht und verlegen.

Die Sonne schien alles zu verwandeln, schien Einzelheiten zu verdeutlichen, die er nie bemerkt hatte, die Adern von Blättern, Schatten in der Baumrinde. Er wollte alles noch einmal erneut berühren. Die Welt schien gewachsen. Er schaute zur Sonne selbst zurück und stellte überrascht fest, dass er nur ganz wenig blinzeln musste. Er runzelte die Stirn. „Sie ist doch viel heller", murmelte er zu Marina.

Sie nickte. „Ich erinnere mich."

Als er unter ihrem vollen Glanz geflogen war, um Goth und Throbb zu entkommen, hatte er sie nicht voll anblicken können, ohne in beiden Augen ein mächtiges schmerzhaftes Stechen zu spüren.

„Das Dach muss sie irgendwie abmildern", sagte er, und er erinerte sich an sein dunkles Glänzen von außen.

Arkadia erhob sich in die Luft und kreiste über ihnen. Ihre Augen funkelten vor Licht. „Seht ihr", sagte sie, „das Große Versprechen ist erfüllt worden! Hier ist die Sonne! Und wir können sie anschauen. Wir können in ihrem Licht fliegen, ohne etwas fürchten zu müssen. Es gibt keine Eulen, keine Vierfüßler, die uns jagen könnten. Seht ihr? Die Sonne gehört wieder uns! Unsere Verbannung ist zu Ende!"

Immer hatte Schatten angenommen, es würde einen Krieg mit den Eulen geben. Wie sonst könnte ihre Verbannung enden, wie sonst könnten sie wieder das Recht erlangen in der Sonne zu fliegen? Nie hatte er gedacht, es könnte so gehen: eine vollkommene Welt, die von den Menschen für sie geschaffen war.

„Und die Ringe?", fragte Frieda. „Was bedeuten die?"

„Nachdem ich beringt war, habe ich mir eine Menge Gedanken darüber gemacht", sagte Arkadia, „wie sicherlich viele von uns. Aber diese Ringe sind an sich keine magischen Gegenstände. Sie unterscheiden nicht gute von schlechten Fledermäusen. Wir haben keine gemeinsame Sprache mit den Menschen, daher sind die Ringe ein Mittel uns zu verbinden. Es sind Zeichen der Freundschaft, ein Symbol des Großen Versprechens. Sie sagen uns, dass die Menschen eine Rolle spielen bei der Ankunft des Tages. Nocturna hat das Große Versprechen gegeben, die Menschen haben es eingelöst!"

Über die Baumwipfel hinweg trafen sich die Blicke von Schatten und seiner Mutter. Er lächelte.

„Wir wollen deinen Vater suchen", rief sie ihm zu.

Sein Herz hämmerte. Irgenwo in diesem gewaltigen Wald hielt sich sein Vater auf, das konnte er fühlen.

„Wir sind gekommen, um jemanden zu suchen", sag-

te Ariel zu Arkadia. „Einen beringten Silberflügel namens Cassiel."

Arkadia ließ sich unter einem Ast nieder und dachte
nach. „Cassiel. So viele sind gekommen, lass mich versuchen …" Sie erhob ihre Stimme und rief über die
Baumwipfel hinweg: „Gibt es einen Cassiel Silberflügel
unter uns? Gebt die Frage weiter!"

Schatten sträubte sich das Fell, als er hörte, wie der
Name seines Vaters durch den Wald jagte wie eine
Welle, die das Wasser kräuselt. Er konnte nicht still
halten, er musste einfach in die Luft. Er flog ganz
hoch unter das Dach und horchte.

„Cassiel! Cassiel Silberflügel! Ist er hier? Cassiel …
Cassiel … Cassiel …", bis die Stimmen immer leiser
wurden und schließlich verstummten. Schatten fühlte
das Blut in den Ohren dröhnen. Mit den Augen suchte er seine Mutter, die mit ruhigem Gesicht und hoffnungsvoll gespitzten Ohren auf eine Antwort wartete.

Die kam jedoch nicht.

Nach ein paar qualvollen Augenblicken sagte Arkadia
liebevoll: „Es tut mir Leid."

„Danke", sagte Ariel. Ihre Ohren falteten sich langsam zusammen und legten sich an den Kopf.

Schatten hörte mitfühlende Stimmen um sich herum,
die ihm und seiner Mutter sagten, es täte ihnen Leid,
sehr Leid, aber für ihn waren das nur Geräusche. Er
sah Arkadia an.

„Nein, er muss hier sein", beharrte er, und seine eigene Stimme kam ihm betäubend laut vor. „Er ist im letzten Frühjahr hierher gekommen. Er wusste von diesem Ort. Er muss hierher gekommen sein – sogar vor allen anderen. Er ist hier!"

„Als meine Gruppe hier ankam, waren wir die Ersten", sagte Arkadia bestimmt. „Es gab keine anderen Fledermäuse im Wald, und ich erinnere mich auch nicht an einen beringten Silberflügel, der so hieß. Es tut mir Leid, dass ich dir schlechte Nachrichten bringen muss. Aber du musst versuchen dankbar zu sein für das Paradies, das du hier gefunden hast."

Schatten blickte sie zornig an und flog weg. Seine Augen waren tränenblind. Er stürzte sich tief zwischen die Äste, suchte sich einen Rastplatz und versuchte klar zu denken. Er wollte nicht weinen, wollte das einfach nicht.

Er würde den Wald durchkämmen, um ganz sicher zu sein.

Diese dämliche Fledermaus mit dem Fransenbart wusste auch nicht alles. Wahrscheinlich war sie noch nicht einmal eine Älteste, sondern nur irgendeine alte Tucke, die sich wichtig machte.

Als seine Mutter kam und sich neben ihm niederließ, konnte er sich nicht zu ihr hinwenden und ihr ins Gesicht sehen. Er wusste, wenn er sah, wie ihre Augen seinen eigenen Kummer widerspiegelten, würde er anfangen zu schluchzen.

„Er ist am Leben", sagte Schatten durch zusammen-
gebissene Zähne. „Zephir hat es gesagt."

„Vielleicht hat sich Zephir geirrt. Wir können nicht
unser Leben lang nach ihm suchen."

„Warum nicht?"

„Du bist so rastlos, genauso wie er", sagte sie. „Jede
Reise muss irgendwo einmal zu Ende gehen, Schatten."

„Du gibst auf?", fragte er erstaunt.

„Aufgeben." Sie seufzte. „Heißt es das? Viele von uns
haben ihre Partner verloren. Das ist eines von den
grausamen Dingen, die unvermeidlich sind."

Es passte ihm nicht, wie vernünftig sie klang. Wie
konnte sie nur so vernünftig sein?

„Ich bin nicht so unglücklich", sagte sie. „Ich habe
dich. Und ich bin nicht zu alt, um weitere Junge zu
bekommen."

Schockiert starrte er sie an. „Das kannst du nicht
tun."

Sie lachte freundlich, aber Schatten fühlte, wie sein
Gesicht brannte, als wäre er wieder ein kleines Kind
und hätte gerade etwas Lächerliches gesagt.

„Woher weißt du, dass dein Vater nicht irgendwo anders das Gleiche getan hat?"

„Das würde er nicht tun."

Seine Mutter erwiderte nichts. Sie hat Recht, dachte
er unglücklich. Was weiß ich denn schon? Genau genommen weiß ich gar nichts über meinen Vater. Ha-

be ihn nie getroffen. Werde ihn vielleicht nie treffen. Und plötzlich war er wütend.

„Er ist mir immer gerade ein Stückchen voraus. Warum macht er nicht ein bisschen langsamer und hilft mir, gibt uns ein Zeichen, hinterlässt uns eine Nachricht! Eine Million Flügelschläge bin ich deswegen gekommen, und er kann nicht einmal …"

Er brach ab, weil er wusste, dass er Unsinn redete, aber er konnte die Frustration und die Enttäuschung nicht länger in seinem Inneren verschließen. Wenn er wüsste, sein Vater wäre tot, könnte er versuchen, darüber hinwegzukommen. Dann hätte er wenigstens das Gefühl mit etwas abzuschließen, nichts weiter unternehmen zu müssen, keine Mühe mehr und keine Sorge. Er fragte sich, ob sein Vater überhaupt gefunden werden wollte. Zu selbstsüchtig, um überhaupt an die Partnerin und den Sohn zu denken? Hat er denn nicht den Wunsch mich zu finden?, dachte er verzweifelt.

„Es könnte ja sein, dass er diesen Ort hier nie erreicht hat", erklärte Ariel. „Die Eulen könnten ihn unterwegs erwischt haben. Vielleicht ist er auch" – sie seufzte und schaute weg – „woanders hingeflogen."

„Ich kann nur nicht verstehen, wie du aufgeben kannst", sagte er.

„Ich denke, es ist Zeit, sich mit anderen Dingen zu beschäftigen." Sie schaute ihn an. „Du musst dich um Marina kümmern, weißt du."

Er schnaubte bitter. „Oh, ich glaube, sie kann sich sehr gut um sich selber kümmern. Sie ist schon beliebter als ich. Du solltest sehen, wie Chinook bei ihr rumhängt …" Er schaute seine Mutter an. „Was meinst du damit, ich muss mich um sie kümmern? Die Hälfte der Zeit glaube ich, sie mag mich gar nicht."

„Sie hat es schwer. Sie ist kein Silberflügel, und ich möchte nicht, dass sie sich bei uns wie ein Außenseiter fühlt. Sie hat sonst niemanden."

Schatten nickte verlegen. „Ich weiß, ich weiß." Als er Marina kennen gelernt hatte, lebte sie ganz allein. Weil sie beringt worden war, hatten die Mitglieder ihrer Kolonie sie ausgestoßen. Sie waren der Meinung, dass die Ringe böse wären und allen Unglück brächten. Sogar ihre eigenen Eltern hatten sie verstoßen, was Schatten unglaublich schmerzlich fand. Nachdem sie zusammen das Hibernaculum erreicht hatten und nachdem ihr der Ring abgerissen worden war, hatte sie daran gedacht, zu ihrer eigenen Kolonie zurückzukehren, das aber dann doch nicht getan. Schatten lächelte, als er daran dachte, wie froh er gewesen war, als sie Friedas Einladung, bei ihnen zu bleiben, angenommen hatte. Dann runzelte er die Stirn.

„Sie hat sich ganz prima eingelebt", murmelte er. Ariel behandelte sie wie eine eigene Tochter und er merkte, dass Marina diese Aufmerksamkeit mochte – an der Art, wie sie förmlich schnurrte, wenn Ariel ihr das Fell kämmte. Auch Chinook mochte sie und sie schien die Zuneigung zu erwidern. Und Schatten war auch nicht entgangen, wie einige der anderen jungen Männchen sie bewundernd anschauten – wahrscheinlich dieses großartige Glanzflügelfell, dachte er naserümpfend. Zugegeben, die jungen Weibchen schienen nicht so begeistert, sie in der Kolonie zu haben, aber was soll's? Es sah nicht so aus, als ob sie darunter litt.

„Sie kann Dinge gut verbergen", sagte Ariel, als hätte sie Schattens Gedanken gelesen. „Behalt sie im Auge, das ist alles, was ich meine."

„Ja doch. Sicher", sagte er. Sie erreichte nur, dass er sich wieder wie ein unwissendes Kleinkind fühlte, und das passte ihm nicht. Er wusste nicht einmal, warum sie gerade jetzt über Marina redeten. Er wollte doch über seinen Vater sprechen.

Ariel berührte seine Wange mit ihrem Flügel. „So rastlos", sagte sie. „Sei doch stolz auf die Dinge, die du getan hast, Schatten. Ohne dich wären wir wahrscheinlich nicht an diesen Ort gelangt. Du hast uns die Sonne gebracht, genau so, wie du es wolltest."

Er nickte und erinnerte sich an das Verspechen, das er sich vor langer Zeit gegeben hatte. Aber sein Herz war schwer wie Blei.

„Wir müssen es den anderen im Hibernaculum berichten", sagte Frieda. „Sie haben ein Recht darauf zu erfahren, was wir hier gefunden haben. Ich frage mich nur, wann. Gehen wir jetzt oder warten wir bis zum Frühjahr?"

„Dann könnten die Eulen bereits angegriffen haben", bemerkte Ikarus grimmig.

Schatten hielt sich mit Marina und den anderen Silberflügeln seiner Kolonie bei dem plätschernden Bach auf und hörte zu. Aber er beobachtete Arkadias Augen. Sie waren ganz anders als Friedas. Man konnte merken, dass Arkadia nicht wollte, dass man Fragen stellte. Und sie wollte nicht, dass man widersprach.

„Ich fürchte, es wird nicht möglich sein, dass ihr zum Hibernaculum zurückkehrt", sagte Arkadia einfach.

Schatten war empört. Wer war sie bloß, dass sie ihnen vorschreiben könnte, was sie tun konnten und was nicht?

„Ich verstehe nicht", sagte Frieda ruhig.

„Der Rest eurer Kolonie hat seine Wahl bereits getroffen. Sie haben sich entschieden nicht mit euch zu kommen."

„Aber wenn sie von diesem Ort hören", sagte Frieda, „ändern sie möglicherweise ihre Meinung."

„Ich glaube, dieser Ort ist für diejenigen gedacht, die den Glauben und den Mut hatten ihn zu suchen."

„Meinst du nicht, dass das etwas streng ist?" Friedas Stimme war noch ruhig, aber Schatten konnte an der plötzlichen Bewegung ihrer gefalteten Flügel erkennen, dass sie verärgert war.

„So hat Nocturna es gewollt. Und die Entscheidung

ist uns schon abgenommen worden. Die Tür öffnet sich nur in eine Richtung."

„Wir sitzen in der Falle?", platzte Schatten heraus.

Arkadia schaute ihn spöttisch an. „Man kann im Paradies nicht in der Falle sitzen. Dies ist deine letzte Bestimmung. Du musst das akzeptieren, junge Fledermaus."

Schatten sträubten sich die Haare. Junge Fledermaus. Ich habe wahrscheinlich mehr erlebt als du, Alte mit Fransenbart. Aber schon konnte er die Warnglocke panischen Entsetzens in seinem Inneren hören. Den Rest des Lebens hier an diesem einen Ort? Für immer? Der Gedanke sprengte sein Vorstellungsvermögen. Schon die Idee eines Winterschlafs hatte ihm nie gefallen, und da ging es nur um drei Monate. Wie konnte er hier – oder sonst irgendwo – für immer bleiben?

„Es muss einen Weg hinaus geben", murmelte er. Ohne zu überlegen, flog er von dem Baum zum Dach empor. Bald fand er die Öffnung und krallte sich an der metallenen Klappe fest. Sie rührte sich nicht, nicht einmal, wenn er die Schulter dagegenrammte. Er kratzte an dem umgebenden Stein und Metall, ohne auch nur ein Stäubchen abzubekommen.

„Marina, Chinook", rief er, „helft mir!"

„Das reicht!", fauchte Arkadia streng, während sie zu ihm hinflog. „Nur Menschen öffnen diese Tür. Ich bin entsetzt über dieses eklatant undankbare Verhalten.

Schau dich doch um. Was siehst du? Wald, so ergiebig wie du es dir nur vorstellen kannst. Wer flieht denn aus dem Paradies?"

„Wenn es das Paradies ist, warum gibt es dann keinen Ausgang?", wollte er wissen. Seine Stimme bebte.

„Die Tür ist so entworfen worden, um uns Sicherheit zu geben, um unsere Feinde draußen zu halten."

Schatten konnte jetzt Ariel und Marina und Frieda hinter Arkadia sehen und versuchte in ihren Mienen zu lesen. Seine Mutter, glaubte er, sah betroffen aus; aber teilte sie seine Befürchtungen oder glaubte sie nur, dass er sich unangemessen benahm? Marina konnte ihm nicht einmal in die Augen schauen. Schämte sie sich seinetwegen? Glaubte sie, dass er feige sei, kindisch, weil er nach einem Weg nach draußen verlangte?

„Wenn dich der Gedanke, hier zu leben, beunruhigt", sagte Arkadia zu Schatten, „dann warst du vielleicht nicht dazu bestimmt, hierher zu kommen."

Goth hörte, wie sich die Menschen näherten.

Das Geräusch ihrer Flugmaschine dröhnte in der Luft, und diesmal richtete er sich danach aus und flog direkt auf sie zu. Es dauerte nicht lange, bis er den birnenförmigen Umriss der Maschine erkennen konnte, direkt vor sich und mit einem erleuchteten Rand.

Seine Flügelschläge zögerten, aber nur für einen Augenblick.

Zotz hatte ihn wieder stark gemacht. Zotz beschützte ihn. Mehr als das: Zotz brauchte ihn, um seine Pläne zu erfüllen. Er würde der König aller Vampyrum Spectrum sein und er würde sich Maul und Bauch mit dem Fleisch von Schatten Silberflügel füllen.

Die Nase der Maschine hob sich vor ihm und neigte sich zur Seite. Hinter dem offenen Fenster konnte er den Mann sehen. Er hatte gewusst, dass er es sein würde, und er hasste den Anblick des räudigen Bartes und des erschlafften Augenlids. Er hielt eine lange Waffe dicht an sein Gesicht und die Schulter.

Goth knirschte mit den Zähnen und wartete.

Er fühlte, wie der Pfeil in seine Brust stach und musste gegen alle seine Instinkte ankämpfen, um ihn nicht mit den Zähnen an der gefiederten Spitze herauszureißen, um nicht wegzufliegen.

Dann schwankte der Horizont wie verrückt und er stürzte ab.

– 4 –

Ein Weg hinaus

Nach fünf Nächten im Paradies war Schatten immer noch auf der Suche nach einem Weg hinaus.

Jede Nacht kreiste er über dem Wald und suchte. Auch jetzt musste er zugeben, dass es ein wunderbarer Wald war, eine Mischung von Nadelhölzern und Laubbäumen mit einem weichen Boden aus Moosen, Wildblumen und Gras.

Von einem Ende zum anderen wand sich ein schöner breiter Bach, aber das Wasser, bemerkte er bald, hatte einen strengen, metallischen Geschmack. Auf allen Seiten begrenzten den Wald zackige Felsklippen. Sie fühlten sich wie richtiger Stein an – er hatte das ausprobiert. Sie reichten hoch über die Baumwipfel hinauf bis zum Dach. Er hatte dort zahlreiche kleine Türchen entdeckt genauso wie das, durch welches er hereingekommen war, aber sie waren alle ebenso fest verschlossen und unbeweglich.

Aber er würde nicht aufgeben. Es musste einen Weg nach draußen geben. Er war sich noch nicht sicher, ob er ihn auch benützen würde, aber er wollte jedenfalls wissen, dass er existierte.

Gerade glitt er dicht unter dem Dach entlang, suchte angestrengt nach einem kalten Luftzug, nach irgendetwas, das ihn zu einem Spalt, einem Abzugsloch, irgendeinem möglichen Ausgang führen könnte. Wie immer: nichts. Er blickte über den Wald. Er wusste, es würde Monate dauern, ihn ganz genau abzusuchen, und selbst dann könnte ihm etwas entgehen.

Wenn er nur Hilfe hätte … aber alle anderen wollten nur schlafen, und wenn sie nicht gerade schliefen, jagten sie träge oder kämmten sich ihr Fell. Ariel lud ihn immer wieder ein bei ihr zu lagern oder mit ihr zu jagen, aber er hielt sich fern von ihr. Er hatte eine Aufgabe und es ärgerte ihn, dass sie das nicht genauso sah wie er. Sie sagte zwar nichts, aber er wusste es trotzdem. Sie war hier glücklich – wie alle anderen auch. Sogar Frieda verbrachte die meiste Zeit an ihrem Lieblingsplatz, auf einem Stein am Bach, und wärmte ihre alten Knochen im wandernden Sonnenlicht. Warum war sie nicht stärker beunruhigt wegen der anderen im Hibernaculum? Und was war mit den Eulen? Die Älteste müsste sich doch eigentlich auch darum bemühen hinauszukommen.

Marina hatte sich mit einer Gruppe Glanzflügel angefreundet, und wenn sie sich nicht bei denen aufhielt, war sie immer mit Chinook zusammen. Es war nicht zu glauben. Wenn Schatten ihr klingelndes Lachen hörte, wollte er am liebsten in den Fels beißen. Zuerst hatte sie ihn aufgefordert sich ihnen anzuschließen, aber er fand immer Entschuldigungen, und inzwischen fragte sie ihn nicht einmal mehr, sondern schenkte ihm nur ein schnelles, angespanntes Lächeln und flog mit den anderen weg.

Jeder um ihn herum war glücklich, nur er fühlte sich wie ein nasses Blatt.

„Immer noch auf der Suche?" Marina war von hinten an ihn herangeflogen.

„Hmmm", knurrte Schatten. Er warf ihr einen kurzen Blick zu, er war sich nicht sicher, ob sie nur freundlich sein wollte oder ihn leise verspottete. Aber er war froh sie zu sehen, besonders ohne Chinook im Schlepptau. Nächtelang hatte er sie nicht mehr allein zu Gesicht bekommen.

„Und wie genießt du das Paradies?", fragte er, ohne den Sarkasmus in seiner Stimme unterdrücken zu können.

„Besser als von Eulen gefressen zu werden", sagte sie lächelnd. „Komm, Schatten, mach mal eine Pause. Wenn jemand eine verdient hat, dann du. Dieser Ort ist doch nicht so schlecht."

Er wollte ihr glauben und für einen Augenblick fühlte er, wie er sich entspannte. Vielleicht war dies wirklich das Ende der Reise und warum sollte er nicht die Flügel zusammenfalten und lang und tief schlafen? Es wäre so einfach. Ein Bärenspinner brummte nur

Zentimeter an seiner Nase vorbei und er runzelte die Stirn.

„Du weißt doch, wo die Insekten herkommen?", sagte er nebenbei. „Diese kleinen Löcher in den Klippen. Überall gibt's die. Schau, gerade da drüben ist eins." Er flog näher heran und schlug mit der Flügelspitze dagegen. „Schau dir das an. Die Insekten kommen geradewegs herausgeschossssen. Kaum zu glauben, was?"

„Schatten, welche Rolle spielt das denn?"

„Sie schmecken noch nicht mal so besonders."

„Du beschwerst dich über die Nahrung? Du wärst also lieber draußen, um gefrorene Flechten von einem Baum zu kratzen?"

„Gib's doch zu, Marina. Die Insekten schmecken nicht normal, und sie schmecken alle gleich. Die Käfer sind auch nicht so knackig wie draußen. Du musst das doch bemerkt haben."

Sie blickte finster drein. „Vielleicht habe ich das, aber ist das denn so schlimm?"

„Zu leicht zu fangen", murmelte er. „Sogar die Bärenspinner sind wie benommen. Mir ist noch keiner entwischt. Bärenspinner sollten ein bisschen Widerstand leisten …" Er verstummte, fühlte sich kindisch. Zusammen flatterten sie zu einem Baum hinab und ließen sich nebeneinander nieder. Eine Weile sprach keiner von beiden.

„Es tut mir Leid wegen deines Vaters", sagte sie schließlich.

„Ich verstehe bloß nicht, wieso er nicht hier ist. Es bringt mich zum Grübeln, weißt du, dass dies vielleicht doch nicht der richtige Ort ist, dass wir einen Fehler gemacht haben."

„Kommt mir nicht wie ein Fehler vor", sagte Marina. „Warum bist du so misstrauisch? Ich sehe, wie du herumfliegst und nach einem Weg hinaus suchst. Warum kannst du es nicht einfach genießen?"

„Ich kann nicht glauben, dass dies das richtige Ende ist."

„Alles passt doch, Schatten. Das Licht des Tages, keine Eulen, die Menschen helfen uns. Das ganze Große Versprechen."

„Ich weiß, ich weiß", sagte er gereizt. Er hatte es selbst überdacht, immer wieder, als ob man auf einem Stein kaute, bis er zu Staub zerfallen war, zu nichts. „Aber nicht einmal die Sonne ist die gleiche. Sie ist in Wirklichkeit heller als die hier. Du hast sie doch mit mir zusammen gesehen, erinnerst du dich?"

„Es war draußen zu schmerzhaft sie anzusehen. Auf diese Weise können wir sie genießen. Schatten, warum sollten die Menschen sich sonst all die Mühe geben, diesen Ort für uns zu machen?"

„Komm mit", sagte Schatten. „Ich will dir noch etwas zeigen, was ich gefunden habe."

Er führte sie niedrig über die Baumwipfel und merkte, dass er nach mehreren Nächten zum ersten Mal glücklich war. Er war schon so froh darüber, sie nur neben sich zu haben, ganz für sich allein, so wie früher, zusammen mit ihr irgendwohin zu fliegen. Die Reise dauerte allerdings nicht lange. Der Wald war, wie ihm bei seiner ersten Erkundung klar geworden war, zwar äußerst lang, aber verhältnismäßig schmal. In der Oberfläche der Felswand befand sich oberhalb der Baumwipfel ein breites Fenster.

Und hinter dem Fenster waren die Menschen.

Schatten ließ sich mit Marina gerade oberhalb des Fensters nieder, sodass sie kopfüber nach unten hängen und einen Blick hindurch werfen konnten. Sie sahen fünf Menschen, zwei standen, die anderen saßen. Alle trugen weiße Gewänder. Auf der anderen Seite des Glases waren sie nur ein paar Flügelschläge entfernt. Er erinnerte sich, wie er vor langer Zeit Menschen in der Kathedrale der Stadt beim Gebet beobachtet hatte. Er hatte sie so sehr bewundert, ihre Größe, ihre Macht. Hier wirkten sie noch großartiger.

Der Raum, in dem sie sich aufhielten, war völlig dunkel und ihre Gesichter und Körper wurden in Licht gebadet, das von verschiedenen glänzenden Metalloberflächen kam. Ein Paar unterhielt sich, Schatten konnte sehen, wie sich ihre Münder bewegten. Selbst wenn er sie hören könnte, wären ihre Worte für ihn ohne Bedeutung. Die anderen schauten zum Fenster heraus. Schatten wusste, dass von ihrem hochgelegenen Beobachtungsplatz aus der größte Teil des Waldes zu überblicken war.

„Sie beobachten uns", sagte Schatten. „Vielleicht studieren sie uns."

„Vielleicht", sagte Marina gleichgültig. „Na und?"

„Da ist der Mann."

Er deutete mit dem Kopf auf die männliche Gestalt, die in der Mitte des Raumes stand und auf eine Art Maschine klopfte. Er war groß und schlaksig, mit einem ungepflegten schwarzen Bart und einem Auge, das immer halb geschlossen schien.

„Was meinst du mit ‚der Mann‘?", fragte Marina.

„Erinnerst du dich, wie Goth von ihm erzählt hat? Als er und Throbb in dem künstlichen Dschungel waren? Er hat gesagt, da war ein Mann, der sie die ganze Zeit beobachtet und ihnen ins Gesicht geleuchtet und sie mit Nadeln gestochen hat."

„Du weißt nicht, ob es der gleiche Mann ist."

„Nein, aber …"

„Okay, nehmen wir mal an, es ist der gleiche. Jeder Mensch, der versucht Goth zu fangen und ihn in Gefangenschaft zu halten, ist doch in Ordnung."

„Sie halten auch uns in Gefangenschaft, Marina."

Für einen Augenblick schwieg sie. Als sie dann sprach, klang ihre Stimme ungeduldig. „Warum machst du dir überhaupt die Mühe an Goth zu denken. Er war ein Lügner, er wollte uns vernichten und deine ganze Kolonie dazu. Soweit wir das beurteilen können, hat er sich die ganze Geschichte ausgedacht. Vielleicht gab es gar keinen künstlichen Dschungel, keinen Mann."

„Goth und Throbb waren auch beringt. Und die Menschen sind in ihrer Flugmaschine gekommen, um nach ihnen zu suchen. Beinahe bin ich von einem ihrer Pfeile getroffen worden, erinnerst du dich?"

„Natürlich erinnere ich mich", sagte sie ärgerlich. Sie seufzte. „Sie leuchten uns nicht ins Gesicht oder stechen Nadeln in uns hinein. Arkadia ist seit zwei Monaten hier und bislang ist ihr nichts Schlimmes passiert. Alle sind anscheinend ziemlich glücklich, glaubst du nicht auch?"

„Sehr glücklich", murmelte er. Er schaute sie aufmerksam an. „Fühlst du dich überhaupt nicht wie eine Gefangene?"

„Du bist so misstrauisch! Reicht es nicht, dass sie diesen Ort für uns gemacht haben?"

Er hatte das Gefühl undankbar zu sein, aber er konnte nichts dagegen tun.

„Nein, das reicht mir nicht. Ich möchte wissen, warum sie das getan haben."

„Wie willst du das herausbekommen? Willst du, dass sie durch diese Glaswand marschieren und mit dir reden?"

„Das wäre schön", schoss er zurück. „Wenn sie so clever sind, warum erklären sie uns nicht alles, ein für alle Mal? Soweit wir wissen, sammeln sie uns vielleicht nur. Vielleicht wollen sie etwas von uns."

„Keiner hat uns hierher gezwungen", erinnerte ihn Marina. „Wir sind freiwillig gekommen. Wir mussten nicht hier hereinfliegen. Du bist als Erster herein, erinnerst du dich?"

„Ich hatte gedacht, ich finde meinen Vater."

Sie seufzte. „Es tut mir Leid, Schatten, aber ich bin hier glücklich. Ich bin so lange ausgestoßen gewesen, ich will nur ... Hör zu, ich habe das Gefühl, ich habe hier ein Zuhause, eine Familie. Ariel ist sehr lieb zu mir. Und du auch."

„Wir wollen Chinook nicht vergessen."

Kaum hatte er die Worte ausgesprochen, da bereute er sie auch schon.

Sie sah ihn aufmerksam an. „Dir passt es nicht, dass ich zeitweilig mit Chinook zusammen bin?", fragte sie mit einer leisen, aber gefährlich ärgerlichen Schärfe in der Stimme.

„Lass gut sein."

„Du glänzt ja nicht gerade viel durch Anwesenheit, Schatten. Dauernd fliegst du weg und suchst nach Spalten in den Wänden. Oder du bist sauer."

„Ich bin nicht sauer", sagte Schatten.

„Nenn es meinetwegen, wie du willst."

„Ich denke nach. Manchmal tu ich das. Anders als Chinook."

„Ich gebe zu, er wird nie ein Ältester werden. Er ist nicht so besonders" – sie gab dem Wort eine verächtliche Betonung –, „aber ich denke, er hat ein gutes Herz."

„Ja, wenn du schon kein Gehirn haben kannst, ist

es prima, wenigstens ein gutes Herz zu haben." Unter dem Fell brannte sein Gesicht vor Eifersucht und Wut. „Wir wollen auch nicht vergessen, wie lustig er ist. Warum solltest du sonst so viel mit ihm zusammen sein?"

„Nun, er sieht auch gut aus", sagte Marina lässig.

„Wirklich?", fragte Schatten und sein Ärger wich ehrlicher Überraschung. Chinook sah also gut aus. Sicherlich war er groß, natürlich auch stark, ein guter Flieger und Jäger. Aber Schatten war nie auf die Idee gekommen, dass er gut aussähe.

Sehe ich gut aus?, fragte er sich und wusste sofort: Nein. Er hatte zu viel von einem Knirps, um jemals gut auszusehen. Neben Marina mit ihrem üppigen Fell und anmutigen Gesicht überkam ihn manchmal das Gefühl, richtig hässlich zu sein.

„Ja", sagte er kühl. „Er sieht sehr gut aus."

Sie blickte ihn mit einem merkwürdigen Ausdruck an. Dann schüttelte sie den Kopf. „Weißt du was? Er mag dich. Er beneidet dich sogar. Erstaunt? Vielleicht bist du zu beschäftigt gewesen, um das zu bemerken." In ihrer Stimme lag eine Schärfe, die ihn überraschte. „Du bist zu beschäftigt für uns alle."

„Wie meinst du das?", fragte er stirnrunzelnd.

„Mach mal eine Pause in deinem Heldendasein, Schatten. Und weißt du was? Du bist nicht der Einzige, der den Vater verloren hat."

Damit flog sie weg.

Schatten hing an einem niedrigen Ast und knipste zornig mit Klangkügelchen Eichenblätter ab. Er zielte auf einen anderen Stiel, beschoss ihn und beobachtete zufrieden, wie er sauber abknickte und zu Boden flatterte. Trotzdem, ein Blatt war kein Eiszapfen. Zu einfach. Er wandte seine Aufmerksamkeit dem Boden zu und entdeckte ein kleines Steinchen, fast zwei Meter entfernt. Aber er konnte sich nicht konzentrieren.

Du bist nicht der Einzige, der den Vater verloren hat.

Er zuckte zusammen, als die Worte in seinem Inneren nachhallten. Marina hatte ihm gesagt, er müsse darüber hinwegkommen, indem sie ihn daran erinnerte, dass auch sie einen Vater verloren hatte und eine Mutter und dass das Leben trotzdem weiterging. Nun, vielleicht konnte sie so leben, er konnte es jedenfalls nicht. Cassiel mochte er verloren haben, aber er würde ihn wieder finden. Sollte er sich dafür entschuldigen? Dafür, dass er nicht aufgab? Dass er nicht für immer wie eine Motte mit Sonnenstich hier herumtreiben und schlechte Insekten fressen wollte?

Mach mal eine Pause in deinem Heldendasein. Nun, da stellte sich wirklich sein Fell auf! Er tat doch nur, was getan werden musste, da sich ja sonst niemand um die Dinge kümmerte. Was war denn mit den anderen Silberflügeln im Hibernaculum? Was war denn mit den Eulen und ihren Kriegsplänen? Was war denn damit, dass sie tatsächlich in diesem künstlichen Wald eingesperrt waren? Wenn auch er sich keine Sorgen um diese Dinge machte, wer denn sonst? Irgendjemand musste doch hier etwas in Gang setzen!

Kein Wunder, dass Marina Chinook vorzog. Er hatte seine beiden Eltern, er machte sich nie um etwas Gedanken, sorgte sich um nichts. Er war einfach so zufrieden, dass es Schatten ganz übel davon wurde. Es war anscheinend allein schon großartig, Chinook zu sein.

Wütend starrte er das Steinchen am Boden an.

Beweg dich, sagte er und schlug zornig mit Klängen darauf ein. Zu seiner Überraschung hüpfte der Stein hinüber ins Gras. Er versuchte es noch einmal und schaffte es, ihn noch ein paar Zentimeter weiter zu schieben, bis er atemlos aufgab.

„Sehr gut", sagte Frieda. Überrascht drehte Schatten sich um und sah sie neben sich hängen. „Du wirst immer besser."

„Nun, ich habe viel Zeit, um zu üben."

Sie lächelte. Schatten hatte immer gemocht, wie sich ihr graues Fell um die Augen herum kräuselte. In der Art, wie sie ihn betrachtete, lag etwas freundlich Erwartungsvolles.

„Ist mit mir etwas nicht in Ordnung?", fragte er die Älteste. „Ich meine, wir haben die Sonne, jede Menge zu essen und Sommer, obwohl eigentlich Winter ist. Keine Eulen, die wir fürchten müssten. Und anscheinend sind alle so glücklich."

„Außer dir."

Schatten nickte. „Außer mir."

„Und was bedrückt dich?"

Er wusste nicht, wo er anfangen sollte. „Es ist nicht so, wie ich es mir vorgestellt hatte."

„Unser Vorstellungsvermögen ist begrenzt."

Er nickte und hatte das Gefühl zur Bescheidenheit ermahnt worden zu sein.

„Du hast nach den Menschen gesucht", sagte Frieda.

„Wir alle haben das getan. Wir haben geglaubt, dass sie auf irgendeine Weise durch Nocturnas Großes Versprechen mit uns verbunden wären. Wir haben geglaubt, sie würden uns helfen."

„Ich denke, ich habe einfach mehr erwartet."

„Irgendeine Form von wunderbarer Verwandlung vielleicht? Oder einen Krieg, um die Eulen zu besiegen und die Erde zu beherrschen?"

Er wandte verlegen den Blick ab. Er erinnerte sich, wie sehr er sich gewünscht hatte große Schlachten zu schlagen und sich an den Eulen zu rächen. Zu einem großen Teil wollte er das immer noch.

„Es scheint, die Menschen haben hier so viel für uns getan", sagte Frieda und beobachtete Schatten aufmerksam dabei. „Und trotzdem möchtest du ihnen nicht trauen?"

„Aber es ist so, als ob wir in einem Käfig wären", platzte er heraus. „Es ist ein schöner großer Käfig und so, aber trotzdem. Und die Insekten schmecken auch nicht besonders gut und sogar die Sonne ist ganz bleich, und überhaupt sehe ich nicht, was das Ganze soll."

„Da stimme ich dir zu."

Schatten verstummte. Er schaute Frieda nur an und spürte, wie sich ein Lächeln über sein Gesicht ausbreitete. „Wirklich?"

„Ja."

Er hatte sich so allein gefühlt, seit sie hier angekommen waren, und gemeint, er wäre der Einzige, der nicht daran glaubte, sie hätten das Paradies gefunden. Und die ganze Zeit hatte Frieda das Gleiche gedacht. Seine Erleichterung war grenzenlos. „Dann wirst du mir also helfen, einen Weg nach draußen zu suchen!"

Darauf seufzte Frieda. „In diesen Flügeln steckt nicht mehr viel Kraft für weitere Reisen", sagte sie. „Ich denke, für mich ist dies wohl das letzte Ziel."

Plötzlich sah Schatten sie mit ganz anderen Augen, nicht als die Älteste, für die er immer Ehrerbietung empfunden hatte, sondern als eine alternde Fledermaus, die durch zahllose Sommer und Winter geflogen war.

Sie wirkte müde, ihre Schultern waren gebeugt, ihr Fell war ohne Glanz. Allein ihre dunklen Augen hatten ihr Leuchten bewahrt.

„Ich glaube nicht, dass dies die Erfüllung des Großen Versprechens ist", sagte sie.

„Aber ich verstehe nicht, warum ... warum hast du zu den anderen nichts davon gesagt? Zu Arkadia?"

„Ich bin nicht sicher, ob Arkadia überhaupt zuhören würde."

„Aber du bist doch eine Älteste!"

Frieda lächelte. „Arkadia hat sich bereits ihre Meinung gebildet, und ich denke nicht, dass ich sie überzeugen könnte. Sie hat großen Einfluss auf die Fledermäuse hier, so viel ist klar. Sie glauben, was sie glauben wollen. Und ich habe den Verdacht, dieser Ort ist mächtiger als meine Worte. Sie denken, es ist das Paradies, und in mancher Hinsicht ist es das ja auch. Aber ich glaube nicht, dass es das ist, was Nocturna uns zugedacht hat."

„Ich habe alles untersucht", sagte Schatten matt. „Die Mauern, das Dach. Ich würde sogar durch diese blöden Insektenrohre kriechen, wenn ich klein genug wäre ..."

„Du wirst einen Weg finden", sagte Frieda einfach. „Ich weiß, du wirst."

„Wie?", fragte er müde.

„Klänge. Das ist das Werkzeug aller Fledermäuse, es ist aber auch deine besondere Gabe. Erinnerst du dich, ich habe immer gesagt, du bist ein guter Zuhörer, dass du Dinge hören würdest, die kein anderer hören könnte. Du wirst dir deinen Weg hier hinaushorchen."

In dieser Nacht wurden seine Träume von Goths Atemgeräuschen verschmutzt, seinem Herzschlag, als wäre Schatten in seinem Bauch. Silbrige Eindrücke leuchteten wie Klangbilder in seinem schlafenden Inneren auf. Irgendwie waren sie so vertraut, dass er wusste, er musste sie schon einmal geträumt haben. Eine zweiköpfige Schlange mit Federn, ein geschmeidiger Jaguar und dann das Entsetzlichste von allem: zwei Augen ohne Gesicht, nur zwei Schlitze, die in die Dunkelheit geschnitten waren, die schwärzer glänzten als jede Nacht.

Er wollte aufwachen, aber er konnte nicht.

Sein Traum wurde plötzlich von einem merkwürdigen Geruch durchdrungen, süß und ein wenig eklig. Er mühte sich die Augen zu öffnen, und vielleicht tat er das auch, denn er glaubte den Wald zu sehen, durch den sich große zweibeinige Gestalten bewegten. Menschen? Sie hatten keine Gesichter. Wie Gespenster glitten sie zwischen den Bäumen hindurch. Entsetzt beobachtete er sie, unfähig sich in seinem Traum zu bewegen. Sie hatten Arme, lange skelettartige Arme, die ruckartig in die Luft griffen, in die Äste der Bäume, zu den schlafenden Fledermäusen …

Dann konnte er die Augen nicht länger offen halten und eine grauenhafte Finsternis verschlang ihn wieder.

Er erwachte beim Klang ängstlicher Stimmen. Sie überlagerten einander.

„… kann ihn nirgends finden …"

„… wo sind sie hin?"

„… sie ist verschwunden …"

Sein Herz stolperte. Verschwunden? Er erhob sich von seinem Schlafplatz in die Luft und stellte die Ohren weiter auf. In alle Richtungen jagten Fledermäuse durch den Wald und riefen in wachsender Verzweiflung Namen.

„Dädalus … Hekuba … Miranda?"

Er stellte die Flügel an, schlug kräftig mit ihnen dorthin, wo Ariel und Marina gerne lagerten. Er fühlte sich merkwürdig schlaff, sein Mund war trocken und schmeckte säuerlich. Ein dumpfer Schmerz pochte an der Basis seines Schädels.

„Weg … weg … weg." Das Wort hallte zwischen den Bäumen, vermischt mit Schluchzern.

„Was ist los?", fragte er ein Grauflügelweibchen, das erregt auf ihn zugeflattert kam.

„Hast du meine Ursa gesehen?", wollte sie wissen.

„Nein, ich …"

„Ich kann sie nirgends finden", jammerte die Grauflügelmutter. „Sie ist verschwunden wie die anderen."

„Was meinst du damit?"

„Sie sind alle weg!" Sie flog weiter und rief mit brüchiger Stimme den Namen ihrer Tochter.

Schatten drehte jetzt ab durch die Äste, preschte durch

das Laub und schoss auf eine Lichtung hinaus. Wie dumm er doch gewesen war sich von ihnen fern zu halten und mit Marina zu streiten. All die wütenden Gedanken, die er den beiden gegenüber gehegt hatte, kamen ihm nun kindisch und grausam vor.

„Marina? Mami?"

Dies war der Ort, wo sie gewöhnlich schliefen – wo waren sie? Er rief wieder, aber da waren so viele andere Fledermäuse, die Namen riefen, dass das ganz aussichtslos war, nur ein Nebel von Geräuschen. Fast erstickt vor Atemlosigkeit flog er zu den Baumwipfeln hinauf.

Eine große, wirbelnde Menge Fledermäuse hatte sich über den Bäumen zusammengefunden, und in ihrer Mitte konnte er Ariel erkennen.

„Schatten!"

Er wendete und schrie fast auf vor Erleichterung, als er Marina und seine Mutter auf sich zufliegen sah.

„Wir haben nach dir gesucht!"

„Und ich nach euch!"

Sie umarmten sich flüchtig in der Luft, alle drei. Dann hielt Schatten inne. „Und Frieda?"

„Ihr geht's gut, aber es gibt andere, die fehlen. Ikarus. Plato und Isis und …" Seine Mutter zögerte.

„Chinook?", fragte Schatten leise. Seine Mutter nickte. Der Kopf dröhnte ihm und er hatte ein Gefühl von Übelkeit – und von Schuld. Er hatte so lange den Wunsch gehegt, Chinook möge einfach verschwinden, dass er den verrückten Gedanken nicht abschütteln konnte, er selbst hätte etwas damit zu tun.

„Wie?", fragte er verwirrt. Der Kopf fühlte sich immer noch benebelt an.

„Was ist passiert?", riefen die Fledermäuse in der Menge verzweifelt. „Wo sind sie hin?"

„Wir wissen es noch nicht!", schrie Arkadia. „Wir müssen Ruhe bewahren!"

„Hunderte sind verschwunden!", rief eine Bleichfledermaus.

Plötzlich verstand Schatten. „Die Menschen", sagte er flüsternd, dann lauter: „Die Menschen!"

Seine Stimme erreichte nur einen Teil der Menge, aber die, die ihm am nächsten waren, hörten ihn und drehten sich um.

„Die Menschen haben sie geholt?", fragten sie und runzelten ungläubig die Stirn. Aber schnell verbreitete sich die Idee in der Menge, bis die Worte schließlich in jedermanns Munde waren.

„Bist du sicher?", fragte ihn Marina.

„Wer sagt das?", wollte Arkadia wissen. „Wer hat gesehen, dass die Menschen die Fledermäuse geholt haben?"

Ein schweres Schweigen senkte sich auf die Menge. Schatten schluckte.

„Sie sind gekommen, als wir geschlafen haben", sagte er. „Ich habe sie gesehen. Zuerst habe ich gedacht, ich träume, aber es passt. Es sind viele gewesen, sie sind zwischen den Bäumen gegangen und sie haben in die Äste hinaufgelangt …"

„Warum hat das sonst niemand gesehen?", fauchte Arkadia.

Ein paar Augenblicke lang herrschte Schweigen, dann kamen ein paar gemurmelte Antworten:

„Vielleicht habe ich es gesehen …"

„Ich bin mir nicht sicher …"

„Habe gedacht, es ist nur ein Traum …"

„Es war so, als wäre ich von einem Schlaftrunk betäubt", fuhr Schatten fort. Er erinnerte sich an die Beeren, die Zephir einst zerkaut in seinen Mund geträufelt hatte. „Ich konnte die Augen nicht offen halten." Nach und nach erinnerte er sich an weitere Einzelheiten. „Dieser Geruch! Hat ihn sonst jemand bemerkt?"

„Süßlich", kam eine Stimme, „ja, ich habe das auch gerochen. Ich dachte, es wäre ein Teil des Traums."

Ein paar andere murmelten halbherzige Zustimmung.

„Sie haben uns eingeschläfert, damit sie einige von uns holen konnten", sagte Schatten.

Er fragte sich, ob das den pochenden Schmerz in seinem Kopf erklärte und den schlechten Geschmack im Mund.

In der Menge erhoben sich Fragen:

„Werden sie sie zurückbringen?"

„Wir müssen herausbekommen, wo sie hin sind!"

„Ich will meine Kinder zurück!"

Schatten beobachtete, wie Arkadia mit dem krallen-
bewehrten Daumen nachdenklich an ihrem Fransenbart zupfte. Ihre Augen schweiften kühl über die Gesichter der Fledermäuse. Er selbst fühlte sich durch
den Kummer in seiner Umgebung und durch die all-
gemeine Verwirrung beruhigt: Er brauchte ihre Hilfe,
um einen Weg nach draußen zu finden. Er suchte nach
Antworten.

Aber als Arkadia sprach, schien ihre mächtige Stimme die anderen zu erdrücken. „Wenn die Menschen
tatsächlich gekommen sind und einige von uns mitgenommen haben, dann muss das Teil des Planes
sein."

„Aber was für ein Plan ist das?", fragte Schatten und
sein Herz schlug heftig. „Keiner weiß das. Wir sollten
versuchen das herauszubekommen!"

„Ruhe!", schrie Arkadia.

„Du kannst ihn nicht zum Schweigen bringen oder
sonst jemanden", sagte Frieda ruhig. Schatten drehte
sich dankbar um und sah, wie sie von hinten ange-
flogen kam. „Wir haben alle das Recht Fragen zu stellen. Hunderte von Fledermäusen sind aus dem Wald
entfernt worden. Es ist richtig, dass wir uns darüber
Sorgen machen, was mit ihnen passiert ist."

„Nein", sagte Arkadia mit einem eisigen Lächeln. „Wir
müssen den Menschen vertrauen. Sie haben bislang
für uns gesorgt und sie werden das weiterhin tun.

Vielleicht ist nicht geplant, dass wir für immer hier bleiben."

„Aber ich habe gedacht, dies soll unser Paradies sein!", sagte Schatten.

„Vielleicht kommen diese Fledermäuse ja bald wieder zurück. Oder vielleicht ist dieser Ort nur die erste Stufe, um uns auf mehr vorzubereiten. Etwas, das noch wunderbarer ist."

„Ich weiß nicht, wie viel Wunderbareres ich noch vertragen kann", murmelte Schatten zu sich selbst.

„Ich habe keine Ahnung, was die nächste Stufe ist", fuhr Arkadia fort. „Aber ich für meine Person bin gewillt, mein Vertrauen in Nocturna zu setzen und in die Menschen. Wenn sie uns irgendwohin gebracht haben, dann ist das ein Ort der Wunder!"

„Ja! Sie haben uns bislang gut behandelt!", sagte eine Fransenfledermaus in der Menge.

„Sie wissen, was für uns am besten ist!", sagte eine andere.

„Jawohl!", sagte ein Langohr mit wachsender Überzeugung. „Sie werden für uns sorgen."

Schatten hörte zu und war erstaunt, wie schnell die Fledermäuse umschwenken konnten von der Klage über verlorene Gefährten und Kinder zu dieser aufgeregten Begeisterung.

„Die Menschen werden für uns sorgen!"

„Ich bin sicher", sagte Arkadia und ihre Stimme wurde immer zuversichtlicher und füllte den ganzen Wald,

„dass wir bald mit denen wieder vereint werden, die von uns genommen worden sind. Fürchtet nicht für die, die hinweggenommen worden sind. Sie sind die Glücklichen. Sie sind vorausgegangen zu einem noch besseren Ort. Sie sind auserwählt worden, so wie ihr zur rechten Zeit auserwählt werdet!"

„Auserwählt!", wiederholten die Fledermäuse, und es wurde ein Chor: „Auserwählt! Auserwählt! Die Glücklichen! Auserwählt!"

„Wir dürfen uns nicht gestatten zu verzweifeln", sagte Arkadia und Schatten sah, wie sie ihre mächtigen Augen auf ihn richtete, „oder uns beunruhigen lassen von den wenigen, die sich vor Nocturnas Willen fürchten."

Du wirst deinen Weg hier hinaushorchen.
Das hatte ihm Frieda gesagt. Im Augenblick schien das kein sehr nützlicher Rat. Hatte er schließlich nicht schon das Dach und die Mauern abgesucht nach Rissen und Öffnungen, die einen Weg nach draußen darstellen könnten?

Seit ein paar Stunden war es Tag und der Wald schlief. Er hing von seinem Platz herab, schloss die Augen und drehte die Ohren hin und her. Er bemühte sich ruhig zu atmen. Er schaltete alle Gedanken ab und sandte auch keinen Klang aus.

Er horchte.

Was höre ich? Alles. Zu viel. Insektenflügel, Blätterrauschen, das Atmen von Fledermäusen. Er versuchte, immer nur ein Geräusch herauszugreifen, zu horchen, es dann abzuschalten und weiterzugehen.

Was nützt das alles?

Er öffnete die Augen. Es hatte keinen Sinn. Horchen würde ihm hier nicht heraushelfen. Er verschwendete nur seine Zeit. Er sollte lieber fliegen und mit Augen und Ohren Ausschau halten.

Nur noch einen Versuch.

Er horchte wieder.

Das Fließen von Wasser.

Das war der Hintergrund für jedes andere Geräusch im Wald, das Plätschern dieses Baches in seinem felsigen Bett. Seine Augen klappten auf. Natürlich: der Bach!

Das war der Weg nach draußen.

Schatten folgte dem Bach auf seinem gewundenen Weg durch den Wald, wobei er mit den Flügelspitzen das Wasser berührte. Warum hatte er nicht früher daran gedacht? Der Bach kam von irgendwoher, also musste er auch irgendwohin fließen. Er streifte das Wasser, tauchte unter Laub und langen, federnden Ästen hindurch, die den Weg versperrten.

Der Wald endete an einer senkrechten Felswand und der Bach verengte sich und floss direkt in diese Mauer hinein. Schatten breitete die Flügel aus, bremste und ließ sich unten auf einem Sims nieder, um sich das näher anzuschauen. Das Wasser verschwand in einem glatten Tunnel, der in den Fels gemeißelt war, mit nur einem schmalen Spalt Luft darüber. Er war sich nicht einmal sicher, ob es genug zum Atmen war.

Wenn er schwimmen würde …

Wenn das der einzige Weg nach draußen war, dann würde er schwimmen. Er würde die Nase hoch halten, um so viel Luft zu bekommen, wie da war, und hoffen, dass der Tunnel ihn bald irgendwo hinausbringen würde. Fledermäuse schwammen nicht viel. Mit Schaudern dachte er daran, wie er unbeholfen mit Marina in den Abwasserkanälen herumgepaddelt und vergeblich versucht hatte den Ratten zu entkommen. Mit Flügeln konnte man eigentlich nicht richtig schwimmen.

Er flog zum Ufer des Baches hinunter und starrte auf das schnell fließende Wasser, um sich zu wappnen.

„Was machst du da?"

Überrascht schaute er hoch und sah, wie Marina an seine Seite herabgeflattert kam.

„Nur eine kleine Reise flussabwärts", antwortete Schatten.

„Du bist verrückt! Du kannst nicht einmal besonders gut schwimmen und es gibt keine Möglichkeit zu atmen!"

„Das Wasser muss irgendwo wieder rauskommen. Es muss."

„Sicher. Aber wann? Du könntest vorher ertrunken sein."

„Ich habe die Strömung auf meiner Seite", erinnerte sie Schatten.

„Das ist gut, solange du hinaus willst. Aber was ist, wenn du wieder zurück möchtest?"

Schatten atmete heftig aus. Daran hatte er nicht gedacht. Er spürte einen Anflug von Angst, aber auch Verärgerung. Sie machte wieder Löcher in seine Pläne wie gewöhnlich.

„Ich habe dich nicht gebeten mitzukommen", sagte er scharf.

„Ich würde nicht mitkommen, selbst wenn du mich bitten würdest", erwiderte sie ebenso scharf. „Ich bin nicht so weit gekommen, um jetzt zu ertrinken."

„Du bist genau wie die anderen", sagte Schatten. „Warum suchst du dir nicht einen Ruheplatz bei einem dieser Insektenlöcher und sperrst den Mund auf, dann brauchst du nicht zu jagen. Was für eine tolle Art, den Rest seines Lebens zu verbringen!"

„Wenigstens hätte ich noch ein Leben. Wenn du da runtergehst, wird deins ziemlich kurz sein."

Fast lächelte er – und war da nicht auch das Zucken eines Lachens in ihren Mundwinkeln? Er war irrsinnig froh sie zu sehen und sich wieder mit ihr zu streiten, so wie sie es immer getan hatten.

„In dem Gebäude befindet sich mehr als dieser Wald", erklärte er.

„Das weißt du nicht."

„Erinnerst du dich, wie groß es von außen war? Es ist größer als dieser Wald, da kannst du sicher sein. Was ist also sonst noch hier drin?"

„Vielleicht finden wir's raus, wenn wir warten."

„Wie die Fledermäuse, die heute weggeholt wurden? Woher wissen wir, dass das was Gutes war, was mit ihnen passiert ist? Möchtest du das nicht lieber wissen, bevor es dir selber passiert?"

Sie schüttelte den Kopf. „Schatten …"

„Vermisst du Chinook denn nicht?", fragte er höhnisch und sah, wie sie wütend die Ohren anlegte.

„Natürlich tu ich das", sagte sie kühl. „Er ist mein Freund. Deiner auch, ob es dir passt oder nicht."

Er knurrte. „Nun, lass uns mal überlegen. Er hat mich mein ganzes Leben lang gequält. Mein Essen gestohlen, mich lächerlich gemacht. Immer hat er mich ‚Knirps' genannt, hast du das gewusst?" Er atmete tief aus. „Ich vermisse ihn auch. Willst du nicht herausfinden, ob es ihm gut geht?"

Er achtete genau auf ihre Reaktion. Wie dicke Freunde waren sie nun wirklich?

„Wer sagt denn, dass er in Gefahr ist?"

„Also glaubst du Arkadia?" Er konnte es nicht fassen.

„Jawohl!", sagte sie ein wenig zu laut.

„In Ordnung", sagte Schatten, „dann ist es ja gut. Aber ich will wissen, warum die Menschen dies tun, warum sie diesen Ort gebaut haben, wofür das alles ist. Ich traue ihnen nicht. Ich denke nicht, dass dies das ist, was geschehen soll."

„Du musst diese Insekten wirklich hassen, eh?"

Für einen Augenblick kicherte er mit ihr zusammen.

„Erinnerst du dich, was Zephir gesagt hat? Dass man die Sterne hört, wenn man nur angestrengt genug hinhört?"

Marina nickte.

„Nun, wir werden die Sterne nie hören, wenn wir hier drin bleiben. Wir sind hier abgeschnitten. Wir können nicht hören, was draußen ist, draußen kann keiner hören, was hier drin ist. Drumherum sind überall Mauern. Da geht kein Geräusch durch."

Sie sagte nichts.

„Und was ist mit den Fledermäusen, die nicht hierher kommen, den Weg nicht finden oder sich verirren? Was passiert mit denen? Sollen wir alle anderen vergessen und nur unser eigenes kleines glückliches Leben haben? Was ist mit all den Silberflügeln im Hibernaculum? Was ist mit deiner eigenen Kolonie von Glanzflügeln?"

Sofort bereute er, das gesagt zu haben. Töricht.

„Es hat ihnen nichts ausgemacht, mich zurückzulassen", sagte sie mit einem verächtlichen Schnauben. „Warum sollte ich mir jetzt ihretwegen Sorgen machen? Mir gefällt es hier, Schatten. Beringt oder nicht beringt, jeder, der kommt, ist willkommen. Du wirst nicht abgelehnt oder gepriesen wegen eines Stückchens Metall an deinem Unterarm. Mir ist das wichtig. Vielleicht haben die Menschen eine Menge solcher Orte gebaut, genügend für alle."

Schatten überdachte das. „Vielleicht. Aber wir wissen es nicht."

„Du kannst nicht alles wissen", sagte Marina ärgerlich. „Warum glaubst du nur, dass du so was Besonderes bist?"

Sein Gesicht brannte vor Empörung. „Weißt du was?", sagte er. „Es ist nicht so einfach, etwas Besonderes zu sein! Ich wäre froh, wenn ich wie Chinook sein könnte. Wirklich. Ich wäre froh, wenn sich jemand anderes all die Gedanken machen und sich um die Dinge kümmern würde für eine Weile!"

Marina starrte ihn an und brach in Gelächter aus.

„Was ist?", kläffte er.

Sie war noch außer Atem vor Lachen, ihre Worte kamen nur stoßweise heraus: „Die Vorstellung … du könntest jemand anderen … sich um die Dinge kümmern lassen. Das ist … es tut mir Leid, Schatten, aber … das ist das Komischste, was ich seit langem gehört habe." Sie hatte Tränen in den Augen. „Du könntest das nicht. Es ist unmöglich für dich."

„Du bist genauso", sagte er leise. „Du wolltest immer genauso viel wissen wie ich. Das war von Anfang an einer der Gründe, warum du mit mir gekommen bist. Herauszufinden, was die Ringe wirklich bedeuten."

„Vielleicht bin ich mit der Antwort zufrieden."

„Bist du das wirklich?"

Für eine Weile sagte keiner von ihnen etwas.

„Da ist auch noch etwas anderes", sagte er schließlich. Er hatte beinahe Angst gehabt, es zu erwähnen, falls sich der Gedanke, wenn er ihn aussprach, wie Nebel in der Luft auflöste. „Wenn die Menschen Fledermäuse wegholen, war mein Vater vielleicht doch hier. Sogar vor Arkadia und all den anderen Fledermäusen. Vielleicht war mein Vater mit einer Menge Fledermäuse hier und die Menschen haben ihn geholt. Und was ist dann mit ihm passiert, Marina? Wo ist er jetzt?"

Marina schüttelte den Kopf und starrte auf den Bach, der in der Felswand verschwand.

„Ich kann es einfach nicht glauben, dass du das ganz allein tun wolltest. Ohne jemandem etwas zu sagen. Was ist mit deiner Mutter? Was ist mit mir?"

„Du hast gesagt, dass es dir hier gefällt!"

„Aber wenn du woanders hingehst …" Sie brach ab.

„Hör zu. Du wirst alles nur vermasseln, wenn du es allein machst. Ich komme mit."

– 5 –

Flussabwärts

Schatten betrachtete noch einmal das rasch fließende Wasser, dann, bevor er es sich anders überlegen konnte, ließ er sich hineinfallen. Er schauderte, als es ihn packte und in sein Fell eindrang. Marina platschte neben ihm hinein und zusammen schossen sie auf den Tunneleingang zu.

Es war viel schlimmer, als er erwartet hatte. Über ihnen war kaum ein Hauch Luft und es war fast unmöglich, da heranzukommen. Mit der Nase schrammten sie an der Tunneldecke entlang, verzweifelt sogen sie mehr Wasser als Luft ein.

„Geht nicht", spuckte Marina. „Zurück!"

Ohne Vorwarnung war plötzlich überhaupt keine Luft mehr da. Schatten versuchte an die Oberfläche zu kommen, aber es gab keine Oberfläche mehr, nur kompaktes Wasser. Unter Wasser wirbelte er herum mit weit geöffneten Augen, die nichts außer dunklen Flecken sehen konnten. War das Marina? Er versuchte Klangfühler auszusenden, aber die Echos kamen träge in seine verstopften Ohren zurück und zeichneten unverständlichen, klebrigen Schlamm in seinem Kopf. Wasser strömte ihm durch die Kehle und er presste den Mund zu.

Er wusste nicht einmal mehr, wo oben und unten war.

Er war blind, nur die Strömung gab ihm eine Richtung an. Er zwang sich dazu, einen Augenblick still zu halten und auf den Sog des Wassers zu warten. Da lang. Er hatte nicht viel Luft übrig und er konnte nur hoffen, dass ihn die Strömung bald irgendwo ins Freie bringen würde. Und dass Marina noch in der Nähe war.

Seine Brust fühlte sich an, als würde sie gleich platzen. Er brauchte Luft. Er versuchte mit den Flügeln zu rudern, aber es machte ihn eher langsamer als schneller. Er merkte, dass er gleich in Panik ausbrechen würde. Luft! Er stieß mit dem Kopf gegen die Tunneldecke in der Hoffnung auf Atemluft. Die Gedanken zersplitterten und tanzten in seinem Kopf herum. Luft! Wo lang? Luft! Bitte!

Plötzlich keuchte und gurgelte er, sein Kopf war über dem Wasser. Das strömte in Rinnsalen über sein Gesicht, sein Fell klebte am Körper. Unbeholfen drehte er sich um, blinzelte, um das Wasser aus den Augen zu bekommen. Da sah er, wie Marina neben ihm auftauchte, spuckte und gierig Luft einsog.

„Wieder so eine großartige Idee des Herrn und Meisters", sagte sie sarkastisch, als sie zu Atem gekommen war. „Danke, Schatten."

Sie hatten die Flügel ausgebreitet, um an der Oberfläche zu bleiben, und trieben einen mit Weiden gesäumten Bach entlang.

Sie befanden sich in einem anderen Wald, der so vertraut wirkte, dass Schatten sich einen Moment lang fragte, ob der Tunnel sie durch irgendeinen Trick einfach zum gleichen Ort zurückgebracht hatte. Die gleiche frische Mischung von Nadelbäumen und Laubhölzern umgab sie, hoch oben war das gleiche Glasdach, die gleiche Sonne. Träge trieben sie den Bach entlang.

„Vielleicht ist dies der Ort, an den sie die Fledermäuse bringen", flüsterte Marina aufgeregt.

Ohne zu überlegen holte Schatten Luft, um den Namen seines Vaters zu rufen, aber Marina schlug ihm einen nassen Flügel über den Mund.

„Bist du verrückt? Wir wissen doch nicht einmal, was alles hier drinnen ist!"

Schatten runzelte die Stirn, nickte aber. Vorsichtig warf er Klänge über die Bäume und suchte unterhalb der Äste nach den typischen Formen von ruhenden Fledermäusen. Nichts bislang … nur Blätter … mehr Blätter … und dann bewegte sich etwas, etwas viel Größeres als das, wonach er gesucht hatte. Nur nach Fledermäusen hatte er mit einem eng gebündelten Klangstrahl Ausschau gehalten, aber nun schreckte er alarmiert zurück: Er sah einen riesigen gefiederten Kopf mit hornförmigen Ohren.

Mit hämmerndem Herzen ließ er sein Echosehen über die Äste gleiten und dann in die nahen Bäume.

Der Wald war voller Eulen.

„Marina …", hauchte er.

„Ich sehe sie. Gut, dass du nicht gerufen hast."

Er hatte noch nie so viele Eulen an einem Ort gesehen und er bezweifelte, dass irgendeine Fledermaus seit der Rebellion vor fünfzehn Jahren je so viele auf einem Haufen gesehen hatte. Schon drei Dutzend hatte er gezählt. Sie schliefen anscheinend, und Schatten wollte, dass es dabei blieb. Aber was machten sie hier – in einem Wald, der dem der Fledermäuse glich?

„Wir müssen zurück", sagte Marina mit gepresster Stimme.

Schatten nickte, aber erschrocken merkte er, wie weit sie schon auf dem Bach entlanggetrieben waren. Die Tunnelöffnung war hinter einer Biegung verschwunden. Wie dumm! Er hatte vergessen, wie schnell die Strömung war. Unbeholfen paddelte er mit den Flügeln, aber er erreicht nicht viel mehr als auf der Stelle Wasser zu treten.

„Das nützt nichts", zischte Marina. „Das dauert zu lange."

„Wir müssen fliegen", sagte Schatten.

Marina zog eine Grimasse, und auch Schatten gefiel die Idee nicht. Zu fliegen bedeutete das Risiko, dass eine unruhige Eule sie entdeckte. Aber einmal in der Luft würden sie es wahrscheinlich in weniger als einer Minute zurück zum Tunnel schaffen.

„Das war eine schlechte Idee, nicht wahr?"

„Entschieden", sagte Marina. „Lass uns rausklettern."

Verstohlen zogen sie sich auf das Ufer hinauf und schüttelten geräuschlos das Wasser aus dem Fell und von den Flügeln. Schatten wusste, eigentlich sollten sie warten, bis sie trocken waren, aber sie hatten keine Zeit. Er konnte nur hoffen, dass sie sich nicht zu sehr voll gesogen hatten. Unbeholfen sprang er in die Luft. Er war schwer und musste heftig mit den Flügeln schlagen. Mit Marina flog er niedrig durch den Wald und zurück zum Anfang des Baches. Da war er.

Am Ufer ließen sie sich nieder. Das Wasser kam aus dem Tunnel herausgeschossen mit Schaum an den Rändern. Ihm war nicht klar gewesen, wie schnell es war. Beinahe waren sie ertrunken, als sie mit der Strömung gekommen waren. Er konnte sich nicht vorstellen, dass sie lebend zurückkehren könnten. Sein Magen krampfte sich zusammen. Er schaute Marina an.

„Es tut mir Leid", sagte er.

Sie bebte vor Zorn. „Ich kann es nicht glauben, dass ich zugelassen habe, dass du das tust."

„Du musstest ja nicht …"

„Denk nur mal nach, okay, denn …"

„Fledermäuse!"

Das Erste, was Schatten sah, waren die Beine, diese erstaunlich langen Beine, die herunterhingen, als ob sie keine Knochen hätten, aber mit vier Klauen an den Enden, bereit alles zu zerreißen. Die Eule stürzte auf sie herab wie ein großer Kopf mit Flügeln, mit offenem Schnabel, und kreischte, um den Wald zu wecken.

Schatten flog zusammen mit Marina auf, seitwärts in ein dichtes Gewebe von Ästen. Die Eule stürzte knapp an Marinas Schwanz vorbei.

„Fledermäuse!", kreischte die Eule noch einmal.

Schatten sah, dass die Eule ein junges Männchen war. An den Flügeln hingen noch Spuren des Daunenkleides. Aber auch so war diese Eule ein Riese im Vergleich zu ihm selbst. Auf ihrer Brust bildeten die gefleckten Federn ein Muster von weißen Blitzen.

Überall um sie herum wachten die Eulen auf und in Sekundenschnelle wurde die Luft von Flügeln gepeitscht. Während Schatten durch gereckte Krallen und zwischen Beinen hindurch und über geflügelte Köpfe hinweg alles nur verschwommen wahrnahm, durchmusterte er verzweifelt den Wald nach einem Versteck. Es war nur noch eine Frage von Sekunden, bevor er gepackt und aufgefressen würde. Er entdeckte ein Astloch in einem Baum, zu klein für Eulen, gerade groß genug für sie – hoffte er. Es war keine Zeit für ein genaueres Abmessen. Ängstlich sah er sich nach Marina um.

„Der Baum!", rief er und schoss einen Klangstrahl auf ihn ab, damit sie ihn sehen konnte. Dann warf er sich auf das Astloch, schoss hinein und schlug sich an der Innenwand fast bewusstlos. Benommen rückte er beiseite, als Marina halb in den Baum geflogen, halb gestolpert kam.

„Zurück!", schrie Schatten und sie zuckte von der Öffnung weg, gerade als ein Eulenweibchen seinen Schnabel hineinstieß und nach ihr schnappte. Dessen harte, spitze Zunge bebte, als es aufkreischte.

Die beiden drückten sich am Boden der Höhle zusammen und Schatten beobachtete, wie die Eule ihr flaches Gesicht gegen das Astloch presste und mit einem riesigen, funkelnden Auge zu ihnen herabstarrte.

„Warum sind wir hier?", schrie sie.

„Ich … ich weiß nicht, was du …"

„Sollen wir gefangen bleiben, bis wir sterben, ist das euer Plan?"

„Was meinst du mit ‚euer' Plan?", fragte Marina.

Die Augen der Eule verengten sich drohend. „Euer Plan mit den Menschen. Ja, wir wissen alles darüber. Ihr habt sie gebeten, an eurer Seite zu kämpfen, und nun haltet ihr uns in ihrem Gebäude gefangen."

„Wie könnten wir sie denn bitten?", fragte Schatten verwirrt. „Wir können gar nicht mit ihnen reden, genauso wenig wie ihr."

„Sag uns, wie man hier rauskommt!", verlangte die Eule.

„Ich weiß nicht, wie man rauskommt!"

„Wie bist du dann hier reingekommen?", fragte die Eule listig.

Sollte er ihnen erzählen, dass die Menschen sie auch in eine Falle gelockt hatten, dass er auch einen Weg hinaus suchte genau wie sie? Nein, er würde nicht das Risiko eingehen, ihnen zu verraten, dass gleich auf der anderen Seite des Tunnels Tausende von Fledermäusen waren.

Selbst wenn die Eulen gegen die Strömung ankamen, war der Tunnel doch zu eng für sie, da war er ganz sicher – aber er würde nichts riskieren.

„Wir haben nichts damit zu tun, dass ihr gefangen seid", sagte er.

„Wir können warten, kleine Fledermaus. Wir haben Geduld." Damit zog die Eule ihren Kopf zurück.

Schatten blickte Marina an. „Wir sind schon in schlimmeren Situationen gewesen."

„Ja doch", sagte sie ohne Überzeugung.

„Wir werden uns herausgraben."

Marina folgte seinem Beispiel und fing an in der Höhlung nach Rissen in der Baumrinde zu suchen. Dabei wurde ihm allerdings sofort klar, dass das wahrscheinlich vergebliche Liebesmüh war, aber er musste sich beschäftigen, um nicht innerlich zu zittern.

„Was tun die Menschen nur?", murmelte er wütend.

„Vielleicht hat das Eulenweibchen Recht", flüsterte Marina. „Vielleicht ist das Teil des Plans, so wie Arkadia gesagt hat. Alle Eulen hier drin einzusperren, dann können sie uns wieder rauslassen."

Schatten war einen Moment unsicher. Er konnte nicht leugnen, dass diese Vorstellung ihren Reiz hatte. Alle Eulen der Welt aus dem Weg geräumt? Hörte sich gut an. Aber ein großes Unterfangen, oder? Es gab eine Menge Eulen da draußen.

„Da war ich nun glücklich, zum ersten Mal in meinem Leben", murmelte Marina, „aber nein, du musstest daherkommen mit deinem großen Stirnrunzeln und deinen großen Fragen, und ich war blöd genug dir zuzuhören."

Schatten zuckte zusammen. Was wäre, wenn sie Recht hatte und die Menschen sich die ganze Zeit um alles kümmerten, und er nur nicht in der Lage war die Dinge zu akzeptieren? Er hatte sein Leben aufs Spiel gesetzt und, schlimmer noch, das von Marina, nur um das herauszufinden. Sie hatte Recht: Er war eitel, er war selbstsüchtig.

„Hast du was gefunden?", fragte er schwach.

„Ich denke, hier drüben ist es am dünnsten", sagte sie.

Schatten blickte hinüber und fühlte einen Hoffnungsschimmer. „Wie lange wird es dauern, um sich durchzukratzen?"

„Etwa eine Woche. Ich nehme nicht an, dass du irgendwelche großartigen Echotricks auf Lager hast, um uns hier rauszuholen."

„Pass auf!", schrie er.

Marina sprang zur Seite, als ein Stein vom Astloch her herabplumpste und ihr fast den Schädel einschlug. Schatten schaute hin und sah, wie sich der Schnabel der Eule zurückzog. Einen Augenblick später stieß ein anderer Schnabel herein und ließ einen zweiten Stein fallen.

„Halt dich an die Seiten!", rief Schatten. Sie klebten sich an die Rinde und so gelang es ihnen, der stetigen Lawine von Steinen auszuweichen, die die Eulen von oben herabwarfen.

„Sie füllen die Höhle auf", sagte Marina dumpf.

Schatten erkannte, dass es nicht mehr lange dauern würde, bis sie durch das Astloch hinausgezwungen würden direkt in die wartenden Fänge der Eulen. Er wusste, was sie einem antaten. Schlangen einen ganz runter, manchmal bei lebendigem Leibe, und schieden wieder aus, was sie nicht verwerten konnten, Knochen und Fell in einem Klumpen. Er hatte diese gräulichen Bälle schon einmal gesehen und sie hatten ihn krank gemacht vor Wut. Mehr Steine kamen herabgepoltert und sie mussten auf sie hinaufklettern, um nicht unter ihnen erdrückt zu werden.

„Uns werden sie nicht kriegen", sagte Schatten.

„Was machst du da?", fragte Marina besorgt, als er an der Rinde hochkletterte auf das Astloch zu.

„Mach dich bereit zu fliegen."

Er kauerte sich flach hin, direkt unter dem Loch, und

wartete darauf, dass wieder ein Schnabel hereinge-
streckt wurde. Dann, wenn er sich zurückzog, würde
er hinausspringen und ihnen ein so entsetzliches Bild
von Goth entgegenschreien, dass sie zu Tode erschrocken wären. Das würde ihm und Marina genügend
Zeit verschaffen, um hinauszukommen, und dann –
was dann käme, darum würde er sich später Sorgen
machen.

Schatten wartete, zählte seine wilden Herzschläge,
siebenundsechzig, achtundsechzig, neunundsechzig,
und immer noch kein Schnabel. Je länger er wartete,
desto größer wurde seine Angst, und das machte ihn
noch wütender – dann rümpfte er die Nase und runzelte die Stirn. „Riechst du das?", flüsterte er über die
Schulter zu Marina.

Sie holte schnell Luft. „Süßlich."

„Das haben die Menschen auch benutzt, um uns ein-
zuschläfern!"

Ein gewaltiges keuchendes Seufzen ging durch den
Wald. Er hörte Blätter rascheln und dann schwere
Schritte, die er durch die Rinde des Baums sogar fühlen konnte. Vorsichtig kroch Schatten hoch und blickte zum Astloch hinaus. Keine Eulen waren zu sehen,
aber das rhythmische Stampfen war nun lauter. Er
beugte sich hinaus, um einen besseren Blickwinkel zu
haben, und schnappte nach Luft.

Durch den Wald gingen die gleichen gesichtslosen Gespenster aus seinem Traum, nur diesmal wusste er,

dass es Menschen waren, weiß gekleidet und die Köpfe mit dicken Hauben bedeckt, in denen nur Schlitze für die Augen gelassen waren. Sie waren groß und Furcht erregend, wie sie mit langsamen, schweren Schritten durch den Wald kamen und sich zwischen den Bäumen verteilten.

Die Eulen hatten sich, wie Schatten sah, alle auf den höchsten Ästen versammelt und kauerten in der Nähe der Stämme. Aber wenn sie geglaubt hatten, die Menschen könnten sie dort nicht erreichen, hatten sie sich geirrt. Diese hielten lange Metallstangen – in seinem Traum hatte er gedacht, es wären skelettartige Arme – mit großen Netzen am Ende. Und während sie sie hochhoben, wurden sie noch länger und reichten hoch hinauf in die Bäume.

Er beobachtete, wie die Spitze einer Metallstange den Bauch einer Eule berührte. Es gab ein scharfes Knistern und die Eule plumpste in das Netz oben an der Stange.

Viele von den Eulen schienen merkwürdig lethargisch – durch das Einschläferungsgas, wusste Schatten – und die Menschen konnten sie leicht in ihre Netze bekommen. Andere hatten noch Kampfgeist in sich, fingen an zu kreischen und plusterten ihr Gefieder auf, sodass sie doppelt so groß wirkten. Aber die fürchterlichen Stangen der Menschen mussten nur ihre Federn berühren, und die Eulen sanken zuckend in die Netze. Die Menschen machten weiter, methodisch

und entschlossen. Schatten konnte ihre Stimmen hören: wie tiefes Donnergrollen.

Seine eigenen Augen wurden schwer. Er warf den
Kopf nach hinten und kämpfte gegen die bleierne
Müdigkeit an, die durch seinen Körper sickerte. Er
blickte nach unten und sah Marina, deren Augen benommen und heiter wirkten.

„Wach auf!", rief er. „Das ist jetzt unsere einzige
Chance. Komm mit! Beweg dich!"

Er ließ sich zu ihr hinunterfallen, schubste sie grob
zum Astloch. Nach nur sekundenlangem Zögern kniff
er sie in den Schwanz.

„He!"

„Flieg los!"

Er sprang hinter ihr aus der Baumhöhle hinaus und
flog eine enge Runde, um sich zu orientieren. Da, der
Bach. Sie konnten nicht bachaufwärts, sondern nur
weiter abwärts und hoffen, dass sie irgendwohin kamen, wo es sicherer war.

„Das ist eure Schuld!"

Er drehte sich langsam um und sah den Eulenjungen
mit dem Blitzmuster auf dem Gefieder. Auch er
schien von den Dämpfen im Wald benommen, seine
Flügelschläge waren langsam und unbeholfen, sodass
er mit etwas Schlagseite flog. Trotzdem kam er direkt
auf sie zu und hatte die Klauen zum Kampf ausgestreckt.

Schatten und Marina flogen weg. Er schaute über die

Schulter zurück, die Eule verfolgte sie weiterhin, kam ihnen nahe genug, um gleich zuzuschlagen. Schatten versuchte eine Klangillusion hinter sich zu lassen, aber er hatte nicht genug Atem übrig und das Bild löste sich schon auf, bevor es ihm aus dem Mund heraus war.

Er hatte den Bach aus den Augen verloren, aber dann war er plötzlich doch wieder unter ihnen, und sie jagten über ihm entlang, als er aus den Bäumen trat und in einer hohen Steinmauer verschwand. Er würde sie noch weiter von ihrem eigenen Wald entfernen, aber was für eine Wahl hatten sie jetzt noch?

„In den Bach!", rief er. Er legte die Flügel an und hatte kaum Zeit um Luft zu holen, bevor er die Wasseroberfläche durchschlug und in den Tunnel schoss. Wieder war er blind, unter Wasser begraben, nur sein eigener Schwung und die Strömung gaben ihm Richtung. Wieder versuchte er seine Flügel zu gebrauchen und diesmal hatte er mehr Erfolg. Er hielt sie fest zusammen, bewegte sie auf und ab und benutzte auch die Schwanzmembrane, um sich vorwärts zu treiben. Das erschöpfte ihn aber auch schneller, und was wäre, wenn es kein Ende gab, wenn der Tunnel immer weiter unter der Erde verlief, bis seine Lungen mit Wasser angefüllt waren?

Dann war er durch, hielt den Kopf über Wasser und schnappte nach Luft. Neben ihm kam plätschernd auch Marina hoch.

Schon während sie entschlossen das Ufer hochkrochen, bemerkte er die Hitze – eine wilde, alles durchdringende Hitze, die wie Dunst in der Luft hing. Über ihnen waren Bäume, wie er sie noch nie zuvor gesehen hatte, mit merkwürdigen, breiten Blättern und es gab üppige Farnwedel. Es nieselte, warme, weiche Wassertropfen fielen sanft zu Boden.

Er hatte kaum Zeit zu Atem zu kommen, als Marina steif wurde. „Schau!", sagte sie.

Im Bach sah Schatten eine große Gestalt das Wasser verdunkeln, bevor sie zur Oberfläche durchbrach.

Die Eule war mitgekommen.

Schatten konnte sich nicht entscheiden, ob ihm die Eule in ihrem nassen Zustand weniger oder mehr Furcht einflößte. Jedenfalls sah sie schlanker aus, da ihr sonst bauschiges Federkleid jetzt am Körper klebte. Aber der Kopf mit dem verfilzten Gefieder schien auf eine wilde Weise mager, Augen und Schnabel wirkten noch größer und bösartiger.

Schatten war neben Marina erstarrt und beobachtete, wie die Eule zum Ufer taumelte und sich erschöpft aus dem Wasser hievte. Dann drehte sie den Kopf und starrte sie an. Sie standen sich abwartend gegenüber, nicht mehr als zwanzig Flügelschläge voneinander entfernt.

Das junge Eulenmännchen machte einen heroischen Versuch sein Gefieder auszubreiten, es gelang ihm aber lediglich, Wassertropfen aus den durchnässten Flügeln zu schütteln. Das durchdringende Kreischen, das aus seinem Maul drang, war schon eindrucksvoller.

Zu erschöpft zum Fliegen zwang Schatten sich, nicht zurückzuzucken.

Die Eule legte den Kopf schief, erst nach links, dann nach rechts, hielt ihn fast waagerecht. Es war eine merkwürdige Geste, fast komisch, aber Schatten wusste, sie maß nur die Entfernung zu ihnen ab und bereitete sich darauf vor zuzuschlagen.

Instinktiv bleckten Schatten und Marina die Zähne und zischten, breiteten die Flügel aus und verdreifachten ihre Größe.

„Hau ab!", schrie Schatten.

„Ich habe keine Angst vor euch", sagte die Eule, aber Schatten entdeckte einen Hauch von Unsicherheit in ihrer tiefen Stimme. Der Vogel blickte zur Öffnung des Baches, als hoffte er, dass bald weitere Eulen folgen würden.

„Er besteht zur Hälfte aus Federn", sagte Schatten laut zu Marina.

„Du hast Recht. An ihm ist nichts dran."

Langsam schwankte die Eule von einer Seite zur anderen.

Die Hitze kroch wie Gewürm durch Schattens Fell. Selbst an dem heißesten Sommertag, an den er sich erinnern konnte, war es nicht so gewesen wie hier. Er wagte einen Blick hinauf zu den breiten Blättern, den moosbedeckten Schlingpflanzen, die von den Ästen herabhingen. Das Atmen fiel ihm schwer.

„Dämliche Fledermäuse." Die Eule schaute noch einmal auf das Wasser.

„Keiner wird dir zu Hilfe kommen", sagte Schatten. „Sie sind zu groß, um durchzupassen."

„Ihr seid mit ihnen verbündet, oder?", spuckte die Eule aus. „Mit den Menschen. Sie sind dort drinnen gekommen, um euch zu helfen. Sie haben euch geholfen zu entkommen und sie haben all die anderen Eulen getötet."

„Sie sind nicht tot", sagte Schatten. „Sie haben sich noch bewegt."

Er konnte nicht anders, aber er fühlte ein wenig Mitleid mit der Eule. Sie hatte gesehen, wie vor ihren traumverschleierten Augen die Menschen ihre Gefährten gefangen und mitgenommen hatten. Diese Eule war in einem Wald gefangen genauso wie Schatten, wollte nur raus und verstand nicht, was mit ihnen passierte.

„Sie machen das auch mit uns", sagte er mit einem schnellen Blick zu Marina. Er wusste nicht, ob das die richtige Strategie war.

„Lügner. Ihr Fledermäuse seid immer Gesetzesbrecher gewesen. Ihr habt diesen Krieg vom Zaun gebrochen, indem ihr nachts Vögel getötet habt. Die Tauben in der Stadt, dann Eulen, dann …"

„Das waren wir nicht", sagte Schatten verzweifelt.
„Es waren Fledermäuse."

„Nein … gut, ja, es waren Fledermäuse, aber nicht aus dem Norden. Sie sind aus dem Dschungel gekommen. Die Menschen haben sie von dort hierher gebracht und sie sind entkommen und …"

„Also sind die Menschen doch mit euch verbündet!"

„Nein!" Er blickte ratlos zu Marina. Wie konnte er nur alles erklären?

„Es waren zwei von diesen Dschungelfledermäusen", sagte Marina. „Sie haben Vögel gefressen. Sie haben Vierfüßler gefressen. Und sie haben Fledermäuse gefressen. Beinahe haben sie uns gefressen, wenn dich der Gedanke aufheitern kann. Sie waren Monster."

„Und jetzt sind sie jedenfalls tot", sagte Schatten mit einem schwachen Gefühl der Hoffnung. „Also ist alles, der ganze Krieg, nur ein Missverständnis. Wir wollen keinen Krieg."

An dem starren Gesicht der Eule konnte er jedoch erkennen, dass sie alles andere als überzeugt war. Nur weitere Fledermauslügen, das dachte sie sich.

Die Eule schnaubte. „Es ist töricht, mit euch zu reden. Mit dem Feind."

„Ich bin nicht dein Feind."

„Alle Fledermäuse sind Feinde. Ihr tötet Vögel."

„Aber ich habe dir doch gerade erklärt … Hör zu, ich habe niemals irgendwelche Vögel getötet."

„Nur weil du es nicht kannst."

Plötzlich überkam Schatten ein Schuldgefühl. Die Eule hatte Recht.

Wie oft hatte er sich die Fähigkeit gewünscht, Eulen töten zu können? Schon so lange war er von einem Hass auf sie erfüllt gewesen.

„Hast du irgendwelche Fledermäuse getötet?", fragte Schatten.

„Noch nicht."

„Dann bist du auch nicht mein Feind."

„Warum seid ihr dann hier, wenn ihr nicht mit den Menschen verbündet seid?", fragte die Eule.

„Ich habe es dir schon gesagt. Sie sperren uns auch ein", sagte Schatten. „Tausende von uns sind hier, und gestern sind die Menschen gekommen und haben einige von uns geholt, genauso wie sie es da drinnen mit euch gemacht haben."

Die Eule dachte darüber anscheinend gründlich nach.

„Wohin bringen sie sie?"

„Ich weiß es nicht", sagte Schatten. „Das wollen wir ja gerade herausfinden. Wie lange bist du denn schon da drinnen?"

„Mehrere Wochen. Genau, seit der Winter richtig eingesetzt hat. Wir waren auf dem Flug zu unserem Überwinterungsplatz, da sind wir über dieses Gebäude geflogen. Wir haben Eulen gehört und sind näher gekommen. Es gab Öffnungen in der Mauer und es sah wie eine Scheune aus, gut zum Überwintern, des-

halb sind wir hinein und haben den Wald vorgefunden. Und nachdem wir einmal drin waren …"

„Gab es keinen Weg mehr hinaus." Die Eule nickte.

„Womit füttern sie euch?", fragte Schatten.

Die Eule runzelte die großen Brauen angesichts dieser Frage. „Mit Mäusen, überwiegend", sagte er zögernd.

„Ich wette, sie sind miserabel, oder? Schmecken alle
gleich?"

Ein schnelles, etwas beängstigendes Tröten kam aus
der Kehle der Eule und Schatten spannte sich an, bevor er erkannte, dass es Gelächter war.

„Du solltest mal die Insekten versuchen, mit denen sie
uns versorgen", sagte Schatten. „Hab heute eines von
ihnen gegessen, musste richtig würgen!"

„Schmeckt das Wasser dir auch merkwürdig?", wollte
die Eule wissen.

„Ja doch, nach Metall", sagte Schatten.

„Ja, Metall", sagte die Eule wieder mit einem kurzen
Kichern.

„Nun, siehst du, wie viel wir gemeinsam haben?", sagte Marina.

Die Eule starrte sie an, ein bisschen von ihrem Misstrauen kehrte zurück. „Ich lass mich nicht von euch
austricksen."

„Im Augenblick haben wir keine Tricks auf Lager",
sagte Schatten. „Wir sind genauso verwirrt wie ihr,
glaub mir."

Die Eule drehte den Kopf herum und betrachtete die riesigen Bäume und üppigen Pflanzen. „Was ist das für ein Ort?"

Schatten schüttelte den Kopf und horchte. Er konnte nichts hören außer dem tropf-tropf des Wassers, das von den Blättern herabfiel, und dem gelegentlichen Zirpen eines fremdartigen Insekts. Es war beunruhigend still.

„Irgendetwas muss sich hier drin aufhalten", sagte Schatten, „oder?"

„Vielleicht warten die Menschen noch darauf, es mit Bewohnern zu füllen", meinte Marina.

„Was für eine Sorte Tier würde denn einen Ort wie diesen bewohnen?", fragte die Eule.

Angst juckte in Schattens Knochen. Irgendetwas an diesem Ort schien ihm schrecklich vertraut. Hatte er ihn vielleicht in einem seiner Träume gesehen? Oder hatte ihn jemand ihm beschrieben und mit Worten gemalt?

Eine Schlingpflanze raschelte.

Irgendetwas beobachtete sie. Schatten wusste das mit absoluter Gewissheit. Er neigte den Kopf und äugte mit Klang in die Schatten eines fleischigen Baums. Ein schmales, mit Dornen besetztes Blatt zitterte und sandte ein Rinnsal Wasser herab.

Es war kein Blatt.

Es war eine Nase, eine hoch aufgerichtete Nase, die sich zu einer scharfen, festen Spitze hochbog – und unterhalb der Nase ein Paar länglicher Kiefer wie die eines Hundes, die sich öffneten und eine doppelte Reihe scharfer Zähne enthüllten. Schatten sah zwei riesige, schwarze, starrende Augen, die langen spitzen Ohren, dazwischen einen Kamm aus borstigem, schwarzem Fell.

Er wusste, was das war.

Leise sprach er den Namen aus:

„Goth."

Der Ort der Wunder

Er hatte es die ganze Zeit gewusst.

Er hatte gesehen, wie Goth nach einem Blitzschlag leblos und brennend durch die Wolken hinabtrudelte – doch irgendwie hatte er nie daran gezweifelt, dass er überleben würde. Immer wenn er sich mit Marina gestritten und darauf bestanden hatte, dass Goth tot war, hatte er insgeheim doch die Überzeugung gehabt damit die Unwahrheit zu sagen. In seinen Träumen hatte er die ganze Zeit die Wahrheit gekannt.

„Was ist das?", hörte er die Eule mit erstickter Stimme fragen.

„Das ist er", war alles, was Schatten sagen konnte.

Mit einem heftigen schnappenden Geräusch entfaltete Goth seine einen Meter breiten Flügel und peitschte damit die Blätter. Er stürzte sich herab wie etwas Zackiges, das aus dem Nachthimmel herausgerissen wurde, und ein paar Sekunden, bevor er über sie herfiel, blitzten in Schattens Innerem die Fragen auf: Wo waren die Metallringe, die einmal wie Girlanden

Goths Unterarme geschmückt hatten? Und wie kam es, dass seine Flügel so unbeschädigt aussahen? Sie waren straff und stark, ohne jede Narbe. Hatten die Menschen ihn irgendwie geheilt?

Schatten warf sich auf die Seite, aber der überraschte Eulenjunge war nicht so schnell. Goth schleuderte ihn auf den Rücken und nagelte ihn mit den Krallen beider Beine fest. Die Eule schlug mit den Flügeln nach Goth, aber der wich pfeilschnell mit dem Kopf aus und wartete auf eine Gelegenheit, um mit den Zähnen zuzupacken.

„Lass uns abhauen!", hörte Schatten Marina zischen.

Aber er konnte seine Augen nicht von der Eule losreißen. Die Angst in ihrem Gesicht hielt ihn fest, das blanke, ungläubige Entsetzen. Es war zu furchtbar. Goth beugte sich zurück, seine lange Schnauze öffnete sich.

Schatten glitt vor Goth vorbei und schleuderte ihm ein Echobild ins Gesicht – das Skelett eines Menschen, der sich mit maskiertem Gesicht und funkelnden Augenschlitzen auf ihn stürzte.

Mit einem Schrei schreckte Goth zurück und verlor die Eule aus dem Griff.

„Flieg weg!", schrie Schatten dem Vogel zu.

Die Eule brauchte keine Ermunterung. In einem Federwirbel von Flügeln war sie weg. Schatten peitschte die Luft, wendete über Goths Kopf, als sich seine Klangillusion auflöste. In einiger Entfernung sah er

Marina, die hinter einen dichten Schirm von Blättern verschwand. Er reckte die Schultern vor und schlug wild mit den Flügeln, um sie einzuholen.

Hinter sich hörte er Goths Wutgeheul. Aber er drehte sich nicht nach ihm um. Er drang in das Dickicht ein und Marina wartete auf der anderen Seite. Wortlos gruben sie sich tiefer in die üppigen Farnwedel hinein und hängten sich schließlich hinter riesigen Blättern mit abgerundeten Ecken auf. Sie waren fast vollständig verborgen.

„Gibt es mehr von ihnen?", flüsterte Marina.

Das war ein entsetzlicher Gedanke – dass mehr Kreaturen wie Goth hier waren, gerade so wie die Eulen und die Fledermäuse in den beiden anderen Wäldern gesammelt worden waren. Wenn die Menschen Goth und Throbb in ihrem Dschungel gefangen hatten, konnten sie auch noch andere erwischt und hierher gebracht haben. In diesem Augenblick wäre er nicht einmal überrascht gewesen auch Throbb zu sehen, aus seiner verkohlten Asche wieder vollständig zusammengesetzt. Wenn die Menschen Goths Flügel heilen konnten, was konnten sie dann nicht? Schatten äugte durch das dichte Laub nach oben und horchte, aber alles, was er hören konnte, waren die Geräusche der einen Kannibalenfledermaus, die durch das Laub krachte und näher kam.

„Es ist höchste Zeit, dass sie mir ordentliche Nahrung geben", brüllte Goth. „Ich werde ein Festmahl aus dir machen, Schatten! Ich hab's in meinen Träumen gesehen, und meine Träume werden immer wahr! Ich habe geträumt, meine Flügel würden geheilt, und das wurden sie. Und ich habe geträumt, dass ich dein klopfendes Herz vertilge! Und das werde ich!"

Schattens Beine zitterten und er spannte die erschöpften Muskeln an, um das Zittern zu unterdrücken. Ein Schweißtropfen schlängelte sich durch sein Fell in ein Auge. Er versuchte sich selbst vorzumachen, dass es nur ein weiterer böser Traum sei, aber er wusste, dies war die Wirklichkeit und es gab kein leichtes Entkommen, indem man sich selbst aus dem Schlaf rüttelte. Er war bereits entsetzlich wach.

Plötzlich Stille – lange genug, dass Schatten wieder Hoffnung fasste. Gerade als er sich zu Marina hindrehte, um ihr etwas zuzuflüstern, wurde ihr Blätterschirm von einem dunklen Flügel beiseite gewischt und Goth stürzte kopfüber auf sie herab.

Doch bevor Schatten sich auch nur rühren konnte, hatte sich die Eule auf Goths Rücken geworfen und trieb sie beide durch das Laubwerk hinab. Schatten und Marina hoben ab, während die Eule und die Kannibalenfledermaus unter ihnen weiterkämpften.

„Nein!", schrie Schatten bestürzt. „Du kannst ihn nicht besiegen!"

Er wusste, die Eule würde den Kürzeren ziehen, es war nur eine Frage von Sekunden. Aber man konnte ihr jetzt nicht helfen. Schatten flog auf eine kleine

Lichtung und prallte beinahe mit einem Menschen zusammen.

Der Mensch war weiß gekleidet und vermummt. Er ignorierte ihn und Marina und ging mitten in das Dickicht hinein. In der Hand hielt er eine dieser langen Stangen mit Netz. Schatten wirbelte herum und beobachtete, wie der Mensch die Metallstange hoch in die Luft hob. Es gab ein scharfes Knistern und Goth plumpste in das Netz. Ein zweiter Mensch erschien von der anderen Seite des Dickichts, stieß mit seinem Stock an die Eule und sackte sie ein, als sie leblos hinunterfiel.

Er sah, wie sie Goth in einen Käfig steckten, die Eule in einen anderen. Dann zögerten sie und schauten sich im Dschungel um.

Sie wissen, dass wir hier sind, dachte Schatten.

Er hörte ein schwaches Zischen, drehte sich um und sah, wie sich ein Teil der Steinmauer zu einer Tür öffnete und einen dritten Menschen hereinließ.

„Marina", flüsterte er und flog vor ihr her mit wilden Flügelschlägen auf die Öffnung zu. Der Mensch musste sie gesehen haben, denn er gab überrascht einen tiefen, lang gedehnten Klagelaut von sich und wandte sich um, während sie vorbeischossen. Die Mauer war schon fast wieder verschlossen, aber Schatten hielt nicht an. Er war durch schmale Risse im Wasserfall geflogen, das konnte er. Er legte sich auf die Seite, zog den Bauch ein, trimmte die Flügel und schaffte es durch. Marina krallte sich fast an seinen Schwanz, als sie hinter ihm durchschoss. Mit einem saugenden Geräusch schloss sich die Mauer hinter ihnen wieder – sie waren aus dem künstlichen Dschungel heraus.

Schatten war schon in einigen menschlichen Gebäuden gewesen, aber meist in den hochgelegenen Winkeln, wo die Menschen selbst nie hinkamen: in den Turmhelmen einer Kathedrale, in einem Uhrenturm, auf dem Speicher einer verlassenen Berghütte.

Jetzt befanden sie sich in einem strahlend hellen Gang mit Lampen an der Decke. Die Wände waren weiß, so weiß, dass man die Fledermäuse in einer Minute entdecken würde.

Instinktiv flogen sie zum Winkel von Wand und Decke und versuchten sich dort in die winzigen Schattenzonen zu quetschen.

Für einen Augenblick ruhten sie sich aus und Schatten konnte fühlen, wie Marina neben ihm zitterte.

„Er hat uns gerettet, der Eulenjunge."

Marina nickte. „Hätte nie gedacht, dass ich einmal Hilfe von einer Eule bekommen würde. Warum hat er … warum hast du ihm geholfen?"

„Ich weiß nicht. Es schien … einfach richtig."

„Haben die Menschen ihn mit diesen Metallstangen getötet?"

„Ich denke, beide haben sich noch bewegt, waren nur betäubt oder so."

„Glück für die Eule, dass die Menschen gekommen

sind, sonst wäre er jetzt tot. Was macht Goth hier drinnen?"

„Sie müssen ihn wieder eingefangen haben, aber die Ringe ..."

„Weg, ich weiß", sagte sie. „Und seine Flügel, hast du die gesehen?"

„Keine Narben."

Marina nickte betrübt. „Vielleicht hast du Recht, Schatten, vielleicht studieren sie uns nur für irgendetwas. Wir müssen es den anderen mitteilen."

Schatten wollte sich weiter von der Tür entfernen. Es würde wahrscheinlich nicht lange dauern, bis die Menschen aus dem Wald zurückkämen, und sie würden ganz sicher nach ihnen suchen. Doch wohin?

Der Gang erstreckte sich anscheinend unendlich weit in beide Richtungen mit Türen auf jeder Seite. Schatten schloss die Augen und fand schnell seine Orientierung wieder.

„Okay, vielleicht verläuft dieser Gang hinter allen drei Wäldern entlang, erst an Goths, dann an dem der Eulen, dann an unserem. So kommen die Menschen in die Wälder hinein."

Marina nickte. „Wir folgen ihm zu unserem eigenen Wald?"

„Alle diese Türen auf der rechten Seite führen zu ihm, oder?" Er schaute sie an und hoffte auf Zustimmung.

„Wir warten, bis ein Mensch eine Tür aufmacht, dann schlüpfen wir hinein."

„Könnte sein, dass wir lange warten müssen. Was ist mit denen hier?", fragte sie und wies mit dem Kopf zu den Türen auf der linken Seite des Ganges.

Schatten zuckte mit den Achseln. „Vielleicht führen sie tiefer in das Gebäude hinein oder zu anderen Wäldern – oder nach draußen", fügte er hoffnungsvoll hinzu.

Plötzlich ertönten Schritte und ein weiblicher Mensch ohne Kopfschutz näherte sich. Schatten hielt den Atem an, als sie unter ihnen vorbeiging. Die Decken waren zwar hoch, aber sie hatte eine dieser Stangen. Sie konnte leicht hinaufreichen und nach ihnen stochern. Glücklicherweise blickte sie nicht nach oben.

„Hinter ihr her!", sagte Marina.

Sie folgten der Frau den Gang entlang, indem sie sich hoch im Schatten und in sicherem Abstand hielten. Nach einer Minute kam sie zu einer Tür in der linken Wand, klopfte und öffnete sie.

Eine Woge von furchtbarem Weinen schwappte aus dem Raum heraus vermischt mit Schmerzensschreien und Angstrufen – und wurde sofort abgeschnitten, als sich die Tür mit einem Zischen wieder schloss. Der Gang summte leise, aber in Schattens Ohren tönten noch diese schrecklichen Schreie.

Es waren die Schreie von Fledermäusen.

„Sie sind da drin", sagte er mit trockenem Mund.

Marina schüttelte den Kopf, ihre Augen waren in panischem Entsetzen geweitet. „Ich möchte da nicht rein, Schatten. Das wird etwas wirklich ganz Schlimmes sein."

„Das ist der Ort, wo sie uns hinbringen. Wir müssen da hinein", sagte er heiser. Seine Gedanken waren nicht allzu klar, sondern irrten unkontrolliert hierhin und dorthin. „Wir müssen sehen, was da drin ist."

Wieder ertönten Schritte auf dem Gang und Schatten konnte drei weitere Menschen kommen sehen. Zwei von ihnen trugen Käfige. Goth und die Eule. Sie hielten vor der gleichen Tür und drückten auf eine Reihe von Metallknöpfen. Schatten sah Marina an, die ängstlich den Kopf schüttelte.

„Was wäre, wenn mein Vater da drin ist?", flüsterte er. Er sah, wie sie den Blick abwandte, dann aber schnell und resigniert nickte.

Die Tür ging zischend auf. Schatten ließ sich mit Marina von der Decke fallen und landete auf dem Rücken des Menschen, der als Letzter ging. Er klammerte sich vorsichtig an die losen Falten des weißen Gewandes, mit den Krallen fasste er gerade nur das Material und vermied ängstlich hindurchzustechen. Über sich sah er, wie sich Marina zwischen den Schulterblättern des Menschen festhielt. Er konnte spüren, wie die Kraft des Menschen durch das Wehen des Gewandes weitergeleitet wurde. Der Mann zögerte eine Sekunde. Er fühlt es, dachte Schatten voller Sorge, das zusätzliche Gewicht – aber dann folgte der Mensch eilig seinen Gefährten.

465

Jenseits der Tür ließen sie sich sofort fallen und flogen direkt zur hohen Decke. Dorthin erhob sich auch eine Flut von Klagen. Erst als er ganz oben war, drehte sich Schatten um und blickte nach unten.

Er blinzelte. Der Raum tat seinen Augen weh, er war noch heller als der Gang. Da war außerdem ein schrecklicher Geruch von Schweiß, von Körpern in Panik, von Mündern mit dem Geschmack von Angst.

Durch die ganze Länge des Raumes erstreckten sich zwei erhöhte Tröge, so breit wie große gefallene Bäume. Sie sahen für Schatten so aus, als wären sie aus Metall angefertigt. Er strengte sein Klang-Sehen an und bemerkte, dass sie oben mit einer Art Glas abgedeckt waren, in dem sich kleine Löcher befanden.

Über das Glas der beiden Metalltröge beugten sich Menschen, einer neben dem anderen. Ihre Hände waren durch zahlreiche Öffnungen auf beiden Seiten der Tröge gesteckt. Es sah so aus, als ob sie mit etwas hantierten.

Mit Fledermäusen.

Schatten warf einen ersten Blick auf die vertrauten Gestalten unter dem Glas. Sie waren in einer einzigen langen Reihe ausgebreitet, aber jede von ihnen war durch kleine Zwischenwände von den anderen getrennt. Der Raum reichte aus, dass jede Fledermaus mit ausgebreiteten Flügeln flach liegen konnte. Schatten runzelte die Stirn. Ohne sich selbst zu bewegen schienen die Fledermäuse innerhalb der Tröge ent-

466

langzugleiten. Sie hielten nur dort an, wo außen Menschen postiert waren.

Deren Hände langten hinein, aber Schatten konnte nicht sehen, was die Menschen mit den Fledermäusen machten, weil die Hände ihm den Blick versperrten.

Aber er konnte die Stimmen der Fledermäuse hören, schrill in der feuchten Luft.

„Bitte!"

„Nein! Nein …"

„Warum tut ihr das?"

Und das Schlimmste: Er konnte hören, wie sie Namen schrien, sich gegenseitig über den Raum hinweg riefen und versuchten herauszufinden, wo die Gerufenen waren, was mit ihnen passierte.

Die Menschen arbeiteten schweigend, kalt und effizient. Er sah Männer und Frauen mit nach hinten gebundenen Haaren diese Arbeit verrichten, und er erinnerte sich daran, wie er die Menschen in der Kathedrale der Stadt gesehen hatte, wie sie da standen und beteten. Auch damals waren sie still gewesen, aber damals hatte er Ehrfurcht empfunden vor ihrer Größe und Kraft. Nun war er entsetzt über sie.

„Ich kann nichts erkennen", flüsterte er Marina zu.

„Tu's nicht!"

Aber er konnte sich nicht zurückhalten. Er musste herausbekommen, was die Menschen taten. Er ließ sich tiefer fallen, hielt sich an der Wand fest, um nicht entdeckt zu werden, und beobachtete die Menschen. Sie waren alle so auf ihre schreckliche Arbeit konzentriert, dass sie nicht einmal aufschauten. Sie würden ihn nicht bemerken.

„Schatten!" Marina folgte ihm, klammerte sich mit den Krallen an ihm fest. „Komm wieder hoch. Wir müssen hier raus. Wir müssen es den anderen berichten."

Er schüttelte sie ab und ließ sich in schnellen, engen Kurven tiefer hinab.

Bei den Menschen waren kleine, hohe Plattformen errichtet mit metallenen Instrumenten darauf, die in der Beleuchtung kalt glänzten. Einige waren scharf. Ihr Anblick gab Schatten einen schmerzhaften Stich im Bauch. Die Menschen nahmen ihre Instrumente und führten sie mit den behandschuhten Händen durch die runden Öffnungen an den Seiten der Tröge. Schatten hörte die Fledermäuse aufschreien.

Seit die Eulen den Baumhort niedergebrannt hatten, war er nicht so zornig gewesen. In den Ohren brauste die Wut und für einen Augenblick konnte er nichts sehen. Er flog näher, seine Augen waren voll zorniger Tränen. Dies war nicht das Große Versprechen.

„Schatten!"

Er hörte Marinas Schrei und fast im gleichen Moment durchzuckte ihn ein fürchterlicher Schlag. Er kippte unkontrolliert, alle seine Glieder waren taub. Während er fiel, sah er Bruchstücke von Gegenständen. Die Spitze einer metallenen Stange, ein Menschengesicht, das Gewebe eines Netzes, das ihn umfing.

Er befand sich in einem Trog aus Metall.

Wie zwei Lebewesen kam ein Paar dicker Hände in Handschuhen auf ihn zu, packte ihn energisch, drehte ihn auf den Rücken und hielt ihn fest. Die Hände waren kalt und rochen scharf. Von der anderen Seite des Troges blähte sich über ihm ein zweites Paar Handschuhe. Scharf glänzte Metall. Bevor er auch nur erschrocken aufschreien konnte, glitt eine Schneide über seinen Bauch und rasierte sauber ein Stück Fell weg. Er starrte auf seine rosa Haut. Wie ein Neugeborenes, nackt und schwach.

Die Hände zogen sich zurück und mit einem surrenden Geräusch bewegte sich der Boden des Troges weiter. Durch den Glasdeckel sah er, wie die beiden Menschen zur Seite glitten, dann rückten zwei andere Menschen auf ihn zu.

Sein Herz raste vor Angst. Der Boden hielt an. Er sprang auf die Füße und krallte sich verzweifelt an das Glas. Er hinterließ nicht einmal Kratzer. Mit einiger Mühe drehte er sich um zu den kleinen Wänden, die ihn auf beiden Seiten einschlossen. Er warf sich dagegen. Schmerz hämmerte ihm durch die Schultern. Die Begrenzung rührte sich nicht.

„Marina!", rief er. „Marina!"

Es kam keine Antwort. Er hoffte, dass sie entkommen war, aber vielleicht schwebte sie noch in der Nähe der Decke und musste hilflos zusehen.

Hände in Handschuhen schlossen sich um ihn und er schrie ängstlich auf. Eine zweite Hand schoss auf ihn zu. Diese hielt eine lange, bösartig scharfe Nadel, länger als die einer Kiefer, lang genug, um ihn vollkommen aufzuspießen. Wieder wurde er auf den Rücken gedreht. Während er sich noch wehrte, wusste er schon, dass es umsonst war. Diese Hände, die ihn hielten, konnten ihm, wenn sie wollten, die Knochen zerdrücken. In jedem ihrer Finger konnte er die dumpfe Kraft spüren. Er schrie auf, als er die Nadel auf sich zukommen sah. Ihre Spitze biss in den nackten Fleck auf seinem Bauch, aber ging nicht tiefer. Erleichtert beobachtete er, wie sie wieder herausgezogen wurde. Die Hände ließen ihn frei.

Er schaute auf seinen Bauch. Eine kleine Schwellung brach auf, wo ihn die Nadel gestochen hatte. Er berührte die Stelle mit der Flügelspitze. Sie fühlte sich merkwürdig dick und taub an, als wäre sie überhaupt kein Teil von ihm.

Wieder bewegte er sich. Mühsam drehte er sich wieder auf den Bauch, hielt die Flügel eng angelegt, um sein Zittern zu unterdrücken. Trotzdem zitterte er weiter. Er beobachtete, wie die Menschen auf ihn zuglitten, ihre Gesichter wurden durch das Glas beunruhigend verzerrt. Sie schauten ihm nicht in die Augen. Warum?, wollte er sie fragen, aber ihre Gesichter waren ausdruckslos und nur auf ihre Aufgabe konzentriert. Verzweifelt suchte er in den Gesichtern nach einem Anzeichen von Mitleid, von Wärme, von Anteilnahme. Aber er bedeutete ihnen nichts. Ein tief greifendes, zorniges Gefühl der Erniedrigung überkam ihn – zu denken, dass seine Kolonie einmal gedacht hatte, die Menschen wären ihre Freunde und würden ihnen helfen, und nun so behandelt zu werden!

Hinter den Wänden auf beiden Seiten konnte er den heiseren Atem von Fledermäusen hören.

„He!", rief er der Fledermaus vor ihm zu. „Wie heißt du?"

Keine Antwort.

„Was haben sie mit dir gemacht?"

Er hörte nur ein Winseln. Schatten schauderte. Vielleicht war es besser, er wusste nicht, was ihn erwartete.

Er kam zu einem Halt. Er schaute auf die runden Öffnungen in den Wänden des Trogs. Er wartete darauf, dass Hände hindurchstoßen würden, und fragte sich, was für schreckliche Werkzeuge sie dieses Mal halten würden. Er brauchte nicht lange zu warten. Vier Hände drängten gleichzeitig von beiden Seiten in seine Abteilung und dieses Mal wehrte er sich. Mit gebleckten Zähnen stürzte er sich auf die Finger und versuchte durch die Handschuhe zu dringen, damit es blutete. Er biss zu und zu seiner Freude hörte er den Menschen überrascht vor Schmerz aufschreien. Ein Paar Hände zog sich zurück.

„Mir reicht's!", bellte Schatten.

Aber die Hände kamen zurück. Sie hielten einen dünnen Metallstab und Schatten konnte ahnen, was das war. Er warf sich von einer Seite auf die andere, um ihm auszuweichen, aber schließlich streifte der Stab seinen Schwanz und der vertraute lähmende Ruck schoss ihm durch alle Glieder. Keuchend fiel er in sich zusammen.

Und zwar auf den Rücken. Ein kleines Stück Metall wurde gegen die rasierte Stelle auf seinem Bauch gedrückt. Er hob den Kopf, um hinzusehen, aber nun waren zu viele Hände im Weg. Er sah eine zweite Nadel mit einer Art steifem Faden darin, dann merkte er entsetzt, dass sie ihm das Stück Metall am Bauch festnähten. Er sah kurz, wie die Nadel durch seine Haut stach und wieder herauskam, und er hatte nur ein ganz dumpfes Gefühl, als ob ihn ein stumpfer Gegenstand getroffen hätte. Immer wieder drang die Nadel durch ihn hindurch und befestigte die Metallscheibe an seinem Körper. Ein anderes scharfes Werkzeug tauchte auf und schnitt den Faden ab. Dann zogen sich die Hände zurück.

Jetzt konnte er es richtig sehen. Mitten auf dem Bauch befand sich eine runde, metallene Öse. Vorsichtig berührte er sie mit einer Kralle. Die Öse bewegte sich seitwärts, sodass sie platt am Bauch anlag. Sie war ein

Teil von ihm. Sie hatten ihm ein Stück Metall angefügt. Es wirkte wie ein Fremdkörper auf seiner Haut. Schon entwickelte sich ein dumpfer Schmerz um die Stelle. Er dachte daran, wie er Marina und Frieda um ihre Ringe beneidet hatte, wie heftig er sich einen eigenen gewünscht hatte, diesen Gegenstand, den die Menschen wie einen Segen ausgaben. Aber dieser Gegenstand, der nun an ihm befestigt war, fühlte sich auf seiner Haut und auf seinen Knochen so ungewohnt, so unnatürlich an. Er konnte fremdartige menschliche Hieroglyphen erkennen, die in seine Oberfläche eingeritzt waren. Er hasste das Ding.

Es wurde ihm kaum bewusst, dass er sich wieder weiterbewegte. Als er anhielt, schwebten weitere menschliche Hände über ihm. Sie hielten noch ein Stück Metall. Dieses Mal war es eine kleine Scheibe. Mit einer kurzen Kette wurde sie an der Öse an seinem Bauch befestigt. Mit einem Ruck kam er auf die Füße und fühlte, wie die Scheibe an ihm zog. Sie war erstaunlich schwer.

„Ist es vorbei?", rief er mit heiserer Stimme zu der Fledermaus, die vor ihm war. Aber alles, was er als Antwort erhielt, war ein Schmerzensschrei. Erneut wurde er von Entsetzen durchdrungen. Was nun, was stand ihm denn noch bevor?

Der Trog surrte weiter. Außerhalb der Glasabdeckung näherten sich wieder Menschen. Er sah, wie ihre Hände auf die Öffnungen zukamen, und starrte sie wie gebannt an, unfähig wegzuschauen. Sie streckten sich herein mit einer Zange wie mit den Kiefern eines bösartigen metallenen Tieres. Er zuckte zurück, aber von der anderen Seite kamen weitere Hände und hielten ihn fest. Er sah, wie sich das gabelförmige Instrument näherte, direkt auf seinen Kopf zu.

„Nein!", schrie er. „Nicht! Bitte!"

Er legte die Ohren an, versuchte sich klein zu machen, versuchte zu verschwinden, die Augen fest geschlossen wie ein Neugeborenes. Es half nichts. Er spürte, wie sich das Metall um seine Ohrmuschel legte, dann kam ein furchtbarer stechender Schmerz.

Er glaubte, sein hämmerndes Herz würde sich schließlich von den Rippen losreißen. Aber schon war das Schlimmste vorbei, nur noch eine pochende Erinnerung, er sackte schlaff in sich zusammen und sah, wie sich die Hand mit dem Instrument entfernte. Gott sei Dank, dachte er benommen. Es war wenigstens vorbei; es hatte ihn nicht umgebracht.

Aber sie hatten etwas in seinem Ohr gelassen. Heftig wackelte er mit dem Kopf, um es abzuschütteln. Es war etwas, was in den Rand der Ohrmuschel eingebettet war, etwas Kleines, Kaltes, Hartes. Er drehte den Hals herum, um es sehen zu können, aber das ging nicht.

Plötzlich kippte der Boden des Troges, die Wand vor ihm fiel weg und er taumelte unbeholfen ins Dunkle. Mit dem Gesicht schlug er hart auf dem Boden auf, und als er hochblickte, sah er überall um sich herum andere Fledermäuse, die ihn traurig anblickten. Sie atmeten alle schwer, als wären sie gerade eine große Strecke geflogen. Er befand sich in einem großen schwarzen Behälter ohne jede Öffnung außer der einen seitlichen, durch die er gerade hereingefallen war. Er wandte sich wieder zu den Fledermäusen und entdeckte einige Gesichter aus dem Wald, obwohl er niemanden mit Namen kannte. Nun bemerkte er die Metallknöpfe in ihren Ohren und er sah auch Metallscheiben, die an ihrem Bauch befestigt waren. Allen war das Gleiche widerfahren. Er ließ sich auf den Bauch fallen. Sein ganzer Körper tat weh, als wäre er von einem Sturm herumgeschleudert worden. Er fühlte sich angesteckt von der Atmosphäre der Niederlage, zu ausgelaugt, um zu sprechen.

„Schatten!"

Ganz plötzlich fiel eine andere Fledermaus über ihn her, erdrückte ihn fast mit den Unterarmen, presste in freudiger Begrüßung die Nase an seinen Hals. Schatten erkannte den Geruch, das Muskelpaket und das Glänzen des Haars mit den silbernen Spitzen.

„Chinook!", sagte er mit einer überraschten Aufwallung ehrlicher Freude. „Hm, Chinook, könntest du ein bisschen lockerer lassen, du hast mich ein wenig fest …"

„Oh, tut mir Leid", sagte dieser und lockerte etwas den Griff um Schattens Hals. Er blickte über die

Schulter. „He, alle Mann, das ist Schatten Silberflügel! Er ist ein großer Held. Er wird wissen, was hier vor sich geht!"

Schatten sperrte erstaunt den Mund auf. Chinook nannte ihn einen Helden. War das ein Witz? Aber schon an dem hoffnungsvollen Ausdruck in Chinooks Gesicht konnte er erkennen, dass er es ernst meinte. Schatten musste fast lachen, aber dann sah er, wie sich ihm alle anderen Fledermäuse voller Erwartung zuwandten. Er holte tief Luft. Er war sich sicher, dass er nicht die Antworten hatte, die sie wollten.

„Wie sind wir hierher gekommen?", fragte eine Langhaarfledermaus.

„Sie haben viele von euch im Schlaf geholt", sagte Schatten. „Hunderte von euch. Die Menschen sind direkt in den Wald gekommen und haben euch von den Schlafplätzen herabgezogen."

„Meine Eltern?", fragte Chinook und Schatten hörte den Anflug von Angst in seiner Stimme.

Er nickte. „Sie auch. Sie müssen in einem anderen Käfig sein", fügte er beruhigend hinzu.

„Aber woher weißt du das?", fragte eine andere Fledermaus. „Keiner von uns erinnert sich an irgendetwas. Wir sind einfach aufgewacht und die Menschen haben ... diese Dinge mit uns gemacht."

„Ich bin nicht zur gleichen Zeit gefangen worden wie ihr. Wir sind im Wald aufgewacht und ihr wart alle weg. Also bin ich am nächsten Tag gekommen, um euch zu suchen. Ich habe einen Weg nach draußen gefunden – den Bach."

Er war zu erschöpft, um jetzt auch die Sache mit den Eulen und Goth zu erklären.

„Ich bin in diesen Raum gekommen und habe alles gesehen, was sie mit euch gemacht haben. Sie haben mich geschnappt, als ich zu nahe herangekommen bin." Er fühlte, wie sich seine Kehle zuschnürte. „Und vielleicht auch Marina." Er konnte nur hoffen, dass sie hoch oben geblieben war und vielleicht den Weg zurück in den Wald gefunden hatte, um den anderen zu berichten.

„Marina ist mit dir gekommen?", fragte Chinook. Schatten hatte den Eindruck, dass er darüber erfreut war.

„Ja."

Chinook rückte näher an ihn heran und senkte die Stimme: „Also hat sie, du weißt schon, mich vermisst?"

Schatten betrachtete ihn und staunte, dass er in diesem Augenblick nach so etwas fragen konnte.

„Ich bin nämlich ziemlich sicher, dass sie mich mag", vertraute ihm Chinook an.

„Was sind diese Dinger, die sie uns angehängt haben?", fragte eine Fransenfledermaus und klopfte auf den Metallknopf in ihrem Ohr.

„Ich weiß es nicht", sagte Schatten.

„Und diese schweren Scheiben, wofür sind sie?"

„Ich weiß es nicht", sagte Schatten wieder und ärgerte sich zunehmend.

„Wenn Arkadia hier wäre, sie wüsste es! Sie hatte Recht, was dich anbetrifft: Du bist nur ein Störenfried. Du weißt überhaupt nichts!"

„Ich weiß, wir sollten hier rauskommen!", entgegnete Schatten. „Hat einer von euch es schon versucht?"

„Nein."

Großartig, dachte Schatten, sie sind allesamt nutzlose Klötze. Muss ich denn immer alles allein machen?

„Warum sollten wir denn versuchen rauszukommen?", fragte ein beringtes Langohr. „Woher wissen wir, dass dies nicht Teil des Großen Versprechens ist?"

„Gut, dann bleibst du eben hier", sagte Schatten schnippisch. „Ich haue jedenfalls ab. Wer kommt mit?"

Eine Sekunde lang herrschte ein deprimierendes Schweigen und dann …

„Ich." Es war Chinook.

Schatten fühlte eine Welle von Erleichterung und Dankbarkeit. „Dann lass uns losziehen." Er eilte zu der kleinen Öffnung an der Seite und steckte den Kopf durch. Es war ein fast senkrechter Schacht und hoch oben konnte er das Glas sehen, das sie einschloss.

Ein Glanzflügel taumelte plötzlich von oben auf ihn zu. Er drückte sich auf die Seite, gerade als die Fledermaus benommen in ihren Behälter hereingerutscht kam. Nicht Marina. Er fühlte eine Mischung aus Enttäuschung und Erleichterung. Wenn sie noch frei war, konnte sie vielleicht Hilfe holen. Welche Art von Hilfe, konnte er sich im Augenblick nicht einmal vorstellen.

Ohne jede Vorwarnung ruckte plötzlich der ganze Behälter. Die Öffnung in der Seite wurde schnell durch eine Schiebeklappe verschlossen und die plötzliche absolute Dunkelheit löste unter den Fledermäusen panisches Entsetzen aus.

„Was passiert jetzt?", jammerte eine Stimme.

„Ich halt es nicht mehr aus!", rief eine andere.

Ihre Stimmen überlagerten sich und nahmen zu an Angst und Dringlichkeit. Schatten versuchte sie auszublenden. Mit dem Echosehen betrachtete er die Schiebeklappe und hörte ein deutliches metallisches Klicken, das von einem kleinen Loch in halber Höhe kam.

„Chinook, hilf mir, ja?"

Er sprang auf Chinooks Rücken und richtete sich auf den Beinen auf. Er konnte das winzige Loch gerade mit dem Daumen erreichen und hängte sich mit der Kralle hinein. Mit seinem ganzen Gewicht versuchte er die Klappe wieder aufzuziehen, aber sie ließ sich nicht bewegen. Irgendwie war sie in der Nähe des Loches verriegelt.

Der Behälter pendelte nun wild hin und her. Schatten rutschte von Chinooks Rücken und fiel auf den Boden. Er konnte die schweren Schritte von Menschen hören. Sie wurden irgendwohin getragen. Eine Tür öffnete sich zischend. Und ganz plötzlich wurde es viel kälter. Die Schritte knirschten.

Schnee.

„Draußen", hörte er Chinook flüstern.

Schattens Herz brach fast vor Sehnsucht. Auf der anderen Seite dieses Behälters war die Welt, und wenn er nur hinaus könnte, würde er die Flügel ausbreiten und sich in die Luft erheben und die Menschen würden ihn nie fangen. Er hämmerte mit den Flügeln gegen die Wände. Dann brachte ihn der Schmerz wieder zur Besinnung. Es war Unsinn, seine Kraft so zu vergeuden.

Auf einmal wurden die Schritte härter und lauter, und sie hallten wider. Nun waren sie im Inneren von etwas, obwohl es nur geringfügig wärmer war. Mit einem Krachen wurde der Behälter abgesetzt.

Laute, langsame Stimmen der Menschen ertönten überall um sie herum wie ein klagender Wind. Der Käfig ruckte grob hin und her und er fiel gegen Chinook.

Andere Fledermäuse waren auch hier. Er konnte hören, wie ihre Stimmen außerhalb seines Behälters wie ein wirrer, geisterhafter Klagegesang anschwollen. Er erinnerte sich an den Echoraum im Baumhort, in den Frieda ihn vor so langer Zeit mitgenommen hatte, damit er die alten Geschichten hörte, Jahrhunderte von Klängen, die in der Luft flüsterten. Ist das alles, was von ihnen übrig bleiben sollte? Würden sie bald nur noch die toten Verursacher verlorener Klänge sein?

Er spürte, wie Chinook näher an ihn heranrückte, dann rüttelte es, es gab einen fürchterlichen Krach von Metall auf Metall. Für ein paar Sekunden lastete Stille auf allem. Dann stieg ein tiefes, mächtiges Vibrieren um sie auf, durch den Boden des Behälters in die Knochen der Füße, des Rückgrats, der Brust. Für Schatten fühlte es sich so an, als wären sie im Bauch eines riesigen mechanischen Tieres.

Man spürte einen Luftstrom und es knackte in den Ohren. Er schluckte und blickte zu Chinook. Beide waren zu verängstigt, um zu sprechen. Das Vibrieren wurde stärker, sodass es direkt aus dem Mark seiner eigenen Knochen zu kommen schien. Der ganze Behälter summte.

Sie waren in Bewegung, nicht nur der Käfig, sondern auch das, was sie umgab. Schatten hatte ein Gefühl, dass sich etwas unendlich Starkes erst langsam, dann mit zunehmender Geschwindigkeit bewegte. Der Behälter neigte sich und instinktiv breitete Schatten die Flügel aus, um sein Gleichgewicht zu halten.

Alle Fledermäuse waren in ein ängstliches Schweigen versunken, einige murmelten vor sich hin, vielleicht Gebete zu Nocturna. Schattens Kopf jedoch war leer und er schämte sich. *Ich sollte nachdenken, sollte etwas tun.* Aber das Einzige, was er tun konnte, war ganz dumm auf das zu warten, was als Nächstes kommen würde.

Dann verebbten plötzlich die Vibrationen und Schatten hatte das merkwürdig vertraute Gefühl der Schwerelosigkeit.

„Wir fliegen", sagte er.

2. Teil

– 7 –

Im Flug

Marina klammerte sich an die Außenseite der Flugmaschine, die sich schräg in den nächtlichen Himmel
erhob. Der Wind zerrte an ihr, kreischte ihr in den
Ohren. Sie wusste, dass sie sich nicht viel länger festhalten könnte. Einen Zentimeter weiter war eine kleine Einbuchtung in der Metallhaut, vielleicht könnte
die sie schützen, wenn sie sie erreichte. Sobald sie sich
bewegte, könnte sie allerdings den Halt verlieren, aber
wenn sie sich nicht bewegte, würde sie mit Sicherheit
weggeweht werden.
Sie spannte sich an und hob die linke Kralle. Sofort
riss der Wind sie los, schleuderte sie nach hinten durch
die Luft. Sie hörte, wie eine der Flossen der Maschine
an ihrem Kopf vorbeipfiff und sie beinahe in zwei Teile schnitt. Während sie durch die Luft taumelte, sah
sie, wie die Flugmaschine, jetzt schon so weit von ihr
entfernt, höher kletterte.
„Nein!", schrie sie, breitete die Flügel aus und jagte
hinterher. Nicht größer als ein Vogel war die Maschi-

ne jetzt. An ihrem Bauch blinkten Lichter. Und sie trug Schatten davon. Ein gequältes Keuchen kam aus ihrem Mund, als ob der letzte Atemzug die Lunge verließe.

Sie blickte der Flugmaschine nach, bis sie verschwunden war, und empfand ein mörderisches Gefühl des Verlustes, wie sie es nicht mehr gekannt hatte, seit ihre eigenen Eltern sie in die Verbannung geschickt hatten.

Weg, weg, er war weg.

Mit steifen Flügeln ließ sie sich in langsamen Spiralen von der Schwerkraft zurück zur Erde ziehen. Sie hatte alles gesehen, wie Schatten von der Metallstange der Menschen getroffen und in einem der Tröge eingesperrt worden war. Von der Decke aus hatte sie beobachtet, wie sein Körper unter dem Glas vorbeigeglitten und von geschäftigen Händen weitergeschoben worden war. Sie hatte mitbekommen, wie Metall an seinem Körper befestigt wurde. Sie hatte ihn aufschreien gehört. Dann war er in den großen Behälter gefallen. Ein Mensch hatte diesen verschlossen, hochgehoben und zur Tür getragen. Sie war ihm gefolgt und durch die sich schließende Tür hinaus in das winterliche Zwielicht geschlüpft.

Da waren viele Menschen mit solchen Behältern gewesen, die sie durch den Schnee zu einer langen Straße trugen, an deren Ende die riesige Flugmaschine gestanden hatte. Ängstlich war sie auf Abstand bedacht, als sie die Behälter in den Bauch der Maschine luden.

Feigling, schimpfte sie sich bedrückt. Er war dein Freund, als niemand sonst das war, hat dir ein neues Zuhause bei den Silberflügeln gegeben. Du hättest in die Flugmaschine eindringen sollen. Dann würdest du wenigstens mit ihm reisen anstatt ihn verschwinden zu sehen.

Süden, das war die Richtung, in die der Apparat flog, genau nach Süden.

Unter Marina lag das Gebäude der Menschen und glitzerte kalt in der Dämmerung. Kein magischer Fledermausgesang umgab es jetzt, nichts lockte nun. Es war nur ein großer Haufen Stein und Metall wie alle ihre anderen Gebäude.

Frei, dachte sie bitter, ich bin jetzt frei. Aber nie hatte sie sich weniger frei gefühlt.

Berichte Ariel alles, berichte Frieda, das war der einzige Gedanke, an den sie sich klammern konnte. Sie musste wieder hinein. Alle mussten sie jetzt verschwinden, da war sie sicher. Frieda würde wissen, was zu tun sei. Sie könnten nach Süden fliegen, das Flugzeug einholen, Schatten suchen. Ja, das war's. Schatten suchen.

Sie erkannte ein Stück des Daches, über das sie bei ihrer Ankunft geflogen waren. Nach ein paar Minuten entdeckte sie auch eine der Eingangsöffnungen. Sie flog darauf zu, dann schreckte sie ängstlich zurück.

Wenn sie da hindurchging, würde sie nie wieder herauskommen. Sie musste aber in der Lage sein wieder herauszukommen.

Hasserfüllt funkelte sie das Gebäude an.

Sie wollte es zerschmettern.

Zerschmettern!

Sie glitt niedrig über den Erdboden und suchte den größten Stein, den sie tragen konnte. Sie packte ihn mit den Fußkrallen, flog hoch, zielte und ließ ihn fallen. Sie beobachtete, wie er hinabstürzte und auf die Mitte einer Glasscheibe traf. Nichts. Nicht einmal ein kleiner Splitter. Wieder hob sie einen Stein auf, quälte sich mühsam in die Höhe und ließ ihn auf die gleiche Stelle fallen. Harmlos prallte er ab.

Das ließ ihr nur eine Wahl.

Sie musste einen der Eingänge benutzen.

Er öffnet sich nur in eine Richtung, sie erinnerte sich, wie Schatten das erklärt hatte. Auf keinen Fall würde sie sich wieder in diesen Wald einsperren lassen. Sie glitt niedrig über den Erdboden und schließlich entdeckte sie, was sie suchte. Einen Stock, dick und nicht zu lang. Sie packte ihn und flog zum Eingang.

Kaum war sie drinnen, versuchte sie sich zu erinnern, was das letzte Mal passiert war, wie schnell der Fall am Ende des Tunnels gewesen war. Sie begann ihren Weg nach unten und hielt an der Kante an, holte tief Luft, breitete die Flügel aus und ließ sich darüber hinweggleiten.

Funken stoben von den Krallen, als sie sich seitwärts festzuhalten versuchte. Die ausgebreiteten Flügel drückten gegen die Wände des Schachtes und bremsten sie ein wenig ab. Langsamer ... langsamer ... befahl sie sich. Mit dem Echosehen konnte sie nun erkennen, wie das Ende des Schachtes auf sie zuraste, die Metallklappe, die sich nur in eine Richtung bewegen ließ. Wenn sie nicht genügend abbremsen konnte, würde sie einfach da durchschießen, und das wäre dann das Ende.

Sie presste die Flügel noch fester gegen die Wände des Schachtes, grub die Krallen in das Metall und ...

Die Klappe schwang hoch, als sie näher kam, und sie quetschte sich in die Öffnung. Vor Anstrengung keuchend klemmte sie schnell den Stock gegen die Klappe, die heftig herunterkam und sich knirschend feststellte. Der Stock wackelte erst ein bisschen, dann hielt er.

Durch die Öffnung sah sie den Wald.

Sie war wieder drinnen.

Aber diesmal hatte sie einen Ausweg nach draußen.

Schatten stand auf Chinooks Rücken und schoss Klänge in das kleine Loch in der metallenen Schiebetür. Die zurückkommenden Echos füllten seinen Kopf mit einem komplizierten Gewebe aus Metall. Rasch versuchte er alles zu verstehen. Eine Art Schloss. Und die Menschen mussten irgendein Werkzeug haben, das sie hineinschieben und mit dem sie das Schloss öffnen konnten. Vielleicht konnte er sein eigenes Werkzeug machen – mit Klängen. Und das Schloss so öffnen.

Er wusste nicht, was sich auf der anderen Seite der Schiebetür befand, aber er wollte nicht länger auf seiner Seite bleiben. Die anderen Fledermäuse duckten sich auf den Boden, einige starrten schweigend vor sich hin, andere murmelten verloren durcheinander.

„Kannst du es aufmachen?", fragte Chinook von unten.

„Ich hoffe doch."

„Du kannst es", sagte Chinook und nickte zuversichtlich. „Ich habe gesehen, wie du diese Steine herumgeschubst hast. Du kannst es."

„Danke", sagte Schatten. Chinooks Ergebenheit rührte ihn.

Er sang eine Klangnadel in die Öffnung hinein und beobachtete mit dem inneren Auge, wie sie an den Metallstücken abprallte und dabei bewirkte, dass sich das eine oder andere leise bewegte. Jetzt sah er auch die Teile, deren Stellung er ändern musste, drei von ihnen, und alle drei zur gleichen Zeit. Er holte tief Luft und sandte einen dreifachen Klangstrahl aus. Metall fiel herab und es gab ein kleines *plopp*, das an der Schiebetür rüttelte.

„Ich hab's geschafft", flüsterte er zu sich selbst, dann lauter: „Ich hab's geschafft. Es ist offen!"

Die anderen Fledermäuse blickten zu ihm hoch.

„Aber wir wissen nicht, was auf der anderen Seite ist", sagte das beringte Langohr. „Vielleicht sind wir hier besser dran."

„Vielleicht ist dies das, was geschehen soll", meinte eine andere Fledermaus hoffnungsvoll. „Arkadia hat immer gesagt, alles, was die Menschen tun, ist Teil des Plans."

„Fühlt sich das hier so gut an?", fragte Schatten bitter.

„Als sie dort unten in uns hineingeschnitten haben? Diese Gegenstände an uns befestigt haben? Erinnert ihr euch nicht, wie schmerzhaft das war?"

Das schreckliche Wehklagen jenes Raumes hallte noch in seinem Inneren nach.

„Aber vielleicht sollen wir dieses Leid erdulden. Vielleicht ist es eine Probe?", fragte das Langohr.

„Vielleicht", antwortete Schatten, und für einen Augenblick wollte er sich auch auf den Boden legen, nur ausruhen und abwarten. War dies auch seinem Vater passiert? Wie sehr er wünschte, er könnte jetzt mit ihm sprechen.

Er schaute die Fledermäuse an und seufzte. „Die Schiebetür ist aufgeschlossen", sagte er einfach. „Wer will, kann raus. Komm mit, Chinook, wir verschwinden von hier."

Er sah ein kurzes Zögern durch Chinooks Körper zittern, aber dann folgte er Schattens Führung und zusammen krallten sie sich fest, zogen und drückten mit ihrem ganzen Gewicht an der Schiebetür. Langsam, aber gleichmäßig glitt die Klappe zur Seite, und auf der anderen Seite war …

Noch eine schwarze Wand, die ihre Öffnung blockierte.

Chinook sackte zusammen.

Schatten betrachtete sie ärgerlich. Dann wurde ihm klar, dass es eine zweite Schiebetür war, identisch mit der ersten und auch mit dem kleinen Schlüsselloch.

„Noch ein Käfig", sagte er.

Um sie herum hörte er schwache Fledermausgeräusche, erschöpftes Murmeln, gelegentlich einen Hiferuf.

„Vielleicht kann ich das ebenfalls aufschließen", sagte Schatten.

„Was nützt das denn?", jammerte hinter ihm ein Grauflügel.

„Es wird nur ein weiterer Käfig sein", sagte eine zweite Fledermaus, „und wie sollen wir dann aus dem herauskommen?"

„Wir werden nie frei kommen", winselte eine dritte.

„Es ist jedenfalls besser, als hier zu sitzen und abzuwarten", sagte Schatten wütend. Wieder sprang er auf Chinooks Rücken und äugte mit Klang in das Loch.

Blöde Fledermäuse. Es war ihm egal, was sie sagten. Er würde weiter versuchen sich zu befreien, solange er lebte.

Offensichtlich befanden sie sich im Inneren einer Art

Flugmaschine der Menschen. Und wenn es ihm gelang, aus allen diesen Käfigen herauszukommen, gab es vielleicht auch einen Weg aus der Flugmaschine. In die Luft. Zurück in die Welt.

Das Schloss war ein bisschen anders als das erste, aber er erkannte das gleiche Prinzip von herabfallenden Metallteilen. Er holte tief Luft, zielte und schoss seinen Klang ab. An dem kräftigen *Klink* erkannte er, dass er es geschafft hatte. Mit Chinook begann er die Schiebetür zur Seite zu drücken. Wahrscheinlich noch mehr nutzlose Fledermäuse da drinnen, dachte er und zog eine Grimasse.

Kaum hatten sie die Schiebetür ein paar Zentimeter bewegt, als eine gewaltige Schnauze durch den Spalt drängte und Schatten auf den Rücken warf. Er sah die Reißzähne und wusste sofort, was passiert war.

Er hatte gerade Goths Käfig aufgeschlossen.

Er sprang zurück auf die Füße und warf sich mit Chinook gegen die Schiebetür und drückte sie zu.

„Was ist das?", keuchte Chinook.

„Goth", knurrte Schatten. Dann schrie er über die Schulter zu den anderen Fledermäusen: „Helft uns!"

Goths Kopf drängte sich weiter durch den Spalt und alles, was Schatten und Chinook tun konnten, war, die Schiebetür daran zu hindern, noch weiter aufzugehen. Wenn Goth hereinkam, wäre alles vorbei. Nicht auszudenken.

Ein paar von den anderen Fledermäusen gelang es, ihre Angst angesichts von Goths Zähnen zu unterdrücken. Sie fügten ihr Gewicht dem von Schatten und Chinook hinzu und schoben. Trotzdem ließ Goth sich nicht unterkriegen, mit der Schnauze schlug er hin und her und versuchte sich durchzuquetschen. Lass ihn bloß nicht die Schultern hereinbekommen, sagte sich Schatten. Wenn ihm das erst mal gelungen war, gab es kein Halten mehr.

Goths Kopf drängte gewaltig nach vorn und nun waren seine Augen drinnen.

Schatten blickte in ein wildes schwarzes Auge, keine zwei Zentimeter von seinem eigenen Gesicht entfernt, und zuckte zurück, als Goths heißer Atem ihn einhüllte. Er musste würgen. Er wusste, Goth würde es schaffen einzudringen, wenn er nicht schnell etwas unternähme.

Er ließ die Schiebetür los, sprang vor und grub die Zähne tief in Goths Wange. Mit einem wütenden Schmerzgebrüll zog Goth den Kopf zurück und die Schiebetür klemmte seine Nasenspitze ein. Wieder heulte er auf und zog sich nun völlig zurück.

Krachend schloss sich die Schiebetür.

„Haltet sie weiter fest", keuchte Schatten und spuckte angeekelt den Gothgeschmack aus. „Ich muss sie wieder abschließen."

Goth jedoch schleuderte schon sein ganzes Gewicht gegen die Tür, die sich bei jedem Stoß ausbeulte.

„Was war das?", stammelte eine von den anderen Fledermäusen.

„Eine Fledermaus aus dem Dschungel. Er heißt Goth."

„Du kennst ihn?"

Schatten nickte nur. „Er frisst andere Fledermäuse. Wir brauchen weitere Hilfe."

Zögernd kamen fünf Fledermäuse zu ihnen und stemmten sich gegen die Schiebetür, während Goth von der anderen Seite dagegendonnerte und sie wieder aufzudrücken versuchte.

Schatten hatte keine Ahnung, ob er das Schloss wieder zumachen konnte – es aufzuschließen war eine Sache, aber er fragte sich, ob er mit seinen Echostrahlen überhaupt die entsprechenden Teile erreichen konnte, um sie wieder in die richtige Stellung zu bringen.

Er schleuderte Klang in das Schloss, aber der wurde von Goths Gebrüll auf der anderen Seite erdrückt. Auge in Auge blickten sie sich an durch das winzige Loch in der dünnen Schiebetür aus Metall.

„Ich werde dich bei lebendigem Leibe auffressen, Schatten", sagte sein heißer, stinkiger Atem.

Schatten hatte nicht die Zeit für einen zweiten Versuch mit dem Schloss. Ein tiefes mechanisches Surren umgab sie und plötzlich neigte sich der ganze Behälter langsam nach hinten. Schatten versuchte, sich an der Schiebetüre festzuhalten, aber das funktionierte nicht. Er schlitterte über den Boden, fiel gegen die anderen Fledermäuse. Überall wurden Ellbogen, Krallen und Flügel ausgestreckt, um das Gleichgewicht zu bewahren.

Die Schiebetür. Keiner war dort geblieben, um sie festzuhalten.

Während der Behälter noch weiter kippte und die Fledermäuse zu einem gegeneinander drängenden Haufen zusammenwarf, achtete er ängstlich auf die Schiebetür. Sie ruckte, öffnete sich eine Haaresbreite und glitt dann in einem Rutsch vollständig zur Seite.

Goth stürzte mit gebleckten Zähnen auf sie zu, und in dem Sekundenbruchteil hatte Schatten Zeit zu bemerken, dass auch in seinem Ohr ein Knopf angebracht war. Und von seinem Bauch baumelte eine Metallscheibe wie seine eigene, nur viel, viel größer.

Schatten trat mit den Füßen und traf Goth unter dem Kinn, sodass er das Maul für eine Sekunde beiseite schlug, nur für eine Sekunde. Es herrschte allgemeines Durcheinander, eine brodelnde Masse von Gliedern und Flügeln. Goth war auf ihm drauf, auf allen von ihnen drauf. Aus seinem Maul sprühte Speichel. Schatten sah, wie sich seine Zähne in Fell bohrten und schrie auf vor Schmerz, bis er merkte, dass es das Fell von jemand anderem war.

Dann sprang der ganze Deckel des Behälters auf. Wind brüllte Ohren betäubend, Schatten wurde in die Höhe gesaugt und taumelte durch die Luft. Er hatte keine Zeit, die Flügel zu trimmen, keine Zeit für irgendetwas sonst. Er konnte nur schiefe Bilder von den Dingen auffangen. Das gewaltige Innere einer Flugmaschine. Wie ein Maul öffneten sich riesige Türen. Und hinter den Türen der Nachthimmel.

Um ihn waren hunderte von Fledermäusen. Sie rasten auf die Türen zu, als sie aus der Flugmaschine hinausgesaugt wurden. Man konnte sich nicht dagegen wehren und Schatten wollte das auch nicht. Er war frei von Goth, frei von dem Käfig der Menschen.

Er traf auf die Luft im Freien.

Marina zögerte keine Sekunde. Sie hatte keine Ahnung, wie lange ihr Stock die Klappe offen halten würde. Kalte Luft pfiff durch die Öffnung in die künstliche Wärme des Waldes. Sie ließ sich nach unten gleiten.

„Beeilt euch!", rief sie. „Wir müssen los! Wir müssen hier weg! Sofort!"

Mit der untergehenden Sonne waren schon alle wach und auf der Jagd. Die Fledermäuse drehten sich überrascht über ihre Stimme nach ihr um. Aber sie verlangsamte ihren Flug nicht, um alles zu erklären. Sie flog zu der Stelle am Bach, wo die Silberflügel gern ihre Nahrung aufnahmen. Dort fand sie Ariel und Frieda, die ihr ängstlich entgegenblickten.

„Wo bist du gewesen?", wollte Ariel sofort wissen und dann mit vor Angst heiserer Stimme: „Wo ist Schatten?"

„Sie haben ihn gefangen", keuchte Marina und ließ sich nieder.

„Komm erst mal zu Atem", sagte Frieda bestimmt.

Aber Marina schüttelte eindringlich den Kopf. „Ich habe den Eingang blockiert. Bitte, verlangt jetzt keine Erklärungen von mir. Wir müssen los."

„Was ist mit Schatten passiert?", fragte Ariel erneut.

„Sie haben ihn mit den anderen weggebracht."

Es gab ein Flügelklatschen und Arkadia ließ sich zu ihnen herab. Ihre Stirn war vor Wut gerunzelt. „Was ist los? Du verbreitest Panik!"

Als Marinas Atmung sich etwas beruhig hatte, berichtete sie schnell, wie sie und Schatten durch den Bach geflohen waren, durch den Wald der Eulen und weiter in den von Goth. Sie erzählte ihnen von dem Raum, in dem die Menschen den Fledermäusen Metall anlegten, und wie sie in Käfige geladen und zu einer Flugmaschine gebracht wurden.

Und mit jedem Herzschlag dachte sie an diese Eingangsöffnung und den Stock. Wie lange würde er wohl die Klappe offen halten?

„Wir müssen uns beeilen", sagte sie flehentlich. „Die Flugmaschine fliegt nach Süden und …"

„Warum glaubst du, dass irgendetwas von diesen Dingen Anlass zur Sorge ist?", sagte Arkadia streng.

Ihre Frage schien so absurd, dass Marina sprachlos war.

„Was ist daran so anders als das Beringen?", setzte Arkadia nach. „Jahrelang haben wir die Ringe begrüßt; dies ist nichts anderes."

„Nein. Ich hatte selbst einen Ring. Das war anders. Oder vielleicht auch nicht, vielleicht ist alles das Gleiche, aber was sie da drin getan haben, war nicht gut. Ich habe es gesehen."

In ihrer Nase steckte noch der Geruch des Raumes, der Angst und der Qual wie ein giftiger Nebel.

In der Zwischenzeit hatte sich eine gewaltige Menge um sie versammelt, ängstliche Fledermäuse, die Marina bei ihrer Geschichte zuhörten. Aber Arkadias Stimme war mächtig und zuversichtlich.

„Nimmst du für dich in Anspruch mehr zu wissen als die Menschen – als Nocturna selbst? Wir sind winzige Geschöpfe. Wir müssen den Zeichen trauen und abwarten! Wie wollen wir wissen, dass die Eulen nicht hier eingesperrt sind, damit der Himmel für unsere Brüder und Schwestern draußen sicher ist? Und diese Kannibalenfledermaus, von der du sprichst, vielleicht ist sie auch zu unserem Nutzen gefangen."

Marina blickte Ariel und Frieda flehentlich an und die beiden schauten zu ihr zurück, als ob sie die Wahrheit in ihrem Gesicht und in ihren Augen finden könnten.

„Wir brechen auf", sagte Frieda, „und alle, die mitkommen wollen, sollten jetzt kommen!" Sie breitete die Flügel aus und stieg durch die Äste nach oben. Ihre Stimme tönte durch das Laub des Waldes: „Alle, die diesen Ort verlassen wollen, fliegt mit uns. Wir haben Grund zu der Annahme, die Menschen schaden uns. Kommt nun mit, wenn ihr wollt!"

Dankbar schraubte sich Marina mit Ariel hinter Frieda hoch. Arkadia folgte ihnen.

„Folgt diesen Fledermäusen nicht!", bellte sie. „Sie führen euch in die Irre. Sie sind nicht auserwählt, sie sind hier, um Angst und Misstrauen zu säen und euch vom Paradies wegzulocken. Bleibt hier!"

Als Frieda ihre Botschaft über den Baumwipfeln verkündete, machten sich nur wenige Fledermäuse auf, um mit ihnen zu fliegen, hauptsächlich die Silberflügel, die ursprünglich mit ihnen zusammen vom Hibernaculum aufgebrochen waren.

„Seht ihr", rief Arkadia selbstzufrieden. „Wir setzen unser Vertrauen in eine höhere Macht als die eure."

„Dann wünsche ich euch alles Gute", sagte Frieda.

Das Geräusch schwerer Tritte über ihnen ließ Marina die Flügelschläge beschleunigen. Zwei Menschen bahnten sich vorsichtig ihren Weg über die Metallstreben des Glasdaches auf die Eingangsöffnung zu.

„Schnell!", rief sie. „Sie wissen anscheinend, dass ich die Klappe aufgesperrt habe."

Erleichtert sah sie, dass der Stock noch hielt, obwohl er unter dem Druck zitterte. Beißender Rauch kräuselte sich aus der Mauer heraus und das angestrengte Surren von Maschinen wurde lauter.

„Beeilt euch!", rief sie, während sie am Ausgang wartete und den Fledermäusen hindurchhalf.

500

Die Menschen, konnte sie hören, waren schon sehr nahe. Man hörte Metall auf Metall, als irgendetwas hochgehoben wurde. Neben ihr öffnete sich plötzlich eine Klappe und eine menschliche Hand schob sich herein und tastete herum. Sie berührte den Stock, die Finger schlossen sich um ihn und begannen zu ziehen.

Marina grub ihre Zähne in das weiche Fleisch, nicht ohne eine gewisse Befriedigung.

Ein Schrei ertönte und die Hand wurde zurückgezogen.

Sie sah, wie Frieda sich durch die Öffnung quetschte, dann Ariel. Jetzt war sie an der Reihe. Die Menschenhand streckte sich wieder durch die Klappe, diesmal hielt sie eine bedrohlich zugespitzte Stange. Marina sprang zur Seite, aber der Mensch fuchtelte wild mit der Stange herum und versperrte ihr so den Weg zum Ausgang. Sie hörte, wie Ariel vom oberen Ende des Schachtes nach ihr rief.

Marina hielt Abstand und beobachtete, wie die Stange blindlings herumstocherte. Sie sah, wie ihr Stock ins Rutschen geriet, sah, wie die Klappe fiel. Sie warf sich vorwärts, die Klappe klemmte ihren Schwanz ein. Sie zerrte, zuckte zusammen, als etwas von ihrer Haut abgerissen wurde. Aber sie war durch. Sie öffnete die Flügel, ihre Krallen glitten an dem Metall entlang, als sie sich den steilen Schacht emporarbeitete. Über ihr hockt Ariel und wartete ängstlich. Marina hievte sich über den oberen Rand, eilte hinter Ariel her durch den Tunnel und schoss in den sternenübersäten Himmel hinaus.

Der wilde Aufprall kalter Luft verschlug Schatten den Atem. Taumelnd, kopfüber taumelnd sah er Wolken, wusste aber nicht, ob er von ihnen weg fiel oder auf sie zu. Er stürzte so schnell, dass er Angst hatte, die Flügel auszubreiten, weil der Wind sie ihm sonst vielleicht abreißen könnte. Er konnte kaum atmen, der Zug blies ihm kreischend die Luft von der Nase weg. Er war kurz davor zu ersticken. Hoch in der Luft und nichts zu atmen.

Wie konnte er auf die Wolken zufallen? Sein Magen kam ihm hoch und er musste würgen. Seine Sicht verengte sich und weitete sich dann wieder. Sterne oben, das war in Ordnung, oder? Ja. Die Sterne waren oben. Gut. Wolken unter ihm? Nicht gut. Man fiel nicht auf die Wolken zu.

Er überlegte wie ein Neugeborenes, ein paar Tage alt, versuchte Ordnung in die Dinge zu bekommen. Langsam dämmerte ihm, dass er vielleicht höher war als die Wolken. Und damit ergab die Welt wieder Sinn.

Er war noch nie so hoch gewesen. Kein Wunder, dass er fror, kein Wunder, dass er kaum atmen konnte. Gab es so hoch oben überhaupt Luft? Er taumelte noch hinab, aber allmählich streckte er doch ein kleines bisschen die Flügel aus, um sich zu stabilisieren.

Über ihm waren Sterne und ein Stück Mond und er konnte – als kleine Flecken am Nachthimmel – andere Fledermäuse wie ihn selbst fallen sehen.

Er stürzte nun direkt nach unten. Er erkannte, dass die Metallscheibe, die ihm an den Körper gekettet war, seinen Fall gefährlich schnell machte. In dem Käfig, wo er meistens auf allen vieren gewesen war, hatte er gar nicht gemerkt, wie schwer sie war. Nun war sie wie Ballast. Unter ihm befand sich ein weißes Wolkenmeer.

Allmählich entfaltete er die Flügel weiter. Der Wind fing sich darin, seine Wirbelsäule traf ein Schlag, als die Arme wie Peitschenstiele nach oben gerissen wurden. Sein Fall verlangsamte sich so schnell, dass es sich anfühlte, als würde er zurück in den Himmel gesaugt.

Immer noch rasten die Wolken auf ihn zu. Er konnte nicht verhindern, dass er die Augen schloss und die Luft anhielt, als er in sie hineinplatzte. Es gab einen richtigen Aufschlag, als er die Wolkenoberfläche durchstieß, dann kamen Wirbel, und während er weiter fiel, wurde er hin und her geschleudert, wurde durch den Boden einer Wolkenbank geworfen, nur um Sekunden später in eine andere hineinzustürzen.

Er wurde durchgeweicht. Sein Fell war mit Reif überzogen und er zitterte wild. Innerhalb der Wolken konnte er nichts sehen. Wo war Chinook? Wo war Goth?

Plötzlich wurde es wärmer.

Innerhalb von Sekunden waren seine Flügel aufgetaut und dann knochentrocken.

Wumf ging es durch eine weitere Wolkendecke, und wieder *wumf*, und dann packte ihn die Hitze erst richtig, die gleiche feuchte Hitze, die er schon in Goths künstlichem Dschungel gespürt hatte.

Alarmiert blickte er wieder hoch in den Himmel. Durch Lücken in den Wolken sah er Sterne und versuchte vertraute Sternbilder zu erkennen. Aber die Sterne fügten sich nicht zusammen, alle standen an den falschen Stellen. Er hatte wieder ein komisches Gefühl im Magen.

Der Metallknopf in seinem Ohr fing an zu singen.

Vor Überraschung zuckte er zusammen. Der Knopf malte ihm eine primitive Klangkarte in den Kopf – eine einfache Anordnung von Linien und Punkten. Vielleicht eine Stadt. Eine nächtliche Stadt. Und dann wurde der Umriss eines einzelnen Gebäudes heller als der Rest. Ein großer Gebäudeblock, nicht sehr interessant anzuschauen, von dem wie Speichen eines Rades mehrere schmale Bauten abgingen.

Er schüttelte den Kopf und versuchte das Bild loszuwerden, aber es blieb und leuchtete immer wieder vor seinem inneren Auge auf.

Wumf!

Er trat aus einer letzten Wolkenschicht heraus und vor ihm leuchtete eine dichte Anordnung von Lichtern.

Er war noch sehr hoch und die Stadt dehnte sich in alle Richtungen aus. Sie war noch größer als die letzte, die er im Norden gesehen hatte. Als er näher segelte, merkte er jedoch, dass diese Gebäude nicht so hoch aussahen und auch nicht von einem so hellen Strahlenkranz umgeben waren.

Die Stadt unter ihm und die andere, die in seinem Kopf glänzte, schienen sich zu decken. Und er sah das blockförmige Gebäude abseits in Richtung auf den Horizont.

Flieg dahin!

Der Befehl drängte sich sehr grob in seinen Kopf und er ertappte sich dabei, wie er die Flügel anstellte und den neuen Kurs einschlug. Er bremste sich. Warum sollte ich?

Aber es war, wie wenn man eine Stimme hört, die einem immer und immer wieder etwas sagt; nach einer Weile tut man es dann einfach. Flieg zu dem Gebäude! Aber warum, warum? Flieg dorthin! Er konnte den Befehl nicht aus seinem Kopf aussperren. Es würde ihn verrückt machen, wenn er nicht dorthin flog.

Offenbar wollten die Menschen aus irgendeinem Grund, dass er dorthin flog, und für ihn war das Grund genug, nicht zu gehorchen.

Aber was wäre, wenn sein Vater dort war?

Flieg dorthin!

Er war müde, und das Gewicht der Metallscheibe erschöpfte ihn. Er musste sich irgendwo niederlassen, warum nicht auf diesem Gebäude?

Du bist ein Idiot, sagte er sich.

Aber trotzdem neigte er die Flügel und begann einen langsamen Sinkflug auf das Gebäude zu. Um sich herum konnte er jetzt die anderen Fledermäuse sehen, die alle zur gleichen Stelle hinstrebten. Ihre Knöpfe mussten das gleiche Bild in ihre Köpfe singen. Flieg dorthin!

Trotz der Hitze schauderte ihn und plötzlich brach ihm Schweiß aus. Es war genauso wie damals, als die Menschen sie mit diesem melodischen Gesang zu ihrem künstlichen Wald gelockt hatten. Und er war schneller hineingezogen worden als alle anderen – hatte nicht einmal nachgedacht, was er da tat. Und was war dann passiert! Dies war nur eine andere Falle.

Er würde es nicht tun. Er würde nicht dorthin fliegen.

Aber was wäre, wenn es tatsächlich ein Teil des Großen Versprechens war, eine Art Probe? Was, wenn sein Vater dort wäre, auf ihn wartete und hoffte, er möge die Probe bestehen?

„Fliegt nicht hin!"

Er hörte die Stimme, und es dauerte einen Augenblick, bis ihm klar wurde, dass er selber rief.

„Fliegt dort nicht hin!", jammerte er wieder und wieder in den Wind.

Aber keine der anderen Fledermäuse hörte auf ihn.

Sie schienen fest auf ihre Klangziele eingestellt zu sein und achteten auf nichts sonst.

Ein Glanzflügel kam ganz nahe an ihm vorbei und Schatten rief ihm zu anzuhalten, schlug sogar auf seinen Flügel, um seine Aufmerksamkeit zu erregen, aber die andere Fledermaus schaute ihn nur an, wie man ein unappetitliches Insekt anschauen würde, und segelte mit verschleierten Augen vorbei.

„Hört nicht darauf!"

Sie streiften jetzt niedrig über die Stadt hin, hatten das Gebäude fast erreicht. Schatten hielt Abstand, kreiste, kämpfte gegen das Gewicht der Metallscheibe. Die ersten Fledermäuse näherten sich dem Dach des Gebäudes. Schatten beobachtete, wie sie abbremsten und mit funkelnden Ringen ihren Landeanflug machten.

Sie setzten auf.

Flammen sprühten von ihren Scheiben, kleine Feuerzungen, die in weniger als einer Sekunde zu einer Eruption von Rauch und Krach wurden. Weitere Fledermäuse landeten jetzt verstreut auf dem riesigen Dach, und als ihre Scheiben hart auf den Stein aufschlugen, explodierten auch sie und rissen Krater in das Gebäude.

„Halt!" Schattens Schreie kratzten heiß in der Lunge. „Nicht landen. Bleibt weg!"

Umsonst. Schatten beobachtete in der allgemeinen Verwirrung, dass mehr und mehr Fledermäuse wie benommen landeten und zu den Säulen von Feuer und herumfliegendem Metall und Stein weitere hinzufügten. Es war, als wären sie von dem Gesang in ihren Ohren hypnotisiert, unfähig, sich von seinem Sog loszureißen. Furchtbares Sirenengeheul der Menschen zerriss die Luft.

Schatten versuchte höher zu fliegen, um frei zu kommen von den in Spiralen herumfliegenden Trümmern. Schwarzer Rauch stach ihm in die Augen und teerte sein Fell. Die Flügel waren bleiern und drohten sich zu verbiegen.

Das also war das Geheimnis der Ringe. Das war es, was die Menschen mit ihnen machten. In seinen Augen funkelte der Widerschein des Feuers. Sein Inneres fühlte sich leer an. Er würde sterben. Der Gedanke kam ohne Panik, war nur eine betäubende Gewissheit. Er konnte nicht ewig in der Luft bleiben.

Bald würde er landen müssen.

– 8 –

Der Dschungel

Ein großer Silberflügel preschte an Schatten vorbei und stürzte geradewegs auf die lodernden Flammen zu.

„Chinook!", schrie Schatten. „Nicht!"

Chinook blickte zu ihm zurück. In seinem Gesicht zeichnete sich Verwirrung ab, aber er zögerte nur einen Augenblick, bevor er auf seinem Kurs weiterflog. Mit letzter Kraft holte Schatten ihn ein, als sie gerade in die Rauchwolken eintraten. Er grub seine Zähne tief in Chinooks Schwanz.

„He!" Chinook warf sich scharf herum. Mit zusammengekniffenen Augen fragte er: „Was machst du da?"

„Dich festhalten!"

„Aber ich muss …"

„Du wirst explodieren! Schau da runter! Wir landen und wir explodieren. Wir tragen Feuer mit uns."

Erst jetzt schien Chinook die Flammen zu bemerken, den Donner der Explosionen. Ein Stück der Mauer des Gebäudes löste sich ab und prasselte wie eine Lawine zu Boden. Schatten blickte zum Himmel. Er konnte keine anderen Fledermäuse sehen. Sie hatten sich alle auf das Gebäude gestürzt, in ihren Tod.

„Komm mit, lass uns hier verschwinden."

„Ja doch", sagte Chinook benommen. „Wir werden woanders landen."

„Nein", sagte Schatten frustriert. „Das können wir nicht. Wenn diese Metallscheibe auf etwas Hartes trifft, explodiert sie."

„Irgendwann müssen wir aber landen."

Aber wie? Auf was könnten sie landen, ohne die Explosion auszulösen? Auf etwas Weichem, ganz Weichem. Wasser? Ein Laubbett, wäre das weich genug? Er wollte das nicht riskieren.

Er fühlte sich schuldig und wünschte, Marina wäre hier. Sie hätte auch Ideen oder wenigstens könnte sie ihm sagen, welche seiner Ideen am wenigsten töricht wäre. Es war nicht mehr viel Zeit. Mit dem Gewicht der Metallscheibe musste er sich schon anstrengen nicht an Höhe zu verlieren.

„Wir müssen sie loswerden", sagte er.

„Wie denn?"

„Losbeißen." Er dachte angestrengt nach. „Okay, Chinook, ich komme, fliege unter dir und beiße sie ab. Du musst für eine Weile mein Gewicht mittragen."

Chinook blickte zweifelnd auf die Erde hinab. „Ich werde zu schnell fallen."

„Such dir eine Thermik und versuche darüber zu kreisen", sagte Schatten. Sollte nicht allzu schwierig sein eine zu finden, dachte er, es war so heiß hier. Er fühlte, wie sich seine Flügel in einem warmen Luftstrom blähten und hängte sich hinein. „Hier, genau hier. Fühlst du's? Verlier die Thermik nur nicht. Sie wird uns helfen oben zu bleiben. Ich werde jetzt unter dir fliegen und zupacken. Bist du bereit?"

Er wusste nicht einmal, ob das funktionieren würde. Könnte das Festmachen an Chinook seine eigene Bombe auslösen? Nein, könnte es nicht. Sie hatte gegen den Käfigboden geschlagen und gegen seinen eigenen Körper, als er aus dem Flugzeug fiel. Sie brauchte wohl etwas Härteres, etwas wie Stein oder Metall, einen festen Schlag jedenfalls. Oder machte er sich einfach nur Hoffnungen?

Er bog von Chinook ab und kam dann in einem Bogen wieder zurück, als wollte er zum Rasten landen. Er konnte sehen, wie Chinook sich zusammenriss.

„Leg die Flügel an!", rief er.

Chinook faltete die Flügel eng zusammen und in dem Sekundenbruchteil bremste Schatten und krallte sich mit allen Klauen fest. Dabei versuchte er der Metallscheibe auszuweichen, die unter Chinooks Bauch baumelte. Er machte sich an dessen rechter Flanke ganz flach, duckte sich, wenn die Flügel über ihm flatterten.

Niemand explodierte. Sie wurden nur langsamer und

Chinook schwankte wie verrückt hin und her, als er versuchte, das Gleichgewicht zu halten. Durch Chinooks Fell konnte Schatten fühlen, wie sich dessen Brustmuskeln spannten.

„Wie bist du bloß so schwer geworden, Schatten?", knurrte er. „Früher warst du immer schön klein."

„Aber du bist groß und stark, Chinook", sagte Schatten aufmunternd. „Sollte für dich kein Problem sein."

„Ist kein Problem."

Sie fielen ziemlich schnell, und Schatten wusste, dass er nicht viel Zeit hatte. Immerhin hatte der Knopf in seinem Ohr endlich aufgehört zu singen. Er rückte abwärts zu Chinooks Bauch und reckte den Hals auf die Kette zu, an der die Scheibe hing. Er prüfte sie mit den Zähnen, mit knirschenden Schneidezähnen. Die Kette zeigte keine Anzeichen nachzugeben. Er würde sie niemals rechtzeitig durchbeißen können.

Er schaute auf die Metallöse, die an Chinooks Bauch festgenäht war. „Ich werde das ganze Ding rausreißen müssen."

„Was?"

„Die Stiche. Ich werde sie aufreißen."

„Bist du sicher?"

Er verschwendete keine Zeit mit Klarstellungen. Er grub seine Zähne in Chinooks Haut und versuchte die sorgfältigen Fadenschlingen der Menschen zu packen. Er fühlte, wie eine nachgab, dann eine zweite.

Er schmeckte Chinooks salziges Blut und fühlte, wie der Schmerz durch seine angespannten Muskeln zuckte. Es tut mir Leid, dachte er, tut mir Leid. Aber es war die einzige Möglichkeit.

Drei Stiche hatte er losgemacht. Seine Schnauze war voller Blutspritzer. Fast fertig. Die letzte Schlinge des Fadens wurde von dem Gewicht des Metalls herausgerissen und Schatten beobachtete, wie die Scheibe von ihnen weg nach unten stürzte.

„Sie ist weg!", rief er, taumelte los von Chinook und breitete die eigenen Flügel aus. Unter ihnen schoss mit einem Ohren betäubenden Krachen eine Feuerfontäne von einer Menschenstraße empor. Schatten war unangenehm überrascht, wie viel näher sie inzwischen dem Boden waren.

„Nun mich", sagte er. „Reiß meins los."

Er hatte Angst, dass Chinook es vermasseln würde, Angst, dass er das Gewicht der größeren Fledermaus nicht würde tragen können. Angst, dass ihnen die Höhe ausgehen würde.

„Tu deine Flügel weg, ich komm rüber!", rief Chinook ihm zu.

Schatten fühlte, wie sich Krallen um sein Fell schlossen und kippte fast auf den Rücken unter der Last. Er entfaltete seine Flügel wieder, schlug so heftig, wie er konnte, und bemühte sich, sie beide in der Luft zu halten. Langsam aber sicher glitten sie auf die höchsten Punkte der Stadt zu. Schnell schätzte er ihren

Kurs zu einer Reihe von Bäumen ab, um welche Nebel waberte. Aus ihrer Höhe wirkte das sanft und kühl einladend und er sehnte sich danach seinen müden Körper darin zu betten und zu schlafen.

Chinooks Zähne schnitten in ihn hinein und er zuckte. Er biss die Zähne zusammen, stellte sich vor, dass sich die Metallscheibe lockerte und abfiel. Von oben traf ihn ein heißer Wind und drückte ihn nach unten. Zum Ausgleich schlug er schneller mit den Flügeln.

„Chinook?"

„Nur noch ein paar."

„Chinook, lass los, wir schlagen gleich auf!"

Die Bäume kamen auf sie zugejagt.

„Ich muss nur noch ein paar ..."

„Lass los!"

Chinook rollte weg. Schatten äugte zu seinem Bauch hinab und sah, dass die Metallscheibe nur noch an einem lockeren Stich hing.

Fall ab, dachte er inbrünstig, fall ab!

Er glitt niedrig über die Baumwipfel hin, nahe genug, um die Wassertröpfchen in den hochgebogenen Blättern funkeln zu sehen. Es war schön und er würde gleich sterben. Die Scheibe schlug an ein paar Blätter und er verzog entsetzt das Gesicht, aber nichts passierte, noch nicht.

Plötzlich öffneten sich die Bäume zu einer Lichtung und unter ihm lag ein langes Band sumpfigen Wassers. Verzweifelt kurvte Schatten und fiel auf das Wasser zu, seine aufgefächerten Flügel schlugen die Luft mit aller Kraft. Er flog fast auf der Stelle, als er auf der dampfenden Oberfläche aufsetzte und mit fest geschlossenen Augen das Ende erwartete.

Nichts.

Vorsichtig landete Chinook am Ufer. „Komisch. Du bist nicht explodiert", sagte er mit mehr Überraschung als Erleichterung.

„Die Scheibe ist noch dran", keuchte Schatten. „Kannst du unter mich schwimmen und das letzte Stückchen abbeißen?"

„Komm nur an Land."

„Das will ich nicht riskieren. Komm du her, Chinook." Schon konnte er fühlen, wie ihn das Gewicht der Scheibe tiefer ins Wasser zog, und er wollte nicht zu heftig mit den Flügeln spritzen, falls die Bewegung eine Explosion auslösen könnte.

„Ich mag Wasser nicht", sagte Chinook.

„Ich auch nicht", sagte Schatten und verlor langsam die Geduld. „Also komm her und beiß mir dieses Ding ab."

Chinook rümpfte angesichts des öligen Wassers vor Abscheu die Nase. Es hatte einen Überzug von verrottenden Blättern und Gräsern und erzeugte einen starken Fäulnisgeruch. Die große Fledermaus seufzte, legte die Flügel eng an und tauchte vorsichtig ins Wasser. Dabei hielt Chinook den Kopf oben.

Während Schatten ihn näher kommen sah, dachte er

mit Bedauern: Warum bist du nicht Marina? Dann hatte er Gewissensbisse.

„Danke, Chinook."

„Du willst, dass ich tauche?"

„Darauf läuft's wohl hinaus, ja."

Chinook holte Luft und verschwand im Wasser. Schatten spürte, wie er seinen Bauch berührte, aber fast sofort kam er prustend neben ihm hoch.

„Irgendetwas hat mich da unten berührt!"

„Bist du sicher?"

Schatten zog instinktiv die Füße an. Chinooks Augen suchten die Oberfläche des Wassers ab. Es war so dreckig, dass man nichts darin erkennen konnte.

„Vielleicht war es nur ein Stück Rinde oder so was", sagte Schatten.

Dann strich etwas an seinem Schwanz vorbei. Er spürte es, die ganze flinke, schuppige Länge, bevor er seinen Schwanz wegreißen konnte und sich dabei in seiner Panik fast auf den Rücken legte.

„Das ist keine Rinde!"

Chinook peitschte sich bereits zum Ufer.

„Die Scheibe!", zischte Schatten. Woher sollte er wissen, dass sie nicht explodierte, wenn er aus dem Wasser kletterte? Aber seitwärts sah er eine lange Furche aus dem Wasser ragen, ein Kopf mit hervorquellenden Augen brach an die Oberfläche gefolgt von einem glatten, schuppigen Rücken, über einen Meter lang. Es war irgendeine Sorte Fisch, anders als alle, die er je

gesehen hatte. Dieser Fisch hatte Zähne. Dicke drei-
eckige Zähne in einem offenen Maul.

Dann war er verschwunden, irgendwo unter ihm, unsichtbar.

Und wartete.

Schatten hielt es nicht länger aus. Scheibe oder nicht
Scheibe, er musste hier raus. Er ruderte los hinter
Chinook auf das Ufer zu. Auf halber Strecke dorthin
wurde er plötzlich in einem glatten, schnellen Ruck
unter Wasser gezogen. Er schlug um sich, ohne in dem
trüben Wasser etwas zu sehen. Aber an dem stechenden Schmerz am Bauch erkannte er, dass der Fisch ihn
an der Scheibe nach unten zerrte.

Er hatte sie im Maul.

Schatten versuchte dagegenzuhalten, aber seine aufge-
weichten Flügel waren nutzlos, als der mächtige Fisch
tiefer abtauchte. Er machte einen letzten gewaltigen
Ruck nach hinten und spürte, wie der letzte Stich
in seinem Bauch nachgab. Er war frei. Mühsam legte
er die Flügel an und strampelte heftig. Unerträglich
langsam kam er nach oben. Der Fisch konnte ihn in
Sekundenschnelle einholen, wenn er wollte.

Schließlich kam er an die Oberfläche, keuchte und sah
Chinook, der am Ufer kauerte. Erleichterung huschte
über sein Gesicht. Aber bevor Schatten auch nur ein
Wort formulieren konnte, gab es ein gedämpftes, aber
mächtiges Geräusch von etwas Platzendem tief unter
ihm. Das Wasser kochte und schleuderte ihn in einer

gewaltigen Fontäne in die Luft. Er wurde fast auf die Höhe der Bäume geworfen, breitete sofort die Flügel aus und ließ sich in Spiralen zu Chinook hinuntertragen.

„Der Fisch hat die Scheibe gefressen", japste er.

Eine Weile lang sprachen sie nicht und beobachteten nur, wie sich das Wasser langsam beruhigte. Dann richtete Schatten den Blick hoch zu den aufragenden Bäumen und den fremden Sternen, und mit gespitzten Ohren lauschte er auf die Rufe fremdartiger Tiere, die nah und fern ertönten: unheimliches Kreischen, Heulen und Krähen, einiges davon beunruhigend nahe.

Der Wald war ganz anders, als was er es gewohnt war. Die Bäume waren groß und kahl, die ersten fünfzehn Meter oder mehr ohne Äste oder Laub, und verbreiterten sich dann in üppigen Kronen. Darunter schlangen sich Blüten um die Stämme und andere Gewächse schienen auf Schlingpflanzen und Rinde Halt gefunden zu haben. Einige der Blätter kamen ihm aus dem Norden entfernt vertraut vor, waren aber viel fleischiger und hatten einen wächsernen Überzug.

Er hatte ein komisches Gefühl im Magen. Er hatte dies alles schon einmal gesehen, vorhin im Gebäude der Menschen. Und die fremden Sterne, die erdrückende Hitze, alles passte. Leise sprach er das Wort aus, als befürchtete er, ihm zu viel Gewicht zu geben:

„Dschungel." – Die Menschen hatten sie in Goths Heimat abgeworfen.

Nach der Wärme des Waldes war die Winternacht schneidend kalt und Marina spürte, wie alle Entschlusskraft, alle Energie aus ihr entwich. Sie blickte schaudernd zum Gebäude der Menschen zurück. Was wäre, wenn Arkadia Recht hatte? Was wäre, wenn die Menschen sie tatsächlich auf eine glorreiche Zukunft vorbereiteten und sie alles furchtbar falsch verstanden hatte? Sie wehrte sich gegen diesen Gedanken: Nein, sie hatte gesehen, was sie den Fledermäusen antaten, wie sie diese wie wertlose Gegenstände behandelten. Das war nicht in Ordnung.

Als sie eine kleine Gruppe Kiefern erreicht hatten, ordnete Frieda eine Pause an und sie ließen sich nahe beieinander nieder. Marina schmiegte sich an Ariel, um sich zu wärmen.

„Wir müssen alle entscheiden, was wir tun wollen", sagte Frieda, „und zwar schnell."

Marina betrachtete die kleine Gruppe. Außer Frieda, Ariel und ihr selbst waren es nur sechs andere und sie sahen allesamt genauso kalt und ängstlich aus wie sie selber.

Als könnte sie ihre Gedanken lesen, sagte Frieda: „Jeder, der zurück will in den Wald, kann das tun. Ich halte euch nicht. Ihr müsst tun, was ihr für richtig haltet."

Ein Männchen namens Windstoß ruckte verlegen hin und her. „Warum fliegen wir nicht zum Hibernaculum zurück?"

Für einen Augenblick hing die Frage wie eine Versuchung in der Luft. Marina spürte ihre einlullende Wärme. In die Sicherheit der Höhle hinter dem Wasserfall zurückzukehren, die Flügel zusammenzufalten, zu schlafen und alles bis zum Frühjahr zu vergessen …

„Schatten", sagte sie. „Ich habe gesehen, in welche Richtung die Flugmaschine geflogen ist. Süd-Südost. Wir dürfen ihn nicht im Stich lassen."

Sie blickte Ariel an, während sie sprach, und sah, wie deren Augen ihren eigenen Kummer spiegelten.

„Dieses Flugzeug könnte inzwischen Millionen von Flügelschlägen weit sein", sagte Frieda liebevoll. „Und es könnte seinen Kurs geändert haben."

„Ich hätte an Bord gehen sollen", sagte Marina bitter. „Ich hätte das auch getan, wenn ich … mutiger wäre."

„Dann wärst du nicht in der Lage gewesen uns zu warnen", erinnerte sie Ariel sanft.

Die liebevollen Worte trieben Marina Tränen in die Augen. Ariel umfing sie mit den Flügeln. „Ich weiß", sagte sie tröstend. „Ich weiß. Ich habe viel Erfahrung mit Männern, die irgendwo hinfliegen, ohne mir Bescheid zu sagen. Ich gewöhne mich sogar daran."

Marina lächelte dankbar, dann hustete sie und wischte ihre letzten Tränen mit dem Unterarm weg.

„Ich meine, das Hibernaculum sollte unser Ziel sein", sagte Windstoß. „Es tut mir Leid, Ariel, um deinen

Sohn und all die anderen, aber Frieda hat Recht. Diese Flugmaschine könnte überall hinfliegen und schneller als wir. Wie könnten wir nur hoffen, sie zu finden? Und wenn wir sie fänden, woher wissen wir, dass wir helfen könnten?"

„Du hast Recht, wir wissen es nicht", sagte Ariel. „Aber ich habe meinen Gefährten verloren und meinen Sohn zum zweiten Mal. Beim ersten Mal habe ich ihn für tot aufgegeben. Aber nicht noch einmal. Ihr kehrt zurück ins Hibernaculum, aber ich folge dieser Flugmaschine."

„Ich auch", sagte Marina. Sie hatte schon einmal ihre Familie verloren und sie würde alles tun, was sie konnte, um zu verhindern, dass es ein zweites Mal passierte. Durch ihren Kopf zuckten Schuldgefühle. Warum war sie nicht in die Flugmaschine hineingegangen? Sie flog schnell. Eine Million Flügelschläge in der Nacht … und wer wusste, wie weit sie fliegen würde. Aber wenigstens müsste sie jetzt nicht allein auf die Reise gehen.

„Für mich könnte eure Reise zu lang werden", sagte Frieda, „aber ich werde mitkommen, bis meine Flügel zu schlagen aufhören."

Zwei weitere Fledermäuse erklärten sich bereit sich ihnen anzuschließen, aber Windstoß und die übrigen entschlossen sich zum Hibernaculum zurückzukehren.

„Also gut", sagte Frieda ohne Anzeichen einer Verärgerung. „Ihr werdet die Nachricht von dem, was passiert ist, zu unserer Kolonie bringen. Stellt sicher, dass sich sonst keiner an diesen verfluchten Ort begibt, und verbreitet die Botschaft bei allen anderen, die ihr vielleicht trefft. Viel Glück. Wir wollen uns auf unsere Wege machen."

Als Marina sich mit Ariel und Frieda in die Luft erhob, sah sie am östlichen Himmel einen großen, sich bewegenden Fleck. Eulen, war ihr unmittelbarer Gedanke. Aber Minuten später kam das verräterische Geräusch von Fledermausflügeln, ein Quietschen in der Kälte. Es war eine große Gruppe, vielleicht einhundert, und sie flogen auf das Gebäude der Menschen zu.

„Schnell", sagte Frieda, „wir sollten sie warnen."

Als sie näher kamen, sah Marina, wie sich auf Friedas Gesicht ein Lächeln ausbreitete. „Wenn mich meine Augen nicht täuschen, ist das Achilles Grauflügel."

Marina starrte ihn an. Achilles Grauflügel war ein Name, den praktisch jede Fledermaus in der nördlichen Welt kannte, ein großer Krieger, der in der letzten Rebellion gegen die Eulen vor fünfzehn Jahren gekämpft hatte. Trotz der Niederlage der Fledermäuse waren die Tapferkeit und die Kriegslist von Achilles zur Legende geworden, und es gab wenige Jungtiere, die nicht in seinem Namen in ihrer Fantasie Schlachten geschlagen hatten.

„Frieda Silberflügel!", rief der majestätische Krieger.

Er sah alt aus, sogar älter als Frieda, wenn das möglich war, aber seine Flügelschläge waren noch sicher und kraftvoll.

„Achilles", sagte Frieda, „es ist eine große Freude dich wiederzusehen. Und eine große Erleichterung."

Sie kreisten umeinander in engen luftigen Begrüßungsrunden.

„Die Erleichterung ist ganz auf meiner Seite, Frieda. Wir überbringen schlechte Nachrichten. Das Hibernaculum ist gefallen."

Es war, als hätte Frieda einen Schlag gegen die Brust erhalten. Einen Augenblick lang sah es für Marina so aus, als hätte sie ganz aufgehört zu atmen. Ihre Augen waren trüb. Dann sagte sie: „Die Eulen."

Achilles nickte. „Sie haben alle Gesetze des Winterschlafs gebrochen. Sie haben alle Lagerplätze angegriffen, die sie finden konnten, und alle Bewohner gefangen genommen oder sie hinaus in den Winter getrieben. Dies" – er nickte zu den Fledermäusen um ihn herum – „sind einige der Überlebenden, die ich gesammelt habe. Wir waren auf dem Weg, deine Kolonie zu warnen. Aber wir sind zu spät gekommen. Wir haben gesehen, wie die Eulen das Hibernaculum belagert haben. Es waren zu viele, um mit ihnen kämpfen zu können. Deine Kolonie ist gefangen, Frieda Silberflügel, es tut mir Leid."

Friedas Schockzustand dauerte nicht lange. Marina hatte in der kurzen Zeit, seit sie sie kannte, die Älteste der Silberflügel niemals wütend gesehen. Nun brannten ihre Augen und ihre Stimme war heiser vor Zorn. „Noch nie hat es so eine Gräueltat gegeben. Das Winterquartier einer Kolonie anzugreifen! Das sind uralte Gesetze … in Millionen von Jahren sind die nicht gebrochen worden."

Achilles nickte müde und streckte einen Flügel aus, um sie zu berühren. „Ich weiß, meine Freundin. Sie sind entschlossen uns zu vernichten und ihre Strategie ist klug."

Marina blickte zu Windstoß und den anderen Fledermäusen, die gehofft hatten, zum Hibernaculum zurückkehren zu können. Sie hatten lange Gesichter vor Enttäuschung. Ihre Zuflucht war jetzt ein Käfig. Schlimmer: ein Friedhof. Sie schauderte.

Wenn man eine Fledermaus aus dem Winterschlaf weckte, zwang man sie, um ihr Überleben zu kämpfen. Zuerst musste sie wieder warm werden und auftauen und dann mit dem bisschen Energie, das sie noch hatte, musste sie fleißig jagen. Im Winter aber gab es wenig Nahrung. Der Schlaf war nicht einfach eine freiwillige Entscheidung, er war für überwinternde Fledermäuse eine Notwendigkeit auf Leben und Tod. Und wenn die Eulen sie noch nicht einmal zur Jagd hinausließen, würden wenige bis zum Frühjahr überleben.

„Wir fliegen zurück und befreien sie", sagte Frieda.

Achilles schüttelte den Kopf. „Wir können nichts tun.

Die Abteilung der Eulen dort ist zu stark für uns. Wir müssen in den Süden."

„Es ist aber meine Kolonie", schrie Frieda.

„Ich weiß. Aber wenn du zu ihnen zurückkehrst, verlieren sie ihre Älteste, ohne dass du ihnen geholfen hast. Wir müssen nach Süden. Es gibt andere Gruppen wie unsere, die Kurs auf Brückenstadt genommen haben."

Marina hatte von diesem Ort schon gehört, der größten Zuflucht der Fledermäuse. Es war natürlich eine Menschenstadt, aber unter ihrer großen Brücke lebte eine riesige Kolonie von Fledermäusen, Millionen und Abermillionen, schon jahrzehntelang ungestört. Wenn die Menschen sie nicht auch eingesperrt hatten, dachte Marina bitter.

„Es ist unsere letzte Hoffnung", sagte Achilles. „Wir werden uns dort treffen und unsere Kräfte sammeln. Wenn es eine große Schlacht gibt, dann wird sie dort stattfinden. Kommt mit uns."

„Wir wollten gerade zu einem ähnlich gefahrvollen Abenteuer aufbrechen", sagte Frieda, und nun war sie an der Reihe, Achilles ihre Geschichte zu erzählen. Mit Marinas Hilfe berichtete sie dem General der Grauflügel von dem Gebäude der Menschen und allem, was sie darin vorgefunden und erlebt hatten, und wie die Menschen die Fledermäuse in ihren Flugmaschinen wegbrachten irgendwohin in den Süden.

„Dann haben wir also einen gemeinsamen Weg", sagte Achilles. „Kommt mit uns. Der Himmel ist zu gefährlich, um in kleinen Gruppen zu fliegen. Eulenpatrouillen sind überall. Wir haben fünfzehn von uns verloren in einem Gefecht erst vor zwei Nächten."

„Dann wollen wir zusammen nach Süden fliegen", sagte Frieda.

Und Schatten finden, fügte Marina still hinzu.

Goth flog über dem Dschungel. Die herrliche Wärme stieg zu ihm hoch und hüllte ihn mit ihren Flügeln ein. Die Sterne strahlten, Zotz sei Dank, in ihren vertrauten Konstellationen: dem Jaguar, der doppelköpfigen Schlange, den Augen der Unterwelt, die auf ihn herabbrannten. Zotz hatte ihn behütet und ihn mithilfe der törichten Menschen wieder in seine Heimat zurückgebracht.

Die Metallscheibe hing schwer unter ihm.

Er hatte gesehen, was sie anrichten konnte. Als er aus dem Flugzeug in die Luft hinausgeschleudert wurde, war er den kleinen Fledermäusen gefolgt, als sie auf die Stadt zustürzten. Neugierig war er zurückgeblieben, als sie sich alle auf ein einzelnes Gebäude warfen.

Als er die Explosionen gesehen hatte, war ihm klar geworden, was er da unter sich trug. Sein Hass auf die Menschen nahm noch zu, aber er war jetzt mit Hochachtung vermengt. Sie benutzten ihn als Werkzeug der Zerstörung. Er hatte sie nicht für so schlau gehalten.

Der Knopf in seinem eigenen Ohr sang immer noch,

wie er das von dem Augenblick an getan hatte, als er aus der Flugmaschine der Menschen gestürzt war. Ein Gebäude, sang er ihm. Ein kleines, niedrig gelegenes Gebäude am Rande der Stadt. Flieg dahin, drängte ihn das Bild beständig.

Wie charakteristisch für die Menschen, dachte Goth, ihn für so willensschwach, so dumm zu halten. Das war ihre Schwäche: Die Menschen waren Idioten. Natürlich schien es bei den nördlichen Fledermäusen zu funktionieren; sie hatten sich begeistert in den Tod gestürzt. Immer so scharf darauf, den Menschen zu Gefallen zu sein. Er musste grinsen.

Trotzdem, als er die aufsteigenden Pilze von Feuer und Rauch beobachtet hatte, die von diesen kleinen Metallscheiben verursacht wurden, kam ihm ein aufregender Gedanke: Stell dir nur vor, was meine Scheibe anrichten würde.

Er würde sie für seine eigenen Zwecke nutzen, zur höheren Ehre von Zotz.

Nun steuerte er weg von dem Gebäude, das noch schwach in seinem Inneren glänzte. Die Metallscheibe war schwer, aber seine Flügel waren stärker, stärker, als sie je zuvor gewesen waren, Dank sei Zotz. Er nahm Kurs auf das Innere des Dschungels.

Er war zu Hause.

Der Heilige Stein

In der Ferne raschelte das Unterholz und Schatten konnte mit den Krallen durch die Erde die Erschütterungen schwerer Schritte spüren.

„Wir sollten weg vom Boden", sagte er zu Chinook, „und höher hinauf."

„Okay, gute Idee", sagte Chinook und nickte heftig.

Sie erhoben sich vom Ufer des Baches und flogen in engen, vorsichtigen Spiralen hoch zum Baumdach des Dschungels. Schatten wollte nicht zu tief in das Laub geraten – wer wusste schon, was da alles nistete? –, so hielt er auf Abstand und suchte die hohen Stämme im mittleren Stockwerk nach einem Rastplatz ab. Er ließ sich auf einem Geflecht zerbrechlicher Äste nieder, von denen er annahm, sie wären wohl zu schwach, um etwas Größeres als ihn und Chinook auszuhalten.

Er hakte sich mit den Krallen der Füße fest und hing mit dem Kopf nach unten. Zum ersten Mal wurde ihm der Schmerz an seinem Bauch bewusst. Das Abreißen des Metalls hatte eine rohe, klaffende Wunde in seinem Fleisch hinterlassen, aus der immer noch etwas Blut sickerte. Er warf einen Blick auf Chinooks Wunde. Sie war ähnlich hässlich. „Bist du in Ordnung?", fragt er.

„Ist nicht so schlimm", sagte Chinook. „Was ist mit deiner?"

Schatten zuckte die Achseln. Chinook machte ihm Eindruck. Irgendwie hatte er erwartet, dass er zusammenbrechen würde, aber er hielt sich ganz gut. Nichts gegen Marina, dachte Schatten mit einem Stich im Herzen, aber schließlich hatte Chinook lange nicht so viel Erfahrung darin, andauernd beinahe getötet zu werden.

Unter ihnen näherte sich durch Farnwedel und Blätter ein gewaltiges Poltern und Schatten erblickte ein riesiges Tier. Es hatte einen mächtigen, struppigen Rücken, der weit über einen Meter lang war, und einen dicken, breiten Schwanz fast noch einmal genauso lang. Ganz ungewöhnlich war jedoch seine Schnauze. Sie glich einer dicken Schlange, die am Gesicht angewachsen war. Das Tier stieß diese Schnauze in den Boden und machte ein lautes saugendes Geräusch. Als es die Schnauze zurückzog, sah Schatten, wie eine lange, peitschenförmige, mit Ameisen bedeckte Zunge herausschoss, um die Winkel der Schnauze hin und her schlug und dann wieder darin verschwand. Gut, dachte Schatten sofort. Es frisst also Ameisen, und es scheint nicht daran interessiert, auf Bäume zu klettern. Nach einer Weile schlenderte es außer Blickweite, wobei es auf den Fußknöcheln lief.

Er hatte nie ein ungewöhnlicheres Tier gesehen, aber inzwischen konnte ihn nichts mehr überraschen. Er war benommen. So viel war passiert und so schnell, alles war wie eine Erinnerung, die jemand anderem gehörte: die Eulen, Goth, die Menschen, die ihn an die Metallscheibe gekettet hatten, der Käfig, die Flugmaschine und dann die Explosionen. Ein Fisch, der ihn beinahe verschlungen hatte. Alles war weit entfernt am Rande seiner Erinnerung, aber wie eine nahende Gewitterwolke, der er nicht ausweichen konnte.

„Danke, Schatten", sagte Chinook dumpf. „Dafür, dass du mich angehalten hast."

„Tut mir Leid, dass ich dich beißen musste."

„Hättest du das nicht, wäre ich …" Er legte die Ohren an und zuckte, als versuchte er ein schmerzhaftes Geräusch auszuschließen. Ruhig fragte er dann: „Hast du sie gesehen, meinen Vater und meine Mutter?"

Schatten spürte, wie er ruckartig den Atem ausstieß. Er hatte völlig vergessen, dass auch Plato und Isis gefangen worden waren. Und wenn man sie in die Flugmaschine geladen hatte … Er schluckte heftig, suchte nach Worten.

Chinooks Stimme drängte: „Ich habe nach ihnen ausgeschaut, aber da war dieses Echogeräusch in meinem Kopf und ich konnte nicht … Ich bin ziemlich sicher, dass ich sie einmal gesehen und ihnen zugerufen habe, aber sie waren so weit weg, sie … Hast du sie gesehen?"

Schatten schüttelte den Kopf, er spürte Übelkeit. „Wir wissen nicht einmal, ob sie in dieser Flugmaschine waren, Chinook. Sie sind vielleicht immer noch in dem Gebäude der Menschen …"

„Du brauchst nicht zu lügen. So blöd bin ich auch nicht." In seiner Stimme lag kein Ärger, nur eine schreckliche Leere.

„Ich lüge nicht", sagte Schatten verzweifelt. „Wir wissen es nicht! Selbst wenn sie zusammen mit uns abgeworfen worden sind, können sie überlebt haben." Aber in seiner Erinnerung sah er die hunderte von Fledermäusen, die mit einem leeren Ausdruck auf dem Gesicht in das Inferno geströmt waren. Er konnte kaum glauben, dass sich irgendwelche von ihnen rechtzeitig entfernt hatten.

Marina.

Sein Herz stolperte furchtbar. War sie auch in einem dieser Behälter gewesen? Hör auf damit, schrie er innerlich. Du weißt nicht einmal, ob sie überhaupt in der Flugmaschine war. Aber was wäre, wenn sie mit ihm und Chinook hinaus in den Himmel geschleudert worden war und er sie nur nicht gesehen hatte? Sie wäre dem Klangbild nicht gefolgt, sagte er sich. Sie war zu clever dafür.

„Wenn wir überlebt haben, konnten sie es auch", zwang er sich zu sagen. „Wir fliegen bald zurück und schauen nach, in Ordnung? Wir ruhen uns aus und dann ziehen wir los und sehen nach. Da werden noch andere sein. Müssen einfach."

Chinook schien nicht zuzuhören. Langsam drehte er den Kopf herum, als sähe er die fremdartige Umgebung zum ersten Mal.

„Wir werden am Leben bleiben, Chinook. Aber wir brauchen einen Plan, okay?" Schatten wusste, wenn er sich gehen ließ, würde seine Angst mit ihm durchgehen. Er musste reden, um sein eigenes wimmerndes Entsetzen zu übertönen. Wie sehr er wünschte, dass Marina da wäre. Ideen, er brauchte Ideen. „Lass uns einen Plan machen, Chinook."

Die andere Fledermaus starrte immer noch ganz benommen in den Dschungel.

„Chinook!", sagte Schatten. „Hörst du zu?"

„Ich will meinen Vater", sagte der ruhig.

Schattens ganze Ungeduld verflog sofort.

„Ich weiß", sagte er. „Ich auch."

Chinook wandte sich ihm wieder zu, und Schatten erkannte in seinem unglücklichen Gesicht das gleiche verzweifelte, bodenlose Verlangen, das er selbst so lange gespürt hatte. Er musste wegschauen, sein Körper war steif, als er ankämpfte gegen das Herz zerreißende Schluchzen, das in seiner Kehle steckte. Er hatte keine Angst davor, in Chinooks Gegenwart zu weinen. Er hatte Angst davor, nicht aufhören zu können.

Er zwang sich zu einem zittrigen Atemzug.

„Wir werden nachsehen, ob es Überlebende gibt, dann müssen wir hier weg. Wir müssen die anderen warnen."

„In Ordnung", sagte Chinook und schniefte seine Tränen zurück. „Gut. Wir sollten es vor der Morgendämmerung zurück schaffen, oder? Wir waren nicht allzu lange in dieser Flugmaschine."

„Nein, aber sie fliegt viel schneller als wir", sagte Schatten.

„Oh ja, ja", sagte Chinook. „Wie weit ist es also?"

Schatten holte Luft. „Nun, wir waren in der Flugmaschine für, sagen wir, drei Stunden, vielleicht mehr?" Er erwartete keine Antwort von Chinook. Aber er fand es tröstlich, laut zu sprechen. Es gab ihm das Gefühl, planvoller vorzugehen, als ob er klarer denken könnte bei der Lösung eines Problems. „Wie schnell kann eins von diesen Dingern fliegen?" Er hatte wirklich keine Idee. „Als wir in die Luft abgeworfen wurden, hatten wir ein ziemliches Tempo drauf, was meinst du, vielleicht hundert Flügelschläge in der Sekunde?" Chinooks Gesicht war ohne Ausdruck. „Also was ergibt das … in drei Stunden ist das, was ist das … über eine Million Flügelschläge." Er schluckte und hatte ein mulmiges Gefühl. „Das ist eine lange Strecke."

„Warum haben sie uns das angetan?", flüsterte Chinook.

„Sie benutzen uns bloß", sagte Schatten finster.

„Um ihre eigenen Gebäude niederzubrennen?"

„Als wir Zephir getroffen haben, damals in der Stadt, Marina und ich, da hat er gesagt, die Menschen führen ihren eigenen Krieg. Gegeneinander." Damals hatte ihn das überrascht und er hatte es schnell wieder vergessen. Nun kam es ihm auf entsetzliche Weise wieder zu Bewusstsein. „Die Menschen oben im Norden müssen gegen die hier unten kämpfen. Und sie benutzen uns dafür, Feuer zu transportieren."

„Sie sollten doch unsere Freunde sein." In Chinooks Stimme lagen Ungläubigkeit und Kummer. „Was ist mit dem Großen Versprechen?"

Schatten schämte sich sogar vor sich selber, dass ein Teil von ihm immer noch den Menschen hatte trauen wollen – bis er gesehen hatte, wie all die Fledermäuse in den Flammen starben. Er hatte gehofft und gehofft, dass Arkadia Recht hätte und alles Teil eines Planes sei. Und egal wie schrecklich, wie schmerzlich es auch war, dass doch alles am Ende gut ausgehen würde. Und dass er vielleicht sogar seinen Vater wieder fände. Aber alles war Lüge!

„Es gibt kein Großes Versprechen", sagte er bitter. „Goth hatte die ganze Zeit Recht mit den Menschen. Sie sind böse. Sie locken Fledermäuse in die Falle, um sie zu studieren. Sie haben gewusst, wie man Bilder in unsere Köpfe singt genauso wie unsere Klangkarten. Und nun haben sie es fertig gebracht, uns im Dschungel abzuladen."

Irgendetwas machte *klick* hinter ihm. Er drehte sich rasch um, aber da war nichts. Muss ein Wassertröpfchen gewesen sein, das auf ein Blatt gefallen ist.

„Wir müssen hier raus, Chinook", sagte er. „Ich bin ziemlich sicher, dies ist der Ort, von wo die Kannibalenfledermäuse kommen."

„Solche wie Goth?"

Er nickte. Was hatte es schon für einen Sinn, etwas zu verschweigen. Er war es müde zu lügen und er würde Chinooks Hilfe brauchen, wenn sie überleben wollten.

„Es wird bald dämmern", sagte Chinook elend und schaute hoch durch die Bäume. „Glaubst du, es gibt hier auch Eulen?"

Schatten schüttelte den Kopf: „Ich weiß es nicht."

„Die Sterne sind hier anders", sagte Chinook. Schatten staunte, dass er es bemerkt hatte. Er hatte nie geglaubt, dass Chinook ein guter Beobachter war. Andererseits hatte der ihn schon ganz schön in Erstaunen versetzt. „Wie wollen wir wissen, wo Norden ist?"

„Wir richten uns nach dem Sonnenuntergang", erklärte Schatten. „Daran erkennen wir, wo Westen ist, und können uns Norden ausrechnen. Wir fliegen hoch genug und behalten die Helligkeit des Horizonts so lange im Auge, wie wir können. Und bei jeder Dämmerung richten wir unseren Kurs neu aus." Es war keine perfekte Methode, aber es war die beste Möglichkeit, die ihm im Augenblick einfiel.

Klick.

Wieder dieses Geräusch. Er drehte sich um, und diesmal federte ein Blatt ein wenig, als wäre es gerade berührt worden. Schatten runzelte die Stirn. Dieser Zweig war vorher nicht da gewesen. Er war jetzt näher an ihm dran.

Kann nicht sein, sagte er sich selbst ungeduldig. Er blickte angestrengt hin. Es war ein fetter Zweig mit einer kugeligen Spitze.

Der Zweig zuckte.

Plötzlich entfaltete sich der Zweig und ein widerlich langer Hals mit einem lanzenförmigen Kopf streckte sich von einem geflügelten Körper vor. Zackige Stacheln standen von zangenartigen Krallen ab. Es war ein Insekt, das größte, das er je gesehen hatte, fast dreißig Zentimeter lang – doppelt so lang wie Schatten selbst. Seine Tarnung war hervorragend. Er hatte seinen Körper, seine Arme und Beine nur für abstehende Zweige gehalten. Es hatte große, blanke, kugelförmige Augen. Auf dem Kopf sprossen ihm zwei Antennen. Das Maul hatte einen Schnabel.

Bevor Schatten sich von seinem Rastplatz fallen lassen konnte, sprang das Insekt auf ihn drauf. Seine vier dürren Beine versanken in seinem Fell, als das Tier sich mit offenen Kiefern aufrichtete und versuchte, ihm den Kopf zu zerdrücken. Er schlug das Gesicht des Insekts mit seinem Flügel beiseite. Aber er fühlte, wie sich eine zangenförmige Klaue um seinen linken

Unterarm schloss und es ihm unmöglich machte wegzufliegen. Er sah, wie sich die andere Klaue des Insekts öffnete und auf seinen Hals zuschwang ...

Und dann war in einer verschwimmenden Bewegung von silbernem Fell Chinook auf dem Insekt und grub seine Zähne in den unteren Teil des langen Halses. Schatten hörte ein Knirschen und sah, wie die zwei Hälften des Tieres von dem Ast herunterfielen. Die Beine und die dornenbesetzten Klauen schlugen noch um sich.

„Das", sagte Schatten heftig zitternd, „war aber ein riesiges Insekt. Das war knapp, Chinook. Du hast" – er schaute die größere Fledermaus mit ehrlicher Bewunderung an – „mir das Leben gerettet."

Chinook aber hing wieder bewegungslos und mit furchtlosen Augen von seinem Ast herab.

„Chinook, bist du okay?"

„Das Ding hat uns beinahe gefressen!", schrie Chinook. Es war, als ob seine ganze Angst ihn erst jetzt überschwemmte.

„Chinook, nicht so laut", sagte Schatten ängstlich. „Wir wollen nicht ..."

„Hier fressen die Insekten Fledermäuse. Was ist das bloß für ein Ort, Schatten? Du musst uns hier wegbringen."

„Chinook ..."

„Das ist deine Schuld! Wir könnten zurück im Wald sein, aber du hast dauernd gejammert und gesagt, er taugt nichts, und … und … du hast die Menschen wütend auf uns gemacht, und jetzt schau, was passiert ist. Es gibt hier Kannibalenfledermäuse und Riesenfische und Insekten größer als wir, die uns den Kopf abbeißen können!"

In seiner panischen Angst redete er Unsinn und war dabei, den ganzen Dschungel aufzuwecken. Schatten schlug ihm mit dem Flügel ins Gesicht, nicht allzu fest, aber fest genug, um ihn für ein paar Sekunden zum Schweigen zu bringen. In den Augen der größeren Fledermaus leuchtete plötzlich Wut auf und Schatten fragte sich, ob er das Richtige getan hatte. Trotzdem machte er weiter.

„Chinook, du musst dich zusammennehmen, in Ordnung?", flüsterte er mit Nachdruck. „Du bist eine große Fledermaus, eine mächtige Fledermaus. Schau nur, was du gerade getan hast! Ich war gelähmt, Chinook. Aber du nicht. Du hast dieses Insekt getötet."

Chinook starrte ihn nur an und keuchte.

„Du hast dieses Insekt umgebracht, Chinook."

„Ja doch", murmelte der.

„Du hast nicht groß überlegt. Du hast es einfach getan. Instinkte, Chinook, du hast die besten Instinkte. Hast du immer gehabt. Du bist der beste Flieger und Jäger in der ganzen Kolonie!"

„Wir werden gefressen werden!"

„Ganz und gar nicht, Chinook. Weißt du was? Ich bin froh, dass du hier bist."

„Wirklich?"

„Oh, ja doch", sagte Schatten und war selbst überrascht, wie glühend überzeugt er davon war. „Du hast mir das Leben gerettet. Nun musst du dich beruhigen. Ich brauche dich, um mir hier rauszuhelfen. Wir werden lebend hier rauskommen."

„Nicht, wenn ihr solchen Krach macht."

Schatten warf den Kopf herum und sah eine Fledermaus, die wenige Zentimeter über ihnen in der Luft schwebte. Mit einem kalten Schock der Erleichterung erkannte Schatten, dass es kein Kannibale war, sondern eine nördliche Fledermaus, wenn auch größer als jede, die er je gesehen hatte. Ihr Fell war dicht und dunkel und sie hatte niedrige geschwungene Ohren und zwei Reihen der wildesten Schneidezähne, die Schatten seit Goth gesehen hatte. Und was am ungewöhnlichsten war, sie hatte einen Schwanz, nicht wie Schatten einen kleinen Stummel, sondern einen richtigen Schwanz wie der einer Ratte, spitz und peitschenförmig.

„Ihr habt mich nicht gehört, oder?", sagte die fremde Fledermaus. „Ich hätte irgendetwas sein können: Eule, Baumschlange, Kannibale. Und ihr wärt tot. Ihr seid hier nicht in den Wäldern des Nordens." Er betrachtete sie genauer. „Ihr habt die Scheiben abgerissen, gut. Ihr seid also keine Idioten."

„Wer bist du?", fragte Schatten.

„Caliban aus den nordwestlichen Wäldern. Ich habe

auch überlebt. Und es gibt noch mehr. Nun seid ruhig und kommt mit mir."

Als Goth tiefer in den Dschungel eindrang, konnte er gewaltige Krater und Furchen sehen, die vom Feuer in die Erde gegraben waren. Offenbar griffen die Menschen nicht nur die Stadt an, obwohl dort, wie er gesehen hatte, der Schaden gewaltig war. Gebäude waren zerschmettert und rauchgeschwärzt, Straßen aufgewölbt. Und nun, während er weiter über das Baumdach des Dschungels flog, fiel ihm auf, wie still es war, als wäre die Fülle der Geschöpfe, die hier ihr Zuhause hatte, gewaltsam zum Stillschweigen gebracht worden oder einfach geflohen.

Trotzdem konnte er nicht anders, als sich darüber freuen, dass er wieder im Dschungel war, in seinen Gerüchen, seiner Hitze. Endlich zu Hause. Zotz hatte ihn nach Hause gebracht.

Das Metall, das an seinem Bauch hing, war schwer, aber er wusste, dass er es bis zur Pyramide schaffen würde. Das einzige Problem war, wie er die Scheibe sicher entfernen konnte. Er machte sich aber nicht allzu viel Sorgen deswegen. Er wusste, dass die königliche Pyramide einige der besten Steinkünstler im Königreich beherbergte. Ihre Zähne waren ihr Werkzeug und sie hatten sie so geschärft und geformt, dass sie damit Stein bearbeiten und raffinierte Eingänge schaffen konnten, wie zum Beispiel die Türen zu den

Gefängniszellen, in denen die Opfertiere festgehalten wurden. Er vertraute darauf, dass diese Künstler die Scheibe von seinem Körper entfernen konnten.

Da war sie. Aus dem Dschungel erhob sich die Pyramide, die Wohnung der königlichen Familie, der Vampyrum Spectrum. Sie war fast ganz überwuchert, die stufenförmigen Terrassen waren mit einer Decke von Schlingpflanzen, Farnen und Palmen überzogen, die irgendwie in dem zerborstenen Stein einen Wurzelgrund gefunden hatten.

Menschen hatten die Pyramide vor hunderten von Jahren zu Ehren von Cama Zotz errichtet, dem Fledermausgott der Unterwelt. Inzwischen hatten sie ihn anscheinend vergessen. Sie ließen zu, dass der Dschungel die Pyramide verschlang. Trotzdem hackten sich manchmal kleine Gruppen von Männern und Frauen einen Weg durch den Dschungel, um Opfergaben auf den untersten Stufen des großen Treppenaufgangs zu lassen. Diese waren in die Ostfassade gehauen und führten zur königlichen Kammer, die die Pyramide krönte – sein Zuhause.

Es gab einen zweiten Eingang auf halber Höhe der Terrassen, und Goth konnte sehen, dass Fledermäuse dorthin strömten, als das Licht der Morgendämmerung durch den Dschungel sickerte. Seine Geschwister. Goth holte tief Luft:

„Ich bin zurückgekommen!", brüllte er. „Ich bin's. Prinz Goth. Ich bin zurückgekommen!"

Seine Stimme wurde wie Donner von den Bäumen und dem Stein zurückgeworfen und brachte den Gesang der Vögel und Insekten des Dschungels zum Schweigen.

„Ich bin hier!", rief er noch einmal, und die Vampyrum wirbelten um ihn herum, um ihn zu betrachten. Bald war er völlig eingekreist. Nach so vielen Monaten war es eine Freude, wieder unter seinesgleichen zu sein, unter großen, mächtigen Fledermäusen. Und dennoch: Sie waren nicht so groß, wie sie eigentlich sein sollten. Viele von ihnen hatten ein mageres, hungriges Aussehen, durch das Brustfell waren die Rippen zu erkennen. Trotzdem badete er in ihrer Aufregung, als sie ihn begrüßten.

„Prinz Goth!"

„Wo seid Ihr gewesen?"

„Wir dachten, Ihr seid getötet worden!"

„Kommt alle her! Prinz Goth ist zurückgekehrt!"

„Heil, *König* Goth!"

Er warf den Kopf herum, um den Sprecher der letzten Worte zu erkennen. „Wer hat da ‚König' gesagt?"

„Es tut mir Leid, Herr", sagte die Fledermaus, die von der Wildheit in Goths Gesichtsausdruck erschrocken war. „Aber Euer Vater ist gestorben. Nun seid Ihr unser König."

Die Worte von Cama Zotz kamen ihm wieder ins Gedächtnis: *Führe also meinen Befehl aus und du wirst König sein.*

„Wann?", wollte er wissen. „Wann ist das passiert?"

„Erst vor vier Nächten, während eines der Feuerstürme. Er war unterwegs auf Jagd."

„Dies ist die Ursache der Feuerstürme", brüllte er, hob die Flügel hoch über die Schultern und ließ die Metallscheibe sehen, die an seinen Bauch genäht war. „Dies ist das Feuer der Menschen, das unseren Dschungel verwüstet hat. Sie haben die nördlichen Fledermäuse als Träger benutzt. Sie haben sogar geglaubt, sie könnten mich dafür benutzen, andere Menschen und mich selbst zu vernichten. Aber wir werden das gegen sie selbst wenden, das verspreche ich euch. Sie haben mich und Cama Zotz beleidigt und sie müssen dafür bestraft werden. Ich werde meinen Vater rächen!"

„Heil König Goth!", rief die Fledermaus und die Worte wurden von den anderen aufgenommen und vereinigten sich zu einem donnernden Ruf, der köstlich in Goths Ohren tönte.

„Nun", sagte er, bereit Befehle zu erteilen, „schickt nach den Steinschneidern. Ich will, dass dieses Metall von mir entfernt und sorgfältig verstaut wird!"

„Eure Hoheit, ich habe schon auf Euch gewartet."

Goth sah sich um und erkannte Voxzaco, der mit seinen verkrüppelten Flügeln auf ihn zugeflattert kam. Er war der Oberpriester und der engste Berater seines Vaters gewesen. Goth fand ihn jetzt genauso abstoßend, wie er ihn als Kind gefunden hatte. Sein Rückgrat war gekrümmt und das machte ihn zu einem armseligen Flieger. Sein Fell war im Alter fast vollständig ausgefallen und hatte räudige Stellen hinterlassen mit strohartigem Grau zwischen roh wirkendem Fleisch. Sein Atem stank von den giftigen Beeren und Blättern, die er aß, um sich zu Visionen anzuregen. Sogar Goth fiel es manchmal schwer, ihm in die Augen zu blicken, so riesig waren die in dem ausgemergelten Kopf, dass sie einen zu verschlingen schienen. Er hatte schon immer so ausgesehen, so lange sich Goth erinnern konnte.

„Auf mich gewartet?", fragte Goth verwirrt. „Du hast gewusst, dass ich zurückkehren würde?"

„Ja", sagte Voxzaco. „Es steht auf dem Heiligen Stein geschrieben."

Dann erblickten die Augen des alten Priesters die Scheibe an Goths Bauch und ein leiser Aufschrei entfuhr seiner Kehle. Er konnte sich kaum in der Luft halten, so sehr wurde er von einem Zittern geschüttelt.

„Was ist los?", fragte Goth alarmiert.

„Ja", murmelte Voxzaco, die Augen noch auf die Scheibe geheftet. „Ja, jetzt sehe ich es. Es passt perfekt." Er riss seine Augen los von der Scheibe und blickte Goth an. „Kommt, lasst es mich Euch zeigen."

In der königlichen Kammer schwebte Goth über dem dicken Bett aus weichen Blättern, das die Steinschneider für ihn bereitet hatten. Dann ließ er mit schwirrenden Flügeln die Metallscheibe vorsichtig darauf hinab.

„Befreit mich davon", befahl er. Die Steinschneider machten sich sofort an die Arbeit. Mit ihren besonders geschärften Zähnen schabten sie an der Kette, die die Scheibe mit Goths Körper verband. Während Goth mühsam auf der Stelle schwirrte, sägten die Steinschneider innerhalb von Sekunden die Kettenglieder durch und Goth stieg erleichtert hoch und landete auf einem Ruheplatz. Der Metallring befand sich noch an seinem Bauch. Die Vorstellung, dass er ihm aus dem Fleisch gerissen würde, gefiel ihm gar nicht, selbst wenn es einer der königlichen Ärzte täte.

„Nun", sagte er und wandte sich zu Voxzaco, der den ganzen Vorgang ängstlich beobachtet hatte, „zeig mir den Heiligen Stein."

Die königliche Kammer war rechteckig und aus riesigen Granitquadern errichtet. Rundum befanden sich oben an den Wänden steinerne Bildwerke, die mit Juwelen geschmückt waren: ein Jaguarpaar, die Augen aus glänzendem Onyx, eine doppelköpfige Schlange mit Silberflügeln und in jeder Ecke des Raumes ein Paar wachsame Augen.

In der östlichen Wand öffnete sich ein großes Portal zur äußeren Treppe, das jetzt fast völlig durch Schlingpflanzen, Farne und bröckelndes Mauerwerk verschlossen war. In dem flachen hohen Dach befand sich eine runde Öffnung. Sie wurde von Voxzaco ständig frei gehalten, weil sie einen umfassenden Ausblick auf die Sterne und den Mond ermöglichte.

Unmittelbar unter dieser Öffnung befand sich der Heilige Stein. Er war ebenfalls rund und dick und hatte den doppelten Durchmesser von Goths Flügelspanne. Er lag flach auf dem Boden der Kammer. In die Oberfläche waren fremdartige Zeichen der Menschen eingegraben, Vögel und andere Tiere und Fledermäuse – und Cama Zotz selbst, dessen Schlitzaugen aus verschiedenen Stellen des Steins herausblickten. Menschen hatten den Heiligen Stein angefertigt, und die Bilder waren vom Alter schwarz und abgeschliffen. Sie liefen außen um den Heiligen Stein herum und bewegten sich dann allmählich in einer Spirale bis zu dem Loch genau in der Mitte.

Goth hatte einen großen Teil seines Lebens in der königlichen Kammer verbracht, den Heiligen Stein aber nie in seinen Einzelheiten untersucht. Das war die Aufgabe von Voxzaco, sich über die winzigen Bilder zu beugen und an dem Schimmel und dem Staub der Jahrhunderte zu kratzen. Es hieß, er könne mithilfe des Heiligen Steins die Jahreszeiten voraussagen, die Länge der Nächte, die Mondphasen. Und es war seine Pflicht auf dem Stein die Opferungen zu vollziehen, die Herzen herauszureißen und sie Cama Zotz darzubringen. Die Hieroglyphen trugen davon eine dauerhafte Blutschicht.

„Kommt", sagte Voxzaco, trippelte auf den Heiligen Stein und führte Goth näher an die Mitte heran. „Schaut. Dies ist das Hier und Jetzt. Es ist alles auf dem Heiligen Stein. Eure Gefangennahme durch die Menschen, die Feuerstürme …"

Goth benutzte Echos, um ungeduldig den Stein zu betrachten, aber alles, was er erkennen konnte, war eine Reihe gezackter Linien. Sollte das da eine Fledermaus sein? Oder Flammen?

„Und hier die Heimsuchungen des Königreiches", fuhr Voxzaco fort. „Die Hungersnot, die wir hatten."

Goth erinnerte sich an die Magerkeit der Fledermäuse, die ihm vorhin aufgefallen war. „Warum Hunger?"

„Viele Vögel und Vierfüßler sind vor den Feuerstürmen geflohen. Sie haben sich versteckt oder sind weiter nach Süden gezogen, sogar nach Norden. Die Jagd ist sehr schwierig gewesen. Aber es hat die kleinen Fledermäuse gegeben." Der alte Priester stieß mit einer schuppigen Klaue auf ein anderes Bild.

Goth duckte sich tiefer auf den Heiligen Stein hinunter. Er rümpfte die Nase vor Voxzacos stinkendem Atem. Es gab eine Pflanze im Dschungel, die roch immer nach verwesendem Fleisch. Genauso stank der alte Priester. Da auf dem Stein konnte Goth die Umrisse zahlreicher kleiner Fledermausflügel erkennen. Er dachte an Schatten. Aus irgendeinem Grund machte ihn die Vorstellung nervös, dass diese kleinen nördlichen Fledermäuse sich auf dem Heiligen Stein befinden sollten.

„Sie sind eine leichte Beute", sagte Voxzaco. „Wir hatten mehrere Dutzend in unserem Verlies und, bevor wir sie verzehrt haben, haben wir sie Zotz geopfert und um reichhaltigere Zeiten gebetet."

„Gut", sagte Goth und fragte sich, ob Schatten überlebt hatte. Er erinnerte sich an seinen Traum, in dem er der kleinen Fledermaus das Herz herausgerissen hatte. Wenn Schatten noch am Leben und hier im Dschungel war, würde Goth ihn selber fressen. In seiner Vorstellung waren die Menschen und die nördlichen Fledermäuse für immer miteinander verbunden – beide hatten sich ihm widersetzt und ihm Ungemach bereitet.

„Wir werden die Menschen niederschmettern und die kleinen Fledermäuse", sagte Goth. „Das ist mein Plan von Anfang an gewesen, seit ich gefangen worden bin. Wir müssen eine Armee aufstellen und nach Norden ziehen. Wir werden die Fledermäuse auslöschen, und die Menschen werden wir mit ihrer eigenen Waffe angreifen."

„Ja", sagte Voxzaco mit einem wissenden Grinsen. „Auch das ist auf dem Heiligen Stein. Aber da ist noch etwas, was wir erst tun müssen."

„Dann zeig es mir!", verlangte Goth. Ihm gefiel die überlegene Art nicht, mit der Voxzaco ihn behandelte. Er konnte ihm das Herz herausreißen; er war schließlich der König. Er brauchte keine verrottende Leiche, die ihm die Zukunft voraussagte. Es hieß, dass

Voxzaco mit Zotz selbst redete. Aber das kann ich auch, dachte Goth, und sogar ohne die Hilfe von Beeren und Tränken.

Trotzdem spürte er ein Zittern in den Eingeweiden. Er wollte mehr wissen.

„Was seht Ihr hier?", fragte ihn der Priester.

„Einen Kreis", antwortete er. „Die Sonne."

„Schaut genauer hin."

„Ein Teil von ihr fehlt."

„Und hier drüben ..." Voxzaco lenkte seinen Klangblick auf das nächste Bild, auf dem ein noch größeres Stück der Sonne fehlte.

„Was bedeutet das?"

„Es wird eine vollständige Sonnenfinsternis geben", sagte Voxzaco. Seine Stimme war brüchig vor Aufregung. „Vollkommene Nacht mitten am Tag." Er führte Goth durch die Bilder, die sich jetzt in engeren Spiralen zum genauen Mittelpunkt des Heiligen Steins bewegten: Die Sonne wurde immer schmaler, bis sie ganz verschwunden und durch ein Auge ersetzt war, das Auge von Zotz. Und dann gab es keine Bilder mehr, weil sie in das Loch gefallen waren, das sich im Zentrum des Heiligen Steins befand: ein Kreis der Dunkelheit.

„Erkennt Ihr die Bedeutung von all dem?", fragte ihn Voxzaco.

Goth schaute ihn hochmütig schweigend an.

„Dann wisst Ihr nichts von den Göttern."

„Ich weiß von Zotz", knurrte Goth.

„Vielleicht, aber wisst Ihr auch von Nocturna?"

Goth sträubten sich vor Wut die Haare. „Die kleine Fledermaus Schatten, sie hat von Nocturna gesprochen. Existiert die denn?"

„Genauso wie Zotz. Sie sind Zwillinge. Nocturna regiert die obere Welt. Sie bringt die Abenddämmerung und auch die Morgendämmerung. Sie ist ein Wesen der Nacht, aber sie bezieht ihre Macht von der Sonne. Sie ist selbstsüchtig. Sie hält ihren Zwillingsbruder Zotz in der Unterwelt, denn sie weiß, wenn er oben wäre, würde seine Macht die ihre zunichte machen."

„Niemand ist mächtiger als Zotz", beharrte Goth. Er war empört über die Vorstellung einer Rivalin von Zotz, noch empörter, dass er davon nichts gewusst hatte. Zu denken, dass diese Knirpse von nördlichen Fledermäusen Nocturna als ihre Göttin hatten!

„Einst waren Zotz und Nocturna einander ebenbürtig", erzählte ihm Voxzaco, „aber durch die Jahrhunderte hat Zotz viele seiner Anhänger in der oberen Welt verloren. Den Menschen, die diesen Tempel hier erbaut, die diesen Stein geschnitten haben, denen war er einst bekannt und sie haben ihn verehrt. Aber dann haben sie sich von ihm abgewandt, vielleicht um die Sonne zu verehren. Trotzdem, es gibt mehr Seelen in der Unterwelt als darüber, so viel ist sicher, und die wollen einen Weg zu dieser Oberwelt. Nocturna benutzt die Sonne, um Zotz unten zu halten. Aber die Sonnenfinsternis wird uns unsere Chance geben. Wir können unseren Gott zurückbringen, ihn in die Oberwelt bringen, damit er über die ganze Schöpfung herrsche."

Goth konnte den Priester nur verwundert anstarren. Nicht zum ersten Mal fragte er sich, ob Voxzaco verrückt war. Zu viele Tränke, zu viele Visionen. Aber auch du hast Visionen gehabt, erinnerte er sich und dachte an die Höhle.

„Wie?", fragte er.

Voxzako trippelte über den Heiligen Stein. „Wir hatten schon einmal eine Gelegenheit und haben versagt. Vor dreihundert Jahren, schaut. Das war die letzte vollkommene Sonnenfinsternis, aber der Priester damals, er war nicht vorbereitet, er wusste nichts. Dies hier ist unsere Chance. Wir werden Erfolg haben."

„Aber wie?", fragte Goth noch einmal mit knirschenden Zähnen.

„Ich war mir nicht sicher, bis ich Euch gesehen habe, König Goth. Aber dann wusste ich es." Mit ausgebreiteten Flügeln sprang er vom Heiligen Stein herab und landete neben der Metallscheibe. Bevor Goth ihn daran hindern konnte, hatte er die Kette mit seinen Krallen ergriffen. Er hob die Scheibe hoch in die Luft empor und trug sie über den Heiligen Stein.

„Nein!", schrie Goth. „Sie wird explodieren, wenn sie auftrifft."

Voxzaco hörte nicht. Unsicher nach unten schwankend fügte er die Scheibe in den Mittelpunkt des Heiligen Steins.

Sie passte genau hinein, als wäre sie nur dafür gemacht, das Loch im Zentrum auszufüllen.

„Seht Ihr", keuchte der Priester. „Jetzt ist die Zeit gekommen. Dies vollendet den Heiligen Stein. Es ist das Ende des Heiligen Steins, das Ende der Zeit, wie wir sie kennen. Nun müssen wir ein Doppelopfer darbringen und Zotz darum bitten, dass er uns zeigt, wie wir die Sonne vernichten können."

Goth beobachtete, wie man die zwei nördlichen Fledermäuse aus dem Verlies heraufbrachte. Ihre Flügel wurden auf beiden Seiten von je einem Wächter festgehalten. Er betrachtete ihre Gesichter in der Hoffnung, vielleicht Schatten zu sehen, wurde aber enttäuscht. Normalerweise opferten sie hier Vögel, Eulen, und bei besonderen Ritualen einen aus ihrer eigenen Gattung, einen Vampyrum, der für diese große Ehre auserwählt war.

„Legt den da auf den Heiligen Stein", befahl Voxzaco den Wachen. Goth sah zu, wie die erste verängstigte Fledermaus mit eng angelegten Flügeln hinaufgehoben und von zwei Wächtern festgehalten wurde. Der alte Priester näherte sich mit geschlossenen Augen.

„Nein!", sagte Goth plötzlich. „Ich will dieses Opfer selbst darbringen."

Voxzaco war schockiert, sein Gesicht verzerrt. „Nur

ein Priester kann die Rituale vornehmen, König Goth. Ihr werdet Zotz erzürnen, wenn ..."

„Ich habe mit Zotz gesprochen. Er wird wieder mit mir sprechen."

Der Priester grinste verächtlich. „Glaubt Ihr das wirklich? Ihr glaubt, Ihr seid ihm näher als ich, nachdem ich mein ganzes Leben der Aufgabe gewidmet habe, ihm zu dienen und den Heiligen Stein zu pflegen? Ich, sein Hoher Priester?"

„Er hat mich erwählt sein Diener zu sein", knurrte Goth. „Er hat mir Visionen geschickt. Er hat mich zum König gemacht, meine Flügel geheilt und ich werde das Opfer vollziehen."

Ohne auf die Antwort des Priesters zu warten, stürzte er sich auf die nördliche Fledermaus, grub die Zähne tief in ihre Brust und riss das bebende Herz heraus.

„Zotz!", rief er, „dies opfere ich dir. Sage mir, deinem Diener, was wir tun müssen, um die Sonne zu töten!"

Er richtete sich auf den Hinterbeinen auf, breitete die Flügel aus und wedelte damit, sodass sie sich in der Luft blähten.

„Zotz!", rief er noch einmal. „Hier ist dein Diener! Sag mir, was ich tun muss!"

Im gleichen Augenblick ertönte ein schreckliches Brüllen, dann ein gewaltiges saugendes Geräusch, danach herrschte vollkommene Stille in der Kammer.

Dann erhob sich von allen Ecken her ein Mahlstrom von Wind, so laut, dass es wie ein Klagelied klang, wie ein Chor finsterer Engel, die alle unterschiedliche Töne sangen.

Goth zuckte zusammen. Er sah, wie Voxzaco den Kopf unter einem Flügel verbarg. Die Wächter, die die verbleibende nördliche Fledermaus hielten, zuckten entsetzt zurück und die kleine Fledermaus riss sich los und warf sich in einen Spalt im Boden. Das war unwichtig. Wichtig war nur die Anwesenheit, die Goth in der Kammer spürte, getragen von dieser Flut von Tönen.

Plötzlich umgab ihn diese Anwesenheit nicht, sie steckte in seinem Inneren. Er fühlte, wie seine Kiefer aufgerissen wurden von einer unwiderstehlichen Kraft und wie Luft durch seine Kehle strömte.

„Frage!", brüllte er Voxzaco an und er wusste, es war nicht seine eigene Stimme, sondern die von Zotz, die aus ihm sprach.

Voxzaco kauerte noch unter seinem Flügel, aber er blickte zu Goth hoch. Er zitterte heftig.

„Frage!", kreischte Goth noch einmal.

„Was müssen wir tun, Zotz, unser Herr, um die Sonne zu töten?", fragte Voxzaco.

„Gebt mir mehr Leben!", hörte Goth sich brüllen. „Die Leben von einhundert! Ihre Herzen! Alle während der Dunkelheit der Sonnenfinsternis!"

„Und was wird dann passieren, Zotz, unser Herr?"

Goth spürte, wie sich seine Lungen blähten, um mehr Luft einzusaugen. Dann sprach er wieder: „Ich werde kommen. Jetzt komme ich nur als Klang, ein Flüstern meiner wahren Macht. Aber tötet die Sonne, und die Unterwelt wird die ganze Erde umfassen und du, Goth, wirst meine Armeen über ihr Antlitz führen. Du wirst die Menschen von diesem Planeten vertreiben, diese Menschen, die versucht haben dich auszulöschen. Du wirst alles beherrschen, alle Vögel und Vierfüßler und auch alle Fledermäuse. Dein Reich wird sich nach Norden ausdehnen und die Königreiche der Silberflügel und Glanzflügel und alle anderen einschließen. Auch die Königreiche der Eulen werden dein sein. Lebende und Tote. Und wir werden Ozeane überqueren, um neue Länder zu erobern. Das wird dein Lohn sein dafür, dass du mir so gut dienst."

Ein weiterer tiefer Atemzug wurde in seine Lunge gezwungen.

„Du wirst den Menschen bei der Vollendung ihres Werkes helfen sich gegenseitig vom Antlitz der Erde zu vertilgen. Und die Metallscheibe, die sie dir gegeben haben, soll dir zum ersten Angriff dienen. Es gibt einen Ort namens Brückenstadt, wo du die Scheibe abwerfen kannst. Es ist das Zuhause von Millionen von Fledermäusen und ebenso vielen Menschen ... es ist ihre größte Stadt und du wirst sie zerstören."

Goth fühlte, wie er von den Füßen gerissen und gegen den Heiligen Stein geschleudert wurde. Es war, als hätte ihn ein riesiges Tier im Schraubstock seiner Kiefer gehabt und endlich losgelassen. Er keuchte nach mehr Luft. Seine Rippen stöhnten vor Schmerz.

„Es tut mir Leid, Eure Hoheit", winselte ein Wächter, „eine der kleinen Fledermäuse ist entkommen."

„Dann such sie", sagte Goth kurz angebunden. Er war mit seinen Gedanken woanders. Er wandte sich an Voxzaco: „Diese Verfinsterung, wie lange dauert die?"

„Nicht mehr als sieben Minuten", antwortete der Priester.

Sieben Minuten, um einhundert Opfer darzubringen.

„Und nach Auskunft des Heiligen Steins wird sie in nur drei Nächten eintreten", fügte Voxzaco hinzu.

Goth drehte sich hastig zu den Wächtern um. „Wir werden sofort unsere Soldaten aussenden. Fangt Eulen und Vögel und so viele nördliche Fledermäuse, wie ihr finden könnt. Holt sie von ihren Ruheplätzen und bringt sie hierher. Wir haben drei Nächte, um einhundert Opfergaben zu finden – bleibt ihr unter dieser Zahl, so werdet ihr selber auf dem Heiligen Stein liegen. Habt ihr verstanden?"

„Ja, König Goth."

„Dann trefft alle Vorbereitungen. Beeilt euch!"

– 10 –

Die Zuflucht in der Statue

Mit jedem Flügelschlag fuhr Schmerz durch den Schnitt
in seinem Bauch, und Schatten musste sich anstrengen, um mit Chinook und Caliban mitzuhalten. Sie
flogen in hartnäckigem Schweigen über die Stadt und
zum ersten Mal sah er, wie beschädigt sie war: Straßen
waren aufgeworfen, Gebäude zusammengestürzt, auf
großen Flächen befand sich nichts außer einem versengten Krater. Ihr Flug trug sie über stille Steingebäude mit Ziegeldächern, viele davon in Ruinen. Nach
Westen hin konnte er noch den Feuerschein von den
großen Gebäuden sehen, die die Fledermäuse zerstört
hatten, und durch die beißende Luft drang das Heulen von Sirenen. Er fragte sich, ob auch die Menschen
hier unten Fledermäuse benutzten, um ihre Waffen zu
tragen.

Der östliche Himmel begann sich aufzuhellen, die
Morgendämmerung kündigte sich an.

Schatten flog hinter Caliban und konnte dessen hässliche Narbe am Bauch sehen. Musste sich auch die

Scheibe abgerissen haben. Er war eine große Fledermaus, sogar größer als Chinook, aber an seinen Flanken drückten sich die Rippen durch die Haut, und sein hageres Gesicht hatte einen etwas wilden Ausdruck. Schatten fragte sich, wie lange er schon hier unten war und was er hatte tun müssen, um zu überleben.

„Was ist deine Kolonie?", fragte er ihn.

„Bulldoggenfledermäuse", antwortete Caliban knapp, ohne sich umzuschauen, „aus den westlichen Wäldern."

Er schien nicht sehr gesprächig. Auch Chinook hatte nichts gesagt, seit sie aufgebrochen waren. Er flog einfach geradeaus, die Augen betroffen auf den Horizont gerichtet. Schatten wusste nicht einmal, wo sie hingeführt wurden. Er versuchte sich mit dem zu trösten, was Caliban vorher gesagt hatte: Es gab noch andere, die in der Nähe der zerstörten Gebäude nach Überlebenden suchten.

Vielleicht Chinooks Eltern.

Vielleicht sein Vater.

Er brachte seine Gedanken zum Schweigen, verärgert, dass er immer noch Hoffnung hatte. Er hatte so lange gehofft und war so oft enttäuscht worden – was für einen Sinne hatte das?

Von hinten kam ein plötzlicher intensiver Lichtblitz und für einen Sekundenbruchteil war es, als ob die Nacht zum Tag geworden wäre.

„Schaut euch nicht um", befahl Caliban kurz.

Schatten schaute trotzdem hin. Ein großer Pilz aus Licht und Rauch quoll am fernen Horizont empor. Sogar nachdem er die Augen in Schmerz und Entsetzen zugekniffen hatte, brannte das Bild dieser gewaltigen Gewitterwolke weiter in seinem Inneren. Augenblicke später rumpelten Erde und Luft, als das Geräusch der Explosion sie erreichte.

„Das ist eine von den Eulen", sagte Caliban.

„Was meinst du damit?", fragte Schatten.

„An uns hängen sie kleine Bomben. Aber die Eulen tragen viel größere."

Schatten erinnerte sich, dass er gesehen hatte, wie die Menschen den künstlichen Wald der Eulen mit ihren Metallstangen betreten und die betäubten Vögel in die Käfige getan hatten. Er dachte an die junge Eule mit den Blitzen auf dem Gefieder und ihm wurde übel. Allein die Größe dieser flammenden Wolke – nichts konnte ihren Schlag überlebt haben.

„Die Menschen suchen sich Nachtflieger aus", erklärte Caliban ruhig über seinen Flügel nach hinten. „Fledermäuse, Eulen, beide verfügen über Echosehen. Das ist wichtig. Das benutzen sie, um uns zu lenken. Ich habe einmal eine tote Eule gesehen. Sie hatte auch eine Sirene im Ohr, diesen Metallknopf, weißt du, genauso wie wir. Die Menschen wählen ihre Ziele aus und schicken uns hin, um für sie die Arbeit zu tun. Sie selbst werden nicht verletzt. Die Eulen können mehr Metall tragen. Viel größere Explosionen, wie die hinter uns.

Zum Glück sind die Ziele gewöhnlich weit außerhalb der Stadt. Bislang jedenfalls."

Schatten dachte an die große Scheibe an Goths Bauch. Würde die auch so eine Explosion verursachen? Aber er wusste, Goth würde überleben. Er überlebte immer. Er war irgendwo da draußen im Dschungel und trug seine Scheibe mit sich, eine fliegende Katastrophe.

„Wir sind jetzt fast da", sagte Caliban und deutete mit dem Kinn nach vorn. „Da oben."

Es war der letzte Platz auf der Welt, zu dem Schatten jetzt geflogen wäre, um sich eine sichere Zuflucht zu suchen. Hoch auf einem Felsen über der Stadt ragte eine riesige Statue aus Metall auf: ein Mann, der flehentlich die Arme ausstreckte – nur war der rechte Arm oberhalb des Ellbogens abgesprengt, vermutlich durch Feuer, wenn man nach dem geschmolzenen, verdrehten Stumpf ging.

„Die Zuflucht", sagte Caliban und führte sie hoch zur Spitze. Schatten konnte nun das Gesicht des metallenen Menschen sehen. Der Ausdruck hatte etwas schmerzlich Gütiges an sich, und das machte ihn wütend. Welches Recht hatten die Menschen so auszusehen nach dem, was sie ihnen angetan hatten? Es war verlogen. Die Menschen waren böse, wie Goth es die ganze Zeit gesagt hatte. Er wollte nicht näher heran, aber Caliban tauchte zu dem amputierten rechten Arm hinab und Schatten folgte ihm mit Chinook.

In dem zusammengeschmolzenen und verbogenen Metall des Stumpfes befand sich eine kleine Öffnung und Schatten trimmte die Flügel zur Landung. Als er sich näherte, konnte er gleich hinter dem Eingang zwei Fledermäuse erkennen, die dort Wache hielten. Mit Erstaunen bemerkte er, dass sie gefährlich angespitzte Stöcke hielten.

Caliban rief den Wachen etwas zu und die Stöcke wurden schnell eingezogen. Nie hatte Schatten davon gehört, dass Fledermäuse sich Waffen anfertigten, und es ließ ihn schaudern – gegen was für furchtbare Sachen mussten sie sich schützen? Das Insekt, das ihn beinahe gefressen hatte, war Furcht erregend genug. Er stellte sich eine ganze Armee von ihnen vor, die die Statue hinaufgesprungen kam und hineinflutete. Die Fledermäuse brauchten solche Waffen.

Er landete hinter Caliban und rückte weiter hinein, um Platz für Chinook zu machen. Schatten betrachtete die Wächter, einen Glanzflügel und einen Grauflügel, beide vom Hunger ausgemergelt, aber mit wilder Entschlossenheit in den erschöpften Gesichtern.

„Wir sind froh euch bei uns zu haben", sagte einer von ihnen zu Schatten, als sie vorbeigingen.

Der Gang stieg im Arm der Statue nach oben an und führte, überlegte sich Schatten, zur Schulter. Dort, am Gipfel, endete der Gang und öffnete sich in eine gähnende senkrechte Höhle, das hohle Innere der Statue. Das erinnerte ihn, nur ein wenig, an den Baumhort, sein und Chinooks verlorenes Zuhause in den nördlichen Wäldern, und er spürte, wie sein Hals gefährlich vor Heimweh anschwoll, als er die Echos der flatternden Flügel, das Quieken der Stimmen hörte.

„Wie viele sind hier?", fragte er Caliban. Er konnte sich nicht dazu durchringen, sofort nach seinem Vater zu fragen – er hatte zu viel Angst davor, dass Caliban den Kopf schütteln und einen Ausdruck des Bedauerns murmeln könnte. Schon allzu oft war das passiert.

„Sechsunddreißig mit euch beiden", sagte Caliban mit einem müden Seufzer. Schatten sah, dass er es gewohnt war, Tag und Nacht den Überblick zu behalten, während die Zahlen in dieser Zufallskolonie wechselten, manchmal zum Guten, manchmal zum Schlechten. „Aber wir wollen hoffen, dass wir mehr Überlebende dort bei dem Gebäude finden."

Es war eine traurige Ansammlung von Fledermäusen, die er jetzt sah, als er hinab in die Höhle flatterte. Er strich mit dem Klang-Sehen über die Simse und suchte verzweifelt nach einem beringten Männchen der Silberflügel. Viele von den Fledermäusen hatten noch Stücke der Metallkette an ihrem Bauch hängen. Einigen waren die Flügel von grausamen Verletzungen verstümmelt. Andere hatten große Stellen mit Narbengewebe ohne Fell, die von schrecklichen Verbrennungen stammten. Alle hatten ein schmales, wildes Aussehen und keine von ihnen war sein Vater.

Nun wusste er es wenigstens sicher. Sein Vater war, wie so viele andere, in den Flammen umgekommen. Er war erstaunt, dass er so wenig fühlte, und hatte ein schlechtes Gewissen deswegen. Er kam sich wie eine gigantische leere Höhle vor, die nicht einmal Echos enthielt. Was fehlte ihm nur?

Er schaute hoch, als zwei weitere Fledermäuse durch den Eingangstunnel der Zuflucht hereinschwebten, und hörte, wie Caliban ihnen zurief: „Habt ihr noch Überlebende gefunden?"

„Wir haben überall bei dem Gebäude gesucht, solange wir konnten. Da war niemand."

Schatten blickte zu Chinook. Jedes Leben schien aus seinen Augen gewichen. Sogar sein Körper wirkte irgendwie kleiner. Wie kam es, dass er selbst nur ein Gefühl der Betäubung hatte angesichts des Todes seines eigenen Vaters, dass aber der Anblick von Chinook fast nicht auszuhalten war? Er hätte beinahe alles getan, um den alten Chinook zurückzubekommen, wie er prahlte, in der Luft herumstolzierte und ihn Knirps nannte.

„Es tut mir Leid, Chinook", sagte er und drückte ihm die Nase an den Hals.

„Ich habe gewusst, dass ich sie gesehen habe", sagte Chinook dumpf.

Wut kochte in Schattens Innerem. Du bist so ein Dummkopf, wütete er gegen sich selbst. Marina hat ihre Eltern verloren und nun Chinook ebenfalls. Du hast wenigstens immer noch deine Mutter. Auch noch andere: Frieda, Marina und Chinook. Du hast eine Familie gehabt, aber dir hat das nie gereicht. Hättest nur mit allen im Hibernaculum bleiben sollen, dankbar dafür, dass du etwas hattest. Denn nun, was war übrig geblieben?

„Ihr habt Familie und Freunde verloren", sagte Caliban nüchtern. „Das haben wir alle. Aber wir werden überleben."

„Wie lange seid ihr schon hier?", fragte Schatten.

„Unterschiedlich. Einige zwei Wochen, andere über zwei Monate, wie ich."

„Ihr habt nicht versucht in den Norden zurückzukehren?"

Caliban lachte rau. „Eine weite Reise. Ihr habt gesehen, wie der Dschungel ist. Das Insekt, das dich beinahe gefressen hat, ist das kleinste Problem. Es gibt Eulen und Schlangen, die sind groß genug, um dich lebendig zu verschlucken und dir einen langen Blick auf ihre Kehle zu gönnen, bevor sie dich zerquetschen. Da sind auch noch Adler, Falken, Geier. Und die Kannibalenfledermäuse. Tausende von ihnen."

Obwohl er es gewusst hatte, füllte es ihn doch mit Entsetzen, als er es jetzt von Caliban hörte. Goth alleine war schon Furcht erregend genug gewesen. Tausende sprengten seine Vorstellungskraft.

„Ich kenne diese Fledermäuse", sagte Schatten.

„Woher?", fragte Caliban.

„Da war einer, den die Menschen im Norden hatten, der hieß Goth. Sie haben ihn in das gleiche Gebäude gebracht wie uns und an eine Metallscheibe gekettet, eine große. Er ist heute Nacht mit uns zusammen abgeworfen worden."

„Kann sein, dass er dann tot ist. Wenigstens einer weniger."

„Er stirbt nicht", sagte Schatten einfach.

Caliban blickte ihn merkwürdig an. „Es spielt keine Rolle, so oder so. Es gibt genügend von ihnen, um die Nachthimmel zu bevölkern. Sogar die Eulen gehen ihnen aus dem Weg." Er schüttelte den Kopf. „Das totale Gegenteil von dem, was wir gewohnt sind: Eulen fürchten sich hier vor Fledermäusen. Wir haben ein paar an die Eulen verloren. Aber nichts im Vergleich zu der Zahl, die die Kannibalen erwischt haben. Sie jagen in Rudeln. Noch vor ein paar Wochen waren wir fast fünfzig hier."

„Wir müssen zurück in den Norden", sagte Chinook und Schatten drehte sich überrascht zu ihm. Er war so still gewesen. „Wir müssen versuchen die anderen zu warnen, bevor es zu spät ist. Da sind Frieda und deine Mutter und vielleicht auch Marina."

„Nichts dagegen", sagte Caliban. „Und wir hätten uns schon viel früher auf den Weg gemacht. Aber wir hatten Verwundete. Wir mussten warten, bis alle ausgeheilt waren. Hier wird keiner zurückgelassen. Das ist die Regel. Wir bleiben alle oder wir gehen alle."

Schatten nickte. Er war voller Bewunderung für diese kleine Gruppe entschlossener Fledermäuse.

„Ihr zwei braucht etwas Ruhe, wenn ihr mit uns kommen wollt. Es gibt ein paar Beeren, die ich gefunden habe, die beschleunigen anscheinend die Heilung. Ihr braucht ein paar auf euren Wunden."

„Danke", sagte Schatten. Er benötigte Schlaf. Tiefen Schlaf, der ihn durch die Wochen und Monate tragen würde, bis er irgendwo anders aufwachen konnte, irgendwo, wo es sicher war. Überrascht stellte er fest, wie erleichtert er war. Hier hatte jemand anderes die Verantwortung und instinktiv traute er Caliban. Er selber wollte keine Pläne mehr machen, er wollte nur Anweisungen befolgen. Sein ganzes Leben hatte er nie getan, was man ihm sagte. Er hatte alles infrage gestellt, was andere sagten – und wohin hatte ihn das gebracht? Damit machte er nun Schluss. Mach eine Pause mit dem Heldendasein. Marina hatte Recht gehabt. Er hatte genug von der Vorstellung nachdenken zu müssen.

Caliban kam mit einer Beere im Mund zurück, zerkaute sie zu einer Salbe und strich sie auf Chinooks Bauch.

„Alle paar Wochen", sagte die Bulldoggenfledermaus, „werden weitere Fledermäuse über der Stadt abgeworfen. Und jedes Mal schauen wir nach, ob es Überlebende gibt. Früher waren es mehr. Manchmal explodierten die Scheiben nicht, manchmal drehten die

Fledermäuse rechtzeitig ab." Er grinste ärgerlich. „Offenbar werden die Menschen immer besser dabei. Ich bin überrascht, dass ihr zwei überlebt habt. Aber gut, dass ich euch in dem Moment gefunden habe. Diese Stelle, wo ihr gerastet habt, ist ein Nest von Insekten. Weitere wären gekommen. Ich habe gesehen, wie sie sich bei der Paarung gegenseitig gefressen haben. Das Weibchen beißt einfach dem Männchen den Kopf ab. Immerhin, sie schmecken ganz gut."

„Ihr esst sie?", fragte Chinook erstaunt.

„Wenn wir können. Viel Fleisch an ihnen dran. Was gut ist, denn die Jagd hier ist schwierig. Wir fliegen zu zweit und zu dritt und bleiben in der Nähe der Statue, der Zuflucht. Ohne diesen Ort hier hätten wir keine Nacht im Dschungel überstanden."

Caliban zerkaute eine zweite Beere und begann sie nun auf Schattens Wunde aufzutragen.

„Vor ein paar Nächten haben wir uns schon fertig gemacht, um loszufliegen, aber dann haben wir unseren Führer verloren. Wenn uns einer sicher zurück nach Norden hätte bringen können, dann er. Ich bin nur ein schwacher Ersatz. Er war einer der ersten, die hier abgeworfen wurden. Hat mich gerettet, als ich gekommen bin. Er war monatelang im Wald der Menschen gewesen und er hatte einige von den Dingen gesehen, die sie mit uns anstellten. Versuche."

„Was für Versuche? Wozu?", fragte Schatten.

„Um sicherzustellen, dass die Fledermäuse stark genug waren die Scheiben zu tragen, um herauszubekommen, wie man sie explodieren lassen kann. Die singenden Knöpfe zum Funktionieren zu bringen und dass sie in den Ohren bleiben. Eine Menge Fledermäuse sind in diesem Gebäude gestorben, sind verbrannt, oder ihre Flügel wurden so versengt, dass sie nie wieder fliegen konnten. Er hat alles überlebt. Aber der Dschungel hat ihn geschafft. Er war eine tapfere Fledermaus. Cassiel hat viele von uns gerettet."

„Cassiel Silberflügel?" Schatten konnte sich selber die Frage stellen hören, als ob er hoch in der Luft schwebte und sich selbst beim Sprechen beobachtete.

„Richtig."

„Was ist mit ihm passiert?"

„Die Kannibalen haben ihn gefressen." Caliban warf ihm einen merkwürdigen Blick zu und seine Nüchternheit geriet für einen Augenblick ins Wanken. „Hast du ihn gekannt?"

„Er war mein Vater."

Marina flog nach Süden. Das Gefolge von Achilles Grauflügel wuchs, als sich ihm andere Flüchtlinge anschlossen, die von den Eulen aus ihren Winterlagern vertrieben worden waren. Marina fühlte sich getröstet zusammen mit so vielen Fledermäusen zu fliegen, obwohl sie wusste, dass schon eine einzige Elitepatrouille der Eulen einen blutigen Pfad durch ihre Reihen schlagen konnte.

Sie und Ariel versuchten mit allen Neuankömmlingen zu sprechen und fragten sie, ob sie eine Flugmaschine der Menschen gesehen hätten, entweder am Boden oder in der Luft in Richtung Süden. Die Antworten waren vage: Der Himmel war voll von Menschenmaschinen, die in alle möglichen Richtungen flogen. Schatten konnte inzwischen überall sein. Überall.

Es wurde wärmer. Den Schnee hatten sie hinter sich gelassen und letzte Nacht hatte Marinas Herz gehüpft, als sie wieder Gras gesehen hatte und sogar ein paar Blumen.

Aber trotz des Wetters ließen Friedas Kräfte nach. Sie blieb zurück, ihr Atem rasselte. Marina und Ariel und die anderen hatten begonnen sich damit abzuwechseln, die Älteste der Silberflügel auf dem Rücken zu tragen.

Marina staunte, wie wenig sie wog, als ob ihre uralten Knochen anfingen innen hohl zu werden. Während des Tages schlief sie lange und fest.

Marina blickte über den Flügel zu Ariel. Jeden Morgen kämmte diese ihr das Fell, machte viel Getue um sie und fragte sie, ob ihr warm war, ob sie genug gegessen hatte. Zunächst war Marina verlegen geworden – sie hatte so viel Zeit allein verbracht, sie war an solche Aufmerksamkeiten nicht mehr gewöhnt. Sie war daran gewöhnt, für sich selbst zu sorgen und alles auf ihre Weise zu tun. Aber sie konnte nicht leugnen, dass sie Ariels Zuwendung genoss. Und Schattens Mutter so nahe zu sein war merkwürdig tröstlich, eine Art von Nähe zu Schatten selbst.

„Ich hätte mit ihm gehen sollen", sagte sie traurig. „Auf diese Weise werden wir ihn nie finden."

Ariel schüttelte den Kopf. „Du hast Recht daran getan, nicht in diese Flugmaschine zu gehen. Schatten hat seine eigene Entscheidung getroffen. Dafür bist du nicht verantwortlich. Ich konnte auch nie verstehen, warum Cassiel einige von den Dingen getan hat, die er getan hat. Bin einfach zu dumm, denke ich."

Marina lachte, dann schaute sie mit einem Stirnrunzeln weg.

„Ich hätte … ich wünschte, ich wäre vorher netter zu ihm gewesen. Ich denke, ich habe ihn nicht richtig beachtet oder so."

Ariel sagte nichts, wartete nur geduldig.

„Ich habe ihn nicht beachtet", sagte Marina schnell mit der Erleichterung eines Schuldbekenntnisses, „aber nur, weil er mich nicht beachtet hat. Diese ganze Sucherei und das Grübeln, das war alles, was er getan hat, es war, als ob sonst nichts existierte – und, okay, es hat sich rausgestellt, dass er Recht hatte mit dem Wald, aber …"

„Es ist nicht leicht, den zweiten Platz hinter einer großen Sache einzunehmen. Cassiel war genauso, so in Anspruch genommen von dem Geheimnis der Ringe und des Großen Vesprechens, dass er nicht viel daneben gesehen hat."

„Genau", sagte Marina erleichtert. „Er ist eine so wichtige Person geworden und er hat es mir nicht leichter gemacht, mich euch allen anzupassen. Allein zu leben war eine Sache – du kannst dich sozusagen damit abfinden, deine eigenen Regeln entwickeln, feste Gewohnheiten annehmen –, aber dann ist Schatten gekommen und ich habe diese zweite Chance bekommen und ich hatte Angst sie wieder zu verlieren."

Ariel nickte.

„Ja doch, ich habe ihn gequält", gab Marina zu, ohne ein Lächeln verbergen zu können. „Chinook hat mir viel Aufmerksamkeit geschenkt und … das war angenehm."

„Natürlich war es das."

„Ich verstehe nicht, warum Schatten es nicht kapiert hat", sagte sie nachdenklich. „Es hat ihn nur noch wütender gemacht. Für eine clevere Fledermaus kann er ganz schön blöd sein."

Sie erinnerte sich daran, wie Schattens Körper sich in dem furchtbaren Trog in dem Gebäude der Menschen entlangbewegt hatte, und ihr Lächeln verschwand.

„Er versteht es zu überleben", sagte sie fest, aber sie sah dabei Ariel an, als ob sie eine wichtige Frage stellte. „Er hat es schließlich zum Hibernaculum geschafft." Sie runzelte die Stirn. „Aber ich war bei ihm, um ihm zu helfen. Ich bezweifle, dass er es ohne mich gekonnt hätte. Du weißt doch: Er denkt nicht nach und manchmal macht er diese törichten Sachen."

„Ich weiß", sagte Ariel sanft. „Mach dir keine Sorgen. Wir finden ihn."

Die Morgendämmerung nahte und sie fanden Ruheplätze hoch in einem Zedernwald. Als Marina die Flügel um sich zusammenfaltete und sich auf den Schlaf freute, sah sie Frieda allein an einem entfernten Ast hängen und ganz still und angestrengt in den sich aufhellenden Himmel blicken. Was betrachtete sie bloß? Ariel schlief schon neben Marina und sie wollte sie nicht wecken. Schweigend flog sie auf von ihrem Ast, schoss zum Baumwipfel empor und ließ sich in respektvollem Abstand hinter Frieda nieder, um sie nicht zu erschrecken.

„Siehst du sie?", fragte Frieda, ohne sich umzuschauen.

Marina folgte dem Blick der Ältesten und in dem bleichen Licht sah sie eine glänzende Masse über einer fernen Gruppe blühender Bäume. Was war das? Für Insekten waren die einzelnen Punkte zu groß und für Vögel sicherlich zu klein. Aber da waren dutzende von ihnen und flitzten von Blüte zu Blüte.

„Kolibris", sagte Frieda.

„Sind das Vögel?" Sie sah, dass die Älteste ein ernstes Gesicht machte. Sie konnte sich kaum Sorgen machen, dass diese Vögel eine Bedrohung darstellten. Sie waren so winzig. „Was ist das Problem?"

„Die Tatsache, dass sie überhaupt hier sind", antwortete Frieda. „Sie überwintern im tiefen Süden. Sie hier zu sehen … da muss etwas nicht stimmen, und zwar erheblich. Komm mit mir, aber sei langsam, lass sie dich kommen sehen."

Marina flog hinter Frieda her. „Wir werden mit Vögeln sprechen?"

„Sie sind nicht wie die anderen. Sie sind so klein, sie haben sich nie bei einer anderen Gattung wohl gefühlt. Sie leben getrennt von allen übrigen Tieren. Sie ernähren sich von Insekten wie wir und auch von Blüten."

„Von Blüten?"

„Sie trinken ihren Nektar. Und auch sie misstrauen den Eulen. Sie haben nie gegen uns gekämpft und wir haben keine Konflikte mit ihnen."

Sie flogen hoch über den Baumwipfeln, sodass sie sich für die Kolibris gut sichtbar näherten.

„Ich bin Frieda Silberflügel", rief die Älteste. „Ich habe nichts Böses im Sinn und möchte nur mit euch reden."

Für einen Augenblick schien es Marina, als ob alle Kolibris bewegungslos in der Luft erstarrten, ihre zerbrechlichen Flügel still hielten und sich ihre winzigen Köpfe zu ihnen wandten. Dann verschwanden sie schneller als ihr Echosehen.

„Wo sind sie hin?"

„Bitte, wir wollen nur reden", rief Frieda noch einmal, während sie um den Baum kreisten.

„Komm nicht näher, Silberflügel."

Marina blickte sich überrascht um und sah einen Kolibri über ihrem Kopf, der so schnell, dass sie ihn aus den Augen verlor, nach rechts und nach links flitzte, nach oben und nach unten – er konnte sogar rückwärts fliegen.

„Warum riskiert ihr, gegen euer morgendliches Ausgangsverbot zu verstoßen, um mit uns zu sprechen?"

Die Stimme des Kolibris klang etwas mürrisch, sehr hoch und schien im Takt seiner Flügelschläge zu vibrieren. Wie schnell die wohl waren, fragte sich Marina beeindruckt. Viel schneller als die von Fledermäusen, vielleicht hundert Schläge pro Sekunde.

Was für ein herrliches Geschöpf er doch war, dachte sie bewundernd. Er war etwas kleiner als eine Fledermaus und schien fast senkrecht in der Luft zu fliegen. Schneeweißes Gefieder bedeckte seine Brust und ging über in einen glänzenden Fleck um seine Kehle. Sein Schnabel war dünn wie eine Kiefernnadel und an der Spitze elegant nach unten gekrümmt.

Nun konnte sie sehen, wie andere Kolibris wieder aus den Bäumen auftauchten und ihre Schnäbel in die Blüten steckten. Sie verstand, warum sie Fledermäuse nicht zu fürchten hatten oder irgendwelche anderen Tiere. Sie waren so wachsam und bewegten sich so flink, so mühelos, sie schienen überhaupt kein Gewicht zu haben, eher ein Element der Luft zu sein als Geschöpfe mit Sehnen und Knochen. Sie konnten ewig weiterfliegen. Sie spürte einen Anflug von Neid.

„Warum seid ihr hier, so weit weg von den Gegenden eurer Überwinterung?", fragte Frieda.

„Sie sind zerstört worden", antwortete der Kolibri einfach.

„Von wem?"

„Von den Menschen mit ihren endlosen Kämpfen. Die Menschen im Norden schicken ihre Flugmaschinen und spucken Feuer herab. Unsere Bäume sind größtenteils verbrannt. Wir sind aus dem Dschungel vertrieben worden und nicht nur wir. Viele Vögel und Vierfüßler sind geflohen. Ihr habt davon noch nicht gehört?", fragte der Kolibri spitz und hielt den Kopf schräg. Er machte ein paar Hüpfer durch die Luft nach hinten.

„Nein", sagte Frieda.

„Weil es Gerüchte gegeben hat", sagte der Vogel mit seiner schrillen Stimme.

„Erzähl es uns, bitte", sagte Marina mit heftig pochendem Herzen.

Menschliche Flugmaschinen, die nach Süden flogen und Feuer mit sich führten. Die Schatten mit sich führten.

„Zunächst sind die Menschen mit vielen Flugmaschinen gekommen, niedrig am Himmel, und die Maschinen selbst schienen Feuer zu spucken. Aber die Menschen des Südens haben sie mit ihren eigenen Waffen abgeschossen. Vor einigen Monaten fingen die nördlichen Flugzeuge an höher zu fliegen, über den Wolken, wo man sie nicht angreifen konnte. Aber trotzdem kam ihr Feuer herab. Und es geht das Gerücht, dass sie Vögel und Fledermäuse dazu benutzen das Feuer zu tragen."

„Hast du das selbst gesehen?", fragte Marina mit trockener Kehle.

„Ich nicht. Aber andere sagen, sie hätten es gesehen. Ihr wisst wirklich nichts davon?"

Sprachlos blickte Marina Frieda an.

„Wenn das wahr ist, tun wir es nicht freiwillig", sagte Frieda. „Die Menschen haben viele Fledermäuse und Eulen gefangen und an ihnen Metallscheiben festgebunden. Dann bringen sie sie in ihren Flugmaschinen weg, nach Süden."

„Das Feuer fließt aus diesen Metallscheiben. Das ist es, was ich gehört habe", sagte der Kolibri.

„Was passiert danach mit den Fledermäusen?", fragte Marina.

„Kann ich nicht sagen. Ich denke, sie müssen sterben, viele von ihnen, denn die Explosionen sind gewaltig. Ich sehe nicht, wie sie die überleben können."

„Aber du hast einige Fledermäuse gesehen, lebende, im Dschungel?"

„Es hat da immer Fledermäuse gegeben, aber viel größere als euch. Die Vampyrum."

„Vampyrum", wiederholte Marina. Sie wusste, was der

Kolibri meinen musste. „Einen Meter Flügelspanne? Fleischfresser?"

„Ja."

Marina kniff die Augen so fest zusammen, dass es wehtat. Goth und Throbb waren aus dem Süden gekommen. Die Menschen brachten diese Fledermäuse in ihre Heimat zurück.

„Früher haben sie uns im Dschungel nie beachtet, aber jetzt, wo der Nahrungsvorrat vernichtet ist, haben sie sich auf uns gestürzt. Das ist ein anderer Grund, warum wir geflohen sind. Es tut mir Leid, dass ich euch diese Nachrichten bringen muss", sagte der Kolibri.

„Es ist ungeheuerlich von den Menschen, uns so zu benutzen."

„Wir danken dir, Kolibri."

„Wir wissen, die Eulen haben euch den Krieg erklärt. Wir werden nicht auf ihrer Seite kämpfen."

„Dafür sind wir dankbar."

„Alles Gute", sagte der Kolibri und blitzartig waren alle Vögel verschwunden.

„Wundervolle Geschöpfe", murmelte Frieda vor sich hin.

Marina wendete ermattet hinter der Ältesten und kehrte mit lustlosen Flügelschlägen zu den Zedern zurück.

„Meine Kolonie hat Recht gehabt", sagte sie den Tränen nahe. „Sie hatten Recht, mich zu verbannen, nachdem ich beringt war. All diese dummen Geschichten von beringten Fledermäusen, die verschwunden oder plötzlich in Flammen aufgegangen sind. Sie müssen es irgendwie gewusst haben, Gerüchte gehört haben oder so etwas. Sie haben Recht gehabt. Die Menschen sind böse."

„Wenigstens wissen wir nun, wo die Menschen sie hinbringen", sagte Frieda. „Die Kolibris überwintern auf der großen südlichen Landenge. Dort werden wir Schatten finden."

Wenn er noch am Leben ist.

Keiner von beiden musste das aussprechen.

„Morgen kommen wir nach Brückenstadt", sagte Frieda. „Das soll uns wenigstens ein kleiner Trost sein."

Aber sie klang genauso erschöpft und hoffnungslos, wie Marina sich bis auf die Knochen fühlte.

Brückenstadt

Schatten hoffte, dass dies die letzte Nacht war, die er im Dschungel verbringen musste.

Er jagte unkonzentriert, achtete mehr auf den Himmel um sich herum als auf die Insekten, die er zu fangen versuchte. Mit Chinook und Caliban, der darauf bestanden hatte, sie zu begleiten, blieb er in der Nähe der Zuflucht und schnappte vorsichtig nach allen Insekten, die nicht so aussahen, als würden sie zurückschnappen. Von allem, was zu groß war, zu viele Fühler oder gespenstische Muster oder fremdartige Gerüche hatte, hielt er sich fern. Er mied auch die Bäume, weil dort Schlangen waren und Eulen und mehr von diesen Insekten, von denen eines ihm beinahe den Kopf abgebissen hatte. Er hielt auch Abstand zum Boden, weil da riesige Katzen waren und wer weiß, was sonst noch.

In der kommenden Nacht wollten sie aufbrechen.

Das war jedenfalls ihr Plan. Drei Nächte lang hatten sie ihn in der Statue, der Zuflucht, während der

Abend- und Morgendämmerung besprochen. Schatten wusste, dass das für sie alle die einzige Möglichkeit des Überlebens war.

Aus irgendeinem Grund war der Dschungel nach seiner Ankunft sogar noch tödlicher geworden. Vor zwei Nächten hatten sie eine Fledermaus verloren und letzte Nacht noch einmal drei. Es waren die Kannibalen. Normalerweise jagten die allein, aber in letzter Zeit flogen sie in Rudeln und suchten den Dschungel in einer Art Futterwahn ab. Eines Nachts hatte Schatten sie, als er gebückt im engen Eingang der Statue hockte, die Baumwipfel in der Nähe durchforsten gesehen und mit Schaudern die vertrauten Umrisse ihrer breiten, gezackten Flügel erkannt. Sie hatten seinen Vater getötet.

Dies war nur einer der Gedanken, die jetzt das ständige, leise Hintergrundrauschen in seinem Kopf bildeten. Sein Vater, hier, am Leben, noch vor ein paar Nächten. Es war zu grausam und er wünschte, er könnte aufhören daran zu denken.

Zum ersten Mal, seit er damals im Wald der Menschen in diesen Bach gesprungen war, hatte er Zeit über alles nachzudenken und die Gedanken überfielen ihn wie ein gewaltiges Gewitter und ließen ihn von Kummer und Wut erschöpft zurück. Er konnte kaum die Kraft aufbringen mit Chinook zu sprechen oder mit Caliban. Er zog sich tief in sich selbst zurück.

Nicht einmal der Schlaf ermöglichte ein Entrinnen.

Die schlechten Träume, die er seit seiner Ankunft im Hibernaculum gehabt hatte, waren noch viel bedrohlicher geworden. Er träumte von einer Nacht ohne Morgendämmerung, einer Nacht ohne wenigstens die Hoffnung auf die wärmende Sonne.

Er träumte von heftigen Winden, die über die Erde fegten und von den grässlichsten Geräuschen begleitet waren, die er je gehört hatte. Gestern war er zitternd aufgewacht von einer Erscheinung, in der die Sonne plötzlich von einem finsteren Auge ausgelöscht worden war, das aber kein Zentrum hatte, kein Licht darin. Es war wie ein Loch, das nur zu tieferer vollkommener Dunkelheit führte.

Dem Dschungel zu entkommen war der einzige Gedanke, der ihm etwas Kraft gab. Es war das, was sein Vater gewollt hatte, und er hatte Recht gehabt. Er musste zurück in den Norden, den Wald finden, die anderen warnen. Wenn er nur wüsste, ob Marina gefangen worden war wie er selbst oder ob sie es irgenwie zurück zu Ariel und Frieda geschafft hatte. Selbst dann: Konnten sie aus dem Gebäude entkommen sein? Vielleicht wurden sie gerade jetzt in eine Flugmaschine geladen mit Sirenen im Ohr und an den Bauch gebundenen Scheiben. Er lebte in Angst davor, das Krachen von Explosionen über den Dächern der Stadt zu hören, aber dankenswerterweise gab es keine – noch nicht.

Er war ganz wild darauf aufzubrechen, aber – und das

war besonders frustrierend – er selbst war es, der den Abflug verzögerte. Caliban sagte ihm, er könne auf keinen Fall losfliegen, bevor seine Wunde ein bisschen besser verheilt sei. Auch Chinook brauchte noch etwas Zeit, um sich zu erholen. Und keiner brach auf, bevor nicht alle aufbrechen konnten.

Schattens Verletzung heilte, aber nur langsam. Vor ein paar Tagen hatte er alarmiert bemerkt, dass ihm das Haar in Büscheln ausfiel. Aus Angst, dies könne das Symptom einer fürchterlichen Krankheit sein, hatte er Caliban gefragt und ein Lächeln der langschwänzigen Fledermaus geerntet. Schatten hatte ihn nie zuvor lächeln gesehen; er nahm an, es gab nicht viel, worüber man hier unten lächeln konnte.

„Man nennt es Mauser", hatte ihm Caliban lachend erklärt. „Es ist normal in dieser Hitze. Nur dass es sonst erst im Sommer passiert." Schatten hatte genickt und sich gewünscht, dass Marina hier wäre. Sie hätte ihm das sagen können. Er war nie zuvor in der Mauser gewesen. Mauser mitten im Winter, im Dschungel. Es war hier so heiß, dass er sich fast einen richtigen nördlichen Winter herbeiwünschte.

Schatten fing noch einen Käfer und blickte zu Chinook hinüber, der neben ihm jagte. Während der letzten drei Tage und Nächte, waren sie nie weit voneinander entfernt gewesen, hatten Seite an Seite geruht und zusammen gejagt. Sie redeten nicht viel, aber Schatten fand es tröstlich, ihn in der Nähe zu haben.

Ein Grund dafür war, wie er wusste, dass Chinook die einzige Erinnerung an Zuhause war, die er jetzt hatte. Aber was war sein Zuhause?, dachte er bitter. Und wo?

Der Baumhort war für immer verloren.

Ariel, Marina und Frieda waren in dem Gebäude der Menschen gefangen – oder Schlimmeres.

Du hast dir doch versprochen, nicht mehr daran zu denken, erinnerte er sich.

„Glaubst du, dass es Marina gut geht?", flüsterte Chinook.

„Ich hoffe doch."

„Weil ich das Gefühl habe, es ist alles meine Schuld. Ich meine, sie ist doch meinetwegen gekommen, um mich zu suchen, oder nicht? Damals im Gebäude der Menschen? Sie hat viel riskiert meinetwegen."

„Nun … zum Teil, ja, aber …"

„So anhänglich", sagte Chinook und schüttelte in seinem Liebeskummer den Kopf. Und zum ersten Mal seit Nächten ärgerte sich Schatten über ihn und war fast froh darüber.

„Sie wollte auch herausbekommen, was da vor sich ging", konnte er sich nicht verkneifen klarzustellen. „Ganz allgemein."

„Aber sie hat mich vermisst. Ich wusste, sie würde mich vermissen. Hat sie jemals was zu dir gesagt, du weißt schon … über mich?"

Schatten knirschte mit den Zähnen. Gut aussehend.

Sie hatte ihn gut aussehend genannt, als ob er das je vergessen könnte!

„Kann mich nicht erinnern, ehrlich gesagt", murmelte er.

„Hm", sagte Chinook. „Nun, über dich hat sie die ganze Zeit geredet."

Schatten wartete gespannt, aber der andere fuhr nicht fort.

„Und?", fragte er nach ein paar qualvollen Sekunden.

„Oh, nur darüber, wie aufgeblasen du wärst."

Empört stellten sich Schattens Ohren auf. „Aufgeblasen? Was soll das heißen: aufgeblasen?" Es hörte sich wie etwas an, was eine eingebildete Taube machte, wenn sie die Federn spreizte. Es klang lächerlich.

„Sie hat nur gedacht, du bist zu wichtig für alle anderen. Ein großer Held. Ich habe versucht, für dich einzustehen, aber sie klang ziemlich verärgert."

„Aha."

„Ich muss sie finden", sagte Chinook. „Sie retten."

„Sie schafft es sehr gut, sich selbst zu retten", murmelte Schatten.

„Ich wollte sie fragen, ob sie meine Frau werden will", vertraute ihm Chinook an. „Ich denke, sie hätte Ja gesagt, meinst du nicht? Ich meine, du und sie, ihr seid schon eine Weile befreundet, daher dachte ich, ich frage dich mal."

Schatten verschluckte sich und versuchte seinen Husten zu unterdrücken, während ihm das Wasser aus den Augen lief. Marina Chinooks Frau? Es war unglaublich! Hatte Chinook denn überhaupt keine Ahnung, dass er, Schatten, der Knirps, auch an Marina interessiert sein könnte? Nun, er hatte den alten, dämlichen Chinook schon vermisst, und hier war er wieder in seiner ganzen Herrlichkeit.

„Ich weiß nicht, Chinook", sagte er schließlich. „Es ist schwer vorherzusehen, was sie sagen würde. Sie ist etwas schwierig."

„Tatsächlich? Ist mir nie aufgefallen."

„Lass dir Zeit."

„He, sie hat ein tolles Lachen, nicht? Es ist so …"

„Perlend?"

„Ja doch, perlend."

„Schön." Schatten nickte.

Caliban kam zu ihnen herangeflogen und gab ihnen ein Zeichen, sie sollten sich zurück zur Zuflucht aufmachen. Eine Stunde war alles, was sie jetzt für die Jagd riskierten, und es reichte kaum aus, um zu verhindern, dass Schattens Magen den ganzen Tag lang hungrig knurrte. Und wie konnten sie hoffen so ihre Kräfte für die lange Reise nach Norden beisammenzuhalten? Alle Fledermäuse hier waren so mager. Nur er und Chinook hatten noch einigermaßen Fett auf den Rippen, nachdem sie all die Insekten zu sich genommen hatten, die in den Wald der Menschen hineingeschleust wurden.

Aber Hunger, das wusste er, würde noch ihr geringstes Problem sein. Alles, was zwischen ihnen und den Kannibalenfledermäusen stand, war die Zuflucht in der Statue – und ohne die wären sie fürchterlich verwundbar am nächtlichen Himmel.

Schatten wendete und machte sich auf den Rückweg zu der gigantischen metallenen Menschenfigur. Da erblickte er in den Bäumen, die den Berg krönten, durch die Äste hindurch eine verwischte Bewegung. Er warf ein Klangnetz aus und in seinem Kopf blitzte das Bild einer Eule auf.

Inzwischen hatte er schon ein paar südliche Eulen gesehen. Sie hatten strahlende Kreise von weißem Gefieder um die Augen und ein Kreischen, das jedenfalls noch schrecklicher war als das ihrer nördlichen Vettern.

Er zog die Schultern hoch und beschleunigte in der Hoffnung, dass er nicht entdeckt worden war.

„Warte!"

Es war unmöglich nicht zurückzuschauen, so verzweifelt klang die Stimme. Er drehte sich um und sah, wie die Eule sich über die Baumwipfel erhob: eine junge Eule mit Blitzen auf der Brust. Und von seinem Bauch hing eine große metallene Scheibe.

„Schatten, flieg weg!", hörte er Caliban vorne rufen.

„Ich kenne ihn", rief er zurück.

„Sei kein Narr!"

Die Eule jagte nicht, sondern kreiste nur und schaute verloren auf Schatten. Dieser konnte seinen Blick nicht von der Scheibe reißen. Sie war genauso groß wie die von Goth und er wusste, was sie anrichten konnte, wenn sie explodierte.

„Hilf mir", sagte die Eule.

„Schatten!", warnte ihn Caliban zornig.

Er zögerte. Er wollte Caliban gegenüber nicht ungehorsam sein; er vertraute auf die Bulldoggenfledermaus und respektierte ihn. Und er hatte sich selbst erst vor zwei Nächten das Versprechen gegeben, von nun an allen Anordnungen zu folgen und sich weiteren Ärger zu ersparen. Aber er konnte die Eule nicht einfach im Stich lassen. „Ich komme nach."

Ohne auf eine Antwort zu warten, kippte er seitwärts und flog auf die Eule zu. „Hör zu", rief er. „Dieses Ding, die Metallscheibe, sie …"

„Ich weiß. Sie funktioniert nicht."

„Was?"

„Sie ist nicht explodiert. Ich bin schon da gelandet, wo ich hin sollte, und nichts ist passiert. Nicht wie bei den anderen. Ich habe gesehen, was mit denen der anderen passiert ist."

Schatten starrte auf die Scheibe. Er traute ihr nicht. Er zuckte zusammen, als plötzlich Chinook neben ihm auftauchte.

„Flieg mit Caliban zurück!", sagte Schatten ungeduldig.

„Ich bleibe bei dir."

„Verschwinde!"

„Nein!"

Schatten war über die Entschlossenheit in Chinooks Gesicht erstaunt. „Warum nicht?"

„Ich fühle mich sicher", murmelte dieser, dann fügte er fast ärgerlich hinzu: „Ich fühle mich in Sicherheit, wenn ich bei dir bin, okay? Und nur dann."

Schattens Ärger verflog. Es schien fast unmöglich, dass Chinook so etwas sagen sollte, dass Schatten, der ewige Knirps, ihm das Gefühl der Sicherheit gab. Er grinste dankbar.

„Mir geht's genauso, Chinook. Glaub mir."

Schatten wandte sich wieder der Eule zu. „Warum bist du allein?", fragte er ihn.

„Die anderen, die Eulen, die hier leben, wollen mir nicht zu nahe kommen. Sie haben mich beinahe umgebracht, als sie die Scheibe gesehen haben. Sie befürchten, dass sie explodiert."

Schatten konnte es ihnen nicht verdenken. Soweit er wusste, konnte sie jeden Augenblick in Flammen auf-gehen.

„Sie haben das Gleiche auch mit mir gemacht", sagte Schatten. „Mit allen Fledermäusen. Schau her." Er leg-te sich in eine steile Querlage, sodass die Eule die noch nicht verheilte Wunde an seinem Bauch sehen konnte. „Deshalb waren wir alle in diesem Gebäude. Die Menschen haben uns alle benutzt."

„Ich will nach Hause", jammerte die Eule. „Aber ich weiß nicht, wo das ist."

„Es gibt eine Gruppe von uns, die überlebt haben", erzählte ihm Schatten. „Und wir brechen morgen Nacht auf. Komm mit uns."

Er sah den ängstlichen Blick, den Chinook ihm zuwarf, und er wusste, dass er ein Risiko einging, vielleicht ein tödliches. Aber die Einladung erfolgte nicht bloß aus Freundlichkeit, sie hatte auch eine selbstsüchtige Seite. Eine Gruppe nördlicher Fledermäuse war an diesem Himmel eine leichte Beute. Aber mit einer Eule als Begleitung könnten sie vielleicht Angriffe anderer Eulen vermeiden – und sogar die der Kannibalenfledermäuse. Caliban würde die Logik seines Plans schon erkennen.

„Ihr kennt den Weg nach Norden?", fragte die Eule.

„Ja." Schatten fiel ein, dass Eulen nicht so viel Erfahrung wie die Fledermäuse darin hatten, sich an den Sternen zu orientieren.

„Aber diese Scheibe hängt so schwer an mir", sagte die Eule. „Letzte Nacht bin ich fast von einer Schlange gefressen worden. Hatte kaum Zeit hochzufliegen, bevor sich ihr Maul um mich geschlossen hatte."

„Du bist sicher, dass sie ein Blindgänger ist?", fragte Schatten mit einem Kopfnicken zur Scheibe hin.

„Ich bin hart auf dem Gebäude aufgeschlagen und nichts ist passiert."

Schatten holte tief Luft. „Hör zu. Ich kann dich davon befreien. Es wird wehtun. Ich muss die Stiche aus deinem Bauch herausreißen. Ich habe das aber schon mal gemacht. In Ordnung?"

„Warum willst du mir helfen?"

„Du hast mir mal das Leben gerettet."

„Du hast meins zuerst gerettet. Warum?"

„Du hast ausgesehen, als ob du Angst hattest", sagte Schatten einfach.

„Dieses Monstrum, die Riesenfledermaus im Gebäude der Menschen, war das die, von der du gesagt hast, dass sie die Tauben in der Stadt getötet hat?"

„Ja", sagte Schatten mit einem Seufzer, als ob endlich ein schweres Gewicht von seinen Flügeln genommen wäre. „Das wollte ich dir die ganze Zeit sagen. Es waren nicht wir, die angefangen haben Vögel umzubringen, es waren diese Dschungelfledermäuse."

„Jetzt glaube ich dir."

„Kannst du in dem Baum da landen?", fragte Schatten. „Es ist einfacher, wenn du still hältst."

Während er zusah, wie die Eule sich auf einem hohen Ast niederließ, verspannten sich Schattens Muskeln, als die Metallscheibe wiederholt gegen das Holz stieß. Es schien tatsächlich ein Blindgänger zu sein. Er würde sich allerdings viel besser fühlen, wenn sie von der Eule los wäre, falls sie mit ihnen kommen sollte.

Zusammen mit Chinook landete Schatten bei der Eule. Er hatte immer noch mit dem fremdartigen Gefühl zu kämpfen, so nahe bei einer Eule zu sein, seinem Todfeind seit Millionen von Jahren. Er konnte nicht sagen, dass ihm ihr Geruch gefiel, aber er konnte sich denken, dass die Eule auf seinen auch nicht scharf war. Ihre Federn kitzelten ihn in der Nase.

„Jetzt geht's los", warnte er die Eule. „Es wird wehtun, aber ich tue das nicht mit Absicht, okay?"

„Fang an", sagte die Eule.

„Halte nur ein wachsames Auge auf alles, was den Wunsch haben könnte uns zu fressen. Du auch, Chinook."

Schatten begann damit, seine Zähne vorsichtig in den kahlen Fleck zu graben, den die Menschen auf dem Bauch der Eule rasiert hatten.

„Wie heißt du?", hörte er die Eule mit angespannter Stimme fragen.

Schatten rückte etwas ab, um Luft zu holen. „Schatten. Und das ist Chinook."

„Ich heiße Orest." Nach einem Weilchen fragte er: „Ihr wisst nicht, wer ich bin, oder?"

Schatten knurrte ein Nein. Auf seiner Nase war Eulenblut. Erstaunlicherweise schmeckte es fast genauso wie Fledermausblut.

„Ich bin der Sohn von König Boreal."

Schatten zögerte. Er war nicht nur dabei, seine Zähne in eine Eule zu schlagen, sondern es war auch noch zufällig der Prinz des mächtigsten Vogelkönigs in den nördlichen Wäldern.

„Wo ist dein Vater jetzt?", fragte er und rückte etwas zurück, um zu sehen, wie er vorankam. „War er mit dir in dem Gebäude?"

„Glücklicherweise nicht. Er hat mich weggeschickt, während er …"

„Was?"

„Seine Armeen für den Krieg aufstellte", sagte Orest ruhig.

Schatten schaute weg. Krieg gegen die Fledermäuse. Am liebsten wäre er sofort abgehauen. Sollte doch Orest selber sehen, wie er zurechtkam. Warum sollte er ihm helfen, wenn sein Vater sich darauf vorbereitete, alle Fledermäuse am Himmel auszulöschen?

„Willst du auch einen Krieg?", fragte er Orest kühl.

„Ich weiß nicht. Und du?"

„Nein, aber ich will auch nicht, dass wir für immer in die Nacht verbannt bleiben." Er seufzte. Irgendwie schien das alles so weit weg wie das Leben von jemand anderem. Im Augenblick befand er sich im Dschungel, und das war alles, was er wusste. Am Leben bleiben, lebendig wieder rauskommen. Und dafür brauchte er diese Eule.

„Kann ich dir trauen?", fragte er Orest. „Wenn ich dies abmache, wirst du uns dann nach Norden begleiten und vor allen Eulen beschützen, die wir vielleicht treffen?"

„Ja."

Er blickte der Eule in die riesigen Augen und wusste,

es gab keine Möglichkeit zu erkennen, ob Orest die Wahrheit sagte. Aber er beschloss daran zu glauben, dass er es tat. Was konnte er sonst schon tun? Er machte sich wieder an die Arbeit, durchtrennte alle Stiche, bis nur noch einer übrig war.

„Wenn ich den hier durchtrenne, dann fang die Kette mit deinen Klauen", sagte Schatten. „Ich denke, wir wollen nicht, dass die Scheibe auf den Boden fällt. Nur für alle Fälle."

Orest nickte. Rasch zertrennte Schatten den Faden und mit erstaunlicher Wendigkeit packte die Eule die Kette mit ihren Krallen.

„Leg sie langsam auf den Boden."

Er wartete oben, während Orest mit der Scheibe durch den Baum nach unten flog.

„Traust du ihm?", flüsterte Chinook.

„Wir müssen."

„Er könnte jetzt zurückfliegen und sich mit den anderen Eulen zusammentun. Ihnen verraten, wo wir uns verstecken."

„Vielleicht", sagte Schatten. Diese Möglichkeit ängstigte ihn.

Orest kam auf den Ast zurück. Endlich war er die Bombe der Menschen los. „Ich danke dir."

„Lass uns fliegen. Ich zeig dir, wo wir uns aufhalten." Er maß die Eule mit dem Klang-Sehen ab. „Du solltest dich gerade so hineinquetschen können in unsere Zuflucht in der Statue."

„Vorher wirst du einige Überzeugungsarbeit leisten müssen", sagte Orest.

Schatten grinste.

Ein Paar Klauen schlitzte durch den Himmel und senkte sich in Orests Rücken. Schatten blickte sofort hoch und sah eine riesige Kannibalenfledermaus, die Orest vom Ast herunterzerrte. Ein Schatten fiel über ihn und er konnte sich nur instinktiv fallen lassen, als ein zweites Klauenpaar an ihm vorbeizischte. Stattdessen drang es Chinook in die Schulter und hob ihn in die Luft.

„Schatten!", hörte er Chinook vor Verwirrung und Schmerz aufschreien.

Er blinzelte durch die Blätter und beobachtete, wie die beiden Kannibalen wegflogen. Chinook und Orest hielten sie fest in ihren Krallen.

Mit klopfendem Herzen sah er sie verschwinden. Du hast nichts getan, nichts. Es gab nichts zu tun.

Ich fühle mich in Sicherheit, wenn ich bei dir bin, hatte Chinook zu ihm gesagt.

Er zitterte und zum ersten Mal, seit die Menschen ihn gefangen hatten, weinte er hemmungslos. Er war dumm und schwach und er hatte alles verloren, alles. Tränenblind taumelte er zur Zuflucht in der Statue zurück.

Ein breiter Fluss schnitt die Stadt in zwei Teile und über das Wasser spannte sich eine hohe Brücke. Sogar aus dieser großen Entfernung konnte Marina die flatternde Bewegung darunter erkennen. Dann drehten sich riesige, lange, glänzende Säulen in alle Richtungen in den Himmel, wendeten und spannten sich wie dunkle Regenbögen über die Stadt.

Fledermäuse. Millionen von ihnen.

Sie waren in Brückenstadt angekommen.

Marina spürte, wie sie von Stolz überflutet wurde. Sie hatte nie geglaubt, dass sie diesen Ort wirklich aufsuchen würden, diese legendäre Stadt, wo die Fledermäuse den Himmel füllten und eher wie die Herrscher dieses Ortes wirkten als die Menschen, die ihn erbaut hatten. Auch Erleichterung fühlte sie. Sie näherten sich der allergrößten Hochburg von Fledermäusen, dem Heim der westlichen Kolonien von Langschwanzfledermäusen, den größten aller nördlichen Fledermäuse. Wenn es überhaupt noch einen Ort auf dieser Erde gab, an dem sie sicher waren, dann war es dieser.

Trotzdem bekam sie ein mulmiges Gefühl, als sie die Stadt der Menschen betrachtete. Die Vorstellung, so nahe bei ihnen zu leben, stieß sie jetzt ab. Und wie konnten die Fledermäuse sicher sein vor den widerlichen Plänen der Menschen?

Als sie näher herangeflogen kamen, erkannte sie, wie die Brücke eine so gewaltige Anzahl von Fledermäusen beherbergen konnte. Ihre Länge war gewaltig, ein Gitterwerk von Metallstreben, in Abständen von mächtigen Steinpfeilern getragen, die aus der Tiefe des Flussbettes hinaufragten. Der obere Teil der Brücke diente, wie Marina sah, als eine Art Straße für die Menschen. Sie wurde jetzt von ihren Maschinen erleuchtet, die lärmend hin- und herfuhren. Die Unterseite der Brücke aber bot mit ihren zahllosen Simsen und Nischen genügend Rastplätze, die sich über die ganze Spannweite hinweg von einem Ufer des Flusses zum anderen erstreckten.

Als sie sich näherten, wurden sie von Fledermäusen begrüßt, die in Scharen freudig um sie herumflogen, und Marina empfand beinahe etwas wie Jubel. In der Mitte eines solchen Gedränges zu sein! Wie könnten sie je geschlagen werden? Alles war jetzt möglich.
Selbst die Eulen zu besiegen.
Und Schatten zu retten.
Die nächsten Stunden vergingen im Nu, als man sie, Ariel und die anderen Neuankömmlinge zu verschiedenen Stellen der Brücke führte und ihnen zeigte, wo sie Ruhe finden konnten. Sie erfuhr, dass die Bevölkerung der Brücke während der letzten zwei Monate gewaltig angewachsen war. Hier war nun ein Zuhause für Fledermäuse aller Arten von der Westküste bis zum Osten. Die Ruheplätze waren überfüllt und alle schienen bestens gelaunt und erzählten die Geschichten ihrer eigenen Abenteuer, von ihrem knappen Entkommen vor den Eulen, von heimtückischen Angriffen und verzweifelten Flügen in die Freiheit.

„Du solltest schlafen", sagte ihr Ariel. „Wir sind eine Million Flügelschläge lang stramm geflogen."

„Wann können wir weiter nach Süden?"

„Wir werden Frieda fragen", sagte Ariel. Dann runzelte sie die Stirn. „Ich mache mir Sorgen um sie."

Die Älteste der Silberflügel war nicht bei ihnen. Sie war zusammen mit Achilles Grauflügel geladen worden, um Halo Langschwanz, der Ersten Ältesten der Brücke, Bericht zu erstatten. Auch Marina war besorgt wegen Friedas Gesundheitszustand. Immer mehr hatte diese sich in den vergangenen Nächten darauf verlassen müssen, dass andere für sie flogen. Ihr Atem rasselte jetzt beinahe ständig. Sogar ihre strahlenden Augen schienen etwas verschleiert und wanderten zu fernen Horizonten.

„Diese letzte Reise ist zu viel für sie gewesen", sagte Ariel.

Marina schüttelte besorgt den Kopf. „Es wird ihr schon besser gehen. Sie braucht nur Ruhe." Sie wollte nichts davon hören, dass jemand im Sterben lag. Ariel antwortete nicht.

Erstaunlicherweise schlummerte Marina tief trotz der andauernden lauten Geschäftigkeit um sie herum, trotz der Ungeduld, die durch ihre Adern pulsierte. Die reine Erschöpfung obsiegte. Als sie schließlich aufwachte, war Frieda bei ihr und Marina brach in ein freudiges Lächeln aus.

„Die Ältesten halten in einer Stunde einen Kriegsrat

ab", sagte Frieda und unterdrückte ein Husten, „und ich möchte, dass ihr beiden mich begleitet. Es könnte sein, dass ihr meine Stimme ersetzen müsst."

Der Kriegsrat wurde in dem höchsten der hoch aufragenden Türme der Brücke abgehalten. Dort hatten Halo Langschwanz und die anderen Ältesten ihren Ruheplatz. Der Ort bot einen weiten Blick auf die Menschenstadt und den freien Himmel über der Ebene.

Marina fühlte sich entsetzlich fehl am Platze unter den Ältesten – und so eine große Versammlung von ihnen hatte sie noch nie gesehen. Da waren hunderte von all den verschiedenen Kolonien. Ihre Gesichter waren runzlig, faltig und höchst ernst, wenn sie sprachen. Wie alle Langschwänze war Halo eine eindrucksvolle Persönlichkeit, erheblich größer als ein Silberflügel oder ein Glanzflügel, mit einer gewaltigen Brust und der deutlich langen Schwanzmembran, die ihr erlaubte, mit unglaublicher Wendigkeit zu fliegen.

„Uns haben sich nun", sagte sie, „Achilles Grauflügel und Frieda Silberflügel angeschlossen, und darüber sind wir äußerst froh. Willkommen, ihr beiden."

Die anderen Ältesten begrüßten sie ihm Chor.

„Unsere Späher haben uns informiert, dass die Eulen sich von Norden her sammeln und nur noch mehrere Nachtreisen von Brückenstadt entfernt sind. So Leid es mir tut, wir müssen jetzt über einen Krieg beraten."

Ihre Brust senkte sich mit einem Seufzer. „Ich weiß, dass einige von euch großes Vertrauen in die Lehren von Nocturnas Großem Versprechen haben und ihre Hoffnungen ganz darauf setzen, dass die Menschen uns irgendwie beistehen werden, wenn es zum Kampf kommt. Aber ich habe von Frieda Silberflügel erfahren, dass diese Hoffnungen enttäuscht worden sind."

Marina hörte zu, als Frieda langsam, aber mit einem Rest von Kraft in ihrer alternden Stimme die Geschichte vom Gebäude der Menschen begann und vom Wald darin.

Als die Älteste der Silberflügel sich zu ihr wandte und sie bat fortzufahren, schlug Marinas Herz so schnell, dass sie dachte, sie würde in Ohnmacht fallen. All die Ältesten blickten sie an und sie versuchte schnell alles zu erzählen, was sie und Schatten in dem Gebäude gesehen hatten, wie die Menschen die Fledermäuse behandelt hatten, wie sie sie in ihren Flugmaschinen nach Süden gebracht hatten, und dann, was ihr die Kolibris vor einigen Nächten berichtet hatten, dass die Menschen die Fledermäuse dazu benutzten Feuer zu transportieren.

Ein betretenes Schweigen breitete sich aus, als sie geendet hatte, und sie blickte auf ihre Krallen und wünschte, jemand würde etwas sagen.

„Ich will nicht behaupten, dass wir Langschwänze jemals großes Zutrauen in das Große Versprechen gehabt hätten", sagte Halo schließlich. „Uns ging es gut in der Nacht und wir hatten nie ein großes Verlangen nach dem Tageslicht – wie es meines Wissens einige andere haben."

Hierbei schien sie unmittelbar Frieda und Achilles Grauflügel anzuschauen.

„Wir haben nie geglaubt, dass es sich lohnt, mit den Eulen um die Sonne zu kämpfen, und ich weiß, dass einige uns das übel genommen haben. Was die Menschen anbetrifft, so haben wir hundert Jahre lang in ihrer Nähe gelebt und keinen Grund, ihnen zu misstrauen oder zu trauen. Sie haben uns in unseren Rastplätzen hier nicht gestört und wenige von uns sind beringt worden. Aber diese Nachrichten von dir, Frieda, beunruhigen mich sehr. Wenn sie uns benutzen, um Waffen zu tragen, dann müssen wir sie als unsere Feinde ansehen und auf der Brücke viel wachsamer sein. Aber ich denke, im Augenblick müssen wir unsere ganzen Kräfte gegen die Eulen richten."

Ein allgemeines Flügelrascheln signalisierte Zustimmung.

„Wir konnten die Verbannung aus dem Tage hinnehmen, aber nicht diese anderen Gräuel. Die Einnahme des Hibernaculum, die Überraschungsangriffe während der Nacht. Die Handlungen der Eulen zeigen uns, dass sie auf Krieg aus sind, und wir haben keine andere Wahl als zu kämpfen."

Marina schaute zu Frieda und sah, wie müde sie wirkte, nicht nur im Gesicht, sondern in ihrem ganzen zerbrechlichen Körper. Erschrocken blickte sie weg.

„Die Eulen sind mächtig, aber wir haben hier eine Armee, wie sie so groß noch nie gesehen worden ist, und es kann sein, dass wir jetzt um unser Überleben kämpfen müssen."

„Es wird furchtbar werden", sagte Frieda und ihre Stimme klang so bekümmert, dass für ein paar Augenblicke niemand sprach.

„Du überraschst mich, Frieda", sagte Halo und versuchte zu kichern, als wollte sie die Untergangsstimmung vertreiben, die Frieda erzeugt hatte. „Du warst einer der Lautesten in der Revolte vor fünfzehn Jahren. Hast du dein Verlangen nach Schlachten verloren?"

„Ich glaube, ja", sagte Frieda, „weil mir klar geworden ist, dass dies keine Schlacht ist, die wir gewinnen können, jedenfalls nicht allein …"

„Aber wir haben keine Hilfe", kam die bittere Stimme eines anderen Ältesten. „Du hast selbst gesagt, die Menschen sind nicht unsere Freunde. Was sind dann unsere Alternativen?"

„Wir müssen wenigstens versuchen mit den Eulen zu reden. Vielleicht stellen wir fest, dass sie unsere Verbündeten sind."

„Verbündete gegen wen?", fragte Halo.

„Mir scheint, die mächtigsten Geschöpfe auf dieser Erde sind die Menschen, und die haben Eulen wie Fledermäuse für ihre bösen Zwecke missbraucht."

„Vielleicht, aber die Menschen vertreiben uns nicht systematisch aus unseren Zufluchten", sagte Halo ungeduldig. „Und was das Reden mit den Eulen anbetrifft, so habe ich vor einigen Wochen eine Gesandtschaft zu ihnen geschickt, und sie musste fliehen, um ihr Leben zu retten, bevor sie auch nur eine Audienz bei König Boreal bekommen konnte. Wir werden mit den Eulen reden, ja, falls wir das können, aber wir müssen uns darauf vorbereiten zu kämpfen, und zwar allein."

Ein Langschwanz kam von unten hochgeschossen, ganz außer Atem vom schnellen Steigflug zur Turmspitze. „Halo Langschwanz", sagte er, „eine Delegation der Ratten hat sich in einem Tunnel unter einem der Brückenpfeiler hochgegraben. Sie bringen Friedensgeschenke und sagen, dass König Romulus sich gerne mit dir treffen möchte."

Als Marina diesen Namen hörte, war sie freudig überrascht. War das der gleiche Romulus, den sie und Schatten im vergangenen Herbst getroffen hatten? Damals war er alles andere als ein König gewesen. Sein Bruder, Fürst Remus, hatte ihn in einem dreckigen Verlies eingesperrt. Es war Romulus gelungen, sie davor zu bewahren, als Spione ertränkt zu werden. Wenn er jetzt tatsächlich König war, dann konnte das nur eine gute Nachricht sein.

Aber in der Versammlung breiteten sich bebende Unruhe und Wut aus.

„Wie können sie es wagen, unter unserem Pfeiler einen Tunnel zu graben!", sagte einer der Ältesten.

„Sie müssen mit den Eulen unter einer Decke stecken", sagte ein anderer.

„Willst du mit ihnen reden?", fragte Achilles Grauflügel Halo. „Es könnte eine Falle sein."

„Ein vorweggenommener Schlag, um uns zu schwächen, bevor die Eulen kommen!", rief noch ein anderer von den ängstlichen Ältesten.

„Nein", platzte Marina heraus. Sie musste schreien, um überhaupt gehört zu werden. „Nein, ich glaube das nicht. Ich kenne ihn."

„Du kennst König Romulus?" Halos buschige Augenbrauen schossen zweifelnd in die Höhe.

„Ich glaube schon." Schnell erzählte sie Halo Langschwanz und den anderen, wie sie und Schatten Prinz Romulus getroffen hatten. „Er hat uns das Leben gerettet. Er hat uns den Weg zurück aus den Abwasserkanälen an die Oberfläche gezeigt. Und ich glaube, er ist ein Freund aller Fledermäuse."

„Dann komm mit uns", sagte Halo. Dem Boten befahl sie: „Rufe fünf von den besten Leibwächtern zu meiner Begleitung und alarmiere die Garnison. Wenn dies eine Falle ist, dann wird man uns nicht überraschen."

Während Marina in Spiralen immer tiefer vom Turm hinabflog, schlossen sich ihnen fünf eindrucksvolle Soldaten an. Sie fegten an der Unterseite der Brücke durch und glitten niedrig über dem Wasser zum südlichen Pfeiler, einem riesigen Gebirge aus Stein, das in die Erde gerammt war.

Am Fuß dieses Pfeilers lag ein täuschend unauffälliger Haufen von Stöcken und Stroh, aber als sie sich näherten, erschien dort eine Ratte in vorsichtig gebückter Haltung. Marina wurde klar, dass die Stöcke das Loch verdecken mussten, in dem ihr Tunnel endete. Die Schnurrhaare der Ratte zuckten, als sich die Fledermäuse an einem Stein über ihr niederließen, in sicherer Entfernung vom Boden. Marina wurde von Widerwillen und Misstrauen durchbebt. Von Romulus abgesehen waren ihre Erinnerungen an Ratten nicht gerade angenehm.

„Halo Langschwanz", sagte die Ratte, „wir danken dir, dass du gekommen bist. König Romulus ist hier, um mit dir zu sprechen."

Ohne großen Fanfarenklang erschien eine einzelne große, weiße Ratte aus dem Unterschlupf von Stöcken und blickte zu den versammelten Fledermäusen hoch. Als sie sich auf die Hinterbeine erhob und zur Begrüßung die Arme ausbreitete, erkannte Marina erleichtert, dass es in der Tat der gleiche Romulus war, an den sie sich erinnerte.

Denn es war, als wäre er selbst eine halbe Fledermaus. Eine dünne Hautmembran spannte sich zwischen seinen Oberarmen und der Brust, sodass es aussah, als hätte er so etwas wie missgebildete Flügel. Und auch an seinen Beinen konnte man diese merkwürdigen Hautfalten zum Bauch hin sehen, wiederum Ansätze zu Flügeln.

„Halo Langschwanz, ich danke dir dafür, dass du mir eine Audienz gewährst. Und all den anderen Ältesten meine aufrichtigsten Begrüßungen."

„Was bringt dich zu uns in Brückenstadt?"

„Wir wissen von der Wut der Eulen auf euch", sagte Romulus, „und wir erkennen wenig Grund dafür. Wir werden euch bei allen Gesprächen unterstützen."

„König Romulus, dieses Angebot ist sehr freundlich und wir nehmen es gerne an, obwohl die Eulen bislang nicht viel auf Diplomatie zu setzen scheinen."

Romulus nickte.

„Wenn sie nicht auf uns hören wollen, werden wir an eurer Seite kämpfen."

Ein Augenblick verblüfften Schweigens löste sich in frohe Ausrufe auf und Marina begann zu lächeln.

„Das ist ein mächtiges Freundschaftsversprechen", sagte Halo. „Bist du sicher, dass du das deinen Untertanen antun willst?"

„Wir haben viel zu lange gegeneinander gekämpft, Ratten und Fledermäuse", sagte Romulus. „Es ist Zeit, an unsere gemeinsame Vergangenheit zu erinnern" – und damit breitete er noch einmal die Arme aus, um seine merkwürdigen Halbflügel zu zeigen –, „denn einstmals sind wir, wie ich glaube, aus dem gleichen Material geschaffen worden."

„Hast du eine Ahnung, warum die Eulen sich zu diesem Vorgehen entschlossen haben?", fragte Halo.

„Ich weiß, die Eulen behaupten, ihr hättet diesen Krieg begonnen, indem ihr Tauben in der Stadt getötet hättet und dann andere Vögel in den nördlichen Wäldern, aber ich weiß, dass ihr dafür nicht verantwortlich seid. Ich habe die Dschungelfledermäuse gesehen, die dieses Blutbad angerichtet haben. Und ich weiß, dass sie keine Freunde von euch sind oder von sonst einem Vogel oder Vierfüßler. Aber ich fürchte, die Eulen nehmen sie nur als Vorwand für einen Krieg – wenn nicht dies, wäre es irgendetwas anderes. Ihre Feindschaft geht zurück bis auf die große Schlacht der Vögel und der Vierfüßler. Aber, wie gesagt, wenn es zum Krieg kommt, werden wir für euch kämpfen unter der Erde und darüber, zu Lande und auf den Bäumen."

Ein gewaltiger Hochruf ertönte von den Ältesten, voller Freude und Erleichterung. Marina konnte sich nicht länger zurückhalten:

„König Romulus", sagte sie, „erinnert Ihr Euch an mich?"

Sie sah, wie die Ratte zu ihr hochschaute, und sie ließ sich von ihrem Platz fallen und flatterte zu ihm hinab. Sie konnte das überraschte Flüstern der anderen Ältesten hören und wusste, dass sie dabei war, eine Art Regel über den Abstand zwischen verschiedenen Tierarten zu brechen. Aber sie war schon viel näher bei

Ratten gewesen als jetzt. Sie ließ sich in respektvollem Abstand auf dem Boden nieder und sah Romulus lächeln.

„An dieses Gesicht erinnere ich mich gut", sagte er. „Ihr seid also entkommen!"

„Dank Eurer Hilfe."

„Aber wo ist dein Freund, der Silberflügel?"

„Nun, das ist eine lange Geschichte."

„Erzähl sie mir bitte."

So berichtete ihm Marina schüchtern, was ihr und Schatten widerfahren war, seit sie aus den Abwässerkanälen entkommen waren. Auf dem Gesicht der Ratte zeichnete sich Bedauern, als sie damit schloss, dass Schatten an Metall der Menschen gekettet und in einer ihrer Flugmaschinen weggebracht worden war.

„Ich glaube, wir haben dieses Gebäude gesehen", sagte Romulus, „wenn wir auch nicht gewagt haben es zu betreten. Und ich fürchte, es ist nicht das einzige seiner Art."

Entsetzt blickte Marina zu Frieda und Ariel hoch. „Es gibt noch mehr davon?"

„Es wäre nur logisch", sagte Frieda, „wenn die Menschen sehr viele von uns brauchen, um ihren Krieg in den Süden zu tragen."

„Wir haben Gerüchte von unseren Vettern dort unten gehört", gab Romulus zu, „obwohl ich bislang nie wusste, was ich davon halten sollte. Es ist widerlich. Ich werde sofort Kundschafter losschicken, um zu sehen, ob man sich in diese Gebäude hineingraben und sie unterminieren kann. Die Menschen haben es nie ernsthaft geschafft, uns auszusperren, wenn wir wirklich hineinwollten." Er grinste. „Die Maschinen, auf die sie so stolz sind, sind schließlich nur Stücke Metall und Plastik, die wir auseinander nehmen können."

„Wir werden nach Süden fliegen, um Schatten zu suchen", sagte Marina.

Romulus schaute sie mit einem Blick an, der voller Bewunderung schien. „Du bist mutig, wenn du eine Rettung versuchst …" Er verstummte und dachte nach. „Ich kann dich nicht begleiten, aber vielleicht kann ich deine Reise beschleunigen."

Marina blickte ihn hoffnungsvoll an, fragte sich aber, wie Ratten schneller als geflügelte Wesen vorankommen könnten.

„Sicherlich ist nichts schneller als der Flug", sagte Romulus, als hätte er ihre Gedanken gelesen, „aber du könntest die Erfahrung machen, dass der Himmel, wenn du nach Süden kommst, nicht so ungefährlich ist wie hier. Und, was wichtiger ist, du kannst nicht ununterbrochen Tag und Nacht reisen. Aber meine Barke kann das auf den unterirdischen Wasserwegen."

Marina erinnerte sich an das Labyrinth von Tunneln, durch das sie und Schatten auf dem Weg zu Fürst Remus geschafft worden waren. „Sie erstrecken sich so weit nach Süden?", fragte sie erstaunt.

„O ja, unser Tunnelnetz ist sehr ausgedehnt, und ich

glaube, es gibt eine Abzweigung … es ist lange her, seit sie zum letzten Mal benutzt worden ist … aber ich denke, sie würde euch dahin bringen, ja, das glaube ich."

„Ihr seid uns ein guter Freund", sagte Marina. „Ich danke Euch."

„Das Boot steht euch zur Verfügung, sobald ihr fertig seid."

„Du kommst doch mit, nicht wahr?", fragte Marina Frieda. Sie konnte es nicht erklären, aber obwohl die Fledermausälteste gebrechlich war, fühlte sie sich in ihrer Gegenwart unendlich viel sicherer, als erzeugte sie um sich herum eine Art schützender Aura.

Frieda lächelte traurig und breitete ihre alten Flügel aus. „Jede Fledermaus wird mit einer gewissen Anzahl an Flügelschlägen geboren. Ich habe zu wenige übrig. Und ich werde jetzt hier gebraucht, glaube ich."

Marina blickte schuldbewusst beiseite. Sie fühlte sich nach zwei Seiten gezogen: hier in Brückenstadt zu bleiben und, wenn nötig, zu kämpfen oder auf die Suche nach Schatten zu gehen. War das selbstsüchtig? Würden die anderen glauben, sie sei ein Feigling und versuche nur sich dem Krieg zu entziehen? Es war ihr egal, sie würde sich auf den Weg zu ihm machen.

„Du musst los", sagte ihr Frieda, als wolle sie ihr Mut zusprechen. Dann blickte sie Ariel an. „Es ist richtig, dass ihr beiden geht."

Marina schaute Frieda an und wurde plötzlich von dem Gefühl überwältigt, dass sie sie nie mehr wiedersehen würde.

„In Ordnung", sagte sie und betrachtete ihre Krallen. Sie spürte die spinnwebleichte Berührung von Friedas Flügel auf ihrem Kopf.

„Habt eine sichere Reise und bringt ihn zurück und Cassiel auch."

Marina zwang sich zu einem Lächeln, sagte Auf Wiedersehen und flog hinter Ariel her. Sie musste sich zusammennehmen. Wegzufliegen hasste sie beinahe ebenso wie zurückgelassen zu werden.

Unten an dem großen südlichen Brückenpfeiler sah ihnen schon ein Bote der Ratten entgegen. „König Romulus erwartet euch", sagte er. „Folgt mir bitte."

Diese Ratten waren mit Sicherheit viel höflicher als die, die Marina und Schatten kennen gelernt hatten. Sie nahm an, dass Romulus sie auf Vordermann gebracht hatte, als er König geworden war.

Tunnel mochte sie nicht. Sie gaben ihr ein Gefühl von Atemlosigkeit und klemmten ihr die Flügel nutzlos an den Körper. Aber dieser war nicht lang und bald konnte sie das Geräusch von Wasser hören.

Romulus erwartete sie auf einem großen flachen Stein, der in einen schnellen unterirdischen Bach hinausragte. An dem Felsen war seine Barke vertäut, ein langes, schmales Fahrzeug, das kunstvoll aus Holz gebaut war. Schon der erste Blick verriet Marina, dass es von Menschen angefertigt sein musste. Nicht einmal die Handwerker der Ratten hätten so etwas in all seinen hervorragenden Einzelheiten schnitzen können. Sie fragte sich allerdings, zu welchem Zweck es den Menschen dienen könnte. Einen großen Teil ihres Lebens hatte sie auf einer Insel verbracht und Menschen in ihren Booten kommen und gehen sehen. Dieses hier würde noch nicht einmal für ein menschliches Kind ausreichen.

„Man hat es vor Jahrzehnten auf einem Müllhaufen der Menschen gefunden", erklärte Romulus, „und es ist erstaunlich wasserdicht. Es hat mir gute Dienste geleistet. Es wird euch sicher nach Süden bringen."

„Ich danke Euch", sagte Marina.

„Ich kann nicht viele Diener erübrigen", fuhr die Ratte fort, „aber diese wenigen gehören zu meinen zuverlässigsten und fähigsten." Er machte sie mit Odysseus bekannt, der das Schiff nach Süden lenken würde und die Wasserstraßen der Welt besser als mancher Fisch kannte. Auch zwei kräftig gebaute Rattensoldaten sollten sie begleiten wie auch Herold, einer der ersten Gesandten des Königs.

„Ihr werdet weit über die Grenzen meines Königreiches hinauskommen ... und ich kann nicht garantieren, wie ihr von meinen südlichen Vettern aufgenommen werdet. Unsere Beziehungen sind ... in letzter Zeit schwierig gewesen. Aber mit Herold werdet ihr die bestmögliche Behandlung erfahren. Passt gut auf sie auf", sagte Romulus zu seiner Rattenmannschaft, „und behandelt sie, als wäre ich es, den ihr befördert."

„Jawohl, Eure Hoheit", kam die Antwort.

„Macht euch keine Sorgen", flüsterte Romulus Marina ins Ohr. „Ihr seid bei ihnen in Sicherheit. Ich habe einige Änderungen eingeführt seit der Regierung meines Bruders."

„Was ist mit Remus passiert?", fragte sie.

Romulus grinste leicht. „Ihr stellt euch wohl vor, dass ich ihn endlich abgesetzt habe? Nein, er hat sich selbst abgesetzt. Er ist aus seinem eigenen Königreich geflohen, weil er überzeugt war, dass eine Verschwörung im Gange war, um ihn zu vergiften. Er hat das Reich in einem solchen Chaos hinterlassen, dass es für mich nicht schwierig war, es zu übernehmen und die Ordnung wiederherzustellen. Viel Erfolg, also!"

Mit Ariel neben sich betrat Marina das Boot. Die Ratten lösten die Leinen, mit denen es an dem Stein vertäut war, und das Schiff schoss in die Strömung hinaus.

Auch Marinas Herz hüpfte. Unterwegs. Es war eine Reise und sie konnte nicht anders als Freude zu empfinden, dass sie endlich begonnen hatte. Nach Süden fahren. Um Schatten zu suchen.

3. Teil

– 12 –

Ishmael

Im Inneren ihrer Zuflucht hing Schatten wie betäubt von seinem Ruheplatz und sah schlaflos, wie das erste Tageslicht langsam durch den langen Tunnel im Arm der Statue hereinsickerte.

Fast hätte er nicht gewagt zurückzukehren, so sehr schämte und fürchtete er sich, weil er Caliban berichten musste, was passiert war. Die Bulldoggenfledermaus hatte grimmig zugehört und nur gesagt: „Dein Freund hat für deine Tollkühnheit mit dem Leben bezahlt."

Schatten fehlte die Kraft zu erklären, warum er mit der Eule gesprochen und was er sich davon versprochen hatte. Er musste an den Baumhort zurückdenken und an die Zeit, als er noch ein kleiner Junge gewesen war und Chinook provoziert hatte, die Gesetze der Morgendämmerung zu brechen und mit ihm zu kommen, um die Sonne zu sehen. Er hatte das getan, um Chinook zum Schweigen zu bringen, um ihm zu beweisen, wie mutig er war – mit katastrophalen Folgen.

Er hatte ein Scheibchen der aufgehenden Sonne gesehen, aber die Eulen hatten ihn beinahe erwischt und später als Strafe den Baumhort niedergebrannt.

Diesmal habe ich ihn aufgefordert nicht mitzukommen, sagte er sich. Aber er fühlte sich in Sicherheit bei mir. Es war eine Qual, Chinooks Gesicht wieder vor sich zu sehen, wie er diese Worte sprach. All die eifersüchtigen, unfreundlichen Gedanken, die er Chinook gegenüber gehabt hatte – und trotzdem hatte dieser ihm getraut. Hatte ihn vor Caliban und der sicheren Zuflucht in der Statue vorgezogen.

Seine Gedanken wurden von dem Geschrei aufgeregter Stimmen am Eingang unterbrochen. Er sah, wie Caliban augenblicklich aufwachte und sich von seinem Ruheplatz erhob, und er befürchtete das Schlimmste. Ein Überfall. Insekten, Eulen oder, am gefährlichsten, die Kannibalenfledermäuse. Trotzdem folgte er Caliban, als er den Tunnel entlangjagte, zum Eingang hin. Es war besser, gleich zu wissen, was los war, als sich mit Vermutungen zu quälen.

„Ist es Ishmael?", hörte er einen Wächter fragen.

„Ich weiß nicht … wer könnte es sonst sein?"

Sie betrachteten einen Silberflügel, der am vorderen Ende des Eingangs zusammengebrochen war. Seine Flanken flogen und er japste nach Luft, der Kopf war unter einem der Flügel verborgen. Er war kaum mehr als ein Skelett, Haut und Fell spannten sich schmerzhaft über vorstehenden Knochen. Caliban setzte sich neben ihn und beugte sich näher zum Gesicht der anderen Fledermaus.

„Ishmael?", flüsterte er.

„Ja", kam die heisere Antwort. „Ich bin's."

Schatten hatte Ishmaels Name noch nicht gehört, daher wusste er, er musste eine der zahlreichen Fledermäuse sein, die vor seiner Ankunft verschwunden waren. Caliban sah entsetzt die Wachen am Eingang an und sagte dann zu Schatten: „Hilf mir ihn hereinzubringen."

Es dauerte fast eine Stunde, bis Ishmael sich so weit erholt hatte, dass er sprechen konnte. Sie brachten ihm ein mit Tau benetztes Blatt, damit er seine ausgetrocknete Kehle anfeuchten konnte.

„Wir haben gedacht, du bist tot", sagte Caliban. „Ramiel hat berichtet, dass er gesehen hat, wie dich zwei Dschungelfledermäuse weggeschleppt haben."

„Das haben sie", krächzte Ishmael. „Sie haben mich zu ihrer Pyramide gebracht." Gebrochen schilderte er ein riesiges Steingebilde tief im Dschungel vergraben, das sich mit Abstufungen bis zu einer Spitze erhob, die fast so hoch wie die höchsten Bäume war. „Tausende von ihnen hausen dort", sagte er und Schatten spürte unter dem Fell eine Gänsehaut.

Ishmael hustete und nahm noch einen Schluck von dem Blatt. „Da sind auch andere", sagte er. Seine Stimme war ein Flüstern, das in der riesigen Statue widerhallte. „Mehr von uns."

„Wie meinst du das?", fragte Caliban scharf.

„Die anderen, die verloren gegangen sind, die geschnappt wurden, viele von ihnen sind noch dort. Gefangen in einem steinernen Grab tief im Inneren der Pyramide. Menschen müssen da früher begraben worden sein, denn da sind große Knochen und Gegenstände aus behauenem Stein und aus Metall."

„Warum haben sie euch gefangen gehalten?", fragte Caliban.

Die gleiche Frage war auch Schatten in den Sinn gekommen. Warum haben die Dschungelfledermäuse sie nicht sofort gefressen? Wie Goth und Throbb. Sie jagten und fraßen gleich. Er wusste, dass sich etwas Furchtbares ereignen würde, und die Vorstellung erfüllte ihn mit Grauen.

„Sie benutzen uns zuerst", sagte Ishmael mit funkelnden Augen.

Schatten merkte plötzlich, dass er zitterte, dass seine Haut kalt und feucht war. Hör auf, hätte er Ishmael beinahe angeschrien, nicht weiter. Aber er konnte nicht anders als zuhören, während die abgezehrte Fledermaus ihre Geschichte begann.

„Sie sind gekommen, fast jeden Tag, und haben einen von uns genommen. Nur einen."

Schatten sah es vor sich, wie sich die Wachen der Kannibalen hereindrängten und alle die anderen Fledermäuse sich hinten zusammenkauerten und versuchten sich hinter denen weiter vorn zu verstecken und zu hoffen, sie selbst wären unsichtbar. Nimm ihn, nimm sie, nimm jeden außer mir! Ließ das reine Entsetzen noch Raum für Mut?

„Sie sind nie zurückgekommen", sagte Ishmael. „Wir haben angenommen, dass sie gefressen wurden. Aber es war noch viel schlimmer als das. Vor drei Tagen sind sie gekommen und haben zwei von uns mitgenommen. Hermes und mich. Sie haben uns an anderen Steinverliesen vorbeigezerrt und ich konnte hören, dass da andere Geschöpfe drin waren. Eulen, ich bin sicher, dass ich Eulen gehört habe, und auch Ratten. Sie haben uns in einen Raum nach oben gebracht. Es muss nahe an der Spitze der Pyramide gewesen sein, denn es war eine Öffnung in der Decke, ein rundes Loch. Ich erinnere mich daran, weil ich hinausgeschaut habe und Sterne sehen konnte, und ich habe einen Teil von mir da hinausgeschickt, damit ich nicht weiter nachdenken musste. Es hat nichts genützt. Ich habe gesehen, was passiert ist."

Schatten hörte zu, als wäre er in einem schrecklichen Traum gefangen und könnte sich nicht gewaltsam daraus befreien.

„Ich erinnere mich, da waren zwei Kannibalen, die auf uns gewartet haben. Ein altes Männchen, vielleicht eine Art Ältester, und ein anderer, viel jüngerer, riesig, mit einem schwarzen Ring am Unterarm."

Schatten wusste, wer das war, schon bevor Ishmael den Namen nannte. Natürlich hatte er überlebt. Schatten fing an zu glauben, dass er unsterblich war. „Goth", flüsterte er.

„Ja, König Goth, so nannte ihn die alte Fledermaus." Ishmael lachte unsicher. „Der König all dieser Monster."

Schatten wollte nach der Metallscheibe fragen, ob Goth sie noch trug. War seine ein Blindgänger wie die von Orest oder hatte er sie sich auch aus dem Fleisch gerissen? Aber Ishmael fuhr bereits fort.

„Da war ein Stein und die Wächter warfen Hermes darauf. Und König Goth sagte: ‚Ich bringe dir dies dar, Zotz', und er riss Hermes das Herz heraus. Ich habe gesehen, es hat noch geschlagen, als er es gefressen hat."

Das Schweigen im Raum war erstickend. Schatten schloss die Augen und versuchte das Bild aus seinem Inneren zu verbannen. Zotz. Er innerte sich an das, was Goth ihm über diesen Gott erzählt hatte: Die Starken fressen die Schwachen und dabei nehmen sie deren Kraft in sich auf. Zotz war der einzige Gott, hatte Goth gesagt.

„Die Wächter waren gerade dabei, mich zu dem Stein zu bringen, aber da ist etwas passiert. Goth hatte noch das Herz von Hermes im Maul, und plötzlich war der ganze Raum voll Lärm. Es war anders als alles, was ich je gehört habe, es …" Ishmael musste eine Pause machen, um zu Atem zu kommen, seine mageren Flanken bebten.

„Trink", sagte Caliban leise.

Ishmael trank. „Da war etwas in dem Raum, eine Art Anwesenheit, die wie ein Tornado herumraste. Es schien direkt in König Goths Kehle zu gehen und er begann mit einer Stimme zu sprechen, die nicht seine eigene war. Auch die Wächter waren entsetzt und schreckten zurück und ich konnte mich losreißen. Bevor sie mich wieder packen konnten, habe ich einen Spalt im Steinboden entdeckt und mich da hineingestürzt. Da waren andere Spalten, die weiter in die Tiefe führten. Ich war inzwischen dünn genug, dass ich mich wie ein Insekt durchzwängen konnte. Alles, was ich hören konnte, war der Lärm über mir, und ich bin gekrochen, bis meine Krallen blutig waren." Er hielt sie hoch, damit die anderen sie sehen konnten. Schatten zog sich der Magen zusammen. Es war praktisch nichts mehr übrig von den Krallen.

„Ich habe ein Netzwerk von Luftschächten gefunden, zu eng für die Kannibalen, und habe gewartet, ich weiß nicht, wie lange, auf eine Gelegenheit wegzufliegen. Ich habe drei Tage gebraucht, um hierher zurückzukommen. Die Kannibalen waren überall. Ich konnte kaum fliegen. Ich habe nicht gedacht, dass ich es schaffen würde."

Und dann, als Ishmael seine Geschichte erzählt hatte, fiel er in sich zusammen. Das Geräusch, das aus seinem gebrochenen Körper kam, war anders als jedes

Weinen, das Schatten je gehört hatte, grob und hässlich, als würde es aus seinen eigenen Knochen herausgeschlagen.

Während Schatten zuschaute, kamen vier oder fünf andere Fledermäuse näher an Ishmael herangeflogen und hüllten ihn mit ihren Flügeln ein, bis er ganz verborgen und sein Schluchzen von ihren Körpern gedämpft war. Nach ein paar Minuten löste sich die Gruppe auf und Ishmael schien ruhiger.

„Die anderen, die noch in dem Verlies sind", fragte Caliban vorsichtig, „wer sind sie?"

Schatten spürte, wie sich alle in schrecklicher Erwartung anspannten, als Ishmael stoßweise begann Namen aufzuzählen. Er konnte kaum hinhören, so sehr hoffte er. Die Liste schien quälend lang, bis zu einundzwanzig jetzt. Diese anderen Namen waren für ihn nichts als grausame Geräusche.

„... Lydia, Sokrates, Monsun ... und Cassiel. Er war auch da."

Schatten fiel wieder ein zu atmen. Er bemerkte, dass Caliban ihn anblickte, und konnte den Ausdruck seiner Augen nicht deuten: Mitleid vielleicht, vermischt mit etwas Hartem und Entschlossenem.

„Wir brechen morgen Nacht auf", sagte Caliban knapp. „Wir können es nicht riskieren, länger zu bleiben."

Schatten brauchte ein paar Augenblicke, um zu verstehen, was er gerade gehört hatte. „Wie meinst du das? Wir müssen sie befreien! Chinook ist jetzt auch da!"

Ishmael blickte ihn gequält an. „Nein. Das kannst du nicht."

„Ich werde sie holen!"

„Wir brechen morgen auf", sagte Caliban ungestüm. „Das ist unser Plan, und wir werden davon nicht abweichen. Das ist unsere einzige Überlebenschance. Die anderen haben ihre bereits verloren."

„Dann fliege ich allein", sagte Schatten und wandte sich zu Ishmael. „Erklär mir nur den Weg."

„Das war vor drei Nächten", sagte Ishmael. „Möglicherweise ist Cassiel inzwischen tot."

„Er ist mein Vater!", flehte Schatten.

„Und ich habe meinen Bruder zurückgelassen", zischte Ishmael. Seine Augen flackerten vor Wut. „Ich habe nicht einmal versucht umzukehren, um ihn herauszuholen. Ich bin einfach weggeflogen. Ich habe mich in Sicherheit gebracht und ihn dem sicheren Tod überlassen. Weißt du, wie das ist? Aber es gibt nichts, was ich hätte tun können. Es gibt nichts, was irgendjemand tun kann. Hörst du mir überhaupt zu? Sie sind zu tausenden."

„Du bist entkommen."

„Es war … sie haben einen Fehler gemacht. So hatte ich eine Gelegenheit wegzufliegen." Ishmael schüttelte den Kopf. „Es wird ihnen nicht wieder passieren."

„Wir erheben uns morgen in den Himmel und machen

uns auf den Weg. Bei Sonnenuntergang", sagte Caliban. „Es ist die einzige Möglichkeit. Möge Nocturna uns beschützen."

Schatten lachte und es klang wie ein schmerzhaftes Bellen. „Nocturna? Von der kannst du keine Hilfe erwarten. Falls sie überhaupt existiert."

Caliban und die anderen sahen aus, als hätten sie einen Schlag ins Gesicht erhalten.

„Wie kannst du das sagen?", fragte Caliban schockiert.

„Wo ist sie denn?", fragte Schatten und fühlte, wie in seinem Inneren der Zorn anschwoll. „Woher weißt du, dass das nicht alles eine große Täuschung gewesen ist, eine Lüge, und wir sind Idioten gewesen und haben uns daran geklammert? Wie wir auch Idioten gewesen sind und an das Geheimnis der Ringe geglaubt haben und daran, dass die Menschen uns helfen würden. Schaut doch, was sie uns angetan haben! Wo war denn Nocturna, als wir sie gebraucht haben?"

„Du hast überlebt", erinnerte ihn Caliban und deutete mit dem Flügel auf die Statue, „wir alle haben überlebt. Aber jetzt müssen wir diesen Ort verlassen. Schau dich um, Silberflügel. Haben diese Fledermäuse nicht genug gelitten? Willst du, dass sie mit dir in den Dschungel gehen in der Hoffnung, dass du ein oder zwei andere retten kannst? Nein. Du weißt, wozu diese Kannibalen fähig sind. Es gibt keine wirkliche Hoffnung, gegen die zu gewinnen."

„Ich erwarte keine Hilfe", sagte Schatten trotzig.

„Wir werden nicht auf dich warten", sagte Caliban.

„Es tut mir Leid, aber wenn du gehst, gehst du allein."

Als sich die Sonne vom Horizont löste, flog Schatten noch höher hinauf, in engen Spiralen direkt von der Zuflucht in der Statue aus. Er wollte so hoch wie möglich fliegen, nicht nur aus Gründen der Sicherheit, sondern auch, damit er in die Ferne schauen konnte.

Und vielleicht auch in die Ferne hören konnte.

Es war Wahnsinn, bei Tageslicht zu fliegen, und er wusste es. Da waren Adler, Geier und vielleicht sogar Flugmaschinen der Menschen. Aber er wollte allein sein, um Klarheit in seine Gedanken zu bringen und zu entscheiden, was er tun musste. Es war lange her, seit er im vollen Glanz der Sonne geflogen war. Diese Tage im Wald der Menschen mit ihrer gedämpften Sonne zählte er nicht.

Er spürte, wie sein schwarzes Fell unangenehm in der Hitze brannte. Aber als er immer höher stieg, kühlte ihn die Luft. Noch höher. Als er schließlich nach unten blickte, sah er die ganze Stadt unter sich ausgebreitet, in beruhigender Entfernung. Die Statue und die hohen Berge und dann die Dunkelheit des Dschungels, so weit er sehen konnte.

Nach Osten lag Wasser, eine lange Küstenlinie, die sich in einer sanften Kurve nach Norden erstreckte.

Das würde ihr Weg nach Hause sein. Was auch immer davon übrig war.

Was sollte er tun? Wie sehr er sich doch Frieda oder Ariel herbeiwünschte und besonders Marina, dass sie ihm bei seiner Entscheidung helfen könnten.

Vorher war es so einfach gewesen. Mit den anderen nach Norden zu fliehen war die einzige Möglichkeit. Aber nun hatten die Kannibalen Chinook in ihrer Gewalt. Und sein Vater lebte noch – jedenfalls war er vor drei Nächten noch dort gewesen. Der Haken, der ihn Millionen von Flügelschlägen gezogen hatte, steckte wieder fest in seinem Herzen. Wie konnte er jetzt wegfliegen? Ohne wenigstens versucht zu haben seinen Vater zu retten?

Es war nicht so einfach – etwas zog ihn in die entgegengesetzte Richtung.

Wenn er mit den anderen nach Norden flog, könnte er das Gebäude der Menschen finden und die übrigen warnen, bevor mehr von ihnen nach Süden in den Tod gebracht wurden. Er könnte vielleicht das Leben von Tausenden retten – darunter Ariel und Frieda und Marina.

Er streckte seine Nase in den Wind und fühlte seine kühle Liebkosung auf dem heißen Gesicht. Über ihm eilten Wolkenbänke nach Nordost und sein Herz zog mit ihnen – wie leicht war es doch für sie ihre Reise zu machen, ihr Flug war so sicher, ihre Ankunft so gewiss. Und er wollte jetzt gleich mit ihnen fliegen. Nach Norden, nach Hause. Diesen scheußlichen Dschungel hinter sich lassen.

Aber vielleicht hatte Marina die anderen schon gewarnt und es bestand gar keine Notwendigkeit mehr für seine Reise. Soweit er wusste, waren sie ja vielleicht schon entkommen. Es gab aber keine Möglichkeit, das zu erfahren, außer …

Er bog wieder nach Norden. Klang sollte seine besondere Gabe sein. Frieda hatte gesagt, er sei besonders gut im Zuhören, dass er Dinge hören könnte, die andere nicht hörten. Und Zephir, die weiße Fledermaus, der Hüter des Turms, hatte ihm einmal gesagt, man könne sogar die Sterne hören, wenn man über Ohren verfügt, die scharf genug sind. Mehr als das, man konnte in die Vergangenheit und in die Zukunft horchen, auf Klänge aus vergangener Zeit und auf solche, die erst noch erzeugt werden mussten.

Er zweifelte daran, dass er selber das Flüstern von Vergangenheit oder Zukunft wahrnehmen könnte, aber konnte er nicht seine Stimme über die Millionen von Flügelschlägen nach Norden senden und eine Antwort hören?

Es war natürlich lächerlich. Er hatte nie von so etwas gehört. Aber Zephirs Ohren waren so empfindlich, vielleicht konnte er einen Hilferuf vernehmen. Die weiße Fledermaus hatte ihm schon einmal geholfen, vielleicht könnte sie ihm jetzt noch einmal beistehen. Er zielte mit seiner Stimme auf den nördlichen Horizont und rief. Er versuchte nicht seine Stimme so laut wie möglich zu machen. Aber er stellte sich vor, wie er die Stimme auf die Luft projizierte, als hätten die Töne Flügel und könnten sich selber tragen. Er stellte sich die Stadt vor, die Kathedrale und den Turmhelm, wo Zephirs Zuhause war. Und er stellte sich sein weißes Fell vor, seine noch weißeren Augen und wie er die Ohren aufrichtete, um seine Stimme aufzufangen.

Er machte seine Botschaft so kurz wie möglich. Er erzählte Zephir, wie er in den Süden gekommen und wie er vom Rest seiner Kolonie getrennt worden war. Hatte er irgendetwas von Ariel, Frieda oder Marina gehört? Waren sie in Sicherheit? Sollte er zu ihnen zurückfliegen oder sollte er bleiben und versuchen seinen Vater zu retten?

Als die letzten Worte seinen Mund verlassen hatten, kam er sich dumm vor, wie ein Neugeborenes, das nach Trost ruft. Er war allein, hoch am Himmel, in einem fremden Land, und er würde sich selber helfen müssen. Das war die harte Wahrheit.

Dennoch, ein Teil von ihm hoffte. Er sperrte die Ohren weit auf, hörte nur das Wispern des Windes. Er fragte sich, ob Caliban Recht hatte mit Nocturna. Hielt sie ihre schützende Hand über sie, war das der Grund, weshalb sie so lange am Leben geblieben waren? Aber was war mit denen, die nicht überlebt hatten? Gab es einen Grund dafür? Keinen, den er verstehen konnte. Vielleicht war es einfach eine Frage des Glücks. All seine kindischen Träume davon, seiner Kolonie die Sonne zu bringen, das Große Versprechen zu erfüllen. Er war damals so voller Hoffnung gewesen, so sicher, dass es ein gutes Ende geben würde und dass es in all dem einen Platz für ihn gab.

Wie lange brauchte Klang, um sich auszubreiten? Und wie lange, um zu verstummen, um sich im Wind aufzulösen, sodass seine Stimme sich zerstreute wie kleinste Tautröpfchen auf den Blättern eines Baumes?

„Schhhhhhhhh", sang der Wind in seinen Ohren. „Schhhhhhhhh." Wie seine Mutter damals im Baumhort, wenn sie ihn wieder zum Einschlafen bringen wollte.

Er war so müde. Er sollte zurückkehren. Es hatte keinen Zweck, hier oben zu bleiben und darauf zu hoffen, dass jemand seine Probleme löste. Und je länger er hier oben blieb, desto größer die Gefahr gefressen zu werden. Seine Stimme war nicht kräftig genug oder vielleicht waren auch seine Ohren nicht empfindlich genug, um eine Antwort zu hören. Es gab nichts außer der großen Leere des Himmels.

„Schhhhhhhh", war alles, was der Wind ihm sagen konnte, und dann: „Schhhhhaaaatten."

Sein Name? Oder nur eine Täuschung des Windes? Er sperrte die Ohren auf, so weit es ging.

„Schhhhhaaaatten. Hööööör geeenauuu zuuu."

War das Zephirs Stimme? Er war so überrascht und überglücklich, dass er laut auflachte. Dann schloss er sofort den Mund, um nichts zu verpassen.

„Aaaaariel … Mariiiiiinaaaa … koooommmmen zu‑uuu diiiir."

Er runzelte die Stirn, konzentrierte sich so stark, dass ihm der Kopf wehtat. Kommen zu dir? Und warum keine Erwähnung von Frieda?

„Ich verstehe nicht", rief er, dann fiel ihm ein, dass dies keine Unterhaltung war, nur eine Botschaft, die über Millionen von Flügelschlägen an seine Ohren kam. Er würde sie nur einmal hören. Aber was bedeutete sie? Waren sie schon in einer Flugmaschine mit Metall am Bauch? Oder suchten sie nach ihm? Aber wie sollten sie wissen, wo sie nachschauen sollten?

„Zzzzzotzzzzz wiiird herrrrschen … auuußer … blei‑iiibst … unnnd reeettttest diiiie Soooonnnnne …"

Er fürchtete, dass er jetzt einzelne Wörter verpasste, dass nur noch Bruchstücke bei ihm ankamen. Die Sonne retten?

„… unnnnd deiiiinen Vaaaater … nooooch ammmm Lllleeeeben."

Mit geschlossenen Augen horchte er auf mehr, aber die Botschaft war zu Ende. Noch am Leben. Noch. Das klang nicht sehr beruhigend. Sollte das bedeuten, sein Vater war dem Tode nahe, war kaum noch am Leben, und wenn Schatten sich nicht beeilte und etwas täte, käme er zu spät?

Er fühlte sich irritiert. Er war nach all dem nicht viel klüger als vorher. Er wusste immer noch nicht, ob Marina und die anderen in Sicherheit waren. Und die Sonne retten?

Mit einem Schnauben schüttelte er den Kopf. „Der Sonne geht's doch gut", murmelte er vor sich hin. „Ihr geht's fantastisch da oben, wie sie so scheint. Ich glaube nicht, dass der Sonne irgendetwas passieren wird. Um mich selber mache ich mir Sorgen. Um mich und eine Million anderer Fledermäuse."

Rette die Sonne.

Warum sollte ich? Plötzlich wurde er von Ärger erfasst. Was war das für eine Forderung an jemanden? Wie? Wann? Warum konnte nicht Nocturna die Sonne retten, wenn das so wichtig war? Lass sie doch zur Abwechslung mal selbst etwas von der Schwerstarbeit tun, statt sie an kleine Fledermausknirpse weiterzugeben!

Ich habe genug davon, mich benutzen zu lassen, dachte er, als er seinen Sinkflug beschleunigte. Von Goth, von den Menschen. Er hatte genug. Er würde versuchen seinen Vater zu retten, Marina zu retten, seine Mutter und Frieda. Das war alles, worauf es ihm jetzt ankam. Keine weiteren großen Ideen mehr, keine Versprechen mehr.

Nur überleben.

Aber in der Botschaft hatte es geklungen, als ob die Rettung der Sonne und die Rettung seines Vaters irgendwie zusammenhingen, wie, konnte er sich allerdings nicht vorstellen. Jetzt kamen langsam Bilder aus seinen jüngsten Träumen an die Oberfläche. Ein Auge, das sich hinter der Sonne öffnete, eine ewige Nacht.

Er blickte zur Sonne hinüber, die jetzt hoch über dem Horizont stand, glitt mit den Augen schnell über sie hinweg und schloss sie dann fest, um den Schmerz abzustellen. Die Gestalt der Sonne brannte noch auf seinen Augenlidern. Er runzelte die Stirn.

Ein Stück fehlte.

Nicht viel – man würde es kaum wahrnehmen, wenn man nicht genau hinschaute –, aber auf einer Seite war ein kleines Scheibchen von ihrer Rundung abgeschnitten, genauso wie der Mond schrittweise abnahm im Laufe eines Monats.

Der Mond kam immer wieder zurück.

Würde die Sonne das auch tun?

„Dies ist das Ende der nördlichen Wasserwege", sagte Odysseus am Ruder. „Was jetzt kommt, gehört zu den südlichen Königreichen."

Während der vergangenen Stunden war Marina aufgefallen, dass die Tunnel, durch die die Barke jetzt schwamm, in weniger gutem Zustand schienen. Die Wände bestanden nur aus weichem, schlammigem Dreck. Einmal war das Wasser vollkommen versickert und sie und Ariel mussten von Bord gehen und den

Ratten dabei helfen, das Boot über eine längere Strecke Modder zu ziehen. Oft gab es fast überhaupt kein Licht, um sich zu orientieren, und Marina benutzte dann ihr Klang-Sehen, um Odysseus dabei zu helfen sie durch die zunehmend labyrinthischen Tunnel zu steuern.

Dies war ihre zweite Nacht auf der Barke, mit der sie unterirdisch auf den Wasserwegen der Ratten dahinjagten. Nur zweimal hatten sie auf ihrer Fahrt nach Süden angehalten. Odysseus hatte dann das Fahrzeug am Ufer festgemacht, einen Gang zur Erdoberfläche gegraben und am Stand der Gestirne überpüft, ob sie noch auf Kurs lagen. Dann verbrachten sie ein paar Stunden mit der Jagd. Marina kreiste vorsichtig mit Ariel in diesen fremdartigen neuen Landschaften, in denen die Luft immer wärmer wurde. Bei ihrem letzten Ausflug an die Erdoberfläche fanden sie nichts als Sand vor, der sich so weit erstreckte, wie sie sehen konnten, und große, dünne Kakteen. Aber die Luft wimmelte von Insekten.

Auf der Barke konnten Marina und Ariel nicht viel mehr tun als schlafen. Ihr Körper schien sich an den ausgefallenen Winterschlaf zu erinnern, und so verbrachte sie viele Stunden, indem sie auf der sanft schaukelnden Barke vor sich hin döste. Anfangs war sie teilweise wach geblieben, weil sie den Ratten noch misstraute, aber sie schienen freundlich und vor allem fest entschlossen, die Wünsche ihres gnädigen Königs zu erfüllen. Herold, den Botschafter, mochte sie besonders. Er hatte ein intelligentes, lebhaftes Gesicht, seine Schnurrhaare zuckten, wenn er sprach.

„Bist du schon einmal im Süden gewesen?", hatte Ariel ihn kurz nach ihrer Abfahrt gefragt.

„Nein. Solange ich lebe, hat es wenig Kontakt zwischen uns und unseren südlichen Vettern gegeben. Sie haben immer die Herrschaft der nördlichen Könige abgelehnt und ziehen es vor, für sich zu bleiben. General Cortez ist, wenn ich mich nicht irre, der gegenwärtige Herrscher, eine sehr unabhängige Ratte."

Herold musste den besorgten Blick gesehen haben, den Marina Ariel zuwarf.

„Ich glaube aber nicht, dass es irgendwelchen Anlass zur Beunruhigung gibt. Vielleicht helfen sie uns nicht, aber ich kann mir nicht denken, dass sie etwas gegen eure Anwesenheit haben, wenn erst einmal klar ist, dass ihr unter unserem Schutz steht."

Wenn Marina nicht schlief, verbrachte sie die Zeit damit, sich leise mit Ariel darüber zu unterhalten, was sie wohl erwarten würde, was sie tun sollten, um Schatten zu finden – und manchmal sprachen sie auch über andere Dinge, über bessere Zeiten damals in den nördlichen Wäldern, über bevorzugte Ruheplätze und Jagdgründe.

Marina musste wieder eingeschlafen sein, denn plötzlich weckte sie ein scharrendes Geräusch. Sie warf Klangstrahlen aus und sah, dass der Fluss einfach aufgehört hatte. Ein paar Stunden lang war das Wasser flach und träge gewesen, sodass die Ratten die Barke mit langen Stangen vorwärts staken mussten. Und nun war das Boot in den Untiefen eines breiten, schmutzigen Ufers in einer Höhle auf Grund gelaufen. Marina merkte plötzlich, wie heiß es sogar unter der Erde war. Ihr Fell juckte davon.

„Die Wasserwege führen nicht weiter", sagte Odysseus. „Wir sind da."

Flankiert von den beiden Soldaten sprang Herold vom Boot und watete an Land. Marina folgte mit Ariel.

„Wir müssen uns bei General Cortez melden", sagte Herold, „und dann ..."

„Halt!", ertönte eine grobe Stimme aus einer niedrigen Tunnelöffnung in der Höhlenwand.

In Sekundenschnelle tauchte ein dutzend Ratten auf und stand ihnen am oberen Rand des schlammigen Ufers gegenüber. Es waren wild aussehende Geschöpfe mit mächtigen Schultern, stumpfen Schnauzen und bleichen Mäulern.

„Fledermäuse!", zischte der Wachoffizier zu Herold. „Ihr habt Fledermäuse dabei?"

„Sie stehen unter unserem Schutz", antwortete der Botschafter kühl. „Wir reisen im Auftrag von König Romulus und ..."

„König Romulus", schnaubte der Wächter. „Was haben wir mit diesem nördlichen König zu tun? Er ist nicht unser König."

„... und wir bitten um eine Audienz bei General Cortez." Nicht einmal, als die südlichen Ratten drohend näher rückten, zuckte Herold mit der Wimper noch bebte seine Stimme. Marina war beeindruckt. Sie selbst war bereit jederzeit davonzufliegen.

„Wir sind eine kleine Gesandtschaft", fuhr Herold fort. „Diese zwei Soldaten sind meine einzige Eskorte."

„Wir wissen das", sagte der Wachmann. „Wir haben euer Boot die letzten sechs Stunden beobachtet. Wir wissen, dass ihr allein seid."

„Dann wisst ihr, dass wir keine Bedrohung darstellen. Ich hatte dich gebeten uns zum General zu bringen."

Der Wächter der südlichen Ratten rümpfte wieder die Nase und wandte ihnen den Rücken zu. „Folgt mir", sagte er knapp und ging voran.

General Cortez sah überhaupt nicht so aus, wie Marina ihn sich vorgestellt hatte. Nach den Wächtern zu urteilen, hatte sie sich eine träge, fette Ratte vorgestellt, die auf einem Haufen Abfall lagerte. Aber der General in seiner trockenen Felsenfestung gerade über der Erdoberfläche war schlank und fast elegant. Seine Schnurrhaare wuchsen so dicht, dass sie unter der Nase beinahe einen Schnurrbart formten, und an seinem Kinn waren die dunklen Haare zu einem sauberen dreieckigen Bart geschnitten. Am eindrucksvollsten waren seine Augen. Anders als alle anderen Rattenaugen, die Marina gesehen hatte, waren seine unglaublich hell und durchsichtig. Folglich wirkte sein Blick durchdringend wie zwei Diamanten, die durch alles schneiden konnten.

Marina sah Licht durch die Spalten in der aus Steinen und Stöcken errichteten Zitadelle und war dankbar, dass sie endlich über der Erde war, obwohl die Hitze unangenehm drückte. Sie wünschte, sie könnte sich selbst zum Mausern bringen.

„General Cortez", sagte Herold, „ich bin ein Gesandter von König Romulus. Er hat mich beauftragt Euch diese beiden Fledermäuse zu übergeben in der Hoffnung, dass Ihr ihnen helfen könnt, nach anderen ihrer Art zu suchen, die von den Menschen hierher gebracht worden sind."

„Wir empfinden keinerlei Freundschaft gegenüber Fledermäusen", sagte Cortez und blickte ablehnend von Marina zu Ariel. „Eure Kannibalenvettern sind dabei, den Dschungel durcheinander zu bringen und haben viel mehr gejagt, als selbst sie überhaupt brauchen können. Sie verletzen alle Gesetze der Nahrungssuche. Wir haben durch sie allein in den letzten fünf Nächten zahllose Junge verloren. Meinen jüngsten Sohn eingeschlossen." Cortez blickte wieder zu Herold. „Ich wundere mich, dass euer König den Wunsch haben sollte, der Freund so ekelhafter Geschöpfe zu sein."

„General, es tut mir sehr Leid, das von Eurem Sohn zu hören. Aber meine Fledermausfreunde haben damit nichts zu tun und wissen auch nicht, was die Kannibalenfledermäuse in Eurem Königreich anrichten."

„Und wissen sie auch nichts von dem Feuer, das ihre Art über unseren Dschungel und die Stadt ausgegossen hat?"

„Davon wissen wir ein wenig", sagte Marina. „Wir sind von den Menschen dazu gezwungen worden."

„Tatsächlich?", sagte Cortez kühl und er klang alles andere als überzeugt.

„Wir nicht", sagte Marina. „Wir sind entkommen. Aber andere, vielleicht tausende, sind in den Flugmaschinen der Menschen hierher geschickt worden. Die Menschen haben Metallscheiben an sie gekettet, die explodieren, wenn sie landen."

„Mein Sohn war auch dabei", sagte Ariel zu General Cortez. „Und ich möchte ihn finden. Wenn er noch am Leben ist."

„Ihr Sohn", sagte Herold, „ist ein persönlicher Freund von König Romulus. Und ihm liegt sehr daran, dass Schatten Silberflügel nach Hause gebracht wird."

„Es gibt nicht viele Überlebende, glaube ich", sagte Cortez und seine Stimme hatte etwas von ihrem eisigen Klang verloren.

„Aber es gibt Überlebende?", fragte Marina hoffnungsvoll.

Cortez wandte sich an einen der Wachsoldaten. „Rodriguez, ich habe dich von einem Ort sprechen hören, wo sich diese nördlichen Fledermäuse gesammelt haben."

„Sie haben sich in der Statue auf dem Felsen niedergelassen. Wir haben sie von der Basis aus unter Beobachtung gehalten."

„Bringt uns dort hin, bitte!", bat Marina.

Cortez sagte nichts.

„König Romulus würde sich Euch, General, verpflichtet fühlen. Und solltet Ihr von ihm irgendeine Gefälligkeit wünschen, jetzt oder in der Zukunft, würde er sie sicherlich gewähren."

„Nun gut", sagte der Rattengeneral knapp. „Aber nur unter der Bedingung, dass ihr die Fledermäuse aus meinem Reich hinausbringt. Je weniger Fledermäuse jeder Art ich hier habe, desto zufriedener werde ich sein. Einverstanden? Gut. Rodriguez, führe sie zu ihren Freunden."

Ewige Finsternis

„Eine Stimme im Wind", schnaubte Caliban. „Der Wind täuscht, das solltest du wissen. Er wird dir alles erzählen, was du je hören wolltest oder was dir am meisten Angst macht. Du wärst ein Narr, wenn du dem viel Aufmerksamkeit schenken würdest."

Schatten hatte bei seiner Rückkehr zur Zuflucht in der Statue Caliban wach an seinem Schlafplatz hängend vorgefunden und ihm von Zephirs Botschaft erzählt. Teilweise war er erleichtert durch Calibans verächtliche Reaktion. Vielleicht war es wirklich nicht mehr als seine eigene Verzweiflung in großer Höhe. Aber seine Angst war nach allem, was er erlebt hatte, zu groß, als dass er schon aufgeben würde.

„Schau doch, mit der Sonne ist etwas nicht in Ordnung", fuhr er fort.

„Allein wegfliegen im hellen Tageslicht", murmelte Caliban ärgerlich. „Lernst du denn nie dazu, Silberflügel? Weißt du nicht, wie gefährlich das war? Nicht nur für dich, sondern für alle. Es könnte sein, dass du entdeckt worden bist und irgendetwas direkt hierher zu uns allen geführt hast."

„Du hast Recht. Es tut mir Leid." Schatten nickte. Für einen Augenblick war er zerknirscht, bevor er hartnäckig hinzufügte: „Was ist mit der Sonne? Vergiss meine Träume, wenn du willst, vergiss die Stimme. Aber geh nur und wirf selbst einen Blick auf die Sonne."

„Ich brauche keinen Blick auf die Sonne zu werfen", zischte Caliban mit gesträubten Rückenhaaren. Seine Lippen entblößten die spitzen Schneidezähne. Zum ersten Mal hatte Schatten Angst vor ihm. Er erkannte, wie entschlossen Caliban war den Dschungel zu verlassen. Er hatte hier zwei Monate überlebt und das war wie ein Wunder, das nur eine begrenzte Zeit anhalten konnte. „Wir brechen auf, sobald es dunkel wird. Wie ich gesagt habe, du kannst bleiben, wenn du willst. Aber ich möchte nicht, dass du versuchst irgendjemanden sonst zu überreden. Damit du's weißt: Wenn du unsere Flucht behinderst, bringe ich dich eigenhändig zum Schweigen."

Schatten schluckte. Er fühlte sich vollkommen allein. Vielleicht hatte Caliban Recht. Er war zu einer Gefahr geworden, für sich selbst und für andere. Schau nur, was mit Chinook passiert war. Und wenn er nicht gewesen wäre, vielleicht wäre keiner von den Silberflügeln überhaupt erst zum Gebäude der Menschen hingeflogen. Er hatte sie direkt in die Finsternis des Großen Versprechens geführt.

Calibans mächtiger Nacken entspannte sich. „Die Sonne geht uns nichts an", sagte er ruhiger.

„Nein, der Silberflügel hat Recht."

Schatten drehte sich zu der Stimme um und war überrascht Ishmaels Augen weit offen zu sehen. Die ausgemergelte Fledermaus atmete schnell und hatte offenbar alles mit angehört.

„Du brauchst Ruhe, Ishmael", sagte Caliban mit einem Anflug von Verärgerung. Er warf Schatten einen warnenden Blick zu.

„Ich hatte es ganz vergessen", flüsterte Ishmael, „aber Goth hat etwas gesagt, nachdem er Hermes ermordet hatte. Er hat gesagt: ‚Was müssen wir tun … sie zu töten, die Sonne zu töten.'"

„Was hast du sonst noch gehört, Ishmael?", fragte Schatten.

„Ich war in Bewegung und da war so viel Lärm und Wind. Etwas über die Dunkelheit der Sonnenfinsternis und über mehr Opfer."

„Was ist eine Sonnenfinsternis?", fragte Caliban.

„Die Sonne geht aus", sagte Schatten mit belegter Stimme. Er erinnerte sich an seine Träume und an das Bild der Sonne, die aufgefressen wurde. Er schauderte trotz der Hitze. „Wann?", fragte er Ishmael.

Dieser schüttelte den Kopf. „Aber da war noch etwas anderes, über eine Stadt, Brückenstadt, und über ihre Zerstörung durch Feuer."

„Die Scheibe", sagte Schatten mit einem Ruck. „Er hat

noch eine Scheibe von den Menschen. Hast du sie an ihm gesehen?"

„Ich kann nicht …" Ishmael runzelte die Stirn und schloss die Augen in angestrengtem Nachdenken. Schatten hatte ein schlechtes Gewissen, dass er ihn zu so scheußlichen Bildern zurückzwang. „Ich … nein, ich kann mich nicht erinnern." Sein Atem pfiff ihm in der Kehle und er hing schlaff und erschöpft von seinem Ruheplatz.

Schatten blickte vorsichtig zu Caliban und versuchte seine Reaktion auf all dies abzuschätzen.

„Zephir hat gesagt, Zotz wird regieren, wenn wir nicht die Sonne retten."

„Irgendwelche Ideen, kleine Fledermaus?", fragte Caliban grimmig. „Ich habe mich nie sehr für Prophezeiungen und Rätsel interessiert."

„Ich bin selbst auch nicht mehr so scharf darauf", sagte Schatten mit einem bitteren Lachen. „Mir gefällt dies nicht mehr als dir, glaub mir."

Caliban wandte sich ab. „Ich bin nicht der Führer, der dein Vater war", sagte er zu Schatten. „Vielleicht hätte er gewusst, was man aus all dem machen soll. Ich weiß es nicht. Alles, was ich will, ist so viele wie möglich zu retten und uns zurück in den Norden zu bringen. Nach Hause."

Der Ausdruck zerrte an Schattens Herz. Wie sehr er sich danach sehnte, wo und was auch jetzt immer sein Zuhause war.

„Aber es spielt keine Rolle, wo wir hinziehen, wenn Zotz die Sonne tötet", sagte er. „Wenn dies der Gott ist, den sie verehren, dann muss er stark sein. Stärker als Nocturna, nehme ich an, oder warum hat sie ihn nicht selbst gehindert?"

Von tief unter ihnen, vom Fuß der Statue selbst, kam das schwache, aber deutliche Flüstern von Erde und Steinen, die sich bewegten. Caliban hörte es ebenfalls und flog los.

„Komm mit", forderte er Schatten auf.

Dieser folgte ihm tiefer in den Rumpf der Statue und dann durch ihr linkes Bein hinab, das in einem leichten Winkel abstand. Als sie das Knie erreicht hatten, bremste Caliban und kreiste. Schatten blickte hinab in die Dunkelheit am Fuß der Statue.

„Ratten", hörte er Caliban voller Abscheu murmeln.

Mit dem Echosehen konnte Schatten erkennen, wie ein Nager seinen Kopf aus einer engen Öffnung im Fuß der Statue streckte. Er reckte eine kraus gerümpfte Nase hoch in die Luft und schnüffelte. Die scharfen Vorderzähne waren gebleckt. Dann zog er plötzlich den Kopf zurück. Schatten blickte ihm ängstlich nach. Waren da noch mehr? Trotzdem konnte er sich nicht vorstellen, wie die Ratten die steilen, glatten Oberflächen im Inneren der Statue emporklettern sollten. Selbst wenn sie es konnten, würden die Fledermäuse einfach wegfliegen.

Eine zweite Ratte arbeitete sich aus dem Loch und begann sich sorgfältig die Erde vom Fell zu schütteln. Diese flinke, fast elegante Bewegung hatte für Schatten etwas überraschend Vertrautes. Er bemerkte, dass das Fell dieser Ratte erstaunlich glänzte und viel dichter und samtener wirkte als das jeder anderen Ratte, die er bisher gesehen hatte. Dann sah er, wie Flügel ausgebreitet wurden, kurz raschelten und wieder zusammengefaltet wurden.

Schatten stand vor Staunen der Mund offen. Wie konnte das sein? Eine Fledermaus in Begleitung einer Ratte? Vielleicht hatte er sich geirrt. Er schaute genauer hin, bombardierte das Geschöpf mit Klang, und als er die Augen sah, wusste er Bescheid. Sofort stürzte er sich hinab, hinter sich hörte er noch Calibans Warnruf, der ihn aufforderte zurückzukommen, aber er klang schon eine Million Flügelschläge weit weg.

„Marina?", rief Schatten. „Marina!"

Sie bildeten ein Knäuel von Flügeln, als sie übereinander herfielen, ihre Gesichter an Hals und Wange des anderen drückten und ekstatisch schnüffelten. Er bog den Kopf zurück und sah sie an, nur um sich zu vergewissern, dass sie es wirklich war. Sie war es mit Sicherheit.

„Du bist meinetwegen gekommen!", rief er voller Überraschung.

„Natürlich bin ich das", sagte Marina lachend und mit glänzenden Augen. „Wir beide sind das." Sie deutete mit einem Nicken zur Seite.

Wir? Schatten drehte sich um. Neben ihm wartete seine Mutter. Sie nahm sein Gesicht vorsichtig in ihre gefalteten Flügel. Mit gefurchter Stirn betrachtete sie ihn angestrengt, als müsste sie jeden seiner Züge festhalten. Dann erblickte sie die hässliche Narbe an seinem Bauch und Tränen quollen ihr aus den Augen. Sie sah so müde aus, er wurde von einer Welle des Bedauerns und der Dankbarkeit überschwemmt.

„Danke", sagte er heiser. „Wie habt ihr mich gefunden, woher wusstet ihr, wo …?" Er blickte von seiner Mutter zu Marina, plötzlich fehlten ihm alle Worte. Zum ersten Mal in so vielen Nächten wurde er von einem unerwarteten Gefühl der Geborgenheit durchdrungen und er spürte, wie sich all die Anspannungen in seinem Inneren lösten. Er konnte nicht verhindern, dass er zitterte.

Er fühlte, wie Marina ihre Flügel um ihn legte zusammen mit seiner Mutter, und er gab sich, nur für einen Augenblick, dem Gefühl hin, dass nun alles gut werden würde.

Er ließ sie zuerst ihre Geschichte erzählen und Marina begann einen eiligen Bericht darüber, wie sie aus dem Gebäude der Menschen entkommen waren und sich Achilles Grauflügel angeschlossen hatten, dann über ihre Reise nach Brückenstadt und ihr Treffen mit König Romulus. Als er von Friedas nachlassender Gesundheit hörte, spürte er keinen plötzlichen Schock der Trauer. Es schien nur eine weitere Sorgenlast zusätzlich zu allem anderen. „Wird sie am Leben bleiben?", hörte er sich fragen.

Ariel schüttelte den Kopf, als wollte sie sagen, ich weiß nicht.

„Aber wir können jetzt aufbrechen. Das Boot wartet", sagte Marina zu Schatten.

Dieser konnte für einen Augenblick nicht sprechen, so stark war sein Wunsch, einfach zu nicken und mit ihnen fortzueilen. Er atmete aus und wandte sich etwas ab. Wo sollte er anfangen?

„Es gibt noch andere hier", sagte er.

„Sicher", sagte Marina ungeduldig. „Sie kommen auch mit." Sie blickte zu Caliban hinüber, der sich inzwischen misstrauisch auf dem Boden niedergelassen hatte, in einer vorsichtigen Entfernung von Herold und den zwei Soldaten, die sie begleitet hatten.

„Wie viele andere haben überlebt?", fragte Ariel die Bulldoggenfledermaus.

„Sechsundzwanzig", sagte er, ohne die Augen von den Nagetieren zu lassen.

„Nur sechsundzwanzig?", murmelte Ariel sorgenvoll. „Aber sie haben hunderte mitgenommen …"

„Die meisten sind bei den Explosionen getötet worden", sagte Caliban einfach.

„Caliban hat mich im Dschungel gefunden", erklärte Schatten. „Er hat mich hierher gebracht, in die Zuflucht, in diese Statue. Mich und Chinook", fügte er traurig hinzu.

„Chinook auch?", sagte Schattens Mutter und er sah in ihrem Gesicht ehrliche Überraschung und Freude, dass noch ein anderer Silberflügel unter den Überlebenden war, dessen Geburt und Aufwachsen als Junges sie gesehen hatte.

„Er ist nicht mehr hier", sagte Schatten mit Mühe. „Es war meine Schuld. Die Dschungelfledermäuse haben ihn gestern Nacht geschnappt, während wir auf der Jagd waren." Er warf einen schnellen, schuldbewussten Blick auf Marina, um ihre Reaktion zu sehen. War sie wirklich seinetwegen gekommen oder hatte sie in Wirklichkeit am meisten gehofft Chinook zu finden? „Aber er könnte trotzdem noch am Leben sein", sagte er ihr.

„Wie denn?", fragte sie mit gespitzten Ohren.

„Sie haben", sagte Caliban, „eine Menge von uns als Gefangene zu ihrer Pyramide geschafft."

„Und Cassiel?", fragte Ariel und blickte Schatten an. Er wusste, sie war auf das Schlimmste gefasst, trotzdem war ein hoffnungsvolles Zittern in ihrer Stimme.

„Er ist am Leben, Mami. Die Kannibalen haben ihn vor fünf Nächten gefangen, bevor ich überhaupt hierher gekommen bin. Aber er ist am Leben."

„Wie kannst du da so sicher sein?", fragte sie.

„Zephir hat es gesagt."

„Zephir ist hier?", fragte Marina überrascht.

„Nein, aber ich habe mit ihm gesprochen", sagte

Schatten atemlos, „und er hat mir gesagt, dass Cassiel noch am Leben ist und auch dass die Sonne in Gefahr ist und dass, wenn sie stirbt, Zotz den Himmel für immer regieren wird."

Er wusste, es musste ziemlich verrückt klingen. Er sah, wie sie ihn alle anstarrten. Er begann mit dem Anfang, von dem Augenblick an, als er von den Menschen gefangen und an die Metallscheibe gekettet wurde. Schon jetzt fühlte er sich von diesen Ereignissen weit entfernt. Sie waren bereits vergangen und er hatte so viele Tage und Nächte damit zugebracht, von Minute zu Minute lediglich zu überleben. Nur das Jetzt schien ihm wirklich.

„Goth hat überlebt?", fragte Marina in dumpfem Entsetzen, als Schatten ihnen von Ishmaels Flucht aus der Pyramide der Kannibalen berichtete.

„Und er ist jetzt auch noch König."

Marina schnaubte nur vor Abscheu. „Natürlich ist er das. Es könnte keine nettere Fledermaus getroffen haben."

Und dann erzählte er ihnen, wie er eine Botschaft über die Welt an Zephir im Turmhelm geschrien und seine gedämpfte Antwort gehört hatte: *Rette die Sonne oder Zotz wird herrschen.*

„Mein Plan war, heute Nacht nach Norden zu fliegen", sagte Caliban. „Und ich sage immer noch, wir bleiben dabei. Es tut mir Leid für Cassiel. Es tut mir Leid für Chinook und die anderen. Aber es gibt nichts, was wir tun können. Und diese Sache mit der Sonne, das ist nichts, womit wir uns abgeben müssen. Wir brauchen die Führung unserer Ältesten und vielleicht können wir mit einer größeren Truppe zurückkommen."

„Dann wird es zu spät sein", sagte Schatten mit einer Überzeugung, die ihn selbst überraschte. Woran lag das, an der Dringlichkeit seiner Träume oder daran, dass er gesehen hatte, dass der Sonne schon ein Stück fehlte? Jedenfalls war er sicher, dass es nur noch eine Sache von Nächten, vielleicht sogar von Stunden war, bevor die Sonne vollständig verschlungen sein würde. „Wir können nicht wegfliegen."

„Was willst du damit sagen, Schatten?", wollte Marina wissen und er konnte bereits diesen vertrauten Anflug von Ärger in ihrer Stimme hören. „Dass du die Sonne retten musst? Ich meine, das ist eine riesige Aufgabe, richtig? Selbst für dich ist das gewaltig! Hast du vor, das ganz allein zu machen?"

„Denkst du, das gefällt mir", entgegnete Schatten knapp.

„Ja doch, das glaube ich. Klar, dass du dir das größte Problem einfallen lässt, das es je gegeben hat …"

„Ich habe es mir nicht einfallen lassen …"

„Die Sonne retten! Weißt du, wir haben einen langen Weg hinter uns, um dich zu holen. Es war nicht gerade leicht. Willst du nicht einfach nach Hause kommen?"

„Und was wird aus den anderen, was ist mit Chinook passiert?"

„Das bringt uns nicht weiter, ihr zwei", sagte Ariel scharf und Schatten blickte beschämt zu Boden. Sein Gesicht brannte unter dem Fell. Sich vor allen anderen zu zanken wie kleine Kinder.

Ariel wandte sich an Caliban. „Selbst wenn wir es in den Norden schafften, gibt es dort keine Hilfe für uns. Die Eulen sind bereit Krieg zu führen. Jede freie Fledermaus wird gebraucht für den Kampf. Es gibt eine Million von uns in Brückenstadt und die Eulen sind unterwegs dorthin."

„Brückenstadt?" Schatten warf Caliban einen besorgten Blick zu. „Ishmael hat gesagt, das ist der Ort, wo Goth seine Scheibe abwerfen würde nach der Sonnenfinsternis." Er stellte sich die gewaltige Explosion vor, die er aus der Ferne gesehen hatte. Eine davon an der richtigen Stelle würde eine Million Fledermäuse auslöschen.

Schatten kniff die Augen so fest zu, dass hinter den Lidern Licht aufblitzte. Wie konnten sie nur all dies verhindern?

Es war einfach zu viel.

„Warum hilft uns Nocturna nicht?", fragte er wütend. „Ich habe gesehen, was Zotz tun kann. Goth vor dem Blitz retten, seine Flügel heilen, die Sonne stückchenweise auffressen! Warum zeigt sich denn Nocturna nicht einmal?"

„Du hast überlebt", sagte Ariel. „Du bist nicht in den Explosionen gestorben."

„Nein, aber tausend andere."

„Wir haben dich gefunden."

Er war nicht überzeugt und knurrte nur. War das Nocturnas Wirken oder bloß Glück?

„Und sie wird uns helfen Cassiel und Chinook zu retten und all die anderen", sagte Ariel.

Schatten war überrascht über die Gewissheit in ihrer Stimme. Sein ganzes Leben lang hatte sie nie viel über Nocturna gesprochen oder über das Große Versprechen. Wie konnte sie jetzt so großes Vertrauen in sie setzen?

„Ich breche nicht nach Norden auf", sagte Ariel.

„Du weißt nicht, was du sagst", meinte Caliban wütend. „Bei der Pyramide gibt es tausende von diesen Kannibalenfledermäusen. Du wirst nicht einmal hineinkommen."

Schatten schüttelte den Kopf. Er fürchtete, dass Caliban Recht hatte. Marina täuschte sich, wenn sie annahm, er wolle ein Held sein. Er wollte jetzt sofort nach Hause, genauso wie sie. „Und was ist mit der Rettung der Sonne?", fragte er bedrückt. „Was bedeutet das?"

„Die Opfer."

Schatten blickte hoch und sah, wie Ishmael durch die Luft zu ihnen herabgehumpelt kam.

„Ich erinnere mich nun", krächzte Ishmael. „König

Goth hat gesagt, sie müssen hundert Opfer darbringen während der Sonnenfinsternis. Deshalb nehmen sie so viele Gefangene im Dschungel. Fledermäuse, Eulen, Ratten. Sie brauchen hundert Opfertiere für Zotz. Und das gibt ihm dann die Macht die Sonne zu töten."

Schatten nickte langsam. Er verstand. „Also, was ist, wenn wir sie wegholen? Die Opfer verhindern, sodass Zotz die Sonne nicht töten kann? Klingt das vernünftig?"

„Dann wäre es das Gleiche, die Fledermäuse zu retten und die Sonne zu retten", sagte Ariel.

Caliban schüttelte den Kopf.

„Ich bewundere euch alle, eure Entschlossenheit. Aber dieses Unternehmen, über das ihr da redet, es ist einfach nicht durchführbar. Wir haben nicht die Macht dafür."

„Ihr alleine nicht, da würde ich zustimmen", sagte Herold, die Ratte. Er sprach zum ersten Mal. „Aber wir könnten vielleicht Unterstützung bekommen. Wenn tatsächlich Ratten von den Kannibalen gefangen gehalten werden, dann würde General Cortez vielleicht Hilfe gewähren."

Ariel nickte. „Er hat seinen eigenen Sohn verloren, hat er gesagt. Wenn er dächte, er könnte ihn vielleicht zurückbekommen ..."

„Ja", sagte Herold, „ich werde es ihm sofort vorschlagen."

„Danke", sagte Ariel, als der Rattengesandte und seine Soldaten in den Tunnel schlüpften.

Schatten wandte sich an Marina. „Du brauchst nicht mitzukommen, weißt du. Ich hätte Verständnis dafür."

Sie lachte bloß. „Ich soll dich dann den ganzen Ruhm dafür einstreichen lassen, dass du die Sonne gerettet hast? Ein netter Versuch, Schatten. Außerdem würdest du es allein nur vermasseln. Du brauchst mich mehr, als du denkst."

„Ich weiß", sagte Schatten und lächelte dankbar.

Zögernd kratzte Ishmael mit der Kralle ein Bild in den sandigen Boden in der Statue. Schatten sah zu, wie Goths Pyramide Gestalt annahm: die abgestuften Seiten, der schmale Gipfel mit dem flachen Dach.

„Sie könnte etwa dreißig Meter hoch gewesen sein", sagte Ishmael. „Schwer zu sagen, sie war so vom Dschungel überwuchert und ich war nur halb bei Bewusstsein, als sie mich da reingebracht haben."

„Ja, wir kennen diesen Ort", sagte General Cortez, der die Augen auf die Skizze gerichtet hielt. „Die Menschen haben ihn vor Jahrhunderten errichtet und nach ihrem Abzug haben die Vampyrum dort ihr Lager aufgeschlagen. Ich weiß von keiner Ratte, die da drin war und zurückgekehrt wäre."

Schatten beobachtete das Gesicht von General Cortez und versuchte zu erraten, was er dachte. Aber sein

Ausdruck war unergründlich. Sie konnten von Glück sagen, dass er überhaupt da war, wusste Schatten. Herold war in die Festung des Generals zurückgekehrt und es war ihm gelungen, ihn zu einem Treffen zu überreden.

Der Widerwille von Cortez gegenüber Fledermäusen war offensichtlich. Bei ihrem Anblick rümpfte er häufig die Nase und er hatte selten Augenkontakt mit ihnen, wenn er sprach. Aber er war gekommen und Schatten war entschlossen ihn davon zu überzeugen, dass er ihnen helfen müsste.

„Der Eingang", gab Cortez Ishmael das Stichwort.

Ishmaels Kralle schwebte zögernd über der Zeichnung. „Ich glaube, sie haben mich hier reingebracht." Er machte eine Markierung, dann wischte er sie wieder weg. „Nein, hier, etwas tiefer. Es war ein großer Eingang, groß genug für Menschen. Andere sind mir nicht aufgefallen."

„Wachen?"

Ishmael nickte. „Viele. Überall am Eingang, sie hängen von oben herab und an den Seiten."

Cortez knurrte. „Und wo haben sie dich hingebracht?"

Ishmael schloss die Augen und dachte nach. „Der Gang neigte sich nach unten, steil, ja. Da schienen die meisten ihren Ruheplatz zu haben. Ich habe nie so viele Fledermäuse an einem Ort gesehen. Dann sind wir an einem anderen Gang vorbeigekommen, Treppen, die in Windungen nach oben führten, aber wir sind weiter nach unten gegangen, bis der Gang sich zu einem großen Raum erweiterte."

Unbeholfen skizzierte er einen langen, schmalen Raum ganz nahe am Fuß der Pyramide. „Es gab da Knochen", sagte Ishmael mit gepresster Stimme.

Schatten fühlte, wie ihm das Herz an die Rippen schlug.

„Knochen?", fragte Cortez.

„Auf dem Boden. Von allen möglichen Vögeln und anderen Tieren. Die Kammer hatte an den Seiten steinerne Verliese, große rechteckige Verliese. Darin haben sie uns festgehalten. Es gab eine Tür …"

„Wo?", fragte Cortez.

„In der Seite des Steinverlieses. Alle hatten Türen. Sie waren rund, aus Stein. Sie hatten einen Stock, den haben sie benutzt, um einen Stein beiseite zu rollen. Er lief in Rillen, oben und unten. Sie brauchten zwei dafür. Sie haben mich zu den anderen hineingestoßen."

„Aber du sagst, da waren auch andere Tiere."

„Eulen habe ich mit Sicherheit gehört, ich konnte sie auch riechen …"

„Und Ratten?"

„Ja, in einem anderen von diesen Verliesen aus Stein."

„Du musst dir da sicher sein", knurrte Cortez.

„So sicher, wie ich nur sein kann."

Schatten sah aufmerksam zu. Er wusste, dass Cortez

nur daran interessiert war, ihnen zu helfen, wenn es eine Chance gab, dass sein Sohn noch am Leben war und gerettet werden konnte.

Schweigend studierte Cortez die Zeichnung. „Dieser Raum, es gab da nur den einen Zugang?" Er deutete auf den abschüssigen Gang, den Ishmael gezeichnet hatte.

„Den ich gesehen habe", antwortete die Fledermaus.

Schatten bewunderte seine Ausdauer und Geduld. Die schroffe Art von Cortez bewirkte, dass sich ihm vor Abneigung die Haare sträubten. Konnte er sich nicht vorstellen, was Ishmael durchgemacht hatte? In den Klauen einer dieser riesigen Fledermäuse weggeschleppt zu werden und zu wissen, dass du gleich sterben wirst – es war erstaunlich, dass man da überhaupt etwas sehen oder hören konnte. Schatten hoffte nur, dass Ishmaels Erinnerungen genau waren.

„Und als sie dich aus dem Verlies geholt haben", fing Cortez wieder an, „wo haben sie dich hingebracht?"

„Den gleichen Weg zurück, aber dann nach oben."

„Die Treppe, die du erwähnt hast?"

Ishmael nickte. Er skizzierte eine Zickzacklinie vom zentralen Tunnel hinauf zur Spitze der Pyramide.

„Woher weißt du das?"

„Ich habe durch eine runde Öffnung in der Decke die Sterne gesehen. Das ist der Ort, wo sie die Schlachtungen vornehmen."

„Zurück in den Gefangenenraum", sagte Cortez. „Gab

es da Wachen, ich meine, außerhalb dieser Verliese, in denen ihr gehalten wurdet?"

„Ich weiß es nicht. Gehört habe ich nichts. Warum sollten sie da Wache halten? Es gab kein Entkommen. Die Verliese waren oben mit so schweren Steinen abgeschlossen, dass ein Dutzend Menschen nötig gewesen wäre, einen hochzuheben. Dicker Stein – oben, unten und an den Seiten. Wir haben unsere Krallen komplett abgewetzt, nur um daran zu kratzen."

„Sie kennen keine Furcht, diese Geschöpfe", sagte Cortez. „Der Geier ist so ungefähr der einzige Vogel, den sie sich scheuen würden anzugreifen."

Schatten erinnerte sich an den riesigen plumpen Vogel in der Ferne, auf den Goth ihn eines Nachts aufmerksam gemacht hatte. Er war kein schneller Flieger, aber wenn er seine Klauen oder den gebogenen Schnabel in einen hineinbekam, konnte nur der Tod die Folge sein.

„Nein", sagte Caliban und blickte zum ersten Mal von dem Plan auf. „Ein Angriff kommt nicht infrage. Selbst mit einer gewaltigen Streitmacht wären unsere Verluste fürchterlich."

Schatten konnte seine Enttäuschung nicht länger verbergen. „Was wäre, wenn wir uns auch an die Eulen wendeten?", schlug er vor.

„Die Eulen?", erwiderte Cortez und wandte ihm seine hellen, durchdringenden Augen zu.

„Sie müssen viele ihrer Art verloren haben, genauso

wie wir. Vielleicht, wenn wir mit ihnen sprächen, wären sie einverstanden uns bei einem Angriff zu unterstützen."

„Die Eulen sind weder unsere Freunde noch eure", sagte Cortez mit eisiger Verachtung. „Es wäre ein tödlicher Fehler, etwas anderes anzunehmen."

„Können wir es nicht wenigstens versuchen …"

„Ich sage es noch einmal: Das bringt nichts", sagte Cortez streng. „Wir haben Gerüchte über den Krieg gehört, den die Eulen gegen euch im Norden führen wollen. Es wird kein Bündnis geben."

Schatten hielt wütend den Mund. Es hatte keinen Sinn zu streiten. Ohne Hoffnung blickte er von seiner Mutter zu Marina. Wenn sie keine Unterstützung von den Ratten bekamen, konnten sie dann überhaupt eine Rettung versuchen?

„Ein Angriff wäre Selbstmord", sagte Cortez. „Aber vielleicht gibt es einen anderen Weg." Er wandte sich an den Wachoffizier, der ihn begleitet hatte. „Können wir einen Tunnel graben? Hier?"

Überrascht sah Schatten, wie Cortez auf dem Plan ein Zeichen machte.

„Sehr wahrscheinlich, Herr." Die Ratte stieß mit der Nase auf den Fuß der Pyramide. „Die Wände und Fundamente der Festung müssen zerbrochen sein und die Bruchstücke müssen sich genug gesetzt haben, dass wir einen Durchgang finden können. Angenommen natürlich, dass dieser Raum tatsächlich so nahe an den Außenwänden liegt. Ja, ich glaube, wir können durch einen Tunnel von unten hinein."

Schattens ganzer Körper war angespannt vor Erwartung. Er musste sich zum Atmen zwingen.

Cortez grübelte einen Augenblick über dem Plan, bevor er sprach. „Ich bin bereit Folgendes zu tun. Es hat keinen Sinn einen Frontalangriff auf die Festung zu starten. Aber wenn wir uns in die Kammer graben können und sie unbewacht ist, wie wir hoffen, dann können wir vielleicht die Gefangenen befreien und durch den Tunnel hinausbringen."

„Ich danke Euch", sagte Schatten.

Cortez reckte die Nase hoch, um ihn zum Schweigen zu bringen. „Aber wenn wir dort auf heftigen Widerstand stoßen, könnte es sein, dass wir uns zurückziehen müssen. Ich werde dann die Entscheidung treffen. Verstanden? Wir versuchen meine Freunde zu befreien und eure. Das ist alles. Unsere Truppe muss klein sein. Je mehr von uns hineingehen, desto größer ist die Gefahr, dass man uns sieht oder hört."

„Ich gehe mit", sagte Schatten.

„Ich auch", sagte Ariel.

„Und ich", sagte Marina.

„Ich komme auch mit." Es war Ishmael, dessen Augen blitzten.

„Du bist nicht in dem Zustand für so etwas", sagte Caliban.

„Ich habe meinen Bruder dort zurückgelassen", sagte

die andere Fledermaus. „Ich komme mit. Ihr braucht mich sowieso. Ich bin der Einzige, der schon mal da drin gewesen ist."

„Ich danke dir, Ishmael", sagte Schatten. Er blickte zu Caliban, der eine Kralle in den Sand steckte und die Augen abwandte.

„Cassiel wäre unseretwegen zurückgekommen", sagte die Bulldoggenfledermaus ruhig. „Ich werde seinetwegen zurückgehen."

„Wir brechen um Mittag auf", sagte Cortez. „Sie werden dann ruhen und unsere Chancen sind am größten, dass wir sie überraschen können. Niemand hat je versucht ihre Pyramide zu betreten. Sie werden uns also mit Sicherheit nicht erwarten. Trotzdem, wenn wir einmal drin sind und ihre Schreie ertönen, werden wir nicht viel Zeit haben, bevor ihre ganze Übermacht auf uns herabgestürzt kommt. Wir müssen schnell sein."

Goth kreiste mit Voxzaco über der Pyramide, als die Sonne sich vom Horizont erhob. Er lachte erfreut, als er sah, dass sie schon zu ihrer halben Größe geschrumpft war.

„Sie wird verdunkelt sein zur Mitte des Tages", sagte Voxzaco. „Ihr habt genügend Opfertiere, hoffe ich?"

„Einhundertzehn", sagte Goth. Vor ein paar Stunden war er selbst in den Knochenraum hinabgegangen, um sie zu zählen, nur um sicher zu sein. Wie die nördlichen Fledermäuse sich geduckt hatten, als er den Kopf hineingestreckt hatte! Aber er war enttäuscht gewesen, Schatten nicht unter ihnen zu sehen. Für einen Augenblick war er sicher gewesen, dass er ihn entdeckt hätte, aber als er näher herangegangen war und die Fledermaus auf den Boden gedrückt hatte, um sie besser betrachten zu können, hatte er gesehen, dass es ein älterer Silberflügel war, der von den Menschen beringt worden war. Nicht Schatten, aber verblüffend ähnlich. Er runzelte die Stirn. Im Traum hatte er Schatten das Herz aus der Brust gerissen und es gefressen, während der Knirps zuschaute. Vielleicht war es jetzt nicht wichtig.

Was wichtig war: Sie mussten Zotz einhundert Herzen opfern, bevor die Sonnenfinsternis vorüber war, sonst würde die Sonne weiterleben. Aber er wusste, dass er es schaffen würde.

„Wir wollen uns auf das Kommen von Zotz vorbereiten", sagte er zu Voxzaco und flog zum Tempel zurück, um seine Krallen für die Opfer zu schärfen.

– 14 –

Der Knochensaal

Nach drei Stunden unter der Erde befahl Cortez anzuhalten. Schatten sank dankbar für eine Ruhepause auf den Boden des Tunnels. Kriechen war nicht besonders leicht für eine Fledermaus, aber das unterirdische Verkehrsnetz der Ratten bot die sicherste Möglichkeit, ungesehen in die Tiefe des Dschungels zu gelangen. Die Tunnel selber waren niedrig und schmal, breit genug für eine einzelne Ratte oder vielleicht zwei eng nebeneinander. Schatten hasste den Mangel an Luft und die Verkrampfung durch die dicht angelegten Flügel, wo ihn doch so heftig danach verlangte, sie auszubreiten und sich in die Lüfte zu erheben. Seine Krallen und Unterarme schmerzten von der Anstrengung auf ihnen laufen zu müssen.

Ihre Gruppe war klein. Neben ihm war Marina, dahinter seine Mutter, Caliban und Ishmael. Herold hatte darauf bestanden, ebenfalls mitzukommen. Vorne und in der Nachhut waren die Soldaten von General Cortez und seine besten Tunnelgräber.

„Näher kommen wir nicht heran", flüsterte vorn der oberste Tunnelbauer. Er hob seine Vorderkralle zur Decke. „Da oben ist die Pyramide."

Es war, als ob Schatten plötzlich spürte, wie ihm ihr massives Gewicht auf dem Rücken lastete. All die Steine, die sich in den Dschungel hinauf türmten, und darinnen tausende von Vampyrum.

„Fangt an", sagte Cortez.

Ein kleiner Trupp von Tunnelgräbern drängte sich an Schatten und Marina vorbei und machte sich sofort an Wand und Decke an die Arbeit. Schatten war erstaunt, wie rasch und effektvoll sie den Dreck aus dem neu gegrabenen Gang von Ratte zu Ratte schoben und weiter vorne in dem ursprünglichen Tunnel verstauten, um ihren Rückzug nicht zu blockieren.

So schnell sie auch waren, Schatten empfand jeden Schlag seines ängstlichen Herzens als verlorene Zeit. Bei ihrem Aufbruch von der Statue hatte die Sonne noch weiter verkleinert ausgesehen, als wäre von einem riesigen Paar Kiefer ein gewaltiges Halbrund aus ihrer Seite herausgebissen.

Die Tunnelgräber verschwanden bereits in ihrem neuen Loch und hinter ihnen flog Erde herab.

„Achtung", zischte Cortez allen zu.

Schattens Augen trafen sich mit denen von Marina und sie starrten sich an. Er langte hinüber und streichelte sie mit dem gefalteten Flügel.

Und plötzlich hatte er Angst, wie er sie noch nie gehabt hatte: Er wünschte, sie wäre nicht dabei, sie nicht und auch seine Mutter nicht. Es war eine Sache, wenn er allein handelte und versuchte seinen Vater zu retten, die Sonne zu retten, aber nun waren alle, die ihm nahe standen, auch hier bei ihm und sie konnten zusammen mit ihm vernichtet werden.

Panische Angst schoss ihm durch's Gemüt. Was wäre, wenn die ganze Unternehmung verfehlt und ein großer Irrtum wäre? Er hatte schon früher Fehler gemacht. Denk nur an das Gebäude der Menschen! Vielleicht war er gerade jetzt dabei, sie alle ins Verderben zu führen, wie er es schon mit Chinook getan hatte. War das wirklich Zephirs Stimme gewesen, die er hoch oben gehört hatte? Konnte er da sicher sein? All das mit der Sonne, welchen Sinn ergab das denn eigentlich?

Er öffnete den Mund, um zu sprechen, und merkte, wie trocken er war. Konnte Marina die panische Angst in seinen Augen sehen?

„Wir sind zusammen", sagte sie leise. „Das ist gut."

„Ja doch."

„Los", sagte Cortez.

Augenblicklich war Schatten auf den Füßen, dankbar, dass er nicht mehr nachdenken musste. Er folgte Cortez in den Tunnel. Er war noch enger als der, den sie gerade verlassen hatten, und wand sich eng zwischen riesigen Steinblöcken hindurch, die über die Jahrhunderte auseinander gedrückt worden waren und ihnen nun einen Durchgang ermöglichten. Er merkte, dass er nach Luft schnappte.

Der Gang bog jetzt steil nach oben, und als Schatten sich mit den Krallen emporarbeitete, bebte unter ihnen ein Geräusch durch die Erde. Die Luft war voller Staub und er hielt an und versuchte ein Husten zu unterdrücken.

Noch einmal, ein zweites Beben und dann ein Luftzug, der von hinten durch das Fell an die Spitzen seiner Ohren strich.

„Hast du das gehört?", flüsterte er über die Schulter zu Marina.

„Nein", sagte sie und dann stärker beunruhigt: „Was denn?"

„Nicht Reden", ertönte die verärgerte Stimme des Generals von weiter vorn.

Trotzdem, Schatten spürte diese Vibrationen der Luft und der Erde um sich herum. Sie waren so schwach, dass sie ihm leicht hätten entgehen können, kleine Klangströmungen, die sein Fell liebkosten, die dreckigen Wände entlang an ihm vorbeiglitten und schnelle Bilder vor seinem inneren Auge malten. Eine lange Schlange mit Federn. Ein doppelköpfiger Jaguar …

Sein Herz raste. Diese Bilder hatte er schon einmal gesehen: in seinen Träumen.

Und plötzlich sah er, wie sich vor ihm zwei Augen öffneten, ein Paar schwarze Schlitze in der Finsternis. Schockiert knurrte Schatten und sandte Klangstrahlen aus. Aber da war nichts. Jetzt sehe ich schon Sachen. Hör auf damit.

Aber der Tunnel zitterte wieder, und diesmal konnten alle es fühlen.

„Es ist das Gewicht der Steine", hörte er einen der Tunnelgräber zischen. „Das gefällt mir nicht. Die Erde ist locker hier."

Aber Schatten wusste, es war nicht nur das Gewicht über ihnen. Irgendetwas war bei ihnen im Tunnel, etwas, das durch Fels und Erde und Luft sickern konnte.

„Wie lange wird das halten?", fragte Cortez.

„Lange genug, dass wir unsere Arbeit tun könnnen", sagte der oberste Tunnelbauer, „aber wir wollen uns beeilen."

Von weiter oben hörte er ein dumpfes *klunk* von Stein gegen Stein. „Wir sind durch …", sagte über ihnen der Anführer der Tunnelgräber, „aber … ich verstehe das nicht …" Es herrschte ein kurzes, bedrückendes Schweigen. „Eine Art Gräberfeld …"

Hinter General Cortez zwängte sich Schatten zwischen zwei riesigen Steinen durch und war plötzlich aus dem Tunnel heraus.

Knochen.

Der Tunnel hatte sie in ein Meer von Knochen gebracht. Schatten schauderte vor Abscheu und kämpfte sich hinter den anderen durch das lose Geröll. Der Hüftknochen einer Ratte prallte gegen seinen Flügel, ein Fledermausschädel stieß ihn in den Rücken. Überall waren Federn, abgelöste Fledermausflügel, Stücke von mumifiziertem Fell.

Er kam an die Oberfläche, rutschte und stolperte, als die sich unter ihm bewegte. Dann konzentrierte er sich darauf, Marina und den anderen hoch zu helfen. Innerhalb einer Minute waren sie alle in einer dichten Gruppe versammelt und hockten unsicher auf einem Boden aus Gebeinen.

„Ist dies der Ort?", fragte Cortez Ishmael.

Schatten drehte sich zu Ishmael um und sah, dass er so stark zitterte, dass seine Beine fast einknickten. Er nickte schnell und heftig, stumm vor Entsetzen.

Der ganze Boden des langen Raumes war unter Knochen begraben, ein Zeugnis für Jahrhunderte von Nahrungsaufnahme. Der Verwesungsgestank war intensiv. Die Knochen an der Oberfläche glänzten noch klebrig von den Resten von Muskeln und Sehnen, die noch an ihnen hafteten. Schatten spürte einen Anfall von Angst. Waren die Gebeine seines Vaters hier irgendwo in all dem vergraben?

Er riss seine Augen los von den Knochen und überzog den Raum mit Klang. Sie befanden sich anscheinend an seinem äußersten Ende. Beide Wände entlang lagen die rechteckigen Steinverliese, die Ishmael beschrieben hatte, vielleicht ein Dutzend auf jeder Seite, das nächste nicht weiter als drei Meter von ihnen entfernt. Ihre Außenwände waren dekoriert, mit Juwelen besetzt und mit gemeißelten Figuren, die Schatten schaudernd nur zu gut wieder erkannte: eine gefiederte Schlange, ein schwarzer Jaguar. Er ließ seinen Blick höher wandern und vor Schreck schrie er fast auf.

Die Wände waren aus Schädeln erbaut.

Diesmal waren es menschliche Schädel, einer über den anderen gestapelt, bis ganz zur Decke hinauf. Mit dem Echosehen bemerkte Schatten, dass ihre Augenhöhlen zurückstrahlten, die Kiefer waren weit geöffnet, als wollten sie rufen: Eindringling! Wir sehen dich! Wir hören dich!

Cortez erteilte Befehle.

„Dieser Tunnel", sagte er und deutete mit dem Kopf auf den Schacht, durch den sie gerade hochgekommen waren, „ist unser Leben. Wenn wir ihn verlieren, verlieren wir unsere Rückzugsmöglichkeit. Ich möchte, dass er gut bewacht wird."

„Jawohl, General."

„Ich möchte, dass zwei fliegende Wächter sich zum Ende des Raumes begeben und dort Wache halten. Du und du." Er nickte zu Ariel und Caliban.

Schatten sah beunruhigt zu seiner Mutter. Die Vorstellung, wieder von ihr getrennt zu werden …

„Keine Diskussionen", sagte Cortez. „Ich brauche zwei Fledermäuse, die tun können, was ich verlange. Ishmael ist zu schwach und den Jungen" – sein Blick schweifte von Marina zu Schatten – „traue ich nicht. Zu eigenmächtig." Er blickte wieder auf Ariel und Caliban. „Ihr seid unsere vorgeschobenen Posten. Seht oder hört ihr, dass irgendetwas sich dem Raum nähert, lasst ihr es uns wissen."

„Ist schon in Ordnung", flüsterte Ariel Schatten zu. „Ich komme wieder. Tu bitte, was er dir sagt."

„Okay", sagte Schatten und sah zu, wie sie sich in die Luft erhob und auf lautlosen Flügeln zum entfernten Ende des Raumes flog.

Cortez sprach inzwischen mit Ishmael.

„Erinnerst du dich, in welchen Verliesen die Fledermäuse und Ratten waren?"

Die Fledermaus schüttelte den Kopf. „Tut mir Leid."

„Gut." Cortez blickte zu Schatten und Marina. „Hebt ab mit Ishmael und bleibt über uns, während wir vorrücken. Seid meine Augen, ihr drei. Untersucht die entferntesten Ecken. Seht ihr etwas sich bewegen, will ich es wissen. Wir werden die Verliese eines nach dem anderen untersuchen. Vorwärts."

Schatten war froh, dass er die Flügel ausbreiten und sich über das Knochenfeld erheben konnte. Er blieb nahe bei Marina und Ishmael, während sie über den Ratten kreisten. Cortez und seine Soldaten schienen auf den Gebeinen weniger Probleme zu haben als er. Schnell und behände hüpften sie auf das erste steinerne Verlies zu.

Schatten glitt niedrig darüber hin und spitzte die Ohren. Klagende Vogelrufe drangen durch den steinernen Deckel. Er wendete zurück zu Cortez.

„Eulen in dem hier", sagte er.

„Ich kann sie riechen", sagte einer der Soldaten. Sein Gesicht verzerrte sich vor Abscheu.

„Weiter", sagte Cortez, ohne zu zögern.

Schatten wollte etwas sagen, aber Cortez fixierte ihn mit einem harten Blick. Innerlich sah er, wie Orest von einer Dschungelfledermaus durch die Luft geschleppt wurde. Es schien zu grausam, ihn sterben zu lassen, wenn sie ihn genauso retten konnten wie die anderen.

„Los, Silberflügel", sagte Cortez. „Wir haben nicht viel Zeit."

Weiter vorne rief einer der Rattensoldaten aufgeregt: „Ich kann sie hören!"

Schatten überquerte den Raum und flog niedriger, und jetzt konnte er es auch hören, das gedämpfte Quieken der Rattensprache, das aus dem Inneren des Steinverlieses drang. Auf dessen anderer Seite entdeckte Schatten die blockierte Tür, die Ishmael beschrieben hatte.

„Hier drüben", rief er und ließ sich mit Marina neben dem Eingang nieder. In wenigen Augenblicken erreichten die Ratten sie. Die Tür bestand aus einem grob zugehauenen Stein, riesig und dick. Er war oben und unten in ausgehöhlte Simse eingelassen und hatte genau in der Mitte ein kleines Loch, durch das das Geräusch von Ratten drang.

General Cortez stellte sich auf die Hinterbeine,

drückte sein Gesicht an das Loch und sagte: „Wir sind gekommen, um euch zu befreien. Seid still."

Schatten suchte den knochenbedeckten Boden ab nach einem Stock, der dünn genug war, um in das Loch zu passen.

„Ist der das?", fragte Marina. Schatten drehte sich um und folgte ihrem Blick hoch hinauf an der Wand zu den aufgestapelten menschlichen Schädeln. Auf einer Reihe skelettierter Zähne lag ein langer, kräftiger Stock.

„Wir holen ihn", sagte Marina und flog los mit Schatten direkt hinter ihr. Es gefiel ihm nicht, den Schädeln so nahe zu kommen. Er hatte die gleiche unangenehme Vorahnung wie vorher – dass in diesem Raum etwas anwesend war, das sie beobachtete. Er und Marina packten den Stock an beiden Enden mit ihren Krallen und brachten ihn unbeholfen zu dem Steinverlies.

Cortez und seine Ratten nahmen ihn und steckten ihn in den runden Stein.

„Rollt ihn", knurrte der General und vier Ratten stellten sich auf den Hinterbeinen in eine Reihe und drückten mit aller Kraft. Für einige lange Sekunden rührte sich der Stein nicht von der Stelle, dann fing er an sich mit einem dumpfen Rumpeln zu drehen. Er bekam Schwung, rollte schneller und innerhalb von Sekunden war die Öffnung frei.

Ohne Zeit zu verlieren, strömten die Ratten heraus mit ungläubig aufgerissenen Augen.

Es waren Dutzende, die meisten jünger oder älter, leichte Beute für die Dschungelfledermäuse, obwohl auch ein paar starke Soldaten dabei waren, offensichtlich geschwächt von dem, was sie durchgemacht hatten. General Cortez stand dabei, seine Augen sprangen von einer Ratte zur nächsten und suchten. Dann sah Schatten, wie sich sein Gesicht aufhellte. Er fiel auf alle viere und drängte sich durch die Menge.

„Mein Sohn", sagte Cortez und drückte sein Gesicht an das eines jungen Rattenmännchens.

Schatten starrte hin. Er war wie versteinert und wünschte diesen Augenblick für sich selbst.

Als die letzte Ratte das Verlies verlassen hatte, verschwendete Cortez keine Zeit. Er wandte sich an zwei seiner Soldaten: „Begleitet sie jetzt zurück zum Tunnel." Dann sagte er zu Schatten und Marina: „Nun wollen wir eure Freunde suchen, damit wir diesen verfluchten Ort verlassen können."

Wieder in der Luft schlug Schatten weite Bögen über die ganze Breite des Raumes. Seine Ohren waren hoch aufgestellt und bewegten sich auf der Suche nach Fledermausgesang.

„Dies da, glaube ich", sagte Ishmael neben ihm und deutete mit dem Kinn auf ein Verlies.

Schatten schwang sich zu diesem hinab, aber obwohl er ganz niedrig über dem Dach hinwegstrich, konnte er nicht einmal das schwächste Quieken hören.

„Doch", sagte Ishmael. „Ich bin sicher, das ist es."

„Such die Tür", sagte Marina.

Die befand sich auf der anderen Seite, aber der Stein war bereits vollständig zur Seite gerollt und ließ die Öffnung sehen.

„Das kann es nicht sein", sagte Schatten und landete.

„Doch", wisperte Ishmael entsetzt, „dies ist es. Ich erinnere mich an die Zeichen über der Tür."

Mit wachsender Angst streckte Schatten den Kopf durch die Öffnung. Er sandte Klang aus und sah, dass das Verlies in der Tat leer war. Aber die Nase sagte ihm noch mehr. Er konnte die Wärme der Fledermäuse riechen und die zerkratzten und blutigen Steinwände hallten noch von ihren Rufen wider.

Ungestüm zuckte Schatten aus dem Verlies zurück und stieß in seiner Eile an Marina. „Sie sind gerade noch hier gewesen!"

Ishmael war noch in der Luft. Er brachte es nicht über sich, näher an sein früheres Gefängnis heranzukommen. „Sie müssen sie schon nach oben gebracht haben", sagte er. Der Rest hing unausgesprochen in der Luft. Hinauf zum Tempel, hinauf für die Opferung.

„Was ist los?", fragte General Cortez, als er zu ihnen aufgeschlossen hatte und die schon offene Tür sah.

„Zu spät", krächzte Schatten. „Wir kommen zu spät. Wir müssen ihnen nach!"

„Nein", sagte Cortez, „das ist unmöglich."

„Du hast deinen Sohn zurück!", sagte Schatten. „Lass mich meinen Vater zurückbekommen."

Für einen Augenblick erweckte der General den Eindruck, als würde er nachgeben, aber fast sofort verhärtete sich sein Gesicht wieder. „Denk an das, was ich vorher gesagt habe. Wir werden keinen Angriff starten. Du hast alles getan, was du tun konntest. Es ist jetzt zu spät für sie. Es tut mir Leid, aber wir treten jetzt unseren Rückzug an! Geh und sag das Caliban und deiner Mutter. Wir brechen auf."

Ein dumpfes unterirdisches Rumpeln erschütterte den Raum, sodass die Knochen auf dem Boden fürchterlich aneinander klapperten. Staub regnete von der Decke herab und dann wehte ein langsamer Seufzer durch die Luft und strich durch Schattens Fell.

„Was war das?", fragte Marina und erhob sich vorsichtig vom Boden.

„Erdbeben", sagte Cortez. „Beeilt euch, wir ziehen uns zurück."

Aber Schatten wusste, dass dies kein einfaches Erdbeben war. Die Gegenwart, die er die ganze Zeit gespürt hatte, machte sich bemerkbar. Er blickte hoch in die Dunkelheit des Raums und glaubte ein Paar Augen sich öffnen und schließen zu sehen, die dann in der Schwärze verschwanden.

Zwei Rattensoldaten kamen keuchend angehumpelt. Ihr Fell war von Dreck bedeckt, über ihre Gesichter lief Blut.

„General, der Tunnel!"

„Zusammengestürzt", krächzte die andere Ratte. „Ich

weiß nicht, was passiert ist. Es gab ein Geräusch, wie strömendes Wasser, und dann ist die Decke eingestürzt und wir konnten nichts machen. Der Tunneleingang ist völlig verschwunden. Drei sind lebendig begraben worden, als der Einstieg verloren ging."

„Sind welche durchgekommen?", fragte Cortez schnell.

„Vielleicht die Hälfte, sie könnten auf der anderen Seite in Sicherheit sein, aber alle anderen sind noch innerhalb des Raumes hier."

„Mein Sohn?", fragte Cortez.

„Er lebt, aber er hat es nicht hindurch geschafft. Er ist hier bei uns. Die Tunnelgräber versuchen schon den Gang wieder frei zu bekommen."

Schatten schluckte. Ihr Rückweg war abgeschnitten. Sie waren in der Pyramide gefangen.

Ishmaels Flanken hoben und senkten sich, als er heftig nach Luft schnappte; die Vorstellung, hier sterben zu müssen, war zu viel für ihn.

„Wir müssen hier raus", sagte er, wobei seine Stimme gefährlich schrill wurde. „Wir müssen!"

„Ist schon in Ordnung", sagte Marina besänftigend und versuchte ihn zu beruhigen. „Sie bauen einen neuen Tunnel nach draußen, mach dir keine Sorgen."

„Ich hole Mami und Caliban", sagte Schatten zu Marina. „Geh zurück zum Tunneleingang."

Sie sah ihn forschend an. „Du kommst doch zurück, nicht wahr?"

„Ja doch."

„Schatten?"

„Ich komme zurück."

„Wenn du nämlich irgendwohin gehst, dann nicht ohne mich."

„Ist okay", sagte er, erhob sich in die Luft und flog niedrig zum entfernten Ende des Raumes, wo die Dunkelheit ein wenig von einem bleichen Lichtschein durchdrungen wurde.

Er wagte nicht zu rufen, sondern benutzte nur sein Echosehen, um die Wände und die Decke nach seiner Mutter abzusuchen.

Da war sie und flog mit Caliban an der Seite in halsbrecherischer Geschwindigkeit auf sie zu.

„Sie kommen!", rief dieser. „Wir müssen sofort verschwinden."

Schattens Herz schlug panisch. Er machte eine enge Wende und jagte mit ihnen zurück durch den Saal.

„Haben sie ihn gefunden?", keuchte seine Mutter und er wusste, sie meinte Cassiel.

„Nein", sagte er schonungslos. „Wir sind zu spät gekommen. Sie sind schon weg."

Sie sagte nichts, sondern flog einfach weiter. Inzwischen hatten sich alle am anderen Ende des Saals versammelt, wo sie hineingekommen waren. Die befreiten Ratten kauerten ängstlich am Boden, während die verbliebenen Tunnelbauer des Generals einen Weg nach draußen zu graben versuchten.

„Die Dschungelfledermäuse kommen!", sagte Caliban.

„Wie viele?", fragte Cortez.

„Viele", sagte Ariel. „Sie kommen von der Wendeltreppe. Ich habe Klang hinaufgeschickt und alles, was ich sehen konnte, waren Flügel und Zähne."

„Sie kommen, um weitere Opfer zu holen", sagte Ishmael.

Cortez blickte in den Schacht im Knochenfeld hinab: „Wie lange noch?"

„Zehn Minuten."

„In einer werden sie hier sein", sagte Caliban.

Schatten schaute den General an. „Wir müssen die Eulen freilassen."

„Die bleiben, wo sie sind!", sagte Cortez und bleckte die Zähne zu ihm. „Ich werde mich nicht von Eulen abschlachten lassen!"

„Wenn sie mitkämpfen, haben wir wenigstens eine Chance! Ich kenne einen von ihnen, lass mich mit ihm reden!"

Schatten blickte zum anderen Ende des Saales. Er sandte Klang in die Entfernung, so weit er konnte, und wartete auf das erste silberne Flackern der riesigen Kannibalenflügel. „Wir haben nicht mehr viel Zeit", sagte er.

„Er hat Recht, General." Das war Caliban. „Wir brauchen jetzt Bundesgenossen. Die Ratten sind zu schwach zum Kämpfen, die meisten jedenfalls."

Cortez zuckte ärgerlich mit den Schnurrhaaren. „Dann macht schnell, aber nur wenn sie einem Waffenstillstand mit uns zustimmen." Er nickte zwei Soldaten zu. „Kommt mit."

Schatten wies den Weg zu dem steinernen Verlies, in dem sich die Eulen befanden. Marina fand den Stock, der auf einer Reihe Schädel lag, und half Schatten ihn in das Loch zu stecken.

Die Ratten schoben auf den Hinterbeinen und Schatten, Marina und Ariel benützten ihre Flügel und drückten ebenfalls dagegen, so begann sich die Steintür schnell zu bewegen.

„Halt!", rief Cortez, als sie nur einen Spalt breit offen war. „Sprich mit deinem Freund, Silberflügel."

„Orest!", rief er in das Verlies.

Er wartete, bis die überraschten Rufe verklangen. Verzweifelt hoffte er, dass Orest noch lebte. Er hatte keine Idee, was er zu den anderen Eulen sagen sollte, um sie zu einem Waffenstillstand zu überreden.

„Wer ist da?", kam die Stimme von Orest und dann sah Schatten die Hälfte seines Gesichts gegen die Öffnung gepresst. „Schatten Silberflügel?"

„Wir lassen euch raus, aber du musst die anderen dazu bringen zu versprechen uns nicht anzugreifen, die Ratten und die nördlichen Fledermäuse. Wir haben nicht viel Zeit, Orest."

Aus dem Inneren des Verlieses konnte er hören, wie Orest eilig in einer unverständlichen Eulensprache redete. Augenblicklich war Orest wieder bei der Öffnung.

„Du hast ihr Wort", rief er.

Schatten blickte Cortez an und der nickte.

„Ganz aufmachen!", rief der General und sie rollten den Stein zur Seite.

Orest kam geduckt aus der Öffnung heraus. „Danke", sagte er.

„Nein, ihr müsst euch den Weg nach draußen erkämpfen", sagte Schatten ihm eilig.

„Ihr habt uns eine Chance gegeben zu überleben", sagte Orest.

„Wir haben einen gemeinsamen Feind", schrie General Cortez, als die Eulen begannen sich aus dem steinernen Verlies zu drängen. „Die Kannibalen haben alle Gesetze des Dschungels gebrochen. Sie haben für ihre finsteren Opfer mehr genommen, als sie als Nahrung brauchen. Sie haben unsere Kinder gestohlen, unsere Partner. Jeder von uns soll tun, was er kann, um zu überleben!"

Schatten hätte nie geglaubt, er könnte einmal froh darüber sein, so viele Eulen zu sehen, aber er war es, als er jetzt dutzende von ihnen in den Saal kommen sah. Obwohl viele noch das Daunenkleid der Jugend trugen, gewann er doch ein Gefühl von Sicherheit allein aus ihrer Größe, ihren gebogenen Schnäbeln und der muskulösen Brust. Nun hatten sie im Kampf eine Chance!

In der Ferne hörte Schatten das schrille Knirschen zahlreicher Flügel. „Sie kommen", sagte er.

„Ist das der einzige Weg nach draußen?", fragte ein großes Eulenmännchen mit einem strahlend weißen Kranz um beide Augen.

„Wir sind durch einen Tunnel von Osten hereingekommen" sagte Cortez, „aber unser Rückweg ist eingestürzt. Selbst wenn wir ihn wieder frei bekommen, fürchte ich, ist er nicht groß genug für euch."

„So sei es", sagte die Eule. „Es gibt nur einen Weg für uns. Wir werden sie frontal bekämpfen. Das Glück sei mit uns allen!"

Schatten warf Klang zum anderen Ende des Saals und hielt die Luft an. Ein gezacktes, wildes Flügelschlagen und Zähneblecken kam auf sie zu. Aber ein Rutschgeräusch direkt über ihnen zog seine Aufmerksamkeit auf sich.

„Hast du das gehört?", fragte er Marina.

Sie blickte verwirrt nach oben.

„Was ist das?", fragte Cortez.

„Weiß nicht …", sagte Schatten. „Ich sehe nichts."

Aber er wusste, er wusste es einfach, dass sie beobachtet wurden. Er konnte jetzt praktisch das Atmen hören. Sein Blick wurde instinktiv zu den Reihen über Reihen von menschlichen Schädeln gezogen. Konnten sie durch irgendeine teuflische Magie lebendig sein, so dass ihre Münder gleich schreien, ihre Augen funkeln würden?

Ihre Augen.

Innerhalb der leblosen Augenhöhlen der Schädel befanden sich wirkliche Augen. Dann eine verwischte dunkle Bewegung. Haare, das Aufblitzen eines ledernen Flügels.

Sie haben uns die ganze Zeit beobachtet.

„Sie sind in den Schädeln!", schrie Schatten.

Aus den geöffneten Kiefern kamen erst lange Schnauzen und Köpfe hervor. Dann drängten sich große feuchte Leiber heraus. Die Kannibalenfledermäuse strecken sich, klammerten sich an die Oberfläche der Schädel, entfalteten ihre gewaltigen Flügel. Sie flogen los, kreisten hoch oben im Saal, ihre Zahl nahm zu, bis sie wie eine aufgewühlte Gewitterwolke waren.

„Schaut, da gibt's Knochen zu den anderen Knochen hinzuzufügen", hörte Schatten einen Kannibalen mit verschleimter Stimme sagen.

Als sie angriffen und wie schwarze Blitze auf sie herabfetzten, war das anders als alles, was Schatten je erlebt oder sich vorgestellt hatte. Seine ganze Welt schrumpfte zusammen auf die Zentimeter um seinen Körper herum, als er Wenden und Rollen machte, um aufgesperrten Mäulern und gestreckten Klauen auszuweichen.

Er hörte ein mächtiges Flügelschlagen und wusste, das mussten die Eulen sein, die zum Angriff übergingen. Der Lärm war unglaublich, das Kreischen, das durchdringende dumpfe Schlagen von tausend bewegten

Flügeln, die Schmerzensschreie – alles drang in seinen Kopf und benebelte sein Echosehen. Es war, als ob er halb blind flöge.

Er war allein. Wo war Marina? Ariel? Überall um ihn herum blitzten Flügel auf. Etwas peitschte gegen ihn und er biss hinein und machte wieder eine Rolle.

Er sah, dass seine Mutter in den Klauen eines Kannibalen durch die Luft getragen wurde, und ihre Augen trafen sich für eine Sekunde, aber es gab nichts zu sagen, nichts, was er tun konnte, denn da waren Zähne, die nach seinem eigenen Schwanz schnappten, und er konnte nur der Reaktion seines Körpers folgen und nach vorn schnellen, zur Seite kippen und abtauchen, um am Leben zu bleiben.

„In die Knochen!", hörte er einen Ruf, und dann noch einmal: „In die Knochen!"

Und dann erkannte er, dass das Cortez war. Schatten kippte seitlich weg und sah, dass die Ratten sich in das Knochenmeer verzogen, um dort Deckung zu finden und sich langsam zurück zum Tunneleingang vorzuarbeiten. Er stürzte sich hinab und plumpste unter die Oberfläche, die Flügel hielt er zum Schutz vor das Gesicht, als die Knochen gegen ihn schlugen.

Er öffnete die Augen, hielt still und versuchte, sich zu orientieren.

Ein Paar Krallen griff in die Gebeine, schob Oberschenkelknochen und Schädel beiseite und versuchte ihn auszugraben. Er kroch weiter und tiefer hinab.

Vor sich sah er Haare, einen Körper. „He!", zischte
er.

Es war Caliban.

„Wir gehen zurück zum Tunnel", flüsterte die Bulldoggenfledermaus und zog sich vorwärts. Schatten
sah, dass sein rechter Flügel übel zugerichtet war.
„Es ist unsere einzige Chance. Müssen uns hinaus-
graben."

„Sie haben meine Mutter!"

„Schau, dass du zum Tunnel kommst!", sagte Caliban
und wich seinem Blick aus.

„Wo ist Marina?"

„Weiß ich nicht."

Marina zitterte heftig zwischen den Knochen. Sie
starrte auf den Ort, wo noch vor einer Sekunde
Ariel gewesen war. Sie hatte gesehen, wie Klauen he-
rabstießen, sich in Ariels Schultern gruben und sie
hoch- und wegrissen. Weitere Gebeine klapperten in
der Nähe und überall um sich herum sah sie Krallen
herabschießen. Sie würde die nächste sein.

Wo war Schatten?

Ihre Augen hefteten sich auf einen Oberschenkelknochen mit bösartig zugespitztem Ende. Sie biss
die Zähne zusammen und packte ihn mit den Unterarmen. Ein großes Loch wurde plötzlich vor ihr ge-
schaufelt und sie zuckte zurück. Die Kannibalenfledermaus schlug über ihr heftig mit den Flügeln,

legte sie dann an, um sich auf sie zu stürzen.

Gerade noch rechtzeitig schwang Marina den gesplitterten Knochen nach oben und die Dschungelfledermaus spießte sich auf seiner Spitze auf und fiel auf sie drauf. Ihre Kiefer schnappten noch krampfhaft zu, doch Marina zerrte sich los, bevor sich die Zähne in ihren Flügel graben konnten.

„Wir haben den Tunnel!"

Die Stimme erklang durch das Knochenfeld hindurch. Es war Cortez, nicht weit von ihr entfernt. Nur noch ein paar Minuten und sie würde ihn erreichen.

„Wir sind am Tunnel! Rückzug!"

Aber wo war Schatten?

Schatten hörte den Rückzugsbefehl von General Cortez und er zögerte, japste nach Luft. Rückzug. Seinen Vater zurücklassen, die Mutter. Und was war mit der Sonne? Hatten sie wenigstens die Sonne gerettet?

„Rückzug!", zischte ihm Caliban über die Schulter zu. „Los, Silberflügel, du hast alles getan, was du konntest!"

Plötzlich war Ishmael neben ihm. „Gehst du?", fragte er.

„Nein."

„Ich auch nicht. Ich werde meinen Bruder nicht noch einmal im Stich lassen."

„Können wir zur Spitze der Pyramide?"

„Es gibt Spalten in den Steinen, ich kenne sie", sagte

Ishmael. „Auf diese Weise habe ich mein Leben gerettet. Aber wir müssen erst zu der Wendeltreppe kommen."

„Du zeigst den Weg, ich sorge dafür, dass wir hinkommen."

„Wie?"

„Klang. Ich mache uns unsichtbar. Frag mich nicht, wie, flieg einfach los."

Sie schauten sich in die Augen und brachen durch zur Oberfläche des Knochenmeers, öffneten die Flügel und schlugen heftig mit ihnen.

Es herrschte immer noch vollkommenes Chaos. Eulen und Fledermäuse trafen in der Luft aufeinander. Lose Federn schwebten in einem dichten Nebel.

„Halte dich nahe an mich", sagte er zu Ishmael.

Singend hüllte er sie in ein dichtes Gewand von Dunkelheit, in ein schlüpfriges Gewebe aus Klang, das die Echos anderer Fledermäuse abwies. Er und Ishmael waren so gut wie unsichtbar. Es war nicht vollkommen. Töne leckten durch die Säume seiner zerbrechlichen Hülle, aber in dem allgemeinen Chaos reichte es, um fast völlig unbemerkt durch die Luftschlacht hindurchzuwedeln.

Sie jagten hoch hinauf im Saal und glitten dann so dicht unter der Decke entlang, dass Schattens Flügel den Stein berührten. Kannibalenfledermäuse strömten an ihnen vorbei in den Saal und Schatten sah ein paar Eulen, die sich tapfer den Gang entlangkämpften, der sie in den Dschungel zurückbringen würde. Er hoffte inständig, dass sie es schafften.

Fast seine ganze Energie war jedoch auf seinen Tarnmantel konzentriert und er hatte kaum Zeit zu atmen.

„Hier", sagte Ishmael.

Sie hatten eine steile Wendeltreppe nach oben erreicht, aber fast augenblicklich wurde ihr Weg von weiteren Kannibalen versperrt, die herabgeströmt kamen.

„Jetzt hier lang", sagte Ishmael und führte sie in rasendem Flug auf die Mauer zu. Schatten folgte ihm, zuckte zusammen, als er sich in einen engen Spalt zwischen die Steine zwängte.

Schatten atmete aus und sein Tarnmantel schmolz weg.

„Folge mir", sagte Ishmael.

Der Spalt war so eng, dass er Schatten fast die Rippen eindrückte, als er hinter Ishmael auf dem Bauch immer weiter nach oben rutschte. Fäden von Tageslicht drangen durch die Ritzen herab und er merkte, dass sie sich der Spitze der Pyramide näherten.

„Hier lang, hier lang", flüsterte Ishmael.

Der Gang öffnete sich plötzlich und vor ihm waren zwei runde Löcher, durch die gedämpftes Tageslicht hereinströmte. Nach der Dunkelheit war es fast blendend hell, aber ihm ging das Herz auf. Die Sonne war noch da. Nicht tot. Nicht verfinstert. Noch nicht.

Er sah, dass er auf einem weißlichen, kalkigen Material hockte, nicht auf Stein, und ruckartig wurde ihm klar, dass er sich im Inneren eines menschlichen Schädels befang. Die Löcher waren Augenhöhlen und unter ihm befanden sich zuammengebissene Zähne.

Er bewegte den Kopf zu einer Augenhöhle und schaute hinaus.

Als Erstes sah er eine runde Öffnung in der hohen Decke der Kammer und mitten darin erschien die Sonne oder, was von ihr übrig war. Er konnte beinahe verfolgen, wie sie schrumpfte, wie sie von der Dunkelheit aufgefressen wurde. Sie war schon so beschädigt, dass er kaum den Blick abwenden musste, obwohl ihm klar war, dass er das tun sollte. Es war, als beobachtete er etwas beim Sterben, und es flößte ihm Entsetzen ein.

Der Raum war rechteckig. Ein schwaches Licht spielte auf den Figuren, die in die Steinwände gemeißelt waren. Er war nicht ein bisschen überrascht die gefiederte Schlange zu sehen, den Jaguar, die doppelköpfige Gottesanbeterin. Und in jeder Ecke des Raums einen alles beobachtenden Augenschlitz.

Er blickte nach unten. Direkt unterhalb der kreisförmigen Öffnung befand sich eine riesige Steinscheibe, deren Oberfläche mit dutzenden von nördlichen Fledermäusen bedeckt war. Ihre Flügel waren ausgestreckt und wurden von den Kannibalen festgehalten. Neben dem Stein befanden sich dicht gedrängt weitere Fledermäuse im festen Griff von Wächtern.

„Mein Bruder", hörte er Ishmael neben sich flüstern. „Ich sehe ihn!"

Schatten ließ die Augen über die Fledermäuse wandern, die zum Opfer bereit ausgebreitet dalagen. Wo ist Chinook? Wo ist Ariel? Wo ist mein Vater? Aber er konnte nichts mehr sehen, denn niedrig über dem Stein schwebte Goth.

Schatten erkannte ihn sofort, den schwarzen Ring am Unterarm, die Form der Flügel, den Fellkamm auf seinem massigen Kopf. Neben ihm flog eine andere Fledermaus, eine viel ältere mit krummem Rückgrat, und er schien mit der Beobachtung der Sonne durch die Deckenöffnung beschäftigt.

„Lass uns anfangen!", brüllte Goth.

„Noch nicht", sagte der andere. „Wir müssen warten, bis die Sonne völlig ausgelöscht ist. Du erinnerst dich an die Worte von Zotz. Einhundert während der Dunkelheit der Sonnenfinsternis. Jetzt schon anzufangen würde bedeuten, wertvolle Herzen zu verschwenden."

„Haben sie die Eindringlinge schon gefangen?", rief Goth einem Wächter zu, der gerade durch die Wendeltreppe in den Raum heraufgeflogen kam.

„Noch nicht, König Goth. Aber bald haben wir sie alle."

„Wenn uns nur einer an den hundert fehlt, wirst du das letzte Opfer sein! Bringt mir jetzt Eulen und Ratten! Wir fangen gleich an!"

Einhundert Opfer, und Zotz würde aus der Unterwelt entfesselt sein. Besorgt blickte Schatten zur Sonne. Sie war jetzt nur noch eine ganz schmale Sichel, ein in der Luft hängendes Fädchen Licht. Er sah, wie sich der Himmel verdunkelte und Scharen von Vögeln entsetzt über diese verfrühte Nacht zu ihren Nestern zurückjagten. Wie lange dauerte eine Sonnenfinsternis? Wenn er die Opferungen irgendwie verzögern konnte …

Die Sonne ging aus.

Er war nicht vorbereitet auf diesen Augenblick völliger Dunkelheit. Der Himmel war dämmrig. Es gab keine Sterne, keinen Mond. Seine Augen konnten ihm genauso gut aus dem Kopf gerissen worden sein.

In der Dunkelheit konnte man nur mit Klängen sehen. Er schloss die Augen fest. Er spann ein Gewebe von Echos und in seinem Kopf bildete sich der Raum silbern ab.

Goths Stimme füllte die feuchte Luft.

„Dir, Zotz, bringe ich dieses erste Opfer dar, um dir die Kraft zu geben, in unsere Welt zu treten und für immer in Dunkelheit zu herrschen."

Es gab keinen Schrei, nur ein markerschütterndes Geräusch von reißendem Fleisch.

Es hatte begonnen.

Und Schatten wusste, nun, in der völligen Dunkelheit, hatte er seine einzige Chance.

− 15 −

Klangtäuscher

Er verwandelte sich in einen Geier.

Schatten leerte seinen Kopf von allen Gedanken und hämmerte sich aus Klang einen neuen Körper. Gefiederte Flügel streckten sich von seiner geblähten Brust, sein Hals wuchs länger und sein Gesicht wurde das eines Geiers mit kleinen bösartigen Augen und einem kurzen, gefährlich scharfen Schnabel.

Riesig warf er sich in den Raum. Alle seine Stimmbänder spannen immer wieder dieses Trugbild. Seinen Fledermausgeruch konnte er nicht überdecken. Ein gründliches Schnüffeln würde ihn sofort verraten, aber wer würde ihm schon nahe genug kommen? Und solange es kein Licht gab, konnte ihn niemand als das erkennen, was er in Wahrheit war: ein ängstlicher Silberflügelknirps.

Er glitt über den Raum mit Klangflügeln von über zwei Metern Spannweite und unter ihm brach bei den Kannibalenwächtern Panik aus. Er fühlte sich halb toll und unbesiegbar. Er war ein Geier, er flog auf die

Dschungelfledermäuse zu mit weit geöffnetem Schnabel. Er sah alles nur verschwommen, ein verwischtes Bild von Klängen vor seinem inneren Auge. Er hatte wenig Echos übrig für sein eigenes Sehen und war so halb blind, als er durch den Raum torkelte.

Dort: Ein Kannibalenwächter wich entsetzt zurück, stolperte von seinem Gefangenen weg.

Da drüben: Eine plötzlich freigelassene nördliche Fledermaus verschwendete keine Zeit, sondern flog hoch, hin zur runden Öffnung. Raus, sie war draußen, hatte es geschafft!

Und dort: Goth drehte enge Kreise in der Luft, sandte Klang zu ihm hinab, zu diesem riesigen Geier.

„Wir verlieren Zeit!", hörte er eine Dschungelfledermaus wütend rufen. „Fahrt fort mit den Opfern, sonst verpassen wir die Sonnenfinsternis!"

Schatten flog niedriger, griff im Tiefflug die Kannibalen um den riesigen runden Stein an, versuchte so viele wie möglich abzuschrecken. Der ganze Raum war nun ein geflügeltes Chaos, als die Fledermäuse – Kannibalen und nördliche – voller Entsetzen die Luft peitschten.

Fliegt!, schrie Schatten innerlich. Ihr alle, fliegt jetzt! Chinook, Mutter, Vater!

„Es ist Klang! Nur Klang!"

Das wütende Brüllen schallte durch den Raum und sofort erkannte Schatten Goths Stimme.

„Es gibt keinen Geier! Ein Täuscher ist in unserer

Mitte! Wachen, bleibt beim Heiligen Stein! Haltet die Opfertiere fest!"

Wo war Goth? Schatten drehte sich alarmiert um, versuchte ihn mit dem Klangecho zu erfassen und in seiner Panik zersetzte sich sein Geier mitten in der Luft, der linke Flügel mauserte sich und hing Mitleid erregend nach unten, die Klauen krümelten weg wie ein verwesender Körper.

Goth stürzte sich auf ihn herab, zielte auf das Genick des Geiers und flog direkt durch ihn hindurch, verstreute silberne Klangperlen.

„Seht ihr!", brüllte Goth. „Da ist nichts!"

Schatten spürte, wie sich sein Trugbild auflöste, und bemühte sich verzweifelt, den Zerfall aufzuhalten, aber es war zu spät. Goth hatte es mit den Klauen durchlöchert und nun platzte all sein sorgfältig gebündelter Klang auseinander und der Geier explodierte über den ganzen Raum hin in einem Schauer wie von Quecksilber.

Als Ablenkung reichte das aus, sodass er wegfliegen und sich an die Decke klammern konnte: Er war wieder klein und bemühte sich noch kleiner zu werden. Wenigstens hatte er jetzt wieder seine vollständige Sehkraft. Er schoss Echos los und der ganze Raum kehrte in kristallener Schärfe zurück.

Das Herz wurde ihm schwer. Auf dem Stein und am Boden waren immer noch so viele nördliche Fledermäuse im Griff der Kannibalen. Er sah, wie sich die alte Dschungelfledermaus mit dem verkrümmten Rückgrat über einem ihrer Opfer aufrichtete und dann mit Klauen und Zähnen hinabfuhr. Seine Bewegungen waren wie rasend und verzweifelt. Als er sich wieder erhob, hielt er ein Herz in den Zähnen. Er trampelte über den aufgerissenen, leblosen Körper zum nächsten sich windenden Opfer.

Der alte Kannibale richtete sich auf, um wieder zuzuschlagen, als sich ein ausgemergelter Silberflügel gegen seinen krummen Rücken schleuderte und ihn umwarf. Schatten brauchte einen Augenblick, ehe er Ishmael erkannte, der sich jetzt als ein zischendes, kreischendes Bündel auf einen der Wächter warf, der das Opfer am Boden festhielt.

„Flieg weg!", kreischte Ishmael der Fledermaus zu. „Flieg weg, Bruder!"

Ishmaels Bruder konnte sich seinen Wächtern entwinden und flog immer höher und Ishmael versuchte ihm zu folgen. Nur Zentimeter in der Luft wurde er zum Stein zurückgeholt, sein Schwanz in den Kiefern des alten Kannibalen gefangen. Mit einem wütenden Schlag der Klaue riss dieser Ishmaels Brust auf. Leblos sackte er zusammen.

Während Schatten dies mit eisigem Entsetzen beobachtete, hatte er das Gefühl, dass sein eigenes Herz von Krallen gepackt wurde, und plötzlich merkte er, dass er wimmerte. Er schloss den Mund und zwang sich, den Blick von Ishmael abzuwenden. Aber was er als Nächstes sah, ließ ihn beinahe aufschreien. Da war Chinook und nicht weit von ihm seine Mutter, beide auf dem großen Stein, beide in der Reihe der Opfer der Kannibalen. In weniger als einer halben Minute würden sie umgebracht werden.

Dann blickte Schatten wieder hoch und sah, dass Goth sich wieder auf den Stein hinabließ, bereit mit seinen eigenen finsteren Mordtaten zu beginnen.

Schatten ließ sich fallen und stürzte ihm nach und, während er flog, hämmerte er sich eine neue Verkleidung. Diese war einfacher, vertrauter und sie passte ihm wie eine zweite Haut.

Er war Goth.

Wie verrückt stürmte Marina den Rattentunnel entlang. Sie holte General Cortez ein.

„Schatten ist zur Spitze der Pyramide! Wir dürfen ihn nicht allein lassen!"

„Er hat seine Entscheidung getroffen. Unsere ist es, am Leben zu bleiben!"

„Das könnt ihr nicht tun!", schrie Marina. „Sie haben jetzt auch Ariel! Er hat dir geholfen deinen Sohn zurückzubekommen. Ohne ihn wäre dir das nicht gelungen."

Voller Abscheu wandte sie sich von dem Rattengeneral ab und begann wie verrückt an der Decke des Tunnels zu kratzen. Staub mischte sich mit ihren Tränen. Sie wusste nicht einmal, was sie tat, nur dass sie an die

Oberfläche kommen musste, zur Spitze der Pyramide musste – an den Ort, wo man alle hinbrachte, um sie zu töten.

Sie spürte eine Pfote auf der Schulter, die sie kräftig von der Decke des Tunnels zurückzog.

„Du wirst noch einen Einbruch verursachen", sagte Cortez überraschend freundlich.

Marina riss sich los und kroch zu dem Loch zurück, das sie zu graben versucht hatte. Wieder zog sie Cortez zurück und sie schrie ihn an. Ihre Worte waren kaum zu verstehen. Dann sah sie mit verschleierten Augen, wie er zwei Tunnelbauern der Ratten zunickte, und sie führten mit ihren mächtigen Gliedern fort, was sie angefangen hatte.

„In Ordnung. Wir kehren um", sagte Cortez.

Schatten glitt vor Goth vorbei und breitete herausfordernd die Flügel aus. Goth blickte verärgert hoch, dann verzog er verwirrt das Gesicht. Seine breite Nase stach in die Luft, als er zurückzuckte und seinen Zwilling sah. Er sperrte das Maul auf, aber nur ein heißes Zischen kam heraus.

„Schwindler!", schrie Schatten und überanstrengte die Stimmbänder, um seine Stimme tiefer zu machen. „Wachen, nehmt diesen Hochstapler fest, bevor er noch mehr von unserer Zeit verschwendet!"

„Nein!", zischte Goth. „Du bist der Täuscher!"

„Nein!", brüllte Schatten und schlug mit aller Kraft

Klang heraus. Er sah, wie das Fell auf Goths Brust von seiner Energie eingedrückt und auch der Kannibale selbst im Flug mehrere Zentimeter zurückgeweht wurde. „Seht meine Macht, wie könnt ihr an mir zweifeln!", rief Schatten den Wachen zu, die verwirrt zusahen. „Ich bin der König!"

Die Überraschung auf Goths Gesicht wich Verärgerung und Wut. „Du bist es …", zischte er. „Schatten!"

„Wachen", rief Schatten, „packt diesen Betrüger und ich werde ihn zu unserem nächsten Opfer machen!"

Er sah, wie vier Kannibalen sich in die Luft erhoben. Die Klauen hatten sie weit gespreizt, um ihren König zu ergreifen. Aber gerade als sie ihn erreichen sollten, warf sich Goth auf Schatten, die Schnauze bereit zuzupacken und ihn zu zerreißen. Schatten war vorbereitet, er wich tänzelnd aus und führte Goth in einer engen Spirale höher in den Raum hinauf.

Er wusste, es war nur eine Frage der Zeit, bis Goth sein Trugbild zu packen kriegte und es mit seinen Klauen zerfetzte, aber mit jeder Sekunde gab es mehr Verwirrung, mehr Zeit für die anderen zu entkommen – und weniger Zeit dafür, die Opfer während der Dunkelheit der Sonnenfinsternis darzubringen.

Von dem Augenblick an, als die Sonne von völliger Schwärze verschlungen wurde, war Voxzacos Inneres eine Uhr geworden, die die Sekunden der Sonnenfins-

ternis zählte. Vierhundertundfünfzig Sekunden …
vierhundertundfünfundzwanzig …

Sie hatten erst acht Herzen geopfert, bevor der Echo-
geier die Wachen in Angst und Schrecken versetzt
hatte. Und nun sah Voxzaco über sich zwei Exemplare
von Goth einander über dem Heiligen Stein umkreisen
und dutzende von Wächtern, die sich zurückhielten
und sich bemühten zu erkennen, wer von den beiden
der wahre König war, und nicht wagten, ihre Krallen
in einen von ihnen zu schlagen.

Zeit, Zeit, die Sekunden verrannen und es würde nicht
genügend Zeit bleiben.

Im Tempel herrschte ein völliges Durcheinander. Die
Wachen hatten Angst, einige hatten schon ganz ihren
Platz verlassen.

Eines war Voxzaco klar: Sie würden jetzt niemals in
der Lage sein Zotz die verbleibenden hundert Herzen
zu opfern. Sie hatten zu viel Zeit verloren. Und zu
viele von ihren Opfern waren entkommen. Er hatte
sie fliehen sehen, während die jämmerlichen Wächter
sich vor Entsetzen wanden.

Die ganze Zeit hatte Voxzaco gewusst, dass Goth niemals der wahre Diener von Zotz sein konnte. Er hatte
einfach keine Ahnung. Er war eitel und anmaßend und
der Verantwortung nicht würdig, Zotz zu dienen.

Goth hatte versagt.

Nun lag es an ihm. Er war alt, zu seinen Lebzeiten
würde es keine Sonnenfinsternis mehr geben – nicht

für weitere dreihundert Jahre. Wenn er Zotz über und unter der Erde herrschen sehen wollte, würde er jetzt handeln müssen.

Er wusste, was er zu tun hatte.

Für ihn passte alles so vollkommen zusammen.

Im Mittelpunkt des Heiligen Steins die metallene Scheibe. Von dem Augenblick an, als er sie zum ersten Mal gesehen hatte, war ihm ihr Zweck klar gewesen. Mithilfe der Scheibe würden sie das Opfer darbringen.

Und sie selber würden das wohlgefälligste Opfer in den Augen von Zotz sein. Was könnte ihm wohlgefälliger sein, als wenn sie ihm ihr eigenes Leben hingäben, ihren wertvollsten Besitz, damit er die Macht erhielt zu herrschen? Sie würden ihr Leben tausendfach zurückbekommen in der Unterwelt.

Voxzaco hüpfte über den Heiligen Stein, kletterte über Wächter und nördliche Fledermäuse hinweg zum Mittelpunkt. Mit den Krallen packte er die Kette, die noch an der Metallscheibe befestigt war. Er war alt, aber das konnte er noch tun, die letzte Tat in seinem Leben.

Er schlug die Luft mit den Flügeln und ganz langsam erhob er sich und trug die Scheibe mit sich. Er flog höher und in der allgemeinen Verwirrung wurde er kaum bemerkt.

Durch die runde Öffnung stieg er hinauf und hinaus in die Dunkelheit des Tages.

Noch zweihundertundsechzig Sekunden.

Er würde viel Zeit haben. Die Scheibe war schwer und zog ihn zur Erde zurück, aber er würde hoch über die Pyramide hinauffliegen.

Und er würde alle Opfer selbst darbringen.

Schatten wurde von Goth verfolgt. Niedrig strich er über den Boden und konnte Verwirrung und Angst in den Augen der Wachen sehen. Wer war der wahre König, wer bloß eine Klanghülle? Viele wichen zurück, als er auf sie zuschoss, und sein Herz hüpfte, als er sah, wie ein paar weitere nördliche Fledermäuse ungehindert davonflogen.

Wo waren jetzt Chinook und seine Mutter? Waren sie frei? Waren sie weggeflogen?

Als er noch einmal über den Opferstein fegte, erblickte er dort eine Fledermaus, die hatte ein Fell mit silbernen Spitzen. Sie war zusammengekrümmt und rührte sich nicht, obwohl sie nicht von Wachen niedergehalten wurde. Warum flog sie nicht weg? Dann bewegte sich die Fledermaus mühsam und Schatten schrie auf.

Um ihren Unterarm lag ein Ring.

Sein Vater.

Aber es war jetzt keine Zeit, etwas zu unternehmen. Ein heller Klangblitz riss seine Aufmerksamkeit hinauf in die Ecken der Decke und mit seinem Echosehen sah er, wie diese gemeißelten Augenpaare zu funkeln begannen. Und er wusste, was das für Augen waren: die Augen von Cama Zotz, die Augen, die ihn so lange in seinen Träumen heimgesucht hatten.

Eine kräftige Luftsäule traf ihn, hüllte ihn ein. Er wehrte sich dagegen, gegen diese finstere Umarmung, in die Zotz ihn nahm. Aber sie hielt ihn fest. Dann schienen ihr Krallen zu wachsen, die an seiner äußeren Klanghülle zupften.

„Schatten!", brüllte Goth und wandte sich zu ihm hin. „Jetzt sehe ich dich!"

Mit einem kreischenden Geheul riss der teuflische Wind des Zotz Schatten einen Streifen seiner falschen Haut herunter, dann noch einen, und er wusste, in Sekunden würde er nackt gehäutet sein, so nackt wie ein Neugeborenes ohne Fell, rosa und zitternd.

Er gab seine Täuschung auf, streifte sie ab wie eine Schlangenhaut und ließ sie in der Luft hängen, wo sie in sich zusammenfiel. Er machte sich davon und hoffte, dass er in dem Durcheinander genug Zeit haben würde, ein Versteck zu finden.

Um dann zurückzukehren und seinen Vater zu holen.

Wütend schlug Goth auf den glänzenden Leichnam ein, der noch in der Luft hing, ein groteskes Double seiner selbst. Mit schnappenden Kiefern zerschmetterte er den Kopf und ließ ihn in eine Million winziger Echos zersplittern.

Er wirbelte rechtzeitig herum, um den kleinen Silberflügel zur Decke jagen zu sehen.

Schatten!

Irgendwie hatte er instinktiv gewusst, dass er es sein musste, derselbe missgestaltete Unruhestifter, der ihn mit Unglück verfolgt hatte, seit er ihn zum ersten Mal gesehen hatte. Eine Welt von Unheil im Körper eines Knirpses verpackt. Aber jetzt nicht mehr lange.

Goth stach mit Klang in die Luft und fing Schatten mit seinem inneren Auge ein, dort, wo er sich in einen Spalt in der Decke quetschte und glaubte, er wäre verborgen und sicher, um mit Klängen weitere Tricks zu machen. Der Silberflügel wandte ihm den Rücken zu und mit drei Flügelschlägen war Goth bei ihm.

Bevor Schatten auch nur Zeit gehabt hatte den Kopf umzudrehen, schlug ihm Goth seine Klauen tief zwischen die Schulterblätter. Er warf sich vor, schloss die Kiefer um Schattens Hals und biss so tief, dass die Zähne schmerzhaft aufeinander schlugen. Er kaute wild und wartete auf das Vergnügen, lebendes Fledermausfleisch zu schmecken, aber der Geschmack blieb aus.

Es gab überhaupt keinen Geschmack.

Zum zweiten Mal biss er reißend zu und dann ein drittes Mal, bevor er merkte, dass er Luft zerriss statt Fleisch und er sein Maul mit nichts füllte. Voll Zorn und Wut zuckte er zurück und sah die sich auflösenden Reste einer weiteren Klangtäuschung.

„Schatten!", brüllte Goth und wirbelte wütend herum.

Mit wunder Kehle spann sich Schatten einen zerfetzten Mantel der Unsichtbarkeit und landete bei seinem Vater. Cassiel schleppte sich mühselig über den Heiligen Stein zu seinem Rand, ohne dass ihn die verbliebenen, für einen Augenblick abgelenkten Wachen bemerkten. Den Bruchteil einer Sekunde lang schien für Schatten alles andere im Raum ausgelöscht, als er zum ersten Mal im Leben seinen Vater betrachtete.
Dies war also sein Vater, dieses ausgemergelte, gebrochene Geschöpf. Er hätte eigentlich nicht überrascht sein dürfen ihn so mitgenommen zu sehen, aber er war es. Nach all den Geschichten, nach all seinen Fantasien hatte er seinen Vater zu einem unbezwingbaren Helden aufgebaut. Und ihn nun auf diesem Stein ausgestreckt zu sehen, abgemagert und hilflos … Schatten kroch näher heran. Der Geruch seines Vaters war streng, nach Tagen ohne Nahrung und Schlaf, nach Tagen ohne Pflege. Aber darunter war ein Geruch so vertraut und tröstlich wie nur irgendeiner auf der Welt. Er roch nach Zu Hause.
Cassiel musste etwas in seiner Nähe gespürt haben, denn er warf sich herum, bleckte die Zähne und zischte. Schatten machte alarmiert einen Schritt zurück und dann ließ er, nur für einen Augenblick, seine Echotäuschung verfliegen und gestattete seinem Vater

703

einen Blick auf ihn. Nicht dass er ihn erkannte – wie konnte er auch, er hatte ihn noch nie gesehen. Aber Schatten sah, wie sein Vater verwirrt die Stirn runzelte und den drohenden Mund schloss.

Dann hüllte sich Schatten wieder in sein Tarnkleid, aber diesmal warf er den Klang auch über seinen Vater, sodass sie für alle unsichtbar waren außer für einander. Schatten konnte hören, wie oben Goth herumpreschte und ihn suchte und seinen Wachen Befehle zuschrie. Er wusste, sie hatten nicht viel Zeit. Schon konnte er den Wind des Cama Zotz durch den Raum schlürfen hören auf der Suche nach ihm, um ihm die Tarnung wegzureißen.

„Du kannst nicht fliegen?", flüsterte Schatten.

Sein Vater schüttelte den Kopf. „Mein Flügel."

Schatten sah die Schwellung unter der Membrane und erkannte, dass sein Unterarm böse verstaucht war. Schatten verfluchte sich. Was für ein Narr war er doch. Er war hierher gekommen und was hatte er erwartet? Sie alle zu retten. Und nun war er ohne Hilfe und sie würden beide hier sterben.

„Wer bist du?", fragte sein Vater heiser. „Habe ich dich schon einmal …"

„Nein."

„Ich kenne dich."

„Nein."

„Wer bist du dann?"

„Ich bin dein Sohn."

„Schatten?", fragte sein Vater.

Nun war er an der Reihe überrascht zu sein. „Woher weißt du das?"

„Wir haben dir den Namen gegeben, bevor du geboren wurdest."

Und nur für einen Augenblick betrogen sie die Zeit und umarmten sich, sicher unter der unsichtbar machenden Hülle, die Schatten für sie gesponnen hatte.

„Wir kriechen", sagte Schatten. „Hinüber zu der Mauer, dann hinauf zur Öffnung."

Aber schon während er sprach, wusste er, dass der Plan zum Scheitern verurteilt war. Er konnte hören, wie sich ihnen klagend der Atem von Zotz näherte und dann mit der Gewalt eines Sturmes gegen sie peitschte. Mit zwei kreischenden, durchdringenden klauenbewehrten Händen zerriss das Geräusch seinen Schleier der Unsichtbarkeit.

„Flieg weg!", sagte sein Vater.

„Halt dich an mir fest", sagte Schatten. „Wir fliegen zusammen!"

Er zweifelte, ob er je mit so viel zusätzlichem Gewicht abheben könnte, aber er würde seinen Vater nicht zurücklassen.

Ein gewaltiges Gewicht schlug gegen seine Brust und er wurde zurück auf den Stein geworfen, festgehalten von zwei mächtigen Klauen, eine auf jedem Flügel. Goths sengender Atem strömte auf ihn herab.

„Ich habe gewusst, dass du es warst", sagte Goth. „Du hast mich daran gehindert, die Sonne zu töten, aber ich werde dennoch dein schlagendes Herz fressen!"

Marina kauerte am Rand der runden Deckenöffnung und blickte hinab in den geflügelten Mahlstrom des Raumes.

Bei ihr waren Caliban und General Cortez und ein Dutzend von seinen Rattensoldaten, die den schwierigen Aufstieg über die Oberfläche der Pyramide geschafft hatten. Während des ganzen Weges nach oben hatten sie Schreie gehört, die von der Spitze der Pyramide herabwehten, aber gelegentlich hatte Marina mit ihrem Echosehen die Umrisse kleiner nördlicher Fledermäuse gesehen, die durch die Luft davonschossen.

„Sie entkommen, einige von ihnen jedenfalls", hatte sie aufgeregt zu Caliban gesagt.

Auch vereinzelte Eulenrufe hatte sie gehört und sich gefragt, ob es einigen von ihnen gelungen war, sich durch die Horden von Kannibalen zur Außenwelt durchzukämpfen.

Jetzt waren sie oben und blickten hinab und, was Marina sah, entsetzte sie. Es war schwierig, etwas Genaues wahrzunehmen, so viel war in Bewegung da unten. Aber sie erkannte, dass sowohl Flügel von Kannibalen wie von nördlichen Fledermäusen heftig schlugen. Sie sah einen riesigen Stein direkt unter ihnen und für einen Sekundenbruchteil glaubte sie, sie hätte Schatten darauf erkannt, aber dann war er weg, einfach weg. Aber am entsetzlichsten war etwas, was man nicht sehen konnte. Es war reiner Klang, eine Art belebten Kreischens, das durch den Raum fetzte und gegen die Mauern schlug wie ein tollwütiges Tier in seinen Todeszuckungen.

Sie wollte nicht da hinunter, aber sie musste sich vergewissern, dass Schatten nicht in der Falle saß.

Plötzlich war Ariel bei ihr, keuchend, und auch Chinook.

„Ihr seid herausgekommen!", rief Marina. „Wo ist Schatten?"

Ariels Gesicht sah betroffen aus. „Ich dachte, er wäre mit euch hinausgelangt …"

Marina wurde übel. „Er muss da drin sein."

Sie blickte wieder über den Rand der Öffnung und sah, wie Goth auf den Opferstein zustürzte, und direkt unter ihm in der Fluglinie des Kannibalen …

Schatten.

Schatten wand sich, um sich frei zu machen, aber es nützte nichts. Er war ausgelaugt, schwach wie ein welkes Blatt. Er sah Goths spitze Zähne, kniff die Augen zusammen und versuchte sich irgendwohin weit weg zu senden.

Er spürte, dass Goth ihn kräftig auf die Brust schlug und alle Luft aus ihm herauspresste und plötzlich lebten alle seine Instinkte wieder auf und er bellte Klang, um zu sehen.

Goth lag ausgebreitet auf ihm, den Kopf gegen den Heiligen Stein gedrückt, und auf seinem Rücken waren Marina und Ariel, Caliban und Chinook. Sie mussten mit all ihrem vereinten Gewicht auf ihn geprallt sein. Schatten kämpfte sich unter Goths Körper heraus. Aus dessen Kehle konnte er ein tiefes, bedrohliches Gurgeln hören. Er war nicht tot, er würde niemals tot sein.

„Weg hier", rief ihm Marina zu.

„Wo ist mein Vater?"

„Genau hier", sagte seine Mutter und starrte ungläubig auf Cassiel. Er war jetzt fast ohne Bewusstsein, aber Schatten konnte in seinen Augen ein freudiges Aufblitzen erkennen.

„Ariel", hauchte er.

„Wir müssen ihn im Flug hinaustragen", sagte Schatten.

„Ich kann das machen", sagte Caliban. „Helft ihm auf meinen Rücken. Beeilt euch."

Goth zitterte und Schatten sah, dass einer seiner Flügel krampfhaft zuckte, als er wieder zu sich kam.

„Flieg los!", drängte Schatten Caliban. Er beobachtete, wie die Bulldoggenfledermaus von dem Opferstein sprang und sich mit seinem Vater auf dem Rücken mit heftig schlagenden Flügeln langsam in die Luft erhob. Ariel war neben ihm unterwegs und Marina und

Chinook ebenfalls. Er selbst sprang jetzt auch, öffnete den Mund, um ein Gewebe der Unsichtbarkeit zu spinnen, das sie in den Himmel bringen sollte.

Klauen spießten seinen Schwanz auf und zogen ihn wieder nach unten.

Es geschah so schnell, dass er nicht einmal aufschreien konnte. Er zerrte sich los, spürte, dass sein Schwanz beinahe in zwei Teile zerriss, und blickte Goth ins Gesicht. Von der Angst war nichts in ihm zurückgeblieben, sie war vollkommen aufgebraucht, alles, was übrig war, war der blanke Überlebenswille. Er bellte Goth Klang ins Gesicht und schlug ihn heftig. Wut explodierte aus Goths Augen und Lungen, er schlug zu und rasierte ein Stück Fell von Schattens Schulter.

Schatten täuschte an, machte eine Rolle, hielt sich Goth mit Klang vom Leib, aber der Kannibale trieb ihn stetig auf die Mauer zu. Über Goths Schulter konnte Schatten sehen, wie Caliban seinen Vater durch die Deckenöffnung in die Freiheit trug – und dann sah er etwas so Erstaunliches, dass er glaubte zu halluzinieren.

Sechs Feuerbälle fielen wie kleine Sonnen in die reine Schwärze des Tempels. Irritiert durch das plötzliche Licht wandte sich sogar Goth um. Dann erkannte Schatten, dass es die flammenden Enden von brennenden Stöcken waren, und das konnte nur eins bedeuten:

Eulen.

In einem Donnerschlag gefiederter Flügel explodierten sie durch die Öffnung und Schatten erkannte Orest vorneweg mit wild funkelnden Augen und Schnabel.

Vom Rand der runden Öffnung sprangen lange Ranken und Kletterpflanzen herab und ergossen sich in den Raum darunter.

Und während sie sich noch ausrollten, rannte an jeder von ihnen eine Ratte herab.

Er sah Cortez unter ihnen, als sie zu den Wänden sprangen, auf den Boden, auf die Rücken von überraschten Kannibalenfledermäusen und ihre Zähne tief in sie hineingruben.

Goth richtete sich wieder auf und wandte sich zu Schatten, aber bevor er noch das Maul aufreißen und sich auf ihn stürzen konnte, hatten ihn schon Orest und eine andere Eule in ihren Krallen gepackt.

„Wir haben ihn, Silberflügel", rief Orest. „Flieg jetzt los!"

Schatten zögerte nicht. Er schwang sich höher und höher, platzte durch die Öffnung, schnappte nach Luft, als wäre er an die Oberfläche des Ozeans gekommen.

„Schatten, Schatten, hierher!", rief ihn Marina. „Die Eulen kommen, uns zu helfen! Von überall her im Dschungel!"

Schatten sah immer mehr Eulen, die sich durch die

Öffnung hinabstürzten in den Kampf mit den Kannibalen, und wurde von Erleichterung überwältigt.

Dann hörte er hoch über sich in der Luft ein schwaches Pfeifen. Er blickte hoch und sah es. Wie ein Blitzstrahl versengte es sein inneres Auge.

Goths Metallscheibe.

Sie kam direkt auf sie alle herabgestürzt.

Er hörte, wie Marina ihm zuschrie wegzufliegen, aber er wusste, dass das nichts nützen würde. Ein Bild löste sich aus seiner Erinnerung: die gewaltige Größe der Explosion, die durch diese großen Scheiben ausgelöst wurde, jene riesige Feuersäule. Sie würde sie alle verschlingen, die Eulen und Ratten, die noch in der Pyramide waren, und alle hier draußen im Umkreis von hunderten von Flügelschlägen.

Zotz würde schließlich doch noch sein Opfer bekommen und es würde mehr als hundert Herzen umfassen – es würden tausende sein. Er schaute hoch zum schwarzen Himmel und suchte die Sonne.

Noch verfinstert.

Fiel die Bombe, solange es noch dunkel war, dann würde Zotz herrschen.

„Holt alle aus der Pyramide heraus!", schrie er Marina zu. „Sagt ihnen, dass Menschenfeuer kommt. Sagt's ihnen!"

„Schatten, dafür ist keine Zeit!", rief Ariel. „Komm mit uns!"

„Ich werde Zeit schaffen!", rief er zurück.

Er flog hinauf direkt auf die Scheibe zu, hüllte sie in Klang ein, studierte ihre Form, die Neigung, mit der sie fiel. Er war jetzt schon so müde, seine Flügel waren bleischwer, die Kehle wund, und woher sollte seine Kraft kommen? Zum ersten Mal im Leben sprach er zu ihr, rief sie bei ihrem Namen und sagte: „Nocturna, versetz mich in die Lage dies zu tun!"

Im fortdauernden Fall kreischte die Scheibe nun durch die Luft, kreischte wie Zotz' eigener Atem.

Er konnte es nicht tun.

Aber er musste es können.

Ein Eiszapfen war eine Sache, der war klein, leicht, er war unbeweglich. Dies hier war fallendes Metall, beschleunigt auf eine Million Flügelschläge in der Sekunde.

Er zielte, warf ein Klangnetz zur Scheibe und verfehlte sie.

Er schloss die Augen, nahm noch einmal Maß mit dem Echosehen, holte Luft.

Bitte, dachte er.

Er öffnete den Mund und Klang explodierte aus ihm, kratzte ihm in der Kehle, als ob etwas Größeres durch ihn spräche. Dieser Schrei, er war wie ein Donnerschlag, der den Himmel erschütterte. Er verfolgte ihn mit dem inneren Auge, als er auf die Scheibe zuschoss und sie wie eine Faust packte.

Halt sie dort fest.

Er taumelte schweißgebadet, sang Klang mit aller Kraft, drückte gegen die Scheibe, um sie oben zu halten.

Wie schwer sie war!

Er wünschte, er könnte jetzt nach unten blicken, um zu sehen, ob Marina und die anderen inzwischen auf der Flucht waren, um zu sehen, ob sie schon weit genug entfernt waren.

Er konnte nur hoffen, dass sie getan hatte, was er ihr gesagt hatte. Er blickte zum Himmel hoch und noch sah er keine Sonne. Wie lange noch, wie lange würde er zu warten haben? Er war wieder in den nördlichen Wäldern, ein Junges, das sich mit Chinook an den Stamm eines Baumes presste und auf den Sonnenaufgang wartete. Komm, komm, warum kam sie nicht endlich?

Er wusste nicht, wie viel länger er diese Scheibe mit seiner Stimme festhalten konnte. Er schmeckte Blut in der Kehle.

„Lass sie fallen!"

Hoch oben stürzte sich die Kannibalenfledermaus mit dem verkrümmten Rückgrat auf die bewegungslose Scheibe.

„Du kannst Zotz nicht aufhalten. Lass sie fallen!"

Er zögerte und hörte, wie die Scheibe ein bisschen tiefer fiel, und er musste sich mühen, um sie abzubremsen. Dann prallte die Kannibalenfledermaus auf sie drauf, packte die Kette mit ihren Krallen.

Schattens Kopf platzte fast von dem zusätzlichen Gewicht.

Verschwommen sah er, wie sich Chinook auf die Kannibalenfledermaus warf und versuchte, sie von der Scheibe wegzuschlagen, indem er mit Flügeln und Zähnen zupackte. Er sah, wie die Dschungelfledermaus ihre Zähne in Chinooks Schulter grub, und hörte den Schmerzensschrei seines Freundes. Aber Chinook kämpfte weiter, schlug und prügelte auf den Kannibalen ein, bis dessen Krallen sich von der Scheibe losrissen.

Sie fiel etwa einen Meter tiefer und Schatten konnte sie kaum bremsen. Halte sie, halte sie, nur noch ein bisschen länger. Schatten blickte hoch und sah, dass sich etwas bewegte am großen, schwarzen Himmel, hörte es sich bewegen.

Die Sonne.

Eine schmale Sichel versengte sein Gesicht, als sie wiederkehrte und ihn blendete.

„Flieg weg!", rief er Chinook zu.

Die Scheibe fiel. Schatten schlug mit den erschöpften Flügeln, hoffte nur, dass Marina die Pyramide geräumt hatte. Chinook war plötzlich an seiner Seite und versuchte ihn schneller voranzutreiben, aber Schattens Flügel waren unerträglich schwer. Er schüttelte kurz und ungeduldig den Kopf, aber Chinook flog nicht voran, wie er es gewollt hatte. Er blieb an seiner Seite. Hinter ihnen – nicht weit genug, bei weitem nicht –

konnte er deutlich die Scheibe herabpfeifen hören, erst über ihnen, dann unter ihnen. Jede Sekunde jetzt.

Er sagte sich: Nicht hinschauen.

Er hörte die Explosion im gleichen Augenblick, in dem er ihre gewaltige Hitze spürte, und dann war es, als würden sie von der Sonne selbst verschlungen.

– 16 –

Sonnenflügel

Im Dämmerlicht beobachtete Frieda vom höchsten Pfeiler von Brückenstadt aus den Horizont. Ihr Sehvermögen hatte sich während der letzten Nächte dramatisch verschlechtert, aber sogar sie erkannte die massive Gewitterwolke von Eulen, die sich am nördlichen Horizont ausdehnte.

Ein frischer Wind raschelte im Fell ihres Gesichts und sie fühlte sich unendlich alt und müde. Acht Nächte waren vergangen, seit Marina und Ariel zur Suche nach Schatten aufgebrochen waren und sie konnte nicht anders, als das Schlimmste zu befürchten. War es möglich, dass Schatten, so clever und begabt er auch war, den Sprengstoff der Menschen überlebt hatte? Oder den Dschungel mit seinen fürchterlichen Raubtieren? Hatte sie unklug gehandelt, indem sie der Absicht von Marina und Ariel, nach ihm zu suchen, zugestimmt hatte?

Fragen über Fragen, dachte sie. Alles, was ich in letzter Zeit tue, ist mir Fragen zu stellen.

Sie fragte sich auch, ob sie eine gute Älteste gewesen war und mitgeholfen hatte ihre Kolonie gut zu führen. Insbesondere waren ihre Gedanken immer wieder zu Schatten zurückgekehrt und sie hatte überlegt, ob es falsch gewesen war, ihn im gleichen Verlangen zu ermutigen, das sie immer bei sich selber verspürt hatte: das Geheimnis der Ringe zu enthüllen, Nocturnas Großes Versprechen zu erfüllen. Was war das Ergebnis all dieser Sehnsüchte?

In diesem Augenblick, als sie tausende von Eulen den Himmel verdunkeln sah, musste sie gegen die Klauen der Verzweiflung ankämpfen. Unmöglich, die Angreifer zu überwinden. Selbst mit der riesigen Armee, die in Brückenstadt versammelt war, fürchtete sie, dass sie vom Angesicht der Erde ausgelöscht würden.

„Wir müssen unsere Delegation vorbereiten“, sagte Achilles Grauflügel, als er bei ihr landete. „König Boreals Truppen werden innerhalb von Stunden über uns sein.“

Frieda nickte steif. Selbst so eine einfache Bewegung strengte sie nun an. „Ja“, sagte sie ohne viel Hoffnung. „Wir müssen darum beten, dass er in Stimmung ist zu verhandeln.“

„Beten habe ich schon vor langer Zeit aufgegeben“, sagte Achilles mit einem grimmigen Lächeln.

„Vielleicht hast du Recht“, antwortete sie, „aber immer wenn ich diesen Horizont betrachte, bitte ich um jede Hilfe, die ich bekommen kann.“

Frieda blickte nach unten und sah einen Boten, der zum höchsten Punkt der Brücke heraufgejagt kam. Sie wartete geduldig, als die Fledermaus kreiste, um zu Atem zu kommen. Sicherlich gab es keine weiteren schlechten Nachrichten mehr zu hören. Und dennoch raste das alte Herz in ihrer Brust.

„General Achilles, Frieda Silberflügel", keuchte der Bote, „Fledermäuse sind gesichtet worden, sie kommen aus Süden. Silberflügel, einige von ihnen. Und … sie fliegen zusammen mit Eulen."

Dankbar stellte Schatten die Flügel schräg und begann einen langsamen Sinkflug auf Brückenstadt zu. Mit seiner ganzen Familie zu fliegen war noch immer etwas wunderbar Neues für ihn: Mutter und Vater nahe auf der einen Seite, Marina und Chinook auf der anderen, und alle hielten zusammen das Tempo durch die dämmrige Luft. Nahebei sah er Caliban und all die anderen nördlichen Fledermäuse, die um sie herum auf dem Heimflug dahinschossen.

In Pfeilformation flog vor ihnen ein Dutzend Eulen aus den nördlichen Wäldern – ein Anblick, an den Schatten sich noch nicht gewöhnt hatte, auch nachdem sie schon ein paar Tage und Nächte zusammen gezogen waren. Eulen und Fledermäuse mit Flügelberührung. Sicher, sie blieben meist untereinander, lagerten und jagten getrennt und redeten wenig mit der anderen Gruppe. Aber Schatten spürte, dies geschah eher aus

Verlegenheit als aus Misstrauen. Er sah Orest in der Vorhut und lächelte vor sich hin. Nur wegen des Eulenprinzen hatten die anderen Eulen zugestimmt, mit den Fledermäusen einen Konvoi zu bilden. Und Schatten hatte Recht damit gehabt, welch guten Schutz sie bilden würden. Sie hatten es sicher aus dem Dschungel heraus geschafft, und da sie nun Tag und Nacht fliegen konnten, waren sie gut vorangekommen auf ihrem Heimflug.

Und er lebte noch! Schatten musste immer noch erstaunt den Kopf schütteln: Er war am Leben geblieben.

Nachdem er die Explosion der Metallscheibe gehört hatte und dann gefühlt, wie ihn die fürchterliche Hitze einhüllte, erinnerte er sich an nichts mehr, bis er im brennenden Tageslicht ganz benommen ausgebreitet auf den obersten Ästen eines Baumes aufgewacht war. Sein ganzer Körper hatte geschmerzt. Fellstücke auf Bauch und Rücken waren verdampft und Teile seiner Flügelmembrane waren böse versengt. Er hatte sich gefühlt, als wäre er von einem riesigen Tier geschlagen worden. Er war ausgemergelt und zerschunden, aber er lebte. Und wunderbarerweise lebte auch Chinook.

Und die Sonne schien noch.

Komisch, dass sich eine Fledermaus freute die Sonne zu sehen. Nachdem sie sie Millionen von Jahren gefürchtet hatten und ihr ausgewichen waren, hatte er versucht sie zu retten. Während er sie dankbar betrachtete, konnte er davon ausgehen, dass er damit erfolgreich gewesen war.

Es hatte nicht lange gedauert, bis Marina und seine Mutter ihn und Chinook gefunden und ihnen geholfen hatten zur Zuflucht in der Statue zurückzuhumpeln. Durch die Explosion war der Dschungel in einem riesigen Umkreis verbrannt worden und einzelne Bäume standen noch immer in Flammen. In der Mitte von all dem konnte er einen rauchenden Steinhaufen erkennen, die Überreste der Pyramide. Er fragte sich, ob Goth in der Explosion vernichtet worden war, und konnte es selbst kaum glauben.

Er war überrascht, wie viele doch überlebt hatten. Marina war zurück in die Pyramide geflogen und hatte die anderen gewarnt. Die Eulen hatten Cortez und den meisten übrigen Rattensoldaten geholfen zu entkommen, indem sie sie auf dem Rücken hinaustrugen. Aber es hatte auch so viele Verluste gegeben. Ishmael war nicht zurückgekehrt, nur sein Bruder. Und dutzende andere waren in der Pyramide umgekommen, Eulen, Ratten und Fledermäuse. Weitere Tote, die zu den tausenden gezählt werden mussten, die schon gestorben waren, als ihre Scheiben über der Menschenstadt explodiert waren.

Schatten blickte zu Chinook hinüber. Er hatte seine Eltern verloren, aber wenigstens war er keine Waise mehr, nicht wirklich jedenfalls. Vor drei Nächten hatte Schatten heimlich seine Eltern gefragt, ob Chinook sich ihrer Familie anschließen könnte, und sie hatten sofort zugestimmt. Und das hatte auch Chinook, als sie ihn gefragt hatten.

„Hallo, Schatten, wir sind jetzt Brüder!", hatte Chinook gesagt und Schatten spielerisch mit dem Daumen in die Rippen gestupst.

Schatten war zusammengezuckt und ausgewichen. „Ich habe versucht das zu verhindern, Chinook, ehrlich, aber meine Eltern waren wild dazu entschlossen." Chinook wusste nicht, dass es allein Schattens Idee gewesen war, und der würde ihm das auch nicht verraten. Er seufzte, weil er wusste, dass ihm jetzt viel mehr Schnee auf den Kopf geschüttelt werden würde. Trotzdem, er bereute es nicht. Noch nicht jedenfalls.

Als sie sich nun Brückenstadt näherten, wandte sich Schatten zu seinem Vater. Es schien ihm bereits unvorstellbar, dass er je ohne ihn gewesen war. Und er erkannte, dass er das in gewisser Weise auch nicht gewesen war, nicht wirklich. Selbst während seiner Abwesenheit war Cassiel in seinen täglichen Gedanken so präsent gewesen, als würde sein Vater eines Tages wirklich auftauchen, um alle Fragen seines Sohnes zu beantworten.

Während ihres Zugs hatte Schatten alles über Cassiels schreckliche Abenteuer gehört. Im letzten Frühjahr war er einer der Ersten gewesen, die das Gebäude der Menschen und den Wald darin entdeckt hatten. Monate lang war er darin gewesen, während es sich langsam mit anderen Fledermäusen füllte. Zuerst war er voller Hoffnungen gewesen, aber dann hatten die Menschen begonnen mit ihnen zu experimentieren und versucht ihre Metallscheiben zu verbessern, und Cassiel hatte viele Fledermäuse gekannt, deren Flügel verbrannt waren – oder Schlimmeres.

„Du machst dir keine Vorstellung, wie sehnsüchtig ich hoffte zu entkommen, um zu euch zurückzukehren, um euch alle zu warnen", hatte er Schatten und Ariel erzählt. „Aber ich konnte nicht. An den Bach habe ich nie gedacht", fügte er hinzu und schaute bewundernd auf seinen Sohn. „Und dann, als sie mich irgendwann in der Flugmaschine zum Dschungel brachten, habe ich fast die Hoffnung aufgegeben je zurückzukommen. Das Einzige, was wir tun konnten, war Nacht für Nacht zu überleben. Ich habe nie daran gedacht, gerettet zu werden und sicherlich nicht von meinem eigenen Sohn."

„Er ist noch verrückter als du", sagte Ariel lächelnd.

„Mit Sicherheit mutiger", sagte Cassiel und Schatten glühte vor Freude über dieses Kompliment. Aber rasch blickte er zu Marina.

„Ich habe eine Menge dumme Sachen gemacht", sagte er Kopf schüttelnd. „Wenn Marina nicht gewesen wäre und du auch, Mami, wäre ich wahrscheinlich im Dschungel gestorben. Wir alle."

„Du hast so eine Art mich in die Dinge hineinzuziehen", sagte Marina trocken. „Das muss ich dir lassen."

„Du bist wie ich", sage Cassiel zu seinem Sohn. „Beide sind wir wild auf Wissen. Ich wollte für alle von uns die Sonne zurückbringen. Ich wollte das Geheimnis der Ringe lüften."

„Es gab kein Geheimnis", sagte Schatten bitter. „Wir haben uns alle geirrt, als wir glaubten, die Menschen würden uns helfen, als wir an Nocturnas Großes Versprechen glaubten." Für einen Augenblick verblasste seine Zufriedenheit darüber, endlich mit seiner Familie vereint zu sein, und es wurde ihm bewusst, dass ihre Reise nach Norden mitnichten eine triumphale Heimkehr war. Sie war die Vorbereitung auf einen Krieg. Er hatte alles darüber erfahren, dass König Boreal seine Armeen aufstellte, um bei Brückenstadt zu kämpfen.

„Ich meine, wir haben die Sonne gerettet", sagte Schatten ärgerlich. „Man sollte annehmen, die Eulen wären dankbar dafür, aber irgendwie glaube ich nicht, dass sie davon sehr beeindruckt sein werden." Er fühlte sich müde. „Jetzt haben wir nur einen weiteren Kampf vor uns."

„Sie könnten uns helfen", erinnerte ihn Marina und deutete mit dem Kopf auf Orest und die anderen Eulen.

Schatten nickte. Es war die einzige Hoffnung, die

auch er hegte. Aber gleichzeitig machte er sich Sorgen, dass alles Gute, das sie im Dschungel geteilt hatten, irgendwie vergessen sein könnte, wenn sie einmal Brückenstadt erreicht hatten. Der ganze gemeinsame Flug nach Norden könnte einfach als eine Sache der Bequemlichkeit erscheinen und sie würden sich wieder zu ihren eigenen Krieg führenden Parteien zurückziehen. Auch Orest.

Bald würde er es genau wissen.

Als Schatten sich den glitzernden Höhen von Brückenstadt näherte und sie ihren Sinkflug begannen, sah er eine kleine Gruppe von Fledermäusen auf sie zuflattern.

„Es ist Achilles Grauflügel", sagte Marina.

Schatten beobachtete, wie sich der berühmte General vorsichtig näherte und dann ausrief: „Fliegt ihr aus freien Stücken zusammen mit diesen Eulen?"

Schatten wusste, der General musste annehmen, dass sie alle Gefangene der Eulen seien, vielleicht als Geiseln für einen sicheren Überflug über Brückenstadt.

„Jawohl", rief Cassiel laut zurück, „wir sind freiwillig bei ihnen. Es sind Freunde."

Schatten vernahm überraschtes Gemurmel unter den anderen Fledermäusen.

„Das ist schwer zu glauben", sagte Achilles Grauflügel, „wenn der nördliche Horizont von einer Eulenarmee verdunkelt wird, die weniger als eine Stunde entfernt ist."

„Ist mein Vater unter ihnen?", fragte Orest unwillkürlich.

Achilles sah die Eule misstrauisch an. „Dein Vater?"

„König Boreal."

„Es ist König Boreal, der die Armee anführt", antwortete der General kühl.

„Dann muss ich sofort mit ihm sprechen", sagte Orest.

„Zu diesem Zweck ist bereits unsere Delegation aufgebrochen", entgegnete Achill.

Orest flog in einem Bogen zu Schatten zurück. „Dann wollen wir uns beeilen", sagte er.

„Du willst uns helfen?", fragte Schatten.

„Natürlich", antwortete die Eule, „von ganzem Herzen. War das nicht klar?"

„Vater, ich wäre dankbar, wenn du mich sprechen ließest", sagte Orest zu König Boreal.

Hoch über Brückenstadt kreisten die Führer der Fledermaus- und Eulenreiche vorsichtig umeinander. Schatten fühlte sich ausgesprochen fehl am Platze in der Gesellschaft von Halo Langschwanz, Achilles Grauflügel und den anderen Ältesten der Fledermäuse. Und er fühlte sich ganz besonders unwohl dabei, so nahe bei dem riesigen König Boreal zu fliegen mit seinem prächtigen silbernen Kopf und dem Gefieder mit der Blitzzeichnung, die er mit seinem Sohn teilte. Schatten wusste, dies würde die letzte Unterredung sein, bevor die Schlacht begann. Ängstlich beobachtete er Orest, als er zu seinem Vater sprach.

„Hast du ein gutes Verhältnis zu deinem Vater?", hatte er ihn hoffnungsfroh gefragt, während sie zu dem luftigen Treffen eilten.

„Nicht besonders", hatte Orest geantwortet.

Und tatsächlich, ihr Zusammentreffen war weit entfernt von dem, was Schatten erwartet hätte: nur ein steifes Nicken zwischen Vater und Sohn. Aber vielleicht, dachte Schatten, lag das nur an der Situation. Es war nicht der Augenblick für ein gefühlsbetontes Wiedersehen.

König Boreal schien irritiert durch die Bitte seines Sohns, sprechen zu dürfen. „Ist das wichtig für die Angelegenheit, mit der wir es jetzt zu tun haben?", fragte er mit markerschütternder Donnerstimme.

„Ja."

„Fasse dich kurz."

„Wir dürfen gegen diese Fledermäuse keinen Krieg führen", begann Orest nervös und blickte in die Runde zu den anderen Eulen, die kaum ein verächtliches Gelächter unterdrücken konnten.

„Ich denke, Euer Sohn benötigt etwas mehr Unterweisung in solchen Angelegenheiten", murmelte einer der Eulenbotschafter.

König Boreal warf dem Sprecher einen vernichtenden Blick zu, mehr brauchte er nicht zu tun, um seinen Tadel deutlich zu machen.

„Warum sagst du das?", fragte er seinen Sohn streng.

„Schatten Silberflügel hat mir das Leben gerettet", begann Orest zögernd. „Nicht einmal, sondern zweimal. Im letzten Herbst, als wir die nächtlichen Himmel für die Fledermäuse geschlossen haben, dachten wir, sie hätten Vögel umgebracht. Aber diese nördlichen Fledermäuse waren nicht die Mörder. Es waren Dschungelfledermäuse aus dem Süden."

„Wir haben diese Lügen schon gehört", sagte König Boreal heftig.

„Ich habe sie selbst gesehen", beharrte Orest. „Und ohne Schatten wäre ich getötet worden. Er hat dabei sein Leben riskiert, obwohl wir ihm und seinen Fledermausgenossen den Krieg erklärt haben."

„Ein ungewöhnlicher Akt der Tapferkeit vielleicht", sagte König Boreal kühl und fixierte Schatten mit seinen mondförmigen Augen, „aber irrelevant. Was hat dies mit den größeren Angelegenheiten zu tun, um die es jetzt geht?"

„Die Menschen haben Eulen und Fledermäuse nach Süden gebracht, um sie in ihrem Krieg zu benutzen", verfolgte Orest sein Anliegen und wartete dann einen Augenblick, bis die überraschten Ausrufe der Eulenältesten sich gelegt hatten. „Ich kann die Einzelheiten später erklären, aber das ist es, was ich sagen wollte. Der Süden ist das Zuhause für tausende von Kannibalen und die haben dort Eulen gefangen genommen, und wenn Schatten nicht gewesen wäre, hätten uns diese Monster lebendig gefressen. Durch ihn sind wir entkommen und heimgekehrt."

„Noch einmal frage ich dich, warum sollte uns das veranlassen unser Vorgehen zu ändern?"

„Weil wir keinen Krieg wollen", platzte Schatten heftig heraus und handelte sich dafür einen strafenden Blick von Halo Langschwanz ein.

König Boreal lachte verächtlich. „Ihr habt schon früher gegen uns Krieg geführt", sagte er. „Vor fünfzehn Jahren, wie ich mich erinnere. Aber du bist nicht alt genug, um dich an solche Dinge zu erinnern, junger Silberflügel."

„Wir haben Krieg geführt, ja, aber als Rebellion", sagte Achilles zu König Boreal. „Wir wollten die Sonne zurück. Wir wollten frei sein von Eurer Tyrannei, frei von dem Risiko zu sterben, falls wir auch nur einen Funken der Sonne sehen sollten."

„Aber ihr habt die Sonne verloren, ihr alle", donnerte König Boreal, „wegen eures Verrats bei der großen Schlacht der Vögel und der Vierfüßler."

„Weil wir nicht Partei ergriffen haben!", sagte Achilles erregt.

„Nein, sondern weil ihr die Seiten gewechselt habt", entgegnete König Boreal.

„Ihr irrt Euch, König Boreal", sagte Achilles. „Wie ihr euch seit Millionen von Jahren irrt."

„Es ist tragisch, dass ihr an eure eigenen Lügen glaubt", sagte der Eulenkönig.

„Was spielt das für eine Rolle?", platzte Schatten wütend heraus.

„Ruhe", zischte Halo Langschwanz ihn an. „Es ist nicht an dir, hier zu sprechen."

„Warum nicht?", fragte Orest.

„Weil er nichts weiß", sagte König Boreal, „genauso wie du."

„Lasst ihn sprechen", sagte Achilles ruhig. „Eine unserer höchsten Ältesten, Frieda Silberflügel, hat großes Vertrauen in diese junge Fledermaus gesetzt."

„Es ist schon so lange her", sagte Schatten zögernd. Jetzt, wo alle ihm in feindseligem Schweigen zuhörten, war er noch nervöser. „Es ist vorbei, selbst wenn wir uns nicht einigen können, was die Wahrheit ist."

„Die Wahrheit ist alles", sagte König Boreal.

„Das habe ich auch gedacht", sagte Schatten. „Ich habe gedacht, die Sonne wurde uns gestohlen, und ich wollte sie zurückholen, und ich habe gedacht, die Menschen würden uns irgendwie helfen dabei. Ich habe gedacht, wir würden die Eulen im Krieg besiegen, wirklich." Er zögerte, fragte sich, ob er das hätte sagen sollen. Aber es war zu spät, jetzt aufzuhören. Er musste einfach weitersprechen, ehe ihm das, was er sagen wollte, entglitt. „Ich habe gedacht, das sei die Wahrheit, aber es war anders. Die Menschen haben uns nicht geholfen, einen Krieg gegen euch zu führen. Sie haben uns nicht die Sonne zurückgebracht. Sie wollten uns nur benutzen, uns alle, Eulen und Fledermäuse. So habe ich Orest getroffen, in einem ihrer Wälder in einem Gebäude. Vielleicht wollte er mich töten. Ich denke, ich wollte ihn auch töten. Aber da war etwas anderes da drinnen, was uns beide töten wollte."

„Die Kannibalenfledermaus", sagte Orest.

„Richtig", sagte Schatten. „Und ich weiß noch nicht einmal genau, warum ich Orest dieses erste Mal geholfen habe, vielleicht nur, weil ich gesehen habe, dass er angegriffen wurde, und ich das nicht mit ansehen wollte. Und dann hat er mir geholfen. Und das ist wichtig. Wichtiger als das, was bei der großen Schlacht passsiert ist, vor einer Million Jahren …"

Er hatte den Faden dessen verloren, was er sagen wollte, und verstummte langsam. Er erinnerte sich nicht einmal, was er gerade gesagt hatte, wahrscheinlich war es nur durcheinander gebrabbelt.

„Man hat uns immer beigebracht, Fledermäuse seien Verräter", sagte Orest seinem Vater, „man könne ihnen nicht trauen. Aber Schatten ist nicht so und auch die anderen nicht, die ich getroffen habe. Wir haben zusammen um unser Leben gekämpft. Wir haben einander getraut."

„Vielleicht gibt es andere Gebäude der Menschen", sagte Schatten, „wo sie Fledermäuse und Eulen gefangen halten. Wir sollten unsere Energien dafür einsetzen, sie zu befreien, nicht uns gegenseitig zu bekämpfen."

König Boreal warf einen langen Blick auf Schatten und seinen Sohn.

„Ich finde diese ganze jugendliche Naivität peinlich", sagte ein Gesandter der Eulen.

Achilles Grauflügel seufzte und blickte zu den Sternen hoch über ihnen.

„Wir wären gut beraten, wenn wir uns sorgsamer darum kümmerten", sagte er.

„Vielleicht", sagte König Boreal, und zum ersten Mal, dachte Schatten, blickte er zärtlich auf seinen Sohn. „Ich hatte dich aufgegeben und ich habe dich sehr vermisst."

„Ich dich auch", sagte Orest und flog näher heran.

„Mein Verlangen nach Krieg ist nicht mehr so groß", sagte König Boreal. „Lasst uns einen Waffenstillstand vereinbaren, wenn euch das annehmbar erscheint. Wir können uns diesen Sommer in den nördlichen Wäldern treffen und ausführlicher darüber reden, in der Hoffnung auf ein besseres Verständnis."

„Ja", sagte Halo Langschwanz, „das wollen wir, König Boreal."

„Die Nachthimmel sind für euch nicht länger geschlossen. Ihr habt sie wieder in Frieden."

„Die Sonne", hauchte Schatten, bevor er sich zurückhalten konnte.

Er schluckte, als König Boreals sich ihm wieder mit funkelnden Augen zuwandte. Oh nein, dachte er, ich habe alles ruiniert.

„Die Sonne?", fragte der Eulenkönig mit hochgezogenen Augenbrauen. „Reichen euch die Nächte nicht?"

Schatten konnte nur den Kopf schütteln.

„Das muss der Gegenstand weiterer Diskussionen sein, wenn wir wieder zusammenkommen. Bis dahin kann ich einer Übergangslösung zustimmen. Du hast mir meinen Sohn zurückgegeben, Silberflügel. So gebe ich dir im Ausgleich deine Sonne zurück."

Als Schatten neben Frieda auf dem geschützten Sims unter der Brücke landete, war diese so still, dass er fürchtete, er sei zu spät gekommen.

„Atmet sie noch?", flüsterte er ängstlich zu Marina, die mit ihm herabgeflogen war.

„Das tu ich, denke ich." Die Älteste der Silberflügel öffnete die Augen und blickte Schatten amüsiert an. Aber ihre Stimme pfiff schwach vor Anstrengung. „Deine Mutter hat mir alles erzählt über dein Treffen mit König Boreal."

„Wir können jetzt alle nach Hause", sagte Schatten aufgeregt. „Sie geben alle Überwinterungsplätze frei. Wir können in unseren Wald zurück! Im Sonnenlicht! Ich will helfen, einen neuen Baumhort zu bauen. Ich meine, es ist das Wenigste, was ich tun kann, nachdem ich der Anlass dafür war, dass der erste niedergebrannt worden ist, oder?"

Er fürchtete, dass er nur plapperte, aber er hatte Angst,

nicht zu reden, Angst vor dem, was er dann sehen oder hören könnte.

Frieda lächelte nur. „Ich habe dir ja gesagt, du hast eine Helligkeit an dir. Es macht einen immer so zufrieden, wenn sich zeigt, dass man Recht gehabt hat. Etwas, was nicht sehr oft passiert, wenn man eine Älteste ist." Sie hustete. „Du hast getan, was ich tun wollte. Du hast das Große Versprechen erfüllt."

Mit Mühe hob sie den Flügel und zeigte den silbernen Ring an ihrem Unterarm. Der Anblick ließ Schatten zurückzucken. Er war früher ein so mächtiges Bild für ihn gewesen, ein Zeichen der Hoffnung, der Stärke. Er hatte so inständig gewünscht, selbst einen zu haben. Nun würde der Ring immer eine hässliche Erinnerung daran sein, was die Menschen ihnen allen angetan hatten – und an eine fürchterliche Täuschung, die in ihnen für Jahrhunderte falsche Hoffnungen genährt hatte. Er hasste jetzt den Anblick der Ringe.

„Nein", keuchte Frieda, als sie in sein Gesicht blickte, „die Ringe sind wichtig gewesen."

Schatten wusste nicht, was er sagen sollte. Wie konnte er ihr widersprechen, wo sie so krank war?

„Ich glaube, ich verstehe", sagte Marina überrascht. „Sie haben eine Rolle gespielt."

„Wie denn?", fragte Schatten ärgerlich. Wie konnte jemand das jetzt behaupten.

„Die Ringe haben uns auf den Weg gebracht", sagte

Marina. „Sie haben uns veranlasst, die Menschen auf-
zusuchen."

„Und wohin hat uns das gebracht?", fragte Schatten.

„Oh, er ist nicht so clever, wie er denkt!", sagte Marina heiter zu Frieda. „Ja doch, sie haben uns zu dem
Gebäude der Menschen geführt und zu dem nach-
gemachten Wald. Und dort sind auch die Eulen gewesen."

Schatten blickte verständnislos von ihr zu Frieda.
Aber diese nickte mit glänzenden Augen.

„Fahr fort", ermunterte sie Marina.

„Was wäre geschehen, wenn du Orest nicht getroffen
hättest, wenn du ihm nicht das Leben gerettet hättest? Ihr habt einer des anderen Vertrauen gewonnen.
Ich zweifle, dass König Boreal einen Waffenstillstand
ausgerufen hätte, wenn das nicht passiert wäre."

Schatten nickte linkisch. Endlich verstand er.

„Die Menschen haben uns zusammengebracht", sagte
er.

„Uns geeint", sagte Frieda. „Wir haben die Sonne nicht
durch Krieg gewonnen. Wir haben sie durch Frieden
gewonnen."

Während Schatten sie ansah, lächelte Frieda, als hätte sie gerade einen kurzen Blick auf eine viel verspre-
chende Zukunft geworfen. Sie raschelte mit den Flügeln, legte sie bequem an den Körper und schloss zum
letzten Mal die Augen.

– 17 –

Der Baumhort

Es war ein guter Baum, ein massiver Silberahorn mit dickem Stamm und einer Menge kräftiger hoher Äste. Während der Himmel sich mit der nahenden Morgendämmerung aufhellte, waren tausende von Silberflügeln, Männchen und Weibchen, damit beschäftigt, das Innere des Baumriesen auszuhöhlen und es in eine Kinderstube für die Kolonie zu verwandeln.

Nur ein paar hundert Flügelschläge ostwärts befanden sich die verkohlten Überreste des alten Baumhorts, in dem Schatten geboren war und der im letzten Herbst durch die Eulen niedergebrannt worden war.

Unter dem Baum in seinem gekrümmten Wurzelwerk arbeitete Schatten neben seinem Vater. Sie höhlten die Wände des neuen Echosaales aus. Jede Kolonie hatte so einen, eine vollkommen runde Steinkammer, deren Wände so glatt waren, dass die Stimme einer Fledermaus von ihnen für Jahrhunderte zurückgeworfen werden konnte. Hier wurden alle Geschichten einer

Kolonie erzählt und blieben als Echos erhalten, sodass nichts in Vergessenheit geriet.

Letzten Herbst, als der alte Baumhort brannte, war sein Echosaal zerborsten, und alle Geschichten der Kolonie waren geflohen wie Fledermausgespenster und hatten sich in der Luft aufgelöst. Nun würden sie die Geschichten erneut erzählen.

Während Schatten die Wand mit einem kleinen Stein polierte, erinnerte er sich daran, wie Frieda ihn zum ersten Mal in den Echosaal mitgenommen hatte. Die Geschichten hatte er dort nicht einfach gehört, er hatte sie gesehen, als die Echos seinen Kopf mit silbernen Bildern überflutet hatten. Als wäre er dabei gewesen, hatte er die große Schlacht der Vögel und Vierfüßler gesehen und die Verbannung, hatte gehört, wie Nocturna den Fledermäusen das Große Versprechen gegeben hatte, dass sie eines Tages das Tageslicht wiedergewinnen würden. Aber Frieda war gestorben, bevor sie einen Sonnenaufgang hatte sehen können – nicht einen falschen aus dem Inneren des Menschenwaldes, sondern einen richtigen in der Außenwelt.

„Ich wünschte, sie wäre noch am Leben", sagte Schatten.

Sein Vater nickte. Er wusste instinktiv, von wem sein Sohn redete. „Sie wäre aber froh darüber, dass deine Mutter ihren Platz eingenommen hat."

„Ja doch", sagte Schatten. „Mami ist eine gute Wahl. Ich meine, sie hat nicht die Pyramide der Kannibalen in die Luft gesprengt oder die Sonne gerettet oder so was, aber sie wird eine gute Älteste sein." Er sah, dass sein Vater ihn amüsiert betrachtete. „Was ist?"

„Ich weiß, du wolltest selbst Ältester werden."

„Wollte ich nicht", sagte Schatten und blickte verlegen zur Seite.

„Wolltest du doch." Cassiel lachte. „Kaum ein Jahr alt, und schon hast du erwartet, zum Ältesten gemacht zu werden! Du hast ein paar erstaunliche Dinge vollbracht, aber du hast noch ein paar Jahre vor dir, mein Sohn."

„Gib's zu, du wolltest auch gefragt werden", sagte Schatten grinsend.

Sein Vater schüttelte den Kopf und wollte etwas sagen, dann schaute er ihn nur an. Beide grinsten.

„Wahrscheinlich am besten, dass keiner von uns gebeten wurde", sagte Schatten.

„Besser für die ganze Kolonie", stimmte ihm sein Vater zu. „Hitzköpfe wie wir ergeben keine guten Führer."

Schatten grinste wieder und machte mit der Polierarbeit weiter.

Es war so einfach, mit seinem Vater zu reden, aber es war eine noch neue Erfahrung und ab und zu empfand er einen plötzlichen Glücksschauer.

Zum ersten Mal in seinem Leben fühlte er sich vollständig.

Fast jedenfalls. Er seufzte innerlich.

„Was hältst du von Marina?", fragte er seinen Vater wie nebenbei.

„Prächtige junge Fledermaus."

Seit sie in die nördlichen Wälder zurückgekehrt waren, hatten sich viele von den jungen Fledermäusen Partner gesucht. Er hatte das alles mit einem Gefühl des Unbehagens beobachtet. Die Wahrheit war, er kam sich immer noch komisch vor, besonders in Gegenwart von Weibchen. Und seit kurzem sogar in Gegenwart von Marina, und das ärgerte ihn ganz besonders. Sie waren so gute Freunde gewesen. Sie hatte ihr Leben für ihn aufs Spiel gesetzt und er hatte sich in ihrer Gegenwart so vollkommen wohl gefühlt. Aber jetzt war alles anders und er konnte es einfach nicht glauben, dass sie ihn als möglichen Partner ernst nahm.

Es war noch nicht so lange her, dass er sie zum ersten Mal getroffen hatte. Er war damals ein ganz junger Knirps gewesen, verirrt und verängstigt, und sie war ein ganzes Jahr älter als er – etwas was sie ihn nie vergessen ließ. Sie schien dauernd so kolossal unbeeindruckt von ihm. Sicher, man hielt ihn für einen Held. Wie kam es dann, dass er sich nie so fühlte?

„Ja doch, sie ist ziemlich großartig", sagte er. Mit einem Seufzer legte er seinen Polierstein weg. „Ich sehe nicht besonders gut aus, erst recht nicht, nachdem mein halbes Fell verbrannt ist."

„Es wird nachwachsen. Lass dich mal anschauen."

Sein Vater neigte sich zurück, hielt den Kopf auf die eine, dann die andere Seite. „Du siehst gar nicht so schlimm aus, nicht hässlicher als dein Vater."

„Ich bin nicht groß wie die anderen. Nicht … gut aussehend. Wie Chinook."

„Nein, du siehst nicht so gut aus wie Chinook."

„Nein", sagte Schatten, enttäuscht, dass sein Vater ihm so bereitwillig zugestimmt hatte.

„Weißt du was?", sagte sein Vater. „Ich glaube nicht, dass Marina sich was daraus macht."

„Glaubst du nicht?"

„Nein. Sie ist zu klug dafür."

„Ich muss mal die Flügel ausstrecken", sagte Schatten unvermittelt.

„Lass dir Zeit", sagte sein Vater.

Schatten schoss aus dem Echosaal hinaus, eilte in Spiralen durch eine größere Höhle und kroch dann auf allen vieren durch den gewundenen Tunnel, der in den unteren Teil des neuen Baumhorts führte.

Überall um ihn herum waren Silberflügel an der Arbeit, nagten sich Simse und Schlafplätze aus dem weichen Holz. Er flog durch den hohlen Stamm nach oben und suchte mit dem Klang-Sehen nach Marina. In der Nähe des Wipfels entdeckte er seine Mutter. Sie beaufsichtigte die Arbeit an den Ruheplätzen der Ältesten, die sich ganz oben befinden sollten.

„Schatten", begrüßte sie ihn und liebkoste seine Wange.

„Hast du Marina gesehen?"

„Sie ist hinausgeflogen, um zu jagen, denke ich."

Ohne zu warten fegte er durch ein Astloch im Stamm und befand sich draußen in der Nacht. Wie er monatelang dies alles vermisst hatte. Es war jetzt der Beginn des Frühjahrs, die Luft war noch kühl, auf den Ästen und Gräsern glitzerte ein Hauch von Frost. Aber alles fing an zu leben, Blätter begannen sich zu entfalten, Knospen aufzubrechen. Er fragte sich, ob er je gegenüber dem Tag die gleichen Gefühle haben würde wie gegenüber der Nacht, und entschied, dass das nie so sein würde.

Irgendwie würde die Nacht immer etwas ganz Besonderes bleiben.

„Marina!", rief er, während er im Flug ein paar Zuckmücken schnappte. Er glaubte sie vor sich zu sehen, jagte hinter ihr her und rief noch einmal ihren Namen. „He, warte doch auf mich!"

„Um die Wette zum Bach!", hörte er sie über die Schulter zurückrufen.

„Muss das sein?", rief er, aber sie gab kein Anzeichen anzuhalten und er hasste den Gedanken, dass sie ihn schlagen könnte. Er trimmte die Flügel und schoss hinter ihr her durch die Äste einer großen Kastanie – eine Abkürzung, die er kannte. Er brach aus den Bäumen, flatterte über dem Bach und tauchte hinab, um etwas Wasser in den Mund zu schaufeln. Es war so kalt, dass es brannte.

„Hab dich geschlagen!", rief er und ließ sich auf einem tief hängenden Ast nieder.

„Hast du nicht."

Er zuckte zusammen. Sie hing nur ein paar Zentimeter neben ihm, eingehüllt in ihre glänzenden Flügel und sah ganz so aus wie ein Herbstblatt, das nicht abgefallen war. Er lächelte. Es war genau so, wie er sie zum ersten Mal getroffen hatte auf der Insel, vor langer Zeit.

„Wie kommst du mit deinem Schlafplatz voran?", fragte er und fühlte sich plötzlich verlegen.

„Den habe ich vor ein paar Stunden fertig gemacht."

„Ich bin froh, dass du bei uns bleibst."

„Hmmmmm", sagte sie träge. „Ich konnte schlecht auf die Besonderheit verzichten, der einzige Glanzflügel in eurer Kolonie zu sein. Oh, übrigens, Chinook hat mich gerade gebeten, seine Partnerin zu werden."

Schatten verschluckte sich beinahe an seinem Moskito. „Was?"

„Ja doch, erst vor einer Stunde."

„Oh", sagte Schatten steif. „Nun, er ist eine gut aussehende Fledermaus, wie du schon mal gesagt hast."

„Alle suchen sich jetzt ihre Partner. Das ist dir doch aufgefallen, Schatten, oder?"

„Ja", sagte er mit zusammengebissenen Zähnen.

„Du weißt, es ist etwas, was ich mir wirklich gewünscht habe, nicht wahr?", sagte sie und blickte ihn aufmerksam an. „Ich meine, ich bin älter als du, ich weiß. Für dich ist es noch nicht das Gleiche. Aber ich, ich brauche ein Zuhause. Ariel ist so gut zu mir gewesen, aber ich will jetzt eine richtige eigene Familie. Du verstehst das doch, oder?"

„Ja", sagte er und blickte beiseite.

„Dann willst du also mein Partner sein", sagte Marina grinsend.

„Dein Partner … was ist mit Chinook?"

„Ich habe ihm gesagt, nein danke. Ich habe das doch richtig gemacht, oder?"

„Du darfst keinen anderen Partner haben als mich", sagte Schatten, schlang seinen Flügel um sie und zog sie näher an sich heran.

„Gut", sagte sie mit einer Stimme, die durch sein Fell gedämpft wurde. „Dann ist also alles genau richtig geworden."

„Ich dachte mir, ich habe eure Stimmen gehört", sagte Ariel und landete auf ihrem Ast.

„Marina wird meine Partnerin sein!", rief Schatten aus.

„Ich weiß, sie hat es mir schon gesagt."

„Das hast du?", fragte er und blickte Marina an.

„Nun, mach mal halblang, Schatten, das war doch offensichtlich. Wer sonst würde dich denn nehmen?"

„Ich bin sicher, ihr beiden werdet sehr … miteinander wetteifern", sagte Ariel lächelnd, „und auch glücklich sein." Sie schaute Schatten an. „Dein Vater sagt, der Echosaal ist fast fertig."

Schatten nickte.

„Ich habe mit den Ältesten gesprochen und wir sind uns einig, dass du unsere jüngste Geschichte erzählen sollst."

„Ich?", fragte Schatten. An solch eine Ehre hatte er nicht einmal im Traum gedacht. Dass seine Stimme den Wänden des Echosaals eine Geschichte berichten würde, die dann für Jahrhunderte weiterleben sollte, lange nachdem er tot war. Immer dort sein würde für die Kolonie der Silberflügel.

Seine Mutter nickte. „Es ist das, was Frieda sich gewünscht hätte. Es ist deine Geschichte, Schatten."

„Das würde ich gerne tun", sagte er.

„Wir fangen nach der Dämmerung damit an", sagte Ariel und flog weg.

Schatten blickte durch die Äste des Baumes in den sich aufhellenden Himmel. Überall um sie herum setzten die Vögel in ihren Nestern mit dem Morgenchor ein und er konnte in der Ferne sogar eine Eule rufen hören. Und das Geräusch flößte ihm jetzt keine Angst mehr ein.

„Komm mit", sagte er zu Marina, „Ich zeige dir den besten Platz im Wald, um den Sonnenaufgang zu beobachten."

Anmerkung des Autors

Während des Zweiten Weltkriegs startete das Militär der Vereinigten Staaten das „Projekt Röntgen", ein Programm mit höchster Geheimhaltungsstufe, in dem Fledermäuse trainiert wurden, Sprengkörper ins Ziel zu tragen. Letztlich wurde das Unternehmen gestoppt, nachdem hunderte von Fledermäusen aus dem Versuchsgelände entkommen waren, mehrere Armeegebäude in Brand gesetzt und sich unter einem großen Brennstofftank niedergelassen hatten.

Dieser Vorfall lieferte die Inspiration für einen zentralen Erzählstrang in *Sonnenflügel*. Auch die Mythologie der Azteken und Maya war für mich eine reiche Quelle von Ideen, als ich über Goth und die Vampyrum Spectrum schrieb. Die Azteken hatten tatsächlich einen riesigen, schönen Kalenderstein, der genauer war als alles, was es zu der Zeit in Europa gab – und der wurde in meiner Geschichte der Heilige Stein, der die totale Sonnenfinsternis und ewige Nacht vorhersagte. (Die Azteken hatten eine tief sitzende Furcht davor, dass an bestimmten Tagen die Sonne für immer ausgelöscht würde.)

Brückenstadt basiert auf der realen Stadt Austin in Texas, wo an der Unterseite der Congress National Bridge über eine Million von Langschwanz-Fledermäusen lebt, die man in der Dämmerung in den Himmel aufsteigen sehen kann. Schließlich kam mir die Idee für die Zuflucht in der Statue von dem riesigen Standbild des Erlösers Christus auf dem Corcovado-Berg, das Rio de Janeiro überblickt.

Kenneth Oppel

Der Kanadier Kenneth Oppel (geboren 1967) gilt als literarisches Phänomen. Sein erstes Kinderbuch veröffentlichte er im Alter von 14 Jahren, von Roald Dahl dazu ermutigt. Inzwischen hat Oppel zahlreiche Romane und Drehbücher verfasst. Er lebt mit seiner Familie in Toronto, Kanada. Bei Beltz & Gelberg erschien seine weltweit erfolgreiche Fledermaus-Trilogie *Silberflügel, Sonnenflügel* und *Feuerflügel*, sowie die Romane *Nachtflügel, Wolkenpanther, Wolkenpiraten* und zuletzt *Sternenjäger*.

Mehr zu Kenneth Oppel und seinen Büchern unter www.kennethoppel.ca

Kenneth Oppel
Feuerflügel
Der dritte Band der großen Fledermaus-Trilogie

Aus dem Englischen von Klaus Weimann
Roman, 432 Seiten (ab 12), Gulliver TB 78934

Ein schweres Erdbeben lässt die Bäume des Waldes schwanken und splittern. Greif, der junge Silberflügel, wird durch einen aufgerissenen Spalt tief in die Erde gezogen. Greifs Vater Schatten erkennt schnell, dass sein Sohn in die Unterwelt gerissen wurde, und er macht sich auf den Weg, um ihn zu retten. Aber noch jemand ist auf der Suche nach Greif …

Kenneth Oppel
Nachtflügel

Aus dem Englischen von Gerold Anrich und
Martina Instinsky-Anrich
Roman, 472 Seiten (ab 12), Gulliver TB 74164

Die Welt vor 65 Millionen Jahren. Dämmer ist ein Außenseiter. Er kann fliegen und im Dunkeln sehen. Fähigkeiten, die andere Chiropter – flugunfähige Urahnen der Fledermäuse – nicht akzeptieren wollen. Bis ihre Existenz von einer Horde katzenähnlicher Feliden bedroht ist. Ausgerechnet Dämmer stellt sich mutig dem Kampf …
»Nachtflügel« ist die packende Vorgeschichte der weltweit erfolgreichen Fledermaus-Trilogie von Kenneth Oppel.

www.gulliver-welten.de
Beltz & Gelberg, Postfach 10 01 54, 69441 Weinheim

Kenneth Oppel
Sternenjäger

Aus dem Englischen von Gerold Anrich und Martina Anrich-Instinsky
Roman, 512 Seiten (ab 12), Hardcover 81068

Der junge Luftschiffer Matt Cruse bekommt
die Chance seines Lebens: Er darf zu den
Sternen fliegen, die erste Mission ins All
begleiten! Mit an Bord ist seine große Liebe
Kate, allerdings mit dem Verlobungsring eines
anderen. Endlich hebt die Starclimber ab – und
die Crew macht eine unglaubliche Entdeckung:
Das All lebt! Plötzlich versperren bizarre
Wesen den Weg, verhindern die Rückkehr zur
Erde. Im Angesicht der Katastrophe kommen
sich Matt und Kate näher. Und dann hat Kate
eine geniale Idee …

Kenneth Oppel
Wolkenpanther

Aus dem Englischen von Anja Hansen-Schmidt
Roman, 552 Seiten (ab 12), Gulliver TB 74024

Ein abstürzender Passagier-Zeppelin, eine
unerforschte Südseeinsel, Luftpiraten,
unbekannte Flugwesen … und mitten im
Geschehen der Junge Matt und das Mädchen
Kate. Sie ist unterwegs auf den Spuren ihres
Großvaters, der die »Wolkenpanther« entdeckt
hat. Selbstverständlich wird Matt ihr helfen bei
der spannenden Suche nach den geflügelten
Raubkatzen!

GULLIVER

www.gulliver-welten.de
Beltz & Gelberg, Postfach 10 01 54, 69441 Weinheim

Kenneth Oppel
Wolkenpiraten
Aus dem Englischen von Anja Hansen-Schmidt
Roman, 560 Seiten (ab 12), Gulliver TB 74066

Unvorstellbare Reichtümer sollen sich an Bord des Luftschiffs »Hyperion« befinden, das in gewaltiger, gefährlicher Höhe durch die Himmel geistert. Matt Cruse, seine Freundin Kate, der Pilot Hal und die geheimnisvolle Nadira wollen das Schiff bergen. Auch der Pirat John Rath macht mit seiner Bande Jagd auf die »Hyperion« und schreckt dabei vor nichts zurück. Aber niemand ahnt, welche Kreaturen die Schatzsucher weit über den Wolken antreffen werden.

Sergej Lukianenko
Der Herr der Finsternis
Aus dem Russischen von Christiane Pöhlmann
Roman, 408 Seiten (ab 12), Gulliver TB 74204

Düster ist die Welt geworden, seit gewissenlose Händler den Menschen das Sonnenlicht genommen haben. Nur wer die fliegenden Diener der Dunkelheit besiegt, kann die Welt vor der totalen Finsternis retten. Ausgerechnet der junge Danka ist dazu auserwählt worden. Zusammen mit der Sonnenkatze und dem Flügelträger Len macht er sich auf, seinen größten Gegner zu finden: den Herrn der Finsternis. Doch hinter dessen Macht verbirgt sich eine schreckliche Wahrheit.

GULLIVER

www.gulliver-welten.de
Beltz & Gelberg, Postfach 10 01 54, 69441 Weinheim

Erin Hunter
Warrior Cats: In die Wildnis
Aus dem Englischen von Klaus Weimann
Roman, 320 Seiten (all age), Gulliver TB 74215

Seit uralten Zeiten leben tief im Wald vier
wilde KatzenClans. Voller Sehnsucht nach
Freiheit verlässt Hauskater Sammy seine
Zweibeiner, um sich dem DonnerClan
anzuschließen. Doch nicht alle Katzen trauen
ihm, denn die Zeichen im Wald stehen auf
Kampf. Sammy, der nun den Namen
Feuerpfote trägt, muss sich beweisen …

Erin Hunter
Warrior Cats: Feuer und Eis
Aus dem Englischen von Klaus Weimann
Roman, 368 Seiten (all age), Gulliver TB 74235

Aus Feuerpfote, dem jungen Schüler des
DonnerClans, ist Feuerherz geworden, ein
mutiger Krieger. Als Hunger und Not, geheime
Bündnisse und die Machtgier einiger Katzen
den Frieden zwischen den vier Clans bedrohen,
ist Feuerherz' Mut gefragt. Doch ausgerechnet
jetzt verstrickt sich Graustreif in eine
gefährliche Liebe …

www.gulliver-welten.de
Beltz & Gelberg, Postfach 10 01 54, 69441 Weinheim